Reader's Digest
Auswahlbücher

Reader's Digest
Auswahlbücher

Verlag DAS BESTE

Stuttgart · Zürich · Wien

Die Kurzfassungen in diesem Buch erscheinen
mit Genehmigung der Autoren und Verleger
© 1982 by Verlag DAS BESTE GmbH, Stuttgart

182

PRINTED IN GERMANY
ISBN 3 87070 179 X

Inhalt

Schach-
novelle

VON
STEFAN ZWEIG

Illustrationen
von Erhard
Göttlicher

Leinen los! Der große Passagierdampfer legt vom New Yorker Dock ab und nimmt Kurs auf Buenos Aires. Schon bald gibt es nichts mehr zu sehen als Wasser, Himmel und Wolken. Man langweilt sich.

Ein Mann ist an Bord, der Weltberühmtheit erlangt hat, der Schachweltmeister Czentovic, ein seltsamer Zeitgenosse, primitiv und habgierig, eiskalt und einfältig. Was wäre besser, um die Langeweile zu vertreiben, als eine Partie gegen den großen Meister? 250 Dollar ködern Czentovic. Für diesen, in den dreißiger Jahren hohen Betrag, will er sich herablassen, gegen eine Gruppe drittklassiger Spieler anzutreten.

Es kommt, wie es kommen muß. Czentovic gewinnt die Partie. Revanche! Die Gruppe gibt nicht auf. Schon findet sich das Glück wieder auf seiten Czentovics, als der österreichische Emigrant Dr. B. eingreift. Das Spiel nimmt einen überraschenden Lauf.

Welches Geheimnis umgibt diesen Mann? Wie konnte er den Schachweltmeister überlisten, wenn er seit 25 Jahren nicht vor einem Schachbrett gesessen haben will? Warum wäre eine zweite Partie tödlich für ihn?

Auf dem großen Passagierdampfer, der um Mitternacht von New York nach Buenos Aires abgehen sollte, herrschte die übliche Geschäftigkeit und Bewegung der letzten Stunde. Gäste vom Land drängten durcheinander, um ihren Freunden das Geleit zu geben, Telegraphenboys mit schiefen Mützen schossen Namen ausrufend durch die Gesellschaftsräume, Koffer und Blumen wurden geschleppt, Kinder liefen neugierig treppauf und treppab, während das Orchester unerschütterlich zur Deck-show spielte. Ich stand im Gespräch mit einem Bekannten etwas abseits von diesem Getümmel auf dem Promenadendeck, als neben uns zwei- oder dreimal Blitzlicht scharf aufsprühte – anscheinend war irgendein Prominenter knapp vor der Abfahrt noch rasch von Reportern interviewt und photographiert worden. Mein Freund blickte hin und lächelte. „Sie haben da einen raren Vogel an Bord, den Czentovic." Und da ich offenbar ein ziemlich verständnisloses Gesicht zu dieser Mitteilung machte, fügte er erklärend bei: „Mirko Czentovic, der Weltschachmeister. Er hat ganz Amerika von Ost nach West mit Turnierspielen abgeklappert und fährt jetzt zu neuen Triumphen nach Argentinien."

In der Tat erinnerte ich mich nun dieses jungen Weltmeisters und sogar einiger Einzelheiten im Zusammenhang mit seiner raketenhaften Karriere; mein Freund, ein aufmerksamerer Zeitungsleser als ich, konnte sie mit einer ganzen Reihe von Anekdoten ergänzen. Czentovic hatte sich vor etwa einem Jahr mit einem Schlage neben die bewährtesten Altmeister der Schachkunst, wie Aljechin, Capablanca, Tartakower, Lasker, Bogoljubow, gestellt. Seit dem Auftreten des siebenjährigen Wunderkindes Rzecewski bei dem Schachturnier 1922 in New York hatte noch nie der Einbruch eines völlig Unbekannten in die ruhmreiche Gilde derart allgemeines Aufsehen erregt. Denn Czentovics intellektuelle Eigenschaften schienen ihm keineswegs solch eine blendende Karriere von vornherein zu weissagen. Bald sickerte das Geheimnis durch, daß dieser Schachmeister in seinem Privatleben außerstande war, in irgendeiner Sprache einen Satz ohne

orthographischen Fehler zu schreiben, und wie einer seiner verärger-
ten Kollegen ingrimmig spottete, „seine Unbildung war auf allen
Gebieten gleich universell". Sohn eines blutarmen südslawischen
Donauschiffers, dessen winzige Barke eines Nachts von einem
Getreidedampfer überrannt wurde, war der damals Zwölfjährige nach
dem Tode seines Vaters vom Pfarrer des abgelegenen Ortes aus
Mitleid aufgenommen worden, und der gute Pater bemühte sich
redlich, durch häusliche Nachhilfe wettzumachen, was das maulfaule,
dumpfe, breitstirnige Kind in der Dorfschule nicht zu erlernen
vermochte.

Aber die Anstrengungen blieben vergeblich. Mirko starrte die ihm
schon hundertmal erklärten Schriftzeichen immer wieder fremd an;
auch für die simpelsten Unterrichtsgegenstände fehlte seinem schwerfällig arbeitenden Gehirn jede festhaltende Kraft. Wenn er rechnen
sollte, mußte er noch mit vierzehn Jahren die Finger zu Hilfe nehmen,
und ein Buch oder eine Zeitung zu lesen, bedeutete für den schon
halbwüchsigen Jungen noch besondere Anstrengung. Dabei konnte
man Mirko keineswegs unwillig oder widerspenstig nennen. Er tat
gehorsam, was man ihm gebot, holte Wasser, spaltete Holz, arbeitete
mit auf dem Felde, räumte die Küche auf und erledigte verläßlich,
wenn auch mit verärgernder Langsamkeit, jeden geforderten Dienst.
Was den guten Pfarrer aber an dem querköpfigen Knaben am meisten
verdroß, war seine totale Teilnahmslosigkeit. Er tat nichts ohne
besondere Aufforderung, stellte nie eine Frage, spielte nicht mit
anderen Burschen und suchte von selbst keine Beschäftigung, sofern
man sie nicht ausdrücklich anordnete; sobald Mirko die Verrichtun-
gen des Haushalts erledigt hatte, saß er stur im Zimmer herum mit
jenem leeren Blick, wie ihn Schafe auf der Weide haben, ohne an den
Geschehnissen rings um ihn den geringsten Anteil zu nehmen.
Während der Pfarrer abends, die lange Bauernpfeife schmauchend,
mit dem Gendarmeriewachtmeister seine üblichen drei Schachpartien
spielte, hockte der blondsträhnige Bursche stumm daneben und
starrte unter seinen schweren Lidern anscheinend schläfrig und
gleichgültig auf das karierte Brett.

Eines Winterabends klingelten, während die beiden Partner in ihre
tägliche Partie vertieft waren, von der Dorfstraße her die Glöckchen
eines Schlittens rasch und immer rascher heran. Ein Bauer, die Mütze

mit Schnee überstäubt, stapfte hastig herein, seine alte Mutter läge im Sterben, und der Pfarrer möge eilen, ihr noch rechtzeitig die Letzte Ölung zu erteilen. Ohne zu zögern folgte ihm der Priester. Der Gendarmeriewachtmeister, der sein Glas Bier noch nicht ausgetrunken hatte, zündete sich zum Abschied eine neue Pfeife an und bereitete sich eben vor, die schweren Schaftstiefel anzuziehen, als ihm auffiel, wie unentwegt der Blick Mirkos auf dem Schachbrett mit der angefangenen Partie haftete.

„Na, willst du sie zu Ende spielen?" spaßte er, vollkommen überzeugt, daß der schläfrige Junge nicht einen einzigen Stein auf dem Brett richtig zu rücken verstünde. Der Knabe starrte scheu auf, nickte dann und setzte sich auf den Platz des Pfarrers. Nach vierzehn Zügen war der Gendarmeriewachtmeister geschlagen und mußte zudem eingestehen, daß keineswegs ein versehentlicher nachlässiger Zug seine Niederlage verschuldet habe. Die zweite Partie fiel nicht anders aus.

„Bileams Esel!" rief erstaunt bei seiner Rückkehr der Pfarrer aus, dem weniger bibelfesten Gendarmeriewachtmeister erklärend, schon vor zweitausend Jahren hätte sich ein ähnliches Wunder ereignet, daß ein stummes Wesen plötzlich die Sprache der Weisheit gefunden habe. Trotz der vorgerückten Stunde konnte der Pfarrer sich nicht enthalten, seinen halb analphabetischen Famulus zu einem Zweikampf herauszufordern. Mirko schlug auch ihn mit Leichtigkeit. Er spielte zäh, langsam, unerschütterlich, ohne ein einziges Mal die gesenkte breite Stirn vom Brette aufzuheben. Aber er spielte mit unwiderlegbarer Sicherheit; weder der Gendarmeriewachtmeister noch der Pfarrer waren in den nächsten Tagen imstande, eine Partie gegen ihn zu gewinnen. Der Pfarrer, besser als irgend jemand befähigt, die sonstige Rückständigkeit seines Zöglings zu beurteilen, wurde nun ernstlich neugierig, wieweit diese einseitige sonderbare Begabung einer strengeren Prüfung standhalten würde. Nachdem er Mirko bei dem Dorfbarbier die struppigen strohblonden Haare hatte schneiden lassen, um ihn einigermaßen präsentabel zu machen, nahm er ihn in seinem Schlitten mit in die kleine Nachbarstadt, wo er im Café des Hauptplatzes eine Ecke mit enragierten Schachspielern wußte, denen er selbst erfahrungsgemäß nicht gewachsen war. Es erregte bei der ansässigen Runde nicht geringes Staunen, als der

Pfarrer den fünfzehnjährigen strohblonden und rotbackigen Burschen in seinem nach innen getragenen Schafspelz und schweren, hohen Schaftstiefeln in das Kaffeehaus schob, wo der Junge befremdet mit scheu niedergeschlagenen Augen in einer Ecke stehenblieb, bis man ihn zu einem der Schachtische hinrief. In der ersten Partie wurde Mirko geschlagen, da er die sogenannte Sizilianische Eröffnung bei dem guten Pfarrer nie gesehen hatte. In der zweiten Partie kam er schon gegen den besten Spieler auf Remis. Von der dritten und vierten an schlug er sie alle, einen nach dem andern.

Nun ereignen sich in einer kleinen südslawischen Provinzstadt höchst selten aufregende Dinge; so wurde das erste Auftreten dieses bäuerlichen Champions für die versammelten Honoratioren unverzüglich zur Sensation. Einstimmig wurde beschlossen, der Wunderknabe müßte unbedingt noch bis zum nächsten Tage in der Stadt bleiben, damit man die anderen Mitglieder des Schachklubs zusammenrufen und vor allem den alten Grafen Simczic, einen Fanatiker des Schachspiels, auf seinem Schlosse verständigen könne. Der Pfarrer, der mit einem ganz neuen Stolz auf seinen Pflegling blickte, aber über seiner Entdeckerfreude doch seinen pflichtgemäßen Sonntagsgottesdienst nicht versäumen wollte, erklärte sich bereit, Mirko für eine weitere Probe zurückzulassen. Der junge Czentovic wurde auf Kosten der Schachecke im Hotel einquartiert und sah an diesem Abend zum erstenmal ein Wasserklosett. Am folgenden Sonntagnachmittag war der Schachraum überfüllt. Mirko, unbeweglich vier Stunden vor dem Brett sitzend, besiegte, ohne ein Wort zu sprechen oder auch nur aufzuschauen, einen Spieler nach dem andern; schließlich wurde eine Simultanpartie vorgeschlagen. Es dauerte eine Weile, ehe man dem Unbelehrten begreiflich machen konnte, daß bei einer Simultanpartie er allein gegen die verschiedenen Spieler zu kämpfen hätte. Aber sobald Mirko diesen Usus begriffen, fand er sich rasch in die Aufgabe, ging mit seinen schweren, knarrenden Schuhen langsam von Tisch zu Tisch und gewann schließlich sieben von den acht Partien.

Nun begannen große Beratungen. Obwohl dieser neue Champion im strengen Sinne nicht zur Stadt gehörte, war doch der heimische Nationalstolz lebhaft entzündet. Vielleicht konnte endlich die kleine Stadt, deren Vorhandensein auf der Landkarte kaum jemand bisher wahrgenommen, zum erstenmal sich die Ehre erwerben, einen berühmten Mann in die Welt zu schicken. Ein Agent namens Koller, sonst nur Chansonetten und Sängerinnen für das Kabarett der Garnison vermittelnd, erklärte sich bereit, sofern man den Zuschuß für ein Jahr leiste, den jungen Menschen in Wien von einem ihm bekannten ausgezeichneten kleinen Meister fachmäßig in der Schachkunst ausbilden zu lassen. Graf Simczic, dem in sechzig Jahren täglichen Schachspieles nie ein so merkwürdiger Gegner entgegengetreten war, zeichnete sofort den Betrag. Mit diesem Tage begann die erstaunliche Karriere des Schiffersohnes.

Nach einem halben Jahre beherrschte Mirko sämtliche Geheimnisse der Schachtechnik, allerdings mit einer seltsamen Einschränkung, die später in den Fachkreisen viel beobachtet und bespöttelt wurde. Denn Czentovic brachte es nie dazu, auch nur eine einzige Schachpartie auswendig – oder wie man fachgemäß sagt: blind – zu spielen. Ihm fehlte vollkommen die Fähigkeit, das Schlachtfeld in den unbegrenzten Raum der Phantasie zu stellen. Er mußte immer das schwarzweiße Karree mit den vierundsechzig Feldern und zweiunddreißig Figuren handgreiflich vor sich haben; noch zur Zeit seines Weltruhmes führte er ständig ein zusammenlegbares Taschenschach mit sich, um, wenn er eine Meisterpartie rekonstruieren oder ein Problem für sich lösen wollte, sich die Stellung optisch vor Augen zu führen. Dieser an sich unbeträchtliche Defekt verriet einen Mangel an imaginativer Kraft und wurde in dem engen Kreise ebenso lebhaft diskutiert, wie wenn unter Musikern ein hervorragender Virtuose oder Dirigent sich unfähig gezeigt hätte, ohne aufgeschlagene Partitur zu spielen oder zu dirigieren. Aber diese merkwürdige Eigenheit verzögerte keineswegs Mirkos stupenden Aufstieg. Mit siebzehn Jahren hatte er schon ein Dutzend Schachpreise gewonnen, mit achtzehn sich die ungarische Meisterschaft, mit zwanzig endlich die Weltmeisterschaft erobert. Die verwegensten Champions, jeder einzelne an intellektueller Begabung, an Phantasie und Kühnheit ihm unermeßlich überlegen, erlagen ebenso seiner zähen und kalten Logik wie Napoleon dem schwerfälligen Kutusow, wie Hannibal dem Fabius Cunctator, von dem Livius berichtet, daß er gleichfalls in seiner Kindheit derart auffällige Züge von Phlegma und Imbezillität gezeigt habe. So geschah es, daß in die illustre Galerie der Schachmeister, die in ihren Reihen die verschiedensten Typen intellektueller Überlegenheit vereinigt – Philosophen,

Mathematiker, kalkulierende, imaginierende und oft schöpferische Naturen –, zum erstenmal ein völliger Outsider der geistigen Welt einbrach, ein schwerer, maulfauler Bauernbursche, aus dem auch nur ein einziges publizistisch brauchbares Wort herauszulocken selbst den gerissensten Journalisten nie gelang. Freilich, was Czentovic den Zeitungen an geschliffenen Sentenzen vorenthielt, ersetzte er bald reichlich durch Anekdoten über seine Person. Denn rettungslos wurde mit der Sekunde, da er vom Schachbrette aufstand, wo er Meister ohnegleichen war, Czentovic zu einer grotesken und beinahe komischen Figur; trotz seines feierlichen schwarzen Anzuges, seiner pompösen Krawatte mit der etwas aufdringlichen Perlennadel und seiner mühsam manikürten Finger blieb er in seinem Gehaben und seinen Manieren derselbe beschränkte Bauernjunge, der im Dorf die Stube des Pfarrers gefegt. Ungeschickt und geradezu schamlos plump suchte er zum Gaudium und zum Ärger seiner Fachkollegen aus seiner Begabung und seinem Ruhm mit einer kleinlichen und sogar oft ordinären Habgier herauszuholen, was an Geld herauszuholen war. Er reiste von Stadt zu Stadt, immer in den billigsten Hotels wohnend, er spielte in den kläglichsten Vereinen, sofern man ihm sein Honorar bewilligte, er ließ sich abbilden auf Seifenreklamen und verkaufte sogar, ohne auf den Spott seiner Konkurrenten zu achten, die genau wußten, daß er nicht imstande war, drei Sätze richtig zu schreiben, seinen Namen für eine ‚Philosophie des Schachs‘, die in Wirklichkeit ein kleiner galizischer Student für den geschäftüchtigen Verleger geschrieben. Wie allen zähen Naturen fehlte ihm jeder Sinn für das Lächerliche; seit seinem Siege im Weltturnier hielt er sich für den wichtigsten Mann der Welt, und das Bewußtsein, all diese gescheiten, intellektuellen, blendenden Sprecher und Schreiber auf ihrem eigenen Feld geschlagen zu haben, und vor allem die handgreifliche Tatsache, mehr als sie zu verdienen, verwandelte die ursprüngliche Unsicherheit in einen kalten und meist plump zur Schau getragenen Stolz.

„Aber wie sollte ein so rascher Ruhm nicht einen so leeren Kopf beduseln?" schloß mein Freund, der mir gerade einige klassische Proben von Czentovics kindischer Präpotenz anvertraut hatte. „Wie sollte ein einundzwanzigjähriger Bauernbursche aus dem Banat nicht den Eitelkeitskoller kriegen, wenn er plötzlich mit ein bißchen Figurenherumschieben auf einem Holzbrett in einer Woche mehr verdient als sein ganzes Dorf daheim mit Holzfällen und den bittersten Abrackereien in einem ganzen Jahr? Und dann, ist es nicht eigentlich verflucht leicht, sich für einen großen Menschen zu halten, wenn man nicht mit der leisesten Ahnung belastet ist, daß ein Rembrandt, ein Beethoven, ein Dante, ein Napoleon je gelebt haben? Dieser Bursche weiß in seinem vermauerten Gehirn nur das eine, daß er seit Monaten nicht eine einzige Schachpartie verloren hat, und da er eben nicht ahnt, daß es außer Schach und Geld noch andere Werte auf unserer Erde gibt, hat er allen Grund, von sich begeistert zu sein."

Diese Mitteilungen meines Freundes verfehlten nicht, meine besondere Neugierde zu erregen. Alle Arten von monomanischen, in eine einzige Idee verschossenen Menschen haben mich zeitlebens angereizt, denn je mehr sich einer begrenzt, um so mehr ist er andererseits dem Unendlichen nahe; gerade solche scheinbar Weltabseitigen bauen in ihrer besonderen Materie sich termitenhaft eine merkwürdige und durchaus einmalige Abbreviatur der Welt. So machte ich aus meiner Absicht, dieses sonderbare Spezimen intellektueller Eingleisigkeit auf der zwölftägigen Fahrt bis Rio näher unter die Lupe zu nehmen, kein Hehl.

Jedoch: „Da werden Sie wenig Glück haben", warnte mein Freund. „Soviel ich weiß, ist es noch keinem gelungen, aus Czentovic das geringste an psychologischem Material herauszuholen. Hinter all seiner abgründigen Beschränktheit verbirgt dieser gerissene Bauer die große Klugheit, sich keine Blößen zu geben, und zwar dank der simplen Technik, daß er außer mit Landsleuten seiner eigenen Sphäre, die er sich in kleinen Gasthäusern zusammensucht, jedes Gespräch vermeidet. Wo er einen gebildeten Menschen spürt, kriecht er in sein Schneckenhaus; so kann niemand sich rühmen, je ein dummes Wort von ihm gehört oder die angeblich unbegrenzte Tiefe seiner Unbildung ausgemessen zu haben." Mein Freund sollte in der Tat recht behalten. Während der ersten Tage der Reise erwies es sich als vollkommen unmöglich, an Czentovic ohne grobe Zudringlichkeit, die schließlich nicht meine Sache ist, heranzukommen. Manchmal schritt er zwar über das Promenadendeck, aber dann immer die Hände auf dem Rücken verschränkt mit jener stolz in sich versenkten Haltung, wie Napoleon auf dem bekannten Bilde; außerdem erledigte er immer so eilig und stoßhaft seine peripatetische Deckrunde, daß man ihm hätte im Trab nachlaufen müssen, um ihn ansprechen zu können. In den Gesellschaftsräumen wiederum, in der Bar, im Rauchzimmer zeigte er sich niemals; wie mir der Steward auf vertrauliche Erkundigung hin mitteilte, verbrachte er den Großteil des Tages in seiner Kabine, um auf einem mächtigen Brett Schachpartien einzuüben oder zu rekapitulieren.

Nach drei Tagen begann ich mich tatsächlich zu ärgern, daß seine geschickte Abwehrtechnik geschickter war als mein Wille, an ihn heranzukommen. Ich hatte in meinem Leben noch nie Gelegenheit gehabt, die persönliche Bekanntschaft eines Schachmeisters zu machen, und je mehr ich mich jetzt bemühte, mir einen solchen Typus zu personifizieren, um so unvorstellbarer schien mir eine Gehirntätigkeit, die ein ganzes Leben lang ausschließlich um einen Raum von vierundsechzig schwarzen und weißen Feldern rotiert. Ich wußte wohl aus eigener Erfahrung um die geheimnisvolle Attraktion des ‚königlichen Spiels‘, dieses einzigen unter allen Spielen, die der Mensch ersonnen, das sich souverän jeder Tyrannis des Zufalls entzieht und seine Siegespalmen einzig dem Geist oder vielmehr einer bestimmten Form geistiger Begabung zuteilt. Aber macht man sich nicht bereits einer beleidigenden Einschränkung schuldig, indem man Schach ein Spiel nennt? Ist es nicht auch eine Wissenschaft, eine Kunst, schwebend zwischen diesen Kategorien wie der Sarg Mohammeds zwischen Himmel und Erde, eine einmalige Bindung aller Gegensatzpaare; uralt und doch ewig neu, mechanisch in der Anlage und doch nur wirksam durch Phantasie, begrenzt in geometrisch starrem Raum und dabei unbegrenzt in seinen Kombinationen, ständig sich entwickelnd und doch steril, ein Denken, das zu nichts führt, eine Mathematik, die nichts errechnet, eine Kunst ohne Werke, eine Architektur ohne Substanz und nichtsdestominder erwiesenermaßen dauerhafter in seinem Sein und Dasein als alle Bücher und Werke, das einzige Spiel, das allen Völkern und allen Zeiten zugehört und von dem niemand weiß, welcher Gott es auf die Erde gebracht, um die Langeweile zu töten, die Sinne zu schärfen, die Seele zu spannen. Wo ist bei ihm Anfang und wo das Ende? Jedes Kind kann seine ersten Regeln erlernen, jeder Stümper sich in ihm versuchen, und doch vermag es innerhalb dieses unveränderbar engen Quadrats eine besondere Spezies von Meistern zu erzeugen, unvergleichbar allen anderen, Menschen mit einer einzig dem Schach zubestimmten Begabung, spezifische Genies, in denen Vision, Geduld und Technik in einer ebenso genau bestimmten Verteilung wirksam sind wie im Mathematiker, im Dichter, im Musiker, und nur in anderer Schichtung und Bindung. In früheren Zeiten physiognomischer Leidenschaft hätte ein Gall vielleicht die Gehirne solcher Schachmeister seziert, um festzustellen, ob bei solchen Schachgenies eine besondere Windung in der grauen Masse des Gehirns, eine Art Schachmuskel oder Schachhöcker sich intensiver eingezeichnet fände als in anderen Schädeln. Und wie hätte einen solchen Physiognomiker erst der Fall eines Czentovic angereizt, wo dies spezifische Genie eingesprengt erscheint in eine absolute intellektuelle Trägheit wie ein einzelner Faden Gold in einem Zentner tauben Gesteins! Im Prinzip war mir die Tatsache von jeher verständlich, daß ein derart einmaliges, ein solches geniales Spiel sich spezifische Matadore schaffen mußte, aber wie schwer, wie unmöglich doch, sich das Leben eines geistig regsamen Menschen vorzustellen, dem sich die Welt einzig auf die enge Einbahn zwischen Schwarz und Weiß reduziert, der in einem bloßen Hin und Her, Vor und Zurück von zweiunddreißig Figuren seine Lebenstriumphe sucht, einen Menschen, dem bei einer neuen Eröffnung, den Springer vorzuziehen statt des Bauern, schon Großtat und sein ärmliches Eckchen Unsterblichkeit im Winkel eines Schachbuches bedeutet – einen Menschen, einen geistigen Menschen, der, ohne wahnsinnig zu werden, zehn, zwanzig, dreißig, vierzig Jahre lang die ganze Spannkraft seines Denkens immer und immer wieder an den lächerlichen Einsatz wendet, einen hölzernen König auf einem hölzernen Brett in den Winkel zu drängen!

Und nun war ein solches Phänomen, ein solches sonderbares Genie oder ein solcher rätselhafter Narr mir räumlich zum erstenmal ganz nahe, sechs Kabinen weit auf demselben Schiff, und ich Unseliger, für den Neugier in geistigen Dingen immer zu einer Art Passion ausartet, sollte nicht imstande sein, mich ihm zu nähern. Ich begann, mir die absurdesten Listen auszudenken: etwa, ihn in seiner Eitelkeit zu kitzeln, indem ich ihm ein angebliches Interview für eine wichtige Zeitung vortäuschte, oder bei seiner Habgier zu packen, dadurch, daß ich ihm ein einträgliches Turnier in Schottland proponierte. Aber schließlich erinnerte ich mich, daß die bewährteste Technik der Jäger, den Auerhahn an sich heranzulocken, darin besteht, daß sie seinen Balzschrei nachahmen; was konnte eigentlich wirksamer sein, um die Aufmerksamkeit eines Schachmeisters auf sich zu ziehen, als indem man selber Schach spielte?

Nun bin ich zeitlebens nie ein ernstlicher Schachkünstler gewesen, und zwar aus dem einfachen Grunde, weil ich mich mit Schach immer bloß leichtfertig und ausschließlich zu meinem Vergnügen befaßte; wenn ich mich für eine Stunde vor das Brett setze, geschieht dies keineswegs, um mich anzustrengen, sondern im Gegenteil, um mich von geistiger Anspannung zu entlasten. Ich ‚spiele‘ Schach im wahrsten Sinne des Wortes, während die anderen, die wirklichen Schachspieler, Schach ‚ernsten‘, um ein verwegenes neues Wort in die deutsche Sprache einzuführen. Für Schach ist nun, wie für die Liebe, ein Partner unentbehrlich, und ich wußte zur Stunde noch nicht, ob sich außer uns andere Schachliebhaber an Bord befanden. Um sie aus ihren Höhlen herauszulocken, stellte ich im Smoking Room eine primitive Falle auf, indem ich mich mit meiner Frau, obwohl sie noch schwächer spielt als ich, vogelstellerisch vor ein Schachbrett setzte. Und tatsächlich, wir hatten noch nicht sechs Züge getan, so blieb schon jemand im Vorübergehen stehen, ein zweiter erbat die Erlaubnis, zusehen zu dürfen; schließlich fand sich auch der erwünschte Partner, der mich zu einer Partie herausforderte. Er hieß McConnor und war ein schottischer Tiefbauingenieur, der, wie ich hörte, bei Ölbohrungen in Kalifornien sich ein großes Vermögen gemacht hatte, von äußerem Ansehen ein stämmiger Mensch mit starken, fast quadratisch harten Kinnbacken, kräftigen Zähnen und einer satten Gesichtsfarbe, deren prononcierte Rötlichkeit wahrscheinlich, zumindest teilweise, reichlichem Genuß von Whisky zu verdanken war. Die auffällig breiten, fast athletisch vehementen Schultern machten sich leider auch im Spiel charaktermäßig bemerkbar, denn dieser Mister McConnor gehörte zu jener Sorte selbstbesessener Erfolgsmenschen, die auch im belanglosesten Spiel eine Niederlage schon als Herabsetzung ihres Persönlichkeitsbewußtseins empfinden. Gewöhnt, sich im Leben rücksichtslos durchzusetzen, und verwöhnt vom faktischen Erfolg, war dieser massive Selfmademan derart unerschütterlich von seiner Überlegenheit durchdrungen, daß jeder Widerstand ihn als ungebührliche Auflehnung und beinahe

Beleidigung erregte. Als er die erste Partie verlor, wurde er mürrisch und begann umständlich und diktatorisch zu erklären, dies könne nur durch eine momentane Unaufmerksamkeit geschehen sein, bei der dritten machte er den Lärm im Nachbarraum für sein Versagen verantwortlich; nie war er gewillt, eine Partie zu verlieren, ohne sofort Revanche zu fordern. Anfangs amüsierte mich diese ehrgeizige Verbissenheit; schließlich nahm ich sie nur mehr als unvermeidliche Begleiterscheinung für meine eigentliche Absicht hin, den Weltmeister an unseren Tisch zu locken.

Am dritten Tag gelang es und gelang doch nur halb. Sei es, daß Czentovic uns vom Promenadendeck aus durch das Bordfenster vor dem Schachbrett beobachtet oder daß er nur zufälligerweise den Smoking Room mit seiner Anwesenheit beehrte – jedenfalls trat er, sobald er uns Unberufene seine Kunst ausüben sah, unwillkürlich einen Schritt näher und warf aus dieser gemessenen Distanz einen prüfenden Blick auf unser Brett. McConnor war gerade am Zuge. Und schon dieser eine Zug schien ausreichend, um Czentovic zu belehren, wie wenig ein weiteres Verfolgen unserer dilettantischen Bemühungen seines meisterlichen Interesses würdig sei. Mit derselben selbstverständlichen Geste, mit der unsereiner in einer Buchhandlung einen angebotenen schlechten Detektivroman weglegt, ohne ihn auch nur anzublättern, trat er von unserem Tische fort und verließ den Smoking Room. ‚Gewogen und zu leicht befunden‘, dachte ich mir, ein bißchen verärgert durch diesen kühlen, verächtlichen Blick, und um meinem Unmut irgendwie Luft zu machen, äußerte ich zu McConnor:

„Ihr Zug scheint den Meister nicht sehr begeistert zu haben."

„Welchen Meister?"

Ich erklärte ihm, jener Herr, der eben an uns vorübergegangen und mit mißbilligendem Blick auf unser Spiel gesehen, sei der Schachmeister Czentovic gewesen. Nun, fügte ich hinzu, wir beide würden es überstehen und ohne Herzeleid uns mit seiner illustren Verachtung abfinden; arme Leute müßten eben mit Wasser kochen. Aber zu meiner Überraschung übte auf McConnor meine lässige Mitteilung eine völlig unerwartete Wirkung. Er wurde sofort erregt, vergaß unsere Partie, und sein Ehrgeiz begann geradezu hörbar zu pochen. Er habe keine Ahnung gehabt, daß Czentovic an Bord sei, und Czentovic

müsse unbedingt gegen ihn spielen. Er habe noch nie im Leben gegen
einen Weltmeister gespielt außer einmal bei einer Simultanpartie mit
vierzig anderen; schon das sei furchtbar spannend gewesen, und er
habe damals beinahe gewonnen. Ob ich den Schachmeister persönlich
kenne? Ich verneinte. Ob ich ihn nicht ansprechen wolle und zu uns
bitten? Ich lehnte ab mit der Begründung, Czentovic sei meines
Wissens für neue Bekanntschaften nicht sehr zugänglich. Außerdem,
was für einen Reiz sollte es einem Weltmeister bieten, mit uns
drittklassigen Spielern sich abzugeben?

Nun, das mit den drittklassigen Spielern hätte ich zu einem derart
ehrgeizigen Manne wie McConnor lieber nicht äußern sollen. Er
lehnte sich verärgert zurück und erklärte schroff, er für seinen Teil
könne nicht glauben, daß Czentovic die höfliche Aufforderung eines
Gentlemans ablehnen werde, dafür werde er schon sorgen. Auf seinen
Wunsch gab ich ihm eine kurze Personsbeschreibung des Weltmeisters, und schon stürmte er, unser Schachbrett gleichgültig im Stich
lassend, in unbeherrschter Ungeduld Czentovic auf das Promenadendeck nach. Wieder spürte ich, daß der Besitzer dermaßen breiter
Schultern nicht zu halten war, sobald er einmal seinen Willen in eine
Sache geworfen.

Ich wartete ziemlich gespannt. Nach zehn Minuten kehrte McConnor zurück, nicht sehr aufgeräumt, wie mir schien.

„Nun?" fragte ich.

„Sie haben recht gehabt", antwortete er etwas verärgert. „Kein sehr
angenehmer Herr. Ich stellte mich vor, erklärte ihm, wer ich sei. Er
reichte mir nicht einmal die Hand. Ich versuchte, ihm auseinanderzu-
setzen, wie stolz und geehrt wir alle an Bord sein würden, wenn er eine
Simultanpartie gegen uns spielen wollte. Aber er hielt seinen Rücken
verflucht steif; es täte ihm leid, aber er habe kontraktliche Verpflich-
tungen gegen seinen Agenten, die ihm ausdrücklich untersagten,
während seiner ganzen Tournee ohne Honorar zu spielen. Sein
Minimum sei zweihundertfünfzig Dollar pro Partie."

Ich lachte. „Auf diesen Gedanken wäre ich eigentlich nie geraten,
daß Figuren von Schwarz auf Weiß zu schieben ein derart einträgliches
Geschäft sein kann. Nun, ich hoffe, Sie haben sich ebenso höflich
empfohlen."

Aber McConnor blieb vollkommen ernst. „Die Partie ist für

morgen nachmittag drei Uhr angesetzt. Hier im Rauchsalon. Ich hoffe, wir werden uns nicht so leicht zu Brei schlagen lassen."

„Wie? Sie haben ihm die zweihundertfünfzig Dollar bewilligt?" rief ich ganz betroffen aus.

„Warum nicht? C'est son métier. Wenn ich Zahnschmerzen hätte und es wäre zufällig ein Zahnarzt an Bord, würde ich auch nicht verlangen, daß er mir den Zahn umsonst ziehen soll. Der Mann hat ganz recht, dicke Preise zu machen; in jedem Fach sind die wirklichen Könner auch die besten Geschäftsleute. Und was mich betrifft: je klarer ein Geschäft, um so besser. Ich zahle lieber in Cash, als mir von einem Herrn Czentovic Gnaden erweisen zu lassen und mich am Ende noch bei ihm bedanken zu müssen. Schließlich habe ich in unserem Klub schon mehr an einem Abend verloren als zweihundertfünfzig Dollar und dabei mit keinem Weltmeister gespielt. Für ‚drittklassige' Spieler ist es keine Schande, von einem Czentovic umgelegt zu werden."

Es amüsierte mich, zu bemerken, wie tief ich McConnors Selbstgefühl mit dem einen unschuldigen Wort ‚drittklassiger Spieler' gekränkt hatte. Aber da er den teuren Spaß zu bezahlen gesonnen war, hatte ich nichts einzuwenden gegen seinen deplacierten Ehrgeiz, der mir endlich die Bekanntschaft meines Kuriosums vermitteln sollte. Wir verständigten eiligst die vier oder fünf Herren, die sich bisher als Schachspieler deklariert hatten, von dem bevorstehenden Ereignis und ließen, um von durchgehenden Passanten möglichst wenig gestört zu werden, nicht nur unseren Tisch, sondern auch die Nachbartische für das bevorstehende Match im voraus reservieren.

Am nächsten Tage war unsere kleine Gruppe zur vereinbarten Stunde vollzählig erschienen. Der Mittelplatz gegenüber dem Meister blieb selbstverständlich McConnor zugeteilt, der seine Nervosität entlud, indem er eine schwere Zigarre nach der andern anzündete und immer wieder unruhig auf die Uhr blickte. Aber der Weltmeister ließ – ich hatte nach den Erzählungen meines Freundes derlei schon geahnt – gute zehn Minuten auf sich warten, wodurch allerdings sein Erscheinen dann erhöhten Aplomb erhielt. Er trat ruhig und gelassen auf den Tisch zu. Ohne sich vorzustellen – ‚Ihr wißt, wer ich bin, und wer ihr seid, interessiert mich nicht', schien diese Unhöflichkeit zu besagen –, begann er mit fachmännischer Trockenheit die sachlichen

Anordnungen. Da eine Simultanpartie hier an Bord mangels verfüg-
barer Schachbretter unmöglich sei, schlage er vor, daß wir alle
gemeinsam gegen ihn spielen sollten. Nach jedem Zug werde er, um
unsere Beratungen nicht zu stören, sich zu einem anderen Tisch am
Ende des Raumes verfügen. Sobald wir unseren Gegenzug getan,
sollten wir, da bedauerlicherweise keine Tischglocke zur Hand sei,
mit dem Löffel gegen ein Glas klopfen. Als maximale Zugzeit schlage
er zehn Minuten vor, falls wir keine andere Einteilung wünschten.
Wir pflichteten selbstverständlich wie schüchterne Schüler jedem
Vorschlage bei. Die Farbenwahl teilte Czentovic Schwarz zu; noch im
Stehen tat er den ersten Gegenzug und wandte sich dann gleich dem
von ihm vorgeschlagenen Warteplatz zu, wo er lässig hingelehnt eine
illustrierte Zeitschrift durchblätterte.

Es hat wenig Sinn, über die Partie zu berichten. Sie endete
selbstverständlich, wie sie enden mußte: mit unserer totalen Niederlage, und zwar bereits beim vierundzwanzigsten Zuge. Daß nun ein
Weltschachmeister ein halbes Dutzend mittlerer oder untermittlerer
Spieler mit der linken Hand niederfegt, war an sich wenig erstaunlich;
verdrießlich wirkte eigentlich auf uns alle nur die präpotente Art, mit
der Czentovic es uns allzu deutlich fühlen ließ, daß er uns mit der
linken Hand erledigte. Er warf jedesmal nur einen scheinbar flüchti-
gen Blick auf das Brett, sah an uns so lässig vorbei, als ob wir selbst
tote Holzfiguren wären, und diese impertinente Geste erinnerte
unwillkürlich an die, mit der man einem räudigen Hund abgewende-
ten Blicks einen Brocken zuwirft. Bei einiger Feinfühligkeit hätte er
meiner Meinung nach uns auf Fehler aufmerksam machen können
oder durch ein freundliches Wort aufmuntern. Aber auch nach
Beendigung der Partie äußerte dieser unmenschliche Schachautomat
keine Silbe, sondern wartete, nachdem er „Matt" gesagt, regungslos
vor dem Tische, ob man noch eine zweite Partie von ihm wünsche.
Schon war ich aufgestanden, um hilflos, wie man immer gegen
dickfellige Grobheit bleibt, durch eine Geste anzudeuten, daß mit
diesem erledigten Dollargeschäft wenigstens meinerseits das Vergnügen unserer Bekanntschaft beendet sei, als zu meinem Ärger neben
mir McConnor mit ganz heiserer Stimme sagte: „Revanche!"

Ich erschrak geradezu über den herausfordernden Ton; tatsächlich
bot McConnor in diesem Augenblick eher den Eindruck eines Boxers

vor dem Losschlagen als den eines höflichen Gentlemans. War es die unangenehme Art der Behandlung, die uns Czentovic hatte zuteil werden lassen, oder nur sein pathologisch reizbarer Ehrgeiz – jedenfalls war McConnors Wesen vollkommen verändert. Rot im Gesicht bis hoch hinauf an das Stirnhaar, die Nüstern von innerem Druck stark aufgespannt, transpirierte er sichtlich, und von den verbissenen Lippen schnitt sich scharf eine Falte gegen sein kämpferisch vorgerecktes Kinn. Ich erkannte beunruhigt in seinem Auge jenes Flackern unbeherrschter Leidenschaft, wie sie sonst Menschen nur am Roulettetische ergreift, wenn zum sechsten- oder siebtenmal bei immer verdoppeltem Einsatz nicht die richtige Farbe kommt. In diesem Augenblick wußte ich, dieser fanatisch Ehrgeizige würde, und sollte es ihn sein ganzes Vermögen kosten, gegen Czentovic so lange spielen und spielen und spielen, einfach oder doubliert, bis er wenigstens ein einziges Mal eine Partie gewonnen. Wenn Czentovic durchhielt, so hatte er an McConnor eine Goldgrube gefunden, aus der er bis Buenos Aires ein paar tausend Dollar schaufeln konnte.

Czentovic blieb unbewegt. „Bitte", antwortete er höflich. „Die Herren spielen jetzt Schwarz."

Auch die zweite Partie bot kein verändertes Bild, außer daß durch einige Neugierige unser Kreis nicht nur größer, sondern auch lebhafter geworden war. McConnor blickte so starr auf das Brett, als wollte er die Figuren mit seinem Willen, zu gewinnen, magnetisieren; ich spürte ihm an, daß er auch tausend Dollar begeistert geopfert hätte für den Lustschrei ‚Matt!' gegen den kaltschnauzigen Gegner. Merkwürdigerweise ging etwas von seiner verbissenen Erregung unbewußt in uns über. Jeder einzelne Zug wurde ungleich leidenschaftlicher diskutiert als vordem, immer hielten wir noch im letzten Moment einer den andern zurück, ehe wir uns einigten, das Zeichen zu geben, das Czentovic an unseren Tisch zurückrief. Allmählich waren wir beim siebzehnten Zuge angelangt, und zu unserer eigenen Überraschung war eine Konstellation eingetreten, die verblüffend vorteilhaft schien, weil es uns gelungen war, den Bauern der c-Linie bis auf das vorletzte Feld c2 zu bringen; wir brauchten ihn nur vorzuschieben auf c1, um eine neue Dame zu gewinnen. Ganz behaglich war uns freilich nicht bei dieser allzu offenkundigen Chance; wir argwöhnten einmütig, dieser scheinbar von uns errungene Vorteil müsse von Czentovic, der doch die Situation viel weitblickender übersah, mit Absicht uns als Angelhaken zugeschoben sein. Aber trotz angestrengtem gemeinsamen Suchen und Diskutieren vermochten wir die versteckte Finte nicht wahrzunehmen. Schließlich, schon knapp am Rande der verstatteten Überlegungsfrist, entschlossen wir uns, den Zug zu wagen. Schon rührte McConnor den Bauern an, um ihn auf das letzte Feld zu schieben, als er sich jäh am Arm gepackt fühlte und jemand leise und heftig flüsterte: „Um Gottes willen! Nicht!"

Unwillkürlich wandten wir uns alle um. Ein Herr von etwa fünfundvierzig Jahren, dessen schmales, scharfes Gesicht mir schon vordem auf der Deckpromenade durch seine merkwürdige, fast kreidige Blässe aufgefallen war, mußte in den letzten Minuten, indes wir unsere ganze Aufmerksamkeit dem Problem zuwandten, zu uns getreten sein. Hastig fügte er, unsern Blick spürend, hinzu:

„Wenn Sie jetzt eine Dame machen, schlägt er sie sofort mit dem Läufer c1, Sie nehmen mit dem Springer zurück. Aber inzwischen geht er mit seinem Freibauern auf d7, bedroht Ihren Turm, und auch wenn Sie mit dem Springer Schach sagen, verlieren Sie und sind nach neun bis zehn Zügen erledigt. Es ist beinahe dieselbe Konstellation, wie sie Aljechin gegen Bogoljubow 1922 im Pistyaner Großturnier initiiert hat."

McConnor ließ erstaunt die Hand von der Figur und starrte nicht minder verwundert als wir alle auf den Mann, der wie ein unvermuteter Engel helfend vom Himmel kam. Jemand, der auf neun Züge im voraus ein Matt berechnen konnte, mußte ein Fachmann ersten Ranges sein, vielleicht sogar ein Konkurrent um die Meisterschaft, der zum gleichen Turnier reiste, und sein plötzliches Kommen und Eingreifen gerade in einem so kritischen Moment hatte etwas fast Übernatürliches.

Als erster faßte sich McConnor.

„Was würden Sie raten?" flüsterte er aufgeregt.

„Nicht gleich vorziehen, sondern zunächst ausweichen! Vor allem mit dem König abrücken aus der gefährdeten Linie von g8 auf h7. Er wird wahrscheinlich den Angriff dann auf die andere Flanke hinüberwerfen. Aber das parieren Sie mit Turm c8–c4; das kostet ihm zwei Tempi, einen Bauern und damit die Überlegenheit. Dann steht

Freibauer gegen Freibauer, und wenn Sie sich richtig defensiv halten, kommen Sie noch auf Remis. Mehr ist nicht herauszuholen."

Wir staunten abermals. Die Präzision nicht minder als die Raschheit seiner Berechnung hatte etwas Verwirrendes; es war, als ob er die Züge aus einem gedruckten Buch ablesen würde. Immerhin wirkte die unvermutete Chance, dank seines Eingreifens unsere Partie gegen einen Weltmeister auf Remis zu bringen, zauberisch. Einmütig rückten wir zur Seite, um ihm freieren Blick auf das Brett zu gewähren. Noch einmal fragte McConnor:

„Also König g8 auf h7?"

„Jawohl! Ausweichen vor allem!"

McConnor gehorchte, und wir klopften an das Glas. Czentovic trat mit seinem gewohnt gleichmütigen Schritt an unseren Tisch und maß mit einem einzigen Blick den Gegenzug. Dann zog er auf dem Königsflügel den Bauern h2–h4, genau wie es unser unbekannter Helfer vorausgesagt. Und schon flüsterte dieser aufgeregt:

„Turm vor, Turm vor, c8 auf c4, er muß dann zuerst den Bauern decken. Aber das wird ihm nichts helfen! Sie schlagen, ohne sich um seinen Freibauern zu kümmern, mit dem Springer c3–d5, und das Gleichgewicht ist wieder hergestellt. Den ganzen Druck vorwärts, statt zu verteidigen!"

Wir verstanden nicht, was er meinte. Für uns war, was er sagte, Chinesisch. Aber schon einmal in seinem Bann, zog McConnor, ohne zu überlegen, wie jener geboten. Wir schlugen abermals an das Glas, um Czentovic zurückzurufen. Zum erstenmal entschied er sich nicht rasch, sondern blickte gespannt auf das Brett. Dann tat er genau den Zug, den der Fremde uns angekündigt, und wandte sich zum Gehen. Jedoch ehe er zurücktrat, geschah etwas Neues und Unerwartetes. Czentovic hob den Blick und musterte unsere Reihen; offenbar wollte er herausfinden, wer ihm mit einemmal so energischen Widerstand leistete.

Von diesem Augenblick an wuchs unsere Erregung ins Ungemessene. Bisher hatten wir ohne ernstliche Hoffnung gespielt, nun aber trieb der Gedanke, den kalten Hochmut Czentovics zu brechen, uns eine fliegende Hitze durch alle Pulse. Schon aber hatte unser neuer Freund den nächsten Zug angeordnet, und wir konnten – die Finger zitterten mir, als ich den Löffel an das Glas schlug – Czentovic zurückrufen. Und nun kam unser erster Triumph. Czentovic, der bisher immer nur im Stehen gespielt, zögerte, zögerte und setzte sich schließlich nieder. Er setzte sich langsam und schwerfällig; damit aber war schon rein körperlich das bisherige Von-oben-herab zwischen ihm und uns aufgehoben. Wir hatten ihn genötigt, sich wenigstens räumlich auf eine Ebene mit uns zu begeben. Er überlegte lange, die Augen unbeweglich auf das Brett gesenkt, so daß man kaum mehr die Pupillen unter den schwarzen Lidern wahrnehmen konnte, und im angestrengten Nachdenken öffnete sich ihm allmählich der Mund, was seinem runden Gesicht einen etwas einfältigen Ausdruck gab. Czentovic überlegte einige Minuten, dann tat er einen Zug und stand auf. Und schon flüsterte unser Freund: „Ein Hinhaltezug! Gut gedacht! Aber nicht darauf eingehen! Abtausch forcieren, unbedingt Abtausch, dann können wir auf Remis, und kein Gott kann ihm helfen."

McConnor gehorchte. Es begann in den nächsten Zügen zwischen den beiden – wir anderen waren längst zu leeren Statisten herabgesunken – ein uns unverständliches Hin und Her. Nach etwa sieben Zügen sah Czentovic nach längerem Nachdenken auf und erklärte: „Remis."

Einen Augenblick herrschte totale Stille. Man hörte plötzlich die Wellen rauschen und das Radio aus dem Salon herüberjazzen, man vernahm jeden Schritt vom Promenadendeck und das leise, feine Sausen des Windes, der durch die Fugen der Fenster fuhr. Keiner von uns atmete, es war zu plötzlich gekommen und wir alle noch geradezu erschrocken über das Unwahrscheinliche, daß dieser Unbekannte dem Weltmeister in einer schon halb verlorenen Partie seinen Willen aufgezwungen haben sollte. McConnor lehnte sich mit einem Ruck zurück, der zurückgehaltene Atem fuhr ihm hörbar in einem beglückten „Ah!" von den Lippen. Ich wiederum beobachtete Czentovic. Schon bei den letzten Zügen hatte mir geschienen, als ob er blässer geworden sei. Aber er verstand sich gut zusammenzuhalten. Er verharrte in seiner scheinbar gleichmütigen Starre und fragte nur in lässiger Weise, während er die Figuren mit ruhiger Hand vom Brette schob:

„Wünschen die Herren noch eine dritte Partie?"

Er stellte die Frage rein sachlich, rein geschäftlich. Aber das Merkwürdige war, er hatte dabei nicht McConnor angeblickt, sondern scharf und gerade das Auge gegen unseren Retter erhoben. Wie ein Pferd am festeren Sitz einen neuen, einen besseren Reiter, mußte er an den letzten Zügen seinen wirklichen, seinen eigentlichen Gegner erkannt haben. Unwillkürlich folgten wir seinem Blick und sahen gespannt auf den Fremden. Jedoch ehe dieser sich besinnen oder gar antworten konnte, hatte in seiner ehrgeizigen Erregung McConnor schon triumphierend ihm zugerufen: „Selbstverständlich! Aber jetzt müssen Sie allein gegen ihn spielen! Sie allein gegen Czentovic!"

Doch nun ereignete sich etwas Unvorhergesehenes. Der Fremde, der merkwürdigerweise noch immer angestrengt auf das schon abgeräumte Schachbrett starrte, schrak auf, da er alle Blicke auf sich gerichtet und sich so begeistert angesprochen fühlte. Seine Züge verwirrten sich.

„Auf keinen Fall, meine Herren", stammelte er sichtlich betroffen. „Das ist völlig ausgeschlossen ... ich komme gar nicht in Betracht ... ich habe seit zwanzig, nein, fünfundzwanzig Jahren vor keinem Schachbrett gesessen ... und ich sehe erst jetzt, wie ungehörig ich mich betragen habe, indem ich mich ohne Ihre Verstattung in Ihr Spiel einmengte ... Bitte, entschuldigen Sie meine Vordringlichkeit ... ich will gewiß nicht weiter stören." Und noch ehe wir uns von unserer Überraschung zurechtfanden, hatte er sich bereits zurückgezogen und das Zimmer verlassen.

„Aber das ist doch ganz unmöglich!" dröhnte der temperamentvolle McConnor, mit der Faust aufschlagend. „Völlig ausgeschlossen, daß dieser Mann fünfundzwanzig Jahre nicht Schach gespielt haben soll! Er hat doch jeden Zug, jede Gegenpointe auf fünf, auf sechs Züge vorausberechnet. So etwas kann niemand aus dem Handgelenk. Das ist doch völlig ausgeschlossen – nicht wahr?"

Mit der letzten Frage hatte sich McConnor unwillkürlich an Czentovic gewandt. Aber der Weltmeister blieb unerschütterlich kühl.

„Ich vermag darüber kein Urteil abzugeben. Jedenfalls hat der Herr etwas befremdlich und interessant gespielt; deshalb habe ich ihm auch absichtlich eine Chance gelassen." Gleichzeitig lässig aufstehend, fügte er in seiner sachlichen Art hinzu: „Sollte der Herr oder die Herren morgen eine abermalige Partie wünschen, so stehe ich von drei Uhr ab zur Verfügung."

Wir konnten ein leises Lächeln nicht unterdrücken. Jeder von uns wußte, daß Czentovic unserem unbekannten Helfer keineswegs großmütig eine Chance gelassen und diese Bemerkung nichts anderes als eine naive Ausflucht war, um sein eigenes Versagen zu maskieren. Um so heftiger wuchs unser Verlangen, einen derart unerschütterlichen Hochmut gedemütigt zu sehen. Mit einemmal war über uns friedliche, lässige Bordbewohner eine wilde, ehrgeizige Kampflust gekommen, denn der Gedanke, daß gerade auf unserem Schiff mitten auf dem Ozean dem Schachmeister die Palme entrungen werden könnte – ein Rekord, der dann von allen Telegraphenbüros über die ganze Welt hingeblitzt würde –, faszinierte uns in herausforderndster Weise. Dazu kam noch der Reiz des Mysteriösen, der von dem unerwarteten Eingreifen unseres Retters gerade im kritischen Moment ausging, und der Kontrast seiner fast ängstlichen Bescheidenheit mit dem unerschütterlichen Selbstbewußtsein des Professionellen. Wer war dieser Unbekannte? Hatte hier der Zufall ein noch unentdecktes Schachgenie zutage gefördert? Oder verbarg uns aus einem unerforschlichen Grunde ein berühmter Meister seinen Namen? Alle diese Möglichkeiten erörterten wir in aufgeregtester Weise, selbst die verwegensten Hypothesen waren uns nicht verwegen genug, um die rätselhafte Scheu und das überraschende Bekenntnis des Fremden mit seiner doch unverkennbaren Spielkunst in Einklang zu bringen. In einer Hinsicht jedoch blieben wir alle einig: keinesfalls auf das Schauspiel eines neuerlichen Kampfes zu verzichten. Wir beschlossen, alles zu versuchen, damit unser Helfer am nächsten Tage eine Partie gegen Czentovic spiele, für deren materielles Risiko McConnor aufzukommen sich verpflichtete. Da sich inzwischen durch Umfrage beim Steward herausgestellt hatte, daß der Unbekannte ein Österreicher sei, wurde mir als seinem Landsmann der Auftrag zugeteilt, ihm unsere Bitte zu unterbreiten.

Ich benötigte nicht lange, um auf dem Promenadendeck den so eilig Entflüchteten aufzufinden. Er lag auf seinem Deckchair und las. Ehe ich auf ihn zutrat, nahm ich die Gelegenheit wahr, ihn zu betrachten. Der scharfgeschnittene Kopf ruhte in der Haltung leichter Ermüdung auf dem Kissen; abermals fiel mir die merkwürdige Blässe des verhältnismäßig jungen Gesichtes besonders auf, dem die Haare blendend weiß die Schläfen rahmten; ich hatte, ich weiß nicht warum, den Eindruck, dieser Mann müsse plötzlich gealtert sein. Kaum ich auf ihn zutrat, erhob er sich höflich und stellte sich mit einem Namen vor, der mir sofort vertraut war als der einer hochangesehenen altösterreichischen Familie. Ich erinnerte mich, daß ein Träger dieses Namens zu dem engsten Freundeskreise Schuberts gehört hatte und auch einer der Leibärzte des alten Kaisers dieser Familie entstammte. Als ich Dr. B. unsere Bitte übermittelte, die Herausforderung Czentovics anzunehmen, war er sichtlich verblüfft. Es erwies sich, daß er keine Ahnung gehabt hatte, bei jener Partie einen Weltmeister, und gar den zur Zeit erfolgreichsten, ruhmreich bestanden zu haben. Aus irgendeinem Grunde schien diese Mitteilung auf ihn besonderen Eindruck zu machen, denn er erkundigte sich immer und immer wieder von neuem, ob ich dessen gewiß sei, daß sein Gegner tatsächlich ein anerkannter Weltmeister gewesen. Ich merkte bald, daß dieser Umstand meinen Auftrag erleichterte, und hielt es nur, seine Feinfühligkeit spürend, für ratsam, ihm zu verschweigen, daß das materielle Risiko einer allfälligen Niederlage zu Lasten von McConnors Kasse ginge. Nach längerem Zögern erklärte sich Dr. B. schließlich zu einem Match bereit, doch nicht ohne ausdrücklich gebeten zu haben, die anderen Herren nochmals zu warnen, sie möchten keineswegs auf sein Können übertriebene Hoffnungen setzen.

„Denn", fügte er mit einem versonnenen Lächeln hinzu, „ich weiß wahrhaftig nicht, ob ich fähig bin, eine Schachpartie nach allen Regeln richtig zu spielen. Bitte glauben Sie mir, daß es keineswegs falsche Bescheidenheit war, wenn ich sagte, daß ich seit meiner Gymnasialzeit, also seit mehr als zwanzig Jahren, keine Schachfigur mehr berührt habe. Und selbst zu jener Zeit galt ich bloß als Spieler ohne sonderliche Begabung."

Er sagte dies in einer so natürlichen Weise, daß ich nicht den leisesten Zweifel an seiner Aufrichtigkeit hegen durfte. Dennoch konnte ich nicht umhin, meiner Verwunderung Ausdruck zu geben, wie genau er an jede einzelne Kombination der verschiedensten Meister sich erinnern könne; immerhin müsse er sich doch wenigstens theoretisch mit Schach viel beschäftigt haben. Dr. B. lächelte abermals in jener merkwürdig traumhaften Art.

„Viel beschäftigt! – Weiß Gott, das kann man wohl sagen, daß ich mich mit Schach viel beschäftigt habe. Aber das geschah unter ganz besonderen, ja völlig einmaligen Umständen. Es war dies eine ziemlich komplizierte Geschichte, und sie könnte allenfalls als kleiner Beitrag gelten zu unserer lieblichen großen Zeit. Wenn Sie eine halbe Stunde Geduld haben ... "

Er hatte auf den Deckchair neben sich gedeutet. Gerne folgte ich seiner Einladung. Wir waren ohne Nachbarn. Dr. B. nahm die Lesebrille von den Augen, legte sie zur Seite und begann:

„Sie waren so freundlich, zu äußern, daß Sie sich als Wiener des Namens meiner Familie erinnerten. Aber ich vermute, Sie werden kaum von der Rechtsanwaltskanzlei gehört haben, die ich gemeinsam mit meinem Vater und späterhin allein leitete, denn wir führten keine Causen, die publizistisch in der Zeitung abgehandelt wurden, und vermieden aus Prinzip neue Klienten. In Wirklichkeit hatten wir eigentlich gar keine richtige Anwaltspraxis mehr, sondern beschränkten uns ausschließlich auf die Rechtsberatung und vor allem Vermögensverwaltung der großen Klöster, denen mein Vater als früherer Abgeordneter der klerikalen Partei nahestand. Außerdem war uns – heute, da die Monarchie der Geschichte angehört, darf man wohl schon darüber sprechen – die Verwaltung der Fonds einiger Mitglieder der kaiserlichen Familie anvertraut. Diese Verbindung zum Hof und zum Klerus – mein Onkel war Leibarzt des Kaisers, ein anderer Abt in Seitenstetten – reichte schon zwei Generationen zurück; wir hatten sie nur zu erhalten, und es war eine stille, eine, möchte ich sagen, lautlose Tätigkeit, die uns durch dies ererbte Vertrauen zugeteilt war, eigentlich nicht viel mehr erfordernd als strengste Diskretion und Verläßlichkeit, zwei Eigenschaften, die mein verstorbener Vater im höchsten Maße besaß; ihm ist es tatsächlich gelungen, sowohl in den Inflationsjahren als in jenen des Umsturzes durch seine Umsicht seinen Klienten beträchtliche Vermögenswerte zu erhalten. Als dann Hitler in Deutschland ans Ruder kam und gegen den Besitz der Kirche und der Klöster seine Raubzüge begann, gingen auch von jenseits der Grenze mancherlei Verhandlungen und Transaktionen, um wenigstens den mobilen Besitz vor Beschlagnahme zu retten, durch unsere Hände, und von gewissen geheimen politischen Verhandlungen der Kurie und des Kaiserhauses wußten wir beide mehr, als die Öffentlichkeit je erfahren wird. Aber gerade die

Unauffälligkeit unserer Kanzlei – wir führten nicht einmal ein Schild an der Tür – sowie die Vorsicht, daß wir beide alle Monarchistenkreise ostentativ mieden, bot sichersten Schutz vor unberufenen Nachforschungen. De facto hat in all diesen Jahren keine Behörde in Österreich jemals vermutet, daß die geheimen Kuriere des Kaiserhauses ihre wichtigste Post immer gerade in unserer unscheinbaren Kanzlei im vierten Stock abholten oder abgaben.

Nun hatten die Nationalsozialisten, längst ehe sie ihre Armeen gegen die Welt aufrüsteten, eine andere ebenso gefährliche und geschulte Armee in allen Nachbarländern zu organisieren begonnen, die Legion der Benachteiligten, der Zurückgesetzten, der Gekränkten. In jedem Amt, in jedem Betrieb waren ihre sogenannten ‚Zellen‘ eingenistet, an jeder Stelle bis hinauf in die Privatzimmer von Dollfuß und Schuschnigg saßen ihre Horchposten und Spione. Selbst in unserer unscheinbaren Kanzlei hatten sie, wie ich leider erst zu spät erfuhr, ihren Mann. Es war freilich nicht mehr als ein jämmerlicher und talentloser Kanzlist, den ich auf Empfehlung eines Pfarrers einzig deshalb angestellt hatte, um der Kanzlei nach außen hin den Anschein eines regulären Betriebes zu geben; in Wirklichkeit verwendeten wir ihn zu nichts anderem als zu unschuldigen Botengängen, ließen ihn das Telephon bedienen und die Akten ordnen, das heißt jene Akten, die völlig gleichgültig und unbedenklich waren. Die Post durfte er niemals öffnen, alle wichtigen Briefe schrieb ich, ohne Kopien zu hinterlegen, eigenhändig mit der Maschine, jedes wesentliche Dokument nahm ich selbst nach Hause und verlegte geheime Besprechungen ausschließlich in die Priorei des Klosters oder in das Ordinationszimmer meines Onkels. Dank dieser Vorsichtsmaßnahmen bekam dieser Horchposten von den wesentlichen Vorgängen nichts zu sehen; aber durch einen unglücklichen Zufall mußte der ehrgeizige und eitle Bursche bemerkt haben, daß man ihm mißtraute und hinter seinem Rücken allerlei Interessantes geschah. Vielleicht hat einmal in meiner Abwesenheit einer der Kuriere unvorsichtigerweise von ‚Seiner Majestät‘ gesprochen, statt, wie vereinbart, vom ‚Baron Bern‘, oder der Lump mußte Briefe widerrechtlich geöffnet haben – jedenfalls holte er sich, ehe ich Verdacht schöpfen konnte, von München oder Berlin Auftrag, uns zu überwachen. Erst viel später, als ich längst in Haft saß, erinnerte ich mich, daß seine anfängliche Lässigkeit im

Dienst sich in den letzten Monaten in plötzlichen Eifer verwandelt und er sich mehrfach beinahe zudringlich angeboten hatte, meine Korrespondenz zur Post zu bringen. Ich kann mich von einer gewissen Unvorsichtigkeit also nicht freisprechen, aber sind schließlich nicht auch die größten Diplomaten und Militärs von der Hitlerei heimtückisch überspielt worden? Wie genau und liebevoll die Gestapo mir längst ihre Aufmerksamkeit zugewandt hatte, erwies dann äußerst handgreiflich der Umstand, daß noch am selben Abend, da Schuschnigg seine Abdankung bekanntgab, und einen Tag, ehe Hitler in Wien einzog, ich bereits von SS-Leuten festgenommen war. Es war mir glücklicherweise noch gelungen, die allerwichtigsten Papiere zu verbrennen, kaum ich die Abschiedsrede Schuschniggs gehört, und den Rest der Dokumente mit den unentbehrlichen Belegen für die im Ausland deponierten Vermögenswerte der Klöster und zweier Erzherzöge schickte ich – wirklich in der letzten Minute, ehe die Burschen mir die Tür einhämmerten – in einem Wäschekorb versteckt durch meine alte, verläßliche Haushälterin zu meinem Onkel hinüber."

Dr. B. unterbrach, um sich eine Zigarre anzuzünden. Bei dem aufflackernden Licht bemerkte ich, daß ein nervöses Zucken um seinen rechten Mundwinkel lief, das mir schon vorher aufgefallen war und, wie ich beobachten konnte, sich jede paar Minuten wiederholte. Es war nur eine flüchtige Bewegung, kaum stärker als ein Hauch, aber sie gab dem ganzen Gesicht eine merkwürdige Unruhe.

„Sie vermuten nun wahrscheinlich, daß ich Ihnen jetzt vom Konzentrationslager erzählen werde, in das doch alle jene übergeführt wurden, die unserem alten Österreich die Treue gehalten, von den Erniedrigungen, Martern, Torturen, die ich dort erlitten. Aber nichts dergleichen geschah. Ich kam in eine andere Kategorie. Ich wurde nicht zu jenen Unglücklichen getrieben, an denen man mit körperlichen und seelischen Erniedrigungen ein lang aufgespartes Ressentiment austobte, sondern jener anderen, ganz kleinen Gruppe zugeteilt, aus der die Nationalsozialisten entweder Geld oder wichtige Informationen herauszupressen hofften. An sich war meine bescheidene Person natürlich der Gestapo völlig uninteressant. Sie mußte aber erfahren haben, daß wir die Strohmänner, die Verwalter und Vertrauten ihrer erbittertsten Gegner gewesen, und was sie von mir zu erpressen hofften, war belastendes Material: Material gegen die

Klöster, denen sie Vermögensschiebungen nachweisen wollten, Material gegen die kaiserliche Familie und all jene, die in Österreich sich aufopfernd für die Monarchie eingesetzt. Sie vermuteten – und wahrhaftig nicht zu Unrecht –, daß von jenen Fonds, die durch unsere Hände gegangen waren, wesentliche Bestände sich noch, ihrer Raublust unzugänglich, versteckten; sie holten mich darum gleich am ersten Tag heran, um mit ihren bewährten Methoden mir diese Geheimnisse abzuzwingen. Leute meiner Kategorie, aus denen wichtiges Material oder Geld herausgepreßt werden sollte, wurden deshalb nicht in Konzentrationslager abgeschoben, sondern für eine besondere Behandlung aufgespart. Sie erinnern sich vielleicht, daß unser Kanzler und anderseits der Baron Rothschild, dessen Verwandten sie Millionen abzunötigen hofften, keineswegs hinter Stacheldraht in ein Gefangenenlager gesetzt wurden, sondern unter scheinbarer Bevorzugung in ein Hotel, das Hotel Metropole, das zugleich Hauptquartier der Gestapo war, übergeführt, wo jeder ein abgesondertes Zimmer erhielt. Auch mir unscheinbarem Mann wurde diese Auszeichnung erwiesen.

Ein eigenes Zimmer in einem Hotel – nicht wahr, das klingt äußerst human? Aber Sie dürfen mir glauben, daß man uns keineswegs eine humanere, sondern nur eine raffiniertere Methode zudachte, wenn man uns ‚Prominente‘ nicht zu zwanzig in eine eiskalte Baracke stopfte, sondern in einem leidlich geheizten und separaten Hotelzimmer behauste. Denn die Pression, mit der man uns das benötigte ‚Material‘ abzwingen wollte, sollte auf subtilere Weise funktionieren als durch rohe Prügel oder körperliche Folterung: durch die denkbar raffinierteste Isolierung. Man tat uns nichts – man stellte uns nur in das vollkommene Nichts, denn bekanntlich erzeugt kein Ding auf Erden einen solchen Druck auf die menschliche Seele wie das Nichts. Indem man uns jeden einzeln in ein völliges Vakuum sperrte, in ein Zimmer, das hermetisch von der Außenwelt abgeschlossen war, sollte, statt von außen durch Prügel und Kälte, jener Druck von innen erzeugt werden, der uns schließlich die Lippen aufsprengte. Auf den ersten Blick sah das mir angewiesene Zimmer durchaus nicht unbehaglich aus. Es hatte eine Tür, ein Bett, einen Sessel, eine Waschschüssel, ein vergittertes Fenster. Aber die Tür blieb Tag und Nacht verschlossen, auf dem Tisch durfte kein Buch, keine Zeitung, kein Blatt Papier, kein

Bleistift liegen, das Fenster starrte eine Feuermauer an; rings um mein Ich und selbst an meinem eigenen Körper war das vollkommene Nichts konstruiert. Man hatte mir jeden Gegenstand abgenommen, die Uhr, damit ich nicht wisse um die Zeit, den Bleistift, daß ich nicht etwa schreiben könne, das Messer, damit ich mir nicht die Adern öffnen könne; selbst die kleinste Betäubung wie eine Zigarette wurde mir versagt. Nie sah ich außer dem Wärter, der kein Wort sprechen und auf keine Frage antworten durfte, ein menschliches Gesicht, nie hörte ich eine menschliche Stimme; Auge, Ohr, alle Sinne bekamen von morgens bis nachts und von nachts bis morgens nicht die geringste Nahrung, man blieb mit sich, mit seinem Körper und den vier oder fünf stummen Gegenständen Tisch, Bett, Fenster, Waschschüssel rettungslos allein; man lebte wie ein Taucher unter der Glasglocke im schwarzen Ozean dieses Schweigens und wie ein Taucher sogar, der schon ahnt, daß das Seil nach der Außenwelt abgerissen ist und er nie zurückgeholt werden wird aus der lautlosen Tiefe. Es gab nichts zu tun, nichts zu hören, nichts zu sehen, überall und ununterbrochen war um einen das Nichts, die völlig raumlose und zeitlose Leere. Man ging auf und ab, und mit einem gingen die Gedanken auf und ab, auf und ab, immer wieder. Aber selbst Gedanken, so substanzlos sie scheinen, brauchen einen Stützpunkt, sonst beginnen sie zu rotieren und sinnlos um sich selbst zu kreisen; auch sie ertragen nicht das Nichts. Man wartete auf etwas, von morgens bis abends, und es geschah nichts. Man wartete wieder und wieder. Es geschah nichts. Man wartete, wartete, wartete, man dachte, dachte, man dachte, bis einem die Schläfen schmerzten. Nichts geschah. Man blieb allein. Allein. Allein.

Das dauerte vierzehn Tage, die ich außerhalb der Zeit, außerhalb der Welt lebte. Wäre damals ein Krieg ausgebrochen, ich hätte es nicht erfahren; meine Welt bestand doch nur aus Tisch, Tür, Bett, Waschschüssel, Sessel, Fenster und Wand, und immer starrte ich auf dieselbe Tapete an derselben Wand; jede Linie ihres gezackten Musters hat sich wie mit ehernem Stichel eingegraben bis in die innerste Falte meines Gehirns, so oft habe ich sie angestarrt. Dann endlich begannen die Verhöre. Man wurde plötzlich abgerufen, ohne recht zu wissen, ob es Tag war oder Nacht. Man wurde gerufen und durch ein paar Gänge geführt, man wußte nicht wohin; dann wartete man irgendwo und wußte nicht wo und stand plötzlich vor einem Tisch, um den ein paar uniformierte Leute saßen. Auf dem Tisch lag ein Stoß Papier: die Akten, von denen man nicht wußte, was sie enthielten, und dann begannen die Fragen, die echten und die falschen, die klaren und die tückischen, die Deckfragen und Fangfragen, und während man antwortete, blätterten fremde, böse Finger in den Papieren, von denen man nicht wußte, was sie enthielten, und fremde, böse Finger schrieben etwas in ein Protokoll, und man wußte nicht, was sie schrieben. Aber das Fürchterlichste bei diesen Verhören für mich war, daß ich nie erraten und errechnen konnte, was die Gestapoleute von den Vorgängen in meiner Kanzlei tatsächlich wußten und was sie erst aus mir herausholen wollten. Wie ich Ihnen bereits sagte, hatte ich die eigentlich belastenden Papiere meinem Onkel in letzter Stunde durch die Haushälterin geschickt. Aber hatte er sie erhalten? Hatte er sie nicht erhalten? Und wieviel hatte jener Kanzlist verraten? Wieviel hatten sie an Briefen aufgefangen, wieviel inzwischen in den deutschen Klöstern, die wir vertraten, einem ungeschickten Geistlichen vielleicht schon abgepreßt? Und sie fragten und fragten. Welche Papiere ich für jenes Kloster gekauft, mit welchen Banken ich korrespondiert, ob ich einen Herrn Soundso kenne oder nicht, ob ich Briefe aus der Schweiz erhalten und aus Steenokkerzeel? Und da ich nie errechnen konnte, wieviel sie schon ausgekundschaftet hatten, wurde jede Antwort zur ungeheuersten Verantwortung. Gab ich etwas zu, was ihnen nicht bekannt war, so lieferte ich vielleicht unnötig jemanden ans Messer. Leugnete ich zuviel ab, so schädigte ich mich selbst.

Aber das Verhör war noch nicht das Schlimmste. Das Schlimmste war das Zurückkommen nach dem Verhör in mein Nichts, in dasselbe Zimmer mit demselben Tisch, demselben Bett, derselben Waschschüssel, derselben Tapete. Denn kaum allein mit mir, versuchte ich zu rekonstruieren, was ich am klügsten hätte antworten sollen und was ich das nächste Mal sagen müßte, um den Verdacht wieder abzulenken, den ich vielleicht mit einer unbedachten Bemerkung heraufbeschworen. Ich überlegte, ich durchdachte, ich durchforschte, ich überprüfte meine eigene Aussage auf jedes Wort, das ich dem Untersuchungsrichter gesagt, ich rekapitulierte jede Frage, die sie gestellt, jede Antwort, die ich gegeben, ich versuchte zu erwägen, was sie davon protokolliert haben könnten, und wußte doch, daß ich das nie errechnen und erfahren könnte. Aber diese Gedanken, einmal angekurbelt im leeren Raum, hörten nicht auf, im Kopf zu rotieren, immer wieder von neuem, in immer anderen Kombinationen, und das ging hinein bis in den Schlaf; jedesmal nach einer Vernehmung durch die Gestapo übernahmen ebenso unerbittlich meine eigenen Gedanken die Marter des Fragens und Forschens und Quälens, und vielleicht noch grausamer sogar, denn jene Vernehmungen endeten doch immerhin nach einer Stunde, und diese nie, dank der tückischen Tortur dieser Einsamkeit. Und immer um mich nur der Tisch, der Schrank, das Bett, die Tapete, das Fenster, keine Ablenkung, kein Buch, keine Zeitung, kein fremdes Gesicht, kein Bleistift, um etwas zu notieren, kein Zündholz, um damit zu spielen, nichts, nichts, nichts. Jetzt erst gewahrte ich, wie teuflisch sinnvoll, wie psychologisch mörderisch erdacht dieses System des Hotelzimmers war. Im Konzentrationslager hätte man vielleicht Steine karren müssen, bis einem die Hände bluteten und die Füße in den Schuhen abfroren, man wäre zusammengepackt gelegen mit zwei Dutzend Menschen in Stank und Kälte. Aber man hätte Gesichter gesehen, man hätte ein Feld, einen Karren, einen Baum, einen Stern, irgend, irgend etwas anstarren können, indes hier immer dasselbe um einen stand, immer dasselbe, das entsetzliche Dasselbe. Hier war nichts, was mich ablenken konnte von meinen Gedanken, von meinen Wahnvorstellungen, von meinem krankhaften Rekapitulieren. Und gerade das beabsichtigten sie – ich sollte doch würgen und würgen an meinen Gedanken, bis sie mich erstickten und ich nicht anders konnte, als sie schließlich ausspeien, als auszusagen, alles auszusagen, was sie wollten, endlich das Material und die Menschen auszuliefern. Allmählich spürte ich, wie meine Nerven unter diesem gräßlichen Druck des Nichts sich zu lockern begannen, und ich spannte, der Gefahr bewußt, bis zum Zerreißen meine Nerven, irgendeine Ablenkung zu finden oder zu erfinden. Um mich zu beschäftigen, versuchte ich alles, was ich jemals auswendig gelernt, zu rezitieren und zu rekonstruieren, die Volkshymne und die Spielreime der Kinderzeit, den Homer des Gymnasiums, die Paragraphen des Bürgerlichen Gesetzbuches. Dann versuchte ich zu rechnen, beliebige Zahlen zu addieren, zu dividieren, aber mein Gedächtnis hatte im Leeren keine festhaltende Kraft. Ich konnte mich auf nichts konzentrieren. Immer fuhr und flackerte derselbe Gedanke dazwischen: Was wissen sie? Was habe ich gestern gesagt, was muß ich das nächste Mal sagen?

Dieser eigentlich unbeschreibbare Zustand dauerte vier Monate. Nun – vier Monate, das schreibt sich leicht hin: nicht mehr als ein Buchstabe! Das spricht sich leicht aus: vier Monate – vier Silben. In einer Viertelsekunde hat die Lippe rasch so einen Laut artikuliert: vier Monate! Aber niemand kann schildern, kann messen, kann veranschaulichen, nicht einem andern, nicht sich selbst, wie lange eine Zeit im Raumlosen, im Zeitlosen währt, und keinem kann man erklären, wie es einen zerfrißt und zerstört, dieses Nichts und Nichts und Nichts um einen, dies immer nur Tisch und Bett und Waschschüssel und Tapete, und immer das Schweigen, immer derselbe Wärter, der, ohne einen anzusehen, das Essen hereinschiebt, immer dieselben Gedanken, die im Nichts um das eine kreisen, bis man irre wird. An kleinen Zeichen wurde ich beunruhigt gewahr, daß mein Gehirn in Unordnung geriet. Im Anfang war ich bei den Vernehmungen noch innerlich klar gewesen, ich hatte ruhig und überlegt ausgesagt; jenes Doppeldenken, was ich sagen sollte und was nicht, hatte noch funktioniert. Jetzt konnte ich schon die einfachsten Sätze nur mehr stammelnd artikulieren, denn während ich aussagte, starrte ich hypnotisiert auf die Feder, die protokollierend über das Papier lief, als wollte ich meinen eigenen Worten nachlaufen. Ich spürte, meine Kraft ließ nach, ich spürte, immer näher rückte der Augenblick, in dem ich, um mich zu retten, alles sagen würde, was ich wußte und vielleicht noch mehr, in dem ich, um dem Würgen dieses Nichts zu entkommen, zwölf Menschen und ihre Geheimnisse verraten würde, ohne mir selbst damit mehr zu schaffen als einen Atemzug Rast. An einem Abend war es wirklich schon so weit: als der Wärter zufällig in diesem Augenblick des Erstickens mir das Essen brachte, schrie ich ihm plötzlich nach: ‚Führen Sie mich zur Vernehmung! Ich will alles sagen! Ich will alles aussagen! Ich will sagen, wo die Papiere sind, wo das Geld liegt! Alles werde ich sagen, alles!‘ Glücklicherweise hörte er mich nicht mehr. Vielleicht wollte er mich auch nicht hören.

In dieser äußersten Not ereignete sich nun etwas Unvorhergesehenes, was Rettung bot, Rettung zum mindesten für eine gewisse Zeit. Es war Ende Juli, ein dunkler, verhangener, regnerischer Tag: ich erinnere mich an diese Einzelheit deshalb ganz genau, weil der Regen gegen die Scheiben im Gang trommelte, durch den ich zur Vernehmung geführt wurde. Im Vorzimmer des Untersuchungsrichters mußte ich warten. Immer mußte man bei jeder Vorführung warten: auch dieses Wartenlassen gehörte zur Technik. Erst riß man einem die Nerven auf durch den Anruf, durch das plötzliche Abholen aus der Zelle mitten in der Nacht, und dann, wenn man schon eingestellt war auf die Vernehmung, schon Verstand und Willen gespannt hatte zum Widerstand, ließen sie einen warten, sinnlos, sinnlos warten, eine Stunde, zwei Stunden, drei Stunden vor der Vernehmung, um den Körper müde und die Seele mürbe zu machen. Und man ließ mich besonders lange warten an diesem Donnerstag, dem 27. Juli, zwei geschlagene Stunden im Vorzimmer stehend warten; ich erinnere mich auch an dieses Datum aus einem bestimmten Grunde so genau, denn in diesem Vorzimmer, wo ich – selbstverständlich, ohne mich niedersetzen zu dürfen – zwei Stunden mir die Beine in den Leib stehen mußte, hing ein Kalender, und ich vermag Ihnen nicht zu erklären, wie in meinem Hunger nach Gedrucktem, nach Geschriebenem ich diese eine Zahl, diese wenigen Worte ,27. Juli' an der Wand anstarrte und anstarrte; ich fraß sie gleichsam in mein Gehirn hinein. Und dann wartete ich wieder und wartete und starrte auf die Tür, wann sie sich endlich öffnen würde, und überlegte zugleich, was die Inquisitoren mich diesmal fragen könnten, und wußte doch, daß sie mich etwas ganz anderes fragen würden, als worauf ich mich vorbereitete. Aber trotz alledem war die Qual dieses Wartens und Stehens zugleich eine Wohltat, eine Lust, weil dieser Raum immerhin ein anderes Zimmer war als das meine, etwas größer und mit zwei Fenstern statt einem, und ohne das Bett und ohne die Waschschüssel und ohne den bestimmten Riß am Fensterbrett, den ich millionenmal betrachtet. Die Tür war anders gestrichen, ein anderer Sessel stand an der Wand und links ein Registerschrank mit Akten sowie eine Garderobe mit Aufhängern, an denen drei oder vier nasse Militärmäntel, die Mäntel meiner Folterknechte, hingen. Ich hatte also etwas Neues, etwas anderes zu betrachten, endlich einmal etwas anderes mit meinen ausgehungerten Augen, und sie krallten sich gierig an jede Einzelheit. Ich beobachtete an diesen Mänteln jede Falte, ich bemerkte zum Beispiel einen Tropfen, der von einem der nassen Kragen niederhing, und so lächerlich es für Sie klingen mag, ich wartete mit einer unsinnigen Erregung, ob dieser Tropfen endlich abrinnen wollte, die Falte entlang, oder ob er noch gegen die Schwerkraft sich wehren und länger haften bleiben würde – ja, ich starrte und starrte minutenlang atemlos auf diesen Tropfen, als hinge mein Leben daran. Dann, als er endlich niedergerollt war, zählte ich wieder die Knöpfe auf den Mänteln nach, acht an dem einen Rock, acht an dem andern, zehn an dem dritten, dann wieder verglich ich die Aufschläge; alle diese lächerlichen, unwichtigen Kleinigkeiten betasteten, umspielten, umgriffen meine verhungerten Augen mit einer Gier, die ich nicht zu beschreiben vermag. Und plötzlich blieb mein Blick starr an etwas haften. Ich hatte entdeckt, daß an einem der Mäntel die Seitentasche etwas aufgebauscht war. Ich trat näher heran und glaubte an der rechteckigen Form der Ausbuchtung zu erkennen, was diese etwas geschwellte Tasche in sich barg: ein Buch! Mir begannen die Knie zu zittern: ein BUCH! Vier Monate lang hatte ich kein Buch in der Hand gehabt, und schon die bloße Vorstellung eines Buches, in dem man aneinandergereihte Worte sehen konnte, Zeilen, Seiten und Blätter, eines Buches, aus dem man andere, neue, fremde, ablenkende Gedanken lesen, verfolgen, sich ins Hirn nehmen könnte, hatte etwas Berauschendes und gleichzeitig Betäubendes. Hypnotisiert starrten meine Augen auf die kleine Wölbung, die jenes Buch innerhalb der Tasche formte, sie glühten diese eine unscheinbare Stelle an, als ob sie ein Loch in den Mantel brennen wollten. Schließlich konnte ich meine Gier nicht verhalten; unwillkürlich schob ich mich näher heran. Schon der Gedanke, ein Buch durch den Stoff mit den Händen wenigstens antasten zu können, machte mir die Nerven in den Fingern bis zu den Nägeln glühen. Fast ohne es zu wissen, drückte ich mich immer näher heran. Glücklicherweise achtete der Wärter nicht auf mein gewiß sonderbares Gehaben; vielleicht auch schien es ihm nur natürlich, daß ein Mensch nach zwei Stunden aufrechten Stehens sich ein wenig an die Wand lehnen wollte. Schließlich stand ich schon ganz nahe bei dem Mantel, und mit Absicht hatte ich die Hände hinter mich auf den Rücken gelegt, damit sie unauffällig den Mantel berühren könnten. Ich tastete den Stoff an und fühlte tatsächlich durch den Stoff etwas Rechteckiges, etwas, das biegsam war und leise knisterte – ein Buch! Ein Buch! Und wie ein Schuß durchzuckte mich der Gedanke: stiehl dir das Buch! Vielleicht gelingt es, und du kannst dir's in der Zelle verstecken und dann lesen, lesen, lesen, endlich wieder einmal lesen! Der Gedanke, kaum in mich gedrungen, wirkte wie ein starkes Gift; mit einemmal begannen mir die Ohren zu brausen und das Herz zu hämmern, meine Hände wurden eiskalt und gehorchten nicht mehr. Aber nach der ersten Betäubung drängte ich mich leise und listig noch näher an den Mantel, ich drückte, immer dabei den Wächter fixierend, mit den hinter dem Rücken versteckten Händen das Buch von unten aus der Tasche höher und höher. Und dann: ein Griff, ein leichter, vorsichtiger Zug, und plötzlich hatte ich das kleine, nicht sehr umfangreiche Buch in der Hand. Jetzt erst erschrak ich vor meiner Tat. Aber ich konnte nicht mehr zurück. Jedoch wohin damit? Ich schob den Band hinter meinem Rücken unter die Hose an die Stelle, wo sie der Gürtel hielt, und von dort allmählich hinüber an die Hüfte, damit ich es beim Gehen mit der Hand militärisch an der Hosennaht festhalten könnte. Nun galt es die erste Probe. Ich trat von der Garderobe weg, einen Schritt, zwei Schritte, drei Schritte. Es ging. Es war möglich, das Buch im Gehen festzuhalten, wenn ich nur die Hand fest an den Gürtel preßte.

Dann kam die Vernehmung. Sie erforderte meinerseits mehr Anstrengung als je, denn eigentlich konzentrierte ich meine ganze Kraft, während ich antwortete, nicht auf meine Aussage, sondern vor allem darauf, das Buch unauffällig festzuhalten. Glücklicherweise fiel das Verhör diesmal kurz aus, und ich brachte das Buch heil in mein Zimmer – ich will Sie nicht aufhalten mit all den Einzelheiten, denn einmal rutschte es von der Hose gefährlich ab mitten im Gang, und ich mußte einen schweren Hustenanfall simulieren, um mich niederzu-bücken und es wieder heil unter den Gürtel zurückzuschieben. Aber welch eine Sekunde dafür, als ich damit in meine Hölle zurücktrat, endlich allein und doch nie mehr allein!

Nun vermuten Sie wahrscheinlich, ich hätte sofort das Buch gepackt, betrachtet, gelesen. Keineswegs! Erst wollte ich die Vorlust auskosten, daß ich ein Buch bei mir hatte, die künstlich verzögernde und meine Nerven wunderbar erregende Lust, mir auszuträumen, welche Art Buch dies gestohlene am liebsten sein sollte: sehr eng gedruckt vor allem, viele viele Lettern enthaltend, viele, viele dünne Blätter, damit ich länger daran zu lesen hätte. Und dann wünschte ich mir, es sollte ein Werk sein, das mich geistig anstrengte, nichts

Flaches, nichts Leichtes, sondern etwas, das man lernen, auswendig lernen konnte, Gedichte und am besten – welcher verwegene Traum! – Goethe oder Homer. Aber schließlich konnte ich meine Gier, meine Neugier nicht länger verhalten. Hingestreckt auf das Bett, so daß der Wärter, wenn er plötzlich die Tür aufmachen sollte, mich nicht ertappen könnte, zog ich zitternd unter dem Gürtel den Band heraus.

Der erste Blick war eine Enttäuschung und sogar eine Art erbitterter Ärger: dieses mit so ungeheurer Gefahr erbeutete, mit so glühender Erwartung aufgesparte Buch war nichts anderes als ein Schachrepetitorium, eine Sammlung von hundertfünfzig Meisterpartien. Wäre ich nicht verriegelt, verschlossen gewesen, ich hätte im ersten Zorn das Buch durch ein offenes Fenster geschleudert, denn was sollte, was konnte ich mit diesem Nonsens beginnen? Ich hatte als Knabe im Gymnasium wie die meisten anderen mich ab und zu aus Langeweile vor einem Schachbrett versucht. Aber was sollte mir dieses theoretische Zeug? Schach kann man doch nicht spielen ohne einen Partner und schon gar nicht ohne Steine, ohne Brett. Verdrossen blätterte ich die Seiten durch, um vielleicht dennoch etwas Lesbares zu entdecken, eine Einleitung, eine Anleitung; aber ich fand nichts als die nackten quadratischen Diagramme der einzelnen Meisterpartien und darunter mir zunächst unverständliche Zeichen, a2–a3, Sf1–g3 und so weiter. Alles das schien mir eine Art Algebra, zu der ich keinen Schlüssel fand. Erst allmählich enträtselte ich, daß die Buchstaben a, b, c für die Längsreihen, die Ziffern 1 bis 8 für die Querreihen eingesetzt waren und den jeweiligen Stand jeder einzelnen Figur bestimmten; damit bekamen die rein graphischen Diagramme immerhin eine Sprache. Vielleicht, überlegte ich, könnte ich mir in meiner Zelle eine Art Schachbrett konstruieren und dann versuchen, diese Partien nachzuspielen; wie ein himmlischer Wink erschien es mir, daß mein Bettuch sich zufällig als grob kariert erwies. Richtig zusammengefaltet, ließ es sich am Ende so legen, um vierundsechzig Felder zusammenzubekommen. Ich versteckte also zunächst das Buch unter der Matratze und riß die erste Seite heraus. Dann begann ich aus kleinen Krümeln, die ich mir von meinem Brot absparte, in selbstverständlich lächerlich unvollkommener Weise die Figuren des Schachs, König, Königin und so weiter, zurechtzumodeln; nach endlosem Bemühen konnte ich es schließlich unterneh-

men, auf dem karierten Bettuch die im Schachbuch abgebildeten
Positionen zu rekonstruieren. Als ich aber versuchte, die ganze Partie
nachzuspielen, mißlang es zunächst vollkommen mit meinen lächerlichen Krümelfiguren, von denen ich zur Unterscheidung die eine
Hälfte mit Staub dunkler gefärbt hatte. Ich verwirrte mich in den
ersten Tagen unablässig; fünfmal, zehnmal, zwanzigmal mußte ich
diese eine Partie immer wieder von Anfang beginnen. Aber wer auf
Erden verfügte über so viel ungenutzte und nutzlose Zeit wie ich, der
Sklave des Nichts, wem stand so viel unermeßliche Gier und Geduld
zu Gebot? Nach sechs Tagen spielte ich schon die Partie tadellos zu
Ende, nach weiteren acht Tagen benötigte ich nicht einmal die
Krümel auf dem Bettuch mehr, um mir die Positionen aus dem
Schachbuch zu vergegenständlichen, und nach weiteren acht Tagen
wurde auch das karierte Bettuch entbehrlich; automatisch verwan-
delten sich die anfangs abstrakten Zeichen des Buches a1, a2, c7, c8
hinter meiner Stirn zu visuellen, zu plastischen Positionen. Die
Umstellung war restlos gelungen: ich hatte das Schachbrett mit
seinen Figuren nach innen projiziert und überblickte auch dank der
bloßen Formeln die jeweilige Position, so wie einem geübten
Musiker der bloße Anblick der Partitur schon genügt, um alle
Stimmen und ihren Zusammenklang zu hören. Nach weiteren
vierzehn Tagen war ich mühelos imstande, jede Partie aus dem Buch
auswendig – oder, wie der Fachausdruck lautet: blind – nachzuspielen; jetzt erst begann ich zu verstehen, welche unermeßliche Wohltat
mein frecher Diebstahl mir eroberte. Denn ich hatte mit einemmal
Tätigkeit – eine sinnlose, eine zwecklose, wenn Sie wollen, aber doch
eine, die das Nichts um mich zunichte machte, ich besaß mit den
hundertfünfzig Turnierpartien eine wunderbare Waffe gegen die
erdrückende Monotonie des Raumes und der Zeit. Um mir den Reiz
der neuen Beschäftigung ungebrochen zu bewahren, teilte ich mir
von nun ab jeden Tag genau ein: zwei Partien morgens, zwei Partien
nachmittags, abends dann noch eine rasche Wiederholung. Damit
war mein Tag, der sich sonst wie Gallert formlos dehnte, ausgefüllt,
ich war beschäftigt, ohne mich zu ermüden, denn das Schachspiel
besitzt den wunderbaren Vorzug, durch Bannung der geistigen
Energien auf ein engbegrenztes Feld selbst bei anstrengendster
Denkleistung das Gehirn nicht zu erschlaffen, sondern eher seine

Agilität und Spannkraft zu schärfen. Allmählich begann bei dem zuerst bloß mechanischen Nachspielen der Meisterpartien ein künstlerisches, ein lusthaftes Verständnis in mir zu erwachen. Ich lernte die Feinheiten, die Tücken und Schärfen in Angriff und Verteidigung verstehen, ich erfaßte die Technik des Vorausdenkens, Kombinierens, Ripostierens und erkannte bald die persönliche Note jedes einzelnen Schachmeisters in seiner individuellen Führung so unfehlbar, wie man Verse eines Dichters schon aus wenigen Zeilen feststellt; was als bloß zeitfüllende Beschäftigung begonnen, wurde Genuß, und die Gestalten der großen Schachstrategen, wie Aljechin, Lasker, Bogoljubow, Tartakower, traten als geliebte Kameraden in meine Einsamkeit. Unendliche Abwechslung beseelte täglich die stumme Zelle, und gerade die Regelmäßigkeit meiner Exerzitien gab meiner Denkfähigkeit die schon erschütterte Sicherheit zurück; ich empfand mein Gehirn aufgefrischt und durch die ständige Denkdisziplin sogar noch gleichsam neu geschliffen. Daß ich klarer und konzentrierter dachte, erwies sich vor allem bei den Vernehmungen; unbewußt hatte ich mich auf dem Schachbrett in der Verteidigung gegen falsche Drohungen und verdeckte Winkelzüge vervollkommnet; von diesem Zeitpunkt an gab ich mir bei den Vernehmungen keine Blöße mehr, und mir dünkte sogar, daß die Gestapoleute mich allmählich mit einem gewissen Respekt zu betrachten begannen. Vielleicht fragten sie sich im stillen, da sie alle anderen zusammenbrechen sahen, aus welchen geheimen Quellen ich allein die Kraft solch unerschütterlichen Widerstandes schöpfte.

Diese meine Glückszeit, da ich die hundertfünfzig Partien jenes Buches Tag für Tag systematisch nachspielte, dauerte etwa zweieinhalb bis drei Monate. Dann geriet ich unvermuteterweise an einen toten Punkt. Plötzlich stand ich neuerdings vor dem Nichts. Denn sobald ich jede einzelne Partie zwanzig- oder dreißigmal durchgespielt hatte, verlor sie den Reiz der Neuheit, der Überraschung, ihre vordem so aufregende, so anregende Kraft war erschöpft. Welchen Sinn hatte es, nochmals und nochmals Partien zu wiederholen, die ich Zug um Zug längst auswendig kannte? Kaum ich die erste Eröffnung getan, klöppelte sich ihr Ablauf gleichsam automatisch in mir ab, es gab keine Überraschung mehr, keine Spannungen, keine Probleme. Um mich zu beschäftigen, um mir die schon unentbehrlich gewordene

Anstrengung und Ablenkung zu schaffen, hätte ich eigentlich ein anderes Buch mit anderen Partien gebraucht. Da dies aber vollkommen unmöglich war, gab es nur einen Weg auf dieser sonderbaren Irrbahn; ich mußte mir statt der alten Partien neue erfinden. Ich mußte versuchen, mit mir selbst oder vielmehr gegen mich selbst zu spielen.

Ich weiß nun nicht, bis zu welchem Grade Sie über die geistige Situation bei diesem Spiel der Spiele nachgedacht haben. Aber schon die flüchtigste Überlegung dürfte ausreichen, um klarzumachen, daß beim Schach als einem reinen, vom Zufall abgelösten Denkspiel es logischerweise eine Absurdität bedeutet, gegen sich selbst spielen zu wollen.

Das Attraktive des Schachs beruht doch im Grunde einzig darin, daß sich seine Strategie in zwei verschiedenen Gehirnen verschieden entwickelt, daß in diesem geistigen Kriege Schwarz die jeweiligen Manöver von Weiß nicht kennt und ständig zu erraten und zu durchkreuzen sucht, während seinerseits wiederum Weiß die geheimen Absichten von Schwarz zu überholen und parieren strebt. Bildeten nun Schwarz und Weiß ein und dieselbe Person, so ergäbe sich der widersinnige Zustand, daß ein und dasselbe Gehirn gleichzeitig etwas wissen und doch nicht wissen sollte, daß es als Partner Weiß funktionierend, auf Kommando völlig vergessen könnte, was es eine Minute vorher als Partner Schwarz gewollt und beabsichtigt. Ein solches Doppeldenken setzt eigentlich eine vollkommene Spaltung des Bewußtseins voraus, ein beliebiges Auf- und Abblendenkönnen der Gehirnfunktion wie bei einem mechanischen Apparat; gegen sich selbst spielen zu wollen, bedeutet also im Schach eine solche Paradoxie, wie über seinen eigenen Schatten zu springen.

Nun, um mich kurz zu fassen, diese Unmöglichkeit, diese Absurdität habe ich in meiner Verzweiflung monatelang versucht. Aber ich hatte keine Wahl als diesen Widersinn, um nicht dem puren Irrsinn oder einem völligen geistigen Marasmus zu verfallen. Ich war durch meine fürchterliche Situation gezwungen, diese Spaltung in ein Ich Schwarz und ein Ich Weiß zumindest zu versuchen, um nicht erdrückt zu werden von dem grauenhaften Nichts um mich.“

Dr. B. lehnte sich zurück in den Liegestuhl und schloß für eine Minute die Augen. Es war, als ob er eine verstörende Erinnerung gewaltsam unterdrücken wollte. Wieder lief das merkwürdige Zukken, das er nicht zu beherrschen wußte, um den linken Mundwinkel. Dann richtete er sich in seinem Lehnstuhl etwas höher auf.

„So – bis zu diesem Punkte hoffe ich, Ihnen alles ziemlich verständlich erklärt zu haben. Aber ich bin leider keineswegs gewiß, ob ich das Weitere Ihnen noch ähnlich deutlich veranschaulichen kann. Denn diese neue Beschäftigung erforderte eine so unbedingte Anspannung des Gehirns, daß sie jede gleichzeitige Selbstkontrolle unmöglich machte. Ich deutete Ihnen schon an, daß meiner Meinung nach es an sich schon Nonsens bedeutet, Schach gegen sich selber spielen zu wollen; aber selbst diese Absurdität hätte immerhin noch eine minimale Chance mit einem realen Schachbrett vor sich, weil das Schachbrett durch seine Realität immerhin noch eine gewisse Distanz, eine materielle Exterritorialisierung erlaubt. Vor einem wirklichen Schachbrett mit wirklichen Figuren kann man Überlegungspausen einschalten, man kann sich rein körperlich bald auf die eine Seite, bald auf die andere Seite des Tisches stellen und damit die Situation bald vom Standpunkt Schwarz, bald vom Standpunkt Weiß ins Auge fassen. Aber genötigt, wie ich war, diese Kämpfe gegen mich selbst oder, wenn Sie wollen, mit mir selbst in einen imaginären Raum zu projizieren, war ich gezwungen, in meinem Bewußtsein die jeweilige Stellung auf den vierundsechzig Feldern deutlich festzuhalten und außerdem nicht nur die momentane Figuration, sondern auch schon die möglichen weiteren Züge von beiden Partnern mir auszukalkulieren, und zwar – ich weiß, wie absurd dies alles klingt – mir doppelt und dreifach zu imaginieren, nein, sechsfach, achtfach, zwölffach, für jedes meiner Ich, für Schwarz und Weiß immer schon vier und fünf Züge voraus. Ich mußte – verzeihen Sie, daß ich Ihnen zumute, diesen Irrsinn durchzudenken – bei diesem Spiel im abstrakten Raum der Phantasie als Spieler Weiß vier oder fünf Züge vorausberechnen und ebenso als Spieler Schwarz, also alle sich in der Entwicklung ergebenden Situationen gewissermaßen mit zwei Gehirnen vorauskombinieren, mit dem Gehirn Weiß und dem Gehirn Schwarz. Aber selbst diese Selbstzerteilung war noch nicht das Gefährlichste an meinem abstrusen Experiment, sondern daß ich durch das selbständige Ersinnen von Partien mit einemmal den Boden unter den Füßen verlor und ins Bodenlose geriet. Das bloße Nachspielen der Meisterpartien, wie ich es in den vorhergehenden Wochen geübt, war schließlich nichts als eine reproduktive Leistung gewesen, ein reines Rekapitulieren einer gegebenen Materie und als solches nicht anstrengender, als wenn ich Gedichte auswendig gelernt hätte oder Gesetzesparagraphen memoriert, es war eine begrenzte, eine disziplinierte Tätigkeit und darum ein ausgezeichnetes Exercitium mentale. Meine zwei Partien, die ich morgens, die zwei, die ich nachmittags probte, stellten ein bestimmtes Pensum dar, das ich ohne jeden Einsatz von Erregung erledigte; sie ersetzten mir eine normale Beschäftigung, und überdies hatte ich, wenn ich mich im Ablauf einer Partie irrte oder nicht weiter wußte, an dem Buch noch immer einen Halt. Nur darum war diese Tätigkeit für meine erschütterten Nerven eine so heilsame und eher beruhigende gewesen, weil ein Nachspielen fremder Partien nicht mich selber ins Spiel brachte; ob Schwarz oder Weiß siegte, blieb mir gleichgültig, es waren doch Aljechin oder Bogoljubow, die um die Palme des Champions kämpften, und meine eigene Person, mein Verstand, meine Seele genossen einzig als Zuschauer, als Kenner die Peripetien und Schönheiten jener Partien. Von dem Augenblick an, da ich aber gegen mich zu spielen versuchte, begann ich mich unbewußt herauszufordern. Jedes meiner beiden Ich, mein Ich Schwarz und mein Ich Weiß, hatten zu wetteifern gegeneinander und gerieten jedes für sein Teil in einen Ehrgeiz, in eine Ungeduld, zu siegen, zu gewinnen; ich fieberte als Ich Schwarz nach jedem Zuge, was das Ich Weiß tun würde. Jedes meiner beiden Ich triumphierte, wenn das andere einen Fehler machte, und erbitterte sich gleichzeitig über sein eigenes Ungeschick.

Das alles scheint sinnlos, und in der Tat wäre ja eine solche künstliche Schizophrenie, eine solche Bewußtseinsspaltung mit ihrem Einschuß an gefährlicher Erregtheit bei einem normalen Menschen in normalem Zustand undenkbar. Aber vergessen Sie nicht, daß ich aus aller Normalität gewaltsam gerissen war, ein Häftling, unschuldig eingesperrt, seit Monaten raffiniert mit Einsamkeit gemartert, ein Mensch, der seine aufgehäufte Wut längst gegen irgend etwas entladen wollte. Und da ich nichts anderes hatte als dies unsinnige Spiel gegen mich selbst, fuhr meine Wut, meine Rachelust fanatisch in dieses Spiel hinein. Etwas in mir wollte recht behalten, und ich hatte doch nur dieses andere Ich in mir, das ich bekämpfen konnte; so steigerte ich mich während des Spieles in eine fast manische Erregung.

Im Anfang hatte ich noch ruhig und überlegt gedacht, ich hatte Pausen eingeschaltet zwischen einer und der anderen Partie, um mich von der Anstrengung zu erholen; aber allmählich erlaubten meine gereizten Nerven mir kein Warten mehr. Kaum hatte mein Ich Weiß einen Zug getan, stieß schon mein Ich Schwarz fiebrig vor; kaum war eine Partie beendigt, so forderte ich mich schon zur nächsten heraus, denn jedesmal war doch eines der beiden Schach-Ich von dem andern besiegt und verlangte Revanche. Nie werde ich auch nur annähernd sagen können, wie viele Partien ich infolge dieser irrwitzigen Unersättlichkeit während dieser letzten Monate in meiner Zelle gegen mich selbst gespielt – vielleicht tausend, vielleicht mehr. Es war eine Besessenheit, deren ich mich nicht erwehren konnte; von früh bis nachts dachte ich an nichts als an Läufer und Bauern und Turm und König und a und b und c und Matt und Rochade, mit meinem ganzen Sein und Fühlen stieß es mich in das karierte Quadrat. Aus der Spielfreude war eine Spiellust geworden, aus der Spiellust ein Spielzwang, eine Manie, eine frenetische Wut, die nicht nur meine wachen Stunden, sondern allmählich auch meinen Schlaf durchdrang. Ich konnte nur Schach denken, nur in Schachbewegungen, Schach-problemen; manchmal wachte ich mit feuchter Stirn auf und erkannte, daß ich sogar im Schlaf unbewußt weitergespielt haben mußte, und wenn ich von Menschen träumte, so geschah es ausschließlich in den Bewegungen des Läufers, des Turms, im Vor und Zurück des Rösselsprungs. Selbst wenn ich zum Verhör gerufen wurde, konnte ich nicht mehr konzis an meine Verantwortung denken; ich habe die Empfindung, daß bei den letzten Vernehmungen ich mich ziemlich konfus ausgedrückt haben muß, denn die Verhörenden blickten sich manchmal befremdet an. Aber in Wirklichkeit wartete ich, während sie fragten und berieten, in meiner unseligen Gier doch nur darauf, wieder zurückgeführt zu werden in meine Zelle, um mein Spiel, mein irres Spiel, fortzusetzen, eine neue Partie und noch eine und noch eine. Jede Unterbrechung wurde mir zur Störung; selbst die Viertelstunde, da der Wärter die Gefängniszelle aufräumte, die zwei Minuten, da er mir das Essen brachte, quälten meine fiebrige Ungeduld; manchmal stand abends der Napf mit der Mahlzeit noch unberührt, ich hatte über dem Spiel vergessen zu essen. Das einzige, was ich körperlich empfand, war ein fürchterlicher Durst; es muß wohl schon das Fieber dieses ständigen Denkens und Spielens gewesen sein; ich trank die Flasche leer in zwei Zügen und quälte den Wärter um mehr und fühlte dennoch im nächsten Augenblick die Zunge schon wieder trocken im Munde. Schließlich steigerte sich meine Erregung während des Spielens – und ich tat nichts anderes mehr von morgens bis nachts – zu solchem Grade, daß ich nicht einen Augenblick mehr stillzusitzen vermochte; ununterbrochen ging ich, während ich die Partien überlegte, auf und ab, immer schneller und schneller und schneller auf und ab, auf und ab, und immer hitziger, je mehr sich die Entscheidung der Partie näherte; die Gier, zu gewinnen, zu siegen, mich selbst zu besiegen, wurde allmählich zu einer Art Wut, ich zitterte vor Ungeduld, denn immer war dem einen Schach-Ich in mir das andere zu langsam. Das eine trieb das andere an; so lächerlich es Ihnen vielleicht scheint, ich begann mich zu beschimpfen – ‚schneller, schneller!‘ oder ‚vorwärts, vorwärts!‘ –, wenn das eine Ich in mir mit dem andern nicht rasch genug ripostierte. Selbstverständlich bin ich mir heute ganz im klaren, daß dieser mein Zustand schon eine durchaus pathologische Form geistiger Überreizung war, für die ich eben keinen anderen Namen finde als den bisher medizinisch unbekannten: eine Schachvergiftung. Schließlich begann diese monomanische Besessenheit nicht nur mein Gehirn, sondern auch meinen Körper zu attackieren. Ich magerte ab, ich schlief unruhig und verstört, ich brauchte beim Erwachen jedesmal eine besondere Anstrengung, die bleiernen Augenlider aufzuzwingen; manchmal fühlte ich mich derart schwach, daß, wenn ich ein Trinkglas anfaßte, ich es nur mit Mühe bis zu den Lippen brachte, so zitterten mir die Hände; aber kaum das Spiel begann, überkam mich eine wilde Kraft: ich lief auf und ab mit geballten Fäusten, und wie durch einen roten Nebel hörte ich manchmal meine eigene Stimme, wie sie heiser und böse ‚Schach‘ oder ‚Matt!‘ sich selber zuschrie.

Wie dieser grauenhafte, dieser unbeschreibbare Zustand zur Krise kam, vermag ich selbst nicht zu berichten. Alles, was ich darüber weiß, ist, daß ich eines Morgens aufwachte, und es war ein anderes Erwachen als sonst. Mein Körper war gleichsam abgelöst von mir, ich ruhte weich und wohlig. Eine dichte, gute Müdigkeit, wie ich sie seit Monaten nicht gekannt, lag auf meinen Lidern, lag so warm und wohltätig auf ihnen, daß ich mich zuerst gar nicht entschließen

konnte, die Augen aufzutun. Minuten lag ich schon wach und genoß
noch diese schwere Dumpfheit, dies laue Liegen mit wollüstig
betäubten Sinnen. Auf einmal war mir, als ob ich hinter mir Stimmen
hörte, lebendige menschliche Stimmen, die Worte sprachen, und Sie
können sich mein Entzücken nicht ausdenken, denn ich hatte doch seit
Monaten, seit bald einem Jahr keine anderen Worte gehört als die
harten, scharfen und bösen von der Richterbank. ‚Du träumst‘, sagte
ich mir. ‚Du träumst! Tu keinesfalls die Augen auf! Laß ihn noch
dauern, diesen Traum, sonst siehst du wieder die verfluchte Zelle um
dich, den Stuhl und den Waschtisch und den Tisch und die Tapete mit
dem ewig gleichen Muster. Du träumst – träume weiter!‘

   Aber die Neugier behielt die Oberhand. Ich schlug langsam und
vorsichtig die Lider auf. Und Wunder: es war ein anderes Zimmer, in
dem ich mich befand, ein Zimmer, breiter, geräumiger als meine
Hotelzelle. Ein ungegittertes Fenster ließ freies Licht herein und einen
Blick auf die Bäume, grüne, im Wind wogende Bäume statt meiner
starren Feuermauer, weiß und glatt glänzten die Wände, weiß und
hoch hob sich über mir die Decke – wahrhaftig, ich lag in einem
neuen, einem fremden Bett, und wirklich, es war kein Traum, hinter
mir flüsterten leise menschliche Stimmen. Unwillkürlich muß ich
mich in meiner Überraschung heftig geregt haben, denn schon hörte
ich hinter mir einen nahenden Schritt. Eine Frau kam weichen Gelenks
heran, eine Frau mit weißer Haube über dem Haar, eine Pflegerin, eine
Schwester. Ein Schauer des Entzückens fiel über mich: ich hatte seit
einem Jahr keine Frau gesehen. Ich starrte die holde Erscheinung an,
und es muß ein wilder, ekstatischer Aufblick gewesen sein, denn
‚Ruhig! Bleiben Sie ruhig!‘ beschwichtigte mich dringlich die
Nahende. Ich aber lauschte nur auf ihre Stimme – war das nicht ein
Mensch, der sprach? Gab es wirklich noch auf Erden einen Menschen,
der mich nicht verhörte, nicht quälte? Und dazu noch – unfaßbares
Wunder! – eine weiche, warme, eine fast zärtliche Frauenstimme.
Gierig starrte ich auf ihren Mund, denn es war mir in diesem
Höllenjahr unwahrscheinlich geworden, daß ein Mensch gütig zu
einem andern sprechen könnte. Sie lächelte mir zu – ja, sie lächelte, es
gab noch Menschen, die gütig lächeln konnten –, dann legte sie den
Finger mahnend auf die Lippen und ging leise weiter. Aber ich konnte
ihrem Gebot nicht gehorchen. Ich hatte mich noch nicht satt gesehen

an dem Wunder. Gewaltsam versuchte ich mich in dem Bette aufzurichten, um ihr nachzublicken, diesem Wunder eines menschlichen Wesens nachzublicken, das gütig war. Aber wie ich mich am Bettrande aufstützen wollte, gelang es mir nicht. Wo sonst meine rechte Hand gewesen, Finger und Gelenk, spürte ich etwas Fremdes, einen dicken, großen, weißen Bausch, offenbar einen umfangreichen Verband. Ich staunte dieses Weiße, Dicke, Fremde an meiner Hand zuerst verständnislos an, dann begann ich langsam zu begreifen, wo ich war, und zu überlegen, was mit mir geschehen sein mochte. Man mußte mich verwundet haben, oder ich hatte mich selbst an der Hand verletzt. Ich befand mich in einem Hospital.

Mittags kam der Arzt, ein freundlicher älterer Herr. Er kannte den Namen meiner Familie und erwähnte derart respektvoll meinen Onkel, den kaiserlichen Leibarzt, daß mich sofort das Gefühl überkam, er meine es gut mit mir. Im weiteren Verlauf richtete er allerhand Fragen an mich, vor allem eine, die mich erstaunte – ob ich Mathematiker sei oder Chemiker. Ich verneinte.

‚Sonderbar‘, murmelte er. ‚Im Fieber haben Sie immer so sonderbare Formeln geschrien – c3, c4. Wir haben uns alle nicht ausgekannt.‘

Ich erkundigte mich, was mit mir vorgegangen sei. Er lächelte merkwürdig.

‚Nichts Ernstliches. Eine akute Irritation der Nerven‘, und fügte, nachdem er sich zuvor vorsichtig umgeblickt hatte, leise bei: ‚Schließlich eine recht verständliche. Seit dem 13. März, nicht wahr?‘

Ich nickte.

‚Kein Wunder bei dieser Methode‘, murmelte er. ‚Sie sind nicht der erste. Aber sorgen Sie sich nicht.‘

An der Art, wie er mir dies beruhigend zuflüsterte, und dank seines begütigenden Blickes wußte ich, daß ich bei ihm gut geborgen war.

Zwei Tage später erklärte mir der gütige Doktor ziemlich freimütig, was vorgefallen war. Der Wärter hatte mich in meiner Zelle laut schreien gehört und zunächst geglaubt, daß jemand eingedrungen sei, mit dem ich streite. Kaum er sich aber an der Tür gezeigt, hatte ich mich auf ihn gestürzt und ihn mit wilden Ausrufen angeschrien, die ähnlich klangen wie: ‚Zieh schon einmal, du Schuft, du Feigling!‘, ihn bei der Gurgel zu fassen gesucht und schließlich so wild angefallen, daß er um Hilfe rufen mußte. Als man mich in meinem tollwütigen

Zustand dann zur ärztlichen Untersuchung schleppte, hätte ich mich plötzlich losgerissen, auf das Fenster im Gang gestürzt, die Scheibe eingeschlagen und mir dabei die Hand zerschnitten – Sie sehen noch die tiefe Narbe hier. Die ersten Nächte im Hospital hatte ich in einer Art Gehirnfieber verbracht, aber jetzt finde er mein Sensorium völlig klar. ,Freilich', fügte er leise bei, ,werde ich das lieber nicht den Herrschaften melden, sonst holt man Sie am Ende noch einmal dorthin zurück. Verlassen Sie sich auf mich, ich werde mein Bestes tun.'

Was dieser hilfreiche Arzt meinen Peinigern über mich berichtet hat, entzieht sich meiner Kenntnis. Jedenfalls erreichte er, was er erreichen wollte: meine Entlassung. Mag sein, daß er mich als unzurechnungsfähig erklärt hat, oder vielleicht war ich inzwischen schon der Gestapo unwichtig geworden, denn Hitler hatte seitdem Böhmen besetzt, und damit war der Fall Österreich für ihn erledigt. So brauchte ich nur die Verpflichtung zu unterzeichnen, unsere Heimat innerhalb von vierzehn Tagen zu verlassen, und diese vierzehn Tage waren dermaßen erfüllt mit all den tausend Formalitäten, die heutzutage der einstmalige Weltbürger zu einer Ausreise benötigt – Militärpapiere, Polizei, Steuer, Paß, Visum, Gesundheitszeugnis –, daß ich keine Zeit hatte, über das Vergangene viel nachzusinnen. Anscheinend wirken in unserem Gehirn geheimnisvoll regulierende Kräfte, die, was der Seele lästig und gefährlich werden kann, selbsttätig ausschalten, denn immer, wenn ich zurückdenken wollte an meine Zellenzeit, erlosch gewissermaßen in meinem Gehirn das Licht; erst nach Wochen und Wochen, eigentlich erst hier auf dem Schiff, fand ich wieder den Mut, mich zu besinnen, was mir geschehen war.

Und nun werden Sie begreifen, warum ich mich so ungehörig und wahrscheinlich unverständlich Ihren Freunden gegenüber benommen. Ich schlenderte doch nur ganz zufällig durch den Rauchsalon, als ich Ihre Freunde vor dem Schachbrett sitzen sah; unwillkürlich fühlte ich den Fuß angewurzelt vor Staunen und Schrecken. Denn ich hatte total vergessen, daß man Schach spielen kann an einem wirklichen Schachbrett und mit wirklichen Figuren, vergessen, daß bei diesem Spiel zwei völlig verschiedene Menschen einander leibhaftig gegenübersitzen. Ich brauchte wahrhaftig ein paar Minuten, um mich zu erinnern, daß, was diese Spieler dort taten, im Grunde dasselbe Spiel war, das ich in meiner Hilflosigkeit monatelang gegen mich selbst versucht. Die Chiffren, mit denen ich mich beholfen während meiner grimmigen Exerzitien, waren doch nur Ersatz gewesen und Symbol für diese beinernen Figuren; meine Überraschung, daß dieses Figuren-rücken auf dem Brett dasselbe sei wie mein imaginäres Phantasieren im Denkraum, mochte vielleicht der eines Astronomen ähnlich sein, der sich mit den komplizierten Methoden auf dem Papier einen neuen Planeten errechnet hat und ihn dann wirklich am Himmel erblickt als einen weißen, klaren, substantiellen Stern. Wie magnetisch festgehalten starrte ich auf das Brett und sah dort meine Diagramme – Pferd, Turm, König, Königin und Bauern als reale Figuren, aus Holz geschnitzt; um die Stellung der Partie zu überblicken, mußte ich sie unwillkürlich erst zurückmutieren aus meiner abstrakten Ziffernwelt in die der bewegten Steine. Allmählich überkam mich die Neugier, ein solches reales Spiel zwischen zwei Partnern zu beobachten. Und da passierte das Peinliche, daß ich, alle Höflichkeit vergessend, mich einmengte in Ihre Partie. Aber dieser falsche Zug Ihres Freundes traf mich wie ein Stich ins Herz. Es war eine reine Instinkthandlung, daß ich ihn zurückhielt, ein impulsiver Zugriff, wie man, ohne zu überlegen, ein Kind faßt, das sich über ein Geländer beugt. Erst später wurde mir die grobe Ungehörigkeit klar, deren ich mich durch meine Vordringlichkeit schuldig gemacht."

Ich beeilte mich, Dr. B. zu versichern, wie sehr wir alle uns freuten, diesem Zufall seine Bekanntschaft zu verdanken, und daß es für mich nach all dem, was er mir anvertraut, nun doppelt interessant sein werde, ihm morgen bei dem improvisierten Turnier zusehen zu dürfen. Dr. B. machte eine unruhige Bewegung.

„Nein, erwarten Sie wirklich nicht zu viel. Es soll nichts als eine Probe für mich sein ... eine Probe, ob ich ... ob ich überhaupt fähig bin, eine normale Schachpartie zu spielen, eine Partie auf einem wirklichen Schachbrett mit faktischen Figuren und einem lebendigen Partner ... denn ich zweifle jetzt immer mehr daran, ob jene Hunderte und vielleicht Tausende Partien, die ich gespielt habe, tatsächlich regelrechte Schachpartien waren und nicht bloß eine Art Traum-schach, ein Fieberschach, ein Fieberspiel, in dem wie immer im Traum Zwischenstufen übersprungen wurden. Sie werden mir doch hoffent-

lich nicht im Ernst zumuten, daß ich mir anmaße, einem Schachmeister, und gar dem ersten der Welt, Paroli bieten zu können. Was mich
interessiert und intrigiert, ist einzig die posthume Neugier, festzustellen, ob das in der Zelle damals noch Schachspiel oder schon Wahnsinn
gewesen, ob ich damals noch knapp vor oder schon jenseits der
gefährlichen Klippe mich befand – nur dies, nur dies allein."

Vom Schiffsende tönte in diesem Augenblick der Gong, der zum
Abendessen rief. Wir mußten – Dr. B. hatte mir alles viel ausführli-
cher berichtet, als ich es hier zusammenfasse – fast zwei Stunden
verplaudert haben. Ich dankte ihm herzlich und verabschiedete mich.
Aber noch war ich nicht das Deck entlang, so kam er mir schon nach
und fügte sichtlich nervös und sogar etwas stottrig bei:

„Noch eines! Wollen Sie den Herren gleich im voraus ausrichten,
damit ich nachträglich nicht unhöflich erscheine; ich spiele nur eine
einzige Partie ... sie soll nichts als der Schlußstrich unter eine alte
Rechnung sein – eine endgültige Erledigung und nicht ein neuer
Anfang ... Ich möchte nicht ein zweites Mal in dieses leidenschaftliche
Spielfieber geraten, an das ich nur mit Grauen zurückdenken kann ...
und übrigens ... übrigens hat mich damals auch der Arzt gewarnt ...
ausdrücklich gewarnt. Jeder, der einer Manie verfallen war, bleibt
für immer gefährdet, und mit einer – wenn auch ausgeheilten –
Schachvergiftung soll man besser keinem Schachbrett nahe kommen ... Also Sie verstehen – nur diese eine Probepartie für mich selbst
und nicht mehr."

Pünktlich um die vereinbarte Stunde, drei Uhr, waren wir am
nächsten Tag im Rauchsalon versammelt. Unsere Runde hatte sich
noch um zwei Liebhaber der königlichen Kunst vermehrt, zwei
Schiffsoffiziere, die sich eigens Urlaub vom Borddienst erbaten, um
dem Turnier zusehen zu können. Auch Czentovic ließ nicht wie am
vorhergehenden Tag auf sich warten, und nach der obligaten Wahl der
Farben begann die denkwürdige Partie dieses Homo obscurissimus
gegen den berühmten Weltmeister. Es tut mir leid, daß sie nur für uns
durchaus unkompetente Zuschauer gespielt wurde und ihr Ablauf für
die Annalen der Schachkunde ebenso verloren ist wie Beethovens
Klavierimprovisationen für die Musik. Zwar haben wir an den
nächsten Nachmittagen versucht, die Partie gemeinsam aus dem
Gedächtnis zu rekonstruieren, aber vergeblich; wahrscheinlich hatten

wir alle während des Spiels zu passioniert auf die beiden Spieler statt auf den Gang des Spiels geachtet. Denn der geistige Gegensatz im Habitus der beiden Partner wurde im Verlauf der Partie immer mehr körperlich plastisch. Czentovic, der Routinier, blieb während der ganzen Zeit unbeweglich wie ein Block, die Augen streng und starr auf das Schachbrett gesenkt; Nachdenken schien bei ihm eine geradezu physische Anstrengung, die alle seine Organe zu äußerster Konzentration nötigte. Dr. B. dagegen bewegte sich vollkommen locker und unbefangen. Als der rechte Dilettant im schönsten Sinne des Wortes, dem im Spiel nur das Spiel, das ‚diletto‘ Freude macht, ließ er seinen Körper völlig entspannt, plauderte während der ersten Pausen erklärend mit uns, zündete sich mit leichter Hand eine Zigarette an und blickte immer nur gerade, wenn an ihn die Reihe kam, eine Minute auf das Brett. Jedesmal hatte es den Anschein, als hätte er den Zug des Gegners schon im voraus erwartet.

Die obligaten Eröffnungszüge ergaben sich ziemlich rasch. Erst beim siebenten oder achten schien sich etwas wie ein bestimmter Plan zu entwickeln. Czentovic verlängerte seine Überlegungspausen; daran spürten wir, daß der eigentliche Kampf um die Vorhand einzusetzen begann. Aber um der Wahrheit die Ehre zu geben, bedeutete die allmähliche Entwicklung der Situation wie jede richtige Turnierpartie für uns Laien eine ziemliche Enttäuschung. Denn je mehr sich die Figuren zu einem sonderbaren Ornament ineinander verflochten, um so undurchdringlicher wurde für uns der eigentliche Stand. Wir konnten weder wahrnehmen, was der eine Gegner noch was der andere beabsichtigte, und wer von den beiden sich eigentlich im Vorteil befand. Wir merkten bloß, daß sich einzelne Figuren wie Hebel verschoben, um die feindliche Front aufzusprengen, aber wir vermochten nicht – da bei diesen überlegenen Spielern jede Bewegung immer auf mehrere Züge vorauskombiniert war –, die strategische Absicht in diesem Hin und Wider zu erfassen. Dazu gesellte sich allmählich eine lähmende Ermüdung, die hauptsächlich durch die endlosen Überlegungspausen Czentovics verschuldet war, die auch unseren Freund sichtlich zu irritieren begannen. Ich beobachtete beunruhigt, wie er, je länger die Partie sich hinzog, immer unruhiger auf seinem Sessel herumzurutschen begann, bald aus Nervosität eine Zigarette nach der anderen anzündend, bald nach dem Bleistift greifend, um etwas zu notieren. Dann wieder bestellte er ein Mineralwasser, das er Glas um Glas hastig hinabstürzte; es war offenbar, daß er hundertmal schneller kombinierte als Czentovic. Jedesmal, wenn dieser nach endlosem Überlegen sich entschloß, mit seiner schweren Hand eine Figur vorwärts zu rücken, lächelte unser Freund nur wie jemand, der etwas lang Erwartetes eintreffen sieht, und ripostierte bereits. Er mußte mit seinem rapid arbeitenden Verstand im Kopf alle Möglichkeiten des Gegners vorausberechnet haben; je länger darum Czentovics Entschließung sich verzögerte, um so mehr wuchs seine Ungeduld, und um seine Lippen preßte sich während des Wartens ein ärgerlicher und fast feindseliger Zug. Aber Czentovic ließ sich keineswegs drängen. Er überlegte stur und stumm und pausierte immer länger, je mehr sich das Feld von Figuren entblößte. Beim zweiundvierzigsten Zuge, nach geschlagenen zwei-dreiviertel Stunden, saßen wir schon alle ermüdet und beinahe teilnahmslos um den Turniertisch. Einer der Schiffsoffiziere hatte sich bereits entfernt, ein anderer ein Buch zur Lektüre genommen und blickte nur bei jeder Veränderung für einen Augenblick auf. Aber da geschah plötzlich bei einem Zuge Czentovics das Unerwartete. Sobald Dr. B. merkte, daß Czentovic den Springer faßte, um ihn vorzuziehen, duckte er sich zusammen wie eine Katze vor dem Ansprung. Sein ganzer Körper begann zu zittern, und kaum hatte Czentovic den Springerzug getan, schob er scharf die Dame vor, sagte laut triumphierend: „So! Erledigt!", lehnte sich zurück, kreuzte die Arme über der Brust und sah mit herausforderndem Blick auf Czentovic. Ein heißes Licht glomm plötzlich in seiner Pupille.

Unwillkürlich beugten wir uns über das Brett, um den so triumphierend angekündigten Zug zu verstehen. Auf den ersten Blick war keine direkte Bedrohung sichtbar. Die Äußerung unseres Freundes mußte sich also auf eine Entwicklung beziehen, die wir kurzdenkenden Dilettanten noch nicht errechnen konnten. Czentovic war der einzige unter uns, der sich bei jener herausfordernden Ankündigung nicht gerührt hatte; er saß so unerschütterlich, als ob er das beleidigende ‚Erledigt!' völlig überhört hätte. Nichts geschah. Man hörte, da wir alle unwillkürlich den Atem anhielten, mit einemmal das Ticken der Uhr, die man zur Feststellung der Zugzeit auf den Tisch gelegt hatte. Es wurden drei Minuten, sieben Minuten,

acht Minuten – Czentovic rührte sich nicht, aber mir war, als ob sich von einer inneren Anstrengung seine dicken Nüstern noch breiter dehnten. Unserem Freunde schien dieses stumme Warten ebenso unerträglich wie uns selbst. Mit einem Ruck stand er plötzlich auf und begann im Rauchzimmer auf und ab zu gehen, erst langsam, dann schneller und immer schneller. Alle blickten wir ihm etwas verwundert zu, aber keiner beunruhigter als ich, denn mir fiel auf, daß seine Schritte trotz aller Heftigkeit dieses Auf und Ab immer nur die gleiche Spanne Raum ausmaßen; es war, als ob er jedesmal mitten im leeren Zimmer an eine unsichtbare Schranke stieße, die ihn nötigte umzukehren. Und schaudernd erkannte ich, es reproduzierte unbewußt dieses Auf und Ab das Ausmaß seiner einstmaligen Zelle: genau so mußte er in den Monaten des Eingesperrtseins auf und ab gerannt sein wie ein eingesperrtes Tier im Käfig, genau so die Hände verkrampft und die Schultern eingeduckt; so und nur so mußte er dort tausendmal auf und nieder gelaufen sein, die roten Lichter des Wahnsinns im starren und doch fiebernden Blick. Aber noch schien sein Denkvermögen völlig intakt, denn von Zeit zu Zeit wandte er sich ungeduldig dem Tisch zu, ob Czentovic sich inzwischen schon entschieden hätte. Aber es wurden neun, es wurden zehn Minuten. Dann endlich geschah, was niemand von uns erwartet hatte. Czentovic hob langsam seine schwere Hand, die bisher unbeweglich auf dem Tisch gelegen. Gespannt blickten wir alle auf seine Entscheidung. Aber Czentovic tat keinen Zug, sondern sein gewendeter Handrücken schob mit einem entscheidenden Ruck alle Figuren langsam vom Brett. Erst im nächsten Augenblick verstanden wir: Czentovic hatte die Partie aufgegeben. Er hatte kapituliert, um nicht vor uns sichtbar mattgesetzt zu werden. Das Unwahrscheinliche hatte sich ereignet, der Weltmeister, der Champion zahlloser Turniere hatte die Fahne gestrichen vor einem Unbekannten, einem Manne, der zwanzig oder fünfundzwanzig Jahre kein Schachbrett angerührt. Unser Freund, der Anonymus, der Ignotus, hatte den stärksten Schachspieler der Erde in offenem Kampfe besiegt!

Ohne es zu merken, waren wir in unserer Erregung einer nach dem anderen aufgestanden. Jeder von uns hatte das Gefühl, er müßte etwas sagen oder tun, um unserem freudigen Schrecken Luft zu machen. Der einzige, der unbeweglich in seiner Ruhe verharrte, war Czentovic. Erst nach einer gemessenen Pause hob er den Kopf und blickte unseren Freund mit steinernem Blick an.

„Noch eine Partie?" fragte er.

„Selbstverständlich", antwortete Dr. B. mit einer mir unangenehmen Begeisterung und setzte sich, noch ehe ich ihn an seinen Vorsatz mahnen konnte, es bei einer Partie bewenden zu lassen, sofort nieder und begann mit fiebriger Hast die Figuren neu aufzustellen. Er rückte sie mit solcher Hitzigkeit zusammen, daß zweimal ein Bauer durch die zitternden Finger zu Boden glitt; mein schon früher peinliches Unbehagen angesichts seiner unnatürlichen Erregtheit wuchs zu einer Art Angst. Denn eine sichtbare Exaltiertheit war über den vorher so stillen und ruhigen Menschen gekommen; das Zucken fuhr immer öfter um seinen Mund, und sein Körper zitterte wie von einem jähen Fieber geschüttelt.

„Nicht!" flüsterte ich ihm leise zu. „Nicht jetzt! Lassen Sie's für heute genug sein! Es ist für Sie zu anstrengend."

„Anstrengend! Ha!" lachte er laut und boshaft. „Siebzehn Partien hätte ich unterdessen spielen können statt dieser Bummelei! Anstrengend ist für mich einzig bei diesem Tempo nicht einzuschlafen! – Nun! Fangen Sie schon einmal an!"

Diese letzten Worte hatte er in heftigem, beinahe grobem Ton zu Czentovic gesagt. Dieser blickte ihn ruhig und gemessen an, aber sein steinerner Blick hatte etwas von einer geballten Faust. Mit einemmal stand etwas Neues zwischen den beiden Spielern; eine gefährliche Spannung, ein leidenschaftlicher Haß. Es waren nicht zwei Partner mehr, die ihr Können spielhaft aneinander proben wollten, es waren zwei Feinde, die sich gegenseitig zu vernichten geschworen. Czentovic zögerte lange, ehe er den ersten Zug tat, und mich überkam das deutliche Gefühl, er zögerte mit Absicht so lange. Offenbar hatte der geschulte Taktiker schon herausgefunden, daß er gerade durch seine Langsamkeit den Gegner ermüdete und irritierte. So setzte er nicht weniger als vier Minuten aus, ehe er die normalste, die simpelste aller Eröffnungen machte, indem er den Königsbauern die üblichen zwei Felder vorschob. Sofort fuhr unser Freund mit seinem Königsbauern ihm entgegen, aber wieder machte Czentovic eine endlose, kaum zu ertragende Pause; es war, wie wenn ein starker Blitz niederfährt und man pochenden Herzens auf den Donner wartet, und der Donner kommt und kommt nicht. Czentovic rührte sich nicht. Er überlegte still, langsam und, wie ich immer gewisser fühlte, boshaft langsam; damit aber gab er mir reichlich Zeit, Dr. B. zu beobachten. Er hatte eben das dritte Glas Wasser hinabgestürzt; unwillkürlich erinnerte ich mich, daß er mir von seinem fiebrigen Durst in der Zelle erzählte. Alle Symptome einer anomalen Erregung zeichneten sich deutlich ab; ich sah seine Stirne feucht werden und die Narbe auf seiner Hand röter und schärfer als zuvor. Aber noch beherrschte er sich. Erst als beim vierten Zug Czentovic wieder endlos überlegte, verließ ihn die Haltung, und er fauchte ihn plötzlich an:

„So spielen Sie doch schon einmal!"

Czentovic blickte kühl auf. „Wir haben meines Wissens zehn Minuten Zugzeit vereinbart. Ich spiele prinzipiell nicht mit kürzerer Zeit."

Dr. B. biß sich die Lippe; ich merkte, wie unter dem Tisch seine Sohle unruhig und immer unruhiger gegen den Boden wippte, und wurde selbst unaufhaltsam nervöser durch das drückende Vorgefühl, daß sich irgend etwas Unsinniges in ihm vorbereitete. In der Tat ereignete sich bei dem achten Zug ein weiterer Zwischenfall. Dr. B., der immer unbeherrschter gewartet hatte, konnte seine Spannung nicht mehr verhalten; er rückte hin und her und begann unbewußt mit den Fingern auf dem Tisch zu trommeln. Abermals hob Czentovic seinen schweren bäurischen Kopf.

„Darf ich Sie bitten, nicht zu trommeln? Es stört mich. Ich kann so nicht spielen."

„Ha!" lachte Dr. B. kurz. „Das sieht man."

Czentovics Stirn wurde rot. „Was wollen Sie damit sagen?" fragte er scharf und böse.

Dr. B. lachte abermals knapp und boshaft. „Nichts. Nur daß Sie offenbar sehr nervös sind."

Czentovic schwieg und beugte seinen Kopf nieder.

Erst nach sieben Minuten tat er den nächsten Zug, und in diesem tödlichen Tempo schleppte sich die Partie fort. Czentovic versteinte gleichsam immer mehr; schließlich schaltete er immer das Maximum der vereinbarten Überlegungspause ein, ehe er sich zu einem Zug entschloß, und von einem Intervall zum andern wurde das Benehmen unseres Freundes sonderbarer. Es hatte den Anschein, als ob er an der

Partie gar keinen Anteil mehr nehme, sondern mit etwas ganz anderem beschäftigt sei. Er ließ sein hitziges Aufundniederlaufen und blieb an seinem Platz regungslos sitzen. Mit einem stieren und fast irren Blick ins Leere vor sich starrend, murmelte er ununterbrochen unverständliche Worte vor sich hin; entweder verlor er sich in endlosen Kombinationen, oder er arbeitete – dies war mein innerster Verdacht – sich ganz andere Partien aus, denn jedesmal, wenn Czentovic endlich gezogen hatte, mußte man ihn aus seiner Geistesabwesenheit zurückmahnen. Dann brauchte er immer eine einzige Minute, um sich in der Situation wieder zurechtzufinden; immer mehr beschlich mich der Verdacht, er habe eigentlich Czentovic und uns alle längst vergessen in dieser kalten Form des Wahnsinns, der sich plötzlich in irgendeiner Heftigkeit entladen konnte. Und tatsächlich, bei dem neunzehnten Zug brach die Krise aus. Kaum daß Czentovic seine Figur bewegt, stieß Dr. B. plötzlich, ohne recht auf das Brett zu blicken, seinen Läufer drei Felder vor und schrie derart laut, daß wir alle zusammenfuhren:

„Schach! Schach dem König!"

Wir blickten in der Erwartung eines besonderen Zuges sofort auf das Brett. Aber nach einer Minute geschah, was keiner von uns erwartet. Czentovic hob ganz, ganz langsam den Kopf und blickte – was er bisher nie getan – in unserem Kreise von einem zum andern. Er schien irgend etwas unermeßlich zu genießen, denn allmählich begann auf seinen Lippen ein zufriedenes und deutlich höhnisches Lächeln. Erst nachdem er diesen seinen uns noch unverständlichen Triumph bis zur Neige genossen, wandte er sich mit falscher Höflichkeit unserer Runde zu.

„Bedaure – aber ich sehe kein Schach. Sieht vielleicht einer von den Herren ein Schach gegen meinen König?"

Wir blickten auf das Brett und dann beunruhigt zu Dr. B. hinüber. Czentovics Königsfeld war tatsächlich – ein Kind konnte das erkennen – durch einen Bauern gegen den Läufer völlig gedeckt, also kein Schach dem König möglich. Wir wurden unruhig. Sollte unser Freund in seiner Hitzigkeit eine Figur danebengestoßen haben, ein Feld zu weit oder zu nah? Durch unser Schweigen aufmerksam gemacht, starrte jetzt auch Dr. B. auf das Brett und begann heftig zu stammeln:

„Aber der König gehört doch auf f7 ... er steht falsch, ganz falsch. Sie haben falsch gezogen! Alles steht ganz falsch auf diesem Brett ... der Bauer gehört doch auf g5 und nicht auf g4 ... das ist doch eine ganz andere Partie ... Das ist ...“

Er stockte plötzlich. Ich hatte ihn heftig am Arm gepackt oder vielmehr ihn so hart in den Arm gekniffen, daß er selbst in seiner fiebrigen Verwirrtheit meinen Griff spüren mußte. Er wandte sich um und starrte mich wie ein Traumwandler an. „Was ... wollen Sie?“

Ich sagte nichts als „Remember!“ und fuhr ihm gleichzeitig mit dem Finger über die Narbe seiner Hand. Er folgte unwillkürlich meiner Bewegung, sein Auge starrte glasig auf den blutroten Strich. Dann begann er plötzlich zu zittern, und ein Schauer lief über seinen ganzen Körper.

„Um Gottes willen“, flüsterte er mit blassen Lippen. „Habe ich etwas Unsinniges gesagt oder getan ... bin ich am Ende wieder ...?“

„Nein“, flüsterte ich leise. „Aber Sie müssen sofort die Partie abbrechen, es ist höchste Zeit. Erinnern Sie sich, was der Arzt Ihnen gesagt hat!“

Dr. B. stand mit einem Ruck auf. „Ich bitte um Entschuldigung für meinen dummen Irrtum“, sagte er mit seiner alten höflichen Stimme und verbeugte sich vor Czentovic. „Es ist natürlich purer Unsinn, was ich gesagt habe. Selbstverständlich bleibt es Ihre Partie.“ Dann wandte er sich zu uns. „Auch die Herren muß ich um Entschuldigung bitten. Aber ich hatte Sie gleich im voraus gewarnt, Sie sollten von mir nicht zuviel erwarten. Verzeihen Sie die Blamage – es war das letztemal, daß ich mich im Schach versucht habe.“

Er verbeugte sich und ging, in der gleichen bescheidenen und geheimnisvollen Weise, mit der er zuerst erschienen. Nur ich wußte, warum dieser Mann nie mehr ein Schachbrett berühren würde, indes die anderen ein wenig verwirrt zurückblieben mit dem ungewissen Gefühl, mit knapper Not etwas Unbehaglichem und Gefährlichem entgangen zu sein. „Damned fool!“ knurrte McConnor in seiner Enttäuschung. Als letzter erhob sich Czentovic von seinem Sessel und warf noch einen Blick auf die halbbeendete Partie.

„Schade“, sagte er großmütig. „Der Angriff war gar nicht so übel disponiert. Für einen Dilettanten ist dieser Herr eigentlich ungewöhnlich begabt.“

Stefan Zweig

„Ich bin 1881 in einem großen und mächtigen Kaiserreiche geboren, in der Monarchie der Habsburger; aber man suche sie nicht auf der Karte: sie ist weggewaschen ohne Spur. Ich bin aufgewachsen in Wien, der zweitausendjährigen übernationalen Metropole, und habe sie wie ein Verbrecher verlassen müssen, ehe sie degradiert wurde zu einer deutschen Provinzstadt. Mein literarisches Werk ist ... zu Asche gebrannt worden ... So gehöre ich nirgends mehr hin, überall Fremder und bestenfalls Gast ...“

Diese bitteren Worte finden sich in den Erinnerungen Stefan Zweigs, der am 28. November 1981 hundert Jahre alt geworden wäre. Dabei lag das Leben in seiner Jugend so vielversprechend und sorgenfrei vor ihm! Als Sohn eines wohlhabenden jüdischen Industriellen hatte er nie mit finanziellen Schwierigkeiten zu kämpfen. Auch war es ihm möglich, die Gebiete zu studieren, die ihn interessierten, Philosophie, Germanistik und Romanistik. Er konnte reisen, wohin er wollte, durch Europa, Indien, Nordafrika, Nord- und Mittelamerika. Und als er sich der Schriftstellerei zuwandte, blieb ihm das Glück weiterhin hold. Schon bald zählte man ihn zu den erfolgreichen Autoren, und seine Leser liebten seine Novellen, vor allem die *Sternstunden der Menschheit*, seine Essays und die kunstvollen Übersetzungen schwieriger französischer Texte.

Dann aber kamen die Nazis und machten dem überzeugten Pazifisten das Leben dort unmöglich, wo seine Bücher „Millionen Leser sich zu Freunden gemacht“. Und nicht nur Deutschland, sondern „auch die eigentliche Heimat, die mein Herz sich erwählt, Europa, ist mir verloren“.

1935 hielt Zweig es in Deutschland nicht mehr aus und versuchte, sich in England eine neue Heimat aufzubauen. Hier traf er mit anderen jüdischen Emigranten zusammen, darunter mit dem schwerkranken Sigmund Freud, um den sich – wie Zweig in seinen Erinnerungen schreibt – „nur ein kleiner Kreis von Getreuen zu allwöchentlichen Diskussionsabenden sammelte, in denen die neue Wissenschaft der Psychoanalyse ihre erste Formung erhielt“.

In Freud fand Stefan Zweig einen Gesprächspartner, mit dem er oft über das Grauen, das Hitler in die Welt gebracht hatte, sprechen konnte. Als Sigmund Freud im September 1939 starb, verlor Zweig nicht nur einen Freund, sondern auch ein lebensnotwendiges Verbindungsglied zur unvergessenen Heimat.

Bald hielt ihn nichts mehr in London; er übersiedelte nach Ausbruch des Zweiten Weltkrieges in die USA und von dort ins brasilianische Petropolis. Doch nirgends gelang es ihm, heimisch zu werden und zur Ruhe zu kommen.

Am 23. Februar 1942 ging der Autor, dem seine Freunde und seine Bücher in der Fremde zum Leben fehlten, zusammen mit seiner zweiten Frau Lotte freiwillig in den Tod. Seinem letzten Brief an den Verleger Bermann Fischer legte er das Manuskript der *Schachnovelle* bei.

BERLINER REIGEN

EINE KURZFASSUNG DES BUCHES VON

Arthur R. G. Solmssen

INS DEUTSCHE ÜBERTRAGEN VON
GISELA GEISLER

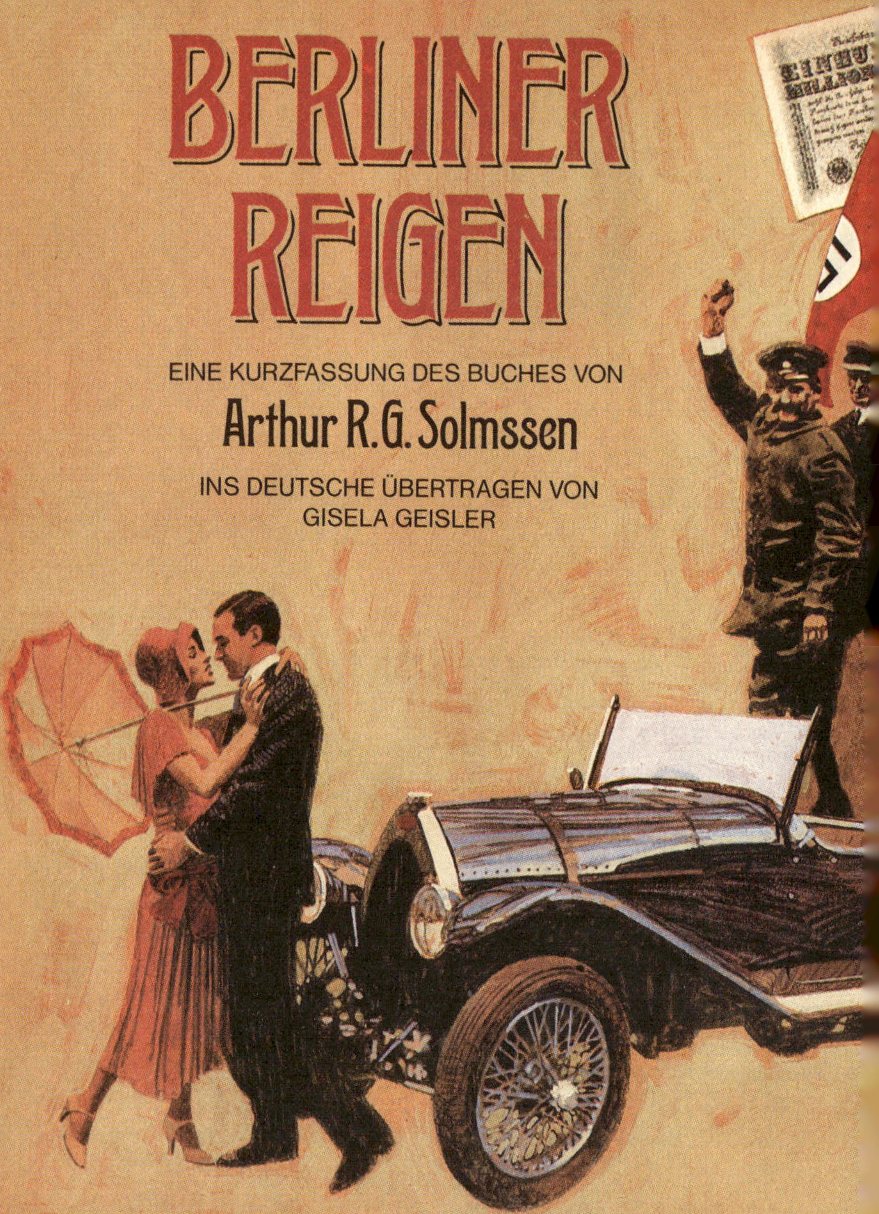

ILLUSTRATIONEN VON MITCHELL HOOKS

Freitag, 9. November 1923 · 52. Jahrgang

Abend-Ausgabe

Berliner Tageblatt
und Handels-Zeitung

Hitler-Putsch in München

Die Einladung nach Berlin war ehrlich gemeint. Ein angenehmes Leben hatte Christoph Keith seinem amerikanischen Freund Peter Ellis versprochen. Und das nicht nur, weil der Besitz von ein paar Dollar 1922 im inflationsgeschüttelten Deutschland das Ende aller finanziellen Sorgen bedeutete.

Peter Ellis ergreift diese Chance mit beiden Händen. Das war die Gelegenheit, nicht vorzeitig nach Hause zurückkehren zu müssen, um ein ungeliebtes Studium fortzusetzen. Berlin – hier würde er endlich seinen Traum verwirklichen können: Privatstunden nehmen und ein guter Maler werden!

Die Freundschaft mit Christoph eröffnet dem jungen Amerikaner Zugang zur Berliner Gesellschaft. Er lernt Bankiers, Adlige, Politiker und Künstler kennen, wird zu Segelpartien auf der Havel eingeladen, genießt Diners im weltberühmten Adlon.

Doch in Deutschland gärt es. Freikorps ziehen grölend durch die Straßen, und in München erhebt ein Mann namens Hitler die Stimme und predigt Judenhaß. Der Glanz der goldenen zwanziger Jahre wird matt. Angst, Hunger, Tod halten Einzug in Berlin. Und Peter Ellis, der nur der Malerei wegen nach Deutschland gekommen war, sieht sich plötzlich hilflos in ein Mordkomplott verstrickt.

Donnerstag, den 15. Juni 1922

ALS die Tür aufging, fuhr ich verwirrt aus dem Schlaf hoch; ich wußte nicht, wo ich war. Dann erkannte ich Christoph Keith. Der Flur vor meiner Zimmertür war dunkel, aber im Erdgeschoß schien noch eine Lampe zu brennen, denn Christophs Gestalt hob sich als Silhouette von einem hellen Hintergrund ab. Ich sah auch, daß sein Wettermantel klatschnaß war.

„Peter . . . , schläfst du?"

„Jetzt nicht mehr! Was ist los?" Ich knipste die Nachttischlampe an, Christoph zog die Tür ins Schloß und trat an mein Bett. Er hinkte.

„Weißt du, daß in der Remise ein Auto steht? Ein Austro-Daimler?"

„Ja. Ich glaube, Kaspar ist damit heute abend nach Hause gekommen."

„Kaspar? Der kann gar nicht Auto fahren."

„Dann hat eben der andere Bursche am Steuer gesessen."

„Von wem redest du?"

„Der Name fällt mir nicht ein; einer von Kaspars alten Kameraden. Der, den du neulich aus dem Haus geworfen hast."

„Tillessen? Willst du damit sagen, Tillessen hätte das Auto hergebracht?"

„Ja. Ein dritter Mann war auch noch dabei, aber gesprochen habe ich nicht mit ihnen. Hab sie bloß vom Fenster aus beobachtet. Frag doch Kaspar selbst!"

„Kaspar ist wieder mal fort." Christoph seufzte, ließ sich in einen Sessel fallen und verbarg das Gesicht in den Händen.

„Nun red schon, Christoph!"

Er musterte mich nachdenklich. Dann sagte er zögernd: „Ich brauche deine Hilfe, Peter. Es gefällt mir nicht, daß ich dich in diese Sache hineinziehen muß, aber ich habe keine Wahl. Für einen Amerikaner ist es sicher unvorstellbar, aber ich kann tatsächlich nicht

Auto fahren, obwohl ich Offizier war. Dafür hatten wir Chauffeure. Und jetzt muß ich sogar den Motor eines Autos anlassen, für das ich keinen Schlüssel habe. Wirst du mir dabei helfen?"

ALS wir durch die dunkle Küche schlichen, flüsterte Christoph: „Warte hier; ich hole noch etwas aus dem Keller." Im nächsten Augenblick ging das Licht an. Vor uns stand Meier, der Hausdiener. Er hatte sein Nachthemd in die Hose gestopft und war kreidebleich. „Ist was passiert, Herr Oberleutnant?"

Ein knapper, scharfer Befehl, und Meier verschwand so schnell, wie er aufgetaucht war. Christoph stieg in den Keller hinunter, und ich überlegte, was mir nachher in der Remise nützlich sein könnte. Ich steckte ein scharfes Küchenmesser ein und nahm auch die Streichholzschachtel vom Herd mit. Christoph kam mit einem Vorschlaghammer aus dem Keller herauf.

ES WAR ein großer, teurer Wagen, der nach Leder roch. Ich lag rücklings unter dem Steuerrad, und Christoph leuchtete mir mit brennenden Streichhölzern, bis ich die richtigen Kabel gefunden hatte. Ich schnitt sie durch.

„All right", sagte ich, richtete mich wieder auf und setzte mich hinter das Steuer.

„Und du kannst ihn jetzt wirklich anlassen?"

„Ich glaube schon."

Handbremse los ... auskuppeln ... Choke. Meine Hände tasteten nach den herunterhängenden Kabelenden, führten sie hastig zusammen. Der Motor war noch warm. Er begann zu husten, sprang an. Erster Gang ... geschafft!

Wir rollten hinaus in die dunkle Regennacht.

JAGDSCHLOSS GRUNEWALD stand auf der Tafel, und EINFAHRT VERBOTEN! „Fahr durch!" sagte Christoph. Wir passierten das Eingangstor, fuhren über den kopfsteingepflasterten Innenhof und zum gegenüberliegenden Tor wieder hinaus. Dahinter begann ein schmaler Pfad, offenbar ein Reitweg. „He", rief ich, „das ist ja reiner Sand. Und wenn wir nun steckenbleiben?"

„Sieh zu, daß wir möglichst weit kommen", sagte Christoph.

Ringsum nichts als Kiefern. Jedesmal, wenn der Pfad eine Linkskurve machte, sah ich, wie sich unsere Scheinwerfer in der dunstigen Oberfläche des Grunewaldsees spiegelten.

„Jetzt kommt gleich eine Gabelung", sagte Christoph. „Wir fahren rechts weiter, den Weg, der vom See wegführt."

„Christoph, willst du mir nicht endlich erklären, was das alles zu bedeuten hat?"

„Lieber nicht ... Achtung! Die Weggabelung!" Das Auto quälte sich durch dichtes Unterholz eine Anhöhe hinauf, und ich rechnete jede Sekunde damit, steckenzubleiben. Aber wir kamen oben an.

„Stell den Motor ab", sagte Christoph. Er stieg aus und stellte sich mit dem Vorschlaghammer vor die Motorhaube. Ich bückte mich und riß die verknoteten Kabel wieder auseinander. Das Motorgeräusch erstarb, die Scheinwerfer gingen aus. Man hörte nur noch den Regen.

Ich stieg auch aus und sah, daß Christoph die Motorhaube geöffnet hatte. „Zünde mal ein Streichholz an, und halte es über diese Stelle!" sagte er.

Er holte aus, und der Vorschlaghammer fuhr krachend auf den Motorblock nieder. Sofort stieg uns Benzingeruch in die Nase. Ich warf das brennende Streichholz auf den Boden und trat das Flämmchen aus.

„Es hat noch nicht gereicht", sagte Christoph. „Tritt mal zurück!" Der zweite Hieb gab dem Motor den Rest. Wir hörten, wie Dampf zischend aus dem zerborstenen Gehäuse entwich.

Christoph trat schwer atmend hinter mich. „Jetzt denkst du sicher, ich hätte den Verstand verloren", sagte er. „Vielleicht hast du sogar recht."

„Ich glaube lediglich, daß du irgend jemanden daran hindern willst, dieses Auto zu benutzen."

„Erraten!" Er legte mir die Hand auf die Schulter, und ich spürte, daß er zitterte. „Hab Dank, Peter", sagte er. „Du bist ein großartiger Freund. Hoffentlich bekommst du wegen dieser Sache keine Schwierigkeiten."

„Mir wäre wohler, wenn ich wüßte, worum es geht."

„Du erfährst es noch früh genug. Hole mir bitte meinen Stock aus dem Auto. Bis Sonnenaufgang haben wir noch einen langen Marsch vor uns."

Erstes Kapitel

Ich war nach Berlin gefahren, weil man hier billig leben konnte.

Genaugenommen hatte mein Berlin-Abenteuer an jenem Abend in Paris begonnen, als mich der Anwalt meines Vaters zum Essen ins Grand Véfour einlud. Ein phantastisches Restaurant: bemalte Glaswände, Spiegel und Fenster, die den Blick auf die Gartenanlagen des Palais Royal freigaben. Das Menü war hervorragend; sein Preis entsprach meinem damaligen Monatsbudget.

George Graham war Partner in der Anwaltsfirma Conyers & Dean, die meine Familie seit jeher in allen rechtlichen Fragen beriet. Er war Anfang Vierzig, ein erfolgreicher Anwalt, sozusagen eine Leuchte seiner Zunft.

Und ich? Was war ich? Ein Kriegsinvalide, der sich langsam wieder aufrappelte? Ein Student? Ein hoffnungsvoller junger Maler? Oder doch nur ein Nichtstuer, der sich lieber im Gassengewirr des Montparnasse herumtrieb, als für Drexel & Co. Wertpapiere an den Mann zu bringen?

Graham hatte freundliche blaue Augen. Man wählte ihn immer aus, wenn jemand auf die sanfte Tour bearbeitet werden sollte. „Peter, der Krieg ist nun schon vier Jahre vorbei", begann er.

„Für mich ist er seit fünf Jahren aus, Mr. Graham! Ich wurde schon im April 1917 nach Hause verfrachtet."

„Das weiß ich, Peter. Und ich weiß auch, daß es Ihnen damals nicht sonderlich gutging."

„Nicht sonderlich gut? Weiß Gott nicht! Sie hatten mich in meiner Koje festgeschnallt und so mit Morphium vollgepumpt, daß ich von Brest bis Hoboken durchschlief. Wußte nicht, welcher Tag es war; nicht mal, welcher Monat."

„Aber Sie haben sich blendend erholt, mein Junge ... und Ihr seelisches Gleichgewicht wiedergefunden."

„Ja, wenn Sie darunter verstehen, daß ich schließlich wieder eine Mahlzeit im Kreise der Familie durchstehen konnte, ohne in Tränen auszubrechen."

„Peter, Sie sind wieder völlig gesund; alle Ihre Ärzte sagen es. Und Ihre kleine Skizze von Walter Smith ist so gut geraten, daß wir uns mit dem Gedanken tragen, Ihnen einen größeren Porträtauftrag für unsere Kanzlei zu geben. "

„Kurz und gut: Ich soll nach Hause kommen ... und wieder Wertpapiere für Drexel & Co. verkaufen. "

George Graham beugte sich zu mir herüber: „Unsinn, Peter! Ihren Eltern liegt nur daran, daß Sie zu Ende studieren. Zwei Jahre College ... kein Abschlußzeugnis ..., damit kommen Sie nicht weit. Wertpapiere verkaufen? Drexel & Co. gehören zu den Patienten Ihres Vaters, und die wollten ihm damit einen Gefallen tun! Sie wissen doch genau, worauf Ihre Eltern hoffen. "

Und ob! Mein Vater war der bekannteste Chirurg von Philadelphia, wie schon vor ihm mein Großvater und mein Urgroßvater. Ihre Porträts sind alle im Treppenhaus der Universitätsklinik zu besichtigen. Als ich damals mein Studium in Harvard abbrach und in den *American Field Service* eintrat, waren meine Eltern sogar hellauf begeistert. Sanitätswagen fahren, Verwundeten helfen – endlich machte der Junge den ersten Schritt in die gewünschte Richtung! Und dabei trieb mich gar nicht so sehr das Verlangen, jemandem zu helfen; ich hatte mich einfach von der allgemeinen Stimmung mitreißen lassen.

Heute ist es schwer, sich in unsere damalige seelische Verfassung zu versetzen. Die Deutschen hatten Belgien überrannt und stießen auf Paris vor. Ein paar wohlhabende Amerikaner, die in Neuilly wohnten, kauften auf eigene Rechnung Sanitätswagen und suchten dafür amerikanische Fahrer. Die Idee zündete, besonders an den Universitäten. In Harvard kamen sie mit einem Krankenwagen mitten in die *Memorial Hall* kutschiert. Ein paar Jungen, die an der Marne dabeigewesen waren, hielten Reden, die Kapelle spielte die Marseillaise, und die Universität stellte uns sofort für den Sanitätsdienst frei. Ehe wir einen klaren Gedanken fassen konnten, durchpflügten wir schon das Meer auf der *Aquitania* in Richtung Le Havre. An Bord herrschte Ausflugsstimmung. Wir fühlten uns wie Pfadfinder auf einem Streifzug – mit Schlafsäcken, nächtlichem Liedersingen im verdunkelten Speisesaal erster Klasse und allem, was sonst noch dazugehört.

Der einzige Hinweis auf das, was uns erwartete, waren die müden Blicke, mit denen die schweigsamen Offiziere der *Aquitania* unser Treiben beobachteten.

„Natürlich möchte Ihr Vater, daß Sie Medizin studieren", sagte George Graham. „Aber dazu müßten Sie erst einmal Ihr College beenden."

„Ein Vierundzwanzigjähriger neben Neunzehnjährigen auf der Schulbank?"

„Warum nicht? Sie würden doch alles so viel leichter begreifen ..."

Aber gerade das bezweifelte ich. Und diese Zweifel bestanden immer noch, als wir schon längst das Essen beendet hatten und von anderen Dingen sprachen. George Graham wollte am kommenden Morgen die Rückreise in die Vereinigten Staaten antreten. Er hatte mehrere Wochen in Paris verbracht; seine Kanzlei war hier mit einer Erbschaftsklage betraut. Er erzählte mir von dem Fall, aber die Sache interessierte mich nicht.

Um so mehr interessierte mich, was er mir schließlich beim Kaffee beibrachte: Mein Vater bestand darauf, daß ich heimkam. Sofort. „In der Abmachung mit Ihrem Vater hieß es doch: ein Jahr Paris, um zu malen, um wieder völlig gesund zu werden und um ernsthafte Überlegungen für Ihren Berufsweg anzustellen. Und dieses Jahr ist nun abgelaufen ..."

„Er wird also die Unterhaltszahlungen einstellen?"

George Graham nickte. „Noch einen Scheck, Peter, sogar einen großzügig bemessenen, aber dann ist Schluß. Sie können nicht erwarten, daß Ihre Familie Sie bis in alle Ewigkeit unterstützt."

„Aber ich habe doch ernsthaft an der Kunstakademie gearbeitet. Sie müssen sich meine Bilder anschauen ..."

„Gern, Peter. Aber wie viele haben Sie verkauft?"

„Mr. Smith hat die Skizze von Walter gekauft und Miß Boatwright ein Porträt von Joanne. Das ist ihre Nichte. Sie war auch Patientin im Quäker-Hospital."

George blickte einen Augenblick lang aus dem Fenster; dann wandte er sich mir wieder zu. „Peter, Sie dürfen nicht die Quäker-Auffassung von ‚ehrlicher Arbeit' vergessen. Auch Ihre Familie glaubt daran."

„Ein Quäker kann also nicht Künstler sein ...?"

„Das habe ich nicht behauptet. Aber ein Quäker erwartet vom Künstler, daß er möglichst bald auf eigenen Füßen steht, also sein Handwerk gut genug beherrscht. An wen denkt man denn, wenn von großen Kunstmäzenen die Rede ist? An byzantinische Kaiser vielleicht oder an die Medici-Päpste, aber bestimmt nicht an Quäker wie George Fox oder William Penn!"

Ich mußte lachen. „Mr. Graham, Sie sind ein guter Anwalt!"

Nach dem Essen schlenderten wir durch den kühlen Aprilabend zum Hotel Ritz. Graham war dort in der Bar mit einem französischen Anwalt verabredet, der ihn bei der Erbschaftsklage beriet.

„Mein französischer Kollege mußte heute zwei deutsche Bankiers zum Essen ausführen. Er wollte sie so rasch wie möglich loswerden, aber es könnte ja sein, daß die Herren noch in der Hotelbar sind. Hätten Sie nicht Lust, für diese Deutschen den Fremdenführer in Paris zu spielen?" Er grinste.

Dazu muß man wissen, daß wir uns im Jahr 1922 befanden. Der Krieg war kaum vier Jahre vorüber, und die meisten Franzosen und viele Amerikaner haßten die Deutschen noch aus ganzer Seele. Ich nicht. Ich haßte den Kaiser, den preußischen Militarismus und das wenige, was ich von Bismarcks Politik verstanden hatte. Aber als ich nach Frankreich kam, begriff ich, daß der einfache deutsche Soldat, wie jeder andere Soldat auch, das Opfer seines Systems war. Außerdem wirkte bei mir noch etwas anderes nach: die Erinnerung an Else Westerich.

Als mein Großvater und später mein Vater Medizin studierten, war es noch üblich, daß begüterte Studenten die letzten Semester an einer deutschen Universität verbrachten. Mein Vater war der Ansicht gewesen, daß man nur mit perfekten Deutschkenntnissen den größtmöglichen Nutzen aus diesen Semestern ziehen könnte, und deshalb kam Else Westerich 1906 zu uns ins Haus. Ich war damals erst acht Jahre alt. Sie gab mir Deutschunterricht, spielte auch Klavier und brachte mir deutsche Lieder bei. Als ich vierzehn war, verließ sie uns, aber ich habe sie nie vergessen.

In der Bar des Ritz herrschte Dämmerlicht; es roch nach Whisky und Zigaretten. „Da sind sie ja", sagte George Graham. Er führte mich zu einem Ecktisch, an dem drei Herren saßen. Sie erhoben sich, und der französische Anwalt, Maître Delage, stellte uns in englischer Sprache einander vor.

Baron Robert von Waldstein war nicht größer als ich, ein attraktiver junger Mann von fast südländischem Typ, um eine Spur zu elegant gekleidet. Herr Keith hatte beim Aufstehen einen Stock zu Hilfe genommen. Seine hagere Gestalt überragte mich beträchtlich. „Ich glaube, wir können uns die Vorstellung ersparen", sagte er. „Mr. Ellis habe ich schon bei früherer Gelegenheit kennengelernt." Er grinste über das ganze Gesicht, das ein kurzgestutzter Oberlippenbart zierte. Vor Überraschung vergaß ich fast, seine Hand wieder loszulassen. Ich lachte ebenfalls.

Es war im April 1916 passiert – auf der Straße, die von Verdun in das zerstörte Dorf Bras am linken Maasufer führte. In der Morgendämmerung brachte ich das leere Sanitätsauto in das Dorf zurück. Da die Straße gelegentlich unter Beschuß lag, machten wir unsere Fahrten lieber nachts, aber dann konnten wir die Granattrichter nicht erkennen, und eine Zeitlang büßten wir so viele Krankenwagen durch Unfälle ein, daß der Befehl kam, die Morgendämmerung abzuwarten.

Ich war an diesem Morgen gut vorangekommen, als plötzlich vor mir, in kaum drei Meter Höhe über der Straße, ein Flugzeug auftauchte. Es flog so langsam, daß ich deutlich hörte, wie die Streben der Landeklappen knarrten. Der Pilot versuchte anscheinend verzweifelt, die Maschine auf der Straße aufzusetzen, der einzigen ebenen Fläche in diesem verwüsteten Waldabschnitt. Das Flugzeug torkelte nach rechts, nach links, berührte den Boden, machte noch einen Satz in die Luft und krachte endgültig auf die Straße nieder. Dabei zerbrach das Fahrgestell.

Die Maschine drehte sich um die eigene Achse und blieb mit Schlagseite quer auf der Fahrbahn liegen. Erst jetzt sah ich die schwarzsilbernen Eisernen Kreuze, doch im nächsten Augenblick schossen schon die Flammen aus dem Rumpf; ich trat auf die Bremse, sprang aus dem Wagen und rannte los.

Er behauptete später, ich hätte ihn herausgeholt. Ich weiß nur noch, daß mir der Benzingeruch in die Nase gestiegen war und daß ich wie verrückt an dem Körper gezerrt hatte, bis die eingeklemmten Beine freikamen.

Dann waren wir auf der Straße bis zu meinem Auto zurückgestolpert und gerade unter dem Wagen in Deckung gegangen, als das Flugzeug mit einem dumpfen Knall explodierte. Gleich darauf prasselten Metallteile auf uns nieder.

In der nachfolgenden Stille sah ich ihn zum ersten Mal richtig an. Seine Schutzbrille und den Helm hatte er unterwegs verloren. Er hatte kurzgeschnittenes braunes Haar und trug einen altmodischen Kaiser-Wilhelm-Schnurrbart. Beides, Kopfhaar und Bart, waren versengt. Ein Schienbeinknochen spießte aus der zerfetzten braunen Ledermontur. Er starrte mich an; offenbar hatte er große Schmerzen, wollte es aber nicht zugeben.

„*Merci beaucoup*", sagte er schließlich und lächelte.

„Ich bin Amerikaner", sagte ich auf deutsch. Ich wollte mich unter dem Auto hervorrollen, aber er hielt mich zurück.

„Lieber noch nicht", sagte er auf englisch und zeigte auf seine Armbanduhr. Im gleichen Augenblick hörte ich schon das Artilleriegeschoß. Es kam über die Maas auf uns zu geflogen und lärmte fast wie ein Güterzug. Dann schien der Wald zu explodieren; die Straße hob und senkte sich; der Krankenwagen über uns begann in seiner Federung zu schaukeln. Die nächste Granate schlug ein Stück weiter entfernt ein, und es kamen immer neue.

„Sie haben mir das Leben gerettet", sagte der Deutsche. „Ich danke Ihnen. Mein Name ist Keith. Leutnant Christoph Keith."

„Ich heiße Peter Ellis. American Field Service."

Wir schüttelten uns verlegen unter dem Krankenwagen die Hand, während immer neue Granaten in den Wald einschlugen. Zwei Reifen meines Wagens bekamen etwas ab; die Karosserie sackte um einige Zentimeter ab, und ich zuckte zusammen, als mich das heiße Auspuffrohr berührte.

„Ihre Feuertaufe?" Er beobachtete mich.

„Ja."

„Nicht besonders angenehm, so mitten auf der Straße. Aber es bleibt uns nichts anderes übrig. Versuchen Sie, nicht daran zu denken. Erzählen Sie mir lieber, wie Sie hierhergeraten sind."

„Meinen Sie: nach Frankreich?"

„Nach Frankreich; ja."

„Wir unterstützen die Sache der Alliierten, und wir möchten den Franzosen helfen."

„Warum?"

„Nun ja … Ihr Land hat doch den Krieg begonnen … Sie sind in Belgien eingefallen …"

„Aber was hat das alles mit den Vereinigten Staaten zu tun? Sie glauben doch nicht, daß wir Amerika erobern wollen! Ach, verzeihen Sie! Eben haben Sie mir das Leben gerettet, und zum Dank fange ich ein politisches Streitgespräch an. Aber Sie verstehen mich sicher: Ich begreife nicht, warum ein junger Mann, der zu Hause sein Leben genießen könnte, in dieses europäische Tollhaus herüberkommt und sich womöglich noch totschießen läßt. Was haben Sie denn zu Hause gemacht?"

„War im College. Hab damit aufgehört, um hierher zu kommen."

„Und was wollten Sie studieren?"

Der Beschuß ließ nicht nach. Ich begann zu zittern, und ich hatte den Verdacht, daß seine beharrliche Fragerei nur dem Zweck diente, mich von dem Höllenlärm der Granateinschläge abzulenken.

„Und was wollten Sie studieren?" wiederholte er.

„Ich möchte gern . . ." Es war mir peinlich, von meinem Traum zu reden. „Ich möchte gern Maler werden, aber mein Vater ist Arzt, und ich soll auch Medizin studieren."

„Verstehe. Mein Vater ist General, und ich würde gern Anwalt."

„Aber Sie sind Berufsoffizier . . .?"

„Ich war Kavallerieoffizier. Nur machte das in Friedenszeiten keinen sonderlichen Spaß, und so habe ich ein Jurastudium begonnen. Ein Jahr später war schon Krieg. Die Kavallerie war dabei kaum noch gefragt, und so habe ich auf die Fliegerei umgesattelt."

„Der Beschuß hat wohl aufgehört?" fragte ich.

„Warten wir lieber noch", meinte er.

Plötzlich knatterte ein Maschinengewehr sehr dicht neben uns.

„Keinen Laut!" murmelte Keith. Eine Schützenreihe preschte über die Straße, lehmverkrustete, geduckte Gestalten. Helme . . . Gewehre . . . Handgranaten – „Ihre Leute", flüsterte ich.

Im nächsten Augenblick waren sie schon verschwunden. „Warum haben Sie sich nicht bemerkbar gemacht?" fragte ich.

„Wie hätten sie mir denn helfen sollen? Ich kann nicht laufen, und bis heute abend sind sowieso die meisten von denen dort tot."

Nun geschah eine ganze Weile lang gar nichts. Gelegentlich hörten wir noch Gewehrschüsse und Maschinengewehrfeuer, und aus der Art der Geräusche erkannte Keith, welche Seite gerade schoß. Währenddessen setzten wir unser Gespräch fort. Er sprach über seinen Vater, den pensionierten General, über seinen älteren Bruder, der bei den Totenkopfhusaren in Rumänien stand, und über den jüngeren Bruder, der noch die Militärakademie besuchte. Ich erzählte ihm von Philadelphia und Harvard.

Inzwischen waren wir unter dem Sanitätsauto vorgekrochen und saßen nun an das Trittbrett gelehnt. Die untere Partie von Keiths Fliegeranzug war blutgetränkt, und sein Gesicht hatte alle Farbe verloren. Mir wurde unbehaglich zumute. Mit großer Mühe gelang es mir, das Hosenbein aufzuschneiden. Dann sah ich, daß Blut aus einem Einschußloch im Oberschenkel hervorquoll. So gut es ging, legte ich einen Verband an.

Er biß die Zähne zusammen, und sein Gesicht verzerrte sich, aber er ließ keinen Laut hören.

„Ich habe ein bißchen Morphium im Wagen ...“

„Danke. Lieber nicht“, sagte er. „Kenne die Nebenwirkungen. Aber Sie könnten mich doch zeichnen! Haben Sie einen Notizblock oder dergleichen zur Hand?“

Ich bewahrte tatsächlich ein Skizzenbuch im Auto auf, und so
kletterte ich in den Wagen und holte es heraus. Das Fahrzeug war übel
zugerichtet: die Windschutzscheibe zertrümmert, die Karosserie von
Granatsplittern durchsiebt.

Ich setzte mich auf die Straße und begann zu zeichnen, und mein
Modell, der Leutnant Christoph Keith, lehnte an einem Sanitätsauto,
gestiftet von einer Mrs. Carnegie aus Amerika. Fast hatte ich die
Skizze beendet, als Lastwagen mit französischen Stoßtrupps auftauchten. Sie nahten mit Getöse, eingehüllt in dichte Staubwolken. Ich riet
Keith, sich in den Straßengraben zu legen. Die Militärpolizei war auch
bald zur Stelle; sie wollten nicht erst auf ein Sanitätsauto warten,
sondern nahmen den Deutschen gleich mit. Ich riß das Skizzenblatt
aus dem Block und schenkte es ihm. Später suchte ich ihn in den
Lazaretten von Verdun – vergebens.

DIE Herren bestellten eine letzte Runde. George Graham wollte
seinen Fall noch einmal mit dem französischen Kollegen durchgehen,
und Baron von Waldstein hatte für den späten Abend noch eine
Verabredung. Sie alle hatten das Wiedersehen mit Erstaunen beobachtet und Christoph Keiths Bericht von seiner Rettung aus dem
brennenden Flugzeug fassungslos gelauscht. Beim Abschied sagte der
Baron, daß er froh sei, endlich einmal in dem berühmten Ritz diniert
zu haben, denn sein Vater sei bei früheren Paris-Aufenthalten stets hier
abgestiegen.

George Graham erkundigte sich daraufhin, ob es zwischen ihm
und der Berliner Privatbank Waldstein & Co. eine Verbindung gäbe.
Der Baron lächelte. Ja, seine Vorfahren hätten die Bank gegründet,
und er selbst wie auch Keith seien in Angelegenheiten der Firma hier in
Paris.

George Graham war offensichtlich beeindruckt. „Nicht wahr, Ihr
Bankhaus wurde schon im achtzehnten Jahrhundert gegründet?"

„1790 ist, wenn ich mich recht erinnere, das Gründungsjahr."

„Und seither war es stets in Familienbesitz? Darauf dürfen Sie stolz
sein, Herr Baron! Und nun führen Sie selbst die Familientradition
fort . . ."

Wieder ein Lächeln, diesmal etwas rätselhaft. „Ich tue mein Bestes,
Mr. Graham, aber es herrscht die Meinung, daß ich es alleine vorerst
nicht schaffe."

Christoph Keith schaute auf seine Uhr und erhob sich. „Bobby, wenn du nicht zu spät kommen willst, mußt du aufbrechen", sagte er zu Robert von Waldstein. „Maître Delage, wir bedanken uns für Ihre Gastfreundschaft. Mr. Graham, es war mir ein Vergnügen ..."

Ich war ebenfalls aufgestanden. „Sieht ganz so aus, als sollte ich heute doch noch den Fremdenführer spielen", sagte ich zu George Graham, „allerdings nur für einen der beiden Deutschen." Ich schüttelte ihm zum Abschied die Hand und fügte hinzu: „Herzliche Grüße an meine Eltern."

„Werde ich ausrichten, Peter. Und das hier ist für Sie." Er überreichte mir einen blütenweißen Umschlag.

KEITH hinkte, aber ein Taxi wollte er nicht nehmen. Während wir durch das nächtliche Paris schlenderten, erzählte ich ihm von meinem Nervenzusammenbruch in Frankreich und von meiner Unterbringung in einem Quäker-Hospital, wo man mich behielt, bis ich wieder halbwegs beisammen war.

Er sprach über die Jahre, die er in französischen Lazaretten und Gefangenenlagern verbracht hatte, über seine Heimkehr nach Berlin, wo die Revolution tobte. Er hatte sein Jurastudium wiederaufgenommen – und zum zweitenmal abgebrochen.

„Wir hatten einfach kein Geld mehr", berichtete er. „Meine Eltern leben von Vaters Pension, mein älterer Bruder ist in Rumänien gefallen, und mein jüngerer Bruder ist arbeitslos; hat ja nichts anderes als das Soldatenhandwerk gelernt. Und so bin ich bei der Waldstein-Bank gelandet."

„Verstehen Sie etwas vom Bankgeschäft?"

„Nein, aber ich bin dabei, es zu lernen. Ich bin den älteren Herren als eine Art Volontär oder Assistent zugeordnet."

„Aber Sie sind doch nicht Robert von Waldsteins Assistent?"

Keith lachte. „So würde ich es nicht nennen! Aber das ist ein Problem für sich und, ehrlich gesagt, auch der Grund, weshalb ich die Stellung bekommen habe. Bobby ist ein feiner Kerl: großzügig und von angenehmen Umgangsformen. Er liebt Musik, gute Weine und schöne Frauen. Nur am Bankgewerbe ist er nicht sonderlich interessiert, und da beginnt das Problem: Wer soll die Bank weiterführen, wenn die älteren Waldsteins gestorben sind? Bobby hat zwei Brüder. Alfred, der älteste, diente in meinem Kavallerieregiment. Er hat ein paar Kurzgeschichten über diese Zeit verfaßt und einen Roman über das Kriegsende und die Revolution in Deutschland. Das Buch wurde ein großer Erfolg, und jetzt schreibt er an einem zweiten Roman. Geheiratet hat er auch – ein sehr schönes Mädchen –, aber er denkt nicht mehr daran, bei Waldstein & Co. zu arbeiten. Max, Bobbys zweiter Bruder, ging mit mir zu den Fliegern. Er hatte aber leider nicht so viel Glück. Wurde '17 von den Kanadiern abgeschossen. Bleibt also nur noch Bobby; der war für den Krieg zu jung. Und meine Aufgabe besteht wenigstens teilweise darin, ihm das Bankgewerbe schmackhaft zu machen und ihn aus allen möglichen Schwierigkeiten herauszuhalten. Die Waldsteins kennen mich schon lange; sie kennen meine Familie, und sie finden, ich hätte auf Bobby einen guten Einfluß."

Wir waren inzwischen am linken Seineufer angekommen und steuerten den Boulevard St. Germain an. Trotz der späten Stunde waren die Straßencafés noch gut besetzt. Irgendwo nahmen wir auf zwei Korbstühlen Platz und bestellten Calvados. Keith erwartete wohl, daß ich jetzt wieder die Erzählerrolle übernahm, und so berichtete ich, was mir mein Vater durch George Graham hatte ausrichten lassen.

Keith zündete sich eine Zigarette an, dann betrachtete er mich nachdenklich. „Ich möchte Ihnen eine indiskrete Frage stellen: Wieviel Geld hat Ihnen Mr. Graham hiergelassen?"

„Schauen wir doch mal nach", antwortete ich. Ich zog den weißen Umschlag aus der Tasche und fand darin einen Scheck, einzulösen bei der Provident Trust Company. Ich schnippte das Papier über den Tisch. Keith warf einen Blick darauf; dann fragte er: „Haben Sie in Paris noch viele Schulden zu begleichen?"

„Nein, nur die nächste Monatsmiete ..."

„Und über den Rest können Sie voll und ganz verfügen?"

Ich nickte.

„Fahren Sie nach Deutschland."

„Nach Deutschland?"

„Mein lieber Ellis, bei mir zu Hause herrscht Inflation. Die deutsche Mark verliert täglich an Wert. Wissen Sie, wieviel Sie heute nachmittag bei Börsenschluß für einen amerikanischen Dollar bekommen konnten? Etwa zweihundert Mark! Eine Mark ist nur noch einen halben amerikanischen Cent wert. Und es wird weiter bergab gehen.

Die Alliierten haben noch immer nicht die Höhe unserer Reparationsleistungen festgesetzt, und die Mark fällt täglich. Mit diesem Scheck
können Sie sich in Deutschland ein schönes Leben machen."

„Für wie lange?"

Er zuckte die Achseln. „Es kommt darauf an, wie gut Sie leben
wollen und wie tief die Mark noch sinkt. Spekulieren Sie in
Währungen oder Wertpapieren? So mancher, der weniger Dollar
hatte, als dieser Scheck ausweist, ist inzwischen Millionär geworden."

„Ich will doch bloß Maler werden …"

„In Deutschland gibt es viele gute Maler, und fast alle hungern, das
dürfen Sie mir glauben. Wenn Sie bescheiden leben, müßte Ihr Geld
etwa ein Jahr lang reichen. Sie könnten sich sogar noch Privatstunden
leisten."

Er hielt inne. „Ist doch komisch, wie? Wir sitzen hier, und ich erteile
Ihnen Ratschläge wie ein alter Freund, und dabei haben wir uns erst
zwei Stunden gesehen, die dazu noch sechs Jahre zurückliegen!"

Ich empfand es auch so. Wie kam Christoph Keith, dieser Fremde,
dieser deutsche Offizier dazu, mich gegen meinen alten Herrn
aufzuwiegeln? Meinen gutmütigen Vater, den ich schon so oft
enttäuscht hatte. Ich stellte mir mein Elternhaus in der Washington
Lane vor und die Gesichter von Vater und Mutter. Aber ich wollte
nicht nach Philadelphia heimfahren; ich wollte nicht aufs College
zurückkehren oder gar bei Drexel & Co. einsteigen. Hier bot sich mir
eine Chance! Lebte man nun für sich oder für seine Eltern? Und war
mir Christoph Keith denn fremd? Nein! Ich hatte ihm ja das Leben
gerettet.

„Sie brauchen sich nicht heute abend zu entscheiden", sagte Keith.
„Unsere Inflation hat gerade erst begonnen."

„Ich habe mich schon entschieden: Ich gehe das Risiko ein. Und
jetzt sagen Sie mir bitte, was ich tun muß."

„Fabelhaft!" Keith hieb so kräftig mit der Faust auf den Tisch, daß
die Gläser hüpften. „Bobby und ich fahren am Freitag nach Hause. Sie
können uns begleiten, und wir besorgen Ihnen eine Unterkunft in
Berlin. Aber lassen Sie Ihre Dollars nicht in Paris. Überweisen Sie das
Geld auf unsere Filiale in Amsterdam; das macht die Sache einfacher.
Wir besorgen Ihnen auch die Fahrkarte und eine Platzkarte für unser
Abteil. Heute abend muß ich mich allerdings zurückziehen, denn für
morgen früh ist eine Besprechung angesetzt. Aber ich bitte Sie! Die

Rechnung übernehme natürlich ich: Sie sind doch mein Klient! Ich habe soeben zum ersten Mal für Waldstein & Co. ein Dollar-Konto hinzugewonnen!"

ZWEITES KAPITEL

AM SONNABEND morgen traf ich mit Christoph Keith und Bobby von Waldstein in Berlin ein. Nach Paris kam mir die Stadt grau, feucht und schmutzig vor. Die riesige Bahnhofshalle und der Vorplatz wimmelten von Bettlern: Krüppeln und Blinden mit dunklen Augengläsern, fast alle noch in den Resten ihrer feldgrauen Uniform, viele mit Orden behängt.

Wir nahmen ein Taxi, setzten Bobby vor einem eleganten alten Mietshaus ab und verabredeten noch für den Sonntag einen Besuch im Sommerhaus der Waldsteins. Dann ging es hinaus in die Vororte. Wir ließen Alleen mit schönen Landhäusern hinter uns und hielten schließlich vor einer efeuberankten hellgelben Stuckvilla. Ein alter Mann mit grüner Schürze öffnete die Tür: „Herzlich willkommen, Herr Oberleutnant!"

Das war Meier. Er hatte schon als Bursche bei Christophs Vater gedient, als der General noch Leutnant gewesen war. Er begrüßte mich mit einer knappen Verbeugung und übernahm mein Gepäck.

Christoph führte mich durch einen dunklen Gang. An den holzgetäfelten Wänden hingen Säbel, Gewehre und viele gerahmte Fotografien von Reitern. Der pensionierte Generalmajor saß mit seiner Frau beim Kaffee im Eßzimmer, und Christoph stellte mich vor: „... hat mich aus der brennenden Maschine gezogen." Diese Standarderklärung zu meiner Person sollte er in den folgenden Tagen noch oft abgeben.

Man hatte mich nicht gewarnt, wie schlecht es um den Gesundheitszustand des Generals stand. Der alte Herr hatte ein eindrucksvolles Gesicht, schlohweißes Haar, einen sauber gestutzten Bart, aber er saß im Rollstuhl und wackelte mit dem Kopf. Seine Frau erhob sich und reichte mir die Hand. Sie wirkte jünger. Ihre hochgewachsene, hagere Gestalt und ihr blasses, sommersprossiges Gesicht erinnerten an Christoph. Sie erkundigte sich nach meinen Eltern und begann dann mit ihrem Sohn eine Unterhaltung. Ich konnte ihr zwar folgen, aber

Frau Keith ließ mir durch Christoph noch einmal auf englisch sagen, daß sich der General und sie selbst sehr freuen würden, wenn ich in ihrem Haus Logis nehmen wollte ... auf unbegrenzte Zeit. Das Haus sei nicht groß, aber sie hätten ein freies Zimmer, da einer der Söhne in Rumänien gefallen sei.

Der General nickte nachdrücklich dazu und stammelte ein paar Worte: „Im Kampf ... gefallen ...“

Diese Einladung war für mich nicht überraschend gekommen. Auf der Fahrt von Paris hatte ich kurze Zeit mit Bobby von Waldstein allein im Abteil gesessen, und er hatte gesagt: „Die Keiths werden Sie bitten, bei ihnen zu wohnen, Peter. Mit Ihren Dollars stehen Sie in Berlin prächtig da, und Sie könnten sich natürlich ein erstklassiges Hotel leisten. Falls Sie aber doch das Angebot der Keiths annehmen, sollten Sie wissen, daß die Familie in sehr beschränkten Verhältnissen lebt. Der alte Herr ist ein General a.D.; sie leben von seiner Pension, und die wird durch die Inflation mit jedem Tag weniger. Die Familie hat immer noch Personal: Meier, den ehemaligen Burschen des Generals, und Meiers Frau. Ich habe keine Ahnung, wieviel Lohn die beiden bekommen ... falls sie überhaupt etwas bekommen. Jedenfalls erhalten sie im Hause Keith ihre Mahlzeiten und haben ein Dach über dem Kopf. Wenn Sie aber zu den Keiths ziehen und ihnen auch nur einige Dollar in der Woche Kostgeld zahlen, wäre der Haushalt schon gerettet. Ein paar Dollar in Berlin, das ist genausoviel wie mehrere hundert Dollar in Amerika. Aber selbstverständlich wird man von einem Hausgast kein Geld annehmen wollen; und nun passen Sie auf!“ Er machte eine kleine Pause und beugte sich zu mir herüber: „Sie stecken einfach jede Woche ein paar Dollar in einen Umschlag und geben ihn Meier ... wenn Sie allein mit ihm sind.“

„Und er wird das Geld annehmen?“

„Ja, er wird damit Lebensmittel für den Haushalt kaufen können.“

„Wieviel schlagen Sie denn vor?“

„Könnten Sie fünf Dollar erübrigen?“

„Fünf Dollar ... für *eine* Woche? Selbstverständlich.“

„Gut. Zunächst mal für die erste Woche. Später werde ich Ihnen sagen, ob Sie mehr oder weniger geben sollen.“

Und so saß ich nun in dem sonnigen Eßzimmer und erklärte Christophs Mutter, daß ich sehr froh sei, in ihrem Haus wohnen zu dürfen, bis ich eine geeignete Unterkunft gefunden hätte. Da öffnete sich die Tür. Ich drehte mich um, stand auf und sah mich einer jüngeren Ausgabe von Christoph Keith gegenüber.

Der junge Mann steckte in einem militärisch geschnittenen Wettermantel, der ihm zu groß war.

„Mein Bruder Kaspar ... Peter Ellis aus den Vereinigten Staaten."

Kaspar Keith begrüßte mich mit kräftigem Händedruck. Dabei verbeugte er sich und schlug die Hacken zusammen.

„B–b–b–b–bild", sagte der General, „Bild!"

Kaspar ging aus dem Zimmer und kam sofort mit einem kleinen gerahmten Bild zurück, das er mir in die Hand drückte: meine Skizze, die ich vor Verdun von Christoph gemacht hatte! Aller Augen hefteten sich auf mich. Ich wußte nicht, was ich sagen sollte. Schließlich gab ich Kaspar das Bild zurück. „Nett, daß Sie es mir gezeigt haben. Es ist schon sehr lange her ..."

Christoph meinte, er wolle mich nun auf mein Zimmer bringen. Der General wackelte wieder mit dem Kopf, und seine Frau entließ mich mit einem Händedruck. Kaspar folgte uns in das obere Stockwerk.

Das Zimmer lag am Ende des Korridors. Es war gemütlich eingerichtet: schmales Bett, Ledersofa, Perserteppich, Schreibtisch, mächtiger Eichenschrank. Auch hier hingen an den Wänden gerahmte Fotografien: Offiziere zu Pferde, in Paradeuniform, in Feldgrau, im hohen Pelztschako mit dem großen weißen Totenkopfemblem – Totenkopfhusaren!

„Waren Sie auch im Krieg?" fragte ich Kaspar.

Er schüttelte den Kopf. „Zu jung. 1918 war ich noch in der Kadettenanstalt."

„Aber unser Kasperle hat trotzdem noch genug gekämpft", meinte Christoph spöttisch; „Freikorps!"

Das sagte mir nichts.

„Marinebrigade Ehrhardt", erklärte Kaspar, „das beste Freikorps."

„Na, na, da bin ich mir nicht so sicher", sagte sein Bruder lächelnd. „Denk mal an den Kapp-Putsch!"

Kaspar lief rot an. „Das war nicht unsere Schuld."

„Was ist denn ein Freikorps?" fragte ich.

Jetzt richtete sich Kaspars Zorn gegen mich. „Was ein Freikorps ist, fragt er? Mann, wo haben Sie denn 1919 gesteckt?"

„In einer Nervenheilanstalt", antwortete ich auf englisch.

„Wo?" Er hatte das Wort nicht verstanden. Christoph übersetzte es und fügte hinzu: „Halt gefälligst die Schnauze!"

„Entschuldigen Sie mich, mein Herr", sagte Kaspar spitz, machte kehrt und stapfte aus dem Zimmer.

„Ich muß mich für meinen Bruder entschuldigen, Peter." Christoph setzte sich auf das Sofa. „Kaspar ist noch so jung, und er ist in einer ziemlich wilden Zeit aufgewachsen. Setzen Sie sich doch einen Augenblick; ich will Ihnen alles erklären."

„Ich war nicht dabei", begann Christoph, „aber ich weiß, daß nach Kriegsende ein unbeschreibliches Durcheinander herrschte. Es begann bei der Marine. Die Flotte hatte jahrelang untätig in Kiel und Wilhelmshaven vor Anker gelegen, und das bei miserabler Verpflegung und hartem Drill. Dann hieß es plötzlich, sie sollten zu einer allerletzten Schlacht gegen England ausfahren, aber da revoltierten sie schon und marschierten in die Städte. Das war im November 1918. Wie ein Steppenbrand breitete sich der Aufstand aus, von der Arbeiterschaft bis zu den Soldaten. In allen Städten zog der Mob durch die Straßen. Überall waren bewaffnete Matrosen mit roten Armbinden zu sehen, und kreischende Frauen hingen aus den Fenstern der Mietskasernen. Es war wirklich ein Aufstand der Arbeiterklasse gegen die Staatsmacht. Und das Symbol der kaiserlichen Macht sah man in den Offizieren. So begann der Mob, Jagd auf Offiziere zu machen, sie in den Straßen zu verfolgen und ihnen die Schulterstücke abzureißen. Für einen deutschen Offizier haben diese Stoffstreifen beinahe mystische Bedeutung: Sie stehen für Vaterland, Ehre, den eigenen Rang in der Gesellschaft. Und nun stellen Sie sich Kaspar vor: sechzehn Jahre alt, Zögling der Kadettenanstalt. Eines Tages geht er mit einem Kameraden die Straße entlang; die beiden werden von einem Trupp Fabrikarbeiter und desertierter Matrosen eingekreist; man schlägt sie zusammen und reißt ihnen die Schulterstücke ab! Können Sie sich vorstellen, was diese Jungen dabei empfunden haben? Wie fanatisch sie alles hassen, was mit Arbeitern, Sozialismus oder Bolschewismus zu tun hat?

Währenddessen ist in ganz Deutschland das Chaos ausgebrochen. Der Kaiser flieht nach Holland. Karl Liebknecht, Führer des Spartakusbundes, aus dem später die Kommunistische Partei Deutschlands hervorging, fordert eine Regierung nach sowjetrussischem Muster.

Die Sozialdemokraten proklamieren die Republik. Überall Barrika-
den, Schießereien. Und in dieser Situation ruft die sozialdemokrati-
sche Regierung die Armee zu Hilfe.

Das reguläre Heer marschiert aus Frankreich heimwärts, wird aber
in die revolutionären Vorgänge hineingezogen. Unter den Mannschaften gibt es viele Soldatenräte – eine Art Volkskommissare –, und
diese Leute versuchen, die Autorität der Offiziere zu untergraben und
Wahlen abzuhalten. Aber die neue Regierung braucht zuverlässige
Truppen, Truppen, die bereit sind, auf die eigenen Landsleute zu
schießen. Die Mehrzahl der Frontheimkehrer will jedoch nichts als
nach Hause gehen, und das tun auch die meisten, aber nicht alle.
Manche dieser Männer waren schon so lange Soldat gewesen, daß sie
sich keine andere Lebensweise mehr vorstellen konnten. Andere, wie
mein Bruder, standen der Tatsache, daß der Krieg vorüber und
obendrein verloren sein sollte, fassungslos gegenüber; sie wollten für
ihr Vaterland kämpfen. So entstand eine ganze Reihe von Freiwilli-
genverbänden, eben Freikorps. An ihre Spitze traten ehemalige hohe
Offiziere – Männer, die für die Truppe Geld aufzutreiben verstanden
und denen man freiwillig Gefolgschaft leistete."

„Und Kaspar ist in solch ein Freikorps eingetreten?" fragte ich.

Christoph nickte. „Marinebrigade Ehrhardt. Überwiegend Mari-
neoffiziere, aber auch Kadetten wurden angeworben. Die Jungen
erlebten schreckliche Dinge. Keine Schützengrabenkämpfe wie in
Frankreich; dafür Straßenschlachten, Schießereien in den Arbeitervierteln. Gefangene wurden nicht gemacht; man erschoß den Gegner
sofort. Kaspar war damals siebzehn. Er kämpfte in Berlin, in
Oberschlesien, und er war auch dabei, als in München die Räterepublik gestürzt wurde. Dann kehrten sie nach Berlin zurück und
versuchten nun selbst, Revolution zu machen, im sogenannten Kapp-
Putsch. Sie wollten die Weimarer Republik abschaffen. Der Putsch
scheiterte. Berlin konnte zwar eingenommen werden, aber die
Gewerkschaften riefen den Generalstreik aus; alles kam zum Erliegen.
Kapp und die ihm ergebenen Generäle warfen das Handtuch und
flohen nach Schweden. Die Marinebrigade Ehrhardt und die übrigen
Korps wurden aufgelöst; die Regierung brauchte sie nicht mehr.
Kaspar zog die Uniform aus und kam nach Hause. Seither weiß er
nichts mehr mit sich anzufangen. Er ist jetzt an der Universität
immatrikuliert, aber tagsüber schläft er meistens, und die Abende

verbringt er mit den alten Freikorpskameraden. Sie verabscheuen die
Regierung, sie reden über Politik, und, ich fürchte, sie unternehmen
auch noch andere Dinge."

„Zum Beispiel . . .?"

Christoph stand auf. „Ich will es lieber nicht so genau wissen", sagte
er.

DIE Keiths hatten kein Auto, und so fuhren Christoph und ich am
Sonntag mit der S-Bahn durch die Kiefernwälder der westlichen
Vororte hinaus nach Nikolassee zu den Waldsteins. Es war ein
sonniger Mainachmittag.

Vor dem Bahnhof wurde Christoph von einem bejahrten Kutscher
begrüßt, der uns den Wagenschlag eines altmodischen, spiegelblank
geputzten Landauers aufhielt.

„Tag, Schmitz."

„Guten Tag, Herr Oberleutnant."

Wir ließen uns in die grünen Lederpolster fallen, der Kutscher
kletterte auf den Bock, und die beiden gestriegelten braunen Wallache
fielen in Trab.

„Haben die Waldsteins kein Auto?" fragte ich.

„Aber natürlich. Bobby hat einen Bugatti, und der alte Baron fährt
einen Horch. Aber sie möchten die Pferde behalten, und sie möchten
Schmitz behalten, und deshalb gibt es auch noch diese alte Kutsche. Im
Krieg, als es kein Benzin gab, hat sie ihnen gute Dienste geleistet."

In flottem Trab ging es durch den Wald, eine flache Anhöhe hinan –
und dann bot sich uns ein atemraubendes Bild: die breite blaue Havel,
weiß gesprenkelt mit unzähligen Segelbooten, zur Linken die weite
Bucht des Großen Wannsees.

Unmittelbar unter uns lag eine kleine Insel, die mit dem Ufer durch
eine schmale Holzbrücke verbunden war. Christoph zeigte darauf:
„Dort ist es."

Wir fuhren hinunter, überquerten die Brücke und rollten über einen
dämmrigen Weg, den eine weißverputzte Mauer, Fliederbüsche, hohe
Eichen und Blutbuchen zu beiden Seiten säumten. Am Ende des
Weges kam ein geöffnetes Tor in Sicht, und dahinter begann eine
breite, kiesbestreute Auffahrt. Ich nahm flüchtig ein weißgetünchtes
Pförtnerhäuschen und eine weite Rasenfläche wahr. Vor uns lag,
teilweise hinter mächtigen Bäumen verborgen, eine riesige weiße

Villa. Ein halbes Dutzend Autos teuerster Marken war in der Einfahrt geparkt, und die Chauffeure saßen im Schatten um einen Tisch beim Bier.

„Was ist denn heute los?" fragte Christoph, als uns Schmitz beim Aussteigen half.

Die Antwort des Kutschers verstand ich nicht.

„Große Tiere", sagte Christoph, während er mich in den Garten lenkte, der zur Linken des Hauses lag. „Minister Rathenau und Professor Liebermann sind hier."

Beide Namen sagten mir nichts.

„Sie sind jetzt alle unten am See, im Gartenpavillon", fuhr Christoph fort. „Wir nehmen lieber nicht den direkten Weg zum Wasser hinunter, sondern gehen hier hinunter und am Seeufer entlang. Dann fallen wir nicht so sehr auf."

Er führte mich an zwei Gewächshäusern und dem Gemüsegarten vorbei zu einem dichten Waldstück, das steil zum Ufer hin abfiel. „Was für Berühmtheiten sind denn diese beiden Herren?" fragte ich, während wir den schmalen Kiesweg hinuntergingen.

„Hast du noch nie von Walther Rathenau, unserem Außenminister gehört? Reicher Mann, brillanter Kopf. Hat Bücher über Politik und Wirtschaftsfragen verfaßt, aber ins Rampenlicht ist er durch seine Haltung zur Reparationsfrage geraten. Er glaubt, wir müßten die Versailler Verträge erfüllen, auch wenn sich die deutsche Wirtschaft und die Währung noch nicht wieder erholt haben. Kürzlich hat er in Rapallo mit der Sowjetunion einen Vertrag geschlossen. Die einen sehen darin eine diplomatische Meisterleistung, dazu geeignet, die Franzosen ein bißchen einzuschüchtern; die anderen sind über Rapallo schlichtweg empört."

„Und das andere große Tier? Dieser Professor?"

„Max Liebermann? Du mußt ihn unbedingt kennenlernen. Einer unserer größten Maler, ein prächtiger alter Herr . . ."

Unten am Wasser stand eine mächtige Trauerweide, und darunter saß auf einer Bank eine junge Frau. Sie hielt in der einen Hand ein Buch; mit der anderen Hand schaukelte sie einen Kinderwagen leicht hin und her. Sie blickte auf, als sie unsere Schritte hörte. Dann erhob sie sich, lächelte strahlend: „Christoph!"

Sie gaben einander die Hand; Christoph stellte mich vor: „Peter Ellis . . . Sigrid von Waldstein und Tochter Marie!"

Marie schlief in ihrem Wägelchen, ein blauschwarzer Lockenkopf.

Sie sprachen ziemlich schnell miteinander, aber ich konnte der Unterhaltung folgen. Warum sie nicht bei den anderen im Pavillon säße? Achselzucken: zu langweilig! Und wie es denn in Paris gewesen sei? Hatte Bobby auch keine Schwierigkeiten gemacht? Und Kaspar? Wie ging es ihm?

Sie wandte sich an mich. „Entschuldigen Sie, mein Englisch ist nicht gut …" Dann lud sie uns zum Abendessen in ihr Häuschen ein, das oberhalb der Waldsteinschen Stallungen lag. Ihr Mann, Alfred von Waldstein, würde auch zugegen sein. Christoph bedankte sich lebhaft für die Einladung.

„Aber jetzt müßt ihr unbedingt zu den Gästen im Pavillon gehen", forderte sie uns auf.

Wir schlenderten am Ufer entlang und betrachteten dabei die Segelboote draußen auf dem See. „Eine hinreißende junge Frau!" sagte ich.

„Ja … nicht wahr? Sie war früher Kaspars Freundin. Er hat sie sehr geliebt … liebt sie immer noch. Diese Geschichte ist auch an seiner schlechten Gemütsverfassung schuld."

„Und warum haben sie sich getrennt?"

„Tja, eines Tages lief Alfred von Waldstein Sigrid über den Weg, ein Mann in den besten Jahren, dazu noch berühmt, reich … dagegen kam unser armes Kasperle, in Zivil längst nicht mehr so attraktiv wie früher, nicht mehr an. Obendrein ist Sigrids Mutter Witwe, die älteren Brüder sind gefallen, der jüngste ging bei Kriegsende noch zur Schule. Und sie haben ein großes Gut im Brandenburgischen, aber überhaupt kein Geld, um die Hypothekenzinsen zu zahlen. Vielleicht war auch das ein Grund für Sigrids Entscheidung."

Inzwischen waren wir am Gartenpavillon über dem See angekommen. Auf kräftigen Holzpfosten ruhte ein Reetdach, der Boden bestand aus Steinplatten. Etwa zwanzig Gäste hatten in Korbsesseln Platz genommen, und zwei Hausmädchen boten auf Tabletts Kuchen und anderes Backwerk an. Fast alle Damen trugen geblümte Kleider und modische Hüte, die Herren überwiegend Anzüge. Ein blitzendweißes Motorboot schaukelte an einem Anlegesteg unterhalb des Pavillons, und Bobby von Waldstein in weißem Hemd und weißer Hose half gerade einem jungen Mädchen, eine Plane im Boot zu verstauen. Das Mädchen trug einen schwarzen Badeanzug und darüber eine schwarze Strickjacke. Da blickte Bobby auf und entdeckte Christoph und mich. Er winkte, zog seinen blauen Blazer an, den er über einen der Stegpfosten geworfen hatte, und kam mit ein paar großen Sätzen den Steg zum Pavillon heraufgelaufen. Das junge Mädchen wendete sich um. Es wollte wohl feststellen, wohin Bobby so plötzlich entschwunden war. Dabei hob es den Kopf, und unsere Blicke trafen sich.

AM ABEND zuvor hatte mich Christoph ins „Romanische Café" mitgenommen.

„Es ist der Treffpunkt der literarischen Welt", hatte er gesagt. „Hier kommen Schriftsteller und Zeitungsleute zusammen, um miteinander zu reden. Manche arbeiten auch hier."

Wir hatten das Berliner Nationalgetränk bestellt, Weiße mit Schuß. Während wir auf das Bier warteten und uns geeinigt hatten, uns ab jetzt zu duzen, sprach Christoph über die Waldsteins, die ich am Sonntag nachmittag kennenlernen sollte. „Daß sie Juden sind, weißt du wohl inzwischen", begann er. „Eigentlich müßte ich sagen, Juden *waren*; sie sind schon zu Napoleons Zeiten zum protestantischen Glauben übergetreten. Sie selbst betrachten sich seither als Christen, aber für andere Leute sind sie immer noch Juden. Weshalb sie Christen wurden? Das lag am Zeitalter der Aufklärung. Mit der französischen Armee war auch das Gedankengut der Französischen Revolution in die deutschen Staaten gelangt, darunter die Idee von der Gleichheit aller Menschen. Folgerichtig hielt man es nun für unrecht, die Juden in Gettos einzusperren, wo sie nur die eigene Sprache sprechen und mit ihresgleichen verkehren konnten.

In Berlin hat es zwar nie ein Getto gegeben, aber das heißt längst nicht, daß die preußischen Könige den Juden wohlgesinnt gewesen wären. Sie gaben nur sehr wenigen jüdischen Familien das Wohnrecht in ihrer Hauptstadt, und zu diesen Begünstigten gehörte der Bankier David Waldstein, damals vielleicht der reichste Mann in Berlin.

Daß so viele Juden Bankiers wurden, hat einen einfachen Grund: Der Geldverleih gehörte zu den wenigen Tätigkeiten, die ihnen gestattet waren. Ihre Religion kannte kein Verbot, Zinsen zu nehmen. Jedenfalls hat das Bankwesen in Deutschland, aber auch in anderen europäischen Ländern, seit dem Mittelalter vorwiegend in den Händen von Juden gelegen."

Die schäumende Weiße wurde in riesigen Ballongläsern serviert. Wir prosteten uns feierlich zu, und Christoph fuhr fort: „David Waldstein ist damals Christ geworden, weil nur ein richtiger Deutscher sein konnte, wer auch Christ war. Er ließ auch seine Kinder taufen. Jakob, einer seiner Söhne, wurde berühmt als Verfasser von Gedichten und Liedern; er war mit Felix Mendelssohn-Bartholdy befreundet. Die Brüder leiteten die Familienbank und nach ihnen wieder die Söhne. Die Töchter begannen, in die Aristokratie einzuheiraten.

Das geschah aber erst während der industriellen Revolution, die in Deutschland ziemlich spät einsetzte. Industrielle Revolution, das hieß, Eisenbahnlinien bauen, Bergwerke und Stahlwerke aus dem Boden stampfen, und das kostete viel Geld. Wer aber verstand sich auf die Geldbeschaffung? Unsere Junker gewiß nicht, und des Königs Minister und Geheimräte auch nicht. Ein Angehöriger unserer Oberschicht hielt es für unter seiner Würde, sich mit Geldgeschäften zu befassen oder gar Geschäftsmann zu werden. Wenn es darum ging, in Berlin, Paris, London oder New York große Summen zu beschaffen, öffentliche Anleihen zu emittieren oder Wertpapiere zu plazieren, so wendete man sich eben an die Mendelssohns, die Waldsteins, die berühmten Rothschilds oder an eines der vielen anderen Bankhäuser. Es waren übrigens nicht alle Juden. Der gesamte gehobene Mittelstand erlebte plötzlich einen spürbaren wirtschaftlichen Aufschwung. Es kam Geld herein, man baute sich schloßartige Villen und verheiratete die Töchter mit Aristokraten, die zwar echte Schlösser besaßen, aber nicht das Geld zu ihrer Erhaltung. Als nächstes versuchte man, Titel zu erwerben. Man stiftete Krankenhäuser und schenkte den Museen ganze Kunstsammlungen, und man war ein treuer Untertan des Königs, den Bismarck schließlich zum Kaiser machte. Auch der Kanzler hielt diese Familien für sehr nützlich, und so sorgte er dafür, daß einige wenigstens die Titel bekamen, die sie begehrten. Die Waldsteins waren die allerersten."

„Und wie hast du die Waldsteins kennengelernt?"

„Genaugenommen besteht die Verbindung schon seit meinem Vater", sagte Christoph. „Vor dem Krieg mußte jeder junge deutsche Mann ein oder zwei Jahre Militärdienst ableisten, und danach blieb er lebenslang Reservist. So spielte es eine große Rolle, zu welchem Regiment man gehörte.

Die beiden Barone, die in den achtziger Jahren die Waldstein-Bank leiteten, hatten Söhne, für die nun ein Regiment gefunden werden sollte. Ihre Schwester war mit einem Generalleutnant verheiratet, Kommandeur der leichten Kavallerie und Mitglied des Generalstabes. Er redete mit meinem Vater, der damals Adjutant bei den schwarzen Husaren war, und die Waldstein-Söhne durften in dieses Regiment eintreten.

Mein Vater wachte wohl auch darüber, daß sie nicht ganz so schlecht behandelt wurden, wie es zu befürchten war. Seither waren meine Eltern gerngesehene Gäste in den großen Waldstein-Häusern: am Pariser Platz und im Schloß Havelblick. Als meine Brüder und ich alt genug für das Gymnasium waren, schickte man uns mit den Waldstein-Jungen Alfred, Max und Bobby auf die gleiche Schule. Und daher kennen wir uns so gut. Aber jetzt schau mal zum Eingang!"

Ich hatte bereits die Gruppe der Neuankömmlinge bemerkt, mehrere gutgekleidete Männer und Frauen, die laut miteinander sprachen und lachten. Einer der Männer blickte kurz zu uns herüber, sagte ein paar Worte zu seiner Begleiterin und steuerte unseren Tisch an.

Christoph Keith erhob sich augenblicklich, und so stand ich auch auf. Der Mann war ebenso hochgewachsen wie Christoph, aber älter, wahrscheinlich schon in den Dreißigern, und ziemlich wohlbeleibt. Er hatte einen imposanten Brustkasten, melancholische blaue Augen in einem blassen, fleischigen Gesicht und dunkelblondes Haar, das aus der breiten Stirn glatt zurückgekämmt war. Er schüttelte Christoph die Hand; sie grinsten sich an. Dann wurde ich vorgestellt: „Mr. Ellis aus den Vereinigten Staaten ... Hauptmann Sowieso" – irgend etwas wie Ring glaubte ich zu verstehen; „berühmter Jagdflieger und Schwadronskommandeur."

„Wollen Sie sich nicht zu uns setzen?" fragte Christoph.

„Ja, danke, aber nur für einen Augenblick. Ich bin mit den schwedischen Freunden meiner Frau hier." Sie unterhielten sich auf deutsch, aber ich konnte ihrem Gespräch gut folgen. Ich verstand, daß Hauptmann Ring nicht mehr für die Schweden flog. Wenn er überhaupt noch einmal fliegen sollte, dann nur für Deutschland, auf deutschen Maschinen. Aber diese Schweine, die den Versailler Vertrag unterzeichnet hatten, waren einverstanden damit, daß Deutschland nie wieder eigene Flugzeuge haben sollte! „Was sagen Sie dazu, Keith?" Hauptmann Ring beugte sich weiter vor, stützte die Ellenbogen auf den Tisch und redete immer schneller, während ihm Hitze ins Gesicht stieg. „Und dieser Jude Rathenau schließt auch noch mit den Russen einen Vertrag in Rapallo! Einen Vertrag zwischen Deutschen und Bolschewiken!"

Christoph entgegnete, daß der Rapallo-Vertrag vielleicht gar nicht so töricht wäre. „Sie sagten doch, daß Sie wieder fliegen möchten – auf deutschen Maschinen."

„Wir dürfen doch keine Flugzeuge mehr haben! Und was wir noch besessen haben, wurde in die Luft gejagt. War selbst dabei ... habe geheult ..."

Christoph unterbrach ihn wiederum. „Sind Sie schon mal in Rußland gewesen? Ein riesiges Land, Tausende von Kilometern, einsame Steppen, wenige Straßen und noch weniger Eisenbahnlinien – und keine Alliierte Kontrollkommission!"

Die Augen des Hauptmanns verengten sich. Er starrte Christoph an, der fortfuhr: „Im übrigen soll der Rapallo-Vertrag gar nicht auf Rathenaus Initiative zurückgehen. Soviel ich weiß, wurde die ganze Angelegenheit schon durch Ago von Maltzan, den Leiter der Ost-abteilung im Außenministerium, abgewickelt. Rathenau mußte erst von Maltzan überredet werden. Den allerersten Anstoß hatte ohnehin die Oberste Heeresleitung gegeben."

„Hans von Seeckt?"

Christoph blies einen Rauchring. „Seeckt kennt die russische Steppe aus eigener Anschauung. Er hat schnell begriffen ... Wer erfährt denn, was ein paar deutsche Zivilisten mit alten Tanks und Flugzeugen dort hinten, jenseits des Horizonts, treiben?"

„Sie glauben auch nur eine Sekunde lang, Lenin werde ..."

„Warum nicht? Lenin braucht Traktoren. Wir aber bauen hervorra-gende Traktoren. O ja, ich glaube schon, daß sie uns dort hinten ein bißchen üben ließen ..."

Der Hauptmann schaute Christoph fest an. „Angenommen, Ihre Vorhersage trifft ein: Würden Sie dann mit uns in die Steppe gehen?"

Christoph streckte sein Bein vor und tippte mit dem Gehstock dagegen. „Kann nicht mehr die Pedale treten, Herr Kommandant. Es tut mir leid ..."

„Das will ich Ihnen gern glauben", sagte der Hauptmann, erhob sich und schüttelte Christoph die Hand. „Ich höre immer gern, was aus den alten Kameraden geworden ist. Keith als Bankmensch, das hätte ich nie für möglich gehalten. Aber besser Bankangestellter als stellungsloser Pilot!"

Er reichte mir seine feuchte, dicke Hand und sagte auf englisch: „Auf Wiedersehen, Mr. Ellis. Es war mir ein Vergnügen." Und dann ging er zum Tisch seiner Freunde zurück.

„Was hast du denn da gemalt?" sagte Christoph, als wir uns wieder hingesetzt hatten.

Er griff nach dem Bierdeckel, auf den ich eine Bleistiftskizze des Hauptmanns gezeichnet hatte.

„Hervorragend, Peter! Absolut getroffen!"

„Er hat ein interessantes Gesicht", sagte ich. „Typ: römischer Imperator."

„Laß ihn das nur nicht hören: Römer! Der hält sich für einen typisch germanischen Krieger! Aber was soll die Unterschrift: Hauptmann Ring?"

„Heißt er nicht so ähnlich?"

Christoph starrte mich verblüfft an: „Das ist doch Göring, eines unserer ganz großen Jagdfliegerasse – und, wie du selbst gehört hast, ein erbitterter Feind unserer derzeitigen Regierung."

„War er auch Freikorpskämpfer?"

„Nein, er hat sich in Schweden als Pilot durchgeschlagen. Aber dann hat eine Gräfin seinetwegen Mann und Kinder sitzenlassen, und vermutlich mußte er wegen des Skandals aus Schweden verschwinden. Offenbar lebt er jetzt vom Geld seiner Frau, aber er wird sich nach einer Stellung umsehen müssen."

„Und hier kann er nicht mehr fliegen?"

„Nein", sagte Christoph und ließ den Blick durch den überfüllten Raum wandern. „Nein, jetzt nicht, aber er wird nicht Ruhe geben, bis man ihn wieder fliegen läßt. Und es gibt Tausende von Görings – wirklich Tausende."

Drittes Kapitel

Sie nahm die Badekappe ab und schüttelte ihr langes Haar, das schwärzeste Haar, das ich je gesehen hatte. Ich hätte sie noch lange angestarrt, aber Bobby schob Christoph und mich zum Bootssteg.

Das junge Mädchen kam uns entgegen. Es hatte braungebrannte Beine, schwarze Augen mit langen, schwarzen Wimpern.

„Halli, hallo, Christophero!" rief sie.

„Meine Schwester Elisabeth", sagte Bobby; „Mr. Ellis aus Amerika."

„Für uns heißt sie aber Lili", sagte Christoph.

Ihre Hand war kalt und schmal. „Guten Tag, Mr. Ellis. Nett, Sie kennenzulernen", sagte sie in perfektem Englisch.

„Bobby!" rief eine Frauenstimme aus dem Pavillon, „bring doch Christoph und seinen Freund zu uns herauf!"

Von diesem Augenblick an wurde die Szene für mich zum Karussell: immer neue Gesichter, neue Namen, die Christoph und Bobby nannten, während sie mich den Gästen vorstellten. Einige Gesichter fielen mir auf: Bobbys Vater, Baron Eduard, ein großer, schlanker Herr mit weißem Haar und weißem Schnurrbart und den schwarzen Augen seiner Tochter; Bobbys älterer Bruder Alfred, schwarzhaarig, mit gepflegtem schwarzem Oberlippenbart, in seinem blauen Blazer ganz der Typ des ehemaligen Kavallerieoffiziers und erfolgreichen Romanschriftstellers.

„Dort drüben steht Außenminister Rathenau", sagte Christoph und schob mich weiter. Rathenau lehnte am schmiedeeisernen Geländer des Pavillons und blickte auf den See hinaus: ein großer kahlköpfiger Herr mit grauem Oberlippenbart und grauem Spitzbart. Neben ihm standen zwei Personen: eine auffallend schöne junge Frau in schwarzem Kleid und einem schwarzen Strohhut, unter dem platinblondes Haar hervorquoll, und ein kleiner untersetzter Herr mit blondem Haar und blondem Schnurrbart.

Die Dame sprach uns als erste an. „Guten Tag, Christoph", sagte sie. „Wie war es in Paris?" Christoph begrüßte sie mit Handkuß, was er zuvor nur bei Bobbys Mutter getan hatte.

„Prinzessin Hohenstein-Rofrano", sagte er, nachdem er mich vorgestellt hatte.

„Was sind wir heute förmlich!" sagte die junge Dame. „Mein Name ist Helena."

„Die schöne Helena nennen wir sie", sagte Walther Rathenau, der sich zu uns umgewendet hatte. Er musterte mich mit seinen dunklen, intelligenten Augen. „Guten Tag", sagte er. „Darf man fragen, aus welchem Bundesstaat Sie kommen?"

Ich gab Auskunft, und dann wurde ich mit dem zweiten Herrn bekannt gemacht: Geheimrat Dr. Erich Straßburger, Partner von Waldstein & Co. Rathenau zog eine schwere goldene Uhr aus der Westentasche, ließ den Deckel aufspringen und sagte: „Helena, ich glaube, es wird Zeit …"

„Der Minister hat noch eine Verabredung in der Stadt", sagte die Prinzessin. Und Rathenau gab uns die Hand und trat mit Helena zu den anderen Gästen, um sich zu verabschieden.

Dr. Straßburger wandte sich sofort wieder an mich. „Ich hörte, daß Sie in Amsterdam ein Dollar-Konto eröffnet haben …"

Christoph sagte erklärend: „Herr Dr. Straßburger ist bei uns Teilhaber und Geschäftsführer."

Und der kleine Herr fuhr fort: „Wenn Sie Ihr Geld anlegen möchten, könnte ich Ihnen einige interessante Vorschläge machen. Wie wäre es, wenn Leutnant Keith Sie einmal zu mir ins Büro brächte? Natürlich nur, wenn Sie Zeit haben, um …"

Er unterbrach sich abrupt; sein Gesichtsausdruck veränderte sich, und er machte eine Verbeugung: „Guten Tag, Fräulein Elisabeth."

Ich drehte mich um und stand Lili von Waldstein gegenüber. Sie trug jetzt ein kurzes, weißes Kleid mit schwarzer Schärpe, weiße Strümpfe und flache Lackschuhe. Sie hatte sich vollkommen verwandelt. Vorhin, im Badeanzug, war sie eine junge Frau

gewesen; jetzt war sie ein Schulmädchen. Selbst das Haar hatte sie zu
Zöpfen geflochten.

„Guten Tag, Dr. Straßburger", sagte sie. „Bobby hat mir erzählt,
daß Mr. Ellis Maler ist. Er muß jetzt unbedingt Professor Liebermann
kennenlernen. Sie entschuldigen uns ..." Sie packte mich am
Ellenbogen und schob mich einfach weiter.

Im nächsten Augenblick war Christoph Keith an ihrer Seite. „Lili,
ich bitte dich! Ihr könnt doch Dr. Straßburger nicht stehenlassen!"

„O doch! Weißt du, was er getan hat? Er hat Mama gebeten, mich
ins Theater ausführen zu dürfen – ohne erst mich vorher zu fragen!"

„Aber das war korrekt. Er mußte doch deine Mutter um die
Erlaubnis bitten ..."

„Bist du verrückt? Glaubst du allen Ernstes, ich würde irgendwohin
mit diesem ..."

„Aha!" sagte Christoph. „Deshalb also dieser Aufzug. Du siehst aus
wie eine Zwölfjährige. Aber jetzt zu Professor Liebermann. Ob wir
überhaupt bis zu ihm vordringen?"

Vor dem Gartenpavillon saß eine Gästegruppe im Schatten einer
riesigen Roßkastanie. Baron von Waldstein und ein kahlköpfiger alter
Herr mit gestutztem Bärtchen und verschmitzter Miene diskutierten
lebhaft, während alle anderen zuhörten. Lili stapfte unbekümmert in
diesen Kreis und ließ sich zwischen den Sesseln der beiden Herren im
Gras nieder.

Als sich der Gast zu ihr hinunterbeugte, flüsterte sie ihm ein paar
Worte ins Ohr. Sein Blick wanderte zu Christoph und mir herüber; er
lächelte und winkte uns heran.

Wir wurden vorgestellt, und Professor Liebermann begrüßte mich
mit festem Händedruck. Christoph erklärte ihm, daß ich nach Berlin
gekommen sei, um Kunst zu studieren. Ob mir der Herr Professor
wohl einen Privatlehrer vorschlagen könnte? Vielleicht einen seiner
Schüler ...?

Professor Liebermann zögerte. Dann fragte er, ob ich mich für ein
bestimmtes Malfach interessierte. Ich sagte, daß ich gern Porträts
zeichnete, und Christoph zog aus der Jackettasche den Bierdeckel mit
der Göring-Skizze. Dann erzählte er, wie ich mit dem Hauptmann
bekannt geworden sei, und der alte Herr lachte schallend, während er
die Skizze betrachtete.

„Nicht schlecht", sagte er. „Sie haben das Wesentliche an dem

Mann mit ein paar Strichen eingefangen ... in diesem Fall den Schweinehund, der hinter der Fassade steckt." Wieder lachte er dröhnend.

Nun wurde der Bierdeckel im Kreis der Gäste herumgereicht – ich konnte einen Erfolg verbuchen!

„Er möchte also Stunden nehmen?" fragte der Professor Christoph, und wir nickten beide beflissen.

„Wird er in Dollar bezahlen?"

„Aber selbstverständlich", antwortete Christoph.

„Hmmm." Professor Liebermann strich über sein Bärtchen. „Ich wüßte vielleicht jemanden. Werde ihn fragen, ob er daran interessiert ist."

„Das wäre sehr liebenswürdig, Herr Professor", sagte Christoph und überreichte dem alten Herrn seine Visitenkarte. „Mr. Ellis wohnt zur Zeit bei mir."

Professor Liebermann steckte das Kärtchen in die Westentasche. „Es war mir ein Vergnügen ..." Er verabschiedete uns mit einem Händedruck.

DIE Teestunde im Pavillon ging zu Ende.

Eines der geladenen Paare trat den Heimweg in einem großen Motorboot an, das zünftig mit weißgekleideten Matrosen bemannt war. Die anderen Gäste schlenderten langsam den steilen Kiesweg hinauf zu ihren Autos.

Jetzt erst hatte ich Muße, das Haus zu betrachten. Es war ein stilreiner klassizistischer Bau: klare Linien, rechtwinklige Formen und viele hohe Fenster, die den Blick auf die weiten Rasenflächen und die breite Havel freigaben.

„Ganz imposant, wie?" sagte Christoph, dessen Augen meinem Blick gefolgt waren. „Es heißt ja auch ,Schloß Havelblick' – passenderweise. Aber sieh mal, wer dort zurückkommt!"

Die Prinzessin kam den Kiesweg auf ihren hochhackigen Schuhen vorsichtig heruntergestöckelt. Ich beobachtete Christoph, der die junge Frau nicht aus den Augen ließ, bis sie uns erreicht hatte. „Hat jemand eine Zigarette für mich?" fragte sie.

„Wohin ist denn Seine Exzellenz entschwunden?" meinte Christoph.

„Empfang und Abendessen bei Frau Deutsch. Ich war nicht

eingeladen. Aber darf man erfahren, was die Herren heute noch vorhaben?"

„Abendessen bei Alfred und Sigrid im Kleinen Haus."

„Nur ihr beide? Ohne Damen . . .?"

„Ich weiß es nicht, Verehrteste . . ."

„Das wollen wir gleich einmal feststellen." Sie ging zum Pavillon hinüber, wo sich Lili und ihre Brüder noch immer mit den restlichen Gästen unterhielten.

Ohne viel Umstände zog sie Lili von den älteren Herrschaften fort und verschwand mit ihr auf einem der Parkwege.

„Und sie ist eine echte Prinzessin?" fragte ich.

„O ja, Helena ist die Witwe eines österreichischen Prinzen. Jüngster Sohn einer sehr alten Familie. Alt, aber nicht wohlhabend. Sie hatten Ländereien in Böhmen und Galizien, und die haben sie nun verloren, und der Prinz ist auch tot. Sie haben im September 1914 geheiratet, und er ist wenige Monate später in Polen gefallen."

„Und in welcher Verbindung steht sie zu den Waldsteins?"

„Sie *ist* eine Waldstein. Jakob, der Dichter, war ihr Urgroßvater und Bruder von Baron Eduards Vater Joseph. Ihr Vater und Bobbys Vater sind Vettern."

„Aber wieso ist sie noch immer Witwe? Nach acht Jahren . . . und bei diesem Aussehen? Sie muß doch irgend etwas mit ihrem Leben anfangen?"

„Hauptsächlich ist sie mit dem Versuch beschäftigt, als Schauspielerin Karriere zu machen. Ein paar Rollen hat sie auch schon gehabt. Sie tritt unter dem Namen Helena Waldstein auf. Aber gegenwärtig ist sie vor allem bemüht, Frau Rathenau zu werden; das ist wohl nicht zu übersehen."

„Mir ist es nicht aufgefallen."

„Wirklich nicht? Darf ich erfahren, was Mr. Ellis aufgefallen ist?"

„Zum Beispiel, daß sie sich zwar gern mit dem Außenminister zeigt, daß sie aber über deine Rückkehr aus Paris hoch erfreut war – und daß du nicht weniger glücklich warst, sie wiederzusehen."

Christoph zündete sich eine Zigarette an. Endlich sagte er: „Du hast ja recht, aber bedenke doch: eine Prinzessin und ein mittelloser Bankvolontär! Im Krieg sah es noch anders aus; damals war ich immerhin Fliegeroffizier. Und dann war ich so viele Jahre lang fort. Was sollte sie inzwischen tun? Vielleicht Socken stricken?"

Wir näherten uns dem Pavillon. Da tauchte Bobby auf. Er hatte sich umgezogen und trug einen Frack. „Wie wäre es mit einem Cocktail, meine Herren?" fragte er.

„Du siehst aus, als wolltest du selbst den Barmixer spielen", sagte Christoph.

„Getroffen, mein Lieber! Mein Bruder hat von amerikanischen Martinis keinen blassen Schimmer. Aber danach muß ich gleich in die Stadt fahren. Bin verabredet. Gehen wir jetzt zusammen zum Kleinen Haus hinüber? Lili und Helena werden zum Essen auch dort sein."

„Und wo ist Straßburger geblieben?" fragte Christoph, während wir uns auf den Weg machten.

„Den sind wir losgeworden . . ."

„Er wollte doch heute abend Lili ausführen."

„Nicht heute, nächste Woche. Aber daraus wird sowieso nichts. Sie hat noch nie allein mit einem Herrn ausgehen dürfen, und nun kommt dieser Mann daher, der dem Alter nach ihr Vater sein könnte . . ."

„Darf ich fragen, wie alt Ihre Schwester ist, Bobby?"

„Siebzehn."

„Wie ist Dr. Straßburger in Ihre Bank gekommen?" fragte ich. Wir hatten die Anhöhe erreicht und gingen auf die Gartenfront des Schlosses mit der breiten Terrasse und den hohen Flügeltüren zu.

„Straßburger hat als junger Jurist in unserer Firma angefangen. Hochintelligenter Mann. Arbeitet wie ein Pferd und ist immer noch unverheiratet. Er ist unser Spezialist für Auslandsgeschäfte und hat unserer Bank viel Geld eingebracht. Jetzt sind mein Vater, mein Onkel und die anderen Partner nicht mehr die Jüngsten, und heute spielt Straßburger die erste Geige."

„Das ist aber übertrieben", sagte Christoph.

„O nein", sagte Bobby. Wir umrundeten die Nordseite des Schlosses.

„Dr. Straßburger meint, es sei jetzt für ihn Zeit zu heiraten", fuhr Bobby fort. „Er stammt aus einer angesehenen jüdischen Familie in Dresden. Sein Vater ist tot, und seine Mutter ist unendlich stolz auf den erfolgreichen Sohn, aber sie sähe ihn gern verheiratet. Und wer würde die passende Frau für den einflußreichsten Teilhaber der zweitältesten Bank von Berlin abgeben? Wohl ein reiches, hübsches Mädchen aus der Familie des Firmengründers, siebzehn Jahre alt und obendrein eine Baroneß."

Wir überquerten den weiten Vorplatz des Schlosses und die
Auffahrt und erreichten über die kleine baumbestandene Inselstraße
eine Ansammlung von Stallungen und Garagen. Dahinter lag ein
großer Hof mit Kopfsteinpflaster, und dort war Bobbys Rennwagen
geparkt, ein offener himmelblauer Bugatti.

„Und diesen Wagen wollen Sie im Frack fahren?" fragte ich ihn.

„Natürlich", sagte Bobby, „aber für solche Fälle habe ich ein paar
Vorkehrungen getroffen."

Er klappte einen der lederbezogenen Sitze nach vorn und zog
darunter einen langen weißen Automantel hervor, der ihm fast bis zu
den Knöcheln reichte. Über den Kopf stülpte er eine dazu passende
weiße Rennfahrerkappe.

„Ich wünschte, ich könnte Sie so fotografieren", rief ich. „Wenn ich
Sie meiner Familie nur beschreibe, wird mir niemand glauben."

„Diese Kluft mag vielleicht komisch aussehen, aber sie ist praktisch." Bobby streifte Kappe und Mantel wieder ab und warf beides
ins Auto.

Dann führte er uns über einen Tennisplatz zu einem ansteigenden
Obstgarten mit vielen Apfelbäumen, der am oberen Ende in eine
Wiese überging. Dort oben blieben wir stehen und genossen die
herrliche Aussicht: Wasserflächen in allen Himmelsrichtungen und die
Sonne, die schon tief am westlichen Horizont stand.

„Bobby, wo bleiben unsere Martinis?" Die Prinzessin kam quer
über die Wiese auf uns zugelaufen. Sie trug den Hut in der Hand,
Haarsträhnen hatten sich gelöst und fielen ihr ins Gesicht. Ohne jede
Ziererei schob sie sich zwischen Christoph und mich, hängte sich bei
uns ein und marschierte mit uns hinüber zum sogenannten Kleinen
Haus. Währenddessen schwatzte sie unaufhörlich mit Bobby. „Du
hast uns reichlich lange warten lassen", sagte sie, „aber mehr als einen
Martini bekommst du nachher nicht. Ich fahre dich dann gleich zum
Bahnhof Nikolassee."

„Was soll das heißen, Helena? Ich fahre mit dem Wagen zurück in
die Stadt!"

„Und wie sollen die beiden Herren und ich selbst nach Hause
kommen, wenn du den Bugatti mitnimmst?"

„Hm ... ich dachte, mit der S-Bahn."

„Und wie kommen wir zum Bahnhof?"

„Nehmt doch den Horch."

„Lili sagt, eure Mutter hätte einen Gast damit in die Stadt fahren lassen. Das Auto wird erst morgen wieder hier sein."

Sie hatten sich noch immer nicht geeinigt, als wir am Kleinen Haus angekommen waren. Das Gebäude war mit dunklen Holzschindeln verkleidet.

Wir öffneten das Gartentor, betraten einen schmalen Weg, den Fliederbüsche säumten, und sahen Lili, Sigrid und Alfred von Waldstein auf einer von wildem Wein umrankten Veranda sitzen, die einen Vorbau der Hausfront bildete.

„Die schöne Helena, wie immer von zwei Herren flankiert", sagte Alfred von Waldstein.

Alle erhoben sich. Lili hatte sich zum zweitenmal vollständig verwandelt.

Sie trug jetzt zu einem roten Kleid seidene Strümpfe, und das offene, in der Mitte gescheitelte Haar fiel ihr über die Schultern.

Sigrid gab mir die Hand, lächelte und sagte in einem Schulenglisch: „Es ist mir eine Ehre, Sie bei uns begrüßen zu dürfen."

„Du kannst ruhig deutsch mit ihm reden", sagte Bobby. „Er versteht jedes Wort." Dann zog er sich in die Küche zurück, und wir setzten uns.

„Sie haben ein wunderschönes Haus", begann ich die Unterhaltung. „Es ist wohl schon sehr alt?"

„Es wurde um 1820 gebaut", sagte Alfred. „Für uns hieß es schon immer das Kleine Haus, aber ursprünglich war es das einzige Wohnhaus auf der Insel."

„Gab Ihre Familie den Auftrag zum Bau?"

„O nein. Die Insel gehörte damals noch den Grafen Brühl – meine Frau ist eine geborene Brühl, aber ein anderer Familienzweig. Die Brühls besaßen damals hier die ganze Uferregion am Wannsee. Die Insel gehörte dazu, aber sie war noch nicht erschlossen, und eine Brücke gab es auch nicht. Eines Tages kamen die Brühls auf die Idee, die Inselwiesen im Sommer als Viehweide zu nutzen, und sie bauten dieses Haus als Unterkunft für die Familie des Viehhüters. Zehn Jahre später beschloß einer der jüngeren Brühls, sich ständig auf der Insel niederzulassen, und so wurde Schloß Havelblick errichtet. Zu dem Geld für den Schloßbau war der junge Graf durch die Heirat mit der Tochter des Bankiers David Waldstein gekommen. Die Brühls besaßen Land, und die Waldsteins besaßen Geld."

„Und so ist es bis zum heutigen Tag geblieben", sagte Sigrid. „Die Brühls haben immer noch Land und die Waldsteins Geld – *und* Land."

Alfred lief rot an. „Meine Liebe, ich rede doch von den *Wasserbrühls!*"

Er wendete sich wieder zu mir um. „Wir nennen die Familie der Schloßerbauer Wasserbrühls, weil sie hier am Wasser lebten. Die Familie meiner Frau, das sind die *Kartoffelbrühls*, eben, weil sie hauptsächlich Kartoffeln anbauen. Aber beide Zweige hatten im sechzehnten Jahrhundert denselben Vorfahren."

„Dieselben Vorfahren, dieselben Geldschwierigkeiten", sagte Sigrid. Ich war froh, daß in diesem Augenblick Bobby mit den Cocktails erschien.

Alfred erhob sein Glas. „Auf Ihr Wohl, Mr. Ellis", sagte er, „es freut uns, Sie bei uns zu haben."

„Auf Ihr Wohl, Herr Baron. Ich bedanke mich für Ihre freundliche Einladung."

Wir tranken, und Lili verschluckte sich, sie hustete und schluckte, während ihr die Brüder das Glas abnahmen und ihr auf den Rücken klopften. „Unser kleines Schwesterchen . . .", sagte Alfred und legte seinen Arm um ihre Schultern.

Lili kam langsam wieder zu Atem. „Was ist das für ein scheußliches Zeug!" stammelte sie.

„Wir holen dir lieber ein Glas Wein", meinte Sigrid und zog sie mit sich ins Haus.

Ich wandte mich wieder an Alfred. „Darf ich fragen, wie nun Ihre Familie in den Besitz der Insel gekommen ist?"

„Aber sicher. Der Schloßerbauer geriet in finanzielle Schwierigkeiten. Er hatte seinen gesamten Besitz mit Hypotheken belastet, weil er in amerikanischen Eisenbahnaktien spekulieren wollte. Schon 1845 war alles verloren. Graf Brühl muß einer der ersten Pechvögel gewesen sein, die an den amerikanischen Eisenbahnen bankrott gingen. Die Gläubiger verlangten den Verkauf der Insel, und da trat Joseph Waldstein auf den Plan. Er übernahm die Hypothek und machte sie seiner Schwester, der Gräfin Brühl, zum Geschenk."

„Und so konnten die Brühls im Schloß bleiben?"

Alfred nickte. „Ja, bis zu ihrem Tode. Und als sie verstorben waren und keine Kinder als Erben vorhanden waren, ging der Besitz auf einen Neffen, wiederum einen Grafen Brühl, über, und das Spiel wiederholte sich. Der Erbe war in ständiger Geldnot. 1866 verkaufte er die Insel an den zweiten Joseph Waldstein, meinen Großvater."

Helena erhob sich plötzlich. „Robert, höchste Zeit, daß ich dich zum Bahnhof bringe", sagte sie, und sofort begann wieder der Streit: Bobby wollte nicht mit der Bahn fahren, Helena wollte den Bugatti haben. Und wer würde siegen? Helena natürlich.

Bobby stand auf und verbeugte sich. „Meine Damen und Herren, ich gebe mich geschlagen. Der Sieg gehört der schönen Helena. Ich wünsche noch einen angenehmen Abend."

Helena gab ihm einen Kuß auf die Wange, ergriff seinen Arm und zog ihn mit sich fort.

„Vielleicht könnten Christoph und ich hier draußen im Garten übernachten?" fragte ich Lili. „Es ist doch warm genug . . ."

Sie legte einen Finger auf die Lippen, ihre Augen glänzten. Und zu Alfred sagte sie: „Darf ich Mr. Ellis mal dein Studio zeigen?"

DIE Einrichtung des Kleinen Hauses strahlte schlichte Eleganz aus: rot gepolsterte Biedermeiermöbel, Orientteppiche und Blumen, wohin man schaute.

„Natürlich könnten Sie hier übernachten", sagte Lili, „es gibt sogar ein Gästezimmer, aber Helena will nicht, daß Christoph hier schläft . . . verstehen Sie?"

Es war schon ziemlich dunkel, aber ich bemerkte, daß Lili rot wurde. Sie drehte mir rasch den Rücken zu und öffnete eine Tür. „Hier also schreibt Alfred seine Bücher!"

Wieder ein Orientteppich, ein großer Tisch, auf dem sich beschriebene Blätter häuften, zwei Wände mit deckenhohen Bücherregalen und große Flügeltüren, durch die der Blick auf die sanft abfallende Wiese und den Obstgarten fiel.

Ich blieb stehen, um den Ausblick zu genießen, wandte mich dann an Lili. „Ich weiß nicht, was bei Ihnen Sitte ist", sagte ich, „aber zu Hause würde ich Sie jetzt fragen, ob ich mit Ihnen ausgehen darf."

„Ausgehen? Meinen Sie: spazierengehen . . . auf der Insel?"

„Ich meine, in ein Restaurant oder ins Theater – wie mit Dr. Straßburger."

Sie lächelte. „Ach so, wie mit Dr. Straßburger . . ."

„Sie sagten doch, er hätte zuerst Sie fragen müssen, und das tue ich hiermit."

„Und danach fragen Sie dann meine Mutter?" Sie sah belustigt aus. „Ja, ich würde gerne mit Ihnen ausgehen, aber ich gehe noch zur Schule, und meine Eltern werden niemals erlauben, daß ich mich von einem Herrn ausführen lasse ... allein, ohne Begleitung."

„So? Und Dr. Straßburger?"

„Das wäre wahrscheinlich etwas anderes. Er ist so viel älter und außerdem Papas Partner. Aber es ist mir ganz egal; mit Dr. Straßburger gehe ich sowieso nicht aus."

„Und wir ... könnten wir uns trotzdem irgendwo treffen?"

Sie senkte einen Augenblick lang den Blick; dann sah sie mich wieder an: „Zerbrechen Sie sich nicht so sehr den Kopf. Wenn Sie mich wirklich wiedersehen wollen, läßt es sich schon einrichten."

DER runde Mahagonitisch bot gerade genug Platz für sechs Gedecke.

Die Flügeltür zur Veranda war offengeblieben, und die leichte Brise trug den Duft von frischem Heu ins Zimmer. Ein Hausmädchen servierte Erbsensuppe.

Alfred wendete sich an mich. „Wir haben den ganzen Abend nur von uns geredet, Peter. Jetzt möchten wir gern etwas über Ihre Heimat und Ihre Familie erfahren."

Was hatte ich schon zu bieten? Jedenfalls längst keine so interessante Familiengeschichte wie die der Waldsteins.

„Ich wohne in Germantown, einem Vorort von Philadelphia", begann ich. „Mein Vater ist Chirurg. Ich bin in Germantown zur Schule gegangen ..."

„In ein Internat ... wie die Engländer?" fragte Alfred.

„O nein. In eine sogenannte *Friends' School* in Germantown."

„*Friends?* Freunde? Das bedeutet doch Quäker! Peter, sind Sie etwa Quäker?"

Am Tisch herrschte vollkommene Stille. Aller Augen richteten sich auf mich.

„Ja, ja, natürlich", stammelte ich. „Ich komme aus einer Quäkerfamilie, aber ich bin schon eine Ewigkeit nicht mehr in einer Gemeindeversammlung gewesen."

Alfred von Waldstein schien geradezu begeistert von meiner Mitteilung zu sein. „Aber das ist doch wunderbar – ein Quäker! Peter Ellis, ein Quäker!" Und dann redeten alle durcheinander.

„Wir waren damals schrecklich ausgehungert", sagte Lili. „Aber die Quäker haben eine Schulspeisung für uns organisiert – Schokoladenpudding!"

Und Helena sagte: „Wenn schon Kinder wie Lili hungerten, können Sie sich vielleicht vorstellen, wie schlecht es den Kindern der Arbeiter ging."

„Ich weiß gar nicht genau, was sich damals in Deutschland abgespielt hat", sagte ich entschuldigend.

„Unsere Versorgung war nach dem Krieg einfach zusammengebrochen", sagte Alfred. „Die Engländer setzten die Blockade immer noch fort, und im Frühjahr 1919 kam es zu einer richtigen Hungersnot. Da sprangen die Amerikaner ein. Die Verbindung war durch die Kirchen hergestellt worden. Sie brachten Milchpulver und Büchsennahrung nach Deutschland. Ich weiß bis heute nicht, wie sie die Nahrungsmittel durch die Blockade geschleust haben."

„Miß Boatwright hat mir erzählt, daß am Anfang die Schweiz die Lieferungen übernommen hatte", sagte Helena.

Ich horchte auf. „Miß Boatwright, sagten Sie? Miß Susan Boatwright?"

„Sie kennen sie?"

„Und ob! Sie ist mit meiner Familie befreundet. Ich habe sie aber seit einigen Jahren nicht mehr gesehen. Zum letztenmal sind wir uns im Frühjahr 1919 begegnet. Ich lag damals noch im Quäker-Hospital und malte ein Porträt von Miß Boatwrights Nichte Joanne. Das Mädchen war auch krank. Ihre Tante kam öfter zu Besuch, und sie fand das Bild recht gut. Jetzt erinnere ich mich dunkel, daß sie von einer Deutschlandreise gesprochen hat."

„Miß Boatwright war erst letzten Sonnabend bei unseren Eltern zu Gast", sagte Lili.

„Ob sie noch in Berlin ist?" fragte ich. „Ich würde sie sehr gern wiedersehen."

„Sie ist bestimmt noch in Berlin", sagte Alfred. „Sie muß noch einen Bericht über die Hilfsmaßnahmen der Quäker in Deutschland anfertigen. Ihre Adresse bekommen wir schon heraus."

„Warum haben eigentlich die Briten die Blockade auch nach dem Krieg noch fortgesetzt?" fragte ich.

„Wir sollten damit zur Unterzeichnung des Versailler Vertrages gezwungen werden", erwiderte Alfred.

„Ich weiß leider nur sehr wenig über diese Dinge: Halten Sie denn den Vertrag für schlecht?"

Am Tisch wurden erstaunte Blicke gewechselt. Schließlich sagte Alfred: „Der Vertrag ist in der Tat schlecht; sehr schlecht, einmal wegen der Gebiete, die man uns weggenommen hat, und wegen der Hunderttausende von Deutschen, die nun unfreiwillig Franzosen, Polen oder Tschechen werden müssen, zum andern, weil uns die Bestimmungen die Möglichkeit nehmen, als Nation zu überleben."

„Sie meinen, wegen der Reparationsleistungen...?"

„Richtig. Haben Sie eine Vorstellung von den Summen, die die Alliierten von uns verlangen? Die letzte konkrete Forderung hieß: 132 Milliarden Goldmark! Das übersteigt einfach unsere Kraft. Schon der Versuch, die ersten Ratenzahlungen aufzubringen, hat eine unglaubliche Inflation in Gang gesetzt. Die Preise steigen täglich, und die Bevölkerung ist verzweifelt. Welche Regierung könnte sich unter solchen Bedingungen halten!"

„Christoph sagt aber, daß Außenminister Rathenau auf Erfüllung des Vertrages drängt."

Alfred nickte. „Das stimmt. Walther Rathenau ist einer unserer brillantesten Köpfe. Er liebt sein Vaterland, und er glaubt, daß es nur einen Weg gibt, Deutschland zu retten: Wir müssen den Forderungen der Alliierten nachkommen und zahlen, soviel wir gerade können. Nur so ließe sich Zeit gewinnen, um unsere Industrie wiederaufzubauen und den Arbeitslosen wieder Arbeit zu verschaffen und..."

Helena unterbrach ihn. „Und weißt du, was die Deutschen aus lauter Dankbarkeit mit Walther Rathenau tun werden? Sie werden ihn umbringen."

„Helena!" rief Sigrid, zutiefst erschrocken.

„Aber es ist wahr! Ein Priester hat aus einer Beichte Andeutungen dieser Art herausgehört und ist zur Polizei gegangen. Die Polizei hat wiederum Kanzler Wirth unterrichtet, und Wirth wollte Rathenau Polizeischutz geben. Aber Rathenau war nicht einverstanden."

„Warum wollen sie ihn denn ermorden?" fragte ich.

„Weil er Jude ist!"

Ich wußte nicht, wohin ich blicken sollte, und sah hilfesuchend zu Christoph hinüber, aber Alfred von Waldstein fuhr schon fort: „Ganz so einfach liegen die Dinge nicht. Letzten Sommer wurde schon

Matthias Erzberger erschossen. Er hatte 1918 das Waffenstillstandsab-
kommen unterzeichnet und setzte sich dafür ein, daß die Reichsregierung den Vertrag von Versailles unterschrieb. Seine Theorie lautete:
Wenn mir jemand die Pistole an die Schläfe setzt, ist es gleichgültig,
was ich unterschreibe. Ich brauche mich nachher moralisch nicht
daran gebunden zu fühlen. Erzberger wurde trotzdem umgebracht.
Und in Rathenaus Fall geht es vornehmlich um Rapallo. Nach unseren
Erfahrungen mit dem Spartakusbund und der Münchner Räterepublik nimmt man ihm einfach den Vertrag mit den Bolschewiken
übel. "

„Wer ist denn *man?*" fragte ich.

„Die nationalistischen Gruppen", sagte Alfred, „die extreme
Rechte; jeder, der die Republik haßt, weil ihre Regierung Versailles
akzeptiert; die Offiziere um General Ludendorff. Sie meinen immer
noch, sie seien im Felde unbesiegt geblieben, aber die Kommunisten
und Sozialisten in der Heimat wären ihnen in den Rücken gefallen. "

„Die Freikorpsleute!" sagte Helena.

Sigrid starrte auf ihren Teller. Dann sagte sie: „In den Freikorps gab
es auch anständige Leute. "

„Mir ist nicht einer begegnet", sagte Helena.

„Aber mir", sagte Sigrid.

Betretenes Schweigen. Dann fuhr Alfred fort: „Immerhin wäre es
1919 ohne die Freikorps gar nicht erst zur Gründung der Republik
gekommen. Sie haben damals die Regierung gerettet, und ihr werdet
nicht glauben, woher der Sold für diese Truppen kam: zum Beispiel
von Leuten wie Walther Rathenau. "

„Alfred, das ist doch Unsinn!" rief Helena.

„Frag ihn doch selbst. Und ich kann euch noch eine weitere
Geldquelle verraten. Erinnert euch an Weihnachten 1918: Revolution,
Chaos auf den Straßen. Man sitzt in der Bank beisammen und
überlegt, wie der Mob dort draußen aufzuhalten wäre. Man braucht
Truppen, aber die Armee ist in Auflösung begriffen. Die Armee steckt
voller Kommissare mit roten Armbinden, die Armee kann überhaupt
nichts tun. Doch dann beginnen einige Generäle eigenmächtig
Freiwilligenverbände zusammenzustellen. Nur brauchen sie für die
Lohnzahlungen Geld. "

Helena war empört. „Niemals hätten dein Vater und Onkel
Fritz . . . "

„Vielleicht haben sie es gar nicht erfahren?"

„Straßburger ...?"

Alfred nickte.

DIE Suppenteller wurden abgeräumt, und das Hausmädchen begann, auf silbernen Platten den Hauptgang aufzutragen: Schinken, Salzkartoffeln, Spargel mit brauner Butter.

Alfred ging um den Tisch und schenkte Wein ein. Dann nahm er wieder Platz, erhob sein Glas und sagte: „Meine Damen und Herren, ich schlage als Trinkspruch vor: ,Schluß mit der Politik!' – wenigstens für heute abend."

Wir tranken ihm zu, und dann wendete er sich an Helena. „Ich habe gehört, du bist in Wien gewesen. Was hast du denn dort gewollt?"

„Eine Rolle; genau gesagt: fünf Rollen."

„Fünf Rollen in einem einzigen Stück?" fragte Christoph.

„Ich kann mir denken, in welchem Stück", erwiderte Alfred, „im ,Reigen', stimmt's?"

Helena nickte. Die andern schienen nicht zu wissen, wovon gesprochen wurde.

„Der ,Reigen' ist ein Stück von Arthur Schnitzler", erklärte Alfred. „Ein faszinierendes Stück übrigens. Es kam schon 1900 als Privatdruck heraus, wurde dann in Wien auf die Bühne gebracht und verursachte einen Riesenskandal."

„Worum geht es denn?" fragte Christoph.

„Um die Liebe", sagte Helena.

„Um die Liebe?" Alfred zerschnitt seinen Schinken betont langsam. „Liebe scheint mir sehr wenig darin vorzukommen. Das Thema ist, schlicht gesagt, der Geschlechtsverkehr. Wollen sie das Stück etwa in Berlin aufführen?"

„Du sagst es", erwiderte Helena. „Und ich habe mir gedacht, eine hübsche norddeutsche Stimme käme ihnen dabei gelegen. Falsch gedacht! Sie wollen nur Wiener Stimmen."

Lili sagte: „Ich finde es unfair, daß ihr beide über ein Stück redet, ohne uns den Inhalt zu verraten."

„Das würde allen die Spannung nehmen", sagte Helena. „Wenn der ,Reigen' hier herauskommt, nehmen wir dich mit ins Theater."

„Das wird Mutter nicht erlauben", sagte Alfred. „Und die Platzanweiser werden sie nicht reinlassen."

„Eure Mutter hat doch keine Ahnung von dem Stück", sagte Helena. „Und wir ziehen Lili so an, daß sie mindestens wie dreißig aussieht. Mit Hutschleier!"

„Wir kommen auch mit", sagte Sigrid.

Viertes Kapitel

Es war höchste Zeit zum Schlafengehen, als Christoph und ich die Villa Keith betraten. Unter Kaspars Tür sah ich noch einen Lichtstreifen, und als ich mich vorbeischlich, ging die Tür auf. Kaspar trat mit erhitztem Gesicht, zerzaustem Haar und in Hemdsärmeln in den Flur heraus.

„Guten Abend, Kaspar", flüsterte ich.

„Peter? Hast du 'n paar amerikanische Zigaretten für mich?"

Ich trat in sein Zimmer und schloß die Tür hinter mir. Der Raum stank nach Bier und Zigarettenrauch. Über Bett und Tisch waren Landkarten, Briefe und Fotoalben verstreut.

„Setz dich doch", sagte Kaspar und wies auf einen Sessel. „Einen Schnaps?" Er goß aus einer Steingutflasche eine glasklare Flüssigkeit in zwei große Gläser. Mit unsicherer Hand reichte er mir eines. „Prosit, Peter!"

Ich kippte das Zeug hinunter; es brannte höllisch in der Kehle. Dann nahm Kaspar eine Zigarette aus meiner Schachtel und zündete sie an. „Wie geht's denn so auf der Insel?" fragte er.

„Es ist sehr schön dort draußen."

„Und wie haben dir Christophs reiche Freunde gefallen?"

„Nette Leute."

„Und die Frau Baronin, die Gattin von Alfred von Waldstein, hast du wohl auch kennengelernt?"

„Ja, sie hat uns zum Abendessen zu sich eingeladen."

„Soso, du warst bei ihr zum Abendessen." Sein Gesicht verfärbte sich noch mehr. Ich überlegte verzweifelt, wie ich das Thema wechseln könnte. „Darf ich mal deine Fotoalben ansehen?" fragte ich hastig und rückte meinen Sessel näher an den Tisch heran.

Er stellte sich neben mich, und ich begann, die Albumseiten umzublättern. „Meine Kompanie in der Kadettenanstalt", sagte er. „Und hier stehe ich neben meinen Brüdern. Sie hatten gerade beide

Fronturlaub. Das ist mein Freund Brühl. Er feuert aus einem Fenster auf Matrosen, die unsere Anstalt stürmen wollten ... Ja, Sigrid ist seine Schwester ..."

„Aber warum haben euch die Matrosen angegriffen?"

„Weil sie Meuterer waren; rote Schweine. Haben einfach ihre Schiffe im Stich gelassen und eine Revolution angezettelt. Sie sind die wahren Schuldigen unserer Niederlage!"

„Und wer ist dieser Mann?"

„Leutnant Kern. Marineoffizier. Hat uns für die Marinebrigade Ehrhardt angeworben. Hier sind wir beim Exerzieren mit Helm und Gewehr."

Kaspar schlug jetzt selbst die Seiten um, und mir war, als liefe vor meinen Augen ein Film ab: Männer mit Stahlhelmen, die gebückt an Geschäftshäusern entlanghasten; Scharfschützen auf den Dächern; Tote auf den Bürgersteigen ... „Das war in München. Ein Klüngel von dreckigen Ostjuden hatte damals eine Bayerische Räterepublik ausgerufen. Wir sind hingefahren und haben aufgeräumt. Gründlich."

... Ein gepflasterter Hof, Frauen in weißen Trachten, die blutüberströmt auf dem Pflaster liegen.

„Aber das sind ja Krankenschwestern!"

Kaspar versuchte rasch weiterzublättern. „Das waren wir nicht. Das geht auf das Konto der Leute von einem anderen Freikorps. Aber sie waren im Recht: Diese Säue hatten verwundete Rote versteckt, und mit Pistolen waren sie auch bewaffnet."

Ich hielt das Albumblatt fest. „Krankenschwestern mit Pistolen? Woher weißt du das überhaupt?"

„Von den Kameraden aus dem anderen Freikorps. Wir kamen erst in München an, als alles vorbei war."

„Hatten die Schwestern vorher eine Gerichtsverhandlung gehabt?"

Kaspar schnaubte verächtlich. „Dafür war keine Zeit. Wir mußten eine Revolution niederschlagen! Krieg ist Krieg."

„Ich bin auch im Krieg gewesen, und ich habe einige scheußliche Dinge gesehen, aber niemals Leute, die Krankenschwestern erschossen, weil sie Verwundete versorgten."

Kaspar hatte sich schon wieder einen Schnaps eingeschenkt und kippte ihn hinunter. „Das hier ist ja auch eine andere Art von Krieg – Bürgerkrieg."

Jetzt blätterte ich weiter. „Und wo seid ihr hier?"

„Auf dem Truppenübungsplatz Döberitz, nicht weit von Berlin; im Winter 1919/20 hatte uns die Reichsregierung aus Oberschlesien zurückgerufen. Wir sollten in Berlin aufräumen. Und das haben wir auch besorgt. Und weißt du, was dieselbe Regierung sich danach einfallen ließ? Sie wollte unsere Verbände auflösen! Warum? Weil die Alliierte Kontrollkommission es verlangte. Im Vertrag, den diese Schweine unterschrieben haben, stand, daß das deutsche Heer bis März 1920 auf einhunderttausend Mann reduziert werden müßte, und die Kontrollkommission zählte uns einfach zu den regulären Truppen. Auf dem nächsten Foto siehst du General von Lüttwitz, Oberbefehlshaber der Reichswehrtruppen – der regulären Armee also – im Berliner Raum. Hier inspiziert er uns gerade und erklärt, daß er sich unserer Auflösung energisch widersetzen werde. Das nächste, was wir erfuhren, war, daß Korvettenkapitän Ehrhardt und von Lüttwitz selbst die Regierung übernehmen wollten. Dieses Foto hier wurde in der Nacht vom 12. zum 13. März 1920 gemacht: Wir marschieren nach Berlin. Am Morgen des 13. ziehen wir durch das Brandenburger Tor, und General Ludendorff begrüßt uns."

„Redest du eigentlich vom Kapp-Putsch?"

„Richtig. Aber Kapp war ein Dummkopf; Politiker ohne Programm. Stell dir vor: Wir haben die ganze Hauptstadt in der Hand, und dieser Mann unternimmt nichts, gar nichts . . ."

„Was bedeuten denn die Kreuze auf euren Helmen?"

„Ach, das sind Hakenkreuze. Indisches Symbol oder so was Ähnliches."

„Ich glaube, bei uns heißen sie Swastika. Aber warum habt ihr sie auf die Helme gemalt?"

Kaspar zuckte die Achseln. „Weiß ich nicht. Hat was mit der Reinheit der germanischen Rasse zu tun . . . glaube ich."

Er trat vom Tisch zurück und ließ sich auf das Ledersofa fallen. „War schon eine verrückte Zeit – ich meine die paar Tage, als Kapp an der Macht war. Die Arbeiter streikten, und wir hielten in einer völlig ausgestorbenen Stadt Wache. Wenn wir dienstfrei hatten, hockten wir herum und überlegten, was passieren würde, wenn der Putsch scheiterte."

„Und er ist gescheitert . . ."

Er nickte. „Alle, einfach alle haben uns im Stich gelassen. Die Regierung setzte sich nach Dresden ab. Die Engländer hatten uns vorher Unterstützung zugesagt, und das wollten sie plötzlich nicht mehr wahrhaben. Die preußische Sicherheitspolizei forderte Kapp auf zurückzutreten, und er trat zurück. Die Reichswehrführung sah die Sache als verloren an und legte auch Lüttwitz den Rücktritt als Oberbefehlshaber nahe. Sein Nachfolger wurde General von Seeckt. Und wir saßen da: Hatten die Kontrolle über die ganze Hauptstadt, aber keinen Befehlshaber mehr, keine Anweisungen – nichts!"

Kaspar traten Tränen in die Augen. Dann fuhr er fort: „Von Seeckt erlaubte uns wenigstens, mit unseren Fahnen abzuziehen. Die streikenden Arbeiter strömten an unserer Marschroute zusammen und bewarfen uns mit Bierflaschen. Uns blieb nichts weiter übrig, als haltzumachen und zu schießen. Du hättest mal sehen sollen, wie die Schweine gerannt sind! Hätten wir sie damals bloß allesamt erwischt! Wir marschierten jedenfalls mit Marschmusik und Gesang zum Brandenburger Tor hinaus."

„Und was wurde danach aus euch?"

„Zuerst waren wir wieder in Döberitz. Dann wollte uns die Regierung nach Münster verlegen. Ich wußte, daß man uns dort endgültig entlassen würde, und ging lieber gleich nach Hause."

Kaspar seufzte tief auf und lehnte sich mit geschlossenen Augen in die Polster zurück.

„Was war der Sinn des Ganzen?" fragte ich.

„Der Sinn? Was soll das heißen?"

„Ich wüßte gern, was ihr mit dem Putsch bezweckt hattet", sagte ich. „Wolltet ihr den Kaiser zurückholen?"

„Nein, niemand wollte den Kaiser wiederhaben! Wir wollten nur die sozialistischen und jüdischen Verräter loswerden, die den Schandvertrag von Versailles unterschrieben haben."

„Also keine Monarchie, keine Republik. Wovon träumt ihr denn?"

„Von einem starken, stolzen Deutschland!" Kaspar hatte die Worte förmlich herausgebrüllt.

„Du weckst das ganze Haus auf!"

„Ich wünschte, ich könnte die ganze Nation aufwecken! Jetzt hat man auch noch einen Juden zum Außenminister gemacht, einen Juden, der vor den Alliierten auf den Knien herumrutscht und einen Friedensvertrag mit Moskau schließt! Sechzehn Monate lang sind die Freikorpsleute kreuz und quer durch Deutschland marschiert, haben Kommunisten erschossen und wurden von Kommunisten erschossen, und Herr Rathenau geht hin und schließt mit diesen Kommunisten einen Vertrag!"

„Christoph hält Rapallo für einen guten Schachzug. Er meint, die Armee bekäme auf diese Weise Trainingsmöglichkeiten in der russischen Steppe."

„Hat er solchen Blödsinn von den Waldsteins? Weißt du, wie mein Bruder von seinen alten Fliegerkameraden genannt wird? *Judenknecht!*"

Ich stand auf. „Christoph ist alles andere als ein Knecht; er ist Bank-Volontär. Und mit seinem Gehalt bestreitet er den Lebensunterhalt für dich und sämtliche anderen Hausbewohner."

„Du hast vollkommen recht: Christoph muß unseren Lebensunterhalt verdienen. Die Pension eines Generalmajors, der vom vierzehnten Lebensjahr an seinem Vaterland gedient hat, reicht nämlich nicht mehr aus, um den alten Herrn und seine Frau zu ernähren, und für einen zwanzigjährigen Infanterieoffizier hat der Staat schon gar keine Verwendung. Aber auf Schloß Havelblick ist von Geldsorgen nichts zu spüren, stimmt's? Motorboote, Reitpferde, Personal im Überfluß . . . und mehr Champagner, als man saufen kann. Und das ist nur ihr Sommersitz! Du müßtest mal das Stadtpalais am Pariser Platz sehen! Alle Deutschen sind Leidtragende des Krieges, ausgenommen der Herr Baron von Waldstein und seine Sippschaft . . ."

„Soviel ich weiß, ist einer seiner Söhne in Frankreich gefallen."

Kaspar hörte mir nicht mehr zu.

Das leere Glas glitt ihm aus der Hand und rollte über den Teppich; er war eingeschlafen.

Ich stand auf und ging in mein Zimmer.

Iᴄʜ frühstückte allein.

General Keith und seine Frau waren auf ihren Zimmern geblieben, Christoph hatte schon in die Bank fahren müssen, und Kaspar schlief vermutlich noch. Nur Meier war im Eßzimmer; er schenkte mir Kaffee ein. Ich hielt die Gelegenheit für günstig, Bobbys diskreten Vorschlag in die Tat umzusetzen. Ich bat Meier, mir einen Briefumschlag zu holen, steckte eine Fünfdollarnote hinein und drückte ihm den Umschlag in die Hand. „Wirtschaftsgeld", sagte ich, „aber das bleibt unter uns!"

Meier verzog keine Miene. Er steckte den Umschlag in die

Jackentasche und verbeugte sich kaum merklich. Dann ging er hinaus, denn es hatte an der Haustür geläutet.

„Ein Mann für Sie, Mr. Ellis", meldete er gleich darauf – ein Mann, kein Herr! – und übergab mir einen Brief. Das Schreiben war von Professor Liebermann und lautete:

> Sehr geehrter Herr Ellis,
> mit diesen Zeilen möchte ich Ihnen meinen Schüler Fritz Falke vorstellen. Unsere Auffassungen von Kunst, Malweise und Themenwahl sind zwar grundsätzlich verschieden, er ist aber meines Erachtens einer unserer begabtesten jüngeren Künstler. Ich kann ihn als Lehrer wärmstens empfehlen.
>
> Max Liebermann

Ich ging in den Salon hinüber.

An der Schmalseite stand ein untersetzter blonder Mann und betrachtete die Fotografien der Totenkopfhusaren, die auch hier die Wände schmückten. Auf dem Sofa hatte er eine große braune Zeichenmappe abgelegt.

„Guten Tag, Herr Falke", sagte ich auf deutsch. „Ich habe das Empfehlungsschreiben von Herrn Professor Liebermann gelesen."

„Ach ... Sie sprechen Deutsch?" Er begrüßte mich mit einem kräftigen Händedruck und ließ beim Lächeln seine Goldfüllungen sehen. Ob ich mir wohl ein paar Arbeitsproben anschauen wollte? Er öffnete die Skizzenmappe – und ich war ehrlich verblüfft. 1922 war Fritz Falkes Name noch nicht über Deutschlands Grenzen hinausgedrungen.

Ich war vermutlich der erste Amerikaner, der diese fast brutalen Karikaturen zu sehen bekam, die ihn berühmt machen sollten: Kohle- und Bleistiftskizzen von fetten, Zigarre rauchenden Kriegsgewinnlern und Schiebern, von hungernden und bettelnden Kindern; ungeschönte Porträts der Gesichter von Barkellnern, Fabrikarbeitern, Zirkusartisten, und ein paar ziemlich laszive Mädchenakte.

Er war offensichtlich ein begabter und origineller Zeichner, und ich fragte ihn, ob er mir einige Stunden geben wollte und wieviel die Stunde kosten sollte.

Er zuckte die Achseln. „Ich habe es noch nie gemacht. Wir probieren es lieber erst mal miteinander. Haben Sie hier im Haus ein Atelier?"

Nein, sagte ich, und ich glaubte auch nicht, daß sich in der Villa Keith ein geeigneter Raum fände. Ob ich irgendwo ein Studio mieten sollte?

Falke schüttelte den Kopf. „Sie können bei mir arbeiten. In meiner Wohnung leben zwar ziemlich viele Personen, und in einem anderen Stadtteil liegt sie auch, aber für den Anfang wird es schon gehen."

DER Stadtteil Neukölln im Südwesten Berlins war ein Gewirr von Straßen mit meist sechsstöckigen Mietskasernen. Nach amerikanischen Maßstäben waren die Häuser gar nicht besonders hoch, aber sie wirkten so düster und grau wie Festungen.

Falke führte mich in einen Hinterhof. Zwischen überquellenden Mülltonnen spielten zerlumpte kleine Jungen Fußball, und von Fenster zu Fenster waren kreuz und quer über den Hof Leinen gespannt, von denen feuchte Wäschestücke schlaff herabhingen. Als wir die Treppe hinaufkletterten, begleiteten uns die typischen Geräusche menschlichen Lebens von Stockwerk zu Stockwerk: Stimmen, die einander anschrien, Türenkrachen, Kindergeheul – und die Stufen nahmen kein Ende. „Bloß noch drei Stockwerke", sagte Falke aufmunternd. „Ganz oben ist nun mal das Licht am besten."

Auf dem Weg nach Neukölln hatte ich ihm von meinem Jahr an der Akademie der Schönen Künste in Paris erzählt und nach seiner Ausbildung bei Max Liebermann gefragt.

„Ein großartiger Mann", sagte Falke, „eine Ausnahmeerscheinung. Und wie er meine Bilder haßt! Er stammt aus dem Großbürgertum, und er kann die Dinge, die ich sehe und male, nicht ausstehen. Aber er sagt, ich hätte Talent. Er weiß, daß ich in schwierigen Verhältnissen lebe, und er versucht, mir zu helfen."

Keuchend kamen wir im sechsten Stock an. Eine Tür wurde aufgerissen, und im Rahmen erschien eine dralle, aber hübsche Frau von etwa vierzig Jahren. Sie hatte einen Bademantel übergeworfen und lächelte freundlich.

Neben ihr stand ein kleiner Junge in kurzer Hose und durchlöchertem Pullover. Falke stellte uns einander vor: „Frau Bauer, meine Schwiegermutter, und mein Sohn Ferdinand – Mr. Ellis, ein Maler aus Amerika."

Ich mußte der Frau die Hand schütteln und wurde in einen Raum

geführt, der eine Mischung aus Küche und Badezimmer war. Zur Ausstattung gehörten ein Kohleherd, ein Ausguß, ein Waschzuber und ein Holztisch mit einigen Stühlen.

„Wir gehen lieber gleich ins Studio", sagte Falke. „Ich schlafe auch da." Er wollte eine Zimmertür öffnen, aber Frau Bauer verstellte ihm den Weg. „Pst, Fritz, die Mädchen schlafen noch!"

„Ist doch schon Mittag", sagte Falke, senkte aber die Stimme. „Und ich kann nicht warten. Wir haben zu arbeiten."

Ich folgte Falke in das Nebenzimmer. Die Gardinen waren zugezogen, aber im Licht, das durch die geöffnete Tür fiel, sah ich zwei große Bettstellen und ein Kinderbett. In einem der großen Betten schliefen zwei Mädchen oder Frauen, die einander den Rücken zukehrten. Falke öffnete eine gegenüberliegende Tür und winkte mich in ein sehr helles Eckzimmer. Es roch nach Farben und Terpentin. „Ist ein bißchen unbequem", murmelte er entschuldigend, während er vorsichtig die Schlafzimmertür schloß. „Besser wäre es, das Schlafzimmer läge hinten, aber ich brauche nun mal das Licht dieser beiden Fenster."

Es war ein kleines, aber gut ausgestattetes Atelier mit hölzernem Arbeitstisch, einer Staffelei, einem Schrank für Werkzeuge, einem kleinen Kohleofen und einem Bett.

Kohlezeichnungen hingen an den Wänden, und auf dem Fußboden stapelten sich Ölbilder.

Fritz Falke setzte sich auf einen Stuhl und kreuzte die Arme vor der Brust. „Womit fangen wir an, mein Freund?"

Ich griff mir einen Skizzenblock und eine Schachtel mit Zeichenkohle, setzte mich und begann, Falke zu skizzieren. Wir sprachen kein einziges Wort.

Es tat mir gut, endlich wieder zu zeichnen. Ich arbeitete konzentriert und fühlte mich zugleich entspannt.

Dann rührte es sich hinter der Schlafzimmertür: Stimmen, die Tür ging auf, und herein kamen zwei Mädchen, beide mit kastanienbraunem Haar und pfirsichfarbener Haut. Sie trugen nur Unterkleider. Die ältere hatte üppige Proportionen und eine moderne Herrenschnittfrisur. Die jüngere war knabenhaft schlank und trug das Haar schulterlang. Ich erkannte in ihnen die Modelle der lasziven Bilder in Falkes Mappe.

Sie starrten mich an und kicherten.

Fritz Falke drehte sich nach ihnen um: „Los!" zischte er, „zieht euch was an!"

Die Schlafzimmertür fiel hinter den Mädchen wieder zu. Ich konnte meine Neugier nicht bezähmen. „Wer sind denn die beiden?" fragte ich.

„Die dicke, das ist meine Frau: Barbara, genannt Bärbel. Die kleine ist ihre Schwester Brigitte. Wir nennen sie aber Baby."

„Und warum schlafen sie am hellichten Tag?"

„Sie arbeiten die ganze Nacht. Im Club in der Friedrichstraße. Manchmal kommen sie erst gegen Morgen nach Hause. Ich schlafe hier hinten, die Mutter schläft dort drin in dem einen Bett, und das andere müssen sich die beiden teilen. Nicht gerade bequem, aber was soll man machen."

Die Mädchen kamen ins Studio zurück, in Kimonos gekleidet, und Falke stellte mich vor.

Dann tauchte Frau Bauer in der Tür auf. „Hat jemand Hunger? Heute gibt's aber bloß Pellkartoffeln."

„Hol Heringe", sagte Falke.

„Baby, geh und besorge uns zwei schöne Heringe und eine Zwiebel", sagte Frau Bauer.

Baby verschwand, und eine Weile herrschte Ruhe im Studio. Dann begann eine Glocke zu bimmeln. Frau Bauer riß ein Fenster auf und lehnte sich hinaus. „Wieder diese Ziege vom Schulamt", rief sie. „Marsch, ins Bett mir dir, Bärbel!"

Bärbel schoß ins Schlafzimmer zurück, und kurz darauf wurde an die Wohnungstür geklopft. Frau Bauer öffnete, und schon entspann sich ein lautstarker Disput zwischen ihr und der imposanten Dame vom Schulamt, die gekommen war, um nach Brigitte Bauer zu sehen. Sie hatte sofort das Schlafzimmer betreten und sogar die Gardinen aufgezogen, um sicherzugehen, daß es nicht Brigitte war, die da mit allen Zeichen der Empörung erwachte.

„Und wo ist Brigitte?" kreischte die Dame.

„Das habe ich Ihnen doch gerade erklärt, Fräulein Opitz! Sie ist in die Leihbücherei gegangen. Sie muß sich den Goethe für die Schule ausleihen."

„Frau Bauer, wollen Sie die Preußische Schulverwaltung auf den Arm nehmen? Das Mädchen hat heute wieder den Unterricht geschwänzt, obwohl wir Sie schon so oft verwarnt haben. Und da wagen Sie es, mir diese Goethe-Geschichte aufzutischen? Die Bücher, die Ihre Tochter braucht, bekommt sie in der Schule."

Frau Bauer setzte sich auf die Bettkante. „Was soll ich denn machen, Fräulein Opitz? Das Mädchen ist schließlich sechzehn ..."

„Frau Bauer: Laut Geburtsurkunde ist Brigitte gerade fünfzehn, und eine Fünfzehnjährige, die Nacht für Nacht in einem der übelsten Etablissements der Friedrichstraße verbringt ..., das darf nicht so weitergehen!"

Frau Bauer hatte nun die Hände vors Gesicht geschlagen und schluchzte herzzerreißend. „Ich weiß mir nicht mehr zu helfen, Fräulein Opitz. Die jungen Leute heutzutage hören doch nicht auf ihre Mütter. Und der Vater meiner Kinder ist in Flandern gefallen; wir leben von einer winzigen Rente ..."

„Es bleibt dabei, Frau Bauer: Dies ist unsere letzte Verwarnung. Schwänzt Brigitte noch einmal die Schule, wird der Fall dem Jugendgericht übergeben."

Tränenüberströmt erschien Frau Bauer im Studio. Bärbel und Fräulein Opitz folgten ihr auf dem Fuße.

„Wer ist denn dieser Mann?" fragte Fräulein Opitz mißtrauisch.

Falke erklärte, daß ich ein Amerikaner sei, der bei ihm Unterricht nähme.

Fräulein Opitz warf zuerst einen Blick auf meine Zeichnung, dann auf Falkes Skizzen an den Wänden. „So, der Herr nimmt bei Ihnen Unterricht, Herr Falke?" sagte sie spitz. „Andersherum wäre es wohl sinnvoller!"

FÜNFTES KAPITEL

DER venezianische Palazzo mit der Hausnummer vier am Gendarmenmarkt, dem Berliner Bankenviertel, trug kein Firmenschild. Entweder wußte man, wer hinter diesen Mauern residierte, oder man hatte hier nichts zu suchen. Ich klingelte, und ein befrackter Hausdiener führte mich in ein düsteres Empfangszimmer: Orientteppiche, kristallener Kronleuchter, an den Wänden nachgedunkelte Porträts und auf einem Podest eine große Bronzebüste, die David Waldstein darstellte. Der Diener leitete mich weiter durch den Hauptkorridor in ein kleineres Besucherzimmer mit prächtigem Mahagonitisch und zwei bequemen ledergepolsterten Sesseln. Gleich darauf trat Bobby Waldstein ein, gekleidet in einen grauen Zweireiher, mit einer weißen Rose am Revers. Wir begrüßten uns mit Handschlag.

„Willkommen in unserem Hause, Peter! Bis zum Essen haben wir noch etwas Zeit. Ich werde Sie ein bißchen herumführen."

Eine Marmortreppe führte hinauf in die erste Etage. Dort oben gab es noch ein Empfangszimmer. Auf einem mächtigen Eichentisch stand eine chinesische Bronzeskulptur, die einen Ziegenbock darstellte. An den Wänden hingen wieder Porträts, und um den Tisch waren Lehnstühle aufgereiht. Durch offene Flügeltüren sah ich Sekretärinnen, die an Schreibmaschinen saßen, und hinter ihnen mehrere geschlossene Türen, die, wie Bobby erklärte, in die Büros der Firmenchefs führten.

Über eine zweite Treppe stiegen wir hinauf ins nächste Stockwerk. Hier stand in einem hellen, geräuschvollen Saal Schreibtisch neben Schreibtisch. Ältere Herren telefonierten, waren mit Papieren oder dem Börsenfernschreiber beschäftigt; Lehrlinge rannten hin und her und schrieben mit Kreide die neuesten Dollar- und Marknotierungen an eine Tafel, die an der unteren Querwand des Saales hing. Christoph Keith saß in einer gläsernen Kabine am Schreibtisch. Als wir auftauchten, stand er sofort auf.

„Peter will also mal sehen, wo wir unsere Frondienste leisten!" sagte er lachend und bot uns Stühle an. Dann erklärte er mir ein wenig, worin die Aufgabe der Waldstein-Bank bestand. Nein, sogenannte Laufkundschaft hatten sie nicht; ihre Kunden waren Wirtschaftsunternehmen und Regierungen, die sie bei der Finanzierung von Projekten und bei Währungstransaktionen berieten und unterstützten. Und diese Kunden waren meist in Paris, London, New York oder Südamerika ansässig. Nach dem Krieg hatte man das früher weitgespannte Netz von Verbindungen mühselig wieder neu knüpfen müssen, doch die Abwertung der Mark erschwerte die Arbeit im Augenblick außerordentlich.

Selbst während sich Bobby und Christoph mit mir unterhielten, behielten sie die Anzeigentafel im Auge, an der ständig neue Notierungen für die Mark eingetragen wurden.

Ein Mädchen kam herein und sagte etwas zu Bobby. Er stand auf: „Die Herren Waldstein und Co. erwarten uns im Speisezimmer."

EINER der beiden Kellner reichte Silberplatten mit Kalbskoteletts, dampfenden Bratkartoffeln und Erbsen herum. Der zweite Kellner war für die Weine zuständig. Er ließ uns die Etiketten prüfen und unsere eigene Wahl treffen. Ich saß am Fenster zwischen Bobby und Christoph. Ein halbes Dutzend Herren, denen ich zuvor vorgestellt worden war, hatten ebenfalls Platz genommen. Baron Eduard von Waldstein, Bobbys Vater, präsidierte an unserer Tafel. Er war ein humorvoller, kultivierter Mittsechziger, wirkte aber älter. Dr. Straßburger saß mir gegenüber. Hinter mir saßen an einem kleineren Tisch weitere Bankdirektoren mit ihren Geschäftsfreunden.

Diese Einladung hatte ich offenbar Dr. Straßburger zu verdanken; er stellte mir während des Essens unablässig Fragen: Wie lange meine Familie denn schon in Philadelphia ansässig sei, welchen Beruf mein Vater habe, und ob ich tatsächlich Maler werden wolle. Hatte ich schon einen Lehrer gefunden? Wie? Einen Schüler von Professor Liebermann? Ausgezeichnet! Im ersten Augenblick sagte ihm der Name Falke nichts. Dann erinnerte er sich: „Falke? Doch nicht der Bolschewik, der für die Roten diese ekelhaften Propagandazeichnungen macht?" Gott sei Dank wandte sich im gleichen Augenblick die allgemeine Aufmerksamkeit einem Herrn zu, der jetzt erst das Speisezimmer betrat.

Ich erkannte ihn sofort: Es war Seine Exzellenz, der Außenminister Rathenau. Sein Begleiter, ein korpulenter kleiner Herr, der verbindlich lächelte, war Bobbys Onkel, der Baron Fritz von Waldstein. Er führte Rathenau um den großen Tisch, und der Außenminister begrüßte jeden Gast. Dann sprach Baron Fritz ein paar Worte mit seinem Bruder; Baron Eduard nickte, stand auf und zog sich mit den beiden Herren an einen Einzeltisch am äußersten Ende des Raumes zurück.

Ich hätte viel darum gegeben, Dr. Straßburger in diesem Augenblick zeichnen zu können. Der Augenausdruck hinter dem blinkenden Kneifer und die zusammengepreßten Lippen sprachen Bände. Doch im Bruchteil einer Sekunde hatte er sich wieder in der Gewalt und wendete sich beiläufig an Christoph. „Keith, bringen Sie doch bitte Mr. Ellis in mein Büro, sobald er seinen Kaffee getrunken hat. Und warten Sie dort auf mich. Ich habe noch eine dringende Angelegenheit mit dem Minister zu besprechen." Er erhob sich und ging quer durch den Saal zum Tisch des Außenministers.

Dr. Strassburgers Büro quoll förmlich über von chinesischen Jade- und Bronzefiguren. Auf dem Boden lag ein chinesischer Teppich.

Es gab einen Kamin, und durch das große Fenster vor dem mächtigen Schreibtisch hatte man einen hübschen Ausblick auf die kuppelgeschmückte Französische Kirche am Gendarmenmarkt.

„Ist Walther Rathenau oft zum Essen hier?" fragte ich Christoph, während wir auf Dr. Straßburger warteten.

Er schüttelte den Kopf. „Er ist höchstens ein- oder zweimal hier gewesen, seit er als Außenminister amtiert. Früher kam er häufig. Er ist mit den Waldsteins eng befreundet; vor allem mit Baron Fritz. Er hat auch die Unterstützung der Bankiers bitter nötig, um sein Programm durchzusetzen. Die Waldsteins haben immer noch gute Beziehungen zum Ausland, vor allem nach London und New York. Vielleicht können sie dazu beitragen, daß die Alliierten ihre unvernünftigen Forderungen an Deutschland revidieren."

„Redest du von den Reparationsforderungen?"

„Natürlich. Die Alliierten müssen endlich begreifen, daß wir nicht solche irrsinnigen Summen zahlen und gleichzeitig wirtschaftlich überleben können."

„Und wenn ich es richtig verstehe, sollen die Waldsteins diese Botschaft dem Ausland übermitteln."

Christoph nickte. „So ungefähr."

„Und sie sind dazu bereit?"

„Als patriotische Deutsche werden sie zweifellos den Bitten der Regierung nachkommen. Eine andere Frage ist, ob sie dieser gegenwärtigen Regierung mit ihren ständigen internen Machtkämpfen echte Sympathie entgegenbringen."

Die Tür ging auf; Dr. Straßburger rauschte herein, und wir erhoben uns.

„Bleiben Sie doch sitzen, meine Herren. Entschuldigen Sie die kleine Verzögerung. Ich mußte mit Seiner Exzellenz eine schwierige Frage in holländischen Angelegenheiten besprechen. Und nun zu Ihnen, Mr. Ellis. Ich möchte Ihnen einen geschäftlichen Vorschlag machen, und da Herr Keith die Formalitäten abwickeln soll, habe ich ihn ebenfalls hergebeten." Er nahm in seinem ledergepolsterten Schreibtischsessel Platz. „Soviel ich weiß, haben Sie bei unserer Amsterdamer Filiale ein Dollar-Konto eröffnet."

„Ja, Herr Doktor, aber es handelt sich nur um eine ganz unwesentliche Summe."

„Mr. Ellis, im gegenwärtigen Deutschland eröffnet schon die kleinste Summe in harter Währung, zumal, wenn sie im Ausland deponiert ist, ungeahnte Gewinnchancen. Für kurze Zeit jedenfalls."

Die ganze Sache sei völlig legal, erklärte er mir dann; es brauchte ja nicht einmal Geld ins Ausland geschafft zu werden, da meine Dollar bereits draußen seien. Die deutsche Mark sei so katastrophal gefallen, daß die Reichsbank im Ausland wahrscheinlich in Kürze Stützungs-käufe vornehmen müßte. Durch solche Nachfrage würde die Mark wenigstens zeitweise wieder steigen.

Wenn ich Dr. Straßburger richtig verstand, sollte ich meine Dollar also dazu benutzen, deutsche Mark aufzukaufen, während sonst jedermann nichts weiter im Sinn hatte, als das deutsche Geld abzustoßen.

Falls die Reichsbank nun mit Stützungskäufen anfinge und der Wert der Mark stiege, sollte ich wieder auf Dollar umsteigen.

Warum nur starrte Christoph so angelegentlich auf den Teppich?

„Herr Dr. Straßburger", sagte ich, „die paar Dollar in Amsterdam stellen mein gesamtes Vermögen dar. Falls Ihr Plan scheitert, anders gesagt: wenn die Reichsbank nichts zur Stabilisierung der Mark unternimmt, verliere ich mein ganzes Geld."

Dr. Straßburger lächelte kalt. „Allerdings, Mr. Ellis. Gewinne-machen ohne Risiko, das gibt es einfach nicht."

Ich versuchte, einen halben Rückzieher zu machen. „Wäre es nicht klüger, erst einmal mit einem kleinen Betrag einzusteigen? Fünfhun-dert Dollar würde ich schon riskieren."

Christophs Blick löste sich vom Teppich. Hatte er amüsiert gezwinkert?

Dr. Straßburger jedenfalls zeigte sich nicht belustigt.

„Nein, Mr. Ellis, wenn die ganze Sache etwas bringen soll, müssen Sie schon mehr einsetzen." Er schwieg einen Augenblick und lehnte seine Fingerspitzen aneinander. „Ich will Ihnen erklären, was zu tun ist: Sie riskieren tausend Dollar, und unsere Amsterdamer Filiale gibt Ihnen noch viertausend dazu ... zum üblichen Zinssatz. Sie stellen darüber eine Schuldanerkenntnis aus, einlösbar in Jahresfrist. Dann verfügen Sie über fünftausend Dollar, mit denen Sie deutsche Mark kaufen. Steigt der Wert der Mark wieder und Sie machen Gewinn, zahlen Sie den Amsterdamern Kapital und Zinsen zurück. Sollten Sie durch unsere Ratschläge Ihr Geld verlieren ..., nun, dann wäre es denkbar, daß man in Amsterdam Ihren Schuldschein einfach zerreißt. Gefällt Ihnen mein Vorschlag?"

Wieder starrte Christoph wie gebannt auf den Teppich!

„Ich finde den Vorschlag nicht übel, Herr Doktor. Nur verstehe ich nicht, warum Sie so großmütig sein wollen, noch dazu, wenn es um so geringe Summen geht?"

Er nickte. „Vielleicht kann ich es Ihnen erklären. Sie wissen ja schon, daß unser Bankhaus ein Unternehmen mit langer Tradition ist, und es befindet sich immer noch in Privatbesitz. Wir verfügen zwar noch über genügend Kapital, um unsere Geschäfte zu betreiben, aber wir können nicht mit Banken konkurrieren, die öffentliche Einleger und öffentliche Teilhaber haben; ich denke zum Beispiel an die Deutsche Bank oder die Dresdner Bank. Unser wahres Kapital ist unser berufliches Können, und ich versäume nicht gern die Gelegenheit, einem ausländischen Gast davon eine Kostprobe zu geben."

Er stand auf, reichte mir die Hand und fügte hinzu: „Was wir soeben abgeschlossen haben, nennen Sie doch wohl einen *deal* ..., habe ich recht?"

„Ja, Herr Dr. Straßburger: einen *deal*." Ich war ebenfalls aufgestanden und gab ihm zum Abschied die Hand.

„Ich bedanke mich", sagte Dr. Straßburger. „Herr Keith wird Sie in sein Büro führen und Ihnen die nötigen Papiere zur Unterschrift vorlegen. Auf Wiedersehen, meine Herren."

Das Kaiser-Friedrich-Museum war eine wuchtige, pseudobarocke Anlage im Stadtzentrum. Ich hatte gar keine Lust, diesen schönen Frühlingsnachmittag dort zu verbringen, aber Christoph bestand darauf. „Du mußt das Museum unbedingt kennenlernen ..., eine der besten Kunstsammlungen der Welt." Und damit noch nicht genug; ich sollte auch noch in ein bestimmtes Stockwerk – das zweite – und dort in den Raum No. LXVIII gehen, obendrein pünktlich um vier Uhr. „Wegen der Sonne", sagte Christoph. „Um diese Zeit sind die Bilder am vorteilhaftesten beleuchtet. Es wird dir sehr gefallen, Peter. Versäum die Gelegenheit nicht!"

So marschierte ich vom Gendarmenmarkt durch die Stadtmitte und über die breite Brücke auf die Museumsinsel mitten in der Spree.

Das Wasser glitzerte in der Sonne, die Kastanienbäume standen in Blüte, und plötzlich fühlte ich mich in dieser verrückten Stadt, diesem komplizierten Berlin, richtig zu Hause; ein Gefühl, das sich in Paris nie eingestellt hatte.

Ich schlenderte langsam durch die Ausstellungsräume. Um ehrlich zu sein: Ich hatte den Raum LXVIII vergessen und stand um vier Uhr, in die Betrachtung eines Dürer-Porträts versunken, immer noch im Raum LXVII.

„Der Herr nimmt das Studium der deutschen Porträtkunst aber sehr ernst!" flüsterte eine Stimme neben mir. Ein bestimmtes Parfüm stieg mir in die Nase; ich fuhr herum: Helena! Helena ... und Lili! Beide kicherten.

„Gibt es in Amerika keine Tanztees?" fragte Helena, als wir im Taxi saßen.

„Doch, aber ich bin noch nie hingegangen."

„Ich auch nicht", sagte Lili. Sie trug ein braves blaues Kleid – wie sich herausstellte, ihre Schuluniform –, aber dazu ein graues Hütchen mit schwarzem Schleier, eine Zutat Helenas, die offenbar dieses Treffen eingefädelt hatte. Die Baronin Waldstein hatte ihr die Erlaubnis erteilt, Lili von der Schule abzuholen und sie ins Museum zu führen.

Dann hatte sie mit Christoph eine Verabredung in einer Tanzdiele Unter den Linden getroffen; ich sollte den letzten Berliner Modeschrei kennenlernen, ebenden Tanztee.

Plötzlich fiel mir etwas ein. „Christoph kann doch gar nicht tanzen! Müssen wir ausgerechnet in eine Tanzdiele gehen, wenn er ..."

„Es macht ihm trotzdem Spaß." Helena legte ihre warme Hand auf mein Knie. „Erstens möchte er Ihnen unsere neueste Errungenschaft vorführen; zweitens finden wir beide, daß Lili ihre Vaterstadt ein bißchen kennenlernen sollte; drittens tanze ich sehr gern, und es macht ihm nichts aus, wenn mich jemand auffordert."

Wir betraten die Tanzdiele: Palmenkübel, Marmortischchen, eine Bar in amerikanischem Stil, eine amerikanische Negerband in Smokings, die gerade „After You've Gone" dudelte. Helena dirigierte uns zu einem Tisch in der Mitte, an dem ein Kellner bereits für uns die Stühle zurechtrückte. „Und jetzt", sagte Helena, „müssen Sie Lili auffordern."

Wie gehorsame Kinder standen wir auf und gingen zur Tanzfläche. Lili war eine begabte Tänzerin; sie gehörte zu den Mädchen, die jede Bewegung des führenden Herrn vorwegahnen. Hinter dem Hutschleier gaben mir ihre Augen höflich zu verstehen, daß ich die Konversation zu eröffnen hätte: Lili, jeder Zoll die wohlerzogene junge Berlinerin, bei ihrem ersten Ausgang mit einem Herrn! Warum benahm ich mich bloß so linkisch!

„Sie müssen schon sehr viel getanzt haben", sagte ich schließlich.

„O ja. Wir werden hier alle zur Tanzstunde geschickt. Außerdem gibt es so viele Bälle, Gesellschaften . . . "

„Und da werden Sie oft eingeladen?"

„O ja; oft."

„Jetzt wird Helena aufgefordert", sagte ich.

Ihr Schleier berührte mein Gesicht, als sie den Kopf wendete. „Helena ist eine gefeierte Schönheit. Viele Herren hier kennen sie."

Die Kapelle spielte jetzt „I'm the Sheik of Araby". Ich hatte 1916 in Paris den Tango gelernt. Einmal, als Lili geschmeidig mir entgegenglitt, sagte sie unvermittelt: „Sie sind auch Kriegsversehrter, stimmt's?"

Ich wußte nicht, wieviel sie durch Christoph erfahren hatte, und blieb ihr erst einmal die Antwort schuldig. Dann sagte ich lakonisch: „Ja, das stimmt." Ein paar Takte lang schwieg sie. Plötzlich schlug sie den Schleier zurück und musterte mich ernst mit ihren pechschwarzen Augen. „Aber jetzt sind Sie doch wieder völlig in Ordnung?"

Der Schweiß brach mir aus. „Sehe ich aus wie ein Invalide?"

„Nicht auf die Art wie Christoph. Eher innerlich."

„Sind Sie wirklich erst siebzehn?"

„Ganze siebzehn Jahre!" Sie rollte theatralisch die Augen, wurde aber gleich wieder ernst. „Sie waren also seelisch verletzt."

„Seelisch? Das stimmt, wenn Sie damit einen Nervenzusammenbruch meinen; die Mediziner nennen es ‚Bombenneurose'."

Sie nickte. „Ja, wir haben auch viele solcher Fälle. Möchten Sie mir davon erzählen . . ., ich meine natürlich nicht hier."

„Können Sie Gedanken lesen, Lili?"

Sie lächelte. „Ich glaube schon."

Die Band intonierte nun einen Charleston, und ich sah, daß Christoph inzwischen die Tanzdiele betreten hatte und Helena beim Tanzen beobachtete. Ich nahm Lili an der Hand und führte sie an unseren Tisch zurück. Wir begrüßten Christoph und unterhielten uns mit ihm, bis Helenas Tänzer sie zu ihrem Platz zurückbrachte. Christoph stellte ihn vor: Rittmeister Graf Sowieso. Er hätte sich offensichtlich gern an unsern Tisch gesetzt. Ich sah, daß Helena Christoph einen fragenden Blick zuwarf – und abschlägig beschieden wurde.

„Es war lieb von dir, Rudi", sagte sie zu dem jungen Grafen. „Adieu für heute; ich muß mich jetzt unserm amerikanischen Gast widmen." Er beugte sich über ihre Hand und zog sich zurück.

Die Band spielte „Avalon". Helena tanzte anders als Lili, Sie lag schwer in meinem Arm. Ich mochte den Duft ihres goldenen Haars. Sie warf den Kopf zurück und sah mich geradeheraus an.

„Christoph tut es sehr gut, daß Sie hier sind, Peter", sagte sie. „Ein Mann braucht einen Freund. Er hatte natürlich Freunde, aber sie sind alle tot. Alle."

Dann spielte die Kapelle einen deutschen Schlager, und nachdem ich Helena an unseren Tisch zurückgebracht hatte, forderte ich wieder Lili auf.

„Wir müssen jetzt aber gleich gehen", sagte sie. „Helena hat versprochen, mich zum Abendessen zu Hause abzuliefern. Wir dürfen den Zug nach Nikolassee nicht verpassen."

„Und ich hatte gedacht, wir könnten alle zusammen essen gehen."

„Nein, mehr konnte Helena nicht für mich herausschlagen. Aber besuchen Sie uns doch am Sonntag! Wenn Sie noch vor dem Mittagessen kommen, nehmen wir das Motorboot und fahren auf dem Wannsee spazieren."

Wir nahmen wieder ein Taxi und fuhren alle zusammen zum S-Bahnhof. Viele Leute kehrten um diese Stunde von der Arbeit heim, und am Bahnsteig sahen Helena und Lili zwischen all den grauen, müden Gestalten strahlend schön aus. Die S-Bahn ratterte westwärts. Christoph starrte aus dem Fenster, und Helena, die neben ihm saß, hatte sich bei ihm eingehängt. Als der Zug an unserer Station hielt, verabschiedeten wir uns, und die Mädchen fuhren allein weiter nach Nikolassee.

DER Speiseplan der Villa Keith hatte sich in den letzten Tagen merklich verbessert. Als wir das Eßzimmer betraten, servierte Frau Meier gerade Butterhörnchen, Schinken, hartgekochte Eier, Honig und Marmelade. Christophs Mutter war dabei, Tee einzuschenken, und der General saß in seinem Rollstuhl und bemühte sich, nicht mit der Tasse zu klappern.

Bei unserm Eintreten hatten sich Kaspar und ein zweiter Mann erhoben.

Wir wurden einander vorgestellt: „... unser amerikanischer Gast, Mr. Ellis ... Leutnant Tillessen ..." Händeschütteln, Verbeugungen, eine Andeutung von zusammenklappenden Hacken.

„Tillessen?" wiederholte Christoph. Er sprach jede Silbe überdeutlich aus.

„Jawohl, Herr Oberleutnant." Der Gast war groß, blond, hatte ein glattes, hübsches Gesicht, kurzgeschorenes Haar und blaßblaue Augen.

Frau Keith bat uns, Platz zu nehmen und zuzugreifen.

„Tillessen hat mir Nachrichten von den alten Kameraden gebracht", sagte Kaspar, als wir uns an den Tisch setzten. „Zwei kommen jetzt nach Berlin, zu einer Besprechung. Es geht darum, für sie Quartiere zu finden, die ihre finanziellen Möglichkeiten nicht übersteigen ..."

„Moment mal", sagte Christoph plötzlich mit einer schneidenden Stimme, die uns alle verstummen ließ. „Herr Leutnant, sind Sie vielleicht mit Heinrich Tillessen verwandt, der sich zur Zeit in Budapest aufhalten soll?"

„Ich habe die Ehre, sein Bruder zu sein, Herr Oberleutnant."

„Soso. Und diese alten Kameraden, die doch wohl hier im Hause untergebracht werden sollen, sind auch Leute von der ehemaligen Brigade Ehrhardt ..."

„Na klar", meinte Kaspar trotzig.

„... und gehören heute zur O.C.?"

Tillessen sprang auf. „Herr Oberleutnant, Sie vergessen sich!"

Die beiden Keith-Brüder waren ebenfalls aufgesprungen. Kaspar lief dunkelrot an. „Bist du verrückt geworden, Christoph?" schrie er.

„Herr Leutnant", sagte Christoph, „ich muß Sie ersuchen, augenblicklich dieses Haus zu verlassen."

„Es ist nicht dein Haus!" brüllte Kaspar. „Du hast kein Recht, meinen Gast aus Vaters Haus zu weisen!"

Der General lehnte sich vor, klammerte sich an den Ärmel seiner Frau und stammelte: „Was ... was ist los? Wa ... was haben sie gesagt?" Frau Keith war aschfahl geworden und keuchte: „Christoph! Kaspar! Was ist in euch gefahren?", und Christoph rief nach Meier, der augenblicklich erschien, und trug ihm auf, den General in sein Zimmer zu bringen. „Mutter, bitte, geh mit, ich glaube, die Aufregung hat ihm geschadet."

Frau Keith wendete sich mit einer hilflosen Geste an Tillessen. „Herr Leutnant, ich bitte um Verzeihung; ich muß mich jetzt um meinen Mann kümmern. Es war mir ein Vergnügen . . ."

Er beugte sich über ihre Hand. „Frau Generalin . . ." Er versuchte auch noch, dem General die Hand zu geben, aber Meier rollte den alten Herrn schon aus dem Zimmer.

Tillessen war bereits in der Diele, als sich Frau Keith noch einmal an ihre Söhne wandte. „Ich wünschte, ihr würdet aufhören, euch über politische Themen zu streiten", sagte sie. „Ihr seid zu Offizieren erzogen worden, und Offiziere geht Politik nichts an. Überlaßt dieses schmutzige Geschäft den Politikern."

„Wir streiten gar nicht um Politik", rief Christoph hinter ihr her. „Hier geht es um Mord!"

„Verräter!" schrie Kaspar. „Du bist also vollends zu den Juden übergelaufen. Die wollen natürlich die Verträge von Versailles erfüllen; das nützt ja ihrem Geschäft!"

„War Matthias Erzberger vielleicht ein Jude?"

„Was hat denn der mit unserer Angelegenheit zu tun?"

„Frag doch deinen Kameraden!" sagte Christoph. Er machte eine Kopfbewegung in Tillessens Richtung, der undeutlich in der Halle zu erkennen war.

„Wovon redest du überhaupt?"

„Davon, daß sein Bruder und ein zweiter Mann die Erzberger-Mörder sind. Haben ihn vorigen Sommer wie einen Hund abgeknallt."

Spielte Kaspar nur den Unwissenden? Schwer zu sagen. „Jedenfalls hatte der den Tod verdient", murmelte er. „Er hat den Waffenstillstandsvertrag unterzeichnet; er hat im Reichstag für die Annahme des Versailler Vertrages Stimmung gemacht. Alles, was mit uns passiert ist, geht auf das Konto von Erzberger."

„Und deshalb mußte er umgebracht werden! Das ist eure einzige Antwort auf alle Probleme. Glaubst du allen Ernstes, 1918/19 hätten wir irgendeine andere Wahl gehabt? Meuterei in der Marine, hungernde Menschen in der Heimat, keine Munition mehr, mit jedem Tag neue amerikanische Truppenverstärkungen – Hindenburg und Ludendorff haben doch ohne Umschweife zugegeben, daß die Front nicht mehr zu halten war! Hätte Erzberger nicht unterschrieben, wären die Alliierten glatt bis Berlin vorgestoßen. Und wer sonst sollte denn unterschreiben? Vielleicht Hindenburg oder Ludendorff? O nein, das war ja Politik! Du hast doch gehört, was Mutter sagte: Offiziere sollten solche schmutzigen Geschäfte den Politikern überlassen ... Männern wie Erzberger!"

Leutnant Tillessen tauchte in der Tür auf. „Herr Oberleutnant ..., es fällt mir schwer, Sie noch mit diesem Titel anzureden, aber ..."

„Dann lassen Sie ihn doch weg! Ich bin schon im Frühjahr 1920 aus der Armee entlassen worden."

„Sie wurden nicht aus Ihrer Pflicht gegenüber dem Vaterland entlassen!"

„Da haben Sie recht", sagte Christoph. „Und ich brauche keinen ehemaligen Marineleutnant, der mich in der Ausübung meiner Pflichten unterweist."

Tillessen sagte spitz: „Ich stehe nicht allein mit meiner Auffassung da."

„Das weiß ich nur zu gut", entgegnete Christoph.

Tillessen wandte sich jetzt an Kaspar. „Ich muß gehen", sagte er. „Kommst du mit?"

Ohne ein weiteres Wort folgte ihm Kaspar in die Halle und hinaus aus dem Haus.

Wir blieben ziemlich lange stumm am Tisch sitzen. Endlich begann Christoph zu reden. „Seit dem mißglückten Putsch hat Kaspar nichts Besseres anzufangen gewußt, als mit diesen *alten Kameraden* Unheil auszubrüten. Viele haben sich nach München verzogen. Auch Tillessens Bruder, der Erzberger-Mörder, ist nach München geflohen und hat dort vom Polizeipräsidenten ein Visum für Ungarn bekommen. Aus München ist eine Art heimlicher Hauptstadt geworden, in der sich alle Arten von nationalistischen Gruppen zusammenfinden. Studenten gehören dazu, sogar Geschäftsleute, aus der Armee entlassene Offiziere und natürlich diese Freikorps-Leute."

„Was bedeutet denn O.C.?" fragte ich. „Tillessen bekam doch fast einen Anfall, als du sagtest, seine Freunde seien Mitglieder der O.C."

Christoph antwortete nicht sofort. Schließlich sagte er: „Vergiß am besten, was du heute abend erlebt hast. Diese Dinge betreffen dich nicht, und ich will nicht, daß du mit hineingezogen wirst. "

„Meinst du immer noch, ich hätte dir das Leben gerettet?"

„Selbstverständlich."

„Nach alter chinesischer Auffassung bin ich für ein Leben, das ich gerettet habe, auch verantwortlich. Für alle Zeit. Wenn du jetzt also in Gefahr bist, muß ich es erfahren; ich möchte dir helfen."

Christoph lächelte. „Ich wußte gar nicht, daß in dir ein Philosoph steckt. Noch dazu ein chinesischer! Aber ich danke dir, Peter. Wenn ich Hilfe brauche, melde ich mich bestimmt bei dir."

Sechstes Kapitel

Am Sonntag fuhr ich schon früh nach Nikolassee hinaus. Ich war über die Einladung froh, denn Christoph hatte sich irgendwo mit Helena verabredet.

Lili stand auf dem Bahnsteig, und der Kutscher Schmitz wartete mit dem Landauer vor dem Bahnhof.

„Haben Sie auch Ihre Badehose mitgebracht?" fragte Lili.

„Ich dachte, wir müßten bei Ihrer Familie zum Mittagessen erscheinen."

„Natürlich, aber vorher gehen wir schwimmen."

Der Landauer setzte uns vor dem Schloß ab, und Lili führte mich gleich zum Gartenpavillon hinunter. Sie verschwand darin und kam bald mit einem altmodischen Herrenbadeanzug in der Hand wieder zum Vorschein. Ich war von dem guten Stück nicht sonderlich begeistert.

„Ach was!" sagte sie. „Gehen Sie hinein, und ziehen Sie sich rasch um. Ich bin gleich wieder da."

Als sie wiederkam, trug sie, wie bei unserer ersten Begegnung, den schwarzen Badeanzug und darüber die schwarze Strickjacke. Sie sah hinreißend aus. Ich kam mir dagegen wie ein Clown vor: Der wollene Badeanzug, der sogar Ellbogen und Knie bedeckte, hatte zu allem Überfluß auch noch breite Querstreifen. Lili kicherte: „Der letzte Modeschrei . . . von 1914!"

Wir gingen zum Bootshaus. Drinnen war es kühl und dunkel. Grünliches Wasser schwappte gegen die Wände, und in dem

Dämmerlicht war das Motorboot nur in Umrissen zu erkennen. Es stieß sanft an die gepolsterten Pfosten.

„Sehen Sie dort die Handkurbel?" rief Lili. „Drehen Sie mal dran! Dann geht das Tor auf."

Das Tor des Bootsschuppens hob sich mit Getöse. Die einfallenden Sonnenstrahlen wurden von der Wasserfläche zurückgeworfen, und auf den algengrünen Wänden und dem weißen Bootsrumpf zeichneten sich helle, tanzende Kringel ab. Lili hüpfte die steinernen Stufen hinunter und begann, die Bootsplane zurückzuschlagen, aber ich hatte etwas entdeckt.

An der gegenüberliegenden Seite des Schuppens hatte ich ein hölzernes Podest gesehen, auf dem ein Bootsrumpf zu liegen schien, offenbar ein Segelboot. Ich konnte es nicht richtig erkennen, denn es war vollständig mit einer braunen Persenning abgedeckt. Ich balancierte auf einem schmalen Mauervorsprung bis zu dem Podest.

„Wem gehört denn das Boot?" rief ich.

Lili blickte auf. „Es hat Max gehört. Er war der einzige von uns, der segeln konnte." Ihre Stimme klang seltsam.

Max? Ich mußte eine Sekunde lang nachdenken. „Oh, Sie meinen Ihren Bruder, der ...?"

Lili nickte. „Ich war erst zwölf, als er fiel. Alfred war auch an der Front, und Bobby interessierte sich nicht für das Boot. Deswegen haben sie es aus dem Wasser gezogen und zugedeckt. Es ist nie wieder benutzt worden."

Ich löste eine Ecke der Persenning. Es war eine Jolle, etwa fünfeinhalb Meter lang.

Ich spürte eine leichte Erschütterung des Podests: Lili stand hinter mir. „Können Sie denn segeln?" fragte sie.

„Na klar! Hab's schon mit sechs gelernt. In den Sommerferien hab ich immer in Maine gesegelt."

Sie holte tief Luft. „Möchten Sie mal dieses Boot ausprobieren?"

„Klar ... das heißt, wenn noch alle Teile vorhanden sind. Und ich brauche Hilfe, wenn ich es ohne Kratzer zu Wasser bringen soll."

Lili hatte schon kehrtgemacht und schoß wie der Wind aus dem Schuppen.

Den Rumpf konnte ich allein von der Plane befreien. Offenbar war die Jolle vor dem Abdecken noch einmal frisch gestrichen und kalfatert worden. Schwert und Ruderblatt lagen ordentlich nebeneinander auf den Bodenplanken. Dann kam auch schon Lili zurück. Sie schleppte den Segelsack und das bewegliche Zubehör. Kutscher Schmitz, ein schnauzbärtiger alter Gärtner und ein jüngerer Gärtner folgten ihr auf dem Fuße.

Aus ihren vorwurfsvollen Stimmen war nur das Wort „Herr Baron" auszumachen, aber Lili sprach mit ihnen in hoheitsvollem Ton – und ihre Anweisungen wurden befolgt.

Ich sah, daß mir das Wasser im Schuppen nur bis zu den Schultern reichen würde.

Ich sprang hinein und stemmte den Bug hoch, während die Männer den Bootsrumpf vorsichtig vom Podest herunterschoben. Sobald das Boot Wasser unter dem Kiel hatte, stieß ich es schwimmend vor mir her aus dem Schuppen und hinüber zum Anlegesteg.

Lili war schon zur Stelle und machte es fest. Die Sonne stand inzwischen hoch am Himmel; sie brannte mir auf den Rücken, während ich die Jolle startklar machte. Beim Aufrichten des Mastes brauchte ich noch einmal Hilfe, aber alles übrige schaffte ich allein. Nach einer guten Stunde konnte ich das Großsegel hissen. Ich hob zum ersten Mal wieder den Blick – und erschrak: Offenbar hatte sich das gesamte Schloßpersonal auf dem Pfad zwischen Terrasse und Pavillon versammelt und beobachtete, was sich am Bootssteg abspielte.

„Wir können ablegen", sagte ich zu Lili. „Setzen Sie sich dort hinüber, und legen Sie die Pinne in diese Richtung, bis ich Ihnen etwas anderes sage."

Ich löste die Leine, kletterte ins Boot und stieß vom Steg ab. Sofort packte uns der Wind, der Großbaum lief frei, und wir strichen unter den Trauerweiden der Uferböschung entlang. Dann übernahm ich Pinne und Großschot. Vor uns tauchte ein Schilfgürtel auf, ein kleiner Sandstrand. Ich steuerte vom Strand fort, sah aber aus dem Augenwinkel, daß Lili jemandem zuwinkte. Hinter dem Schilf hatten zwei Reiter auf Rappen haltgemacht: Alfred und Sigrid von Waldstein. Sie saßen reglos in den Sätteln und blickten ernst und unverwandt zu uns herüber. Dann erwiderte Alfred Lilis Gruß. Er nahm sein hellblaues Halstuch ab und ließ es hoch über dem Kopf im Wind wehen.

Plötzlich wurden meine Augen geblendet: Lilis Vater war aus einer der Flügeltüren getreten, und die Glasscheiben fingen das Sonnenlicht

auf und warfen es in meine Richtung. Den Gesichtsausdruck des alten Herrn konnte ich nicht erkennen; die Entfernung war zu groß.

Ich drehte mich zu Lili um. Sie biß sich auf die Lippen.

„Wir hätten es nicht tun dürfen", sagte ich. „Es war nicht richtig."

„Doch", sagte sie, „es ist richtig. Dies ist ein Boot, kein Grabstein."

„O WEH, wir haben uns verspätet", sagte Lili, als wir um die Landzunge bogen, hinter der Schloß Havelblick bisher verborgen gewesen war. Modische Topfhüte, Seidenkleider, die in der Brise flatterten, weiße Flanellanzüge – es sah aus, als hätten sich sämtliche Mittagsgäste am Steg versammelt, um uns beim Anlegen zuzuschauen.

Mir wurde unbehaglich zumute. Ich gab Lili genaue Anweisungen, und alles klappte wunderbar. Ich steuerte hart gegen den Wind und gab dabei die Großschot so rechtzeitig frei, daß das Boot genau vor dem Steg zum Stillstand kam. Lili war mit einem Satz hinausgesprungen und hatte die Jolle schon festgemacht, als Frau von Waldstein den Steg betrat.

Die kleine stattliche Dame trug Perlenschmuck und über dem grauen Haar ein Netz. Sie nahm meinen Arm und sagte dabei:

„Vorhin, als Sie das Segel aufgezogen haben und das Boot hinter den Weiden verschwand, da hat mein Mann, glaube ich, geweint."

„Frau Baronin, es tut mir schrecklich leid. Ich hatte ja keine Ahnung . . ."

Sie drückte meinen Arm. „Mr. Ellis, Sie brauchen sich nicht zu entschuldigen. Es wird Zeit, daß wir darüber hinwegkommen; Lili hat das gespürt. Wir würden uns freuen, wenn Sie uns recht oft besuchen und Lili Segelunterricht geben könnten. Aber jetzt habe ich eine Überraschung für Sie: Sie werden schon erwartet!"

Sie führte mich über den Steg, und vor mir stand ... Miß Boatwright; Susan Boatwright! „Guten Tag, Peter Ellis!" sagte sie lächelnd. „Ich muß schon sagen: Man trifft dich unter den seltsamsten Umständen!"

Ich will versuchen, Miß Susan Boatwright zu beschreiben. Sie war damals vermutlich schon in den Vierzigern. Standfeste Junggesellin. Ihre Familie besitzt die Lokomotivfabriken in Philadelphia. Schwerreiche Leute. Und Miß Boatwright gab ihr Geld für Menschen aus, die es nötig hatten. In den Slums von Philadelphia hatte sie eine Krippe für farbige Kinder eingerichtet, damit ihre Mütter unbesorgt arbeiten gehen konnten. Beinahe während des ganzen Krieges war sie im Auftrag der Quäker-Organisation in Frankreich unterwegs gewesen. Es ging um die Betreuung der Bevölkerung in zerstörten Städten.

Sie stammt aus demselben Stadtviertel wie meine Eltern. So kommt es, daß sie mich schon seit meiner Geburt kennt. Richtig kennengelernt habe ich sie allerdings erst während meiner Zeit im Quäker-Hospital.

Ihre Nichte Joanne war dort auch Patientin. Joanne ist mager wie ein Skelett, ein introvertiertes Mädchen Anfang Zwanzig mit langen, blonden Haaren. Sie saß meist herum und starrte aus dem Fenster. Ich habe sie damals so gemalt.

Miß Boatwright war der einzige Mensch, der sich richtig um Joanne kümmerte, aber das Mädchen schwieg meist während der Besuchsstunden, und so kam es, daß *ich* vor Miß Boatwright meine Sorgen ausbreitete, während ich an Joannes Porträt arbeitete. Wir saßen dabei meist im Azaleengarten. Joanne schaute traumverloren ins Leere, ich malte, und Miß Boatwright brachte mich in ihrer rauhen, aber herzlichen Art zum Reden. Über den Krieg sprachen wir nie, auch nicht über den Rückzug, als die Ambulanz von Douglas Pratt knapp vor meinem Wagen einen Volltreffer abbekam und ich unter einer Lawine blutüberströmter Leichen begraben wurde. Statt dessen redeten wir über Malerei, über Bilder, die wir beide in Paris gesehen hatten, und auch darüber, wie ein Mensch auf die Idee verfallen konnte, Maler werden zu wollen.

Diese Gespräche fanden zweimal wöchentlich und länger als ein Jahr statt. Dann mußte sie für das amerikanische Quäker-Komitee nach Deutschland reisen. Als sie zurückkam, war ich schon längst aus dem Hospital entlassen worden, hatte mein Praktikantenjahr bei Drexel & Co. abgedient und war nach Paris entflohen.

SONNENSCHEIN fiel durch die geöffneten Flügeltüren in das strahlendweiße Speisezimmer, in dem die lange Mittagstafel gedeckt war. Mit Ausnahme einiger Bankiers und ihrer Frauen schienen fast alle Gäste Angehörige der Familie zu sein. Ich wurde einer verwirrenden Menge von Waldstein-Tanten, -Cousinen und angeheirateten Onkeln vorgestellt, aber bei Tisch hatte man mich glücklicherweise neben Miß Boatwright plaziert.

„Du hast bei unsern Gastgebern einen Stein im Brett", sagte sie, während wir die Suppe löffelten. „Die Baronin hat mir von dem jungen Mann erzählt, den du aus dem Flugzeug gezogen hast. Davon wußte ich ja gar nichts!"

„Miß Boatwright, ich gebe das Kompliment zurück: In diesem Hause verehrt man Sie geradezu. Sie reden alle von der Schulspeisung nach dem Krieg."

Sie nickte. „Es war eine erfolgreiche Mission, aber es war nicht mein Verdienst. Ich war nur zufällig die Person, die sie in diesem Zusammenhang kennengelernt haben. Unsere Aufgabe ist übrigens noch keineswegs beendet, Peter. Wenn man hier an der Tafel sitzt, kann man sich das Elend in den Arbeitervierteln nur schwer vorstellen."

„Ich schon", sagte ich, und ich erzählte ihr von Fritz Falke und der Mietskaserne in Neukölln.

„Den Stadtteil kenne ich. Dort sind die Verhältnisse besonders schlimm", meinte sie und lehnte sich ein wenig zu mir herüber. „Ich habe fast ein schlechtes Gewissen, hier in all dieser Pracht zu sitzen, aber die Waldsteins haben uns bei unserer Arbeit sehr tatkräftig unterstützt. Aber jetzt möchte ich ein bißchen von dir hören, Peter. Wann zeigst du mir deine neuen Bilder?"

„Sobald Sie Zeit haben, Miß Boatwright."

Ich gab ihr Falkes Adresse, und wir verabredeten uns für den Donnerstag nachmittag.

„Erinnern Sie sich an das Theaterstück, von dem Helena neulich sprach?" sagte Lili später zu mir, als der Kaffee auf der Terrasse serviert wurde, „das Stück von Schnitzler?"

„Ja, es hieß ‚Reigen', nicht wahr?"

„Helena hat Premierenkarten. Nächsten Mittwoch. Möchten Sie mitkommen?"

„Mit Vergnügen."

„Fein! Dann sind wir also sechs: Helena und Christoph, Alfred und Sigrid, Sie und ich ..."

„Und Bobby?"

Sie schüttelte den Kopf. „Der hat etwas vor", meinte sie und wandte sich einem anderen Gast zu.

Dr. Straßburger entdeckte mich und kam lächelnd herangeschlendert. „Ich hoffe, Sie sind mit dem Resultat unserer kleinen Transaktion zufrieden, Mr. Ellis."

„Transaktion?" Ich muß ziemlich verdutzt ausgesehen haben, und das Lächeln verschwand aus Dr. Straßburgers Gesicht. „Wollen Sie sagen, daß Keith Sie nicht unterrichtet hat?"

„Bankleute und Maler arbeiten zu unterschiedlichen Zeiten. Wir sehen uns manchmal tagelang nicht, Dr. Straßburger."

Seine Miene verriet, daß er mir diese Behauptung nicht abnahm. „Keith hätte Sie auf jeden Fall informieren müssen. Aber zu Ihrer Beruhigung: Sie haben Ihre Dollar in Holland recht gewinnbringend arbeiten lassen. Die Reichsbank hat, wie zu erwarten, beträchtliche Stützungskäufe vorgenommen, so daß der Wert der Mark wieder gestiegen ist. Letzten Freitag haben wir deshalb Ihr Markguthaben wieder gegen Dollar verkauft und auch gleich Ihren Viertausenddollarkredit und die Zinsen in Amsterdam zurückerstattet. Ihr Konto ist wieder ausgeglichen."

„Vielen Dank, Dr. Straßburger. Aber wissen Sie vielleicht auch, wie hoch mein ..."

„Wir haben Ihren Einsatz verdoppelt."

„Verdoppelt?"

„Am Geldmarkt herrschen zwar ungewöhnliche Verhältnisse, aber ein so gutes Resultat hätte ich selbst nicht erwartet", sagte er, sichtlich stolzgebläht. „Es freut uns, daß wir Ihnen diesen kleinen Dienst erweisen konnten."

„Ihr Fingerspitzengefühl ist bewundernswert, Dr. Straßburger. Soll ich meinen Gewinn gleich wieder anlegen?"

Rätselhaftes Lächeln: „Nein, im Augenblick lieber nicht. Der Druck auf die Mark ist zu stark; die Reichsbank allein kann sie nicht genügend stützen. Wir werden vermutlich bei den Alliierten eine Herabsetzung der Reparationsleistungen in Goldmark beantragen müssen. Kommt man uns nicht entgegen, dann . . ." Dr. Straßburger zuckte die Achseln.

Wir schlossen uns der Gruppe um Lilis Vater an. Die Herren sprachen jetzt über Walther Rathenau. „Ich kenne Walther schon seit Jahrzehnten", sagte ein stattlicher alter Herr mit weißem Bart. „Glauben Sie mir, es ist nichts als Arroganz."

„Paul, du glaubst allen Ernstes, er lehnte den Polizeischutz aus purer Arroganz ab?" Lilis Vater sah empört aus, doch der andere Herr gab nicht nach.

„Gäbe es denn einen anderen Grund? Warnungen hat er wahrlich genug bekommen. Es ist ein öffentliches Geheimnis, daß die Rechten Walther ermorden wollen. Ich verstehe ihn nicht. Es müßte ihm doch genügen, daß er Sohn und Erbe des AEG-Gründers ist, daß er in fünfzig Aufsichtsräten sitzt und daß man seine politischen Bücher liest – ziemlich geistlose Bücher, wenn du mich fragst."

„Wer ist denn dieser Herr?" fragte ich Bobby leise.

„Onkel Paul – Helenas Vater."

„Helenas Vater? Aber sie ist doch eine große Verehrerin von Rathenau?"

„Wir sind eben eine komplizierte Familie", sagte Bobby lächelnd.

Inzwischen hatte Alfred ein Buch aus dem Haus geholt. „Onkel Paul, erlaubst du, daß ich ein paar Zeilen dieses ‚geistlosen' Schriftstellers vorlese? Diese kleine Schrift heißt ‚An Deutschlands Jugend'. Rathenau hat sie 1918 verfaßt, und sie erklärt, glaube ich, recht gut sein gegenwärtiges Verhalten."

Alfred setzte sich und begann vorzulesen:

„Ich bin ein Deutscher jüdischen Stammes. Mein Volk ist das deutsche Volk, meine Heimat ist das deutsche Land, mein Glaube der deutsche Glaube, der über den Bekenntnissen steht ... Doch hat die Natur ... die beiden Quellen meines alten Blutes zu schäumendem Widerstreit gemischt: den Drang zum Wirklichen, den Hang zum Geistigen.

Die Jugend verging in Zweifel und Kampf, denn ich war mir des Widersinns der Gaben bewußt. Das Handeln war fruchtlos, das Denken irrig, und oftmals wünschte ich, der Wagen möchte zerschellen, wenn die feindlichen Gäule auseinanderstürmend sich ins Gebiß legten und die Arme erlahmten."

„Mit andern Worten: Er nimmt es hin, vielleicht sterben zu müssen", schloß Alfred, „... für Deutschland."

„Wie dramatisch!" rief Helenas Vater aufgebracht. „Wer hat ihn denn gebeten, für Deutschland zu sterben? Wer hat ihn überhaupt gebeten, für Deutschland zu sprechen? Für Deutschland mit den Bolschewiken diesen Rapallo-Vertrag zu schließen? Warum muß sich *ein Deutscher jüdischen Stammes* ausgerechnet als Erfüllungspolitiker hervortun? Begreift er nicht, daß die Forderungen der Alliierten ungeheuerlich sind?"

„Lieber Onkel Paul", sagte Alfred, „es dürfte bekannt sein, daß Kanzler Wirth ihn gebeten hat, das Amt des Außenministers zu übernehmen und somit für Deutschland zu sprechen. Und zu deiner letzten Frage: Rathenau sieht, daß wir keine Wahl haben; wir müssen die Forderungen der Alliierten erfüllen, weil sie sonst das Ruhrgebiet, wenn nicht ganz Deutschland besetzen."

Die Herren schauten plötzlich auf. Ich drehte mich um und sah Lili hinter meinem Stuhl stehen.

„Entschuldige, Papa", sagte sie, „die Jolle geht mit stehendem Mast nicht durch das Tor vom Bootsschuppen. Wir müssen sie draußen an einer Boje festmachen."

„Wir hatten früher eine Boje. Die Leute werden sie schon finden ..."

„Das nützt nichts, Papa. Sie können damit nicht umgehen. Peter muß mir helfen."

Baron von Waldstein lächelte. „Jetzt sehen Sie, wer hier das Kommando führt! Sie sind beurlaubt, Mr. Ellis. Und jetzt wissen Sie mehr über Walther Rathenau, als Ihnen lieb ist!"

Am Dienstag abend kam ich erst spät nach Hause. Die ganze Villa Keith war dunkel und still, aber beim Hinaufgehen sah ich unter Christophs Tür einen Lichtschimmer.

Ich klopfte, und er rief mich herein. Er war schon im Schlafanzug und las.

„Das Haus ist ja so ausgestorben", sagte ich. „Wo stecken deine Leute?"

„Meiers schlafen, Kaspar ist mal wieder weg, und meine Eltern sind zur Schwester meiner Mutter an die Ostsee gefahren. Feine Sache; auf diese Weise haben sie eine kostenlose Sommerfrische."

„Ich wollte mit dir über mein Geld reden. Ich habe gehört, daß ihr meine Dollar verdoppelt habt."

Er nickte, verzog aber keine Miene.

„Straßburger wunderte sich, daß ich davon nichts wußte."

„Hab schon meinen Rüffel bekommen. Hätte dir eine Nachricht dalassen sollen. Entschuldige bitte . . ."

Merkwürdig! Seine Stimme klang durchaus nicht reumütig.

„Christoph", sagte ich, „ist es nicht ungewöhnlich, eine Summe in so kurzer Zeit zu verdoppeln?"

„Es kommt vor."

„War diese Transaktion also doch illegal? Ich habe nur getan, was mir Straßburger geraten hatte."

„An der Sache ist nichts illegal."

„Dann sage mir bitte, was dir daran nicht gefällt."

Christoph zündete sich eine Zigarette an und starrte über mich hinweg an die Wand. Endlich entschloß er sich zu reden. „Weißt du, weshalb die Mark an der Amsterdamer Börse plötzlich gestiegen ist, nachdem sie doch vorher ganz gleichmäßig immer tiefer gefallen war?"

„Ja, weil die Reichsbank mit Stützungskäufen begonnen hat."

„Richtig. Sie haben in Amsterdam eine Menge Gold geopfert, um deutsche Mark aufzukaufen, und die Mark stieg tatsächlich, sogar so schnell, daß sie ihnen selbst zu teuer wurde. Also hörten sie mit der Stützung auf, und prompt begann die Mark wieder zu fallen. Aber ein paar Tage lang konnten Leute wie du ihr billig erworbenes Mark-Vermögen mit gutem Profit wieder abstoßen. Und nun denk einmal nach: Woher weiß ein Mann wie unser Geheimrat Straßburger, daß die Reichsbank Stützungskäufe plant?"

Ich starrte Christoph an. „Er war doch nicht schon vorher darüber informiert?"

Kühles Lächeln.

„Und wenn unsere Amsterdamer Filiale nun zufällig der Agent der Reichsbank in den Niederlanden wäre? Ein zynischer Beobachter könnte immerhin den Verdacht hegen, daß eine gewisse Person am Gendarmenmarkt die Anweisungen der Reichsbank schon kennt, ehe sie ausgeführt werden."

„Und dann redest du noch von einer legalen Sache!"

„Die teuersten Rechtsberater von Berlin und Amsterdam haben versichert, daß es weder Gesetze noch Verordnungen gibt, die so etwas verbieten."

„Aber wenn es so einfach ist, könnten es doch viele Leute tun."

„Es gibt gar nicht so viele Leute, die ein Dollar-Guthaben im Ausland haben. Und wenn Straßburger und Kollegen solche Informationen jedermann liefern würden, wären sie bald wertlos. Abgesehen davon profitierst du zudem noch von der Tatsache, daß Straßburger glaubt, du hättest in Amerika Beziehungen zu einflußreichen Leuten. Er will dich beeindrucken."

„Und das gefällt dir nicht."

„Geschäft ist Geschäft. Und die Hand, die einen füttert, beißt man nicht. Die Waldsteins haben mir schon viel Gutes getan, Peter. Und auch dir werden sie Gutes tun."

SIEBTES KAPITEL

AM NÄCHSTEN Morgen fragte Meier, ob er mir ein Taxi rufen sollte.

„Ein Taxi? Von hier bis nach Neukölln? Nein, danke, ich fahre mit der Bahn. Aber ich brauche Ihren Rat, Meier. Ich gehe heute abend mit dem Herrn Oberleutnant ins Theater ..."

„Jawohl, Mr. Ellis, und Ihre Hoheit Prinzessin Hohenstein hat auch bereits Vorbereitungen getroffen ..."

„Wir werden sechs Personen sein, und ich möchte hinterher ein kleines Essen geben. Können Sie mir ein sehr gutes Restaurant empfehlen?"

„Ein sehr gutes ...? Ach, nach allem, was man hört, ist das ‚Adlon' am Pariser Platz das beste."

„Gut. Rufen Sie bitte im Adlon an, und lassen Sie einen Tisch für sechs Personen reservieren; nach der Theatervorstellung ..."

„Wenn ich Sie unterbrechen darf, Mr. Ellis: Ich wollte vorhin sagen, daß die Prinzessin Hohenstein nach dem Theater ein Essen in ihrer Privatwohnung geben wird."

„Wie? Hat sie überhaupt ein Hausmädchen?"

„Selbstverständlich, Mr. Ellis."

„Um so besser. Rufen Sie bitte das Mädchen an, und richten Sie aus, daß Mr. Ellis einen Tisch im Adlon bestellt hat."

Meier klappte die Hacken zusammen. „Wird gemacht, Mr. Ellis."

Aus meiner Malstunde wurde diesmal nicht viel. Falkes kleiner Junge Ferdinand hatte mich eingelassen. Frau Bauer war fort, Bärbel schlief, und Baby war in der Schule. Falke hatte mir eine Nachricht dagelassen: Er sei mit einem Kunsthändler verabredet, der sich für ein Ölbild interessiere.

Regen trommelte gegen die Fensterscheiben. In der durchhängenden Zimmerdecke gab es eine undichte Stelle, und mit nervtötender Regelmäßigkeit fielen Wassertropfen in den darunterstehenden Topf. Ich sollte ein Stilleben beenden: ein Glas Wasser und einen blauen Teller mit einem vertrockneten Heringsgerippe. Mir stand nicht der Sinn danach, tote Gegenstände zu zeichnen, aber in Falkes Kopf hatte sich die Vorstellung eingenistet, er müßte mich im akademischen Stil unterrichten, weil ich Disziplin brauchte.

Ich arbeitete ziemlich lange, aber große Lust hatte ich nicht. Bald hatte ich endgültig genug. Ich setzte den Hut auf, zog den Regenmantel an und ging wieder fort. Ich lief die von Pfützen übersäte Straße zwischen den hohen Mietskasernen hinunter bis zur Straßenbahnhaltestelle an der Ecke. Dort gab es einen armseligen Kaufmannsladen, und davor stand ein Haufen abgehärmter Frauen Schlange. Ich zwängte mich in die überfüllte Straßenbahn, die langsam zum Bahnhof Friedrichstraße zuckelte. Vom Bahnhof aus fand ich ohne weiteres den Weg zum Kaiser-Friedrich-Museum. Den Rest des Nachmittags wanderte ich einfach von Raum zu Raum, fasziniert von einer Porträtkunst, an die meine bescheidenen Fähigkeiten niemals heranreichen würden.

Iᴄʜ konnte nicht mehr in Erfahrung bringen, ob Helena mit meiner Einladung ins Adlon einverstanden war. Christoph und ich sollten sie erst unmittelbar vor der Theatervorstellung abholen. Alfred, Sigrid und Lili würden mit der S-Bahn kommen.

Ich war noch beim Ankleiden, als Christoph, schon im Smoking, mein Zimmer betrat.

„Warum kommt Bobby nicht mit ins Theater?" fragte ich.

„Bobby? Warum sollte er denn mitkommen?"

„Er ist doch Alfreds und Lilis Bruder und dein Freund. Wir dürfen ihn nicht ausschließen ..."

Christoph schwieg, und ich schaute ihn fragend an. „Entschuldige", sagte ich, „ich sollte wohl nicht an Sachen rühren, die mich nichts angehen."

„Ach wo", sagte Christoph, „ich hätte es dir schon längst erklären sollen. Du weißt ja, daß Bobby viele Freundinnen hat. Leider ist seine Familie mit den meisten dieser jungen Damen und ganz besonders mit einer bestimmten nicht einverstanden. Anders gesagt: Er darf sie nicht mit nach Hause bringen. Aber so etwas soll ja auch in Amerika vorkommen ..."

Dᴀs kleine Theater war vollbesetzt. In zehn Szenen wurden uns die amourösen Abenteuer mehrerer Männer und Frauen aus den unterschiedlichsten Schichten der Wiener Gesellschaft vorgeführt.★

In einer kurzen Pause sagte Christoph leise zu Helena: „Du meinst, du hättest wirklich alle diese Frauen spielen können?"

„Warum nicht?"

„Du bist eingebildet, Helena", flüsterte Christoph. „Aber ich liebe dich."

„Aber Herr Oberleutnant!"

Es war das erste Mal, daß einer der beiden seine Gefühle vor mir preisgab.

Zᴜ Bᴇɢɪɴɴ der vierten Szene spielt das Orchester eine kleine Melodie, während ein junger Mann in einer möblierten Absteige nervös hin und her läuft, die Vorhänge zuzieht, eine Flasche Cognac und zwei Gläser bereitstellt, Parfüm zerstäubt und die Nachttisch-

★ Dichterische Freiheit des Autors. Die Uraufführung des „Reigen" fand am 23.12.1920 im Kleinen Schauspielhaus in Berlin statt.

schublade inspiziert. Er entdeckt darin eine Haarspange aus Schild-
patt, die er rasch in die Westentasche steckt. Die Musik bricht ab, es
wird an die Tür geklopft, er öffnet, und herein schwebt eine Dame. Sie
ist dicht verschleiert, und hinter dem Schleier beginnt sie aufgeregt zu
plappern: Sie habe Angst, man könne sie gesehen haben; sie habe auch
höchstens fünf Minuten Zeit. Aber während sie so schwatzt, legt sie
schon den Schleier ab, dann den Mantel. Sie schaut sich im Zimmer
um. Er ist doch hier noch nie mit einer anderen Frau zusammengewe-
sen? Oder ...? Sie läßt sich ein Gläschen Cognac einschenken, und
dann dauert es nicht mehr lange, bis sie im Bett liegen. Dunkle Bühne;
wir hörten nur ihre Stimmen, die ich wegen des Wiener Dialekts nicht
gut verstehen konnte.

Plötzlich eine Stimme aus dem Zuschauerraum: „Schweinerei!
Aufhören!" Dann eine zweite Stimme: „Hier wird die deutsche Frau
von einem Juden beleidigt!"

Neben mir schnappte Lili hörbar nach Luft. Sie lehnte sich über
mich und sagte zu Helena: „Die Leute in dem Stück sind doch keine
Juden?"

„Nein", antwortete Helena, „aber der Autor ist einer." Und dann
rief sie mit heller Stimme: „Ruhe! Oder verlassen Sie das Theater!"
Man drehte sich nach uns um.

Jetzt begannen noch mehr Leute im dunklen Zuschauerraum zu
schreien. Eine Gruppe in der ersten Reihe skandierte im Chor:
„Schwei-ne-rei! Schwei-ne-rei!", und andere Stimmen brüllten:
„Ruhe! Werft sie doch raus!"

Dann gab es einen Knall, und der Gestank von faulen Eiern
verbreitete sich im Zuschauerraum. Eine Frauenstimme kreischte
hysterisch; die Lichter gingen an. Wir sahen, daß der Vorhang
heruntergelassen war und daß das Publikum in Grüppchen unschlüs-
sig herumstand. Offenbar waren es zwei Trupps, die immer von
neuem das Schweinerei-Gebrüll anstimmten, einer in der ersten
Parkettreihe und ein zweiter auf dem Balkon. Die Gruppe vor uns im
Parkett bestand aus sehr jungen Leuten.

„Studenten", sagte Helena. Und dann rief sie: „Polizei soll
kommen! Werft die Burschen doch raus!"

„Um Gottes willen, Helena!" Christoph und Alfred beugten sich zu
ihr nieder, während Sigrid wie erstarrt dasaß. Wieder drehten sich in
der vorderen Reihe alle Köpfe nach uns um. Einer der Schreihälse trat

in den Mittelgang, kam auf uns zu: blondes, militärisch kurz geschnittenes Haar, kalkweißes Gesicht, leicht vortretende Augen, die hinter den dicken Brillengläsern unnatürlich groß wirkten. Er war ungefähr zwanzig. Alfred, der am Gang saß, stand auf, und Christoph und ich erhoben uns ebenfalls.

„Finden Sie, daß dieses Theater der geeignete Aufenthaltsort für Ihre Damen ist?" fragte der Student, der sich vor Alfred aufgebaut hat.

„Ich wüßte nicht, daß Sie über unsere Damen zu befinden hätten", sagte Alfred eisig. „Und ich wüßte auch nicht, daß wir uns kennen."

„Müller!" trompetete der Student, „cand. jur. Müller!"

Alfred blickte auf ihn hinunter. „Waldstein. Schriftsteller."

Das Gesicht des Studenten verzog sich zu einer hämischen Grimasse. „Ach nein! Der Herr Baron von Waldstein, eine unserer jüngsten literarischen Berühmtheiten! Sie finden sicher Geschmack an dieser Art der Unterhaltung. Vielleicht verwandt mit dem Autor?"

„Schnitzler ist nicht mit mir verwandt", sagte Alfred, „aber ich würde es mir zur Ehre anrechnen ..." Weiter kam er nicht, denn plötzlich bellte Christoph in schärfstem Kasernenhofton: „Kandidat Müller – wegtreten!", und der Student machte einen regelrechten Sprung rückwärts. Seine Kameraden unterbrachen ihr Geschrei und drängten in den Mittelgang, doch sie kamen nicht weit, denn das Publikum wälzte sich auf die Ausgänge zu. Christoph hob drohend den Krückstock; Müller versuchte zu flüchten, aber die Menschenmenge hinter ihm schob ihn wieder auf uns zu. Auf der Empore splitterte Holz; die Burschen dort oben brüllten immer noch, und dann wurden die rückwärtigen Türen im Parkett aufgerissen; ein gellender Pfiff: Polizei drängte herein. Nun geschah alles so blitzschnell, daß ich nur aus dem Augenwinkel sah, wie Christoph an Alfred vorbei in den Mittelgang stürzte und blitzschnell mit dem umgedrehten Krückstock ausholte, während Alfred „Hierher, Herr Wachtmeister!" schrie. Christophs Stockkrücke hatte sich um das Genick des Studenten gelegt und ließ nicht locker. Zwei Polizisten waren gleich zur Stelle. Alfred gab an, daß dieser Student einer der Ruhestörer sei, und schon hatten sie Müller Handschellen angelegt. Sie führten ihn durch den Mittelgang ab, und er warf uns einen so haßerfüllten Blick zu, daß ich mich instinktiv zu Lili umwandte, aber sie hatte die Augen geschlossen, und ich wußte nicht, was ich tun sollte.

Der ganze Vorgang hatte nur Minuten gedauert. Sobald die Schreihälse abgeführt waren, verebbte auch der Lärm.

„Du bist verdammt geschickt mit deiner Krücke", sagte ich zu Christoph, als wir uns wieder hinsetzten, aber niemand lächelte.

Alfred war bleich. „Es wäre wohl besser, wenn wir die Frauen hier herausbrächten", sagte er zu Christoph.

„Kommt nicht in Frage!" rief Helena. „Wenn das Publikum wegläuft, haben doch diese Schweine gesiegt."

Im selben Augenblick trat der Theaterdirektor vor den Vorhang. „Meine Damen und Herren", begann er, und dann redete er von den unsicheren Zeiten, die sich in solchen Vorfällen widerspiegelten. Falls das Publikum es wünsche, würde man nun die Vorstellung fortsetzen. Er hob mit fragender Geste die Hände, und Helena begann zu klatschen. Bald klatschte der ganze Saal.

Als die Vorstellung zu Ende war, regnete es immer noch. Wir hatten Glück, daß wir überhaupt ein Taxi bekamen. Lili und ich mußten mit den Notsitzen vorliebnehmen.

„Und wie hat euch das Stück gefallen?" fragte Alfred.

„Ich fand es scheußlich", sagte Lili. „Wie kann man nur über solche ekelhaften Leute ein Stück schreiben?" Im Dunkel des Wageninneren griff sie nach meiner Hand.

An der Kaiser-Wilhelm-Gedächtniskirche herrschte dichter Autoverkehr. Auf den Bürgersteigen wogte ein Meer von Regenschirmen; alles drängte zur glitzernden Lichterflut des Kurfürstendamms.

Der Chauffeur bremste abrupt. Wir hörten ein Marschlied; eine ziemlich große Anzahl junger Männer strömte aus einer Kneipe auf die Fahrbahn, formierte sich zur Marschkolonne und steuerte geradewegs auf unser Taxi zu.

Die Burschen grölten ein Lied, von dem ich immer nur zwei Worte verstand: *Walther Rathenau!*

Lili schlug die Hände vor das Gesicht, und Sigrid legte den Arm schützend um sie. „Das ist doch alles Unsinn, Lili ... bloß Sprüche!"

„Das sind dieselben Schweine wie vorhin im Theater", sagte Christoph.

„Du hast den Text nicht verstanden, stimmt's?" fragte mich Helena.

Ich schüttelte den Kopf.

„Ein neues Marschlied, von den Freikorpsleuten erfunden. Alles, was sie Kanzler Wirth und seinem Kabinett an den Hals wünschen, kommt darin vor. Und die letzten beiden Zeilen heißen: ‚Schlagt tot den Walther Rathenau, die gottverdammte Judensau!‘“

Bis wir beim Adlon angekommen waren, fiel im Taxi kein Wort mehr. Als ich im Restaurant mit dem Oberkellner sprach, merkte ich, daß sich meine fünf Gäste verstohlen in dem hohen, glitzernden Saal umsahen. Ein Orchester spielte einschmeichelnde Tanzmusik. Helena sagte plötzlich: „Die Damen ziehen sich für ein paar Minuten zurück“, und dann rauschte sie mit Lili und Sigrid hinaus. Wir folgten dem Oberkellner zu meinem reservierten Tisch, und auf einmal entdeckte ich Bobby von Waldstein. Er trug einen Frack und saß mit einer hinreißend schönen jungen Frau an einem Ecktisch.

„Wenn die Herren hier Platz nehmen wollten . . .?“ Der Oberkellner schob für uns die Stühle zurecht. Ich schaute Christoph fragend an, und der blickte zu Alfred hinüber. Dann wechselte Alfred ein paar Worte mit dem Oberkellner und führte mich an Bobbys Tisch.

Bobby war bereits aufgestanden. Das Mädchen war blond und kaum älter als Lili. Sie musterte uns mißtrauisch, doch lächelte sie, als sich Christoph und Alfred über ihre Hand beugten. Wir wurden einander vorgestellt: „Mr. Ellis . . . Gräfin Kyra Sowieso“; ich verstand den Namen nicht.

Alfred erklärte Bobby, daß ich hier der Gastgeber sei, und Bobby sagte, er und seine Begleiterin hätten leider später noch eine Verabredung, so daß sie sich nicht mehr zu uns setzen könnten. Das reizende Lächeln auf Kyras Gesicht erstarb. Sie biß sich auf die Unterlippe, bedachte die kaum angebrochene Champagnerflasche im Eiskübel neben ihrem Tisch mit einem vielsagenden Blick und schickte sich ohne ein weiteres Wort zum Gehen an. Bobby hatte Mühe, sie einzuholen.

Wir kehrten schweigsam an unseren Tisch zurück. „Ich muß mich bei euch entschuldigen“, sagte ich. „Ich hatte keine Ahnung . . .“

„Aber ich bitte Sie!“ sagte Alfred. „Das sind doch alles unsere Probleme. Es tut mir leid, daß wir Ihnen heute abend eine so starke Dosis davon verpaßt haben.“

Da unsere Begleiterinnen noch nicht zurückgekommen waren, fragte ich schließlich: „Was habt ihr eigentlich an Bobbys Freundin auszusetzen? Sie ist doch ein reizendes Mädchen.“

Kurzes Schweigen. Dann antwortete Alfred: „Wissen Sie, wer die Weißrussen sind? In Berlin wimmelt es von ihnen. Fast alle haben ihr ganzes Vermögen verloren. Kyras Vater war Oberst in Denikins Armee. Die Roten haben ihn 1919 in der Ukraine umgebracht. Sie lebt jetzt hier allein mit ihrer Mutter. Die Familie besitzt keinen roten Heller mehr. Als Bobby Kyra kennenlernte, sang sie Volkslieder in einem russischen Nachtklub. Jetzt hängt sie vollständig von Bobby ab . . . "

„Aber . . . "

„Aber im alten Rußland, zur Zarenzeit, hätten dieselbe junge Dame und ihre Mutter niemals ein Wort an einen Bankier Waldstein verloren! Mag sein, daß Kyra hübsch und charmant ist, aber meine Familie ist trotzdem nicht begeistert von der kleinen Gräfin. "

Alfred blickte auf und erhob sich. Unsere Damen waren zurückgekommen, und ich bat Lili um den nächsten Tanz.

„Peter", sagte sie bald darauf, „nach dem Essen möchte ich nach Hause fahren. Sie verstehen das vielleicht . . . "

„Selbstverständlich. Ich will nur hoffen, daß wir uns beim nächsten Mal unter glücklicheren Umständen wiedersehen. "

Sie sah mich mit ihren kohlschwarzen Augen an, lächelte und sagte: „Beim nächsten Mal wird es bestimmt schöner, Peter. Können Sie schon Sonnabend früh herauskommen?"

ALFRED, Sigrid und Lili nahmen die S-Bahn, Christoph brachte Helena nach Hause, und ich machte mich allein auf den Heimweg.

In der Villa Keith brannte nur in der Halle Licht. Kaspar war offensichtlich wieder unterwegs, und Meiers schienen schon zu schlafen. Mir war elend zumute. Lag es an dem Theaterstück? An den nationalistischen Radaubrüdern und ihrem Lied auf Rathenau? Oder an dem Gesichtsausdruck, mit dem die russische Gräfin im Adlon aufgestanden und fortgegangen war?

Ich zog meinen Pyjama an, kroch ins Bett und löschte das Licht. Aber ich konnte nicht einschlafen. Und während ich hellwach in der Dunkelheit lag, hörte ich das Motorgeräusch eines schweren Automobils. Es hielt offenbar an der Rückseite des Hauses, unter meinem Fenster. Ich stand auf und spähte durch die Gardine. Es war ein Austro-Daimler.

ACHTES KAPITEL

DONNERSTAG, den 15. Juni 1922: Als wir den Austro-Daimler fahruntüchtig gemacht und den Rückmarsch durch den Grunewald angetreten hatten, hörte der Regen auf, und der Himmel wurde zusehends heller.

Anfangs sprach Christoph kein Wort. Erst nach einer Weile sagte er: „Ich möchte dir danken, Peter . . . "

„Keine Ursache."

„. . . und dich nochmals um Hilfe bitten. Ich muß Kaspar um jeden Preis aus dieser Sache heraushalten."

„Aus welcher Sache?"

„Sie werden Rathenau umbringen."

„Du meinst, dieser Tillessen wird . . . "

„Tillessen selbst vielleicht nicht, aber er ist Mitglied in dieser Geheimorganisation, der O.C."

„Jetzt will ich aber wissen, wer dahintersteckt."

„Sie nennen sich Organisation Consul. Extreme Nationalisten, meist ehemalige Ehrhardt-Leute. Ihr Zentrum ist München, und die bayerische Landesregierung gewährt ihnen Schutz vor der Reichsregierung. Sie kassieren genug Geld bei Bankiers und Industriellen ein, die sich vor den Sozialisten und Kommunisten fürchten. Hast du schon mal das Wort *Femegerichte* gehört? Stammt aus dem Mittelalter. Es waren geheime Gerichte, die Leute zum Tode verurteilten, weil sie gegen irgendeinen Ehrenkodex verstoßen hatten. Und dasselbe tun die O.-C.-Leute mit Männern, die nach ihrer Auffassung Verräter an Deutschland sind, weil sie mit den Alliierten Verträge schließen. Sie haben schon eine ganze Menge Leute ermordet. Erinnerst du dich, daß wir neulich von Matthias Erzberger sprachen . . . und von Tillessens Bruder?"

„Natürlich. Aber woher willst du wissen, daß sie . . . "

„Ich hab's einfach im Gefühl, daß jetzt Rathenau an der Reihe ist."

„Dann müssen wir etwas unternehmen."

„Und was? Alle haben ihn doch schon gewarnt, aber er sträubt sich gegen Schutzmaßnahmen. Er will keine Leibwächter, und er fährt im offenen Auto in der Stadt herum. Ich glaube, den Mord kann man gar nicht verhindern, aber mein Bruder darf nicht darin verwickelt werden – und auch nicht unser Name."

„Vielleicht hat sich Kaspar schon viel zu sehr mit diesen Burschen eingelassen."

Christoph schüttelte den Kopf. „Das glaube ich nicht. Er redet zuviel, trinkt zuviel, ist zu unbeherrscht. Sie haben ihn bestimmt nicht in ein Mordkomplott eingeweiht, aber sie benutzen ihn. Sie brauchen zum Beispiel ein unauffälliges Haus, in dem sie ihre Leute unterbringen und ihr Auto abstellen können. Wußtest du, daß Rathenau gar nicht weit von uns entfernt wohnt? Ich muß Kaspar von diesen Leuten wegholen, ehe es zu spät ist."

„Mit Gewalt?"

„Ja, natürlich. Ich habe keine andere Wahl."

„Willst du ihn etwa entführen?"

„So ähnlich; genau weiß ich es selbst noch nicht. Jetzt sind sie erst einmal ihr Auto los und müssen ein neues beschaffen. Es ist gar nicht so einfach, einen großen, schnellen Wagen aufzutreiben. Darüber vergeht Zeit, und das ist meine letzte Chance, Kaspar aus dem Verkehr zu ziehen. Wirst du mir dabei helfen?"

Was sollte ich darauf schon antworten!

Ich saß allein beim Frühstück, als Kaspar und Tillessen ankamen. Sie waren wohl zuerst in die Remise gegangen, denn ich hörte, wie sie durch die Küchentür ins Haus polterten und wie Kaspar das Dienerpaar anschrie. Ich verstand keine einzelnen Worte, aber es war natürlich klar, worum es ging.

Ich hielt die Luft an und tastete nach meinem Revolver in der Jackettasche. Ich hatte ihn nach dem Krieg erstanden und noch nie benutzt, aber er verlieh mir ein Gefühl der Sicherheit. Im nächsten Augenblick kam Kaspar schon ins Speisezimmer gestürzt; Tillessen folgte ihm auf dem Fuße.

„Guten Morgen", sagte ich.

„Wo ist das Auto?" fragte Kaspar.

„Welches Auto?"

„Der Austro-Daimler aus der Remise. Wo ist er?"

Kaspars Gesicht war dunkelrot angelaufen, und in seinen unnatürlich weit aufgerissenen Augen standen Überraschung und Furcht. Tillessen musterte mich mit eiskaltem Blick; er verdächtigte mich.

„Kaspar", sagte ich, „wir sind gestern sehr spät nach Hause gekommen. Ich weiß überhaupt nichts von einem Auto in der Remise. Ich wußte gar nicht, daß du ein Auto hast."

„Quatsch; es ist nicht mein Auto!" Kaspars Stimme überschlug sich beinahe.

Tillessen legte Kaspar beruhigend die Hand auf die Schulter. Und zu mir sagte er: „Wann sind Sie denn gestern abend nach Hause gekommen?"

„Genau weiß ich es nicht mehr. Wir waren im Theater . . . danach im Restaurant; wir haben gegessen, getanzt . . . Ich vermute, es war schon zwei Uhr morgens, wenn nicht noch später."

„Wirklich? So spät? Und Sie waren in Begleitung von Oberleutnant Keith?"

„Nein, der kam später allein."

„Soso; noch später! Und jetzt ist er schon wieder in der Bank – sagt der Hausdiener."

„Vermutlich."

Sie starrten mich einen Augenblick lang an. Dann muß Tillessen ein Gedanke gekommen sein, der auf alles, was anschließend geschah, Einfluß hatte.

„Darf ich fragen, ob Sie Kriegsteilnehmer waren?" fragte er.

„Ja."

„Und welchen militärischen Rang haben Sie in der amerikanischen Armee bekleidet?"

„Ich war nicht in der Armee", antwortete ich; „ich war Zivilist und habe als Freiwilliger für die Franzosen Sanitätswagen gefahren. Und um auf Ihr Auto zurückzukommen: Wenn Sie es wirklich gestern abend hier in der Remise abgestellt haben, und jetzt ist es weg, dann sollten Sie doch wohl die Polizei verständigen."

„Natürlich holen wir gleich die Polizei", sagte Kaspar, was Tillessen mit einem eisigen Blick quittierte.

„Ja, das wäre das vernünftigste", sagte ich. Christoph hatte recht gehabt: Kaspar war nicht in die Einzelheiten des Unternehmens eingeweiht.

„Das Telefon ist in der Halle", fügte ich beiläufig hinzu.

„Du brauchst mir nicht zu sagen, wo in meinem Elternhaus das Telefon steht!" Kaspar hatte sich noch tiefer verfärbt.

„In Deutschland verständigt man die Polizei nur in äußersten

Notfällen über Telefon", sagte Tillessen. „Wir gehen jetzt aufs Revier und erstatten mündlich Bericht."

Sie machten kehrt und waren gleich darauf verschwunden.

Ich ging in mein Zimmer hinauf und legte den Revolver in die Nachttischschublade. Dann machte ich mich auf den Weg.

CHRISTOPH hatte mich in ein Restaurant gleich neben der Bank bestellt. Er saß mit einem Mann, den ich nicht kannte, an einem Ecktisch.

Es roch nach Bier, Sauerkraut und Wurst.

„Peter, darf ich dich mit Hans Kowalski bekannt machen? Wir haben mehrere Jahre zusammen in La Rochelle verbracht ... im Gefangenenlager."

Während Christoph beim Kellner unsere Bestellung aufgab, musterte ich ihn verstohlen. Er hatte den ganzen Mittwoch tagsüber gearbeitet; abends war er mit uns im Theater und im Adlon gewesen; anschließend hatten wir die Fahrt in den Grunewald und den langen Fußmarsch nach Hause gemacht; und morgens hatte er sich, wie an jedem Tag, wieder in der Bank eingefunden. Trotzdem war ihm nichts von den Anstrengungen anzumerken.

Als der Kellner gegangen war, sagte er: „Peter, ich habe von deinem Konto ein paar Dollar abgehoben, und ich habe Hans gesagt, daß wir mit seiner Hilfe rechnen."

Der Kellner brachte eine Flasche Rheinwein und schenkte uns ein. Christoph wandte sich an seinen Freund.

„In La Rochelle haben wir oft über deinen Bruder geredet, der Chemiker in der Forschung ist; ein hervorragender Wissenschaftler. Du hast doch damals davon gesprochen, daß er an der Entwicklung von Stoffen arbeitete, die das Morphium ersetzen sollen. Befaßt er sich immer noch damit?"

„Ja", antwortete Kowalski ziemlich verdutzt. „Mein Bruder ist bei Bayer. Sie entwickeln Barbiturate, von denen man nicht so leicht süchtig werden kann wie von Morphium."

Christoph heftete den Blick auf das Tischtuch und sagte ganz ruhig: „Wir brauchen etwas von dem neuen Zeug, Hans. Aber frag bitte nicht, wozu." Dann blickte er Kowalski geradeheraus an. „Kannst du es uns beschaffen?"

Kowalski blieb stumm; sie starrten sich an.

Dann sagte Christoph: „Je weniger du weißt, desto besser für dich. Nur dies noch: Es ist nicht zum Wiederverkauf bestimmt ... und wir zahlen in Dollar. Niemand wird etwas erfahren."

„Kann man dieses synthetische Zeug genau wie Morphium mit der Spritze verabreichen?" fragte ich.

„Keine Ahnung", meinte Kowalski. „Ich will versuchen, es herauszubekommen. Aber es wird nicht einfach sein. Das Laboratorium meines Bruders befindet sich in Leverkusen."

„Mist!" entfuhr es Christoph. „Leverkusen ... das ist doch nicht weit von Köln entfernt! Und Köln gehört zum Kontrollgebiet der Alliierten. Kommt man dort überhaupt hinein?"

„Es wird schon gehen", sagte Kowalski, „aber ich brauche Zeit. Wenn du es so eilig hast, nimm doch lieber Morphium. Davon gibt es genug in Berlin."

Christoph überlegte, trank einen Schluck Wein. „Mir brennt wirklich die Zeit auf den Nägeln – aber Morphium? Nein. Ein paar Tage müssen wir uns dann eben noch Zeit lassen."

Nach langer Pause fragte Kowalski: „Und wieviel brauchst du?"

„Es geht darum, einen kräftigen jungen Mann über mehrere Wochen in einem Dämmerzustand zu halten."

„Mehrere Wochen?" Kowalski schüttelte den Kopf.

„Möglich ist das durchaus", sagte ich. „Im Krieg haben sie es doch auch mit mir gemacht."

Christoph und Kowalski starrten mich an, und ich spürte, wie ich rot anlief.

Ich trank hastig mein Glas leer.

„Hast du dabei richtig geschlafen?" fragte Christoph ganz ruhig.

„Nein. Schlafen, Dahindämmern, Benommenheit, das ging alles ineinander über. Man weiß nicht, ob man schläft oder wach ist."

Kowalski räusperte sich. „Du sprachst von Bezahlung in Dollar?" fragte er.

Christoph nickte. „Die stecken schon in meiner Tasche. Stammen von Ellis, das ist wohl klar. Hundert Dollar zum Kurs von heute früh: Das wären dreißigtausend Mark, aber für den Preis bekommen wir noch eine Flasche Chloroform dazu!"

Kowalski überlegte einen Augenblick lang. „Einverstanden", sagte er. „Ich will versuchen, das Zeug zu beschaffen."

MONTAG, den 19. Juni 1922: Neun ... zehn ... elf ... Mitternacht! Der neue Tag beginnt, und Kaspar ist noch nicht da. Kommt öfter nachts gar nicht mehr nach Hause. Warum soll er also gerade heute kommen? Bloß, weil wir ihm auflauern ...? Christoph sitzt angezogen in Kaspars Zimmer und wartet. Mein Fenster muß offenbleiben, damit ich ein Auto oder Schritte höre. Aber mein Zimmer liegt zum Hof hinaus. Wenn sie nun kein anderes Auto aufgetrieben haben, kommt er doch zu Fuß und benutzt die vordere Haustür! Egal, dann hört ihn eben Christoph als erster. Was wohl Lili gedacht haben mag, als ich so Hals über Kopf vor dem Fünfuhrtee aufgebrochen bin? Jedenfalls kam es ihr nicht geheuer vor. Gut, daß Helena bei Rathenau eingeladen war; sie hätte ein großes Trara gemacht. Es war schön vorher, mit Lili, draußen auf dem Wannsee. Ist eine gelehrige Segelschülerin. Ich saß im Heck und wollte sie zeichnen. Ein Skizzenbuch im Segelboot – so ein Blödsinn ... Freitag großer Krach mit Falke: Habe Stilleben satt; will keinen toten Kram mehr zeichnen, sondern Menschen. „Wie? Menschen?" schreit Falke. Bärbel soll kommen, auf der Stelle! Bärbel rührt sich nicht; schläft noch nebenan. Falke springt auf, rennt ins Schlafzimmer. Eine Hand klatscht auf nacktes Fleisch, Gekreisch, bloße Füße auf nackten Dielen. Falke treibt Bärbel vor sich her ins Studio. Sie hat bloß ein Unterkleid an. „Der Herr dort will Menschen zeichnen! Los! Runter mit dem Fetzen!" Und schon zieht sie das Unterkleid über den Kopf ... Lili hält die Pinne in der einen und die Großschot in der anderen Hand. Sie beobachtet das Segel, als wir in den Windschatten der Insel geraten, wendet den Kopf, entdeckt jemanden auf dem Bootssteg. Christoph? Ja, Christoph. Er wölbt die Hände vor dem Mund, ruft etwas; ein einziges Wort: „Kowalski!" Wer das denn sei, will Lili wissen, als sie mir fürs Anlegen die Pinne übergibt. „Ach, ein Freund von Christoph. Haben geschäftlich miteinander zu tun."

Ein Uhr ... Kaspar kommt bestimmt nicht mehr. Tillessen hat wohl Lunte gerochen. Verdächtigt mich ... den amerikanischen Agenten! Hält es für klüger, um Kaspar und die Villa Keith einen Bogen zu machen. Vielleicht ist Kaspar schon ganz ausgebootet. War in letzter Zeit auffallend oft zu Hause – Grund für uns, Kowalski zu verfluchen, der uns so lange warten ließ. Wir machten uns schon Sorgen, ob wir noch genug Dollar übrig hätten, um notfalls doch Morphium zu kaufen. Komisch: Ich habe Geldsorgen! Und daran ist

Straßburger schuld. Hat mir durch Christoph mitteilen lassen, daß die Mark bis zum Jahresende nochmals stark fallen wird. Ein Devisentermingeschäft wäre jetzt das klügste: Ich müßte beinahe mein ganzes Dollarguthaben einsetzen, das Zehnfache noch von den Amsterdamern dazuborgen und für die ganze Summe deutsche Mark bestellen, lieferbar im September und im Dezember. Aber wenn die Mark nun gar nicht mehr fällt? Wovon soll ich dann meine Zinsschulden bezahlen? Ganz zu schweigen von dem hohen Kredit, den ich nie zurückzahlen könnte! „Dann bist du eben bankrott“, hatte Christoph beinahe zynisch gesagt. „Ein Konkursverfahren brauchst du trotzdem nicht zu beantragen; das erwarten Waldstein & Co. gar nicht von dir. Schlimmstenfalls mußt du nach Hause fahren . . .“

Eins . . . zwei. Zwei Uhr! Jetzt war ich doch tatsächlich eingeschlafen. Aufsetzen; Zigarette anzünden. „Tut mir leid, Lili“, hatte Christoph gesagt, als er ihr beim Aussteigen aus der Jolle half. „Wir müssen noch vor dem Tee weg. Haben eine Verabredung mit einem wichtigen Kunden.“

Sie glaubte uns kein Wort.

„Warum gerade heute?“ fragte ich Christoph, als ich das Segelzeug auszog.

„Weil Kowalski mit dem Zeug da ist. Wir haben sowieso schon viel Zeit verloren.“

Dunkler Flur, Stille, die in den Ohren zu dröhnen scheint . . .

„Eine amerikanische Dame fragt nach Ihnen“, hatte Frau Bauer gesagt, als sie den Kopf zum Studio hereinsteckte. Bärbel trug nur einen Strumpf; sonst nichts. „Eine amerikanische Dame?“ – „Zieh dich an!“ sagte Frau Bauer zu Bärbel. – „Er malt mich doch, Mutti! Ich bin sein Modell.“ Sie lief aber doch hinter der Mutter her ins dunkle Schlafzimmer.

Miß Boatwright stand in der Küche und rang nach Atem. Die sechs Stockwerke! „Hoffentlich komme ich nicht ungelegen, Peter.“ Frau Bauer sah verdutzt aus. Was wollte die denn hier? Ich stellte vor: „Frau Falke, die Frau meines Lehrers, der gerade Besorgungen macht; Frau Bauer, die Schwiegermutter . . . Miß Boatwright vom amerikanischen Quäker-Komitee.“

„Die Kweeker!“ Die beiden Frauen sind ganz aufgekratzt. Teller und Tassen stehen plötzlich auf dem Tisch, obwohl Miß Boatwright versichert, daß sie gerade gegessen habe. Sie will doch nur meine

Bilder und die von Herrn Falke sehen. Es gibt Kräutertee, Brot mit
Speck und Kartoffelsuppe, in der Scheiben einer Bockwurst schwimmen. Frau Bauer bleibt bei der Behauptung, daß der Enkelsohn und
die jüngere Tochter 1919 ohne die *Kweeker* glatt verhungert wären.

Bobby brachte Christoph und mich zum Bahnhof Nikolassee. Als
wir ausstiegen, sah er uns merkwürdig traurig an. Dann brauste er
davon. Ob er ahnte, was wir vorhatten? Zum erstenmal überlegte ich,
wie viele Menschen Kaspar Keith wohl schon getötet hatte. Das
Album mit den Fotos ...!

An einer Haltestelle stiegen wir aus und nahmen ein Taxi zu
Kowalskis Wohnung.

Drei! Er kommt nicht mehr. Ist bestimmt betrunken und schläft in
einer fremden Wohnung, die mit Gewehren und Maschinenpistolen
vollgestopft ist – und mit weiteren Schläfern, jeder einzelne so
haßerfüllt und blindwütig wie Kaspar. Ist unser Plan nicht sinnlos?
Was nützt es denn, einen einzigen irregeleiteten Jungen aus dieser
Gruppe herauszulösen? Müßten wir nicht die ganze Bande auffliegen
lassen?

„Die Herren haben es wohl nicht sehr eilig", sagt Kowalski, als er
uns einläßt. Drei Päckchen, in Zeitungspapier gewickelt, eine
Injektionsspritze, eine Flasche Chloroform. Es sind zwölf Ampullen
mit einer klaren Flüssigkeit. Das neue Amytal. Wieviel wir geben
sollen? „Eine Ampulle alle zwölf Stunden", sagt Kowalski. „Aber das
reicht doch nur für sechs Tage", sagt Christoph, „für zwei Wochen
brauchen wir das Zeug, habe ich gesagt." Achselzucken; mehr war
nicht zu kriegen. Ist noch nicht mal im Handel; strengste Kontrollen
im Labor.

„Der ... muß endlich ... aus ... unserm ... Haus ... verschwinden!" Kaspar! Das ist Kaspars Stimme!

Ich war schon wieder eingeschlafen! Ja, Kaspar ist im Haus und
brüllt mit Christoph herum.

Auf, also ... peng! O du meine Güte, das war die Chloroform-
flasche! Pfütze auf dem Fußboden ... bloß nicht durchatmen ...
Schwamm her ... in die Pfütze drücken ... und los! Leise, leise ...
Kaspar darf mich nicht hören ... „Warum er verschwinden muß? Weil
er uns und unseren Namen kompromittiert!" ... Tür auf ... hinein in
das hell erleuchtete Zimmer ... Kaspar ist hochrot im Gesicht,
offensichtlich betrunken. Er dreht sich überrascht nach mir um, ich

knalle ihm den Chloroformschwamm ins Gesicht ... Christoph kommt aus dem Sessel hoch, tritt ihm in die Kniekehlen ... rums, Kaspar kracht auf den Teppich, rollt seitwärts, schlägt wie wild um sich. Aber er hat schon genug Chloroform abgekriegt; bald rührt er sich nicht mehr.

„Wo hast du das andere Zeug?" fragt Christoph. „Her damit, schnell! Er darf nicht zu viel Chloroform abbekommen." Ich renne hinaus, komme mit der aufgezogenen Spritze zurück. Das ganze Haus stinkt nach Chloroform, obwohl ich alle Fenster aufgerissen habe. Ich kremple Kaspars Ärmel auf. Habe schon eine Ewigkeit keine Spritze mehr in der Hand gehabt. Meine Finger zittern, aber dann sitzt die Nadel doch richtig unter der Haut, und ich injiziere ihm vorsichtig, ganz vorsichtig eine Dosis Amytal. Seine Augen sind geschlossen; er atmet schwer.

Und was nun?

DAS Dienerehepaar war unser erstes Problem gewesen. Wir hatten nachts im oberen Stockwerk sämtliche Fenster offengelassen, aber der Chloroformgeruch hing auch am Morgen noch in den Räumen. Sobald die Meiers in der Küche zu rumoren begannen, entschlossen wir uns, die Sache hinter uns zu bringen. Ich überließ Christoph das Reden.

„Nehmen Sie bitte einen Augenblick Platz, Frau Meier", begann Christoph.

„Ist etwas passiert, Herr Oberleutnant?"

„Ja, mein Bruder ist krank. Die Nerven ... eine Folge der Revolution."

„Um Gottes willen! Ist er im Krankenhaus?"

„Nein, er liegt oben in seinem Bett. Er hat Schlaftabletten bekommen. Wir wollen nicht, daß er mit so einer Sache ins Krankenhaus kommt ... verstehen Sie? Mr. Ellis war im Krieg Sanitäter. Sie wissen doch: Er hat mir das Leben gerettet. Und jetzt wird er mir bei Kaspars Pflege helfen."

Frau Meier zerrte nervös an dem Geschirrtuch, das sie gerade in der Hand gehabt hatte. „Aber, Herr Oberleutnant, sollten wir nicht lieber Dr. Goldschmidt benachrichtigen ... und die gnädige Frau ...?"

„Keinesfalls, Frau Meier. Wir wollen Dr. Goldschmidt nicht holen und auch nicht meine Mutter beunruhigen. Es geht hier um eine rein familiäre Angelegenheit ... niemand erfährt davon. Haben Sie mich verstanden?"

Die alte Frau begann zu weinen. Ihr Mann übernahm das Antworten. „Wir haben verstanden, Herr Oberleutnant."

DER erste Tag lief noch ganz gut ab. Um mir die Zeit zu vertreiben, machte ich Porträtskizzen nach Fotos aus einem Album. Einmal stündlich ging ich hinüber und schaute nach Kaspar. Am späten Nachmittag dämmerte er noch immer vor sich hin. Ich begann mich zu langweilen und wurde selber schläfrig. Mir kamen Zweifel: Hatten wir richtig gehandelt? Und wie lange sollte ich nun hier die Rolle des psychiatrischen Krankenpflegers spielen? Es hätte doch noch einen anderen Weg geben müssen ...

Christoph kam früh nach Hause. Kaspar kämpfte sich nun langsam ins Bewußtsein zurück. „Solchen Kater habe ich noch nie im Leben gehabt", krächzte er. „Wie lange habe ich denn gepennt?"

Ich gab ihm schnell die nächste Spritze. Beim Einstich der Nadel stöhnte er leise auf.

Christoph saß im Sessel neben dem Bett und starrte wortlos seinen Bruder an.

Worauf hatte ich mich nur eingelassen!

IRGENDWANN am Dienstag nachmittag hörte ich das Telefon läuten. Meier kam herauf: „Ein Fräulein Bauer am Apparat, Mr. Ellis."

Ich lief zum Telefon hinunter. „Hallo?"

„Hallo, Peter? Hier spricht Baby." Bärbel hatte sie zum Telefonieren in die nächste Kneipe geschickt. Sie wollte wissen, warum ich nicht mehr zum Malen käme.

Ich stammelte eine Erklärung: Im Hause Keith wäre jemand krank; ich müßte bei der Pflege helfen; ich würde ja bald wieder dasein, und wie es denn Fritz ginge.

Pause.

Fritz sei auf Sauftour, sagte sie schließlich. Und deshalb riefe sie auch an. Wenn er mir wieder Stunden geben müßte, würde er vielleicht aufhören zu trinken.

„Woher hat er denn das Geld fürs Saufen?"

„Oh, deine amerikanische Bekannte ist noch mal zurückgekommen und hat ein kleines Ölbild gekauft. Für zwanzig Dollar; das sind sechstausend Mark. Jetzt hat Fritz einen Haufen Geld, aber zum Einkaufen rückt er keine müde Mark raus. Ich muß jetzt aufhören. Bitte, Peter, komm doch wieder ...“

Ich versuchte, meinen Schlafrhythmus mit dem Kaspars abzustimmen: So brauchte ich nur wach zu sein, wenn bei Kaspar die Wirkung des Amytals nachließ. Sobald er einigermaßen bei Bewußtsein war, gab ich ihm zu essen, und wir redeten ein bißchen miteinander. Kowalskis Bruder hatte mir sagen lassen, daß er auch bei einer Dosis von zweihundert Milligramm täglich nicht ständig schlafen würde. Zwischendurch befände sich der Patient in einem hypnotischen Zustand. Ich versuchte mich zu erinnern, was ich damals bei der Behandlung im Quäker-Hospital empfunden hatte. Ich hatte mich sehr matt gefühlt, willenlos.

„Ich habe geschlafen“, sagte Kaspar.

„Ja. Hast du geträumt?“

„O ja. Bin ich krank?“

„Du bist krank, aber es geht dir schon besser.“

Ich ließ durch Meier Zeitungen besorgen. Ganz Deutschland schien in Aufruhr zu sein. Die Alliierten hatten Oberschlesien den Polen zugesprochen, und Tausende verängstigter Deutscher flüchteten ins Reich. Es wurde auch viel darüber spekuliert, ob die Franzosen ihre Besetzung des Rheinlandes und des Saarlandes noch ausdehnen würden. Und wem gab man die Schuld an dieser Misere? Der Regierung von Kanzler Wirth und ganz besonders seinem Außenminister Rathenau.

Wieder läutete das Telefon. Christoph meldete mir, daß mein Devisentermingeschäft perfekt wäre; ich bekäme die erste Lieferung deutscher Mark am 21. September. Jetzt stand ich bei den Waldsteins mit neuntausend Dollar in der Kreide!

Neuntes Kapitel

Am Mittwoch morgen, als ich beim Frühstück saß, ertönte eine aufgeregte Stimme an der Haustür. „Ich will endlich wissen, was hier vorgeht!“ Helena kam ins Eßzimmer gestürmt, ehe Meier sie melden konnte. Zornsprühende Blicke unter dem Rand des großen Strohhuts.

„Guten Morgen, Helena", sagte ich. „Ich verstehe nicht, was du meinst. Aber möchtest du nicht mit mir frühstücken?"

„Um zehn Uhr? Ich habe gefrühstückt; schon längst. Meier, verschwinden Sie!"

Meier zog sich mit einer Verbeugung erleichtert zurück.

„Heraus mit der Sprache!" sagte Helena, sobald die Tür hinter Meier ins Schloß gefallen war. „Ich will wissen, was hier vorgeht."

„Wie kommst du darauf, daß hier ..."

„Peter, versuch nicht, mich für dumm zu verkaufen; das kann ich nicht vertragen. Ich weiß, daß du am Sonnabend mit Christoph Hals über Kopf in die Stadt zurückgefahren bist – in einer Bankangelegenheit, von der kein Mensch etwas wußte. Am Montag kommt von Christoph kein Lebenszeichen. Am Dienstag immer noch Schweigen. Ich rufe in der Bank an; es heißt, der Herr Oberleutnant sei in einer Besprechung. Ich bitte um Rückruf, sowie die Besprechung zu Ende ist. Nichts. Ich rufe hier in der Villa Keith an und bekomme von Meier nichts als ausweichende Antworten. Es geht doch um Kaspar, habe ich recht?"

„Für solche Fragen ist nur Christoph zuständig."

Helena stand auf, verließ das Eßzimmer und lief die Treppe hinauf zu den Schlafzimmern. Als sie wieder herunterkam, rief sie nach Meier.

„Geben Sie der Bank folgende Nachricht für Herrn Oberleutnant Keith durch: Die Prinzessin Hohenstein befindet sich bei Mr. Ellis. Die Prinzessin Hohenstein bittet den Herrn Oberleutnant Keith, sofort nach Hause zu kommen. Andernfalls würde die Prinzessin ein Taxi nehmen und zum Alexanderplatz ins Polizeipräsidium fahren."

„Zu Befehl!" Meier sackte vor Erleichterung förmlich zusammen. So schnell ihn die Füße trugen, watschelte er zum Telefon.

Christoph ließ nicht lange auf sich warten.

„Dein Freund Peter ist dir bemerkenswert ergeben", sagte Helena, als er ins Wohnzimmer trat. „Er hat mir erklärt, daß nur du zu Auskünften über Kaspar berechtigt bist. Erkläre mir jetzt also, warum dein Bruder scheinbar schlafend, aber doch mit offenen Augen im Bett liegt, und was die Spritze im Bad zu bedeuten hat."

Christoph schüttelte den Kopf. „Es geht nicht, meine Liebe."

Beide starrten sich wortlos an. Meine Nerven waren offenbar die schwächsten. „Ich glaube, wir sollten sie einweihen ...", sagte ich.

„Peter! Du weißt, warum Helena nicht in diese Sache hineingezogen werden soll ..."

„Sie steckt doch schon mittendrin, und außerdem ist der Plan, den du dir ausgedacht hast, sowieso nutzlos." Mein Herz schlug mir bis zum Hals. „Christoph, wir können nicht einfach hier herumsitzen und zulassen, daß dieser Mann umgebracht wird."

„Was sagst du?" Helena war aufgesprungen und packte Christoph an den Schultern. „Von wem redet ihr? Wer soll umgebracht werden?" Plötzlich legte sie den Kopf an Christophs Brust und begann zu weinen.

Ich trat in die Halle hinaus und schloß die Tür.

Wir hatten gar nicht erst versucht, Kaspar zu waschen oder zu rasieren, und so sproß ihm nun ein struppiger, blonder Bart. Die kurzen Zeiträume, in denen er halbwegs wach war, reichten gerade aus, um ihn zu füttern und ihn zur Toilette zu führen. Aber so konnte es nicht mehr lange weitergehen.

„Hungrig, Kaspar?"

Kopfschütteln. „Nein. Bloß traurig."

„Traurig? Warum denn? Weil das Auto weg ist? Der Austro-Daimler?"

Augen bleiben geschlossen; er seufzt abgrundtief.

„Tillessen ist wütend auf dich wegen des Autos, stimmt's?"

Kopfnicken.

„Und wer noch?"

„Kern."

„Wer ist Kern?"

Kaspar macht die Augen wieder auf, starrt mich an. Ich will ihm auf die Sprünge helfen. „Kern glaubt, ich hätte das Auto beiseite geschafft, habe ich recht? Weil Tillessen behauptet, ich sei ein amerikanischer Agent. Aber du weißt genau, daß ich kein Agent bin. Ich bin Christophs Freund. Ich habe Christoph aus dem brennenden Flugzeug gezogen."

„Suchen jetzt ein neues Auto."

„Wozu? Wozu brauchen sie es denn?"

„Geheimsache", sagt Kaspar.

„Aber du ... du weißt Bescheid, nicht wahr?"

Kopfschütteln.

„Kern weiß Bescheid?"

„Kern weiß Bescheid."

„Weil Kern der Anführer ist", sage ich. Und dann kommen mir Zweifel: Hat mir Kaspar nun echte Informationen gegeben, oder lege ich ihm die Worte nur in den Mund? „Ich dachte, Kapitän Ehrhardt wäre euer Führer."

Kaspar sieht verwirrt aus. „Natürlich; Kapitän Ehrhardt."

„Aber Ehrhardt ist in München, und Kern ist hier in Berlin."

„Kern ist hier."

„Und wer noch?"

„Hermann Fischer."

Mir dämmert etwas. „Und Kern und Fischer sind die Leute, die Tillessen bei euch einquartieren wollte, nicht wahr?"

„Alte Kameraden."

„Alte Kameraden mit Geheimauftrag. Und Christoph hat sich geweigert, sie aufzunehmen."

Kaspar schluchzt.

„Und dann verschwindet der Austro-Daimler aus eurer Remise."

Er schluchzt noch heftiger.

„Und deswegen sind sie wütend und erzählen dir nichts mehr über ihren Geheimauftrag."

Kaspar dreht den Kopf weg und preßt die Hände auf die Ohren.

„Dein Bruder arbeitet für die Juden, und sein Freund ist amerikanischer Agent; also trauen sie dir nicht mehr ... deine alten Kameraden!"

Kaspar preßt das Gesicht ins Kopfkissen.

Ich beschließe, ihn mit der gewohnten Dosis Amytal wieder in den Schlaf zu schicken.

Helena saß allein im Wohnzimmer, als ich zurückkam. Als sie sich zu mir umwendete, sah ich, daß ihre Augen rot und verschwollen waren.

„Christoph ist zur Bank zurückgefahren. Ich mußte ihm fest versprechen, nicht zur Polizei zu gehen. O Peter, ich weiß nicht, was ich tun soll!"

Ich setzte mich und erzählte ihr, was ich aus Kaspar herausgeholt hatte. Zum Schluß sagte ich: „Christoph hat die ganze Sache falsch angepackt. Wenn diese Bande irgend jemanden umbringt, sei es Rathenau, Wirth oder sonst jemand, dann gibt es eine Untersuchung, und Kaspar ist so oder so geliefert. Die anderen werden ihn belasten, sobald sie die Polizei verhört. Selbst wenn er nicht gewußt hat, wer das Opfer sein sollte, wird man das nicht als Ausrede gelten lassen."

Helena starrte hinaus in den Garten.

„Sie werden ihm ohnehin nicht abnehmen, daß er nicht eingeweiht war", fuhr ich fort. „Und wie steht es um uns, die Verwandten und Freunde? Schließlich haben wir ein Auto zertrümmert, weil wir glaubten, es sollte für einen Mord benutzt werden. Und damit sind wir doch schon tief genug in den Fall verstrickt. Wir müssen doch annehmen, daß sie sich einen neuen Wagen besorgen und den Mord doch noch begehen. Helena, wenn ich zu Hause in einer solchen Lage wäre, würde ich nicht lange überlegen: Ich ginge zu einem Anwalt."

ALS wir unsere Geschichte vorgetragen hatten, sah Dr. Friedrich-Karl von Winterfeldt bestürzt aus. „Wir müssen die Sache ernst nehmen, Helena", sagte er, „sehr ernst."

„Darum sind wir ja hier, Herr Doktor."

Helena war sofort einverstanden gewesen, als ich ihr vorschlug, einen Anwalt aufzusuchen.

„Ein Richter wäre noch besser", hatte sie gesagt. „Ich kenne den Gerichtsrat Dr. von Winterfeldt vom Kammergericht. Ein berühmter Jurist; Schulkamerad meines Vaters."

„Vorsicht, Helena!" hatte ich gesagt. „Du willst einen Richter einweihen? Dann können wir doch gleich zur Polizei gehen."

„Dieser Gerichtsrat ist eine Ausnahme", sagte Helena. „Er ist zufällig der Bruder von Frau Keith und folglich der Onkel von Christoph und Kaspar."

Dr. von Winterfeldt war bereit gewesen, uns am Freitag um vier Uhr zu empfangen. Ich ging nur mit, weil Helena mich inständig darum gebeten hatte. „Ich kann die Sache nicht allein hinter Christophs Rücken austragen", hatte sie gesagt. „Außerdem hat Kaspar dir die Namen verraten; du weißt, wo der Austro-Daimler geblieben ist ... und du bist Amerikaner: Du handelst nicht im eigenen Interesse."

„Haltet euch eines vor Augen", sagte Dr. von Winterfeldt. „Wenn ein Verbrechen begangen wurde, betrachtet das Gesetz auch Personen als schuldig, die von der Tat Kenntnis hatten und trotzdem nicht die Polizei informierten." Er legte eine Pause ein, ließ sein Monokel in eine Handfläche fallen und begann, es mit einem Taschentuch zu putzen.

Dann fuhr er fort: „Und nun zu unserem speziellen Fall: Haben wir überhaupt Informationen über ein geplantes Verbrechen? Und welche Art von Verbrechen? Ein Bruder des Erzberger-Mörders taucht in Berlin auf, erwirbt ein Auto und sucht Quartier für zwei Kameraden. Alle drei gehörten der Marinebrigade Ehrhardt an, die vor zwei Jahren aufgelöst wurde. Kaspar Keith hört etwas von einem Geheimauftrag. Ist das alles?"

„Ja, Herr Doktor", sagte ich.

„Und der Rest? Nichts als Vermutungen! Christophs Vermutungen. *Organisation Consul?* Zugegeben, es wird viel über die O.C. geredet, aber ist das nicht nur Geschwätz? Hat es im Zusammenhang mit solcher Organisation schon Verhaftungen gegeben? Dokumente? Gerichtsurteile?"

„Nein", sagte Helena, „nur eine Menge Toter."

„Das genügt nicht, mein liebes Kind. Die Frage heißt also: Reichen eure Informationen aus, um gegen Leutnant Tillessen und seine Freunde einen Haftbefehl zu erwirken? Die Antwort: Nein! Aber ich halte es für ratsam, eure Warnung weiterzugeben."

„Das Opfer brauchen Sie nicht mehr zu verständigen; es ist bereits gewarnt", sagte Helena.

Wir starrten sie an.

„Was sagen Sie da?" flüsterte Dr. von Winterfeldt.

„Ich war gestern abend bei Walther Rathenau in Grunewald eingeladen. Und wer war ebenfalls dort? Sie werden es nicht glauben: Dr. Helfferich und ein zweiter Herr aus dem nationalistischen Lager."

„Rathenau und Helfferich? Das ist wirklich unglaublich."

„Walther ist von der Logik seiner Ideen so fest überzeugt, daß er meint, er könnte selbst den Teufel zu seinen Ansichten bekehren. Er hat versucht, Helfferich klarzumachen, daß die Angriffe der Rechten aufhören müßten, wenn Deutschland wieder vernünftige Außenpolitik betreiben soll."

„Glaubt er allen Ernstes, Helfferich sei in diesem Punkt ansprechbar?"

„Ja. Walther sagte mir später, Helfferich hätte ihm aufmerksam zugehört und versprochen, seine persönlichen Angriffe zu unterlassen und …"

Ich unterbrach Helena. „Aber wir reden hier von den O.-C.-Leuten!" sagte ich. „Du hast doch hoffentlich nicht in Gegenwart von Helfferich über unseren Verdacht gesprochen?"

„Natürlich nicht. Ich bat Walther um ein kurzes Gespräch unter vier Augen und habe ihn dabei informiert."

„Und wie hat er reagiert?" fragte Dr. von Winterfeldt.

„Er hat nur die Achseln gezuckt und gesagt: ‚Meine liebe Helena, solche Geschichten erzählt man mir jetzt täglich. Wie soll ich mich denn verhalten? Mit dem Stahlhelm auf dem Kopf ins Ministerium gehen? Mir von der Reichswehr ein Panzerfahrzeug leihen? Ich liebe mein Land mehr als alles andere auf der Welt. Wenn ich mein Leben im Dienst für Deutschland opfern muß, bin ich doch nicht der erste.'" Helena brachte den letzten Satz nur mit Mühe heraus.

„Also wird er keinerlei Vorsichtsmaßnahmen treffen?"

Helena schüttelte den Kopf. „Er hat mich sogar für heute abend zu einem Essen in der amerikanischen Botschaft eingeladen."

„Wie galant!" sagte Dr. von Winterfeldt trocken. „Bekommt durch eine Dame die Warnung, daß man ihn ermorden will, und lädt daraufhin dieselbe Dame zu einer Abendgesellschaft ein!"

„So hat er es nicht gemeint, Herr von Winterfeldt!"

Der alte Herr räusperte sich. „Wenn er nichts unternimmt, wird es höchste Zeit, daß wir etwas unternehmen, Helena. Für die eventuelle Zeugenaussage ... falls tatsächlich ... äh ... falls tatsächlich etwas passieren sollte, wollen wir schon jetzt einen sorgfältigen Bericht über die zugegebenermaßen mageren Fakten anfertigen. Gleichzeitig werden wir veranlassen, daß man diese verdächtigen Männer aufspürt und sie unter Beobachtung stellt. Wie waren doch die Namen?"

Die Frage galt mir.

Ich konnte nur drei Namen nennen: Karl Tillessen, Hermann Fischer und Kern.

Dr. von Winterfeldt notierte sie und nahm den Telefonhörer ab: „Verbinden Sie mich bitte mit dem Innenminister!"

Ich brachte Helena nach Hause. Sie hatte eine elegante Wohnung. In dem großen, sonnigen Salon gab es schöne Möbel, Vasen mit üppigem Blumenschmuck, Gemälde von Degas und Gauguin, und viele Fotografien, die Helena in verschiedenen Bühnenrollen zeigten.

„Ich möchte dir danken, Peter, daß du zu Dr. von Winterfeldt mitgekommen bist und daß du . . . daß du ein so zuverlässiger Freund bist."

„Ja, aber was soll ich Christoph erzählen?"

„Sag ihm die Wahrheit."

„Dann wird er sehr wütend werden und sagen, wir hätten ihn verraten."

„Du kannst ruhig mir die Schuld geben."

„Willst du wirklich Rathenau heute abend zu der Party begleiten?"

„Ja; warum nicht?"

„Und Christoph ist einverstanden?"

„Er muß schließlich auf Kaspar aufpassen. Warum sollte ich also nicht ausgehen?"

„Macht es ihm nichts aus, wenn du eine Einladung von Rathenau annimmst?"

Sie lächelte ein bißchen. „Auf Walther Rathenau ist Christoph nicht eifersüchtig. Rathenau ist mit vielen Frauen eng befreundet. Frauen mögen ihn. Er hat so viel Phantasie und ist so ungeheuer klug. Aber diese Beziehungen sind niemals . . ." Helena schwieg plötzlich, und leichte Röte stieg ihr ins Gesicht. „Seine Beziehungen zu Frauen sind nie physischer Art."

„Das soll ich glauben?"

„Ja. In unseren Kreisen weiß man darüber Bescheid, und es ist ja auch nichts besonders Schlimmes. Nur traurig ist es für ihn; es macht ihn einsam."

Schweigen, unterbrochen von der Telefonklingel draußen in der Halle.

Das Hausmädchen klopfte an und meldete: „Hoheit, der Herr Oberleutnant am Apparat."

Helena ging zum Telefon, ließ aber die Tür offen. „Ja", sagte sie, „. . . ist bei mir . . . weil wir deinen Onkel besucht haben, Dr. von Winterfeldt . . . Ja, die ganze Geschichte . . . Tillessen und noch zwei Namen, die Peter von Kaspar gehört hatte . . . hat den Innenminister angerufen. Die Polizei wird nun wahrscheinlich Tillessen und die anderen Männer suchen. Nein, das habe ich nicht veranlaßt; das war die Idee deines Onkels! Er hält es für den vernünftigsten Weg, deinen kostbaren Namen zu schützen. Wie bitte? . . . Immerhin ist er Richter, und du hast keinen Grund, mich anzuschreien. Was macht Kaspar? . . . Wie du wünschst: Ich schicke ihn gleich nach Hause. Nein, ich bin heute abend beim amerikanischen Botschafter. Ja, Walther hat mich gebeten, ihn dorthin zu begleiten. Wann? Als ich gestern bei ihm war, um ihn zu warnen ... Dr. Helfferich! Der hat sogar versprochen, seine Angriffe auf Walthers Außenpolitik einzustellen. Wie ...? Wo denn? Im *Tageblatt*? Oh, dieses Schwein! Keine vierundzwanzig Stunden später!"

Iᴄʜ lief hinunter zum Zeitungsstand an der Ecke, kaufte das *Berliner Tageblatt* und kehrte damit in Helenas Wohnung zurück. Wir lasen, daß Dr. Helfferich, führendes Mitglied der Deutschnationalen Volkspartei, gleich nach der Mittagspause im überfüllten Reichstag das Kabinett Wirth, seine Außenpolitik und insbesondere den dafür verantwortlichen Rathenau wütend angegriffen hatte.

Helena schleuderte die Zeitung auf den Fußboden und ließ sich auf das Sofa fallen. „Dieser Dreckskerl! Aber du mußt jetzt gehen, Peter. Ich will mich für heute abend umkleiden, und ich möchte auch nicht, daß du noch hier bist, wenn Rathenau mich abholt. Er wird in schrecklicher Verfassung sein."

„Helena, du solltest ihn lieber nicht begleiten ..."

„Im Gegenteil: Heute muß ich ihn gerade begleiten; verstehst du das nicht? Aber sei so gut, und besänftige den wütenden Christoph!"

„Hᴀʟʟᴏ, Peter, bist du am Apparat?"

„Helena? Wo steckst du denn? Und wie spät ist es überhaupt?"

„Ich bin wieder zu Hause. Es ist kurz nach Mitternacht, aber ich möchte unbedingt noch wissen, wie es bei euch aussieht."

„Hier schläft alles. Aber der Abend war gräßlich. Christoph hätte mich am liebsten umgebracht ..."

„Wegen unseres Besuchs bei Winterfeldt?"

„Er ist wütend über alles und jeden: über seinen Onkel, über Helfferichs Rede, über deinen Leichtsinn, Rathenau zu begleiten. Er wollte sogar zur amerikanischen Botschaft fahren und dich herausholen. Ich habe ihm gesagt, daß du dich widersetzen würdest und er sich zum Narren macht. Um ehrlich zu sein: Ich habe ihn noch nie in solchem verzweifelten Zustand erlebt."

„Armer Christoph! Ich glaube, er liebt mich."

„Natürlich liebt er dich. Und wie war es in der Botschaft?"

„Ich hätte lieber zu Hause bleiben sollen; Damen waren überflüssig.

Die Herren wollten politisieren... Rathenau hatte Houghton gebeten, Hugo Stinnes holen zu lassen."

„Hugo wer?"

„Noch nie etwas von Stinnes gehört? Er ist doch zur Zeit der reichste Mann in Deutschland! Kohle, Stahl, Fabriken aller Art. Er borgt Millionen von den Banken, kauft damit Industrieunternehmen auf und zahlt bald darauf seine Schulden zurück – mit Geld, das inzwischen nur noch einen Bruchteil seines ursprünglichen Wertes hat."

„Wieso läßt ihn Rathenau dann trotzdem kommen?"

„Rathenau kämpft darum, daß Deutschland seine Reparationsleistungen an Frankreich in Form von Kohle zahlen kann, und dazu wollte er die Meinung von Hugo Stinnes hören. Ich bin sogar im Wagen von Stinnes nach Hause gefahren worden. Die Herren haben im Hotel Esplanade danach noch weiterdiskutiert. Ach Peter, ich bin dir so dankbar, daß du Christoph abgelenkt hast. Er soll sich nicht dauernd um mich Sorgen machen."

„Und was machen wir nun mit Kaspar? Wir haben nur noch genug Amytal für einen Tag übrig."

„Gib ihm kein Amytal mehr, Peter ..."

„Aber dann ist er doch bald wieder bei vollem Bewußtsein! Was sollen wir denn dann mit ihm tun?"

„Ich weiß es auch nicht, aber irgendwann müßt ihr ja doch damit aufhören. Ihr riskiert noch, daß er süchtig wird."

„Ich habe das nicht zu entscheiden; er ist nicht mein Bruder."

„Schon gut, schon gut: Kaspar ist nicht dein Bruder, dieses Land ist nicht dein Land, und seine Probleme sind nicht deine Probleme. Herrgott, ich wünschte ja auch, daß wir dich nicht in diese Affäre verwickelt hätten ..."

„Helena, ich bin stolz darauf, daß ihr mich ins Vertrauen gezogen habt. Ich habe das Gefühl, hier richtig dazuzugehören. In Paris war ich bis zum Schluß immer nur Tourist, aber hier, hier bin ich ... ach, ich weiß nicht, wie ich es ausdrücken soll."

„Du hast es doch sehr hübsch ausgedrückt, Peter. Und jetzt schlaf wieder, gute Nacht."

Ich legte auf. Dann nahm ich das restliche Amytal und die Spritze aus dem Medikamentenschränkchen, ging damit hinunter und aus dem Haus, die ausgestorbene Straße entlang, bis ich einen vergitterten

Gully fand. Ich schob Ampulle und Spritze durch die Eisenstäbe und horchte, wie sie tief unten aufs Wasser klatschten. Dann ging ich in die Villa Keith zurück.

Am nächsten Morgen wurde ich durch Meier geweckt, der an meine Tür klopfte. „Telefon, Mr. Ellis! Der Herr Oberleutnant ist am Apparat."

„Woher ruft er denn an? Wie spät ist es überhaupt?"

„Der Herr Oberleutnant ist in der Bank. Es ist schon elf Uhr vorbei. Er sagt, es wäre dringend."

„Sagen Sie ihm, ich komme sofort."

MANCHMAL träume ich, ich hätte die Schüsse gehört. Aber das ist ausgeschlossen; ich schlief ja an diesem Morgen so fest wie schon lange nicht mehr. Doch eines weiß ich sicher: Als ich zum Telefon hinunterrannte, hörte ich das Sirenengeheul eines Polizeiautos. Ich kann den Ablauf der Ereignisse nicht präzise wiedergeben, deshalb will ich lieber einen Augenzeugen zu Wort kommen lassen: Ein Bauarbeiter, der in unmittelbarer Nähe des Tatortes beschäftigt war, gab dem Reporter der *Vossischen Zeitung* folgende Beschreibung der Vorgänge:

„Gegen dreiviertel elf Uhr kamen aus der Richtung Hundekehle die Königsallee hinunter zwei Automobile. In dem vorderen, langsamer fahrenden Wagen ... saß auf dem linken Rücksitz ein Herr, man konnte ihn genau erkennen, da der Wagen ganz offen ... war. In dem hinteren ... Wagen, einem sechssitzigen ... starkmotorigen Tourenwagen, saßen zwei Herren in langen, nagelneuen Ledermänteln mit ebensolchen Lederkappen, die nur eben noch das Gesichtsoval frei ließen ... Das große Auto überholte den kleineren Wagen, der langsamer ... fuhr, wohl weil er zu der großen S-Kurve der Königsallee ausholen wollte, auf der rechten Straßenseite und drängte ihn stark nach links, an unsere Straßenseite hin. ... Als der einzelne Insasse des anderen Wagens nach rechts herübersah, ob es wohl einen Zusammenstoß geben würde, bückte sich der eine Herr in dem feinen Ledermantel nach vorn, ergriff eine lange Pistole, deren Kolben er in die Achselhöhle einzog, und legte auf den Herrn in dem anderen Wagen an ... Als der eine Mann mit dem Schießen fertig war, stand der andere auf, zog ab – es war eine Eierhandgranate – und warf sie in den anderen Wagen, neben dem er dicht herfuhr. Vorher war der Herr schon auf seinem Sitz zusammengesunken und lag auf der Seite. Jetzt hielt der Chauffeur an ... und schrie

‚Hilfe-Hilfe'. Der fremde große Wagen sprang plötzlich mit Vollgas an und brauste durch die Wallotstraße ab ... Das Auto mit dem Erschossenen stand inzwischen an der Bordschwelle, der Chauffeur duckte sich, in dem gleichen Augenblick gab's einen Krach, und die Eierhandgranate explodierte. Der Herr im Fond wurde von dem Druck ordentlich hochgehoben, auch das Auto machte einen kleinen Sprung ...“

Christoph war von Helena über den Anschlag unterrichtet worden. Rathenaus Hausdiener hatte bei ihr angerufen und sie gebeten, der Mutter des Ermordeten die Nachricht zu überbringen, ehe es andere tun würden.

Sie war sofort zu der alten Dame geeilt. Dann rief Christoph mich an: er wollte mich in Helenas Wohnung treffen.

Und Kaspar, der seit mehr als vierundzwanzig Stunden ohne Amytal war? Ob er einfach aufstehen und fortgehen würde? Ich warf einen Blick in sein Zimmer. „Aufgewacht, Kaspar?“ Er lag mit offenen Augen im Bett, nickte, schien aber noch benommen zu sein. Ich sagte den Meiers, wo sie mich notfalls finden könnten, und lief zur nächsten Straßenbahnhaltestelle.

Inzwischen hatten sich überall Menschen angesammelt, und Gerüchte aller Art schwirrten durch die Menge. „Eine Bombe ist in Rathenaus Auto explodiert!“ hieß es. – „Nein, im Reichstag hat es eine Explosion gegeben!“ – „Wirth und Rathenau sind beide tot!“ – „Die Reichswehr hat das Kriegsrecht verhängt!“ Männer kletterten auf die Tische der Straßencafés und hielten Reden: „Die Republik ist in Gefahr!“ – „Dies ist ein neuer Putsch von rechts!“ – „Die Arbeiterschaft muß zusammenstehen!“

Helena war noch nicht nach Hause gekommen, aber Christoph stand auf dem Balkon und starrte hinunter auf die Menschenmassen, die sich in Marschkolonnen durch die Straßen wälzten. Er drehte sich nicht einmal um, als ich hinter ihm auf den Balkon trat, aber er sagte: „Wirf das restliche Amytal weg. Das Zeug hat seinen Zweck erfüllt.“

„Schon geschehen“, sagte ich, aber ich verschwieg ihm, wann ich die letzte Ampulle weggeworfen hatte. Nach einer Weile sagte ich: „Rathenau ist nun tot. Und wer wird der nächste sein? Wirth? Aus diesem einen Fall haben wir Kaspar – vielleicht – heraushalten können, aber deine Methode ist nicht bis in alle Ewigkeit anwendbar. Dein Bruder ist ein erwachsener Mensch.“

Christoph nickte nur. Wir blieben schweigend auf dem Balkon

stehen und sahen, wie sich ein Taxi seinen Weg durch die brodelnde Menge bahnte und unter uns hielt. Bobby von Waldstein stieg aus und half Helena heraus, die in Schwarz gekleidet war. Wir empfingen die beiden an der Wohnungstür. Helena warf sich in Christophs Arme, und Bobby ging stumm an uns vorbei in den Salon.

„Und Frau Rathenau?" sagte Christoph zu Helena.

„Sie ist wie erstarrt. ‚Mein Sohn hat sein Leben dem Vaterland geopfert'; das ist das einzige, was sie immer wieder sagt."

„Hast du ihr die Nachricht überbracht?"

„Nein, die Polizei war schneller ... und auch Kanzler Wirth. Das Haus wimmelt von Menschen. Rathenaus Schwester ist auch schon da; für mich gab es nichts mehr zu tun. Mein Taxi fuhr in der Königsallee am Tatort vorbei. Dort stehen jetzt viele Leute herum. Bobby war auch da. Ich habe ihn gleich mitgenommen."

Bobby war inzwischen auf den Balkon getreten. Als ich mich neben ihn stellte, fuhr er mich wütend an: „Kaum zu glauben! Ihr habt gewußt, was passieren würde, und ..."

„Bobby, das wußte doch jedermann."

„Aber ihr hattet genaue Informationen ... Namen ..."

„Und die haben wir auch weitergegeben. Hat dir Helena nichts von unserm gestrigen Besuch bei Dr. von Winterfeldt erzählt? Er hat immerhin den Innenminister informiert."

„Gestern?"

„Vorher hatte Winterfeldt keine Zeit für uns. Außerdem hat er uns klargemacht, daß unsere Verdachtsmomente für eine Verhaftung der Verdächtigen ohnehin nicht ausreichten."

Ein Anruf für Christoph; er nahm das Gespräch in Helenas Ankleidezimmer entgegen. Gleich darauf trat er zu uns auf den Balkon. „Das war Meier. Die Polizei ist bei uns zu Hause gewesen. Sie haben Kaspar gleich zum Präsidium am Alexanderplatz mitgenommen."

Zehntes Kapitel

Wer als Quäker aufwächst, lernt schon früh, schweigend in der Gemeindeversammlung zu sitzen. Und wenn niemand den Drang verspürt, aufzustehen und zu sprechen oder zu beten, dann kann dieses

Schweigen sehr lange dauern. Denn schweigend, so hieß es, solle man seiner inneren Stimme folgen.

Ich war seit Jahren nicht mehr zur Versammlung gegangen. Nun saß ich mit ungefähr einem Dutzend schweigender Menschen in Miß Boatwrights Berliner Wohnung: ein spartanisch eingerichteter Raum mit etlichen Stühlen, ein nur mäßig warmer Kohleofen, dazu das Geräusch des Novemberregens, der gegen das Fenster trommelte. Und die fragenden Gesichter der deutschen Gäste.

Es sollte ein Versuch sein, hatte Miß Boatwright mir gesagt. Die Quäker waren es leid, ausschließlich Lebensmittel zu verteilen; sie wollten auch ein wenig Mission treiben. Und da sie meinten, die Deutschen seien seit dem Krieg schrecklich isoliert, sollten sie durch die Quäkergemeinde mit Menschen aus anderen Nationen zusammengeführt werden.

Einige Amerikaner hatten schon vorher Versammlungen abgehalten, aber nun waren zum erstenmal Deutsche dazugeladen, Freunde von Quäkern. Miß Boatwright hatte die Neulinge in einem höflichen Einladungsbrief über die schlichte Art unserer Gottesdienste unterrichtet. Und da saßen wir nun: ein Dutzend Amerikaner und Deutsche, darunter zu meiner Verwunderung Alfred und Sigrid von Waldstein.

Folge deiner inneren Stimme? Mit Walther Rathenaus Tod war eine Entscheidung gefallen – für die Deutschen eine politische, für mich eine persönliche. Ob ich mich richtig oder falsch entschieden hatte, wußte ich nicht; ich wußte nur, daß ich von nun an mit dem Leben meiner Freunde, mit ihrer Geschichte verbunden sein würde.

Christophs Plan war nur teilweise geglückt. Man hatte Kaspar doch verhaftet, und auch wir beide waren stundenlang von der Polizei verhört worden.

Aber mein Besuch bei Dr. von Winterfeldt hatte uns eine Menge Pluspunkte verschafft.

Nach dem Mord dauerte es nur wenige Stunden, bis die meisten Leute, die darin verwickelt waren, in Polizeigewahrsam saßen. Die Namensliste, die ich Winterfeldt geliefert hatte, spielte dabei eine geringere Rolle als das Mietauto, das die Mörder benutzt hatten. Techow, der Fahrer, ein Veteran des Freikorps, brachte den Wagen zum Vermieter zurück und nahm die Tasche heraus, in der sich die Ledermäntel und -kappen befanden, mit denen sich die Attentäter

unkenntlich gemacht hatten. Ehe er die Sachen im Landwehrkanal
versenkte, zählte er sie durch: Eine Kappe fehlte! Er schickte sofort
seinen sechzehnjährigen Bruder zu dem Autovermieter zurück, um
das fehlende Stück im Wagen zu suchen. Um diese Zeit war man aber
schon in ganz Berlin über das Verbrechen unterrichtet. Der Vermieter
schöpfte Verdacht und rief die Polizei. Danach gab es eine Serie von
Verhaftungen: Mehr als achtzig Leute waren in den Mord verwickelt!
Zwei Wochen später entließ der Untersuchungsrichter alle Festge-
nommenen bis auf den harten Kern der Verschwörergruppe: Tillessen, Ernst von Salomon, ebenfalls ehemaliges Freikorpsmitglied, die
Brüder Techow und noch einige andere Männer.

Auf die Mordschützen Kern und Fischer eröffnete man regelrecht
die Jagd. Am 17. Juli bemerkte man in einer verlassenen Burg an der
Saale einen Lichtschein.

Die Polizei wurde alarmiert. Kern zeigte sich an einem Turmfen-
ster; die Polizei eröffnete das Feuer und tötete ihn. Dann schoß sich
Fischer eine Kugel durch den Kopf.

Kaspar Keith wurde aus der Untersuchungshaft am Alexanderplatz
entlassen; er kehrte nicht nach Hause zurück.

DER Regen trommelte unverdrossen gegen die Scheiben, und noch
immer fühlte sich niemand zum Reden bemüßigt. Ob man darauf
wartete, daß Miß Boatwright den Anfang machte? Aber auch sie ließ
sich Zeit.

Meine Gedanken wanderten zu Falke und meiner Malerei.

Meist lief der Tag so ab: Baby und der kleine Ferdinand gingen zur
Schule, Bärbel stand mir Modell, und Fritz klapperte die Kunsthand-
lungen ab und versuchte, unsere Werke loszuschlagen. Und ich zahlte;
ich zahlte für alles und alle. Aber es tat mir nicht weh: Noch nie hatte
ich so viel Geld besessen! Natürlich verdankte ich diese Reichtümer
nicht meiner Kunst; sie stammten aus meinem Termingeschäft an der
Amsterdamer Devisenbörse. Als im September mein erster Kaufauf-
trag fällig wurde, war die Mark so stark gefallen, daß ich für einen
Dollar eintausendzweihundert Mark bekam. Und bei ausgeglichenem
Konto hatte mein Gewinn zweitausend Dollar betragen. Aber Dr.
Straßburger sagte: „Keine neuen Termingeschäfte! Der Devisenmarkt
wird zu unsicher. Deponieren Sie fünfhundert Dollar in Amsterdam,
und steigen Sie an der Berliner Wertpapierbörse ein. Dabei verlangt

man von Ihnen nur eine fünfundzwanzigprozentige Einschußzahlung. Für den Rest, den Sie bei uns aufnehmen, stellen Sie wieder einen Schuldschein aus. Steigen Ihre Aktien, verkaufen Sie einen Teil davon, um Ihren Kredit zu tilgen. Der Rest gehört Ihnen."

Ich folgte seinem Rat, und Mitte November waren meine Aktien beträchtlich gestiegen. Ich hatte aber noch keine Lust, meine Schulden zu tilgen, sondern kaufte noch mehr Wertpapiere, nahm noch mehr Geld bei Waldstein & Co. auf. Wurden in der Folgezeit Schuldscheine fällig, hatte der Markbetrag, auf den sie lauteten, nur noch einen Bruchteil seines ursprünglichen Werts. Ich begriff nicht, wie die Banken unter solchen Verhältnissen noch geschäftsfähig bleiben konnten. Dann erfuhr ich, daß die Reichsbank ihnen schon längst Diskont gewährte: Sie durften die Schuldscheine ihrer Kunden an das staatliche Institut abtreten. Mit anderen Worten: Der Staat selbst finanzierte das ganze wahnwitzige System. Und mein Aktiendepot wuchs und wuchs und meine Schulden bei Waldstein & Co. ebenfalls.

Folge deiner inneren Stimme!

Als ich den Raum betrat, hatte mir Sigrid von Waldstein zugelächelt, und darüber war ich richtig glücklich. Denn Bobbys Verhalten am Tag des Attentats hatte mir klargemacht, wie die Waldsteins von nun an zu mir und Christoph Keith stehen würden. Kaspars Name war zwar nur einmal, im Zusammenhang mit seiner Entlassung aus der Untersuchungshaft, in der Presse aufgetaucht, aber das war schon zuviel. Es behagte den Waldsteins nicht, auf irgendeine Weise mit der Rathenau-Affäre in Verbindung gebracht zu werden; Christoph bekam es an seinem Arbeitsplatz in der Bank zu spüren, und ich spürte die Folgen, als ich bei Lili telefonisch anfragte, ob sie am Sonntag zu einer Segelpartie Lust hätte. Lust schon, hatte sie geantwortet, aber leider müßte sie eine Kusine in Potsdam besuchen.

Schließlich hatten sich Helena, Sigrid und auch Alfred für uns bei den älteren Waldsteins verwendet – mit Erfolg. Lili und ich segelten wieder auf der Havel.

Endlich erhob sich Miß Boatwright. Ich stand auch auf, um zu übersetzen. An den Wortlaut ihrer kleinen Rede erinnere ich mich nicht mehr genau. Ich weiß aber noch, daß sie dafür eintrat, statt der Politiker lieber die einfachen Bürger der verschiedenen Nationen miteinander reden zu lassen. Als sie sich gesetzt hatte, herrschte wieder tiefe Stille.

Schließlich stand eine kleine deutsche Frau mittleren Alters auf. Ich machte mich zum Übersetzen bereit.

„Ich weiß, daß wir Deutschen den anderen Völkern verhaßt sind", begann sie, „und ich verstehe es nicht: Wir hassen doch die anderen Völker auch nicht. Mein Sohn ist in Frankreich gefallen, aber er haßte die französischen Soldaten nicht, und ich kann sie auch nicht hassen. Es waren der Kaiser und die Minister und die Generäle, die den Krieg begonnen haben, nicht das einfache Volk. Wir sind besiegt worden, und jetzt sollen wir den Siegern soviel Geld bezahlen, wie wir gar nicht haben. Das begreife ich auch nicht. Die Quäker sind die einzigen unter unseren Kriegsgegnern, die unseren hungernden Kindern geholfen und uns als Freunde die Hand gereicht haben. Das werden wir nie vergessen."

Sie setzte sich, und dann sprach ein älterer Amerikaner über die Geschichte unserer *Christlichen Gesellschaft der Freunde*. Er sagte auch, daß etliche *Freunde* hier in Berlin die wöchentlichen Versammlungen in Miß Boatwrights Wohnung fortsetzen wollten und daß Gäste willkommen seien.

Dann schüttelte er Miß Boatwright die Hand und setzte sich. Miß Boatwright dankte mir für das Übersetzen, gab mir die Hand, und die Versammlung war aus.

FÜR sehr viele Deutsche wurde das Weihnachtsfest des Jahres 1922 zum Alptraum. Mitte Dezember stand der Dollar bei siebentausend Mark, und für ein Pfund Butter, das im November noch achthundert Mark gekostet hatte, mußte man nun zweitausend Mark bezahlen. Für meine Weihnachtseinkäufe hob ich das Geld bei der Waldsteinbank ab. Den Geldscheinstapel, den der Kassierer vor mir aufschichtete, teilte ich in mehrere Bündel, die ich auf sämtliche Anzug- und Manteltaschen verteilte.

Es schneite. Die Leute in den Straßen sahen verfroren und niedergeschlagen aus. Das Wort *Ruhrgebiet* sprang uns tagtäglich aus den Schlagzeilen aller Zeitungen ins Auge. Die Franzosen drohten, das Herz der deutschen Schwerindustrie zu besetzen, falls Deutschland nicht sofort seinen Rückstand in den Kohle- und Stahllieferungen aufholte. Auf den Innenseiten der Tagespresse wimmelte es von Angeboten: „Eheringe, Schmuck aller Art ... zu unglaublich günstigen Preisen!"

Trotzdem war das Menschengewühl im KaDeWe, dem großen „Kaufhaus des Westens", geradezu beängstigend. Die Käufer drängten sich vor den Vitrinen mit böhmischen Glaswaren und Meißener Porzellan; sie umlagerten die Tische, auf denen Spielzeugeisenbahnen von echten Dampflokomotiven gezogen wurden und ganze Armeen von Bleisoldaten an erfolgreichere Kriege der Vergangenheit erinnerten. Während die einen ihre Eheringe verkaufen mußten, um nicht zu verhungern, legten die anderen – ausländische Spekulanten wie ich, aber auch viele Deutsche – ihr Geld so rasch wie möglich in Weihnachtsgeschenken an, die morgen schon wieder viel teurer sein würden.

Für Frau Keith kaufte ich eine braune Kaschmirjacke, für Frau Meier und Frau Bauer Lederhandtaschen. Lili sollte eine winzige goldene Armbanduhr bekommen; nur Bärbel und Baby bereiteten mir Kopfzerbrechen.

Mit meinen Päckchen beladen, ließ ich mich in der Menge treiben und überlegte angestrengt, womit ich den beiden eine Freude machen könnte.

Seit Wintereinbruch traf ich Lili nur noch selten. Die Familie bewohnte jetzt das Stadthaus am Pariser Platz No. 4. In der Woche wurde Lili mit dem Auto zur Schule gebracht und auch wieder abgeholt, es sei denn, sie war bei einer Schulfreundin eingeladen. Sonnabends ritt sie im Tiergarten aus, immer in einer Gruppe junger Mädchen und unter Aufsicht.

„Ich könnte mir doch ein Reitpferd leihen und Lili begleiten", sagte ich eines Tages zu Helena, als wir in ihrer Wohnung auf Christoph warteten.

Sie kicherte. „Davon wären die alten Herrschaften bestimmt nicht erbaut. Stell dir vor, alle Anbeter dieser jungen Damen kämen auf eine solche Idee! Wohin sollte das führen . . ."

„Helena, du mußt mir helfen. Ich kann Lili nur noch sonntags beim Fünfuhrtee treffen, und dann sind immer so viele andere Gäste dabei."

Helena musterte mich streng. „Warum sollte ich dir helfen, meiner Cousine den Hof zu machen, Peter Ellis?"

„Du weißt doch, daß ich ganz verrückt nach Lili bin."

„Und was für Absichten hast du in bezug auf mein Cousinchen?"

„Absichten? Was für Absichten?" stammelte ich. „Vollkommen ehrenhafte natürlich."

„Ehrenhafte? In schlichtes Deutsch übersetzt hieße das also, du möchtest Lili heiraten."

Bisher hatte ich mich um diese Frage stets gedrückt. Aber vor Helena gab es kein Ausweichen. „Ja", antwortete ich.

„Es ist dir ernst?"

„Ja, bestimmt." Und plötzlich war es mir wirklich ernst.

AM MORGEN des 24. Dezember wurde ich durch heftiges Klingeln an der Haustür geweckt. Ich hörte Türen klappen und schwere Stiefel, die treppauf, treppab liefen.

Kaspar und seine Kameraden sind zurückgekommen! Das war mein erster Gedanke. Ich warf mir den Bademantel über und trat vor die Zimmertür. Vom oberen Treppenabsatz aus sah ich, daß zwei Sanitäter eine Bahre aus dem Haus trugen. Christoph, Frau Keith und Dr. Goldschmidt gingen hinterher.

Als ich unten ankam, hatte Meier die Haustür schon wieder geschlossen. „Der Herr General ...", sagte er. „Dr. Goldschmidt meint, es wäre das Herz. Sie bringen ihn nach Potsdam ins Militärkrankenhaus."

Eine Stunde später rief Christoph aus Potsdam an. Der Zustand seines Vaters hatte sich stabilisiert.

Frau Keith wollte aber den Weihnachtsabend am Krankenbett ihres Mannes verbringen. Helena hatte Christoph eine Einladung zur Weihnachtsfeier bei den Waldsteins verschafft, und ich hatte ebenfalls eine Einladung bekommen: von Lili! „Dunkler Anzug erwünscht", hatte sie geschrieben.

Wir sollten um sechs Uhr am Pariser Platz sein. Um vier war ich immer noch in Neukölln. Ich hatte mit Fritz Falke bei einem Straßenhändler am Hermannplatz für tausendfünfhundert Mark einen kleinen Weihnachtsbaum erstanden. Die sechs Kerzen dazu kosteten nochmals sechshundert Mark. Am Hermannplatz war auch an diesem Nachmittag viel los. Männer und Frauen mit müden, verdrossenen Gesichtern entstiegen den Straßenbahnen; fadenscheinige Kleidung, allenthalben der Mief von ungewaschenen Körpern und billigem Fusel ... Auch Falke war betrunken. So stockbetrunken, daß er nur noch vor sich hin stolperte und mir beim Tragen des Weihnachtsbaums hinderlich war. Kurzerhand lud ich mir das Bäumchen auf die Schulter und versuchte, Falkes Stiefeln nicht mehr ins Gehege zu kommen.

Als wir im eisigen Treppenhaus nach oben stiegen, wollte er mir unbedingt wieder beim Tragen helfen. In jedem Stockwerk kamen ein paar Kinder aus den Türen gelaufen und betrachteten mit großen Augen unseren Weihnachtsbaum. „Hurra! 'n Tannenbaum!" kreischte Baby, als sie uns öffnete, und sie fiel mir um den Hals. Hinter ihr stand der kleine Ferdinand in seinen zu kurzen Hosen und dem zerlöcherten Pullover.

O Gott! Den Jungen hatte ich ganz vergessen! Woher sollte ich jetzt noch ein Geschenk für ihn nehmen?

Die Küche war warm, und es duftete herrlich: Ich hatte den Mädchen Geld für eine Weihnachtsgans gegeben, und Frau Bauer hantierte noch am Backofen.

Falke nahm eine Flasche Schnaps aus dem Schrank und füllte die Gläser. Ich half unterdessen dem Kleinen, der einen Eimer Wasser geholt hatte und nun versuchte, das Bäumchen darin aufzustellen. Baby befestigte die Kerzen mit langen Haarnadeln an den Zweigen.

„Soll ich den Baum ins Atelier tragen?" fragte ich.

„Da ist es saukalt. Weihnachten findet bei uns in der Küche statt", sagte Falke und verteilte die Gläser.

Frau Bauer öffnete schon wieder die Backröhre und piekte mit der Gabel in die Gans. „Noch 'ne Stunde", sagte sie, zu mir gewendet. „Sie bleiben doch hier und helfen uns, Ihre Gans zu verspeisen?"

„Das ist doch Ehrensache", sagte Baby. „Klar, daß Peter hierbleibt." Sie zündete schon die Kerzen an.

Falke erhob sein Glas: „Meine verehrten Damen und Herren, wir wollen auf das Weihnachtsfest anstoßen!" Leicht schwankend baute er sich vor mir auf und fuhr fort: „Ich werde den Verdacht nicht los, daß man meinen Schüler noch woanders zur Weihnachtsfeier erwartet . . . So erheben wir jetzt schon unsere Gläser, um ihm zu danken und ein fröhliches Fest zu wünschen!"

Wir stießen miteinander an, und ich sagte: „Ihr seid alle so nett zu mir gewesen. Ich wünsche euch auch fröhliche Weihnachten, und ich hoffe, daß euch meine kleinen Geschenke gefallen."

Und ob sie ihnen gefielen! In meiner Not war mir der prächtige schwarze Füllfederhalter eingefallen, den ich mir gerade zugelegt hatte. Ich zog ihn aus der Tasche und überreichte ihn Ferdinand. Der Junge schnappte nach Luft, hielt das gute Stück erst ein Weilchen andächtig in der Hand und setzte sich dann an den Tisch, um es sofort auszuprobieren.

Frau Bauer war angesichts der Handtasche überwältigt. Sie weinte vor Rührung, während Bärbel und Baby noch ihre Päckchen aufknoteten. Ich hatte es für das vernünftigste gehalten, ihnen Geld zu schenken. Der Kassierer von Waldstein & Co. konnte mir zwei seltene Fünfdollargoldmünzen besorgen. Die beiden Mädchen starrten auf die Münzen, während ich ein paar Worte stammelte: „... wußte doch nicht, was euch gefällt ..., könnt euch damit kaufen, was euch Spaß macht ..."

Beide gaben mir einen Kuß und bedankten sich überschwenglich, aber irgend etwas stimmte nicht. Immerhin war jede der Münzen nach dem Tageskurs vierzigtausend Mark wert, aber vielleicht fühlten sie sich durch das Geldgeschenk beleidigt?

Falke hatte schon wieder Schnaps eingegossen. „Wir haben auch etwas für meinen Schüler", sagte er und verschwand im Schlafzimmer. Im selben Augenblick drängten sich die beiden Mädchen an mich und steckten mir die Dollarmünzen in die Jackettasche. „Heb sie für uns auf", flüsterte Bärbel. „Er nimmt sie uns sonst weg, sowie du fort bist."

Falke kam zurück und überreichte mir mit förmlicher Verbeugung ein Paket. Ich entfernte das Papier – und blickte mir selbst in die Augen! Es war eine gerahmte Kohlezeichnung in Falkes unnachahmlichem Karikaturenstil: ein ziemlich brav aussehender junger Mann in gestreiftem Anzug, Hemd und dunklem Schlips mit ordentlich gekämmtem Haar. Es war ein gutes Bild; ich habe es heute noch.

Ich dankte ihm und schaute auf die Uhr. Dann sagte ich so beiläufig wie möglich: „Hör mal, Fritz, die Mädchen sollten so viel Geld lieber nicht mit sich herumschleppen. Wenn ihnen jemand eins über den Kopf haut oder hier einbricht ... Also, ich lege es lieber in meinen Tresor. Sie können es jederzeit haben, wenn sie es brauchen."

Falke schwieg. Er stierte in sein Glas, kippte sich den Rest in die Kehle, schluckte.

Höchste Zeit, aufzubrechen. Ich gab den drei Frauen zum Abschied einen Kuß, schüttelte dem Jungen die Hand und ließ mich von Falke zur Tür bringen.

Bei den Waldsteins war der Weihnachtsbaum in der großen Empfangshalle aufgestellt. Er trug wohl an die hundert brennende Kerzen, glitzerndes Lametta, bunte Glaskugeln und Sterne, Halbmonde und Posaunenengelchen in Hülle und Fülle. Hinter der Tanne führte eine breite, geschwungene Treppe in die oberen Stockwerke. Am Fuß des Baums häuften sich Geschenke, die alle in wunderbares Weihnachtspapier eingewickelt und mit Namensschildchen versehen waren.

In der dunklen Halle und auf den unteren Treppenstufen standen die Gäste dicht gedrängt: Waldsteintanten und -onkel, Schwiegermütter, Schwiegerväter, Kinder und Enkel, Freunde und Dienerschaft. Die Familienoberhäupter, Lilis Vater und ihr Onkel Fritz, hatten sich vor den Stufen postiert. Sie standen nicht weit vom Eingang zum großen Salon entfernt, wo ein paar Musiker vor dem Flügel Platz genommen hatten. Baron Eduard gab das Zeichen zum Einsatz, das Orchester intonierte „O Tannenbaum ...", und die Schar der nahezu hundert Gäste fiel in das Lied ein.

Ich streifte Lili, die neben mir stand, mit einem Blick.

So stehen Braut und Bräutigam in der Quäkerversammlung nebeneinander, dachte ich. Und dann sagen sie einfach: „Ich nehme dich, Elisabeth von Waldstein, zur Frau, und ich nehme dich, Peter Ellis, zum Ehemann; die *Freunde* sind unsere Zeugen", und das ist schon alles. Aber für uns würde es natürlich eine richtige Waldstein-Hochzeit geben, hier im Stadtpalais und in der Kirche der Waldsteins.

„Dort drüben steht ja Miß Boatwright", flüsterte ich Lili zu.

„Ja, und sie hat noch einen Gast mitgebracht: einen amerikanischen Bankier."

Das Lied war zu Ende. Alfred trat vor die Gäste und las das Weihnachtskapitel aus dem Lukasevangelium. Dann setzte das Orchester wieder ein, und alle zusammen sangen wir „Stille Nacht, heilige Nacht". Als der letzte Ton verklungen war, wurde das elektrische Licht eingeschaltet, und Baron Eduard begann, die Geschenke zu verteilen. Er rief jeden Anwesenden namentlich auf, zuerst die Diener, dann die Kinder, die Gäste ...

„Mr. Peter Ellis!"

Lili gab mir einen leichten Schubs, und ich nahm aus der Hand ihres Vaters eine Schachtel entgegen. Ich stellte sie auf einem Tischchen ab und ging zu Miß Boatwright hinüber, die mir mit den Augen ein Zeichen gegeben hatte.

Ihr Begleiter war ein wohlbeleibter kleiner Herr mit weißem Haar. Er hieß Whitney Wood, und er erzählte mir sofort, daß ihn mein Vater vor zwanzig Jahren vom Blinddarm befreit hätte. Er war damals in Philadelphia zu einer Hochzeit eingeladen gewesen. Mein Vater und Whitney Wood waren seither in Verbindung geblieben, und Mr. Wood war Kurator am Krankenhaus meines Vaters geworden, bis er schließlich als Partner bei J. P. Morgan & Co. eintrat.

Ich mochte Whitney Wood, und mir gefiel auch die Art, in der er Miß Boatwright anschaute, eine strahlende Susan Boatwright, die an diesem Abend wie eine aufgeregte Debütantin schwatzte. „Whitney", sagte sie, „Peter ist auf dem besten Wege, eine Berühmtheit zu werden. Er hat schon Bilder an Galerien verkauft." Und zu mir sagte sie: „Whitney ist im Regierungsauftrag hier. Es geht um die deutschen Reparationen. Er ist schon zum Arbeitsessen in der Bank am Gendarmenmarkt gewesen, und er findet die Lage besorgniserregend."

„Habe ziemlich lange mit diesem Dr. . . . wie heißt er doch? . . . also diesem Herrn, der in der Bank das Sagen hat, geredet", meinte Mr. Wood.

„Dr. Straßburger", sagte ich. Da tauchte Helena auf und verkündete, daß ich Tischherr sei und sie zur Tafel führen müßte. Christoph saß neben Lili, und Miß Boatwright und Whitney Wood hatten Ehrenplätze neben dem Hausherrn und seiner Frau.

Auf Servierwagen wurden dampfende Silberschüsseln mit dem traditionellen Weihnachtskarpfen hereingerollt. Der Butler zerteilte den Fisch mit der Präzision eines Chirurgen, und ein jüngerer Diener legte uns die Portionen auf die vorgewärmten Meißener Teller. Serviermädchen reichten unterdessen Gemüseschüsseln herum.

Helena war während des Essens ungewöhnlich schweigsam.

„Fühlst du dich nicht wohl?" fragte ich schließlich.

„Ich bin nur ein bißchen nervös."

„Weshalb denn?"

Sie machte mit dem Kopf eine leichte Bewegung zum Ende der Tafel hin, wo ihr Vater in der Nähe der beiden Barone saß. „Du wirst es gleich erfahren", sagte sie.

Baron Eduard erhob sich, und alle Gespräche verstummten.

„Verehrte Gäste", begann er, „wieder einmal sind wir hier versammelt, um auf ein Weihnachtsfest anzustoßen, aber diesmal habe ich das große Vergnügen, vorher noch einen anderen Toast anzukündigen. Ich erteile meinem Vetter Paul das Wort."

Helenas Vater stand auf, das Glas in der Hand. Unter dem Tisch drückte mir Helena plötzlich die Hand; ihre Finger waren eiskalt.

„Liebe Freunde", sagte Paul von Waldstein, „unser geliebtes Vaterland ist in tödlicher Gefahr; der Zustand unserer Wirtschaft ist chaotisch; eine feindliche Armee steht Gewehr bei Fuß, um unser lebenswichtiges Industriegebiet zu besetzen. Der Gedanke an diese Verhältnisse belastet uns schwer, selbst während der Festtage. Aber das Leben geht weiter, und so gebe ich Ihnen heute voller Stolz und Freude die Verlobung meiner geliebten einzigen Tochter . . ."

„Hurra!" schrie Lili und beugte sich über meine Stuhllehne, um Helena einen Kuß zu geben. Helenas Finger, die noch immer meine Hand umklammerten, hatten heftig gezuckt.

Alle Gäste waren aufgestanden und hatten ihre Gläser erhoben; nur Christoph und Helena blieben sitzen und versuchten zu lächeln.

Wir tranken auf ihr Wohl, und die Diener füllten die Gläser aufs neue. Nun erhob sich Christoph und hielt eine Rede. Sie war kurz und melancholisch: Er brauche den Anwesenden wohl nicht erst zu versichern, daß er Helena schon seit Jahren verehre. Widrige Umstände – der Krieg, die Revolution, die Wirtschaftskrise – hätten ihre Verbindung bisher aber verhindert. Und er schloß: „Es fällt mir schwer, eine Prinzessin zu bitten, meinetwegen ihren Rang aufzugeben. Da sich aber die Verhältnisse auf absehbare Zeit kaum ändern werden, haben Helena und ich beschlossen, auch die schweren Zeiten – wie vielleicht später einmal die guten – miteinander zu teilen." Er hob sein Glas: „Auf noch viele zukünftige Weihnachtsfeste in diesem Kreis!"

Wir tranken ihm zu.

Helena flüsterte: „Bis hierher hat er acht Jahre gebraucht. Ob er es noch bis zum Altar schafft?" Ihr standen Tränen in den Augen.

Der Kaffee wurde im Salon serviert. Ich hatte mich mit Lili ein wenig von den anderen separiert. „Du hast dir dein Geschenk noch nicht angesehen", sagte sie.

Himmel! Mein Geschenk! Ich holte die Schachtel aus der Halle, aber ehe ich sie öffnete, zog ich mein Päckchen für Lili aus der Tasche: „Von mir ... für dich!"

Wir wickelten unsere Geschenke aus dem Papier. Ich war sprachlos: In den Händen hielt ich eine Flasche mit dem Modell der Waldsteinschen Jolle. Das kleine Segelboot war mit höchster Präzision nachgebaut. „Lili, das ist umwerfend", stammelte ich.

„Hübsch, nicht wahr? Einer unserer Gärtner hat es gebaut; es war seine eigene Idee. Unsere Leute haben sich damals so gefreut, als sie das Boot endlich wieder draußen auf dem See sahen ... O du meine Güte! Peter, bist du übergeschnappt?" Sie hatte die kleine Armbanduhr ausgepackt, über das Handgelenk gestreift und hielt den Arm jetzt weit von sich gestreckt, um ihr Geschenk zu begutachten. Ihre Lippen zuckten merkwürdig.

„Gefällt es dir nicht?"

„Und ob! Ich finde sie wunderschön. Ich weiß bloß nicht, ob ich sie behalten darf." Sie blickte zu ihren Eltern hinüber.

„Das verstehe ich nicht."

„Sieh mal, Peter, es ist doch ein ziemlich teures Geschenk ... für ein Mädchen, das noch ..."

Ich fühlte Ärger in mir aufsteigen. „Es verpflichtet dich zu gar nichts."

Lili nahm meine Hand. „Peter, es liegt doch nicht an mir! Es ist wegen meiner Mutter. Sie hält es bestimmt für unpassend. Aber, bitte, wir wollen deswegen nicht streiten. Mit Mama werde ich schon fertig. Sie braucht die Uhr ja nicht gerade heute abend zu sehen." Sie fügte hinzu: „Was machst du Silvester? Hast du schon Pläne?"

ELFTES KAPITEL

AM DONNERSTAG, dem 11. Januar 1923, stand ich fröstelnd in der düsteren Garnisonkirche zu Potsdam. Sechs Reichswehroffiziere, alle gestiefelt und gespornt, trugen General Keiths Sarg auf den Schultern durch den Mittelgang zum Kirchenvorplatz. Ihnen folgten Frau Keith an Christophs Arm und ein kleiner Zug schmallippiger, finster dreinblickender alter Herren, darunter ein Feldmarschall. Kaspar war nicht gekommen, und ich war nicht der einzige gewesen, der verstohlen in der Kirche nach ihm Ausschau gehalten hatte.

Als Helena neben mir auf den verschneiten Vorplatz hinaustrat, zog sie den Schleier vors Gesicht. Eine Militärkapelle intonierte „Ich hatt' einen Kameraden ...", eine Infanterieabteilung präsentierte das Gewehr, und der Sarg wurde auf eine Lafette geschoben und befestigt. Pferdehufe scharrten auf dem Kopfsteinpflaster; das Fahrzeug mit dem Sarg setzte sich unter Trommelwirbeln in Bewegung.

Die alten Herren standen noch plaudernd vor dem Kirchenportal, als mehrere Automobile vorfuhren und Christoph seiner Mutter beim Einsteigen in den ersten Wagen half. In diesem Augenblick packte mich Helena am Arm. „Da! Schau, dort drüben, hinter dem Baum, an dem der Sarg gerade vorbeifährt!"

Ich wandte den Kopf ... und sah, was Helena gesehen hatte.

„Sag ihnen lieber nichts", bat sie, „bitte, sag es ihnen nicht."

In der Villa Keith herrschte nicht so sehr Trauer wie patriotische Empörung. Auf dem Weg von Potsdam nach Berlin hatten sich viele der Trauergäste Zeitungen gekauft. Die Franzosen waren in Essen einmarschiert! Die Besetzung des Ruhrgebietes hatte begonnen!

„Ein unverhüllter kriegerischer Akt!" rief einer der Generäle. „Kein Wunder angesichts unserer rückgratlosen Versöhnungspolitik."

„Jetzt werden die Freikorpsleute sofort wieder auf dem Plan erscheinen", meinte ein zweiter General.

„Dafür sind schon Vorbereitungen getroffen. Von Seeckt stellt die Männer in kleinen Einheiten auf. Zur Ausbildung sind sie allerdings draußen."

In der anderen Ecke des Raums kümmerte sich Frau Keith um ihre Gäste. Sie wirkte jünger als die meisten der Offiziersfrauen, denen sie den Kaffee einschenkte. Ich wandte mich an Christoph. „Darf ich mal eine indiskrete Frage stellen? Wie alt ist deine Mutter?"

„Sie ist fünfundfünfzig Jahre, fünfzehn Jahre jünger als mein Vater. Ja, mein alter Herr hatte es mit dem Heiraten nicht eilig. Hat das Junggesellenleben genossen."

„Da wir gerade vom Heiraten reden ..."

„Ich muß selbstverständlich ein paar Trauermonate vergehen lassen. Aber zur Hochzeit möchte ich dich ... nun ja, ich hätte dich längst fragen sollen, aber, um ehrlich zu sein: Wir haben immer noch gehofft, Kaspar werde zurückkommen und Helena akzeptieren. Nun ist er nicht einmal zu Vaters Beerdigung aufgetaucht ..."

Sollte ich es ihm sagen?

„Also kurz und gut: Ich möchte dich bitten, Trauzeuge zu sein."
„Selbstverständlich, Christoph. Es wäre mir eine Ehre, aber ich bin
sicher, daß Kaspar ..."
„Nein, er haßt uns jetzt. Wir haben ihn bei der O.C. kompromittiert. Er muß ihnen nun erst recht beweisen, daß er auf ihrer Seite
steht. Was das bedeutet, mag ich mir gar nicht vorstellen."

ZWEI Wochen später. Whitney Wood hatte Miß Boatwright und
mich zum Abendessen ins Adlon eingeladen. Er erzählte von seinen
Gesprächen mit dem Kohle- und Stahlmagnaten Hugo Stinnes und
einigen einflußreichen Leuten von der Reichsbank.
„Sie begreifen nicht, was sie tun", sagte er. „Sie bezahlen die
Regierungsschulden, indem sie, so schnell wie möglich, neues Geld
drucken. Hier, dieser Schein ist die erste Hunderttausendmarknote.
Und wieviel war sie heute bei Börsenschluß wert? Kaum mehr als fünf
Dollar."
Ich wußte es schon; Christoph gab mir jetzt täglich zweimal
telefonisch den Dollarkurs durch. Alle Deutschen informierten sich
inzwischen zweimal am Tag über den neuesten Stand der Mark.
„Natürlich steht dahinter eine Absicht", fuhr Whitney Wood fort.
„Man hofft, auf diese Weise die Zahl der Arbeitslosen möglichst
niedrig zu halten, und ist überzeugt, daß noch größere Arbeitslosig-
keit dem Kommunismus Tür und Tor öffnen würde; und den
Kommunismus fürchtet man mehr als alles andere. Aber Stinnes treibt
ein doppeltes Spiel. Einerseits redet er von der Erhaltung der
Arbeitsplätze und davon, daß deutsche Waren möglichst billig
angeboten werden müssen, um im Ausland konkurrenzfähig zu sein;
andererseits ist er es vor allem, der die Reichsbank ermuntert, immer
neues Geld zu drucken, so daß der Wert der Mark ins Bodenlose fällt.
Aus dieser Inflation hat er sich ein Industrie-Imperium aufgebaut.
Natürlich schafft er Arbeitsplätze, denn wer möchte schon, daß sich
die Massen zusammenrotten und eine neue Revolution anzetteln!
Stinnes findet übrigens, daß seine Leute zuwenig verdienen, daß sie
aber das Dreifache verdienen könnten, wenn sie sich zum Zehnstun-
denarbeitstag bereit erklärten. Da sie nicht dazu bereit sind, möchte er
sie zwingen ..."
„Zwingen? Wie denn?" fragte ich.
„Er will einen starken Mann einsetzen; jemand, der die Volksmas-

sen mitreißt und ihnen einredet, daß die Sechzigstundenwoche das
deutsche Volk aus dem Elend führen könnte."

„Wo will er denn diesen Mann hernehmen?"

„Er hat ihn schon gefunden ... in München."

„Doch nicht Adolf Hitler?"

Whitney Wood nickte.

„O nein!" sagte ich. „Hitler ist doch dieser Mann, der unaufhörlich
gegen die Juden hetzt. Alles, was Deutschland zugestoßen ist, haben
die Juden verschuldet; von dieser Vorstellung ist er ja geradezu
besessen."

„Ja, das ist wahr. Stinnes meint, daß München voller Leute ist, die
putschen wollen: bayerische Monarchisten, ein Dutzend rechtsgerich-
teter Gruppen, fast alle bis an die Zähne bewaffnet, und Adolf Hitlers
Bande. Seine Leute gehorchen ihm aufs Wort, und außerdem scheint
er ein geborener Volksredner zu sein; er hypnotisiert die Massen.
Stinnes glaubt, daß sich Hitler damit begnügen wird, die Arbeiterschaft vom Überlaufen zu den Kommunisten abzubringen, daß er
aber die Wirtschaft den Fachleuten überlassen wird. Und sobald die
Wirtschaft in Ordnung ist, wird Deutschland auch wieder im Ausland
Geld aufnehmen." Whitney Wood machte eine kleine Pause und fügte
hinzu: „Wenn Stinnes *Ausland* sagt, kann man sich denken, welches
Land er meint. Und ich kann erraten, warum er ausgerechnet mich so
hofiert." Er lächelte.

Ich schüttelte den Kopf. „Daraus kann nichts werden. Hitler ist
nicht einmal Deutscher; ein zugereister Österreicher, Anstreicher oder
so etwas Ähnliches."

„Na und? Wilhelm Cuno, der augenblickliche Kanzler, war
Generaldirektor der Hamburg-Amerika-Linie; ein Anstreicher kann
kaum mehr Unheil anrichten als dieser Mann. Außerdem soll Hitler ja
gerade nicht alles in die Hand bekommen. Sie wollen nur sein
Redetalent benutzen, um Ordnung zu schaffen. Die Deutschen lieben
doch die Ordnung, und zur Zeit bietet man ihnen nur das Chaos; ein
Chaos, das zur Revolution führen könnte."

Whitney Wood legte eine Atempause ein und zündete sich eine
Zigarre an. Dann schloß er: „Von unserm Standpunkt aus ist der
Stinnes-Plan einem bolschewistischen Deutschland vorzuziehen.
Oder sind Sie anderer Meinung?"

WÄHREND der letzten Monate hatte mich ausschließlich Christoph in meinen finanziellen Angelegenheiten beraten. Deshalb war ich überrascht, als mich Dr. Straßburger an einem Apriltag anrief und auf halb drei Uhr in die Bank bestellte.

Als ich am Gendarmenmarkt eintraf, brachte der Hausdiener wortreiche Entschuldigungen vor: Der Herr Geheimrat sei noch in einer Besprechung; ob ich wohl freundlicherweise warten wolle ...

Im gleichen Augenblick klingelte es. Der Hausdiener ließ zwei Männer in Reichswehruniform ein: einen hochgewachsenen Leutnant, sehr jung, sehr blond, und einen stämmigen Unteroffizier, der sich mit zwei Aktentaschen abschleppte, die fast aus den Nähten platzten. „Leutnant Graf Brühl zu Zeydlitz", meldete der Unteroffizier, „zum Baron Robert von Waldstein."

Wieder bat der Hausdiener vielmals um Entschuldigung; der Herr Baron sei gerade außer Haus. Ob wohl einer der anderen Herren ...

„Ist Leutnant Keith hier?" fragte Graf Brühl.

Der Hausdiener sagte, der Herr Oberleutnant sei wahrscheinlich in seinem Büro. Wenn der Herr Graf in einem der Besucherzimmer Platz nehmen wolle ...

Der Offizier hatte mich bis dahin kaum beachtet. Plötzlich begriff ich, wer da vor mir stand. Ich trat auf ihn zu, streckte ihm die Hand hin und sagte: „Guten Tag, Herr Graf. Ich bin Peter Ellis, und Sie sind bestimmt Sigrids Bruder."

Er schüttelte mir die Hand, schlug die Hacken zusammen und sagte: „Guten Tag, mein Herr." Er sah ein wenig verwirrt drein.

„Ich habe eine Fotografie von Ihnen gesehen", sagte ich. „Eine Aufnahme aus der Kadettenanstalt. Sie liegen mit einem Gewehr im Fenster ..."

Stirnrunzeln, dann, endlich, ein Lächeln. „Richtig, Sie wohnen ja bei Keiths. Christophs Freund. Jetzt verstehe ich ..."

Stehend machten wir Konversation. Ich gab mir Mühe, die beiden dicken Aktentaschen zu übersehen; sie waren so vollgestopft, daß sie wie aufgeblasen wirkten. Dann erschien Christoph. Er lächelte nicht, als er uns beiden die Hand gab. „Dr. Straßburger erwartet dich jetzt", sagte er zu mir.

„Und ich habe eine kleine Transaktion mit Waldstein & Co. abzuwickeln", meinte der Graf.

„Ja", sagte Christoph, „das ist nicht zu übersehen."

Ich versicherte Graf Brühl, daß es mir ein Vergnügen gewesen sei, seine Bekanntschaft gemacht zu haben. Dann folgte ich dem Hausdiener in Dr. Straßburgers Zimmer.

Der Geheimrat sah blaß und müde aus. Er entschuldigte sich wegen der Verzögerung. Das Bankgeschäft sei heutzutage so kompliziert. Ob ich wohl schon den neuesten Dollarkurs gehört hätte? Dreißigtausend Mark für einen Dollar! Während der letzten Wochen hatte die Reichsbank den Wechselkurs durch neue Stützungskäufe wenigstens auf zwanzigtausend Mark halten können, und es schien etwas Ruhe am Geldmarkt einzukehren. Aber an diesem Nachmittag waren plötzlich die Stinnes-Leute an den Börsen aktiv geworden und hatten riesige Beträge ausländischer Valuta aufgekauft und, mit anderen Worten, deutsche Mark in großen Mengen abgestoßen. Und damit wurden die Stützungskäufe der Reichsbank unterlaufen.

Schon wieder dieser Name! „Warum hindert niemand Hugo Stinnes an solchen Manipulationen?" fragte ich.

„Tja, eine gute Frage! Die Reichsbank selbst hat ihm den Segen zu seinen Transaktionen gegeben. Stinnes sagt einfach, er brauche dringend harte Währung, um Rohstoffe für seine Fabriken einzukaufen. Das ist verständlich, aber konnte er nicht, wie jeder andere vernünftige Mensch auch, langsam und vorsichtig ausländische Valuta ankaufen? Statt dessen untergräbt er noch den kläglichen Rest der Stabilität."

Dr. Straßburger nahm den Kneifer ab und rieb sich den Nasenrücken. „Entschuldigen Sie, Mr. Ellis. Ich habe Sie nicht hergerufen, um Ihnen eine Lektion zu erteilen. Kommen wir also zur Sache: Ich möchte Sie in einer persönlichen Angelegenheit um Hilfe bitten."

„Selbstverständlich, Herr Doktor. Sie haben schon so viel für mich getan, daß ich ... "

Das Telefon läutete. Dr. Straßburger nahm den Hörer ab und sagte ungehalten: „Ich dachte, ich hätte mich klar genug ausgedrückt; ich bin nicht zu ... oh, ich bitte um Verzeihung, Herr Baron ... Nein, Mr. Ellis ist bei mir im Büro. Wie bitte? Nein, das hat er nicht getan, Herr Baron. Ich glaube nicht einmal, daß er begriffen hat ... " Offenbar wurde Baron Eduard am anderen Ende der Leitung immer ungehaltener. Dr. Straßburger hörte nun regungslos zu. Endlich sagte er: „Sie haben recht, Herr Baron. Eine kurze Erklärung hätte er ... ja, selbstverständlich ... Auf Wiederhören, Herr Baron."

Dr. Straßburger legte auf und stieß einen tiefen Seufzer aus. „Mr. Ellis", sagte er, „Sie sind soeben Zeuge eines einmaligen Ereignisses in der deutschen Sozialgeschichte geworden."

Ich schaute ihn wohl völlig verständnislos an, denn er fuhr sogleich fort: „Vor wenigen Minuten hat ein Mitglied des preußischen Uradels seine Schulden auf Heller und Pfennig bezahlt – in bar!"

„Sprechen Sie von Sigrids Bruder?"

„Ja. Leutnant Graf Brühl zu Zeydlitz – wie ich ihn zu nennen pflege – ist soeben höchstpersönlich bei Baron Eduard von Waldstein erschienen und hat sämtliche Hypotheken abgelöst, die auf seinem Familienbesitz lagen; dazu gehören ein Schloß, Wald, mehrere tausend Morgen Land, nicht sehr fruchtbar, nebenbei gesagt, und so weiter. Wir haben den Brühls 1913 drei Millionen Mark zu einem Zinssatz von viereinhalb Prozent geliehen. Bis Graf Brühl im Jahre 1918 bei einem Autounfall umkam, erfolgten alle Zahlungen vereinbarungsgemäß. Aber dann? Die drei älteren Söhne waren schon vorher gefallen, der jüngste besuchte die Kadettenanstalt. Was sollten wir also machen? Zwangsversteigern? Wir konnten doch nicht die Witwe mit Tochter und Sohn auf die Straße setzen. Und um die Lage noch komplizierter zu machen, heiratete auch noch Alfred von Waldstein nach seiner Rückkehr aus dem Krieg diese Tochter. Eine unangenehme Situation für Waldstein & Co. Also blieben die Brühls auf dem Gut, und die Zinszahlungen wurden einfach ausgesetzt."

Dr. Straßburger klemmte sich den Kneifer wieder auf die Nase und begann, auf einem Schreibblock Zahlen zu addieren. „Drei Millionen zu viereinhalb Prozent Zins und Zinseszins … keine Zahlungen zwischen 1918 und 1923 … und, sagen wir mal, fünf Prozent Zinszuschlag, das macht 3 930 590 Mark, umgerechnet ungefähr einhundertdreißig Dollar – der Erlös aus Graf Brühls Winterkartoffelernte! Und ebenden hat er uns heute gebracht. Sein Gut ist nunmehr schuldenfrei."

Dr. Straßburger strich sich über das Kinn und lächelte schwach. „Sie sehen, Mr. Ellis, die Inflation hat auch ihre Vorteile …"

„Ja", sagte ich, „aber ich begreife auch, warum Baron von Waldstein so empört ist."

„Er ist außer sich. Ein Geldinstitut mit öffentlichen Einlegern hätte bestimmt nicht tatenlos zugesehen, wenn ein Kreditnehmer auf eine Hypothek von drei Millionen fünf Jahre lang keinen Pfennig Zinsen zahlt. Aber wir sind ja ein Familienunternehmen, und so müssen wir es hinnehmen, daß der Bruder von Baron Alfreds hübscher Frau – ein Verwandter also – mit zwei Taschen voll wertlosen Papiergeldes hereinspaziert und auf einen Schlag damit seine Schulden begleicht."

„Sie erwähnten vorhin ein persönliches Anliegen, Herr Doktor…"

„Richtig, wir sind abgeschweift. Ich wollte mit Ihnen über meinen Neffen reden, den Sohn meines verstorbenen Bruders. Der Junge ist in der Schule nicht recht vorangekommen, und deshalb kann er nun nicht studieren. Er ist jetzt hier in Berlin und hat es sich in den Kopf gesetzt, Filmdrehbücher zu schreiben. Er treibt sich ständig in Neubabelsberg herum und versucht, seine Manuskripte an den Mann zu bringen … vergeblich. Außerdem finde ich, daß diese Leute vom Film … also kurz und gut: Ich fürchte, der Junge gerät dort auf die schiefe Bahn."

„Wie soll ich das verstehen?"

„Er scheint über sehr viel Geld zu verfügen. Er fährt zum Beispiel ein eigenes Auto. Und womit hat er das bezahlt?"

„Es wäre doch möglich, daß er auch ein bißchen spekuliert."

Dr. Straßburger schüttelte den Kopf. „Das hätte er mir erzählt. Nein, er schweigt sich über die Herkunft des Geldes aus. Ich glaube, ich weiß trotzdem, woher es stammt: Kokain! Ich will, daß er aus Berlin verschwindet. Aber das einzige Land, das für ihn interessant wäre, ist Kalifornien, wegen der Filmstudios."

„Ein Deutscher, der heutzutage nach Amerika gehen will, muß doch .., ich denke an die Geldfrage…"

„Richtig, mit deutschem Geld kann man heute nirgendwohin gehen, aber wir haben glücklicherweise Geld in Amsterdam liegen. Wir könnten den beiden immerhin die Reisebillette von Rotterdam nach Los Angeles in holländischen Gulden bezahlen."

„Sagten Sie, die beiden?"

Dr. Straßburger zog einen Aktendeckel aus der Schreibtischschublade. „Ich will Ihnen jetzt erklären, auf welche Weise Sie mir behilflich sein können. Wer in die Vereinigten Staaten einwandern will, braucht einen amerikanischen Bürgen, der schriftlich erklärt, daß er notfalls finanziell für den Einwanderer geradesteht. Für meinen Neffen haben wir diesen Bürgen gefunden; es ist eine entfernte Verwandte seiner Mutter, die in St. Louis lebt. Die alte Dame weigert sich aber, auch für die Begleiterin meines Neffen zu bürgen, die er überredet hat mitzukommen. Er will aus dieser jungen Dame partout in Kalifornien einen Filmstar machen. Sie kennen die Betreffende übrigens schon." Er schob mir den geöffneten Aktendeckel zu.

Ich starrte verwirrt auf das Paßfoto: ein sehr junges Mädchen mit blonden Zöpfen, das Gesicht durch einen amtlichen Stempel kaum erkennbar. Und die Unterschrift? Tatsächlich: Kirsanoff, Kyra Alexandrowna. „Bobbys russische Gräfin!" rief ich verblüfft.

Dr. Straßburger nickte. „Genauer gesagt: die russische Gräfin, die Bobby als seine Freundin betrachtet. Wenn er gerade nicht zur Stelle ist, dann . . ."

„Und Bobby ist völlig ahnungslos?"

„Völlig ahnungslos."

„Und Bobbys Vater möchte dieses Mädchen nun mit Hilfe seiner Gulden so weit wie möglich fortschaffen; habe ich recht?"

„Ja", sagte Dr. Straßburger.

Ich spürte, daß mir das Blut ins Gesicht schoß. „Und jedermann scheint anzunehmen, daß auch ich Stillschweigen bewahren werde. Vergessen Sie nicht, daß Bobby und ich befreundet sind!"

Dr. Straßburger sah mich nachdenklich an. Dann sagte er ganz ruhig: „Er ist auch *Ihr* Freund. Richtig. Aber wäre es ein Freundschaftsakt, ihm eine so verletzende Nachricht zu überbringen? Und noch etwas: Es hat den Anschein, daß Sie zwar Bobbys Freund sind, aber für ein weiteres Familienmitglied noch weit stärkere Gefühle hegen. Sollten Sie nicht die Gelegenheit wahrnehmen, den Eltern der jungen Dame in einer Sache beizustehen, die ihnen so sehr am Herzen liegt?"

Eine lange Pause, während der wir uns über den Schreibtisch hinweg anstarrten. Dann zog ich meinen Füllfederhalter aus der Jackettasche. „Wo muß ich unterschreiben?"

Als ich wieder auf die Straße trat, regnete es. Ich war wütend, wie betäubt, voller Selbstverachtung; ich mußte mit irgend jemandem reden, und so lief ich zu Miß Boatwright. Ich berichtete ihr die ganze Geschichte, und sie hörte zu, ohne mich zu unterbrechen. Schließlich sagte sie: „Zugegeben, sie haben dich in eine unangenehme Lage gebracht, Peter. Aber mach dir keine Vorwürfe; du hattest gar keine Wahl, vorausgesetzt, es ist dir ernst mit Lili."

Ich fühlte mich schon getröstet. „Es ist mir ernst, Miß Boatwright."

„Sie geht aber noch zur Schule, und du bist sieben Jahre älter als sie."
„Aber ich muß unaufhörlich an sie denken."
„Unaufhörlich? Du liebe Güte! Triffst du sie denn oft?"
„Sie erlauben es ja nicht! Und allein sehen wir uns sowieso nie."
Nachdenkliche Pause. Dann fragte Miß Boatwright: „Warum malst du sie denn nicht?"
„Warum ich sie nicht male?"
„Ja. Es könnte doch irgend jemand verbreiten, daß Peter Ellis gern ein Porträt von Lili malen möchte ... sagen wir, aus Dankbarkeit für die Gastfreundschaft der Waldsteins, vielleicht sogar als passendes Geburtstagsgeschenk für den Baron. Und da es eine Überraschung werden soll, können die Sitzungen natürlich nicht in Lilis Elternhaus stattfinden ..."

HELENA brachte es zuwege: Die Baronin von Waldstein wurde überredet; ihr gefiel sogar die Idee mit der Geburtstagsüberraschung für ihren Mann. Und da Helena nicht weit von Lilis Schule wohnte und feierlich versprach, bei den Sitzungen anwesend zu sein, stand uns nichts mehr im Wege.

Wir arbeiteten in Helenas großer Küche, und beim erstenmal blieb sie wirklich da. „Peter wird noch der Magnus unserer Generation", sagte sie zu Lili.

„Magnus?" Ich hatte den Namen noch nie gehört.

„Er war der Porträtist der Berliner Gesellschaft im letzten Jahrhundert. Er hat die königliche Familie gemalt, Aristokraten, Bankiers und ihre Frauen. Auch Waldsteins."

„Komisch", sagte Lili, „alle Damen auf seinen Porträts sehen wunderschön aus. Als hätte es in Berlin keine häßlichen Prinzessinnen gegeben."

Während sie so miteinander plauderten, skizzierte ich Lili, die sich an den Küchentisch lehnte und das Kinn in die Hand stützte. Ich arbeitete bald so konzentriert, daß ihr Gespräch an meinem Ohr vorbeirauschte.

Endlich, in der dritten oder vierten Sitzung, brachte ich den Mut auf. Ich erinnere mich, daß es noch in Helenas Küche war; also wird es Ende April gewesen sein. Helena war fort, und Lili war auch einen Augenblick aus der Küche gegangen. Als sie zurückkam, trat ich ihr entgegen, nahm sie in die Arme und küßte sie. Sie legte ihre Arme um meinen Hals und erwiderte meine Küsse, als sei es die selbstverständlichste Sache der Welt.

Schließlich sagte sie: „Puh, du hast lange gebraucht, ehe du dich entschließen konntest!"

„Lili, ich liebe dich! Ich bin völlig verrückt nach dir!"

„Das nenne ich wahre Leidenschaft ... ein Jahr bis zum ersten winzigen Kuß!"

„Ich bin doch seit dem Sommer nie mit dir allein gewesen. Es ist mir ernst, Lili: Ich möchte dich heiraten."

Sie entwand sich meinen Armen. „Mr. Ellis, Sie brauchen ein Mädchen nicht gleich zu heiraten, weil Sie es geküßt haben."

„Hältst du meinen Antrag für einen Witz?" fragte ich.

Sie senkte den Blick und schüttelte den Kopf.

Ich hob ihr Kinn mit dem Zeigefinger an und zwang sie, mir in die Augen zu sehen. „Möchtest du mich heiraten, Lili?"

Sie legte mir die Hände auf die Schultern. „Sieh mich doch an, Peter! Ein Schulmädchen in lächerlicher Schuluniform. Ich darf mir noch nicht mal die Zöpfe abschneiden. Glaubst du allen Ernstes, meine Eltern gäben uns die Heiratserlaubnis?"

„Ich habe nicht gefragt, ob du mich heiraten *darfst;* ich möchte wissen, ob du mich heiraten *willst.*"

Sie schluckte, schloß die Augen ... und nickte.

„Du willst es also auch! Hurra! Ich werde verrückt vor Freude! Vorher muß ich dir aber etwas gestehen." Sie machte die Augen wieder auf, und ich fuhr fort: „Du weißt doch, während des Krieges war ich in ... na ja, ich war mit meinen Nerven fertig, und man hat mich in eine Heilanstalt gesteckt."

Sie lächelte und legte mir die Hand auf den Mund. „Das weiß ich doch längst alles, Peter. Christoph hat es uns früher einmal erzählt."

„Aber jetzt bin ich wieder völlig in Ordnung; ich glaube es wenigstens."

„Aber sicherlich!"

„Darf ich heute abend mit deinem Vater sprechen?"

„Auf keinen Fall! Kein Wort zu irgend jemandem, oder sie verbieten mir, dich wiederzusehen. Wir müssen warten ..."

„Warten? Worauf?"

„Papa ist augenblicklich so schrecklich bedrückt ... wegen der Inflation, wegen der Bank, wegen Deutschland ... und wegen Bobby;

die kleine Russin bringt meinen Bruder fast um den Verstand. Er geht kaum noch in die Bank, bleibt nachts von zu Hause fort, und mein Vater weiß nicht, was man dagegen tun könnte. "

„Lili, ich sehe ein, daß dein Vater Sorgen hat, aber wir können doch nicht warten, bis sämtliche deutschen Probleme gelöst sind!"

„So war es auch nicht gemeint. Wir müssen bloß warten, bis ich mit der Schule fertig bin und meine Eltern dich noch besser kennengelernt haben ... und bis der richtige Augenblick gekommen ist. "

„Und woher wissen wir, daß er gekommen ist?"

„Das überlaß mir. Ich gebe dir ein Zeichen, wenn es soweit ist. "

ZWÖLFTES KAPITEL

Am 1. Mai bezogen die Waldsteins wieder ihren Sommersitz, Schloß Havelblick. Es bedeutete, daß wir einen anderen Ort finden mußten, an dem ich Lilis Bild beenden konnte. Die Lösung des Problems war das Kleine Haus, in dem Sigrid und Alfred von Waldstein das ganze Jahr über wohnten. Sigrid stellte mir eine Dachkammer zur Verfügung, die mit Feldbett, Tisch und Stuhl ausgestattet war und einen herrlichen Blick auf den Wannsee bot. Zunächst war ich nur an den Wochenenden dort; später blieb ich dann länger. Lili kam, sooft es sich machen ließ. Ich nahm an ihrer Haltung eine Änderung vor: Sie saß zwar immer noch am Tisch, das Kinn in die Hand gestützt, aber ihr Blick war jetzt auf einen Gegenstand gerichtet ... das Flaschenschiff, ihr Weihnachtsgeschenk für mich.

An einem Montag nachmittag bat mich Sigrid, mit ihr einen Spaziergang auf der Insel zu machen.

„Ich muß einfach mit jemandem reden, Peter", sagte sie, „und da alle anderen fort sind, möchte ich dich bitten, mir zuzuhören. "

Sie hängte sich bei mir ein, und wir gingen zu der Bank am Seeufer, wo ich ihr zum erstenmal begegnet war. „Du weißt doch, daß ich vorige Woche zu Hause im Schloß Zeydlitz war", begann sie. „Man hat eine Art Familienfeier veranstaltet. Du kannst dir wahrscheinlich nicht vorstellen, was es für meine Mutter und meinen Bruder bedeutet, plötzlich schuldenfrei zu sein. Der Millionenkredit, die unbezahlten Zinsen, Schulden, die immer größer wurden ... und dazu ständig das Gefühl, daß sie den Waldsteins zu großem Dank

verpflichtet waren, weil sie nicht auf die Straße gesetzt wurden ...,
aber lassen wir das; ich wollte von etwas anderem reden. Christoph
hat dir doch erzählt, daß ich früher Kaspars Freundin war. Um es kurz
zu machen: Kaspar war auch in Zeydlitz. Mit einem anderen Mann.
Sie kamen aus München. Kaspar lebt jetzt dort, und er ist ein
Anhänger von Adolf Hitler geworden. Sein Begleiter hieß übrigens
Hermann Göring; ein berühmter Jagdflieger. Er gehört jetzt zu Hitlers
engsten Vertrauten. Beide redeten von Hitler wie von einer Art
Messias: daß er Ordnung in das Chaos bringen wird; daß er alle
Deutschen wieder vereinen wird; daß er die Verräter, die jetzt
Deutschland regieren, hinauswerfen wird und daß er den Juden die
Macht entreißen wird. In Bayern wollen sie damit anfangen, weil sie
glauben, daß schon alle Bayern hinter ihnen stehen. Danach marschie-
ren sie dann nach Berlin. Göring war hergekommen, um festzustellen,
ob auf die jungen Reichswehroffiziere, wie meinen Bruder, wirklich
Verlaß ist. Mein Bruder und seine Kameraden führen immer aus, was
ihnen ihre Generäle befehlen. Also hängt jetzt alles davon ab, wie sich
General von Seeckt verhalten wird."

Sigrid hielt inne und verbarg das Gesicht in den Händen. Dann hob
sie den Kopf und sprach tränenlos, mit düsterer Miene, weiter.

„Warum ich dir diese Geschichte erzähle? Weil ich mir so furchtbare
Sorgen mache ... wegen Hitler, wegen dieser Hetze gegen die Juden.
Meine kleine Tochter ist schließlich Halbjüdin. Aber mich bedrückt
noch etwas anderes, etwas Unmittelbares. Weißt du, was das Wort
Feme bedeutet und was ein *Fememord* ist?"

„Ein politischer Mord. Rathenau ist durch Fememord umgekommen."

„Rathenau und noch viele andere Männer. Zur Zeit wüten sie im
Ruhrgebiet; bringen Leute um, die mit den Franzosen zusammen-
arbeiten."

Ihre Finger krampften sich plötzlich um mein Handgelenk. „Kaspar
gehört zu diesen Mördern", sagte sie. „An einem Abend in Zeydlitz
war er betrunken und hat mir alles erzählt. Glaub mir, ich habe ihn
früher wirklich liebgehabt, und ich fühle mich irgendwie verantwortlich für das, was aus ihm geworden ist. Und deshalb ließ ich ihn reden.
Ich wünschte beinahe, ich hätte es nicht getan."

„Ist Kaspar auf Christoph und mich wütend wegen der Rathenau-
Sache?"

„Wütend wäre zuwenig gesagt. Er sagt, ihr beide hättet Schande über ihn gebracht, und er hätte sechs Monate lang die gefährlichsten Aufträge ausführen müssen, bis man ihm endlich glaubte, daß er kein Verräter sei. Was mir so angst macht, ist Kaspars Haß auf seinen Bruder. Mit dir ist es etwas anderes: Du bist ja kein Deutscher und hast nur aus Freundschaft zu Christoph mitgemacht; dich haßt er nicht einmal richtig, aber Christoph . . . "

„Du willst mir doch noch etwas sagen . . . ?"

Sie schüttelte den Kopf. „Ich kann es nicht. "

„Dann solltest du wenigstens Christoph warnen. "

„Ich kann ihm oder den Waldsteins nicht sagen, daß ich Kaspar und Hermann Göring in Zeydlitz getroffen habe. Auf meine Familie sind sie sowieso nicht gut zu sprechen – und jetzt taucht mein Bruder auch noch mit Hermann Göring in Zeydlitz auf. Du bist der einzige, der Christoph helfen könnte, Peter!"

„Wie denn?"

„Schaff ihn aus Deutschland fort. "

„Du glaubst doch nicht, daß Christoph vor seinem eigenen Bruder ausreißen würde?"

„Nein, natürlich nicht. Aber wenn man ihm nun eine Stellung in Amerika anbieten könnte . . . vielleicht bei einer New Yorker Bank . . . "

„Ich werde mein Bestes tun, Sigrid, aber vernünftiger wäre es, Christoph reinen Wein einzuschenken und ihm die Entscheidung selbst zu überlassen. "

„Nein", sagte Sigrid mit harter Stimme.

„Wie du meinst . . ., dann warne ich ihn aber. "

Wieder krallten sich ihre Finger um mein Handgelenk. „Bitte, Peter, versprich, daß du es nicht tun wirst! Ich habe dir ein Geheimnis anvertraut, von dem sonst niemand etwas erfahren darf. "

„Auch nicht Alfred?"

„Auch nicht Alfred. "

FÜR die fünf Dollar, die ich Meier wöchentlich gab, bekam man jetzt 1750 000 Mark, aber es kam mir nicht in den Sinn, ihm weniger zu geben. Vor allen Berliner Geschäften standen nun lange Schlangen. Miß Boatwright hatte mir den Grund erklärt: Die Bauern gaben ihre Produkte für das wertlose Papiergeld nicht mehr her, und so mußten die Berliner mit einer Hungersnot rechnen. Ich hatte Miß Boatwright aufgesucht, um mit ihr über Kaspar Keith zu reden, aber sie war allzusehr mit ihren eigenen Angelegenheiten beschäftigt. Ich mußte sie sogar zu einer Volksküche in der Warschauer Straße begleiten, bei deren Einrichtung sie geholfen hatte.

Eine riesige Halle, die von Stimmen schwirrte. Drei lange Schlangen: Männer, Frauen, Kinder, alle mit Wasserkannen, Eimern, Kochtöpfen oder irgendeinem Gefäß, in dem sie den Viertelliter Milchreis forttragen konnten, den man ihnen hier nach endlosem Anstehen verkaufte. Für manche war es die einzige Mahlzeit am Tag; sie setzten sich gleich an einen der Tische und löffelten ihre Portion aus. Aber die meisten rannten damit nach Hause zu ihren wartenden hungrigen Familien. An einem Ende der Halle arbeiteten etwa dreißig Frauen: Sie schälten Kartoffeln und schnitzelten Rüben für den nächsten Tag.

„Du wunderst dich vielleicht, daß wir den Leuten für das Essen Geld abnehmen", sagte Miß Boatwright. „Es geht nicht anders; sonst kämen noch mehr. Vorige Woche hat es mit der Gemüseanlieferung nicht geklappt, und die Leute spielten verrückt; sie haben die Tische und einen der Suppenkübel zertrümmert. Das Essen kostet immer soviel wie ein einfaches Straßenbahnbillett; der Preis steht jeden Morgen in der Zeitung."

Nach der Essenausgabe verabschiedete ich mich von Miß Boatwright und marschierte nach Neukölln.

Dicke Regentropfen fielen, als ich in die Kaiser-Friedrich-Straße einbog. Ich keuchte die sechs Stockwerke von Falkes Haus hinauf und klopfte.

„Mensch, Peter! Wo hast du bloß so lange gesteckt?" Baby flog mir an den Hals.

„Ach . . . ich . . . ich hatte einen größeren Auftrag. Und wo ist der Rest der Familie?"

„Mutti steht an. Der Junge ist mitgegangen."

„Wo ist denn mein Bild von Bärbel?" fragte ich.

„Hat Fritz mitgenommen. Will's verkaufen."

„Ist er verrückt? Es war doch gar nicht fertig! Und außerdem kann er es mir nicht einfach wegnehmen und verkaufen!"

„Fritz hat gesagt, es ist so gut wie fertig. Wir wußten ja nicht, ob du noch mal wiederkommst, und außerdem brauchen wir Geld."

„Mein Bärbel-Bild, Bärbel mit dem schwarzen Strumpf... ich hole es mir auf der Stelle zurück...!"

Schlüsselgeklapper an der Wohnungstür; Mutti Bauer und der Junge kamen nach Hause. Sie waren naß bis auf die Haut, und Frau Bauers Gesicht sah kirschrot aus.

„Dieser Schweinehund!" japste sie, während der Kleine blaß und schweigend dastand.

„Welcher Schweinehund, Mutti? Wen meinst du denn?" fragte Baby.

„Schultz; den Fleischer. Weißt du, wie lange ich angestanden habe? Vier Stunden! Und als ich endlich dran bin und sogar noch ein paar Würstchen am Haken hängen, sagt doch der Kerl: ,Ihnen gebe ich nichts gegen deutsche Mark, Frau Bauer; Sie haben doch genug Dollar. Sie könnten ja meinen ganzen Laden mit ein paar Cent leerkaufen. Stecken Sie Ihre Mark bloß wieder ein.' Und ich sage: ,Das ist doch alles, was ich habe, Herr Schultz. Woher soll ich denn Dollar nehmen?' Aber er glaubt mir einfach nicht und hat mich regelrecht rausgeschmissen."

Ich hatte schon das Portemonnaie gezückt, um dem Kleinen ein paar Cent in die Hand zu drücken und ihn wieder loszuschicken, aber dann überlegte ich es mir: Das wäre ja Wasser auf die Mühle des Herrn Schultz!

„Und schuld haben die Juden", sagte plötzlich der Junge.

„Wie?" Ich starrte ihn an. „Was ist mit den Juden?"

„Der eine Mann in der Schlange hat es gesagt: Die Juden haben das ganze Fleisch von den Bauern gekauft und rücken es nicht raus, bis wir mehr zahlen. Und das Geld dafür haben sie von den jüdischen Banken gekriegt. Und dann hat der Mann gesagt: Die Juden, die verdienen sich an uns 'ne goldene Nase."

Mir lief es kalt den Rücken hinunter. „Wißt ihr was?" sagte ich rasch, „wir gehen einfach irgendwo draußen essen."

„Au ja, im Treptower Park!" schrie Baby begeistert. „Da gibt's auch Musik beim Essen, und wenn der Regen aufhört, können wir am Wasser sitzen..." Ihre Augen strahlten.

Aber mir tat der Kopf weh. Und das Herz auch.

HELENAS Vater brachte den letzten einer langen Reihe von Trink-sprüchen auf Baron Eduard von Waldstein aus. An der Geburtstagstafel fehlten zwar einige Familienangehörige und Geschäftsfreunde; dafür waren aber viele prominente deutsche Bankiers gekommen. Die Politik repräsentierten der neue Kanzler, Gustav Stresemann, mehrere Kabinettsmitglieder und Generaloberst Hans von Seeckt, Chef der Reichswehr.

Hätte ich geahnt, auf welche erlauchte Gästeschar ich hier treffen würde, wäre ich auf Lilis Vorschlag gewiß nicht eingegangen, und auch jetzt sann ich noch auf Flucht. Aber Lili konnte Gedanken lesen.

Ihr Vater stand vor der Gästeschar am Rand der Terrasse, und hinter ihm strahlte die herrliche spätsommerliche Abendsonne über der Havel. „Verehrte Freunde", sagte er gerührt, „ich danke Ihnen allen für die große Ehre, die Sie mir mit Ihrer Anwesenheit erwiesen haben. Darf ich Sie nun zu ein wenig Tanz und Unterhaltung einladen . . ."

„Noch nicht, Papa!" rief Lili und drängte sich nach vorn durch. Sie ergriff Baron Waldsteins Arm und sagte, zu den Gästen gewandt: „Meine Damen und Herren, hier kommt noch ein Geburtstagsgeschenk für Papa. Peter Ellis wird es überreichen."

Ich kam mir wie ein ABC-Schütze vor, als ich gehorsam vortrat, mein kleines Porträt von Lili auswickelte und es dem Baron überreichte. Ich sprach meinen Glückwunsch aus, bedankte mich für seine immer aufs neue erwiesene Gastfreundschaft und trat fluchtartig den Rückzug an. Als ich an Helena vorbeiging, packte sie mein Handgelenk und zog mich zu der Gruppe um General Seeckt, mit dem sie offenbar gut befreundet war. Ich wurde vorgestellt; fester Händedruck; blitzendes Monokel. Ich stammelte: „. . . große Ehre, Herr Generaloberst", er ließ das Monokel in die Hand fallen und starrte über meine Schulter auf Lilis Porträt. „Soso, ein Künstler also", sagte er auf englisch.

Ich drehte mich um. Der Baron hielt das Bild jetzt hoch, er strahlte. Es war wirklich gut gelungen; ich hatte mir große Mühe gegeben.

„Ja, Herr Generaloberst", sagte ich, „zumindest versuche ich, ein Maler zu werden."

„Freut mich, das zu hören." Er klemmte das Monokel wieder ins Auge und starrte mich an. Es gelang mir, seinen Blick auszuhalten, ohne mit der Wimper zu zucken. Im nächsten Augenblick drängten sich schon zwei Kabinettsmitglieder an ihn heran.

„Sie entschuldigen mich, mein Herr . . .", sagte der Chef der Reichswehr, und ich war entlassen.

Vor dem Festessen waren wir noch mit dem Boot draußen gewesen. Wir hatten es in einer schattigen Bucht oberhalb der Insel festgemacht, denn Helena und Lili wollten gern schwimmen. Sie warfen sich schon ins sonnenflimmernde Wasser, als sich Christoph noch die Hose auszog, die er über dem Badeanzug trug. Ich erschrak: Seit Verdun hatte ich sein verletztes Bein nicht mehr gesehen!

Christoph fing meinen Blick auf. „Gut geheilt, was?" sagte er.

An der Stelle, wo die Kugel eingedrungen und der Schienbeinknochen zu sehen gewesen war, schimmerte jetzt weißliches Narbengewebe. Das Bein war dünner und kürzer als das gesunde. „Sieht wirklich gut aus", log ich.

Die Mädchen waren schon ein Stück hinausgeschwommen und unterhielten sich dabei lauthals. Ich merkte, daß Christoph keine Eile hatte, ihnen zu folgen. Er hockte sich auf das Deck und drehte sich zu mir um. „Peter, du solltest nach Amerika zurückfahren", sagte er unvermittelt.

„Nach Amerika? Warum, um alles in der Welt?"

„Es könnte sein, daß du hier in Lebensgefahr bist."

„Ich? In Lebensgefahr? Wegen Kaspar?"

Er nickte. „Erinnerst du dich an den blonden Flieger, den ich dir im Romanischen Café vorgestellt habe? Hermann Göring?"

„Natürlich. Was ist mit ihm?"

„Er hat mich neulich angerufen. Wollte mich an einem unauffälligen Ort treffen. Wir haben uns in einer kleinen Steglitzer Kneipe verabredet. Göring ist jetzt Chef von Hitlers Sturmabteilung; SA nennt die sich. Tausende Männer in brauner Uniform folgen ihm. Er sagte, daß sie noch dieses Jahr in Bayern putschen werden und dann nach Berlin marschieren, um der Republik den Garaus zu machen. Sie suchen jemanden mit meiner Ausbildung, der sich um ihre Finanzen kümmert. Geld fließt ihnen nämlich genug zu. Er hält Hitler für einen fanatischen Antisemiten, der gegen die Juden losschlagen wird, sobald er im Sattel sitzt."

„Und wie will er losschlagen?"

„Das hat mir Göring nicht näher erklärt. Weiß es wohl selber nicht. Aber Hitler gibt jetzt schon den Juden die Schuld an der Inflation, und Göring wollte mir klarmachen, daß ich auf der falschen Seite stehe und lieber bald zu ihnen überwechseln sollte ... solange dazu noch Zeit ist."

„Was hast du ihm geantwortet?"

„Ich habe ihm für seinen Rat gedankt und gesagt, daß meine Entscheidung schon gefallen sei. Ich glaube, er meint es gut mit mir. Er ist felsenfest überzeugt, daß sie gewinnen werden. Vielleicht hat er recht. Und da war noch etwas: Er wollte auch über Kaspar reden. Hat angedeutet, daß mein Bruder auf Rache sinnt."

„Ist Kaspar ein SA-Mann?"

„Ja und nein. Kaspar und seine Freunde sind in die SA eingetreten, aber sie sehen auf diese Leute herab: zu viele Arbeitslose aus der Unterschicht, denen es einfach nur um eine Stellung zu tun ist. Kaspar und seine Kameraden wollen aber wieder Soldaten sein; eine Art Elitekorps. Seit einiger Zeit versuchen sie, eine Geheimtruppe zu bilden: die Schwarze Reichswehr. Ausgebildet werden sie übrigens von Offizieren der regulären Reichswehr, und die Alliierten wissen nichts von ihrer Existenz. Es weiß auch niemand genau, wo diese Ausbildung stattfindet. Aber die Reichswehr hat die Freikorpsleute nie sonderlich geschätzt, und selbst in der Schwarzen Reichswehr stoßen sie auf Ablehnung. So sitzt mein Bruder mal wieder zwischen sämtlichen Stühlen."

„Ist Sigrids Bruder auch in der Schwarzen Reichswehr?"

Christoph fuhr sich mit dem Handrücken über den Mund. „Brühl? Kann schon sein."

Vielleicht brauchte ich ihm gar nicht mehr zu erzählen, was Sigrid so bedrückte. „Hat Göring davon gesprochen, daß Kaspar sich an mir rächen will?" fragte ich.

„Offenbar hat er uns beiden gedroht, aber mir wird er nichts antun; ich bin schließlich sein Bruder. Göring sagt, daß Kaspar wegen der Rathenau-Sache noch immer rasend vor Wut ist und daß man bei ihm auf alles gefaßt sein muß."

„Heraus mit der Wahrheit, Christoph! Göring hat doch dich gewarnt, stimmt's? Er hat gesagt, daß Kaspar dir Rache geschworen hat und nicht mir."

„Das ist doch Blödsinn! Niemand wird mir einreden, daß mein eigener Bruder ..."

Ich hatte keine Wahl mehr. „Es ist kein Blödsinn, Christoph", sagte ich, „es ist wahr." Und ich erzählte ihm, was ich von Sigrid erfahren hatte. Ich mußte mich kurz fassen, denn die Mädchen kamen bereits wieder auf das Boot zugeschwommen.

Sie tanzten in der großen fliesenbelegten Halle: Helena mit Generaloberst von Seeckt, Miß Boatwright mit Whitney Wood. Die Musik kam aus dem Salon: Bobby hämmerte Foxtrotts auf dem Flügel, und einige Berufsmusiker – zwei Geigen, ein Kontrabaß und ein Saxophon – versuchten angestrengt, sich seinem Rhythmus anzupassen. Ich suchte in der Gästeschar nach Lili und lief dabei Dr. Straßburger in die Arme. „Hat sich Ihr Neffe schon aus Los Angeles gemeldet?" fragte ich.

„Einmal ... per Postkarte. Ihr Schützling, die Gräfin Kyra, hat schon eine Filmrolle bekommen. Er schreibt aber nicht, ob er selbst Arbeit gefunden hat."

In diesem Augenblick sah uns Stresemann. „Straßburger!" rief er, „haben Sie einen Augenblick Zeit für uns? Wir brauchen Ihren Rat."

Dann begrüßte mich Whitney Wood. „Das Porträt Ihrer kleinen Freundin hat mir gefallen", sagte er. „Wie wäre es, wenn Sie nun etwas für mich malten? Ein hübsches Bildchen von Susan Boatwright?"

„Machen Sie sich über mich lustig? Miß Boatwright hat mich vorhin beauftragt, von Ihnen ein Porträt zu malen."

Whitney Woods Gesicht überzog sich mit unzähligen Lachfältchen. „Donnerwetter! Zwei Aufträge an einem Abend, beide zahlbar in harter amerikanischer Währung; Sie sind auf dem Weg, ein Profi zu werden, junger Freund."

Die Sterne standen schon am Himmel. Christoph befand sich allein auf dem Bootssteg. Er drehte sich zwar um, als er meine Schritte auf den Planken hörte, aber er blieb stumm. Seite an Seite starrten wir auf die dunkle Wasserfläche hinaus und horchten auf die Musik aus dem Schloß. Schließlich sagte ich: „Christoph, Kaspar geht mir nicht aus dem Kopf ... Kaspar und seine Drohungen. Ich will dir nicht zu nahe treten, aber ist *das* nicht der Grund, aus dem du die Hochzeit immer wieder verschiebst?"

In der Finsternis konnte ich seinen Gesichtsausdruck nicht erkennen. „Ach, Peter, wir haben schon so viele Jahre gewartet; kommt es da noch darauf an ..."

„Christoph, wenn ich dir eine Stellung in New York besorgen könnte ..., würdest du sie annehmen?"

Er legte mir die Hand auf die Schulter. „Mein lieber Peter, gehört nicht jeder Mensch in das Land, in dem er geboren wurde? Es macht Spaß, in fremde Länder zu reisen, aber ein Amerikaner gehört letztlich nach Amerika, und ein Deutscher sollte in Deutschland bleiben. Außerdem laufe ich nicht aus meiner Heimat fort, weil mein Brüderchen im Suff Drohungen gegen mich ausstößt. Verstehst du mich?"

DER letzte Chauffeur schlug die Tür des letzten Wagens zu; Räder knirschten auf dem Kies; die Limousine verschwand in der finsteren Auffahrt.

Ich glaubte, ich könnte nun mit Sigrid und Alfred zum Kleinen Haus hinübergehen, aber Lili trat zu uns in die Halle und sagte: „Papa, Peter möchte dich sprechen. Soll er in die Bibliothek gehen?"

„Heute abend noch?" fragte Baron Waldstein verdutzt.

Lili heftete den Blick fest auf mich. „Ja, Papa, heute abend noch."

Lilis Eltern tauschten bedeutungsvolle Blicke aus; die Baronin entschwand ins obere Stockwerk, Alfred und Sigrid verabschiedeten sich, und der Baron marschierte mir voran in die Bibliothek.

Der stille Raum war nur schwach beleuchtet. Eduard von Waldstein war nervös; ich war nervös. Lilis Porträt stand auf einem Tischchen, an die Bücherwand gelehnt.

„Wirklich gut gelungen, Mr. Ellis", sagte Baron von Waldstein. „Liebermann ist derselben Meinung. Er sagt, Sie verstehen es, hinter die Fassade zu blicken."

„Ich fühle mich sehr geehrt . . ."

Das gemächliche Ticktack der Standuhr war das einzige Geräusch, das die Stille unterbrach. Jetzt mußte es sein! Es gab kein Zurück mehr!

„Herr Baron", begann ich, „ich möchte Sie in aller Form um die Hand Ihrer Tochter bitten. Ich werde mein Bestes für Lili tun, wenn ich . . . wenn ich ihr auch nicht den Lebensstil ihres Elternhauses bieten kann."

Ich wollte nun meine Lebensverhältnisse schildern, aber Baron von Waldstein machte eine abwehrende Handbewegung.

„Ihre Erklärungen erübrigen sich, Mr. Ellis. Wir haben bei Miß Boatwright Erkundigungen eingezogen, und wir sind überzeugt, daß Sie aus einer angesehenen Familie stammen."

Er nahm seinen Kneifer ab und putzte die Gläser mit dem Taschentuch. „Mr. Ellis, wir haben Sie und unsere Tochter schon über längere Zeit beobachtet, und, um ehrlich zu sein, wir haben uns auch die Frage gestellt, was wir Ihnen gegebenenfalls antworten sollten." Er räusperte sich und fuhr fort: „Wir sind zu dem Ergebnis gekommen, daß wir im Prinzip keine Einwände gegen Ihre Verbindung mit Lili haben."

„Sie machen mich sehr glücklich, Herr Baron."

Wieder eine abwehrende Handbewegung. „Im Prinzip, sagte ich, Mr. Ellis. Die Praxis sieht komplizierter aus. Lili soll auf gar keinen Fall vor dem Abschluß ihrer Schulausbildung heiraten."

„Herr Baron! Das wäre ja noch ein ganzes Jahr!"

„Ein knappes Jahr. Das Abschlußexamen ist im Juni. Während des Wartejahres wollen wir Sie herzlich gern als Gast in unserem Haus empfangen – als häufigen Gast."

„Und ich darf auch mit Lili ausgehen?"

„Ausgehen? Wohin denn?"

„Nun . . . zum Beispiel ins Theater."

„Das würden wir von der Art des Stückes abhängig machen. Ein anderer Punkt scheint mir indessen wichtiger, Mr. Ellis." Er zögerte einen Augenblick, fuhr dann aber rasch fort: „Sie sind zwar ein Fremder in diesem Lande, doch durch Ihre Freundschaft mit Christoph Keith sind Sie mehr als der durchschnittliche Tourist in unsere . . . sagen wir: unsere inneren Angelegenheiten verwickelt worden. Ich spreche vom Rathenau-Mord und den Vorgängen im Hause Keith."

„Herr Baron . . ."

Zum drittenmal gebot er mir Schweigen. „Der Fall selbst und Ihre und Christoph Keiths Rolle darin sind für uns kein Gesprächsthema mehr. Aber ich kann und will nicht dulden, daß unsere Tochter durch die Verbindung mit Ihnen vielleicht in weitere politische Skandale verwickelt wird. Habe ich mich deutlich genug ausgedrückt?"

„Ich verstehe nicht, worauf Sie anspielen, Herr Baron."

„Zumindest in offiziellen Kreisen scheint der Verdacht zu bestehen, daß Sie vielleicht . . ." Er suchte nach dem passenden Wort: „. . . daß Sie vielleicht im Dienst Ihrer Regierung stehen."

„Herr Baron! Das ist eine gemeine Unterstellung! Mein Ehrenwort . . ."

Er hörte endlich mit dem Brilleputzen auf, klemmte den Kneifer wieder auf die Nase und musterte mich streng.

„Gut, ich glaube Ihnen", sagte er, „und unsere eigenen Quellen bestätigen, was Sie sagen. Ich wollte Ihnen auf jeden Fall von dieser Angelegenheit Kenntnis geben."

Das Werk der Standuhr begann zu schnarren; dann schlug sie: eins ... zwei. Ich war entlassen.

Dreizehntes Kapitel

> „Nothing could be finer
> Than to be in Carolina
> In the morning ..."

Die Band geriet keine Sekunde aus dem Takt, als die Lampen im Adlon ausgingen. An den Tischen wurden nicht einmal die Gespräche unterbrochen, während die Kellner die Kerzen anzündeten und den Saal in ein Lichtermeer verwandelten.

Der elektrische Strom fiel jetzt immer wieder einmal aus; man war daran schon gewöhnt. Mal gab es kein Wasser, dann wieder standen die Straßenbahnen still, oder die Post wurde nicht ausgetragen; immer aber bedeutete es, daß eine bestimmte Gruppe öffentlich Bediensteter nicht die geforderte Erhöhung des Wochenlohns bekommen hatte und daraufhin streikte.

Die weiße Nelke an Christophs Revers und die weiße Blüte in Helenas Haar waren der einzige Hinweis darauf, daß wir an diesem Nachmittag die Hochzeit unserer Freunde feierten. Alfred und Sigrid und Lili und ich waren Trauzeugen; es hatte nur eine standesamtliche Zeremonie gegeben, keine kirchliche. Nach den Feierlichkeiten hatte ich alle ins Adlon eingeladen.

„Beim zweitenmal macht man kein so großes Trara", hatte Helena gemeint.

Christoph unterhielt unsere Tafelrunde mit den neuesten Gerüchten aus Regierungskreisen. „Stresemann hat angekündigt, daß der passive Widerstand an der Ruhr aufgegeben werden soll. Man erwartet daraufhin einen Aufruhr in allen nationalen Gruppen, wenn nicht einen Putsch von rechts. Ebert hat Seeckt gefragt, ob die Reichswehr in solchem Fall hinter der Regierung stehen werde, und Seeckt soll gesagt haben: ,Herr Reichspräsident, die Reichswehr steht hinter mir!

Ich bin zur Zeit der einzige Deutsche, der einen Umsturz bewerkstelligen könnte, aber ich werde es nicht tun.'"

„Was hält man denn in euren Kreisen von dem General?" fragte ich.

„Hans von Seeckt war 1915 in der Schlacht von Gorlice Sieger über die Russen", sagte Helena. „Nach dem Krieg wurde er Chef der Reichswehr, du weißt doch: des 100 000-Mann-Heeres. Er hat ein Elitekorps mit hervorragenden Offizieren und Mannschaften geschaffen; viele ehemalige Unteroffiziere; eine kleine, schlagkräftige Kampftruppe ohne politische Ambitionen."

„Aber er lenkt praktisch das gesamte Geschehen in Deutschland", fuhr Alfred fort. „Durch die Notstandsgesetze ist er als Chef der Heeresleitung mit unumschränkter Gewalt ausgestattet worden."

„Und weiß man, worauf er hinarbeitet?" fragte ich.

„Zunächst auf eine Atempause", sagte Helena. „Was er am meisten fürchtet, ist ein Bürgerkrieg zwischen Rechten und Linken, ein neuer Dreißigjähriger Krieg, der Deutschland nochmals zerstören und uns die Besatzung durch die Alliierten einbringen würde. Seeckt will Ruhe und Frieden für den Wiederaufbau."

„Was soll denn wiederaufgebaut werden?"

„Natürlich die Armee!"

„Und wozu braucht er sie?"

Alle fünf starrten mich an.

„Um uns vor unseren Feinden zu schützen", sagte Sigrid. „Wir sind doch von Feinden umgeben."

Sollte ich ihr widersprechen, wenn doch alle andern am Tisch ihre Meinung zu teilen schienen?

Ich bestellte nochmals Champagner. Wir brachten weitere Trinksprüche aus, und dann tanzte Christoph mit Helena. Er konnte natürlich nicht richtig tanzen; sie hielten sich fest umschlungen und wiegten sich im Takt der Musik.

„Keine Prinzessin mehr", sagte Sigrid, „ganz schlicht Frau Keith."

„Aber Helena sieht glücklich aus", sagte Alfred, „und Christoph auch."

Bald darauf verlangte ich die Rechnung. Sie belief sich auf 790 650 000 Mark.

Man hatte sie freundlicherweise schon für mich umgerechnet: einunddreißig Dollar und dreiundsechzig Cent.

Es war Freitag nachmittag, der 9. November 1923. Seit dem frühen Morgen fiel ein schaurig-kalter Regen, und so bat ich Meier, mir ein Taxi zu bestellen. Ich wohnte immer noch bei Christophs Mutter im Grunewald – ein unhaltbarer Zustand. Höchste Zeit also, daß ich eine passendere Unterkunft suchte; ich hatte mich nur noch nicht dazu aufraffen können. Sobald ich eingestiegen war, begann die übliche finanzielle Auseinandersetzung mit dem Chauffeur. Am Abend zuvor hatte der Dollar bei Börsenschluß 2 000 000 000 000 Mark gebracht. Als das Taxi in der Königsallee an der Stelle vorbeifuhr, an der Rathenau vor sechzehn Monaten (waren es wirklich erst sechzehn Monate?) gestorben war, erzielte ich eine Einigung mit dem Chauffeur: ein Vierteldollar für Fahrpreis inklusive Trinkgeld anstelle der vier neuen 1 000 000 000 000-Mark-Scheine, die ich sowieso noch gar nicht besaß.

Ich war auf dem Weg zu Waldstein & Co. Eigentlich sollte ich vormittags Miß Boatwright in ihrer Wohnung malen, aber sie war zur Zeit dauernd unterwegs, um irgendwo irgend jemandem zu helfen. Dr. Straßburger wollte mit mir den Stand meiner Aktien besprechen. Auf dem Kurfürstendamm herrschte reger Autoverkehr, und auf den Bürgersteigen wimmelte es von Fußgängern unter aufgespannten Regenschirmen. Trotz der Nässe waren an einer Litfaßsäule ein paar Männer mit Leitern und Kleisterpinseln beschäftigt. Sie klebten ein großes Plakat an. Der Text sah aus wie die stark vergrößerte Schlagzeile einer Zeitung:

HITLER-PUTSCH IN MÜNCHEN!

„Was ist denn da passiert?" fragte ich.

Der Chauffeur zuckte die Achseln. „Nichts Genaues weiß man nicht, sagt der Berliner. Jedenfalls haben die Nazis die Telefon- und Telegrafenleitungen gekappt. Aber ich habe von Leuten, die mit dem Nachtzug aus München gekommen sind, gehört, daß es in einem Bierkeller großen Krawall gegeben hat."

Das Wort *Nazi* hörte ich zum erstenmal.

Als wir ins Bankenviertel kamen, stoppte ein Polizist das Taxi: Ein Lastwagenkonvoi mußte aus der Hofeinfahrt einer Bank auf die Straße dirigiert werden. „Haben Sie so was schon gesehen?" fragte der Chauffeur. „Alle proppenvoll mit Papiergeld! Im Frühjahr haben sie das Geld noch in Waschkörben weggeschleppt; jetzt brauchen sie Lastwagen. Ein Lastwagen voll für eine Tageslöhnung. Und wenn die Leute dann mit den Lappen in den nächsten Laden rennen, kriegen sie dafür nicht mal 'n Abendessen zu kaufen."

Der letzte Lastwagen hatte den Hof verlassen; der Polizist gab uns das Zeichen zur Weiterfahrt, und Minuten später hielten wir vor Waldstein & Co. In der Halle drängten sich Kunden. Jeder wollte einen der Barone, Dr. Straßburger oder einen anderen Herrn aus der Firmenleitung sprechen.

Christoph holte mich am Eingang ab. „Tut mir leid, Peter, Dr. Straßburger läßt sich entschuldigen. Du mußt mit mir vorlieb nehmen." Man hatte ihm jetzt ein eigenes Büro gegeben, ein kleines Zimmer, dessen Fenster auf eine Hinterstraße hinausging.

„Jetzt geht's also los!" sagte Christoph.

Ich fragte nach den neuesten Nachrichten aus München.

„Wir wissen nichts Genaues. Es gibt noch keine Telefonverbindung. Aber nun zu deinen Angelegenheiten: Straßburger hat mich beauftragt, dir die Sache mit der Rentenmark zu erklären. Du hast doch darüber in der Zeitung gelesen?"

„Gelesen schon, aber nichts begriffen."

„Da bist du in guter Gesellschaft. Niemand begreift es so richtig, aber wir wollen es wenigstens versuchen. Klar ist, daß die Regierung etwas unternehmen mußte, um die Mark zu stabilisieren. Sie hat über eine neu geschaffene *Rentenbank* eine neue Währung eingeführt, die *Rentenmark*. Und zu Gunsten dieser neuen Rentenbank wird kurzerhand die gesamte deutsche Wirtschaft mit einer Grundschuld von 2,4 Milliarden Rentenmark belastet; die Deckung der Rentenmark besteht also in Sachwerten."

„Das verstehe ich schon gar nicht mehr: Man kann doch nicht auf den Besitz eines ganzen Landes eine Hypothek eintragen!"

„So soll es aber geschehen. Außerdem operieren einige private Gesellschaften schon längst mit Sachwerten, wenn auch in viel kleinerem Maßstab. Sie geben eine Art Pfandbriefe über bestimmte Mengen Roggen, Weizen oder Wein ab, die zu einem späteren Termin einlösbar sind. Der Wert dieser Briefe steigt und fällt mit dem jeweiligen Preis für Roggen, Weizen oder Wein, aber die Leute haben das Gefühl, wenigstens etwas Reelles in den Händen zu halten, nicht nur wertloses Papier."

„Diese Rentenmark wird also von der Rentenbank ausgegeben?"

„Richtig."

„Zu welchem Kurs soll denn die Papiermark eingetauscht werden?"

„Den Kurs setzt ein unabhängiger Reichswährungskommissar fest. Der ist aber noch nicht ernannt. Auf jeden Fall möchte ich dir zu deinen Wertpapieren schon jetzt einen guten Rat geben."

„All right, ich höre . . ."

Christoph faßte mich scharf ins Auge. „Sammle deine Schätze ein, und verschwinde nach Amerika!"

„So. Ist das Dr. Straßburgers Rat?"

„Nein, meiner."

„Und der Grund?"

„Niemand weiß, wie sich die Dinge hier entwickeln werden. Die Franzosen sitzen immer noch an der Ruhr; die deutsche Mark ist buchstäblich nicht das Papier wert, auf dem sie gedruckt wird; jetzt hat dieser Hitler die Bayern zum Umsturz aufgehetzt. Vielleicht wird die Reichswehr auch noch mit diesem Putsch fertig, aber Hitler hat schon Tausende von Anhängern, die für ihn marschieren, die seine Fahne aus dem Fenster hängen. Die Reichswehr kann sie doch nicht alle erschießen; Stresemann kann sie auch nicht alle einsperren lassen!"

Ein Name, ein vertrautes Gesicht stand zwischen uns. Christoph bot mir eine Zigarette an. „Wenn *sie* aber gewinnen, wirst du hier ein schreckliches Blutbad erleben."

„Christoph, ich habe trotzdem noch keine Lust, meine Schätze einzusammeln und zu verschwinden. Es gefällt mir in Berlin; hier kann ich malen; hier lebt Lili, die ich liebe. Ich fühle mich so . . . so dazugehörig."

Grimmiges Lächeln: „Das will ich dir gern glauben, mein Lieber."

„Und was soll ich nun wirklich mit meinen Wertpapieren tun? Sie behalten? Abstoßen? Wird das Rentenmark-Experiment funktionieren?"

„Wer weiß das schon! Es wird funktionieren, wenn die Leute bereit sind zu glauben, daß die Mark wieder einen Wert hat. Glauben sie es nicht, war alles umsonst."

Das Telefon klingelte.

„Ja, bitte? Aha . . ." Christoph knallte den Hörer auf die Gabel. „Entschuldige, Peter, ich . . ."

„Schon gut. Ich kann doch später wiederkommen."

„Nein, nein, bleib bitte hier. Ich bin gleich wieder da." Auf der Schwelle blieb er noch einmal stehen und drehte sich zu mir um. „Willst du nicht doch lieber verkaufen...?"

„Frag Straßburger."

Christoph nickte und verschwand.

Ich blieb sitzen und starrte in den Regen hinaus. Warum war es eigentlich so wichtig für mich, ob nun Hans von Seeckt oder Adolf Hitler in Deutschland das Sagen hatte?

Plötzlich ging die Tür auf, und Helena kam hereingestürmt. Sie sah hinreißend aus in ihrer schwarzen Baskenmütze und dem schwarzen Wettermantel, der vor Nässe glänzte. „Weißt du schon das Neueste?" keuchte sie.

„Nein..."

„Der Putsch ist gescheitert! Hitler ist getürmt!" Sie streckte den Kopf ins Nebenzimmer. „Fräulein Schmidt, holen Sie bitte meinen Mann!"

„Der Herr Oberleutnant ist bei Herrn Dr. Straßburger, gnädige Frau."

„Dann bitten Sie Dr. Straßburger auch gleich herüber... und meine Onkel auch!"

Im Nu füllte sich das kleine Büro mit den Herren der Geschäftsleitung. Alle hörten gespannt zu, was Helena von keinem Geringeren als General von Seeckt erfahren hatte:

Hitlers Sturmabteilung und weitere Gruppen extremer Nationalisten bildeten Marschkolonnen und rückten auf die Innenstadt vor. Ludendorff, Hitler und Göring marschierten an der Spitze des Zuges. Am Odeonsplatz hatte aber doch ein Trupp der bayerischen Landespolizei Stellung bezogen, und ihr Leutnant wollte die Marschkolonne durch Zuruf aufhalten, aber Hitlers Leute rückten weiter vor. Irgendwo fiel ein Schuß. Dann gab plötzlich auch die Polizei Feuer, und die Männer in der ersten Reihe stürzten zu Boden... alle bis auf Ludendorff. Er steckte die Hände in die Manteltaschen und trat den Polizisten entgegen. Nach einigem Hin und Her forderten sie Ludendorff auf, ihnen ins Polizeipräsidium zu folgen.

„Weiß man, was aus Hitler geworden ist?" fragte Bobby.

„Der ist wieder aufgesprungen und geflüchtet. An der Straßenecke soll ihn ein Auto aufgenommen haben und mit ihm verschwunden sein."

„Ob er verwundet war?"

„Von Hitler weiß man es nicht, aber von Göring. Der hat jedenfalls blutüberströmt in einem Hauseingang gelehnt, aber jetzt ist er auch verschwunden."

„Hat es Tote gegeben?" fragte Baron Fritz.

„Ja, zwei Polizisten und ungefähr ein Dutzend von Hitlers Leuten."

„Und was geschieht jetzt?" fragte Christoph.

„Jetzt ist das Chaos ausgebrochen. Die Nazis werden sich vom Schauplatz zurückziehen."

„Nun ja", sagte Baron Eduard, „damit wäre der angekündigte Marsch auf Berlin schon in München steckengeblieben."

„Ja ... diesmal!" sagte Dr. Straßburger, und dann klingelte Christophs Telefon.

„Hier Keith ... verstehe ... gut, ich informiere die Herren." Er legte den Hörer auf. „Die Telefonzentrale meldet, daß auf sämtlichen Telefonleitungen Anrufe vorliegen; für Herrn Dr. Straßburger und Baron Fritz aus München. Offenbar klappt die Verbindung wieder."

Dr. Straßburger verabschiedete sich von Helena. „Frau Keith, wir sind Ihnen sehr verbunden für Ihre Nachricht. Sie ist für uns lebenswichtig!"

Und Christoph fragte mich: „Kannst du Helena nach Hause bringen?"

IM TAXI schwiegen wir beide. Die Stadt wimmelte von Militär. Vor dem Fernsprechamt in der Leipziger Straße waren Lastwagen mit Reichswehrleuten aufgefahren, und in der Bendlerstraße hockten Soldaten mit Stahlhelmen hinter einem Maschinengewehr.

Helena bat mich vor ihrer Wohnung, doch noch hineinzukommen, und trug dem Mädchen auf, Sekt zu bringen. „Ich kann sonst meine Geschichte nicht zu Ende erzählen", meinte sie.

„Du hast in der Bank vorhin nicht alles gesagt?"

„Nein. Christoph sollte den letzten Teil nicht hören."

Das Mädchen stellte ein Silbertablett mit einer Flasche deutschem Sekt und zwei Gläsern auf den Tisch und ging wieder hinaus. Ich schenkte den Sekt ein und reichte Helena ein Glas. „Es geht wieder um Kaspar ..., habe ich recht?"

Sie nickte, nippte am Glas.

„Ist er tot?"

„So schrecklich es klingt: Ich hoffe es! Bis jetzt sind noch nicht alle Toten identifiziert. Jeden Augenblick kann ein Anruf kommen."

„Und wieso bist du sicher, daß er dabei war?"

Sie trank ihr Glas aus. „Nachdem die SA gestern abend den Bürgerbräukeller gestürmt hatte, wurden dort Reden gehalten und das Deutschlandlied gesungen. Dabei trat eine neue Gruppe in Erscheinung: Elitetruppe, persönliche Leibwächter, der Stoßtrupp Adolf Hitler. Sie hatten schwarze Skimützen aufgesetzt, und du darfst mal raten, welches Emblem die Mützen zierte."

„Das Hakenkreuz."

„Falsch. Das Hakenkreuz haben sie auf den Armbinden, an den Mützen ... silberne Totenköpfe!"

Das Zimmer kam mir plötzlich düster vor; ich fröstelte. „Helena, das heißt immer noch nicht, daß Kaspar bestimmt dabei war."

„Er war dabei. Ich frage mich nur, ob er tot ist oder sich, wie Göring, verwundet irgendwo versteckt hält und an seiner Wut erstickt. Die zweite Niederlage! Und diesmal müssen sie sich dem Sieg schon sehr nahe gefühlt haben. Man muß sich das vorstellen: Eben noch marschieren sie unter dem Jubel der Zuschauer singend durch die Straßen, und im nächsten Augenblick liegen sie auf dem Pflaster, Adolf Hitler rennt davon, und der Putsch ist gescheitert. Kannst du dir ausmalen, was in Kaspar vorgeht, falls er noch lebt?"

„Helena, du mußt sofort mit Christoph über Kaspar reden."

Sie schüttelte den Kopf. „Das geht einfach nicht." Sie trat an den Tisch, schenkte noch einmal Sekt ein und gab mir mein Glas.

„Und wenn ich nun Christoph eine Stellung in New York besorgte? Möchtest du nicht auch gern ein, zwei Jahre in New York leben?"

Sie sah mich traurig an. „Christoph läuft nicht davon. Er will nicht wahrhaben, daß ihm sein Bruder etwas antun könnte."

Ich hatte mein Glas ausgetrunken. Vielleicht hätte ich sonst nicht den Mut gehabt weiterzusprechen. „Von der Sache mit Göring hat Christoph dir doch aber erzählt ... Göring selbst hat ihn schon im Sommer vor Kaspar gewarnt." Ich berichtete ihr, was mir Christoph gesagt hatte.

Sie hatte den Kopf rückwärts in die Sofakissen sinken lassen und hörte mir mit geschlossenen Augen zu. Als ich wieder schwieg, öffnete sie die Augen. „Göring ist ein Schwein! Er wollte nur Christoph von seinen sogenannten jüdischen Freunden loseisen, und deshalb hat er ihm eingeredet, Kaspar wäre nicht mehr zurechnungsfähig."

„Göring ist nicht der einzige, der so etwas behauptet. Sigrid hatte denselben Eindruck."

„Sigrid?" Helenas Stimme klang jetzt schrill. „Willst du damit sagen, Sigrid hätte Kaspar getroffen?"

„Nur einmal, und aus reinem Zufall, Helena." Ich erzählte ihr von Sigrids Besuch in Zeydlitz. Sie vergrub das Gesicht in den Händen und begann zu weinen, während draußen in der Halle das Telefon läutete.

„Für Mr. Ellis", meldete das Mädchen, „Fräulein Elisabeth ist am Apparat."

„Du wirst am Pariser Platz verlangt", sagte Helena, und ich ging hinaus zum Telefon.

VOR dem zweiten Satz machten die Musiker eine kurze Pause. Als die Instrumente wieder einsetzten, stand Lilis Vater unvermittelt auf, und sofort erhoben sich auch alle anderen Zuhörer, etwa fünfzig bis sechzig Personen. „Wir geben nur selten Hauskonzerte", hatte Lili gesagt. „Aber ein Freund hat Papa gebeten, dieses Kammerorchester in Berlin einzuführen."

Einen ganzen Abend lang Kammermusik für Streichinstrumente, das war zuviel für mich. Hinter mir lag sowieso ein anstrengender Tag, und meine Gedanken hatten zu wandern begonnen, während die Musiker den ersten Satz des offenbar letzten Stückes im Programm spielten. Erst als der Baron so plötzlich aufstand, warf ich einen Blick auf den Zettel: Haydns Streichquartett in C-Dur, op. 76 – das Kaiserquartett! Auf den Gesichtern der Gäste spiegelte sich Ergriffenheit, und ich erkannte das Thema: „Deutschland, Deutschland über alles ..."

Nach dem Konzert lud Bobby Lili und mich in einen russischen Nachtclub ein, der in einem Keller eingerichtet war: Ziegelfußboden, Weinregale an den Wänden, ein schwarzhaariger Sänger mit Balalaika. Der Oberkellner begrüßte Bobby mit höchster Zuvorkommenheit. Die anderen Gäste musterten erstaunt unsere Abendkleidung. Um überhaupt Getränke zu bekommen, hatten wir eine Vorauszahlung in Dollar zu leisten, aber das war schon längst üblich. Was man bestellt hatte, konnte ja schon wieder teurer sein, ehe man es ausgetrunken oder aufgegessen hatte!

Wir aßen Schwarzbrot und Kaviar zum eiskalten Wodka und hörten dem Sänger zu. Als er eine Pause einlegte, fragte ich Bobby, warum sein Vater vorhin beim Kaiserquartett aufgestanden sei.

„Das Haydn-Thema ist die Melodie des Deutschlandliedes."

„Das weiß ich, und gerade deshalb frage ich. Immerhin hat Hitler gestern nacht die Leute im Bürgerbräukeller mit demselben Lied von den Sitzen gerissen."

Sie sahen sich alle ein bißchen hilflos an. Dann sagte Lili: „Und gerade deswegen ist Papa aufgestanden. Ich war mächtig stolz auf ihn."

Und Bobby setzte hinzu: „Die Nationalisten, die Nationalsozialisten und überhaupt die ganze extreme Rechte behaupten gern, dieses Land sei nicht unser Vaterland. Aber es ist unser Vaterland."

„Aber warum heißt es: *über alles?* Warum muß Deutschland über alle anderen herrschen?" fragte ich.

„Das verstehst du ganz falsch", rief Lili, und Bobby sagte: „Es bedeutet, daß uns Deutschland über alles geht, daß wir es mehr als alles andere in der Welt lieben . . . verstehst du?"

Als Lili einen Augenblick lang hinausging, flüsterte mir Bobby zu, daß er zu Kyra nach Los Angeles fahren werde.

„Sie lebt doch dort mit diesem . . ."

„Längst nicht mehr. Der hat die Witwe eines Filmproduzenten geheiratet."

„Und Kyra will, daß du kommst?"

„Ja, sie möchte es. Wirst du für mich bürgen?"

„Bobby, laß es lieber sein."

„Nein; wenn man jemanden liebt, dann liebt man eben. Ohne Kyra bin ich bloß noch ein halber Mensch."

„Ich habe aber für das Mädchen gebürgt . . ., weil deine Eltern es wollten. Was wird aus mir und Lili, wenn sie erfahren, daß ich dir auch geholfen habe . . .?"

Ich konnte nicht weitersprechen, weil Lili zurückkam. Wir blieben noch lange beisammen. Erst als schon die ersten Leute zur Frühschicht gingen, zwängten wir uns in Bobbys zweisitzigen Bugatti.

„Seht mal! Dort drüben!" sagte Bobby. Vor einer Bäckerei hatte sich eine Menschentraube gebildet. Alle hatten Körbe und Einkaufsnetze bei sich, die mit Papiergeld randvoll gestopft waren. Plötzlich ging die Tür auf, der Bäcker in seiner weißen Arbeitsjacke trat heraus,

hängte ein Schild an die Tür und verschwand wieder. Eine Frau
kreischte; Männer brüllten vor Wut.

„Fahr lieber nicht dort drüben vorbei", sagte ich. Mir war plötzlich
bewußt geworden, wie wir auf diese Menschen wirken mußten: alle
feingemacht mit weißen Seidenschals, Lili auf meinem Schoß, und
dazu der schimmernde blaue Bugatti . . .

Bobby gab Gas und wendete scharf, aber wir hörten noch das
Klirren der Schaufensterscheibe hinter uns.

Lili reckte den Hals und blickte über meine Schulter.

„Sie werfen nach uns!" schrie sie, aber der Bugatti war schneller; mit
aufheulendem Motor jagten wir davon.

AM SONNTAG, dem 11. November, entdeckte man Adolf Hitler in Uffing, einem kleinen Ort bei München. Er sollte wegen Hochverrats vor Gericht gestellt werden. Am nächsten Morgen erzählte mir Christoph am Telefon, daß Hjalmar Schacht Reichswährungskommissar und Präsident der neuen Rentenbank geworden sei.

„Und was hat Straßburger am Freitag mit meinen Wertpapieren gemacht?" fragte ich.

„Nichts", sagte Christoph. „Die Aufregung über den Putsch war noch zu groß. Und sein Grundsatz lautet: Keine Panikverkäufe! Was wolltest du auch mit dem vielen Papiergeld anfangen! Du hättest ungefähr drei Quadrillionen Mark bekommen!"

„Und wieviel Dollar wären das?"

„Wann? Am Freitag oder heute früh? Oder am Monatsende, wenn du dein Konto ausgleichst?"

„Ich meine heute . . . jetzt . . ."

Christoph rechnete. „Viertausend Dollar", sagte er, „deine Schulden bei uns schon abgerechnet."

„Viertausend! Du lieber Himmel! Ich habe gedacht, ich sei viel reicher."

„So mancher Deutsche würde dich für ziemlich reich halten, mein Lieber. Mit viertausend Dollar kannst du heute vormittag so ungefähr halb Berlin kaufen."

„Christoph, ich beklage mich ja nicht. Ich will nur deinen Rat."

„Einen guten Rat könnten wir selbst gebrauchen. Es steht alles auf des Messers Schneide. Was kann Schacht ausrichten? Was plant die Reichsbank? Die viertausend Dollar, die ich dir eben ausgerechnet habe, beruhen auf dem offiziellen Berliner Börsenkurs von heute früh, und der steht bei sechshundertdreißig Billionen Mark für einen Dollar. Aber viele Leute glauben, daß er bis Monatsende noch in den Trillionenbereich rutscht."

„Wenn das so weitergeht, bekomme ich am Ende vielleicht nicht einmal mehr viertausend Dollar für meine Papiere . . .“

„Jedenfalls raten wir dir nicht, etwa heute deine Aktien gegen Papiermark zu verkaufen und darauf sitzenzubleiben und zuzuschauen, wie die Mark immer tiefer fällt.“

„Christoph, ich bin ratlos. Könnte ich nicht jetzt bei euch vorbeikommen und mit Dr. Straßburger sprechen?“

„Es tut mir leid, Peter, Straßburger ist unabkömmlich. Steckt in Beratungen von höchster Dringlichkeit.“

„Ich komme trotzdem und warte eben, bis er Zeit für mich hat.“

„Wie du meinst, Peter. Außerdem gibt es noch ein – erfreulicheres – Thema, über das ich mit dir reden möchte.“

WHITNEY WOOD legte nicht einmal den Mantel ab. Er war auf dem Weg nach London, wo unter dem amerikanischen Finanzfachmann und General Charles Dawes eine Reparationskommission gebildet werden sollte. Wieder einmal ging es darum, in welcher Höhe und welcher Art Deutschland Reparationen zahlen konnte, ohne wirtschaftlich zusammenzubrechen.

Während Whitney Wood redete, arbeitete ich weiter an Miß Boatwrights Porträt.

„Sie täten gut daran, jetzt auf Dollar umzusteigen und dabei zu bleiben, bis sich die Lage geklärt hat“, sagte Wood zu mir.

„Danke für den Rat, Mr. Wood. Ich werde mich daran halten und morgen die Verkaufsorder geben.“

„Warum so lange warten? Die Dinge entwickeln sich rasend schnell, und niemand weiß so recht, in welche Richtung.“ Er schüttelte mir die Hand und ließ sich von Miß Boatwright zur Tür bringen. Als sie zurückkehrte, sah sie traurig aus. „Die Einladung nach London kam unerwartet“, sagte sie. „Schade, wir wollten heute abend in die Philharmonie gehen. Möchtest du mich vielleicht begleiten, Peter?“

„Es geht leider nicht, Miß Boatwright. Ein Freund von Christoph hat uns Karten für den Ball in der Kunstgewerbeschule besorgt. Ich glaube, es ist ein Kostümfest.“

„Wie schön!“ rief Miß Boatwright. „Nimmst du Lili auch mit?“

„Ja. Helena hat Lilis Mutter die Erlaubnis abgerungen. Aber ich muß das Töchterchen pünktlich um Mitternacht zu Hause abliefern,

wie Aschenputtel, weil es letzten Freitag so spät geworden ist. Finden
Sie nicht auch, daß die Waldsteins ein bißchen ... ich meine, Lili ist
immerhin achtzehn Jahre alt, Miß Boatwright!"

VIERZEHNTES KAPITEL

CHRISTOPH und ich fuhren vor dem Ball zur Villa Keith, um uns
Kostüme zu beschaffen. Frau Meier hatte auf dem Dachboden allerlei
Verwendbares entdeckt: für mich ein dunkelgrünes Jägerkostüm –
komplett mit federgeschmücktem Hut, grünem Jagdrock, Kniebund-
hosen und Gamaschen –, für Christoph einen ledernen Jagdflieger-
mantel wie den, den er in Verdun getragen hatte, und eine Flieger-
kappe mit Schutzbrille.

„Das sitzt wie angegossen, Mr. Ellis!" rief Frau Meier, als wir die
Treppe herunterkamen. „Der Herr Oberleutnant braucht keine
Maske; der hat ja die Brille. Aber Sie sollten eine aufsetzen." Sie gab
mir eine Kindermaske: Ein Chinesengesicht mit dünnem Bart und
einem Gummiband zum Festhalten am Hinterkopf.

„Wem gehört eigentlich dieser Jägeranzug, Frau Meier?" hatte ich
gefragt.

Meier öffnete gerade die Tür und rief: „Das Taxi, meine Herren!",
und Frau Meier sagte rasch: „Der ist für Herrn Kaspar geschneidert
worden. Schon vor vielen Jahren, Mr. Ellis."

„Moment mal, Christoph", sagte ich und sprang die Treppe hinauf.
Ich riß die Nachttischschublade auf, nahm meine Smith & Wesson
heraus und steckte sie in eine der tiefen Taschen des Jagdrockes.

WAS führt sie im Schilde? dachte ich, als uns Helena die Wohnungstür öffnete und die Hacken zusammenschlug. Sie muß von allen guten
Geistern verlassen sein!

Helena trug die Paradeuniform der Totenkopfhusaren: vorn am
schwarzen Pelztschako das grinsende Totenkopfemblem über
gekreuzten weißen Knochen, schwarze kurze Jacke mit Silberschnü-
rung, schwarze Hose, die in spiegelblanken Reitstiefeln steckte, und
dazu eine schwarze Larve. Ich beobachtete Christoph aus dem
Augenwinkel. Hatte sie ihm noch immer nichts vom Stoßtrupp Adolf
Hitler gesagt?

„Helena, du siehst phantastisch aus!" Nein, Christoph war wirklich ahnungslos!

„Gefalle ich dir?" sagte Helena. „Ich hatte schon Angst, es wäre ein bißchen ... unzeitgemäß."

„Ich finde dein Kostüm hinreißend. Du auch, Peter?" Er nahm sie in die Arme und küßte sie. Dabei rutschte ihr der hohe Tschako vom Kopf, und ihr Haar breitete sich wie ein goldenes Netz über den ledernen Ärmeln von Christophs Fliegermontur aus.

„Gib mir bitte meine Eintrittskarten, Christoph", sagte ich. „Ich muß Lili abholen. Wir treffen uns nachher im Festsaal."

Als das Taxi vor der No. 4 am Pariser Platz hielt, begannen die Glocken zu läuten: Mitternacht! „Wie Aschenbrödel!" fauchte Lili. Während der Heimfahrt hatte sie die Maske und die mächtige Spreewälderinnenhaube, die zu ihrem Kostüm gehörte, schon abgesetzt, aber sie ließ sich nicht küssen.

„Lili, es ist doch nicht meine Schuld! Warum läßt du mich dafür büßen?"

„Der Ball fängt um Mitternacht überhaupt erst richtig an, und mich schickt ihr wie ein Kind ins Bett!"

Der Taxichauffeur wartete auf mich.

„Ich habe deinen Eltern versprochen, dich bis zwölf nach Hause zu bringen, Lili. Willst du mir Ärger machen?"

Sie klingelte an der Haustür.

„Warte, Lili!" rief ich. „Ich bezahle das Taxi und komme noch auf einen Sprung mit hinauf."

„Das würde ihnen erst recht nicht passen. Fahr schon zurück zu eurem Ball!"

Ein Diener öffnete die Haustür.

„Guten Abend, gnädiges Fräulein."

„Guten Abend, Josef. Gute Nacht, Peter."

Als ich wieder den Ballsaal betrat, hatte sich die Zahl der Gäste verdoppelt. Jetzt spielte eine Negerband. „Sieh da!" rief Helena, „unser Waidmann ist von der Jagd zurück!" Sie wurde von einem Clown, einem venezianischen Gondoliere und einem Schotten in zünftigem Kilt umschwärmt.

„Wo ist Christoph?" rief ich zurück.

„Wahrscheinlich noch auf dem Polizeirevier. Du hast das Tollste verpaßt! Adolf Hitler war hier!"

„Was . . . ?"

„Ausgerechnet ein Mädchen hat sich als Hitler verkleidet", sagte der Gondoliere. „Jemand hatte sie schon zu Boden geschlagen, ehe es herauskam."

„Es gab eine Prügelei", fuhr Helena fort, „und dann ist die Polizei gekommen und hat Christoph und ein paar andere Leute als Zeugen mit aufs Revier genommen."

Ich bahnte mir einen Weg durch die Tänzer und steuerte auf Alfred und Sigrid von Waldstein zu. Alfred trug einen Frack und eine schwarze Maske. Aber Sigrid war hübsch kostümiert: blonde Zöpfchenfrisur mit Spitzenhäubchen, besticktes Kleid und weiße Schürze – ein Bauernmädchen im Hochzeitsgewand.

Als sie mich sah, weiteten sich ihre Augen vor Schreck. Sie stürzte auf mich zu, riß mir die Chinesenmaske vom Gesicht und keuchte: „Woher hast du diesen Anzug?"

Ich erklärte es ihr, und Alfred sagte mißbilligend zu seiner Frau: „Möchte bloß wissen, was heute abend in dich gefahren ist."

Sie wurde rot. „Es gefällt mir einfach nicht mehr. Ich möchte nach Hause fahren."

„Dich hat wohl der Totenschädel dort draußen ganz durcheinandergebracht", sagte Alfred begütigend.

„Welcher Totenschädel?" fragte ich.

„Irgendeiner. Stand draußen vorm Eingang. Dort warten immer noch Hunderte von Leuten auf Einlaß, und einer von denen ist als Tod kostümiert."

„Wo ist Christoph?" fragte Sigrid. Die Antwort erübrigte sich; er betrat gerade wieder den Saal und versuchte, sich zu uns durchzukämpfen. Die Schutzbrille hatte er jetzt in die Stirn hochgeschoben.

Die Musiker pausierten. Sie wischten sich die schweißnassen Gesichter ab und kletterten vom Podium herunter. Augenblicklich füllte der Lärm von tausend Stimmen den Saal. „Wie sieht er denn aus . . . dein Totenkopf?" fragte ich Sigrid ganz ruhig.

„Er trägt den Arm in einer Schlinge."

Oben auf der Empore amüsierten sich zwei Harlekine damit, Waschkörbe voller Banknoten über die Leute unten im Saal auszukippen. Inzwischen hatte eine neue Kapelle die Negerband abgelöst, und während sie einen Walzer spielte, wirbelten Geldscheine wie Konfetti durch die Luft. Ich forderte Helena zum Tanz auf.

„Was ist nur mit Sigrid los?" fragte sie.

„Sie hat jemanden mit einem Totenschädel gesehen."

„Ich würde sagen: Sie hat ein Gespenst gesehen! In diesem Zoo hier gibt es nur einen Totenschädel, und das ist der an meinem Tschako. Er wird Sigrids Gespenst schon vertreiben." Sie lächelte mich an: „Das glaubst du doch auch, Peter, oder . . .?"

WIEDER eine novembergraue Morgenstunde. Die Ballbesucher brachen auf, und ein kalter Windstoß fegte zur geöffneten Saaltür herein. Die wertlosen Papiergeldscheine wirbelten über die fast leere Tanzfläche, durch die Ausgänge und hinaus auf die Straße. Wir stiegen in ein Taxi.

„Wo wünschen denn die Herrschaften zu frühstücken?" fragte ich.

„Puh!" stöhnte Helena, „ich mag jetzt keine Leute mehr sehen. Komm mit zu uns; ich mache uns ein Omelett."

Christoph war sehr still; er sah aus dem Taxifenster.

„Christoph, stimmt etwas nicht?" fragte Helena. Er schüttelte den Kopf und starrte weiter aus dem Fenster.

Ob Sigrids Gerede daran schuld war? Aber schon hielt das Taxi vor ihrem Haus, es gab noch die übliche Auseinandersetzung um den Fahrpreis, dann stiegen wir die Treppe hinauf.

Helena schloß die Tür auf, rief: „Aber hier ist doch jemand in der Wohnung!", stürzte durch die Halle auf den Salon zu, riß die Tür auf . . ., und noch ehe wir den Knall hörten, sahen wir, wie sie rückwärts gegen die Wand geschleudert wurde und zusammensank, während Blut durch das goldene Haar sickerte.

Und ich konnte Christoph nicht zurückhalten! Mit der Linken zerrte ich an seinem Arm, mit der Rechten umklammerte ich meine Smith & Wesson, aber er schob sich mit aller Kraft vor mich, trat in die Türöffnung und starrte die Gestalt an, die auf dem Sofa kauerte: blondes Haar, eine Totenschädelmaske, die so weit hochgeschoben war, daß sie die Augen freigab, in der Rechten eine Luger, deren Lauf vorschriftsmäßig auf den linken angewinkelten Ellenbogen gestützt war – und dieser Ellenbogen steckte in einem Gipsverband!

Die Kugel blieb in meiner Lunge stecken. Aber vorher hatte sie schon das Herz des Bruders durchschlagen.

AN DIE Träume erinnere ich mich heute noch; manchmal kommen sie sogar wieder: Ich liege in der Notaufnahme; vor Schmerzen in der Lunge kann ich nicht atmen; um meine Bahre drängen sich Krankenschwestern mit blutbeschmierten Gummischürzen und Polizeibeamte. Ich lasse mich rückwärts sinken, tauche tief, sehr tief in die Ätherwolke ein. Ich träume, daß alles nur ein Traum gewesen ist ...

Nein, so kann ich mein Schlußkapitel nicht anfangen lassen. Aber wie dann? Vielleicht damit, daß mir eines Tages etwas dämmerte: Es war doch kein Traum, sondern Wirklichkeit gewesen. Denn die Ärzte und Schwestern hatten denselben Gesichtsausdruck wie die Leute, die mich unter dem Leichenhaufen fanden, der von Douglas Pratts Sanitätsauto in Frankreich übriggeblieben war.

Vielleicht aber sollte ich mit Miß Boatwright beginnen, die mir mit ruhiger, fester Stimme zugeredet hatte, den Tränen freien Lauf zu lassen. „Du darfst weinen, Peter!" sagte sie. „Weißt du noch? Damals haben wir uns so große Sorgen um dich gemacht, weil du nicht mehr weinen konntest!"

Also weinte ich. Ich lag um diese Zeit schon in Professor Jaffas Privatklinik. Miß Boatwright hatte mich aus dem riesigen Städtischen Krankenhaus dorthin verlegen lassen. Ich hatte ein Einzelzimmer und wurde von Schwester Gertrud tagsüber und von Schwester Anna während der Nacht betreut. Allmählich begann ich, die große, stämmige Schwester Gertrud mit den hellen Flecken der Morgensonne an meiner Zimmerdecke in Verbindung zu bringen, während die kleine, dunkle Schwester Anna soviel wie „Spritze" bedeutete: Erlösung von Schmerz und Schlaflosigkeit. „Aber kein Morphium, nichts, wovon man abhängig wird!" sagte sie, „etwas ganz Neues von Bayer-Leverkusen: Amytal!"

Professor Jaffa kam immer schon frühmorgens mit seinem Assistentengefolge hereingefegt und schaute zu, wie der Drain in meinem Rücken ausgewechselt wurde. Das tat sehr weh, aber allmählich ließ wenigstens der Schmerz beim Atmen nach.

Miß Boatwright kam täglich. Sie brachte ein Skizzenbuch und Stifte mit und ließ von den Schwestern ein Tischchen an meinem Bett herrichten. So konnte ich, auf der Seite liegend, trotz des Schlauchs im Rücken ein bißchen zeichnen.

„Deine Finger dürfen nicht aus der Übung kommen", sagte sie, und Professor Jaffa gab ihr recht. Also versuchte ich, Schwester Gertrud zu zeichnen, die mit ihrem Strickzeug am Fenster saß. Es tat weh, aber die körperlichen Schmerzen lenkten mich von dem anderen Schmerz ab. Und gegen den half auch kein Amytal.

Miß Boatwright gab sich große Mühe mit mir. „Peter, versteh doch, daß für die Waldsteins das Maß voll ist! Selbst voriges Jahr, als du nur am Rande in die Rathenau-Affäre verwickelt warst, wurden sie schon sehr nervös. Und diesmal sind es zwei Ermordete! Eines der Opfer eine Waldstein! Das zweite ein Angestellter ihrer Bank! Dazu noch der Verdacht auf Brudermord . . ., nein, solchen Skandal können sie einfach nicht hinnehmen. Und dazu noch das Geschrei in der Presse: Bilder von Helenas Hochzeit mit dem Prinzen; von Christoph und seiner Fliegerstaffel; sie haben sogar Reporter mit einem Boot losgeschickt und Schloß Havelblick vom Wasser aus fotografiert. Ebendarum kann dich auch Lili nicht besuchen: zu viel öffentliches Aufsehen."

„Lili könnte mir aber schreiben."

„Sie wird dir schon schreiben. Aber zu allem Überfluß ist nun auch noch Bobby auf und davon gegangen, und sie sind fest überzeugt, daß du ihm behilflich warst, nach Amerika einzureisen."

„So ein Wahnsinn! Ich liege doch schon viel zu lange im Krankenhaus . . ."

„Vernunftsgründen sind sie im Moment nicht zugänglich, Peter."

„Das scheint auch noch für andere Leute zu gelten, Miß Boatwright. Frau Keith hat nicht einmal meinen Brief beantwortet."

„Kannst du das nicht verstehen? Sie ist über deine Aussagen vor der Polizei empört."

„Miß Boatwright, ich habe nur wahrheitsgemäß geschildert, wie es abgelaufen ist."

„Du kannst es dieser Frau nicht verübeln, wenn sie einfach nicht glauben will, daß ihr jüngster Sohn den älteren Bruder getötet hat."

„Aber so war es doch . . . Und die Polizei glaubt mir!"

„Das ist wahr; aber manche Zeitungsberichte klingen skeptisch."

„Warum denn? Warum glaubt man mir nicht?"

„Sieh mal: Es ist doch schwer zu glauben . . . Einer von Hitlers Leibwächtern soll sich eine Maske aufsetzen, seinem Bruder auflauern und ihn umbringen?"

„Meint man vielleicht, ich hätte mir diese Geschichte ausgedacht?"

Miß Boatwright schüttelte den Kopf. „Ich glaube, man weiß

einfach nicht, was man von diesem Fall halten soll. Leider bist du durch deine Rolle im Rathenau-Drama und nun auch noch in diesem Doppelmord ins Zwielicht geraten – so faßt es jedenfalls die Presse auf, aber auch die Behörden. Und man fragt sich beispielsweise: Weshalb trägt ein amerikanischer Kunststudent einen Revolver mit sich herum?"

„Miß Boatwright, man glaubt doch nicht etwa, *ich* hätte Christoph und Helena . . ."

„Nein, die Kugeln aus der Tatwaffe haben nicht dasselbe Kaliber wie die aus deinem Revolver."

„Ich erinnere mich nicht im entferntesten daran, abgedrückt zu haben."

„Im Polizeibericht heißt es, daß man dich mit dem Revolver in der Hand gefunden hat, daß eine Kugel in deinem Magazin fehlte und daß das Sofa in Helenas Salon blutgetränkt war."

„Dann hätte ich ihn ja erwischt, *nachdem* er mir schon die Kugel in die Lunge gejagt hatte! Bin ich vielleicht ein Revolverheld wie Wyatt Earp?"

„Für die Polizei bist du jedenfalls nicht nur ein harmloser Kunststudent."

„Und was soll ich jetzt tun?"

„Gesund werden", sagte Miß Boatwright.

LANGDON W. MACVEAGH, stellvertretender Militärattaché an der amerikanischen Botschaft in Berlin, fühlte sich nicht wohl in seiner Haut, als er mich besuchte. Ich fühlte mich allerdings noch elender als er: die Wirkung des Amytals vom letzten Abend hatte stark nachgelassen.

„Was wollen Sie mir beibringen, Mr. MacVeagh?" fragte ich ihn.

„Um die Wahrheit zu sagen . . ."

Die Wahrheit war, daß das Außenministerium in Washington den Botschafter in Berlin angewiesen hatte, mein Visum einzuziehen, sobald ich reisefähig sei.

„Haben Sie auch nach dem Grund gefragt?"

„Sie kennen wahrscheinlich noch nicht die neueste Nachricht; die Polizei hat die Presse erst heute früh informiert: Gestern ist der Kerl gefunden worden . . ., ich meine, der Mann, der nach Ihrer Aussage das Ehepaar Keith erschossen hat."

„Sie haben Kaspar Keith gefunden?"

„Seine Leiche. Der Verwalter eines Gutes in Brandenburg hatte in einer Scheune einen Toten entdeckt, und da er den Mann nicht kannte, rief er den Dorfpolizisten. Aber ehe der zur Stelle war, hatte eine alte Dame, die Gutsbesitzerin, den Toten schon als Kaspar Keith identifiziert."

„Die Gräfin Brühl . . .?"

„Stimmt! Sie kennen diese Leute . . .?"

„Reden Sie erst weiter, bitte!"

„Die preußische Staatspolizei übernahm den Fall. Sie hat den Toten zur Autopsie nach Berlin geschafft. Gestorben ist er an einer frischen Schußwunde in der Brust."

„Und in der Wunde steckte meine Kugel."

„Richtig."

„Ach so. Und jetzt, wo sich alle meine Angaben vor der Polizei bestätigen, erklärt man mich plötzlich zur Persona non grata! Wieso bin ich auf einmal hier unerwünscht?"

„So ist es nun doch nicht gemeint."

„Wie denn sonst? Und was hat das Innenministerium dem Botschafter über mich erzählt?"

„Wenn Sie es genau wissen wollen: daß Sie vielleicht für einen unserer Geheimdienste arbeiten."

„Dabei wissen Sie ganz genau, daß es nicht stimmt."

„Woher sollte ich das wissen? Sie könnten ja im Geheimdienst der Marine stehen . . ."

„Und Ihr Chef, der Militärattaché, sollte darüber nicht informiert sein? Glauben Sie wirklich, als Geheimdienstmann hätte ich mich in solch einen Fall verwickeln lassen? Das wäre ja Schwachsinn!"

MacVeagh faltete die Hände. „Es *ist* Schwachsinn, und deshalb sind die Deutschen auch so ratlos. Immerhin haben sie es mit drei Toten zu tun, sie müssen gerichtlich feststellen, was passiert ist, und ich könnte mir vorstellen, daß manche Leute in der deutschen Regierung meinen, sie hätten schon genug Ärger; sie brauchten nicht noch diesen . . . diesen . . ."

„. . . Skandal?"

MacVeagh stand auf.

„Mr. Ellis, ich glaube, ich sollte jetzt gehen."

„Und da nun sowieso alle tot sind, brauche ich nur noch zu

verschwinden, und der Skandal ist aus der Welt geschafft; ist das die allgemeine Auffassung?"

„Mein lieber Mr. Ellis, ich wünsche Ihnen baldige Genesung. Wenn ich Ihnen behilflich sein kann: Ich bin jederzeit für Sie da." Und fort war er.

Ich klingelte nach Schwester Gertrud.

„Eine Spritze . . . bitte, Schwester!"

„Aber Mr. Ellis! Doch erst heute abend, zum Einschlafen!"

„Der Professor hat gesagt, ich darf eine Spritze bekommen, wenn die Schmerzen nicht mehr auszuhalten sind. Jetzt kann ich sie nicht mehr ertragen . . . bitte, Schwester Gertrud!"

„ABER wecken Sie ihn nicht meinetwegen auf, Schwester!" Das war doch Sigrids Stimme!

„Besuch für Sie, Mr. Ellis! Frau Baronin von Waldstein . . . Ich habe schon eine Kanne von Miß Boatwrights Tee aufgebrüht."

Auf Sigrids schwarzem Lammfellmantel hingen Schneeflocken. Schwester Gertrud half ihr beim Ablegen, schenkte uns Tee ein und ließ uns allein. Sigrid trat an mein Bett, gab mir einen Kuß auf die Stirn und seufzte: „O Peter!"

Ich kämpfte mich angestrengt aus den Amytal-Nebeln ins Bewußtsein zurück. „Ich freue mich ja so, daß du hergekommen bist, Sigrid."

Wir tranken unseren Tee und sahen uns dabei an, ohne ein Wort zu wechseln.

„Peter, ich weiß nicht, wo ich beginnen soll", sagte Sigrid endlich.

„Fang bei der Scheune in Zeydlitz an."

„Du weißt Bescheid? Deswegen bin ich doch hergekommen! Ich wollte es dir erzählen . . ."

Zuerst berichtete ich ihr vom Besuch von MacVeagh; dann begann sie zu sprechen: „Mein Bruder hat mich von der Stadt aus angerufen. Er selbst ist seit Wochen nicht in Zeydlitz gewesen, Mutter hatte ihn verständigt. Niemand weiß, wie Kaspar dorthin gekommen ist und was er dort wollte."

„Das ist doch nicht schwer zu erraten, Sigrid: ärztliche Hilfe und ein Versteck."

„Glaub mir, Peter: Wir hatten keine Ahnung davon; wir hatten mit der ganzen Sache überhaupt nichts zu tun."

„Sigrid, du hast ihn doch auf dem Ball erkannt!"

Sigrid schüttelte den Kopf. „Ich war mir nicht sicher; ich hatte nur so ein merkwürdiges Gefühl. Und dann war ich völlig verwirrt, als er kurz darauf noch mal auftauchte ..., ich meine, als du in der Jägerkleidung in den Saal kamst. Ich habe geglaubt, ich verliere den Verstand."

„Sigrid, warum hast du uns nur nichts gesagt! Die Münchner Polizei hatte doch schon Haftbefehl gegen ihn erlassen."

„Hätte ich ihn verraten sollen? Ich sah doch, daß er verwundet war."

„Ja, und in seiner Armschlinge hatte er die Pistole versteckt."

„Konnte ich das ahnen? Ich hatte einfach den Kopf verloren. Alfred wollte ich mich nicht anvertrauen; der hätte sofort die Polizei gerufen. Ich habe noch zu Christoph gesagt: ‚Ich glaube, dein Bruder versteckt sich hier unter den Ballgästen', aber Christoph war so schicksalsergeben, so, als ob es ihm gleichgültig wäre. Er sagte: ‚Na schön, mein Bruder ist hier. Und was soll ich dagegen tun?'"

Ich erinnerte mich, wie Christoph auf der Heimfahrt aus dem Taxifenster gestarrt hatte. „Du weißt doch, daß ich Kaspar erschossen habe?"

„Ja. Du hattest keine Wahl. Ich wünschte nur ..."

„... daß ich zuerst geschossen hätte?"

Sigrid begann zu weinen. Sie nahm ein Tuch aus der Handtasche und trocknete sich die Augen. „Was ist bloß aus unserem Vaterland geworden! Ein halbes Kind wie Kaspar erschießt seinen Bruder, seine Schwägerin ... Und wie sich die Presse aufgeführt hat! Jedes Blatt sah natürlich die eigene politische Meinung bestätigt. Für die Nationalsozialisten haben jüdische Bankiers eine preußische Offiziersfamilie ausgelöscht; für die Kommunisten ist nur erwähnenswert, daß gewisse Kreise Kostümbälle feiern, während Millionen Bürger verhungern. Selbst im Leitartikel der *Vossischen Zeitung* hieß es, der Marsch auf Berlin sei zwar *physisch* in München gescheitert, aber *symbolisch* ausgeführt worden in diesem ‚Kain-und-Abel-Mord' in der Wohnung einer bekannten Schauspielerin."

„Und das alles paßt den Waldsteins gar nicht ..."

„Es paßt ihnen nicht? Sie sind außer sich, Peter! Sie wollen kein öffentliches Aufsehen; sie wollen nicht ins Zwielicht geraten; sie wollen absolut nichts mit Fememorden und dergleichen zu tun haben ..."

„. . . was mich einschließt."

Sie nickte. „Alfred ist wohl der einzige Waldstein, der anders darüber denkt, aber du mußt ihre Haltung verstehen, Peter. Noch haben sie zwar ihr Geld, ihre Titel, ihren Platz in der Gesellschaft, aber sie mußten auch schon erleben, daß man Walther Rathenau umgebracht hat, daß die Massen nur zu gern zuhören, wenn Hitler seine schrecklichen Lügen über die Juden hinausschreit, und daß ein Kaspar Keith seinen eigenen Bruder und Helena Waldstein erschießt. Sie spüren, daß sich Millionen Augen auf sie richten, und plötzlich merken sie, daß sie . . .", sie suchte nach dem passenden Wort, „daß sie gefährdet sind. Mit deiner Person hat das alles nur wenig zu tun, aber du bist nun einmal in die Ereignisse verwickelt, und deshalb . . ." Wieder hielt sie inne.

Ich fuhr fort: „Und deshalb wollen sie mich nicht mehr sehen . . ."

Keine Antwort. Sie blickte zu Boden.

„. . . und mich nicht mehr mit Lili zusammenkommen lassen."

Noch keine Antwort.

„Also ist es auch zwecklos, sie zu bitten, für mich ein gutes Wort bei Dr. Stresemann einzulegen, damit ich in Berlin bleiben darf."

Ohne darauf einzugehen, nahm sie einen blauen Briefumschlag aus der Handtasche und legte ihn auf den Nachttisch. „Von Lili", sagte sie und ging hinaus.

> Liebster Peter,
> Sigrid wird Dir diese Zeilen bringen und Dir erklären, warum ich nicht kommen kann. Ich bin keine Minute ohne Aufpasser. Meine Eltern haben sich durch die Zeitungsartikel ganz verrückt machen lassen. Das schlimmste ist aber, daß Bobby zu seiner Russin nach Amerika ausgerissen ist. Ich versuche ihnen alles zu erklären, aber ich bringe sie nicht von der Idee ab, daß Du dabei die Hand im Spiel gehabt hast.
> Von Miß Boatwright weiß ich wenigstens, daß Du sehr gute Ärzte und Schwestern hast und auch nicht mehr in Lebensgefahr bist. Helena und Christoph – das kommt mir wie ein schrecklicher Traum vor. Helena war so ein strahlender Mensch, so voller *joie de vivre*. Ich kann sie mir einfach nicht in einer hölzernen Kiste unter der Erde vorstellen. Und Christoph, Dein bester Freund? Du rettest ihm das Leben, und sein Bruder nimmt es ihm.
> Sigrid wartet auf diesen Brief; ich muß also schließen. Bitte, liebster Peter, werde bald wieder gesund. Ich habe schreckliche Sehnsucht nach Dir. Ich liebe Dich + + + ich liebe Dich + + + Lili

Und noch ein Brief, dieses Mal in einem weißen Geschäftskuvert.

Waldstein & Co.
Berlin W 8
Gendarmenmarkt N° 4

Berlin, den 10. Dezember 1923

Lieber Mr. Ellis,
Ihr Gesundheitszustand hat sich laut Prof. Jaffa so weit gebessert, daß Sie sicher gern erfahren möchten, was sich seit den tragischen Ereignissen im November draußen in der Welt ereignet hat.

Erlauben Sie mir zunächst, Ihnen meine Anteilnahme auszusprechen. Wir teilen mit Ihnen Trauer und Entsetzen über das Schicksal Ihres Freundes, unseres Kollegen, und seiner Gattin. Gestatten Sie mir gleichzeitig, Ihnen meine Bewunderung für Ihr soldatisches Verhalten auszudrücken. Sie konnten das schreckliche Verbrechen zwar nicht verhindern, haben aber den Täter seiner gerechten Strafe zugeführt.

Es ist unumgänglich, daß ich mich nun geschäftlichen Fragen zuwende, die Sie unmittelbar betreffen. Ich setze voraus, daß Sie in letzter Zeit die Finanznachrichten in der Presse nicht verfolgt haben, und fasse für Sie die Ereignisse der letzten Wochen zusammen – so stürmischer Wochen, wie ich sie in meiner beruflichen Laufbahn noch nie erlebt habe:

Die Inflation scheint beendet zu sein; Dr. Schachts Rentenmark wird von der Bevölkerung angenommen. Die Vorstellung, daß der deutsche Grund und Boden und die deutsche Industrie als Deckung hinter der neuen Währung stehen – was theoretisch bedeutungslos ist –, scheint das Vertrauen der Deutschen in ihr Geld wiederherzustellen. Jedenfalls geben die Bauern ihre Produkte gegen die neue Rentenmark ab, und die Hungersnot und alle damit verbundenen Unruhen in den Städten sind gebannt.

Wie kam das? Während die Rentenmark schon gedruckt wurde, sank die alte Mark im Verhältnis zum Dollar ins Bodenlose. Am 20. November lautete der Schwarzmarktkurs 1 : 11 000 000 000 000, der amtliche Börsenkurs allerdings „nur" 1 : 4 200 000 000 000. In Fachkreisen hielt man es für günstig, diesen Kurs bis zur Ablösung durch die neue Währung aufrechtzuerhalten, denn daraus ergäben sich bei der geplanten Umrechnung sozusagen „gerade" Zahlen (wenn auch die Bezeichnung „gerade" in diesem Zusammenhang wie ein schlechter Scherz klingt). Schließlich setzte der Reichswährungskommissar Schacht den neuen Rentenmarkkurs fest:

1 000 000 000 000 Mark = 1 Rentenmark = $^{10}/_{42}$ Dollar; mit andern Worten: Man brauchte bei der Umrechnung von alter in neue Mark nur zwölf Nullen zu streichen. Bis jetzt konnte dieser Kurs gehalten werden; wir dürfen sagen, daß Dr. Schacht die Mark erfolgreich „stabilisiert" hat.

Sie werden sich fragen, wozu ich Sie mit diesem finanzpolitischen Exkurs belästige: Er soll Ihnen verstehen helfen, wieso das kleine Vermögen, das Sie mit unserer Hilfe im letzten Jahr ansammeln konnten, verlorengegangen ist und warum Sie sogar zum Schuldner gegenüber der Firma Waldstein & Co. geworden sind.

Die oben beschriebene Stabilisierungsoperation wurde von einem katastrophalen und gänzlich unerwarteten Sturz der Wertpapiere an der Berliner Börse begleitet. Ihre Aktien deckten nicht einmal mehr Ihre Dollar-Schulden bei unserer Firma. Wir haben Ihre Papiere daher so schnell wie möglich veräußert. Aus der beigefügten Aufstellung ersehen Sie im einzelnen die negative Entwicklung Ihres Kontostandes.

Es wird Sie wenig trösten, wenn ich Ihnen sage, daß auch Millionen Bürger dieses Landes ruiniert sind, nicht so sehr durch den Sturz der Aktien als durch die totale Entwertung der alten Mark. Alle Sparbuch-einlagen, Zinseinnahmen, Renten und Lebensversicherungen sind auf Pfennige zusammengeschmolzen; der Mittelstand ist wirtschaftlich auf die Stufe des Proletariats herabgesunken. Wer Arbeit hat, kann sich von diesem Schlag wieder erholen; wer aber von Renten, von Kapital und Ersparnissen abhing, muß zusehen, daß er mit dem Verkauf seiner Wertsachen das Leben fristet. Woher soll für diese Leute Hilfe kommen?

Von solchen akuten Nöten sind Sie nun gewiß nicht betroffen. Sie sind noch jung, und sobald Sie wieder reisen können, werden Sie Ihr Malstudium an einem Ort Ihrer Wahl fortsetzen. Aus der beigefügten Postkarte ersehen Sie, daß wir Ihnen eine kleine Unterstützung für Ihren Weg in die Zukunft zugedacht haben.

Ich erlaube mir, Ihnen, auch im Namen des Bankhauses Waldstein & Co., meine besten Genesungswünsche auszusprechen und verbleibe

mit vorzüglicher Hochachtung,
E. Straßburger

Ich warf einen Blick auf die beigefügten Bankauszüge. Am 1. Dezember wies mein Konto ein Haben von 21 000 000 000 000 Mark aus. Was hatte Straßburger geschrieben? Man brauchte nur zwölf Nullen wegzustreichen! Also: einundzwanzig Rentenmark, ungefähr fünf Dollar.

Ich war also pleite – und schuldete Waldstein & Co. obendrein noch siebenhundertfünfzig Dollar.

Die Ansichtskarte zeigte das Brandenburger Tor und den Pariser Platz. Auf der Rückseite standen, ohne Unterschrift, folgende Zeilen:

> $ 500 zu Ihren Gunsten überwiesen von Waldstein & Co./Amsterdam auf Konto Susan Boatwright bei Morgan Harjes & Co./Paris (Filiale von J.P.Morgan & Co./New York).

So also verabschiedete mich Waldstein & Co. ... und Miß Boatwright bezahlte meine Krankenhausrechnung.

FÜNFZEHNTES KAPITEL

„TIEF einatmen! Noch mal! Schmerzen?"

„Ja."

„Jetzt auch?"

„Nein, Herr Professor."

„Gut. Marathonläufer können Sie vermutlich nicht mehr werden, aber die Atembeschwerden werden noch nachlassen. Ihr Vater kann mit uns zufrieden sein."

„Sie kennen meinen Vater?"

„Hat mir geschrieben ... Professor der Chirurgie ... Universität von Pennsylvania. Hat genaue Beschreibung der Wunde, des Einschußkanals, der Behandlungsmethode verlangt."

„Mir hat er nicht geschrieben."

„Schien sich um Ihren Zustand ehrlich Sorgen zu machen. Habe ihm mitgeteilt, daß Sie durchkommen werden."

DER Hausdiener ließ mich ein. „Guten Tag, Mr. Ellis", sagte er mit ausdrucksloser Miene und führte mich durch die Halle, vorbei an dem riesigen Weihnachtsbaum, in die Bibliothek. „Ich werde den Herrn Baron von Ihrem Eintreffen unterrichten, Mr. Ellis." Er schloß hinter sich die Tür.

Miß Boatwrights Wohnung lag nur ein paar Minuten vom Pariser Platz entfernt, aber für mich war es der längste Weg, den ich seit meiner Entlassung aus der Klinik zurückgelegt hatte; ich fühlte mich ziemlich weich in den Knien, als ich mich am Kamin aufwärmte.

Baron Eduard trat ein: höfliches Lächeln, fester Händedruck. „Jaffa sagt, Sie müssen immer noch einen Verband tragen."

„Ja, aber vor allem als Stütze für den Brustkorb. Die Wunde selbst ist verheilt. Ich bin Ihnen sehr dankbar, daß Sie mich empfangen wollten, Herr Baron."

„Ihr Brief hat mir Eindruck gemacht. Ich wäre mir ... unhöflich vorgekommen, wenn ich Ihnen diese Bitte abgeschlagen hätte. Bitte nehmen Sie Platz."

Er setzte sich.

„Herr Baron, glauben Sie mir: Jedes Wort in diesem Brief entspricht der Wahrheit. Ich bin kein Geheimagent; ich habe persönlich nicht das geringste mit den politischen Motiven dieser schrecklichen Vorfälle zu tun. Alles, was ich getan habe, hatte nur einen Zweck: Ich wollte Christoph helfen, und Christoph wiederum versuchte mit allen Mitteln, seinen Bruder aus der Rathenau-Affäre herauszuhalten ..."

Der Baron hob abwehrend die Hände. „Es besteht kein Anlaß, noch einmal über diese Angelegenheiten zu diskutieren, Mr. Ellis. Sie wissen, daß wir Sie alle sehr gern haben, und noch im Sommer hatten meine Frau und ich keine Einwände gegen die Verbindung zwischen Ihnen und unserer Tochter. Aber die Verhältnisse haben sich geändert. In erster Linie sind wir um Lilis Sicherheit besorgt. Sie leben erst seit ... ja, tatsächlich: seit noch nicht einmal zwei Jahren in Berlin und wurden bereits in drei politische Morde verwickelt. Abgesehen davon hat unsere Regierung offenbar befunden, daß Ihr weiterer Verbleib in Deutschland aus Sicherheitsgründen unerwünscht ist."

„Herr Baron, ich muß Ihnen doch gewiß nicht versichern, daß ich kein Sicherheitsrisiko für die Deutschen bin!"

„Drei politische Morde, junger Freund! Eine Flut von Zeitungsartikeln, in denen Ihr Name auftaucht! In der Politik zählen Vermutungen soviel wie Tatsachen."

Hoffnungslos! Ich mußte das andere Thema zur Sprache bringen, ein Thema, über das ich wochenlang nachgedacht hatte, das mir zunehmend Alpträume verursachte.

„Herr Baron, ich wollte nicht davon sprechen, aber Sie zwingen mich dazu: Sie sagen, Lilis Sicherheit sei durch die Verbindung mit mir gefährdet. Bitte, betrachten Sie es nicht als Unverschämtheit, wenn ich dagegen behaupte, daß Lili gerade hier, bei Ihnen, gefährdet ist ..., daß Sie selbst, Ihre Familie, Ihr ganzes Volk in Gefahr geraten sind." Plötzlich tat mir das Atmen wieder sehr weh; ich mußte eine Pause einlegen. Baron von Waldstein setzte den Kneifer ab und musterte mich stirnrunzelnd. Womit sollte ich beginnen? Und wie?

Ich holte Luft und sagte kurz entschlossen: „Hermann Göring hat letzten Sommer bei Christoph in der Bank angerufen. Er hatte ihm etwas mitzuteilen ..." Und dann erzählte ich, daß Göring damals schon Christoph gewarnt hatte.

Der Baron hörte mir mit unbewegter Miene zu; er ließ mich ausreden. Dann sagte er ruhig: „Wundert es Sie denn, daß Hitlers Leute jetzt gegen die Juden aggressiv werden? Angekündigt haben sie es schließlich schon seit Jahren."

„Göring hat mit dem Putsch recht behalten; er hat mit Kaspar recht behalten; er ..."

„Mit Kaspar schon; in bezug auf den Putsch hat er sich geirrt. Der Putsch ist gescheitert, weil Polizei und Reichswehr gegen die Putschisten Front gemacht haben. Hitler ist davongelaufen! Göring ist davongelaufen! Mehr noch: Hitler sitzt im Gefängnis; Göring versteckt sich in Österreich. Kein Mensch hört mehr auf diese Leute; sie sind ein ... ein Witz!"

„Herr Baron, am Tag des Putsches, als der Ausgang noch ungewiß war, befand ich mich in Ihrer Bank. Und dort hat niemand gelacht."

„Ich weiß nicht, worauf Sie hinauswollen."

„Herr Baron, Sie haben sicher Bilder von den Ereignissen in München gesehen: Tausende von Menschen, die mit den Nazis marschierten, ihnen zujubelten. Die Polizei hat eine Handvoll davon ins Gefängnis gesteckt, eine weitere Handvoll ist geflüchtet, und alle anderen sind einfach nach Hause gegangen. Wo werden diese Leute beim nächsten Putschversuch stehen?"

„Ich habe berechtigte Hoffnungen, daß ein nächster Putschversuch gar nicht mehr stattfinden wird. Die Lage hat sich gebessert; alles deutet darauf hin, daß sich die Mark wieder stabilisiert hat, daß die Inflation zu Ende geht und daß die Alliierten in der Reparationsfrage endlich Vernunft annehmen. Wir haben wieder eine starke Regierung, hinter der die Armee steht. Ich sehe dem Jahr 1924 voller Optimismus entgegen ... voller Hoffnung für die deutsche Industrie und das ganze deutsche Volk."

„Auch für die Menschen, die man ausmerzen will?"

Baron von Waldstein wischte sich mit der Hand über die Augen. „Ich verstehe nicht, worauf Sie anspielen, Mr. Ellis."

„Ich wollte damit sagen, daß in Deutschland die Feindseligkeit gegenüber den Juden spürbar zunimmt. Ich glaube, daß die Nazis nicht aufhören werden, den Juden die Schuld an der Inflation zu geben. "

„In diesem Punkt mögen Sie recht haben, aber sonst . . . " Seine Finger trommelten nervös auf der Sessellehne.

„Herr Baron", sagte ich unvermittelt, „ich bitte Sie um die Hand Ihrer Tochter und um die Erlaubnis, sie in die Vereinigten Staaten mitnehmen zu dürfen. "

„. . . weil es in den Vereinigten Staaten keinen Judenhaß gibt?"
„Herr Baron!"

„Mr. Ellis, ich habe ein Jahr lang bei Jacob Schiff, Kuhn, Loeb und Co. gearbeitet, dem schärfsten Konkurrenten von J.P. Morgan, und bei dieser Gelegenheit konnte ich vielerlei Erfahrungen sammeln, zum Beispiel auch die, daß Leute mit jüdischem Namen in den Hotels erster Kategorie nicht erwünscht sind oder daß Juden in den Golfklubs, die es in beinahe jeder Stadt gibt, nicht Mitglied werden können; nicht mal ein Jacob Schiff. "

Der Baron war inzwischen aufgestanden; das Gespräch lief nicht mehr so, wie ich es mir gewünscht hatte. „Daß es in Deutschland Antisemitismus gibt, immer gegeben hat, weiß ich natürlich", fuhr er fort. „Dennoch haben Juden gerade in diesem Land eine gesellschaftliche Stellung wie nirgendwo sonst auf der Welt erreicht; weder in England noch in Frankreich, und gewiß nicht in Ihrem Land, das doch in Anspruch nimmt, wenn ich mich nicht irre, auf der Theorie von der Gleichheit aller Menschen begründet zu sein. "

„Herr Baron, diese Hotels und Golfklubs . . . das sind doch Ausnahmen . . . "

„Es sind nicht nur die Hotels und Golfklubs. Auch die Banken! Zum Beispiel die National City Bank! Meines Wissens ist keiner ihrer leitenden Herrn Jude. "

„Das alles will ich nicht leugnen", sagte ich hilflos. „Aber davon wäre Lili als meine Frau gar nicht betroffen. Es handelt sich wohl um eine Art . . . ja, um eine Art Klassenfrage . . . "

„Das ist mir nicht entgangen", sagte Baron von Waldstein. „Bei Ihnen steht der Jude in der sozialen Rangordnung über dem Neger, aber unter . . . wie sagen Sie doch? Unter dem Weißen. Und nun halten Sie sich bitte eines vor Augen: Die Familie Waldstein ist seit 1750 aufs engste mit der Kultur, dem Handel und der Geschichte

Deutschlands verknüpft. In Anerkennung ihrer Dienste wurde sie unter Kaiser Wilhelm I. in den Adelsstand erhoben. Lili wurde als Baronesse geboren; sie trägt einen Namen, den Sie in vielen Schulbüchern finden können. Erwarten Sie, daß ich meine Tochter in ein Land ziehen lasse, in dem man sie als nicht hundertprozentig weiß betrachtet?" Seine Stimme bebte jetzt vor Erregung.

„Aber Sie haben doch früher selbst gesagt, daß Sie im Prinzip nichts gegen unsere Heirat einzuwenden hätten."

„Das galt selbstverständlich für eine Heirat hier, in Berlin! Wir haben vorausgesetzt, daß Sie sich hier niederlassen, Maler werden, da Sie tatsächlich Talent zu haben scheinen, denn Ihre Bilder sind gefragt. Aber ich versichere Ihnen, daß wir keinen Augenblick daran gedacht haben, unsere Tochter für immer nach Amerika gehen zu lassen."

Sein Gesichtsausdruck zeigte an, daß der Fall für ihn abgeschlossen war. Stille. Ich konnte meinen Herzschlag hören.

Dann fuhr er mit beherrschter Stimme fort: „Da wir schon von Ihrer Malerei reden: Haben Sie bisher auch nur ein einziges Bild in Amerika verkaufen können?"

„Nein, ich bin doch schon so lange fort."

„Darf ich also fragen, wie Sie sich ernähren wollen, von einer Familie ganz zu schweigen?"

Etwa von den fünfhundert Dollar, die wir Ihnen großzügigerweise gelassen haben? Diesen Satz sprach er nicht aus, aber er stand im Raum.

„Meine Familie würde mir beim Neubeginn sicher behilflich sein."

„Das glauben Sie? Haben Sie in letzter Zeit mit Ihren Eltern korrespondiert?"

„Nein, Herr Baron."

„Warum nicht?"

„Weil sie wünschen, daß ich nach Hause komme und wieder studiere."

„Richtig. Ihre Eltern wünschen, daß Sie weiterstudieren. Statt dessen kommen Sie mit einer achtzehnjährigen Ehefrau nach Hause, die noch nicht einmal ihr eigenes Bett machen kann ..., weil sie es noch nie zu tun brauchte." Er schüttelte den Kopf. „Lieber junger Freund, versetzen Sie sich doch in meine Lage! Wie würden Sie sich denn entscheiden?"

Aus. Mir fiel nichts mehr ein. Ich starrte auf den Teppich.

„Miß Boatwright sagte uns, daß Sie die Heimreise von Hamburg aus antreten werden."

„Ja, Herr Baron. Silvester."

„Mit welchem Schiff?"

„Ich glaube, es heißt *Albert Berlin.*"

Er schüttelte den Kopf. „Es heißt *Albert B-a-l-l-i-n.* Sagt Ihnen der Name nichts?"

„Nein . . ."

„So!" Er wendete sich ab und schaute aus dem Fenster. „Ich war mit Albert Ballin befreundet. Er repräsentierte genau das, was ich Ihnen vorhin erklären wollte. Ein Mann unbedeutender Herkunft; Vater kleiner jüdischer Geschäftsmann in Hamburg. Albert tritt als junger Mann bei der Hamburg-Amerika-Linie ein, der HAPAG. Damals, in den achtziger Jahren, besitzt sie erst wenige kleine Schiffe. Bis 1914 hat Ballin aus der HAPAG eine der größten Schiffahrtslinien der Welt gemacht, und er selbst zählt zu den mächtigsten Männern in Deutschland. Persönlicher Freund des Kaisers. Hunderte von Schiffen auf allen Meeren. Sein Triumph ist die *Imperator,* mit 52 000 Bruttoregistertonnen das größte Schiff der Welt. Der Kaiser ist beim Stapellauf dabei; ich bin auch dort, denn Waldstein & Co. ist an der Finanzierung beteiligt gewesen."

Der Baron hatte sich wieder zu mir umgewendet. „Die Engländer haben uns die *Imperator* als Reparationsleistung weggenommen. Sie heißt jetzt *Berengaria.* Aber das brauchte Ballin nicht mehr zu erleben."

„Wie soll ich das verstehen?"

„Der Krieg hatte das Reedereigeschäft völlig zum Erliegen gebracht. Ballin warnte unsere Generäle und Admiräle unermüdlich vor einer Verschärfung des U-Boot-Krieges; er ahnte, daß wir uns damit auch noch Amerika zum Kriegsgegner machen würden. Daß er recht behalten hat, wissen Sie. Dann sah er die Revolution heraufziehen. Er riet dem Kaiser, Frieden zu schließen, solange er noch über eine gewisse Macht verfügte; vergebens. Wilhelm II. stand unter dem Einfluß seiner Generäle und war auch selbst zu halsstarrig. Die Revolution begann dann in den Hafenstädten. Ballin erfuhr, daß ihn die Matrosen gefangennehmen wollten – den großen Reeder, den Freund des Kaisers –, und er vergiftete sich mit Veronal ... Aber wir bauen die HAPAG wieder auf!" Der Baron hieb mit der Faust auf die Sessellehne. „Sie haben uns die *Imperator* genommen, die *Bismarck,* die

Vaterland, unsere größten und schönsten Schiffe, und bisher haben wir nur ein paar kleinere neue Schiffe bauen können, zum Beispiel die *Albert Ballin*, aber wir werden etwas anderes beginnen: Wir spezialisieren uns auf den Bau schneller Schiffe, und wir werden alle Konkurrenten aus dem Felde schlagen."

„Herr Baron, darf ich Lili ein paar Minuten lang sprechen?"

„Tut mir leid, Mr. Ellis, Lili ist in Österreich."

„In Österreich?"

„Ja. Alfred und Sigrid sind zum Wintersport nach Tirol gefahren, und sie haben Lili mitgenommen."

Lili war fortgereist und hatte sich nicht einmal von mir verabschiedet!

Benommen stand ich auf: „Ich muß aufbrechen, Herr Baron . . ."

Baron von Waldstein hatte sich ebenfalls erhoben. Er läutete nach dem Diener. „Ich verstehe Ihre Gefühle, junger Freund", sagte er. „Aber warten Sie noch einen Augenblick; ich möchte Ihnen etwas überreichen."

Zu dem Diener, der an der Tür erschien, sagte er: „Das Paket für Mr. Ellis, bitte."

Mir fiel das Weihnachtsfest vor Jahresfrist ein, als mir die Waldsteins das Flaschenschiff geschenkt hatten. Das Flaschenschiff! Es war mir in den Wirren der letzten Wochen völlig aus den Augen geraten! Wo hatte ich die Flasche gelassen?

„Unser diesjähriges Weihnachtsgeschenk für Sie", sagte der Baron. „Schauen Sie es sich nur an!" Der Diener hatte ein großes, flaches Paket hereingebracht, das in braunes Packpapier gewickelt war. Er knotete für mich die Verschnürung auf, schlug das Papier zurück, und ich zuckte zusammen: Bärbel! Die nackte Bärbel, die nichts als einen schwarzen Strumpf anhatte und eifrig bemüht war, den zweiten anzuziehen.

„Das Bild ist gar nicht fertig", stammelte ich. „Fritz Falke hat es ohne meine Erlaubnis an sich genommen und verkauft."

„Max Liebermann hält es offenbar für fertig."

„Ich verstehe nicht . . ."

„Ganz einfach: Liebermann hat es in einer Kunsthandlung gesehen und gekauft. Und das dürfen Sie mir glauben: Er kauft nur selten Bilder; in der Regel verkauft er sie. Korrekt gesprochen hat er allerdings auch dieses Bild verkauft, aber an mich. Er schätzt es höher ein als Lilis Porträt. Nun ja, von dieser Dame konnten Sie ja auch mehr zeigen als von meiner Tochter, und Liebermann weiß dergleichen immer noch zu schätzen. Vielleicht hat ihn auch der Titel amüsiert."

„Das Bild hat gar keinen Titel."

„Aber selbstverständlich!" Wir beugten uns über das Bild, der Diener befreite auch noch die Unterkante vom Packpapier, und ich entdeckte ein kleines weißes Schild mit der Aufschrift: *Berliner Prinzessin*.

Sechzehntes Kapitel

Auf dem Promenadendeck der ersten Klasse spielte eine Kapelle, während die Passagiere an Bord der *Albert Ballin* gingen, die im Hamburger Hafen vor Anker lag.

Kann man Heimweh haben, wenn man nach Hause fährt? Die Antwort heißt: Ja! Am frühen Morgen hatte mich Miß Boatwright in Berlin zum Bahnhof gebracht. Mein kleiner Überseekoffer und eine Kiste mit noch unfertigen Bildern waren schon aufgegeben; mein ganzes Gepäck bestand nur noch aus einem Handkoffer und der in braunes Packpapier gewickelten *Berliner Prinzessin*.

Wir standen mitten im Gewühl der Reisenden auf dem Bahnsteig und starrten uns ein bißchen hilflos an. Pfeifensignale; Türen schlugen zu. „Ich glaube, ich muß jetzt einsteigen, Miß Boatwright. Hoffentlich ist Mr. Wood mit Ihrem Porträt zufrieden."

„Ihm gefällt es bestimmt; ich halte es für allzu schmeichelhaft."

„Kein bißchen, Miß Boatwright. Ich . . . ich bin Ihnen ja so dankbar für . . ."

„Du brauchst mir nicht zu danken, Peter Ellis. Aber eines möchte ich dir zum Abschied sagen: Du bist erwachsen geworden; ich sehe es dir an. Und nun wünsche ich dir eine gute Heimreise und ein glückliches neues Jahr. Grüß auch deine Lieben von mir. Und steck das hier in die Tasche."

Ein Umschlag.

Die letzten Türen wurden zugeschlagen; ich mußte unwiderruflich einsteigen. Ich zwängte mich blindlings ins erste Abteil, steckte den Kopf aus dem Fenster und rief: „Woher stammt denn dieses Geld, Miß Boatwright?"

„Es sind die fünfhundert Dollar, die man dir auf mein Pariser Konto überwiesen hat. Das übrige ist Mr. Woods Honorar für mein Porträt. "

„Miß Boatwright, Sie haben meinen Klinikaufenthalt bezahlt; Sie haben meine Überfahrt bezahlt . . ."

Der Zug fuhr an.

„Das stimmt nicht, Peter!" rief Miß Boatwright. „Die Waldsteins haben Professor Jaffa bezahlt!" Dann wurde sie von anderen Leuten zurückgedrängt; ich verlor sie aus den Augen. Der Zug glitt aus der Bahnhofshalle, wurde schneller, passierte endlose Reihen öder Güterschuppen, Mietskasernen . . . Berlin lag hinter mir.

LANDUNGSBRÜCKE, Sonnenschein, eisige Luft; dann stand ich auch schon auf dem Promenadendeck, und die Blasmusik der rotgesichtigen, schwitzenden Kapelle dröhnte mir in den Ohren. An Bord das übliche Gewimmel: Passagiere, ihre Begleiter, die zum Abschiednehmen mit an Deck gekommen waren, Kellner, die Champagnergläser auf Tabletts balancierten, Pagen, die mit Blumenbuketts in die Kabinen rannten, und dazwischen immer noch Gepäckträger mit Reisekoffern.

„Mein Name ist Ellis. Peter Ellis. Ich reise zweiter Klasse. "

„Ja, Sir. Sie teilen die Kabine 242 im C-Deck mit Herrn August Ansbach. Der Page wird Ihr Gepäck hinbringen. "

Ich kletterte hinter dem Jungen die schmale Treppe zum C-Deck hinunter. August Ansbach war nicht in der Kabine, aber seinen Anspruch auf einen Teil des Raumes hatte er unübersehbar markiert: Zwei große, teure Überseekoffer, zwei Reisekoffer aus feinstem Leder und ein krokodilledernes Toilettennecessaire ließen nur noch wenig Platz für meine Habseligkeiten. Der Page bekam sein Trinkgeld und verschwand. Ich wickelte meine *Berliner Prinzessin* aus dem Papier und stellte sie auf die obere Koje, mit der Rückseite zum Schott. Das Schiff begann zu vibrieren; ich brauchte dringend frische Luft.

Vom Promenadendeck aus sah ich, daß die Brücke schon eingezogen und die Trossen losgemacht waren. Zwei Schlepper zogen die *Albert Ballin* hinaus in die Hauptfahrrinne der Elbe. Schließlich blieben die beiden Boote zurück; das mächtige Schiff rauschte unter Volldampf durch den Irrgarten der gewaltigen Hafenanlagen. Jetzt fand ich es an der Zeit, mich auf die Suche nach einer Bar zu machen.

Ich trank einen Whisky mit Soda und war so in mein Glas vertieft, daß die Reden der anderen Bargäste an meinem Ohr vorbeirauschten. Erst als jemand „So eine Sauerei!" sagte, blickte ich auf; nicht so sehr wegen des Kraftausdrucks, sondern wegen der Art, in der er vorgebracht wurde: leise, fast im Flüsterton, aber voller Wut und Haß; ich kannte den Tonfall.

Die beiden Männer mittleren Alters mochten Geschäftsleute sein. Sie wirkten eigentlich harmlos und hatten keineswegs diesen fanatischen, fast irrsinnigen Augenausdruck der Freikorpsleute oder der Burschen vom Stoßtrupp Adolf Hitler. Wahrscheinlich waren sie in Geschäften unterwegs und hofften, deutsche Waren in New York, Chicago oder St. Louis gewinnbringend abzusetzen; und doch . . .!

„Besonderen Staat können wir mit der *Ballin* wirklich nicht machen", sagte der eine. „Immerhin ist sie unser erstes Nachkriegsschiff, und dann heißt sie nach einem Juden!"

„. . . Gründer der HAPAG . . . werden wohl unter Druck gesetzt worden sein", sagte der andere.

„Na klar, durch die jüdischen Banken, die das Geld dafür aufgebracht haben."

„Mr. Ellis!" rief ein Page und läutete seine kleine Glocke, „Mr. Ellis, bitte!"

Der Page ließ mir den Vortritt, aber in der kleinen Kabine war kaum noch Platz für mich. Drei Herren erwarteten mich: zwei Schiffsoffiziere und ein korpulenter junger Mann in teurem Anzug, der dabei war, meine *Berliner Prinzessin* wieder in das Packpapier einzuschlagen. „Einfach unglaublich!" fauchte er. Alle drei drehten sich um und starrten mich an.

„Mr. Peter Ellis?" fragte der jüngere Offizier.

„Ja . . .?"

Dann sagte der Zahlmeister: „Dieser Herr hier hat eine Beschuldigung gegen Sie erhoben . . ."

„Dieses Bild hier ist vor vierzehn Tagen von der Firma Joseph Ansbach und Co. an Professor Max Liebermann verkauft worden!" brüllte August Ansbach, die Hände in die Hüften gestemmt, auf englisch. Er kam immer näher. „Ist Ihnen die Kunsthandlung Joseph Ansbach in Berlin bekannt, mein Herr?"

Ich hatte keine Lust, diese Geschichte noch weiter mitzumachen.

„Mein Name ist Peter Ellis", sagte ich auf deutsch. „Ich bin der Maler des Bildes."

Ansbach beugte sich über meine *Prinzessin*, die nun wieder halb eingewickelt auf dem Schreibtischchen lag. Die beiden Offiziere traten an den Tisch, beugten sich ebenfalls über das Bild. „Hmm, Ellis, 1923 . . .", sagte der eine.

„Aber es ist nicht meine Unterschrift, denn das Bild war noch nicht fertig", sagte ich. „Fritz Falke hat meinen Namen darunter gesetzt und es an die Galerie Ansbach verkauft, nebenbei gesagt, ohne mir den Erlös auszuhändigen."

„Sie kennen Fritz Falke?" Ansbach sah plötzlich nachdenklich aus. Dann sagte er: „Na schön, aber es ändert nichts daran, daß mein Vater das Bild persönlich an Professor Liebermann verkauft hat. Gerade weil es so ungewöhnlich ist, daß der Professor etwas kauft, ist jeder Irrtum ausgeschlossen."

Ich erzählte ihm – auf deutsch –, wie ich zu dem Bild gekommen war.

„Haben Sie schriftliche Beweise?" fragte er.

„Nein, nichts Schriftliches. Aber ich habe das Bild!" Nun riß mir doch die Geduld. „Glauben Sie, ich hätte mein eigenes Bild aus dem Hause Liebermann oder bei den Waldsteins gestohlen?" schrie ich wütend. „Übergeben Sie die Sache doch einem Anwalt! Ich nehme mir sofort nach unserer Ankunft in New York ebenfalls einen Anwalt, und wenn erst die eidesstattlichen Erklärungen von Max Liebermann und Baron von Waldstein vorliegen, stehen Sie wie ein Narr da, mein Herr!"

Die Atmosphäre änderte sich schlagartig. „Ich kann ja von Southampton aus meinem Vater telegrafieren. Wir werden die Angelegenheit schon in Ordnung bringen", sagte Ansbach ganz friedfertig und die Liebenswürdigkeit in Person. „Meine Herren", sagte er zu den beiden Schiffsoffizieren, „ich hätte mich gern ein paar Minuten allein mit Mr. Ellis unterhalten. Herzlichen Dank jedenfalls für Ihre Mühe."

Sichtlich erleichtert zogen sich die beiden Offiziere mit einer Verbeugung zurück. Ansbach starrte mich noch immer an. „Ellis? Baron von Waldstein? Sie sind der junge Mann aus der Zeitung . . . Sie waren bei dem Kain-und-Abel-Mord dabei; ich meine, Sie haben den Nazi, den Kaspar Keith, erschossen . . ." Was sollte ich schon erwidern.

„Mensch, Ellis, Sie sind ein Held!" brüllte Ansbach begeistert. „Alle diese Nazi-Schweine sollten erschossen werden!" Er ergriff meine Hand und schüttelte sie heftig.

„Ihre Regierung ist ganz anderer Meinung", sagte ich. „Sie hat mich aus dem Land geworfen."

„Egal; für mich sind Sie ein Held! Ich bin stolz darauf, Sie kennengelernt zu haben, mit Ihnen die Kabine zu teilen. Ich bitte um Vergebung wegen des Skandals um diese Dame hier . . . All right?"

„All right!"

„Fein; dann sollten wir jetzt gemeinsam zum Essen gehen."

Wir gingen in den Speisesaal der zweiten Klasse, aber ich verspürte nicht den geringsten Hunger. Ich ließ mir ein Schinkenbrot und noch einen Whisky bringen. Ansbach bestellte Kartoffelsuppe, Räucheraal mit Gurken, danach Schweinerippchen mit Rotkraut und eine Flasche Mosel.

Er kaute und redete: Er sei unterwegs nach New York, um dort eine Niederlassung der Familienfirma einzurichten. „Ich erinnere mich jetzt auch an Ihre anderen Bilder", sagte er. „Solide Arbeiten; gefallen dem Publikum. Ihre *Prinzessin* könnte ich innerhalb von fünf Minuten an den Mann bringen."

„Sie ist doch gar nicht fertig."

„All right. Machen Sie das Bild fertig. Haben Sie noch mehr Bilder im Gepäck?"

Er hob den Kopf und schaute den Pagen fragend an, der mit einem Päckchen an unseren Tisch getreten war.

„Mr. Ellis? Kabine 242?"

„Ja."

Der Junge händigte mir das Päckchen aus. „Es ist beim Zahlmeister für Sie abgegeben worden . . . durch einen Bankboten; kurz vor dem Ablegen."

„Vielen Dank." Ich drückte dem Pagen eine Münze in die Hand und wickelte das Päckchen mit fliegenden Fingern aus: Ich hatte die Handschrift erkannt!

„Wie nett!" sagte Ansbach. „Ein Fläschchen für unterwegs. Was ist denn drin?"

„Ein Segelboot", sagte ich und gab ihm das Flaschenschiff. Dann öffnete ich den blauen Umschlag.

„ALSO rechts, das ist Schleswig-Holstein, und links die Provinz Hannover. Der hohe Leuchtturm dort vorn gehört zu Brunsbüttel . . ."

Ansbach trug einen langen, karierten Reisemantel mit Pelzkragen. Wir standen auf dem Deck, und mein Begleiter wies mich auf alle Sehenswürdigkeiten des vorbeiziehenden schneebedeckten Flachlandes hin. Aber ich hörte ihm nur mit halbem Ohr zu, ich fühlte mich unendlich müde. Ansbach meinte, ein paar Stunden Schlaf täten mir bestimmt gut.

„Ich habe eine Idee", fuhr er fort. „Heute ist doch Silvester, und Sie haben sicher einen Smoking im Koffer. Wir legen uns jetzt ein bißchen aufs Ohr, dann werfen wir uns in Schale und schmuggeln uns in die erste Klasse ein. Wir angeln uns zwei flotte Mädchen, tanzen, trinken Champagner . . ."

„. . . so ungefähr das letzte, worauf ich Lust habe."

„Ach was, es wird Ihnen guttun, mein Freund! Außerdem findet man zu zweit leichter Anschluß als allein. Ich überrede Sie schon noch. Aber, wie gesagt, ich gehe erst mal schlafen. Bleiben Sie nicht zu lange hier draußen; Sie kriegen noch einen Schnupfen." Er schlug mir auf die Schulter und marschierte davon.

Wir passierten jetzt das Leuchtfeuer von Brunsbüttel und glitten hinaus in die weite Elbmündung.

„Warum denn weinen", hatte sie geschrieben, „aber ich muß weinen, denn da steht kein ‚andrer an der Ecke', und es wird auch nie wieder jemanden geben, nach dem ich so große Sehnsucht habe. Also weine ich . . ." Keine Anrede, kein Datum, keine Unterschrift.

Ich lehnte an der Reling und spürte die Flasche in meiner Manteltasche. Es roch nach Rauch, es roch nach Meer. Ich rührte mich nicht vom Fleck und sah zu, wie die Sonne unterging, als wir in weitem Bogen das Leuchtfeuer der Hafeneinfahrt von Cuxhaven umrundeten. Dort endete das Festland; die Elbe lag hinter uns. Die *Albert Ballin* ging auf Westkurs und begann in der Nordseedünung leicht zu rollen. Sie trug mich in ein neues Jahr, zurück in mein altes Leben; nach Hause.

AM 31. AUGUST 1935 gab die Direktion der Hamburg-Amerika-Linie die Umbenennung der *Albert Ballin* bekannt; sie hieß nun *SS Hansa.*

Arthur R. G. Solmssen

Foto: Peter Solmssen

Nicht die Direktion der Hamburg-Amerika-Linie war 1935 auf die Idee gekommen, den Namen der SS Albert Ballin zu ändern. Die Nazis hatten sie dazu gezwungen. Und der letzte Satz des Berliner Reigen, der diese Tatsache aufgreift, weist in eine bedrohte Zukunft und beschwört das unmenschliche System der Terrorisierung herauf, zu dem Hitler den Grundstein gelegt hat. Über die Naziherrschaft und ihre Folgen sind endlose Bücherreihen verfaßt worden …

Ich aber hatte mir vorgenommen, den Ursachen nachzuspüren, die eine solche Katastrophe möglich gemacht hatten. Mein Ziel war es, die Politik der Jahre 1922 und 1923 in Augenschein zu nehmen, besonders die Ereignisse, die schließlich die schon lange schwelende Zündschnur in Brand setzten und einen Zweiten Weltkrieg auslösten.

Im Frühjahr 1924 saß Adolf Hitler nach dem mißglückten Münchner Putsch im Gefängnis. Hinter Gittern verfaßte er Mein Kampf. Doch schon 1925 befand er sich wieder auf freiem Fuß. Und er hatte dazugelernt. Von nun an zog er sich aus dem Rampenlicht zurück, agitierte im dunkeln und wartete auf seine Chance.

Die bot sich ihm 1929 mit dem New Yorker Börsenkrach, der die gesamte westliche Welt in Mitleidenschaft zog. Nicht zuletzt dieses wirtschaftliche Fiasko war der Grund, daß das deutsche Volk Hitler 1933 als seinen Führer willkommen hieß. In dem Österreicher sah man den starken Mann, der eine Wiederholung des Chaos von 1923 unmöglich machen würde, der den Versailler Vertrag für null und nichtig erklärte und Deutschland zu neuem Glanz und Gloria verhelfen würde … Und diesem Mann verfielen Leute wie Hermann Göring und Kaspar Keith mit Haut und Haaren.

Nein – selbst miterlebt habe ich dies alles nicht. 1928 kam ich in New York zur Welt, war ein Baby, als mich meine Eltern nach Berlin mitnahmen, und erst acht Jahre alt, als wir zurück nach Philadelphia zogen. Deutschland sah ich erst wieder nach meinem ersten Studienjahr in Harvard – als amerikanischer Soldat. Von der Nachkriegszeit in Deutschland und Österreich sind mir zerbombte Städte und verzweifelte Menschen im Gedächtnis geblieben – Hitlers Vermächtnis.

Ich habe später mein Studium beendet und ließ mich als Rechtsanwalt in Philadelphia nieder. Abends, nachts, an Wochenenden und während des Urlaubs schrieb ich über das, was mich täglich umgab, über meine Kollegen, ihr Leben, ihre Arbeit, ihre Probleme.

Für den Berliner Reigen aber waren ausgedehnte Vorarbeiten nötig. Hier mußte ich mich schließlich mit einer Zeit beschäftigen, die nicht die meine war, mußte versuchen, den Ursachen auf den Grund zu gehen, die die Katastrophe eines Zweiten Weltkriegs ausgelöst hatten. Ich selbst habe während der Beschäftigung mit den zwanziger Jahren viel dazugelernt, vor allem, daß eine solche Katastrophe auch in der heutigen Zeit nicht unmöglich ist …

Arthur R. G. Solmssen

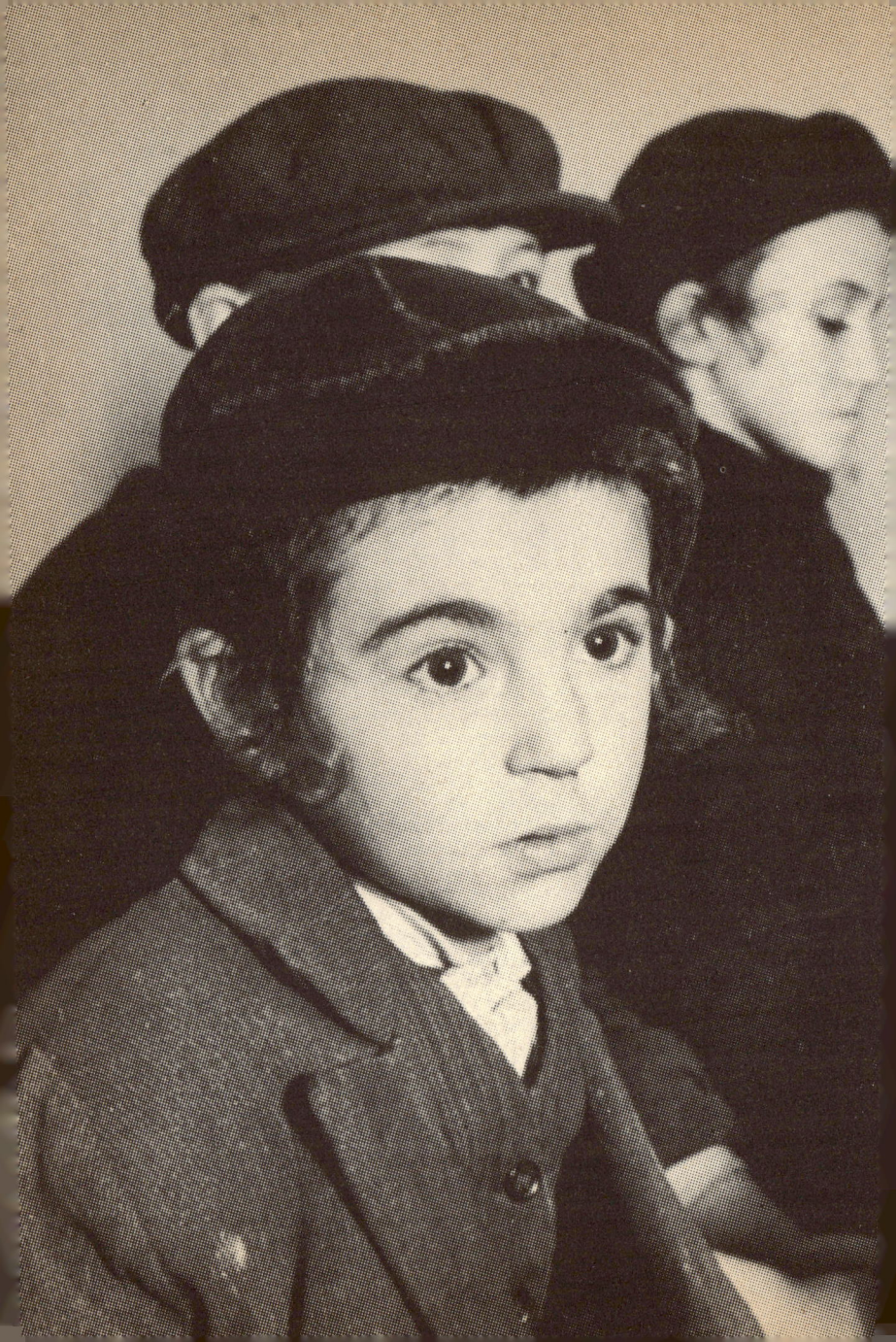

Eine Kindheit in Warschau

ISAAC
BASHEVIS
SINGER

Ins Deutsche übertragen
von Karin Polz

Die Geschichten, die ich in diesem Buch erzähle, ereigne-

ten sich während der ersten vierzehn Jahre meines

Lebens. Nur die letzte Geschichte, Schoscha, spielt in

einer späteren Zeit, aber auch sie hängt mit meiner

Kindheit zusammen. Ich könnte noch mehr über mich,

meine Familie und das Polen vergangener Zeiten erzäh-

len, und ich hoffe, daß ich diese Erinnerungen fortsetzen

und eine Welt zeigen kann, die kaum jemand mehr

kennt: reich an Komischem und Tragischem, Besonderem

und Weisem, voll Verrücktheit, Ursprünglichkeit und

Redlichkeit.   I.B.S.

Wer ich bin

ICH wurde am 14. Juli 1904 in Radzymin, einer kleinen Stadt in der Nähe der polnischen Hauptstadt Warschau, geboren. Mein Vater, Pinchos Menachem Singer, war Rabbi, ein tief gläubiger Mann. Er hatte einen roten Bart, lange schwarze Schläfenlocken und blaue Augen. Meine Mutter, Bathseba, war die Tochter des Rabbi von Bilgoraj, einem Ort in der Nähe von Lublin. Sie hatte rotes Haar, das sie kurz schnitt und mit einer Perücke bedeckte, wie es unter frommen, verheirateten jüdischen Frauen üblich ist.

Anfang des Jahres 1908, als ich drei Jahre alt war, zogen meine Eltern von Radzymin nach Warschau. Dort wurde mein Vater Rabbi in einer sehr ärmlichen Straße, in der Krochmalna. Das Mietshaus, in dem ich aufwuchs, würde heute in Amerika zu den Slums gehören, aber damals empfanden wir das als nicht weiter schlimm. Abends wurde unsere Wohnung von einer Petroleumlampe erleuchtet. Badezimmer oder fließendes heißes Wasser kannten wir nicht. Das Klosetthäuschen war draußen im Hof.

Die Leute, die in der Krochmalna wohnten, waren meistens arme Ladenbesitzer oder Arbeiter, aber es lebten dort auch viele Gelehrte ebenso wie Tagediebe, Verbrecher, Leute aus der Unterwelt.

Als ich etwa vier Jahre alt war, kam ich in den Cheder *(Grundschule der osteuropäischen Juden)*. Jeden Morgen holte mich ein Lehrer ab und brachte mich hin. Ich hatte ein Gebetbuch bei mir, später eine Bibel oder einen Band des Talmuds *(Sammelwerk jüdischer Gelehrsamkeit)*. Das waren meine Schulbücher. Im Cheder hatten wir hauptsächlich Religionsunterricht: Wir lernten beten und den Pentateuch *(die fünf Bücher Mose)* lesen, lernten aber auch, Jiddisch zu schreiben. Mein erster Lehrer war ein alter Mann mit weißem Bart.

Ich hatte einen jüngeren Bruder, Mojsche, der noch ein Säugling war, als wir nach Warschau zogen, eine Schwester, Hinde Esther, die dreizehn Jahre älter war als ich, und einen Bruder, Israel Joshua, elf

Jahre älter. Außer Mojsche wurden wir später alle Schriftsteller. Der
Roman meines Bruders, „Di brider Ashkenasi" (Die Brüder Aschke-
nasi), wurde in mehrere Sprachen übersetzt, auch ins Englische. Er
schrieb in Jiddisch, wie ich. Unsere Wohnung war ein Ort der
Gelehrsamkeit. Mein Vater studierte den ganzen Tag den Talmud.
Sooft meine Mutter eine freie Minute hatte, schaute sie in ein frommes
Buch. Während andere Kinder Spielzeug besaßen, spielte ich mit den
Büchern meines Vaters. Ich begann schon zu „schreiben", als ich das
Alphabet noch gar nicht kannte. Ich tauchte einfach eine Feder in Tinte
und kritzelte etwas hin. Ich malte auch gern: Pferde, Häuser, Hunde.
Der Sabbat war eine Qual für mich, weil es verboten ist, an diesem
Tag zu schreiben.

In Warschau richtete mein Vater in unserer Wohnung einen
rabbinischen Gerichtshof ein. Die Leute aus der Krochmalna kamen,
um ihn um Rat zu fragen oder um ihn einen Streit nach dem Gesetz der
Thora *(die fünf Bücher Mose)* schlichten zu lassen. Mein Vater war
eigentlich Rabbi, Richter und geistliches Oberhaupt in einer Person.
Es kamen auch Leute, die nur ihr Herz ausschütten wollten. In unserer
Wohnung schloß mein Vater Ehen, löste aber auch von Zeit zu Zeit
eine Ehe. Unter den Juden damals war ein Rabbi ein Mann mit vielen
Aufgaben und wenig Einkünften.

Ich war von Natur aus neugierig. Gern beobachtete ich die
Erwachsenen, wie sie sich verhielten. Ich folgte aufmerksam ihren
Gesprächen: Manchmal verstand ich, was sie sagten, und manchmal
nicht.

Schon früh begann ich, mir alle möglichen Fragen zu stellen: Was
würde geschehen, wenn ein Vogel immer weiter in die gleiche
Richtung flöge? Was würde geschehen, wenn man eine Leiter von der
Erde zum Himmel baute? Was war, bevor die Welt erschaffen wurde?
Hatte Zeit einen Anfang? Aber wie könnte Zeit einen Anfang haben?
Hat Raum ein Ende? Aber wie könnte leerer Raum ein Ende haben?

Unsere Wohnung in der Krochmalna 10 hatte einen Balkon, auf
dem ich oft viele Stunden stand und nachdachte. Im Sommer
versammelten sich dort alle möglichen Insekten: Fliegen, Bienen,
Schmetterlinge. Diese Wesen weckten in mir eine große Neugier. Was
aßen sie? Wo schliefen sie? Wer hatte ihnen Leben gegeben? Nachts
erschienen der Mond und die Sterne am Himmel. Mir wurde erzählt,
daß einige Sterne größer als die Erde seien. Wenn sie aber so groß sind,

wie konnten sie dann in den schmalen Streifen Himmel über den Dächern der Krochmalna passen? Ich stellte meinen Eltern oft Fragen, die auch sie nicht beantworten konnten. Mein Vater sagte dann immer, es sei nicht gut, sich solche Fragen zu gestatten. Meine Mutter aber sagte, ich würde die Antworten finden, wenn ich erwachsen sei. Doch ich stellte bald fest, daß auch Erwachsene nicht alles wissen. Menschen starben in unserer Straße, und dieses erste, erschütternde Erfahren des Todes weckte Furcht und Verwunderung in mir. Meine Mutter tröstete mich. Sie sagte, daß die guten Menschen nach dem Tode ins Paradies kämen. Aber was tun die Seelen im Paradies, wollte ich wissen. Wie sieht es dort aus? Ich dachte lange nach über die Schrecken der Hölle, wo die Seelen der Sünder bestraft werden.

Ich war noch jung, als ich zum erstenmal erfuhr, was Menschen zu leiden haben. Polen, zerrissen und aufgeteilt zwischen Rußland, Deutschland und Österreich, hatte seine Unabhängigkeit vor etwa hundert Jahren verloren. Wir Juden aber hatten unser Land Israel vor fast zweitausend Jahren verloren. Mein Vater versicherte mir zwar, daß der Messias kommen werde und wir alle in das Land Israel zurückkehren würden, wenn die Juden einen frommen Lebenswandel führten. Aber zweitausend Jahre zu warten war eine zu lange Zeit. Und außerdem: Woher konnte man wissen, daß alle Juden Gottes Gesetz achten würden? Es gab Diebe in unserer Straße, alle möglichen Schwindler. Sie und ihresgleichen könnten das Kommen des Messias für immer und ewig hinausschieben …

In meinem Geburtsjahr starb der große Führer des jüdischen Volkes, Dr. Theodor Herzl *(Begründer des Zionismus, 1860–1904)*. Er predigte den Juden, nicht auf das Kommen des Messias zu warten, sondern selbst mit dem Aufbau Palästinas zu beginnen. Aber wie konnten wir das, wenn das Land den Türken gehörte?

In unserer Straße gab es Revolutionäre, die den Zaren von Rußland stürzen wollten. Sie träumten von der Gründung eines Staates, in dem alle arbeiteten und in dem es weder Reiche noch Arme gab. Aber wie konnte jemand den Zaren entthronen, wenn er doch so viele Soldaten mit Säbeln und Gewehren hatte? Und wie konnte es keine Reichen und Armen mehr geben? Es würde immer Leute geben, die in der Krochmalna wohnen mußten, und andere, die in der Marszalkowska wohnten, einer Prachtstraße mit Bäumen und Luxusgeschäften. Die einen lebten in großen Städten, die anderen in abgelegenen

Dörfern. Zu Hause wurden diese Fragen von meiner Familie und Besuchern oft diskutiert. Ich merkte mir jedes Wort.

Meine Eltern, mein älterer Bruder und meine Schwester erzählten alle gern Geschichten. Mein Vater erzählte oft von den Wundertaten einzelner Rabbis, aber auch von Geistern, Teufeln und Kobolden. Auf diese Weise wollte er uns festigen im Glauben an Gott und an die guten und bösen Mächte, die die Welt regieren. Meine Mutter erzählte uns Geschichten aus Bilgoraj, wo ihr Vater Rabbi war und die Gemeinde mit fester Hand lenkte. Mein Bruder Joshua hatte sich dem weltlichen Leben zugewendet und fing an, Bücher zu lesen, die nicht religiös waren. Er erzählte mir von Deutschland, Frankreich und Amerika, von fremden Nationen und Rassen, von sonderbaren Anschauungen und Gebräuchen. Er beschrieb alles so lebendig, als ob er das selbst kennengelernt hätte. Meine Schwester erzählte romantische Geschichten von Grafen, die sich in Dienstmädchen verliebten. Ich hing meinen eigenen Phantasien nach. Als ich noch sehr klein war, begann ich schon, alle möglichen Geschichten zu erfinden und den Jungen im Cheder zu erzählen. Einmal erzählte ich ihnen, daß mein Vater ein König sei. Das tat ich so genau, daß sie mir glaubten. Wie sie mir glauben konnten, ist mir noch heute ein Rätsel. Ich war ganz gewiß nicht wie ein Prinz gekleidet.

1914 brach der Erste Weltkrieg aus. 1915 – ich war gerade elf Jahre – besetzten die Deutschen Warschau. 1917 hörte ich die unglaubliche Nachricht, daß Zar Nikolaus II. gestürzt worden sei. Die Soldaten mit den Säbeln und Gewehren hatten ihn nicht beschützt, sondern die Revolutionäre sogar unterstützt. Wenn das geschehen konnte – war es dann nicht auch möglich, daß es bald keine Reichen und Armen mehr gab?

Aber noch schien eine solche Zeit in weiter Ferne zu liegen. 1917 herrschten in Warschau Hunger und Typhus. Die Deutschen verschleppten Leute von offener Straße weg zu Zwangsarbeit. Wir waren am Verhungern. So wurde beschlossen, daß Mutter und wir jüngeren Kinder, Mojsche und ich, zu den Großeltern nach Bilgoraj fahren sollten, wo die Lebensmittel nicht ganz so knapp waren. Damals war ich dreizehn und schon ein Bar-Mizwa (*„Sohn der Pflicht". Mit dem 13. Lebensjahr werden die Jungen Vollmitglied der jüdischen Gemeinde*). Eine Antwort auf meine Fragen aber hatte ich noch nicht gefunden.

Im Judenviertel von Warschau

Die Fahrt von Radzymin
nach Warschau

DER kleine Zug setzte sich in Bewegung. Ich saß am Fenster und schaute hinaus. Die Leute schienen rückwärts zu gehen. Pferdefuhrwerke bewegten sich in die falsche Richtung. Telegrafenmasten liefen davon. Neben mir saßen meine Mutter und meine Schwester Hindele, die das Baby auf dem Schoß hatte, meinen kleinen Bruder Mojsche. Wir waren auf dem Weg von Radzymin nach Warschau.

Mein großer Bruder Joshua machte die Fahrt mit dem Pferdefuhrwerk, auf dem unsere Möbel und unser übriger armseliger Besitz transportiert wurden.

Mein Vater war schon in Warschau. Er hatte in der Krochmalna 10 eine Wohnung gemietet, in der er einen rabbinischen Gerichtshof einrichten wollte.

Aus der Kleinstadt Radzymin in die Großstadt Warschau umzuziehen war für meine Familie eine Belastung und ein Problem. Für mich aber war der Umzug ein großes Vergnügen. Jeder Augenblick brachte mir neue Erfahrungen. Die winzige Lokomotive – im Scherz wurde sie „der Samowar" genannt – pfiff fröhlich. Von Zeit zu Zeit stieß sie Dampf und Rauch aus, genau wie eine große Lokomotive. Wir fuhren an Dörfern vorbei, an Hütten mit Strohdächern, an Weiden, auf denen Kühe und Pferde grasten. Ein Pferd lehnte sich mit dem Hals an den Hals eines anderen Pferdes. Vogelscheuchen standen auf den Feldern, in Lumpen gekleidet. Vögel umkreisten sie. Sie krächzten und kreischten. Ich stellte meiner Mutter eine Frage nach der anderen. Was ist dies? Was ist das? Meine Mutter und meine Schwester antworteten. Sogar fremde Frauen versuchten, mir Dinge zu erklären. Aber ich war noch immer nicht zufrieden. Ich war besessen von Neugier und Wissensdurst. Warum fressen Kühe Gras? Warum kommt Rauch aus dem Schornstein? Warum hat ein Vogel Flügel, ein Kalb aber nicht? Warum gehen einige Leute zu Fuß, während andere im Wagen fahren?

Meine Mutter schüttelte den Kopf. „Der Junge macht mich verrückt!"

Die ganze Fahrt dauerte nur zwei Stunden, hinterließ aber so viele Eindrücke, daß es mir vorkam, als sei es eine lange Reise gewesen. Die Wunder nahmen zu, als wir uns Warschau näherten. Hohe Gebäude mit Balkonen waren plötzlich zu sehen. Wir fuhren an einem großen Friedhof mit Tausenden von Grabsteinen vorbei. Eine rote Straßenbahn tauchte auf. Fabrikgebäude mit hohen Schornsteinen und vergitterten Fenstern ragten drohend empor. Ich begriff, daß es keinen Sinn hatte, weitere Fragen zu stellen, und wurde still. Dann hielt der kleine Zug.

Wir nahmen eine Droschke, die von einem grauen Pferd gezogen wurde. Wir fuhren über die Pragabrücke, und jemand sagte mir, daß der Fluß unter uns dieselbe Weichsel sei, die auch durch Radzymin fließe. Aber wie kann die Weichsel so lang sein, fragte ich mich. Zum erstenmal sah ich Boote und Schiffe. Ein Schiff ächzte und tutete so laut, daß ich mir die Ohren zuhalten mußte. Auf dem Deck eines anderen spielte eine Kapelle. Die Blechinstrumente glänzten in der Sonne und blendeten mich.

Als wir die Brücke überquert hatten, erblickten wir ein weiteres Wunder, die Sigismundsäule. Vier Wesen aus Stein, halb Mensch, halb Fisch, tranken aus riesigen steinernen Pokalen. Ich wollte fragen, was das sei, aber bevor ich den Mund öffnen konnte, tauchten neue erstaunliche Dinge auf. Straßen, die von großen Gebäuden gesäumt waren, Schaufenster mit Puppen, die seltsam lebendig aussahen. Auf den Gehwegen Damen, deren Hüte mit Kirschen, Pfirsichen, Pflaumen und Weintrauben besetzt waren. Einige trugen einen Schleier vor dem Gesicht. Ich sah Männer, die Zylinder aufhatten und Spazierstöcke mit silbernen Griffen in der Hand hielten. Überall rote Straßenbahnen. Einige wurden von Pferden gezogen, andere bewegten sich von allein. Meine Schwester sagte, sie bewegten sich mit Elektrizität. Ich sah Polizisten auf Pferden, Feuerwehrmänner mit Schutzhelmen, Kutschen, die auf Gummireifen dahinrollten. Die Pferde hielten die Köpfe hoch und hatten kurze Schwänze. Der Kutscher auf unserer Droschke trug einen blauen Mantel und eine Mütze mit einem glänzenden Schirm. Er sprach Jiddisch und wies uns, die wir aus der Provinz kamen, auf die Sehenswürdigkeiten von Warschau hin.

Ich war froh und gleichzeitig niedergeschlagen. Was war schon ein kleiner Junge, gemessen an einer so großen und turbulenten Welt? Und wie sollten wir Vater hier finden? Und wo würden wir meinen Bruder Joshua und das Fuhrwerk mit unsern Möbeln treffen?

Die Erwachsenen schienen alles zu können. Sie hatten all dieses ja gebaut, während ich, ein kleiner Junge, hilflos herumsaß und meine Schwester mich an der Hand hielt, damit ich nicht fiele. Bei jeder Kurve, die die Droschke nahm, bewegte sich der Himmel mit, und in meinem Kopf summte es wie in einem Bienenkorb.

Plötzlich sagte der Kutscher: „Dies ist die Krochmalna."

Die Häuser hier schienen noch höher als anderswo zu sein. Die enge Straße war voller Menschen. Das Gedränge, Gestoße und Geschrei erinnerten mich an das Feuer, das ich einige Wochen zuvor in Radzymin gesehen hatte, und ich glaubte felsenfest, hier in Warschau sei auch ein Feuer ausgebrochen. Jungen brüllten, rannten durcheinander, pfiffen und rempelten einander an. Mädchen lachten schrill. Es begann, dunkel zu werden, und ein Mann zündete mit einem langen Stock, dessen eines Ende brannte, die Straßenlaternen an. Frauen boten alle möglichen Waren feil. Rauch ringelte sich aus Schornsteinen. Die Droschke machte vor dem Tor zu einem Hof halt, und ich sah meinen Bruder Joshua. Das Fuhrwerk mit den Möbeln war vor uns angekommen.

Meine Mutter fragte nach Vater, und Joshua sagte: „Er ist fortgegangen, um das Abendgebet zu sprechen."

„Wehe, diese Stadt ist ein Irrenhaus", rief meine Mutter aus.

„Eine fröhliche Stadt", sagte mein Bruder.

„Warum sind sie alle auf der Straße?" fragte meine Mutter. Wir gingen durch das Tor und betraten unser Haus. Ich wurde eine Treppe hinaufgeführt. Ich war noch nie vorher Treppen gestiegen, und das Klettern von Stufe zu Stufe erschien mir aufregend und gefährlich.

Eine Frau begegnete uns im Treppenhaus. Sie fragte: „Sind Sie die Frau des Rabbi? O Gott, man hat Ihnen alles gestohlen ... Die Pest soll die Diebe holen, möge ein schwarzes Feuer ihre Eingeweide verbrennen. Kaum waren die Sachen ausgeladen, da schleppten die Diebe sie davon. Lieber Gott, mögen sie auf dem Friedhof enden!"

„Warum hast du nicht aufgepaßt?" fragte meine Mutter Joshua.

„Man kann nicht auf alle achten. Während man mit einem streitet, bestehlen einen zehn andere."

„Ist wenigstens noch Bettzeug übriggeblieben?"

„Etwas ist noch da", sagte Joshua.

„Waren es Juden?"

„Es gibt hier auch ein paar Christen ..."

Eine Tür wurde geöffnet, und wir betraten eine Küche. Die Wände waren rosa gestrichen. Dann kamen wir in ein großes Zimmer, das ein Fenster und einen Balkon hatte. Ich ging hinaus auf den Balkon und war gleichzeitig drinnen und draußen. Unten drängten sich lärmend die Menschen. Oben, über den Dächern, war ein schmaler Streifen Himmel zu sehen. Ein Mond hing in ihm, gelb wie Messing. In allen Fenstern schimmerten Lampen. Wenn ich die Augen zusammenkniff, gingen feurige Strahlen von ihnen aus. Plötzlich wurde der Lärm noch lauter. Von irgendwoher kam auf einem schnellen Pferd ein Feuerwehrmann angeritten. Sein Helm leuchtete wie Feuer. Die Jungen schrien: „Der Vorreiter, der Vorreiter!"

Später erfuhr ich, daß man in dieser Straße die Feuerwehr immer wieder an der Nase herumführte. Sie wurde oft alarmiert, wenn es gar nicht brannte. Deshalb schickte man einen Vorreiter, der den Alarm überprüfte. Dieses Mal jedoch brannte es wirklich. Rauch quoll aus einem Fenster in einem der oberen Stockwerke, Funken sprühten. Die Balkone waren voller Menschen. Wagen, mit bockenden Pferden davor, kamen angefahren. Feuerwehrmänner rannten mit Beilen, Leitern und Schläuchen in das Gebäude. Polizisten mit Säbeln verjagten die neugierige Menge.

In unserer Wohnung zündete meine Schwester eine Petroleumlampe an. Meine Mutter begann, die uns noch verbliebenen Sachen durchzusehen. „Ja, sie haben uns bestohlen", sagte sie. Was noch übrig war an Möbeln, war beschädigt. Einige unserer Pessach-Schüsseln waren zerbrochen *(Zum jüdischen Osterfest, das an den Auszug aus Ägypten erinnert, gelten besonders reine Eßvorschriften).*

Unsere neuen Räume rochen nach Farbe und Terpentin. Aus den Nachbarwohnungen drang Gesang zu uns. Mein Bruder sagte, die Stimmen kämen aus Grammophonen. Ein Kantor sang wie in der Synagoge. Ein Mädchen lachte, Frauen zankten, aber das alles war nicht wirklich.

All diese Stimmen kamen aus riesigen Schalltrichtern, die auf Grammophonen angebracht waren. Mein Bruder wußte auch schon, wer all dies erfunden hatte: Edison in Amerika.

„Wie können Schalltrichter singen und sprechen?" fragte meine Mutter.

„Man spricht in sie hinein, und sie wiederholen, was man sagt", erklärte Joshua.

„Aber wie?"

„Mit einem Magneten ..."

„Das kommt alles von der Elektrizität", sagte meine Schwester.

„Die Kinder müssen jetzt schlafen", entschied meine Mutter etwas später.

Ich wurde ausgezogen und wehrte mich nicht. Ich war zu müde. Ich wurde ins Bett gebracht und schlief sofort ein. Ich öffnete die Augen wieder, und das Zimmer war von Sonnenlicht überflutet. Die Fenster standen offen. Der Fußboden sah neu aus. Ich lief auf den Balkon hinaus. Dieselbe Straße, die gestern in das Dunkel der Nacht eingehüllt gewesen war, strahlte jetzt im Sonnenschein. In den Läden drängten sich Käufer. Männer, auf dem Weg zum Gottesdienst, trugen ihre Gebetsmäntel in Taschen unter dem Arm. Straßenhändler verkauften Brotlaibe, Brötchen und Bejgel *(Brezeln)*, geräucherten Hering, warme Erbsen und braune Bohnen, Äpfel, Birnen und Pflaumen. Ein Junge trieb mitten auf der Straße eine Schar Puten vor sich her. Sie versuchten auseinanderzulaufen, aber er rannte mit seinem Stock neben ihnen her und verstand es, sie zusammenzuhalten. Mein Vater saß schon an seinem Tisch, über einen Band des Talmuds gebeugt. Er sah mich und ließ mich das Gebet „Ich danke Dir" sprechen.

Er sagte: „Du wirst hier in den Cheder gehen."

„Ich werde den Weg nicht finden."

„Der Lehrer bringt dich hin."

Zum Frühstück gab es Dinge, die ich noch nie zuvor gegessen hatte: Bejgel mit Quark und geräucherten Hering. Ein Nachbar kam und erzählte uns, was hier während der russischen Revolution von 1905 geschehen war. Die jungen Revolutionäre hätten mit Gewehren geschossen. Alle Läden hätten geschlossen werden müssen. Polizisten hätten mit blanken Säbeln auf die Demonstranten eingeschlagen. Jemand habe eine Bombe geworfen.

Meine Mutter schüttelte traurig den Kopf. Mein Vater zupfte sich am Bart. Es waren schon einige Jahre seitdem vergangen, aber offensichtlich konnte man in der Krochmalna jene Tage des Schrekkens nicht vergessen. Viele von den Rebellen saßen in der Zitadelle noch immer Gefängnisstrafen ab. Andere waren nach Sibirien geschickt worden. Viele waren nach Amerika geflohen.

Mein Vater fragte: „Was wollten sie?"

„Den Zaren loswerden."

Meine Mutter wurde blaß. „Ich will nicht, daß der Junge solche Dinge mit anhört."

„Was versteht er schon?" sagte der Nachbar.

Aber ich hörte trotzdem zu. Meine Neugier war grenzenlos.

Ein Tag der Freude

IN GUTEN Zeiten erhielt ich wie alle Jungen im Cheder jeden Tag von Vater oder Mutter ein Zweigroschenstück, eine Kopeke. Für mich verkörperte diese Münze alle weltlichen Freuden. Auf der gegenüberliegenden Straßenseite lag Esthers Süßwarenladen, wo man Schokolade, Geleefrüchte, Eis, Karamelbonbons und alle möglichen Plätzchen kaufen konnte. Da ich sehr gern mit Buntstiften malte und da Buntstifte Geld kosten, reichte eine Kopeke nie so weit, wie Vater und Mutter behaupteten.

Manchmal mußte ich mir Geld von einem Mitschüler im Cheder leihen, einem jungen Wucherer, der Zinsen verlangte. Für vier Groschen zahlte ich pro Woche einen Groschen Zinsen. Daher war meine Freude unbeschreiblich, als ich einmal einen ganzen Rubel verdiente – einhundert Kopeken!

Ich weiß nicht mehr genau, wie ich zu diesem Rubel gekommen bin, aber ich glaube, es muß etwa so gewesen sein: Ein Mann hatte bei einem Schuhmacher ein Paar Stiefel aus Ziegenleder in Auftrag gegeben, aber als sie fertig waren, stellte sich heraus, daß sie entweder zu groß oder zu klein waren. Der Mann weigerte sich, die Stiefel zu nehmen, und der Schuhmacher brachte ihn vor den rabbinischen Gerichtshof meines Vaters. Vater schickte mich zu einem anderen Schuhmacher, der den Wert der Stiefel schätzen sollte oder sie vielleicht kaufen konnte, da er auch mit fertigen Schuhen handelte.

Lehrer und Schüler auf dem Weg zum Cheder

Zufällig hatte dieser zweite Schuhmacher einen Kunden, dem die Stiefel gefielen und der bereit war, einen guten Preis dafür zu bezahlen. Ich kann mich nicht mehr an die Einzelheiten erinnern, aber ich weiß noch, daß ich mit einem Paar brandneuer Stiefel durch die Gegend marschierte und daß mir eine der streitenden Parteien zur Belohnung einen Rubel schenkte.

Ich wußte, daß es um den Rubel geschehen wäre, wenn ich damit zu Hause bliebe. Meine Eltern würden mir etwas zum Anziehen kaufen, etwas, was ich ohnehin bekommen hätte, oder sie würden sich den Rubel von mir leihen. Und wenn sie auch nie bestreiten würden, daß sie ihn mir schuldeten, so würde ich ihn doch nie wiedersehen. Darum nahm ich den Rubel und beschloß, mich einmal den Freuden dieser Welt hinzugeben, einmal all die schönen Dinge zu genießen, nach denen mein Herz sich sehnte.

Schnell lief ich die Krochmalna hinunter. Hier war ich zu bekannt. Hier konnte ich es mir nicht leisten, den Verschwender zu spielen. Aber schon in der Gnoyna kannte mich kein Mensch mehr. Ich winkte einer Droschke, und der Kutscher hielt an.

„Was willst du?"

„Fahren."

„Wohin?"

„In die anderen Straßen."

„In welche anderen Straßen?"

„Zur Nalewki."

„Das kostet vierzig Groschen. Hast du soviel Geld?"

Ich zeigte ihm den Rubel.

„Aber du mußt im voraus bezahlen."

Ich gab dem Kutscher den Rubel. Er versuchte, ihn zu verbiegen, um zu sehen, ob er echt war. Dann gab er mir mein Wechselgeld – vier Vierziggroschenstücke. Ich stieg ein. Der Kutscher knallte so laut mit der Peitsche, daß ich beinahe von der Bank gefallen wäre. Der Sitz unter mir hüpfte auf seinen Federn. Passanten starrten den kleinen Jungen an, der da in einer Droschke fuhr, allein und ohne Gepäck. Die Droschke bewegte sich zwischen Straßenbahnwagen, anderen Droschken, Fuhrwerken und Lieferwagen hindurch. Ich kam mir plötzlich so bedeutend wie ein Erwachsener vor. Lieber Gott, wenn ich doch tausend Jahre lang so weiterfahren könnte, Tag und Nacht, ohne Halt, bis ans Ende der Welt ...

Aber der Kutscher war kein ehrlicher Mann. Das stellte sich bald heraus. Wir hatten erst die Hälfte des Weges hinter uns, da hielt er an und sagte: „Das reicht. Raus mit dir!"

„Aber das ist nicht die Nalewki!" protestierte ich.

„Möchtest du meine Peitsche probieren?" fragte er.

Wenn ich nur stark wie Samson *(herkulische Figur aus dem Alten Testament)* gewesen wäre, ich hätte gewußt, wie man mit solch einem Gauner, solch einem Lümmel fertig wird! Ich hätte ihn zermalmt, Kleinholz aus ihm gemacht! Aber ich war nur ein kleiner, nicht besonders kräftiger Junge, und er knallte mit seiner Peitsche.

Ich stieg aus, gedemütigt und niedergeschlagen. Aber wie lange bleibt man traurig, wenn man vier Vierziggroschenstücke in der Tasche hat? Ich sah einen Süßwarenladen und ging hinein. Ich kaufte von allem etwas, und während ich kaufte, probierte ich. Die anderen Kunden sahen mich mißbilligend an. Wahrscheinlich dachten sie, ich hätte das Geld gestohlen. Ein Mädchen sagte laut: „Seht euch doch nur den kleinen Chassid *(strenggläubige osteuropäische Juden)* an."

„He, Schwachkopf, möge ein böser Geist in deines Vaters Sohn fahren!" rief ein Junge mir zu.

Mit Süßigkeiten beladen, verließ ich das Geschäft. Als ich die Straße zum Krasińskich-Park überquerte, wäre ich fast überfahren worden. Ich betrat den Park und fing an, von den köstlichen Dingen zu essen. Einem Jungen, der vorbeikam, gab ich ein Stück Schokolade. Anstatt sich zu bedanken, riß er es mir aus der Hand und lief davon. Ich ging zum Teich hinüber und fütterte die Schwäne – mit Schokolade. Frauen zeigten mit dem Finger auf mich, lachten und sagten irgend etwas auf polnisch. Hübsch gekleidete Mädchen mit Reifen und Bällen kamen zu mir gelaufen, und ich verteilte meine Süßigkeiten ritterlich und verschwenderisch unter ihnen. In diesem Augenblick kam ich mir vor wie ein reicher, vornehmer Herr.

Nach einer Weile hatte ich zwar keine Süßigkeiten mehr, aber ich hatte noch etwas Geld. Ich beschloß, noch einmal Droschke zu fahren. Als ich nun zum zweitenmal in einer Droschke saß und der Kutscher mich fragte, wohin es gehen solle, wollte ich eigentlich „Krochmalna" sagen. Aber irgend jemand in mir, einer, der den Hals nicht voll genug kriegen konnte, sagte statt dessen: „Zur Marszalkowska."

„Welche Nummer?"

Ich sagte irgendeine Nummer.

Dieser Kutscher war ein ehrlicher Mann. Er brachte mich zur angegebenen Adresse, und er verlangte das Geld auch nicht im voraus. Auf dem Weg dorthin fuhr eine andere Kutsche eine Zeitlang neben uns her. Eine Dame saß darin mit einem gewaltigen Busen und einem riesigen Hut, der mit einer Straußenfeder geschmückt war. Mein Kutscher unterhielt sich mit dem anderen Kutscher. Sie sprachen beide Jiddisch, was der Dame gar nicht gefiel. Noch weniger gefiel ihr der kleine Fahrgast mit dem schwarzen Samtkäppchen und den roten Schläfenlocken. Sie warf mir zornige Blicke zu. Von Zeit zu Zeit hielten die beiden Droschken an, um einen Straßenbahnwagen oder ein schwerbeladenes Fuhrwerk vorbeizulassen. Ein Polizist, der in der Nähe der Straßenbahngleise stand, musterte erst mich, dann die Dame, und einen Augenblick lang schien er die Absicht zu haben, herüberzukommen und mich festzunehmen – aber dann fing er an zu lachen. Ich hatte schreckliche Angst. Ich hatte auch Angst, daß in meiner Tasche plötzlich ein Loch sein könnte und ich mein Geld verloren hätte. Und wenn der Kutscher ein Räuber war, der mich in irgendeine dunkle Höhle entführen wollte? Vielleicht war er auch ein Zauberer. Und vielleicht war dies alles nur ein Traum. Aber nein, der Kutscher war kein Räuber, und er brachte mich nicht zu den zwölf Dieben in der Wüste. Er setzte mich genau bei der Adresse ab, die ich ihm genannt hatte, einem großen Gebäude mit einem Torweg, und ich gab ihm die vierzig Groschen.

„Zu wem willst du?“ fragte er mich.

„Zu einem Arzt“, antwortete ich, ohne zu zögern.

„Was fehlt dir?“

„Ich hab Husten.“

„Du bist ein Waisenkind, was?“

„Ja, ein Waisenkind.“

„Von außerhalb?“

„Ja.“

„Von wo?“

Ich nannte irgendeine Stadt.

„Trägst du ein Tallith?“ *(Gebetsmantel mit Fransen)*

Diese Frage beantwortete ich nicht. Was gingen ihn meine Fransen an? Wenn er doch endlich weiterfahren wollte! Aber er blieb stehen mit seiner Droschke, und ich konnte nicht länger warten – ich mußte den Torweg betreten. Hinter dem Tor lauerte ein riesiger Hund. Er sah mich mit seinen klugen Augen an und schien zu sagen: Den Kutscher kannst du vielleicht an der Nase rumführen, aber mich nicht. Ich weiß, daß du hier nichts zu suchen hast. Und er öffnete das Maul und zeigte seine scharfen, spitzen Zähne.

Plötzlich tauchte der Hausmeister auf. „Was willst du hier?" Ich stotterte etwas, aber er schrie mich an: „Verschwinde!" Er kam mit einem Besen auf mich zu. Ich begann zu laufen, und der Hund stieß ein wütendes Geheul aus. Der Droschkenkutscher war wahrscheinlich Zeuge meiner Demütigung, aber gegenüber einem Besen, einem Hausmeister und einem Hund kann ein kleiner Junge nicht den Helden spielen.

Es stand nicht gut für mich, aber ich hatte immer noch etwas Geld. Und mit Geld kann man sich überall vergnügen. Ich sah einen Obstladen und ging hinein. Ich kaufte die erstbeste Frucht, die ich dort liegen sah. Mein Geld reichte gerade. Ich mußte mich von meinem letzten Groschen trennen.

Ich weiß nicht mehr, was für eine Frucht es war. Es muß ein Granatapfel oder etwas ähnlich Exotisches gewesen sein. Ich konnte die Frucht nicht schälen. Als ich hineinbiß, schmeckte sie ekelhaft. Trotzdem aß ich sie bis zum letzten Bissen auf. Aber dann bekam ich plötzlich einen furchtbaren Durst. Meine Kehle brannte und war wie ausgetrocknet. Ich hatte nur einen Wunsch: etwas zu trinken. Wenn ich doch mein Geld noch hätte! Ich hätte literweise Sodawasser trinken können! Aber ich hatte kein Geld mehr, und, was schlimmer war, es war noch sehr weit bis nach Hause.

Ich machte mich auf den Weg. Plötzlich spürte ich einen Nagel in meinem Stiefel. Bei jedem Schritt bohrte er sich mehr in meinen Fuß. Warum mußte sich der Nagel auch gerade jetzt bemerkbar machen? Ich trat in einen Torweg. Hier gab es keine Hunde und keine Hausmeister. Ich zog den Stiefel aus. Ein spitzer Nagel hatte sich durch die Brandsohle gebohrt. Ich stopfte etwas Papier in den Stiefel und lief weiter. Wie schwer einem das Gehen fällt, wenn man bei jedem Schritt in einen Eisennagel tritt! Wie schlimm muß es erst sein, in der Hölle auf einem Nagelbrett zu liegen! An diesem Tag hatte ich viele Sünden begangen. Ich hatte keinen Segen gesprochen, bevor ich die Süßigkeiten aß, ich hatte von meinem ganzen Geld nicht einen einzigen Groschen den Armen gegeben. Ich hatte nur mich selbst vollgestopft.

Ich brauchte etwa zwei Stunden für den Nachhauseweg. Alle möglichen schlimmen Gedanken bedrängten mich. Vielleicht war zu Hause etwas Schreckliches geschehen. Vielleicht hatte ich gar nicht gelogen, als ich dem Kutscher sagte, daß ich ein Waisenkind sei, sondern hatte in dem Augenblick, als ich es sagte, wirklich meine Eltern verloren. Vielleicht hatte ich keinen Vater, keine Mutter, kein Zuhause mehr. Vielleicht hatte ich plötzlich ein anderes Gesicht wie der Mann in dem Märchenbuch, und Vater und Mutter würden mich nicht erkennen, wenn ich nach Hause kam. Es war alles möglich!

Ein Junge sah mich und hielt mich an. „Wo kommst du denn her? Deine Mutter hat dich überall gesucht!"

„Ich war in Praga *(Vorstadt von Warschau)*, ich bin mit der Straßenbahn gefahren", sagte ich. Ich log, nur um zu lügen. Wenn man gegessen hat, ohne einen Segen zu sprechen, und noch andere Sünden begangen hat, dann kann man tun, was man will – es kommt nicht mehr darauf an.

„Wen hast du in Praga besucht?"

„Meine Tante."

„Seit wann hast du eine Tante in Praga?"

„Sie ist gerade nach Warschau gezogen."

„Komm, du schwindelst. Deine Mutter sucht dich. Schwöre, daß du in Praga warst."

Ich legte auch noch einen falschen Schwur ab. Dann ging ich nach Hause, müde und verschwitzt – eine verlorene Seele. Ich stürzte zum Wasserhahn und trank und trank. So muß sich Esau über das Linsengericht hergemacht haben, für das er sein Erstgeburtsrecht verkaufte.

Mutter rang die Hände. „Seht euch nur das Kind an!"

Tote Gänse schreien nicht

BEI uns zu Hause war oft die Rede von den Geistern der Toten, die die Körper der Lebenden beherrschen, von den Seelen, die in den Tieren wiedergeboren sind, von Häusern, die von Kobolden bewohnt

werden, von Kellern, in denen Dämonen ihr Unwesen treiben. Mein
Vater sprach von diesen Dingen, weil sie ihn beschäftigten, aber auch,
weil Kinder in einer großen Stadt so leicht vom rechten Weg
abkommen. Sie gehen überallhin, sehen alles, lesen weltliche Bücher.
Man muß sie daher von Zeit zu Zeit daran erinnern, daß es in dieser
Welt noch immer geheimnisvolle Kräfte gibt.

Als ich etwa acht Jahre alt war, erzählte mein Vater uns eine
Geschichte aus einem der heiligen Bücher. Wenn ich mich nicht irre,
hatte Rabbi Elias aus Grajdik das Buch geschrieben – oder einer der
anderen Weisen aus Grajdik. Die Geschichte handelte von einem
Mädchen, das von vier Dämonen besessen war. Es hieß, man habe die
Dämonen tatsächlich sehen können, wie sie in ihren Eingeweiden
herumkrochen, ihren Bauch aufblähten, von einem Körperteil in den
anderen wanderten und in ihre Beine glitten. Der Rabbi von Grajdik
hatte die bösen Geister ausgetrieben, indem er das Schofar *(rituelles
Blasinstrument)* blies, Zauberformeln sprach und wundertätige Kräu-
ter verbrannte.

Als mein Bruder Joshua diese Dinge anzweifelte, regte sich mein
Vater schrecklich auf. Er fragte zornig: „Soll denn etwa der große
Rabbi von Grajdik, Gott möge mir verzeihen, ein Lügner gewesen
sein? Sind alle Rabbis, Heiligen und Weisen Betrüger, und nur die
Gottlosen sprechen die Wahrheit? Wehe! Wie kann man nur so blind
sein!"

Plötzlich öffnete sich die Tür, und eine Frau trat herein. Sie trug
einen Korb mit zwei Gänsen. Die Frau sah verängstigt aus. Ihre
Matronenperücke war verrutscht. Sie lächelte nervös.

Vater sah fremde Frauen nie an, weil das jüdische Gesetz es
verbietet. Aber Mutter und wir Kinder merkten sofort, daß irgend
etwas unsere unerwartete Besucherin in Angst und Unruhe versetzt
hatte.

„Worum geht's?" fragte Vater und wandte ihr den Rücken zu, um
sie nicht ansehen zu müssen.

„Rabbi, ich habe ein Problem, ein sehr ungewöhnliches Problem."

„Worum geht's?"

„Es geht um diese Gänse."

„Was ist mit den Gänsen?"

„Lieber Rabbi, diese Gänse sind geschlachtet worden, wie es den
Vorschriften entspricht. Dann habe ich ihnen die Köpfe abgeschnit-

ten. Ich habe sie ausgenommen, die Eingeweide, die Leber, alle übrigen Organe, aber sie schreien immer noch so jämmerlich ..."

Als mein Vater das hörte, wurde er bleich. Auch ich bekam schreckliche Angst. Meine Mutter aber stammte aus einer Familie von Verstandesmenschen. Sie war von Natur aus skeptisch.

„Tote Gänse schreien nicht", sagte sie.

„Sie werden es schon hören", erwiderte die Frau.

Sie nahm eine der Gänse und legte sie auf den Tisch. Dann nahm sie die zweite Gans aus dem Korb. Die Gänse hatten keinen Kopf mehr und waren ausgenommen – mit anderen Worten: ganz gewöhnliche tote Gänse.

Ein Lächeln ging über das Gesicht meiner Mutter. „Und *diese* Gänse schreien?"

„Sie werden es gleich hören."

Die Frau nahm eine Gans und schlug sie gegen die andere. Im gleichen Augenblick ertönte ein Schrei. Es ist nicht leicht, dieses Geräusch zu beschreiben. Es klang wie das Schnattern einer Gans, aber so hoch und unheimlich, mit einem so schrecklichen Stöhnen und Ächzen, daß es mir kalt über den Rücken lief. Ich konnte fast fühlen, wie sich jedes einzelne Haar meiner Schläfenlocken aufrichtete. Am liebsten wäre ich aus dem Zimmer gelaufen. Aber wohin sollte ich laufen? Meine Kehle war vor Angst wie zugeschnürt. Dann begann auch ich zu schreien und klammerte mich an den Rock meiner Mutter wie ein dreijähriges Kind.

Vater vergaß, daß man fremde Frauen nicht ansehen darf. Er lief zu dem Tisch. Er fürchtete sich genauso wie ich. Sein roter Bart zitterte. Seine blauen Augen zeigten eine Mischung aus Angst und Befriedigung. Für ihn bedeutete dies, daß der Himmel nicht nur dem Rabbi von Grajdik, sondern auch ihm Zeichen schickte. Aber vielleicht kam dieses Zeichen vom Bösen, vom Satan persönlich?

„Was sagen Sie jetzt?" fragte die Frau.

Meine Mutter lächelte nicht mehr. In ihren Augen lag etwas wie Traurigkeit, aber auch Zorn.

„Ich verstehe nicht, was hier vor sich geht", sagte sie unwillig.

„Wollen Sie es noch einmal hören?"

Wieder schlug die Frau die Gänse gegeneinander, und wieder gaben die Gänse diesen unheimlichen Schrei von sich – den Schrei der stummen Kreatur, die, vom Schächter *(jüdischer Schlächter)* getötet, sich dennoch einen Funken Lebenskraft bewahrt hat, die mit den Lebenden noch abzurechnen, ein Unrecht zu begleichen hat. Mich fröstelte. Mir war, als ob mich jemand mit aller Kraft geschlagen hätte.

Die Stimme meines Vaters klang heiser und brüchig, als ob er schluchzte. „Zweifelt jetzt immer noch jemand daran, daß es einen Schöpfer gibt?" fragte er.

„Rabbi, was soll ich tun, und wohin soll ich gehen?" Die Frau begann, in einem klagenden Singsangton vor sich hin zu murmeln: „Welches Verhängnis ist über mich gekommen? Weh mir! Was soll ich mit den Gänsen machen? Vielleicht sollte ich zu einem der Wunderrabbis gehen! Vielleicht sind sie nicht so geschlachtet worden, wie es die Vorschriften bestimmen? Ich habe Angst, sie mit nach Hause zu nehmen. Ich wollte sie für das Sabbatmahl zubereiten, und jetzt dieses Unglück! Heiliger Rabbi, was soll ich tun? Muß ich sie wegwerfen? Jemand sagte, man müsse sie in Leichentücher hüllen und begraben. Ich bin eine arme Frau. Zwei Gänse! Sie haben mich ein Vermögen gekostet!"

Vater wußte nicht, was er sagen sollte. Er sah zu seinem Bücherschrank hinüber. Wenn es irgendwo eine Antwort gab, mußte sie dort zu finden sein.

Plötzlich sah er meine Mutter ärgerlich an. „Und was sagst du jetzt?"

Mutters Gesicht wurde unfreundlich, schmal und spitz. Empörung war in ihren Augen, aber auch so etwas wie Scham.

„Ich möchte es noch einmal hören." Ihre Worte waren bittend und befehlend zugleich.

Zum drittenmal schlug die Frau die Gänse gegeneinander, und zum drittenmal ertönten die Schreie. Es kam mir in den Sinn, daß so etwa das Schreien eines Kalbes geklungen haben mußte, das geopfert wurde.

„Wehe, wehe, und doch lästern sie weiter . . . Es steht geschrieben, daß die Gottlosen nicht einmal vor den Toren der Hölle Reue empfinden." Vater hatte die Sprache wiedergefunden. „Sie sehen die Wahrheit mit eigenen Augen, und doch verleugnen sie weiter ihren Schöpfer. Sie werden in den Abgrund der Hölle geschleift und behaupten, das sei alles Natur oder ein Zufall . . ."

Er sah Mutter an, als wollte er sagen: Und du bist wie *sie*.

Lange Zeit war es still. Dann fragte die Frau: „Also habe ich es mir nur eingebildet?"

Plötzlich lachte meine Mutter. Etwas in ihrem Lachen ließ uns alle zittern. Ich wußte mit einer Art sechstem Sinn, daß Mutter das Drama, das sich da vor unseren Augen abspielte, beenden würde.

„Haben Sie die Luftröhren entfernt?" fragte Mutter.

„Die Luftröhren? Nein . . ."

„Dann nehmen Sie sie heraus", sagte Mutter, „und die Gänse werden nicht mehr schreien."

Mein Vater wurde zornig. „Was redest du für einen Unsinn? Was hat das mit den Luftröhren zu tun?"

Mutter nahm eine Gans, schob einen ihrer schlanken Finger hinein und zog mit aller Kraft die dünne Röhre heraus, die vom Hals zur Lunge führte. Dann nahm sie die zweite Gans und entfernte auch da die Luftröhre. Ich stand zitternd daneben, entsetzt über den Mut meiner Mutter. Ihre Hände waren voller Blut. Ihr Gesicht spiegelte den Zorn des Verstandesmenschen wider, den man am hellichten Tage einzuschüchtern versucht hat.

Vaters Gesicht war wieder blaß und ruhig – und ein wenig enttäuscht. Er wußte, was hier geschehen war: Logik, kalte Logik unterhöhlte wieder einmal den Glauben, gab ihn dem Gelächter und der Verachtung preis.

„Jetzt nehmen Sie bitte eine Gans und schlagen sie gegen die andere", forderte meine Mutter die Frau auf.

Es ging um die Entscheidung. Wenn die Gänse schrien, würde Mutter alles verlieren: ihre Kühnheit, die die Kühnheit eines Verstandesmenschen war, und ihren Skeptizismus, den sie von ihrem Vater geerbt hatte. Und ich? Obwohl ich mich fürchtete, betete ich innerlich, daß die Gänse schreien würden, so laut schreien, daß die Leute auf der Straße es hörten und angelaufen kämen.

Aber die Gänse blieben stumm, so stumm, wie zwei tote Gänse ohne Luftröhren nur sein können.

„Bring mir ein Handtuch!" sagte Mutter zu mir.

Ich lief, um das Handtuch zu holen. In meinen Augen standen Tränen. Mutter wischte sich die Hände an dem Tuch ab wie ein Chirurg nach einer schwierigen Operation.

„Das war alles!" verkündete sie triumphierend.

„Was sagen Sie dazu, Rabbi?" fragte die Frau.

Vater begann zu hüsteln, zu murmeln. Er fächelte sich mit seinem Käppchen.

„Ich habe so etwas noch nie gehört", sagte er schließlich.

„Ich auch nicht", gab die Frau zurück.

„Ich auch nicht", sagte meine Mutter. „Aber für alles gibt es eine Erklärung. Tote Gänse schreien nicht."

„Kann ich jetzt nach Hause gehen und sie kochen?" fragte die Frau.

„Gehen Sie nach Hause und kochen Sie sie für den Sabbat", entschied Mutter. „Fürchten Sie sich nicht. In Ihrem Kochtopf werden sie keinen Ton von sich geben."

„Was sagen Sie, Rabbi?"

„Hm ... sie sind koscher", murmelte Vater. „Sie können gegessen werden." Er war nicht wirklich überzeugt, aber die Gänse jetzt noch für nicht koscher erklären, das konnte er nicht.

Mutter ging wieder in die Küche. Ich blieb bei meinem Vater. Plötzlich begann er, mit mir wie mit einem Erwachsenen zu sprechen. „Deine Mutter schlägt deinem Großvater nach, dem Rabbi von Bilgoraj. Er ist ein großer Gelehrter, aber ein gefühlloser Verstandesmensch. Schon vor unserer Verlobung hat man mich gewarnt ..."

Und Vater hob die Hände, als wollte er sagen: Jetzt ist es zu spät, die Hochzeit abzusagen.

Reb Ascher, der Milchmann

Es GIBT Menschen auf dieser Welt, die schon als gute Menschen geboren werden. Zu ihnen gehörte Reb Ascher, der Milchmann. Gott hatte ihn mit vielen guten Eigenschaften ausgestattet: Er war groß, stark und breitschultrig und hatte einen schwarzen Bart, große Augen und die Stimme eines Löwen. Am Neujahrstag und am Versöhnungstag übernahm er beim Hauptgebet der Gemeinde, die sich in unserer Wohnung versammelte, die Rolle des Kantors, und viele Gläubige kamen wegen seiner Stimme. Er tat das umsonst, obwohl er bei den größeren Synagogen gutes Geld dafür hätte verlangen können. So verhalf er meinem Vater während der Feiertage zu einem Verdienst.

Jüdische Jungen in Warschau

Und als ob das noch nicht genug wäre, tat Reb Ascher auf diese oder jene Weise ständig irgend etwas für uns. Niemand schickte meinem Vater zum Purimfest *(jüdisches Freudenfest)* ein so großzügiges Geschenk wie Reb Ascher, der Milchmann. Wenn mein Vater in finanziellen Schwierigkeiten war und die Miete nicht zahlen konnte, schickte er mich zu Reb Ascher, um das Geld zu leihen. Und Reb Ascher sagte nie nein. Ohne eine Miene zu verziehen, griff er in seine Hosentasche und holte eine Handvoll Geldscheine und Silbermünzen hervor. Doch beschränkte er sich nicht nur darauf, meinen Vater zu unterstützen. Er gab nach allen Seiten. Dieser einfache Jude, der sich mit großer Mühe durch ein Kapitel der Mischna *(Teil des Talmuds; enthält jüdische Religionsgesetze)* quälte, lebte sein Leben lang auf der höchsten ethischen Stufe. Was andere predigten, setzte er in die Tat um.

Er war kein Millionär, und er war nicht wohlhabend, aber er hatte ein „bequemes Auskommen", wie mein Vater es nannte. Ich habe oft Milch, Butter, Käse, Dickmilch und Sahne in seinem Laden gekauft. Den ganzen Tag lang bedienten seine Frau und die älteste Tochter die Kunden, vom frühen Morgen bis zum späten Abend. Seine Frau war rundlich, sie trug eine blonde Perücke, hatte volle Wangen und einen Hals, der mit Sommersprossen bedeckt war. Sie war die Tochter eines Gutsverwalters. Ihr gewaltiger Busen schien mit Milch gefüllt zu sein. Ich stellte mir immer vor, daß Milch, nicht Blut, hervorspritzen würde, wenn jemand sie in den Arm schnitte. Einer der Söhne, Judl, war so dick, daß Leute kamen, um ihn wie eine Mißgeburt anzustarren. Er wog fast dreieinhalb Zentner. Ein zweiter Sohn, schlank und etwas dandyhaft, war Schneider geworden und nach Paris gegangen. Ein jüngerer Sohn besuchte noch den Cheder, und ein kleines Mädchen ging auf eine öffentliche Schule.

Während es bei uns zu Hause Probleme, Zweifel und Unruhe gab, war bei Reb Ascher immer alles intakt, gelassen und in Ordnung. Jeden Tag holte Ascher die Milchkannen vom Zug ab. Er stand bei Morgengrauen auf, ging in die Synagoge und fuhr nach dem Frühstück zum Güterbahnhof. Er arbeitete mindestens achtzehn Stunden am Tag, und selbst am Sabbat ruhte er sich nicht aus, sondern hörte sich eine Predigt an oder ging zu meinem Vater, um mit Hilfe des Raschi-Kommentars *(berühmter jüdischer Gelehrter, 1040–1105)* einen Abschnitt des Pentateuch zu studieren. Er liebte seine Arbeit ebensosehr wie sein Judentum. Ich glaube, ich habe diesen Mann nie nein sagen hören. Sein ganzes Leben war ein einziges großes Ja.

Ascher besaß Pferd und Wagen, und dieses Pferd und der Wagen erweckten heftigen Neid in mir. Wie glücklich mußte ein Junge sein, dessen Vater einen Wagen, ein Pferd und einen Stall besaß! Tag für Tag fuhr Ascher in weit entfernte Stadtteile, sogar bis nach Praga! Ich sah ihn oft an unserem Haus vorbeifahren. Er versäumte nie, nach oben zu schauen und zu grüßen, wenn er einen von uns am Fenster oder auf dem Balkon sah. Häufig sah er mich auch, wenn ich mit einer Horde Jungen durch die Straßen rannte oder wenn ich mit Jungen spielte, die „kein Umgang" für mich waren. Aber er drohte mir nie, es meinem Vater zu sagen, und versuchte auch nie, mir weise Ratschläge zu erteilen. Er zupfte kleine Jungen nicht am Ohr wie die anderen Erwachsenen, und er kniff sie auch nicht in die Nase oder zog ihnen die Mützen ins Gesicht. Ob groß oder klein – Ascher begegnete jedem Menschen mit Achtung.

Als ich ihn einmal mit seinem Wagen vorbeifahren sah, winkte ich ihm zu und rief: „Nehmen Sie mich mit, Reb Ascher!"

Ascher hielt sofort an und sagte, ich solle aufsteigen. Wir fuhren zu einem Güterbahnhof. Die Fahrt dauerte mehrere Stunden, und ich war überglücklich. Wir fuhren zwischen Straßenbahnwagen, Droschken und Lieferwagen hindurch. Soldaten marschierten an uns vorbei, Polizisten standen Wache, Feuerwehren, Krankenwagen und sogar ein paar von den Automobilen, die man jetzt gelegentlich in den Straßen von Warschau sah, schossen an uns vorbei. Nichts und niemand konnte mir etwas anhaben. Ich wurde von einem Freund beschützt, der eine Peitsche hatte. Unter meinen Füßen spürte ich das Rollen der Räder. Ich glaubte, ganz Warschau müsse mich beneiden. Und tatsächlich blickten die Leute erstaunt den kleinen Chassid mit der Samtkappe und den roten Schläfenlocken an, der da auf einem Milchwagen fuhr und die Stadt besichtigte. Man sah mir wohl an, daß ich nicht zu diesem Wagen gehörte, daß ich eine sonderbare Art von Tourist war ...

Von diesem Tag an bestand zwischen Reb Ascher und mir ein stillschweigendes Einvernehmen. Wann immer er es einrichten konnte, nahm er mich mit. Voller Gefahren waren die Augenblicke, in denen Reb Ascher die Milchkannen vom Zug holte oder sich um eine Rechnung kümmern mußte und mich allein im Wagen zurückließ. Dann drehte das Pferd den Kopf und starrte mich erstaunt an. Ascher gab mir immer die Zügel zum Halten, und das Pferd schien im stillen zu sagen: „Nun seht nur, wer jetzt der Kutscher ist ... "

Die Angst, das Pferd könne sich plötzlich aufbäumen und durchgehen, gab diesen Augenblicken einen zusätzlichen Nervenkitzel. Schließlich ist ein Pferd kein Kinderspielzeug, sondern ein riesiges Geschöpf, stumm, wild und sehr stark. Manchmal kam ein Christ vorbei, sah mich an, lachte und sagte etwas auf polnisch zu mir. Ich verstand ihn nicht, und er versetzte mich ebenso in Schrecken wie das Pferd: Auch er war groß, stark und unbegreiflich. Auch er könnte sich plötzlich auf mich stürzen und mich schlagen oder an meinen Schläfenlocken zerren – etwas, das manche Polen außerordentlich lustig fanden ...

Jedesmal, wenn ich dachte, nun sei das Ende gekommen – jeden Augenblick würde der Christ mich schlagen, oder das Pferd würde davonjagen und gegen eine Mauer oder eine Straßenlaterne rasen –, tauchte Reb Ascher wieder auf, und alles war gut. Ascher trug die schweren Milchkannen so einfach, als sei er Samson persönlich. Er war stärker als das Pferd, stärker als der Christ, und doch hatte er sanfte Augen und sprach meine Sprache und war der Freund meines Vaters. Ich hatte nur einen Wunsch: Mit diesem Mann Tag und Nacht durch Felder und Wälder zu fahren, nach Afrika, nach Amerika, bis ans Ende der Welt, und alles zu sehen, alles in mich aufzunehmen, was um mich herum geschah ...

Wie verwandelt war der gleiche Ascher am Neujahrstag und am Versöhnungstag! Im Studierzimmer meines Vaters hatten Zimmerleute Bänke aufgestellt. Hier beteten die Frauen. Aus dem Schlafzimmer waren die Betten herausgeschafft worden, und man hatte einen heiligen Schrein aufgestellt. So war es zu einem kleinen Bethaus geworden. Ascher hatte ein weißes Gewand an, wodurch sein schwarzer Bart noch schwärzer wirkte. Auf dem Kopf trug er eine hohe, mit Gold und Silber bestickte Kappe. Zu Beginn des Gottesdienstes trat er an das Kantorpult und rezitierte mit seiner Löwenstimme: „Blicke mich an, bar guter Werke ... "

Unser Schlafzimmer war viel zu klein für den donnernden Baß, der aus seiner mächtigen Brust ertönte. Man konnte ihn die halbe Straße hinunter hören. Ascher rezitierte und sang. Er kannte jede Melodie, jeden Rhythmus. Die zwanzig Männer, die unsere Gemeinde bildeten, gehörten alle zu seinem Chor. Wenn seine tiefe männliche

Stimme erklang, wurden die Frauen unruhig. Gewiß, sie alle kannten ihn gut. Noch gestern hatten sie bei ihm oder seiner Frau eine Kanne Milch, eine Schüssel Sauermilch, ein paar Gramm Butter gekauft und um den Preis gefeilscht. Aber jetzt war Ascher der Abgesandte, der die Gebete des Volkes Israel dem Allmächtigen direkt darbrachte, vor dem Thron der Herrlichkeit, mitten zwischen Engeln, die mit ihren Flügeln schlugen, und Büchern, die sich selber lasen und in denen die guten Taten und die Sünden einer jeden sterblichen Seele aufgezeichnet sind ... Wenn er zu dem Gebet kam „Wir wollen dartun die Kraft" und das Los der Menschen verkündete – wer leben wird und wer sterben muß, wen das Feuer vernichten wird und wen das Wasser –, fingen die Frauen an zu schluchzen. Doch wenn Ascher triumphierend ausrief: „Aber Reue, Gebet und Nächstenliebe können abwenden das böse Urteil!", fiel jedem ein Stein vom Herzen. Gleich darauf begann Ascher von der Nichtigkeit des Menschen und von der Größe Gottes zu singen, und Freude und Trost erfüllten jeden. Warum sollen die Menschen – die nur vorüberziehende Schatten, dahinwelkende Blüten sind – Böses erwarten von einem Gott, der gerecht, ehrwürdig und barmherzig ist? Jedes Wort aus Aschers Mund, jeder Ton, den er sang, gaben neuen Mut, weckten neue Hoffnung. Wir sind ein Nichts. Er ist alles. Wir sind zeit unseres Lebens nur Staub, und weniger als Staub nach unserem Tode. Er aber ist ewig, und Seine Tage werden nie enden. In Ihm, nur in Ihm liegt unsere Hoffnung ... Einmal, am Ende eines Versöhnungstages, rettete derselbe Ascher uns allen sogar das Leben. Das kam so. Nachdem wir den ganzen Tag gefastet hatten, aßen wir am Abend reichlich. Später waren noch einige Juden zu uns gekommen, um zu tanzen und miteinander fröhlich zu sein. Mein Vater hatte im Hof schon den ersten Balken der Hütte für das bevorstehende Laubhüttenfest *(jüdisches Erntedankfest)* aufgestellt. Erst spät in der Nacht schliefen wir endlich ein. Da im Schlafzimmer noch die Bänke und Stühle standen und in der ganzen Wohnung ein großes Durcheinander herrschte, schlief jeder, wo er ein Plätzchen finden konnte. Aber etwas hatten wir vergessen: die Kerzen zu löschen, die noch auf einigen Bänken brannten.

Spät in der Nacht mußte Ascher zum Bahnhof fahren, um Milch abzuholen. Er kam an unserm Haus vorbei und sah, daß es in unserer Wohnung ungewöhnlich hell war. Das war nicht der Schein einer Lampe oder von Kerzen, sondern von Feuer. Ascher wußte sofort, daß es bei uns brennen mußte. Er läutete am Tor, aber der Hausmeister kam nicht. Auch er schlief. Ascher läutete Sturm, schlug gegen die Tür und machte solch einen Lärm, daß der Hausmeister schließlich aufwachte und das Tor öffnete. Ascher rannte die Treppe hinauf und schlug gegen unsere Tür, aber niemand öffnete, da warf er sich mit seinen breiten Schultern mit aller Gewalt gegen die Tür und brach sie auf. Er stürzte in die Wohnung und fand die ganze Familie schlafend, während ringsherum Bänke, Lesepulte und Gebetbücher in Flammen standen. Er brüllte uns mit seiner dröhnenden Kantorstimme an, bis wir endlich zu uns kamen. Dann riß er unsere Decken an sich und versuchte, die Flammen zu ersticken.

In erinnere mich daran, als ob es gestern gewesen wäre. Ich öffnete die Augen und sah überall Flammen, große und kleine Flammen, die wie Kobolde tanzten. Die Decke von Mojsche, meinem kleinen Bruder, brannte schon. Aber ich war noch klein und hatte keine Angst. Im Gegenteil – die tanzenden Flammen gefielen mir.

Nach einer Weile war das Feuer gelöscht. Man konnte wirklich sagen, daß ein Wunder geschehen war. Ein paar Minuten später, und wir alle wären in den Flammen umgekommen, denn das Holz der Bänke war trocken und getränkt mit dem Talg der tropfenden Kerzen. Ascher war der einzige Mensch, der zu dieser Stunde auf war, der einzige, der sich nicht scheute, so lange Lärm zu machen, bis jemand kam, und der bereit war, für uns sein Leben aufs Spiel zu setzen. Es war wohl vorherbestimmt, daß dieser treue Freund uns vor den Flammen retten sollte. Wir waren nicht einmal fähig, uns bei ihm zu bedanken. Es hatte uns allen die Sprache verschlagen. Ascher war in Eile und verließ uns gleich wieder. Wir wanderten zwischen den verkohlten Bänken, Tischen, Gebetbüchern und Gebetsmänteln hin und her und entdeckten immer wieder Funken und schwelende Glut. Wie leicht hätten die Flammen uns alle zu Asche verbrennen können.

Die Freundschaft zwischen meinem Vater und Reb Ascher wurde immer enger, und während der Kriegsjahre, als wir nahe am Verhungern waren, unterstützte Ascher uns wieder, wo er nur konnte.

Auch nachdem wir Warschau verlassen hatten – während des Ersten Weltkrieges –, hörten wir weiterhin von Zeit zu Zeit von ihm. Einer seiner Söhne starb, eine Tochter verliebte sich in einen jungen Mann aus einfachem Hause, was Ascher tief bekümmerte. Ich weiß nicht, ob er die Besetzung Warschaus durch die Nazis noch erlebt hat.

Wahrscheinlich ist er vorher gestorben. Aber es waren Juden wie er, die in die Vernichtungslager geschleppt wurden. Mögen diese Erinnerungen ein Denkmal sein für Ascher und für Menschen wie ihn, die wie Heilige lebten und als Märtyrer starben.

Zu den wilden Kühen

WÄHREND der ganzen Jahre, die wir in Warschau lebten, bin ich nie aus der Stadt herausgekommen. Andere Jungen erzählten oft von ihren Ferienreisen. Es gab Leute, die nach Falenica fuhren, nach Miedzeszyn, Michalin, Swider, Otwock. Für mich waren das alles nur Namen. In der Krochmalna wuchsen keine Bäume. In der Nähe von Nr. 24, wo ich in den Cheder ging, stand ein Baum, aber es war weit von unserem Haus bis Nr. 24. Einige unserer Nachbarn hatten Topfblumen. Meine Eltern hielten das für einen heidnischen Brauch. Ich jedoch empfand eine tiefe Liebe zur Natur. Im Sommer fand ich manchmal ein Blatt, das noch am Stiel eines Apfels hing, und ein solches Blatt weckte Freude und Sehnsucht in mir. Ich roch daran und trug es mit mir herum, bis es verwelkte. Wenn meine Mutter ein Bund Karotten oder Petersilie, Radieschen oder Gurken mit nach Hause brachte, dachte ich an die Tage in Radzymin, wo wir inmitten von Feldern und Obstgärten gelebt hatten. Einmal fand ich in meiner Strohmatratze eine Kornähre. Sie erinnerte mich an vieles. So mußte ich an den Traum des Pharaos denken, in dem die sieben dünnen Ähren die sieben vollen verschlangen. Auf dem Geländer unseres Balkons ließen sich viele verschiedene Fliegen nieder: große und kleine, schwarze und grün-goldene. Wenn ein Schmetterling sich hierherverirrte, versuchte ich nicht, ihn zu fangen, sondern hielt den Atem an und betrachtete ihn genau. Das kleine flatternde Geschöpf war für mich ein Gruß aus der Welt der Freiheit.

Aber selbst in der Krochmalna tat Mutter Natur ihr Werk. Im Winter fiel Schnee, im Sommer kam der Regen. Hoch über den Dächern zogen Wolken vorüber – dunkle und helle Wolken, Wolken, die wie Silber schimmerten, und Wolken, die wie Fische, Schlangen,

Schafe oder Besen aussahen. Manchmal fiel Hagel auf unseren Balkon, und einmal, nach einem Regenschauer, wölbte sich ein Regenbogen über den Dächern. Vater ließ mich den Segen sprechen „Wer sich des Bundes erinnert". Nachts schien der Mond, und die Sterne funkelten. Es war alles voller Geheimnisse.

Mein Freund Baruch-David redete ständig von den Wiesen und Feldern, die vor Warschau liegen, und von den wilden Kühen, die dort grasen. Ich bat ihn, mich doch einmal dorthin mitzunehmen. Er schob es immer wieder hinaus und erfand immer neue Ausreden, doch schließlich mußte er sein Versprechen einlösen, wenn er nicht unsere Freundschaft gefährden wollte. An einem Freitagmorgen im Sommer stand ich sehr früh auf, so früh, daß der Himmel noch rot vom Sonnenaufgang glühte. Für meine Mutter erfand ich irgendeine Ausrede, dann packte ich mir ein paar Scheiben Butterbrote ein, holte eine Kopeke, die ich mir von meinem Taschengeld gespart hatte, aus ihrem Versteck und machte mich auf den Weg, um mich mit Baruch-David zu treffen. Ich war noch nie so früh aufgestanden. Alles sah kühler und frischer aus und kam mir vor wie eine Märchenlandschaft. Hier und dort war ein Pflasterstein feucht. Das komme vom Tau, sagte Baruch-David. Sogar in der Krochmalna gab es also Tau – ich hatte immer gedacht, Tau falle nur im Lande Israel ...

Nicht nur die Straße, auch die Menschen sahen frischer aus. Ich entdeckte, daß am frühen Morgen viele Bauernwagen in die Krochmalna kamen. Christen aus den umliegenden Dörfern brachten Gemüse, Hühner, Gänse, Enten und frisch gelegte Eier (nicht wie die Kalkeier, die es in Zeldas Laden gab) in die Stadt. Hinter den Markthallen in der Mirowski war der Großmarkt für Obst. Die Früchte aus allen Obstgärten um Warschau herum wurden hierhergebracht: Äpfel, Birnen, Süß- und Sauerkirschen, Stachelbeeren, Johannisbeeren. Hier gab es auch exotische Früchte und Gemüsesorten, die die meisten jüdischen Kinder noch nie gekostet hatten und für verboten hielten: Tomaten, Blumenkohl, grüne Paprikaschoten. In den Markthallen selbst gab es Granatäpfel und Bananen, aber diese kauften nur vornehme Damen, die ihre Einkaufskörbe von Dienstmädchen tragen ließen.

Baruch-David und ich gingen zügig voran. Dabei erzählte er mir seltsame Geschichten. Sein Vater, sagte er, sei einmal zu Fuß von Warschau nach Skiernewice gelaufen, und unterwegs habe er einen wilden Mann gesehen. Ich wollte unbedingt wissen, wie der wilde

Mann ausgesehen hatte, und Baruch-David beschrieb ihn in allen Einzelheiten: Groß sei er gewesen, mit Haar, das bis zum Boden reichte, und einem Horn mitten auf der Stirn, und anstelle von Haut habe er Schuppen gehabt. Zum Frühstück würde die Kreatur ein Kind bei lebendigem Leib verspeisen. Voller Angst fragte ich: „Und wenn uns ein wilder Mann überfällt?"

„Aber nein. In der Nähe von Warschau gibt es keine wilden Männer."

Ich hätte nicht so leichtgläubig sein sollen, aber ich glaubte nun einmal alles, was Baruch-David mir erzählte.

Wir kamen durch die Nalewki und die Muranowka, und von dort führte der Weg aufs offene Feld. Grüne Wiesen breiteten sich vor mir aus mit allen möglichen Blumen. Ich sah Berge, von denen ich noch nie gehört hatte. Oben waren es richtige Berge, unten aber bestanden sie aus Ziegelmauern, in die kleine Fenster mit Eisengittern eingelassen waren.

„Was ist das?" fragte ich.

„Die Zitadelle."

Angst überfiel mich. Ich hatte von der Zitadelle gehört. Hier waren die Männer eingekerkert, die versucht hatten, den Zaren zu stürzen.

Ich hatte zwar noch keine wilden Kühe gesehen, aber was ich gesehen hatte, war schon wundervoll und seltsam genug. Der Himmel hier war nicht ein schmaler Streifen wie in der Krochmalna, sondern weit wie der Ozean und senkte sich zur Erde herab wie ein weicher, schwerer Vorhang. Schwärme von Vögeln flogen über uns hinweg, große und kleine. Sie zwitscherten und krächzten und pfiffen. Zwei Störche kreisten über einem der Hügel der Zitadelle. Schmetterlinge in allen Farben flatterten über der Wiese: weiße, gelbe und braune, getupfte und gemusterte. Es roch nach Erde, nach Gras, nach dem Rauch von Lokomotiven und nach etwas, das mir zu Kopf stieg und mich schwindelig machte. Es herrschte eine seltsame Stille, obwohl es überall summte, raschelte, zirpte. Von irgendwo kamen Blütenblätter geflogen und ließen sich auf den Aufschlägen meines Mantels nieder. Ich blickte hinauf zum Himmel, sah die Sonne, die Wolken, und plötzlich verstand ich den Sinn der Schöpfungsgeschichte viel besser. Dies also war die Welt, die Gott erschaffen hatte: die Erde, die Himmel und die Wasser über dem Firmament, die von den Wassern unter dem Firmament geschieden sind.

Baruch-David und ich stiegen auf einen Hügel, und vor uns lag die Weichsel. Die eine Hälfte glitzerte wie Silber, die andere war grün wie Galle. Ein weißes Schiff fuhr vorüber. Der Fluß stand nicht still – er war in Bewegung, hatte ein Ziel, auf das er so ungeduldig zusteuerte, daß man an Wunder und an das Kommen des Messias denken mußte.

„Das ist die Weichsel", erklärte Baruch-David. „Sie fließt bis nach Danzig."

„Und dann?"

„Dann fließt sie ins Meer."

„Und wo ist der Leviathan?"

„Weit weg, am Ende der Welt."

Dann sagten die Märchenbücher also doch die Wahrheit. Die Welt ist voller Wunder. Man brauchte nur die Muranowka hinter sich zu lassen und noch eine Straße, und schon war man umgeben von Wunderbarem. Am Ende der Welt? War denn *dies* nicht das Ende der Welt? . . .

Lokomotiven pfiffen, aber es waren keine Züge zu sehen. Sanfte Winde wehten, und jeder brachte einen anderen Duft mit sich – längst vergessene oder nie gekannte Gerüche. Eine Honigbiene kam von irgendwoher angeflogen, setzte sich auf eine Blume, roch daran, summte und flog weiter zur nächsten. Baruch-David sagte: „Sie sammelt Honig."

„Kann sie stechen?"

„Ja, das kann sie, und sie hat ein ganz besonderes Gift."

Er, Baruch-David, weiß alles. Ohne ihn würde ich nicht nach Hause zurückfinden. Ich weiß nicht einmal mehr, in welcher Richtung Warschau liegt. Baruch-David aber fühlt sich hier so zu Hause wie in seinem eigenen Hof. Plötzlich beginnt er zu laufen. Er tut so, als wolle er mir davonlaufen. Er läßt sich auf den Boden fallen. Das hohe Gras verschluckt ihn. Baruch-David ist nicht mehr da! Ich bin allein auf der Welt, ein Kind, das sich verlaufen hat, genau wie in den Märchenbüchern.

„Baruch-David!" rufe ich. „Baruch-David!"

Ich rufe, aber meine Stimme kommt von irgendwo zurück. Es gibt ein Echo wie in einer Synagoge, aber es kommt aus weiter Ferne, und meine Stimme ist verändert und macht mir angst.

„Baruch-David! Baruch-David . . .!"

Ich weiß, daß er nur Spaß macht. Er will mir nur einen Schrecken einjagen. Aber obwohl ich es weiß, habe ich Angst. Meine Stimme erstickt in Schluchzen. „Baruch-David . . .!"

Da taucht er wieder auf. Seine schwarzen Augen lachen wie die eines Zigeuners, und er beginnt, im Kreis herumzulaufen wie ein junges Fohlen. Seine Rockschöße fliegen. Der Wind bläht sein Tallith auf. Hier draußen in der freien Natur ist auch er zu einem wilden Geschöpf geworden.

„Komm, laß uns zur Weichsel hinuntergehen!"

Der Pfad führt den Hügel hinunter, und wir können nicht gehen – wir müssen laufen. Meine Füße scheinen von selbst zu laufen. Ich muß achtgeben, daß sie nicht noch schneller laufen und mitten ins Wasser springen. Aber das Wasser ist weiter weg, als ich dachte. Je näher ich komme, desto breiter scheint der Fluß zu werden, wie ein Ozean. Wir stoßen auf Kieselsteine, auf Dünen aus feuchtem Sand, die sich weit hinziehen und voller Rillen sind, wie riesige Sandkuchen, die Kinder gebaut haben. Baruch-David zieht seine Stiefel aus, krempelt die Hosenbeine hoch und watet bis zu den Knöcheln ins Wasser.

„Oh, ist das kalt!"

Er fordert mich auf, auch die Stiefel auszuziehen. Aber das ist mir peinlich. Barfußlaufen paßt nicht zu mir. Nur Straßen- und Christenjungen laufen barfuß.

„Gibt es hier Fische?"

„Ja, massenhaft."

„Beißen sie?"

„Manchmal."

„Was machst du, wenn dich ein Fisch beißt?"

„Ich packe ihn am Schwanz . . ."

Verglichen mit mir, ist Baruch-David ein Junge vom Lande, ein Bauernjunge. Ich setze mich auf einen Stein, und alles in mir wogt und gluckst wie das Wasser der Weichsel. Meine Gedanken folgen dem Auf und Ab der Wellen, und es kommt mir so vor, als ob nicht nur die Weichsel, sondern alles um mich herum – die Hügel, der Himmel und auch ich selbst – fort in die Ferne fließe, nach Danzig. Baruch-David zeigt auf das andere Ufer und sagt: „Da drüben ist der Wald von Praga."

In unserer Nähe ist also ein richtiger Wald, in dem es wilde Tiere und Räuber gibt.

Plötzlich geschieht etwas Außergewöhnliches. Von links, dort wo

Himmel und Wasser sich berühren, nähert sich etwas auf dem Wasser, aber es ist kein Schiff. Zuerst sieht es klein aus, in Dunst gehüllt. Bald wird es größer und deutlicher. Es sind Flöße aus Baumstämmen. Männer stehen darauf. Sie lehnen sich gegen lange Stangen und stemmen sie mit aller Kraft nach vorne. Auf einem der Flöße steht eine kleine Hütte – ein winziges Haus auf dem Wasser! Sogar Baruch-David reißt vor Erstaunen den Mund auf.

Es dauert lange, sehr lange, bis die Flöße auf unserer Höhe sind. Die Männer rufen uns etwas zu. Einer von ihnen sieht wie ein Jude aus. Er hat einen Bart. Ich glaube, er trägt sogar ein jüdisches Käppchen. In den Parabeln des Predigers von Dubnow habe ich gelesen, daß jüdische Kaufleute nach Danzig und Leipzig reisen. Ich habe auch gehört, daß Holz auf dem Wasserweg befördert wird. Aber jetzt sehe ich es mit eigenen Augen – eine Geschichte des Predigers von Dubnow wird plötzlich Wirklichkeit! Eine Weile lang bleiben die Flöße auf unserer Höhe. Ein Hund steht auf einem von ihnen, ganz nahe am Rand, und bellt uns an. Wehe uns, wenn er über das Wasser springen könnte! Er würde uns in Stücke reißen. Langsam ziehen die Flöße weiter. Zeit vergeht. Die Sonne hat den Zenit erreicht und wandert schon nach Westen. Erst als die Flöße unter einer Brücke verschwunden sind, machen wir uns auf den Rückweg. Wir gehen nicht den Weg zurück, den wir gekommen sind, sondern schlagen eine andere Richtung ein.

Die wilden Kühe fallen mir wieder ein, und ich will Baruch-David schon nach ihnen fragen, aber dann tue ich es doch nicht. Mir wird plötzlich klar, daß die wilden Kühe und der wilde Mann nur in seiner Einbildung existieren. Wir werden sie nie zu Gesicht bekommen, weder die wilden Kühe noch den wilden Mann. Als ich meiner Mutter von den wilden Kühen erzählte, hatte sie gesagt: „Wenn es solche Kühe gibt – warum fängt man sie dann nicht und verkauft sie an die Molkereien? Und warum hat sie nur dein Freund Baruch-David gesehen?" Sie war bei den wilden Kühen genauso skeptisch, wie sie es bei den schreienden Gänsen gewesen war.

Die Sonne färbt sich schon rot. Zu Hause macht Mutter sich sicher Sorgen – sie ist so ängstlich. Bald muß das Sabbatmahl zum Bäcker gebracht werden, und wer soll das tun? Wir gehen schneller, jeder in seine eigenen Gedanken versunken. Über uns schwingen sich Vögel durch die Lüfte, und die Fenster der Zitadelle glühen rotgolden im

Schein der untergehenden Sonne. Ich denke an die Männer, die dort in Ketten liegen, weil sie versucht haben, den Zaren zu stürzen. Mir ist, als könnte ich ihre Augen sehen, und plötzlich ist alles mit Sabbatabend-Unheimlichkeit und Sabbatabend-Traurigkeit erfüllt.

Die Waschfrau

WIR kamen nur wenig mit Christen in Berührung. Der einzige Christ in unserem Hause war der Hausmeister. Freitags holte er sich immer sein Trinkgeld, sein „Freitagsgeld". Er blieb an der Tür stehen, nahm den Hut ab, und meine Mutter gab ihm sechs Groschen.

Außer dem Hausmeister waren auch die Waschfrauen Christen. Sie kamen ins Haus und holten unsere Wäsche. Um eine von ihnen geht es in dieser Geschichte.

Sie war eine alte Frau, klein, das Gesicht voller Runzeln. Als sie anfing, für uns zu waschen, war sie schon über siebzig. Die meisten jüdischen Frauen im gleichen Alter waren kränklich, schwach und gebrechlich. Alle alten Frauen in unserer Straße gingen gebeugt und stützten sich auf Stöcke. Diese Waschfrau aber, so klein und mager sie auch war, besaß eine Zähigkeit, die auf Generationen bäuerlicher Vorfahren zurückging. Mutter zählte mit ihr immer die Wäschestücke durch, die sich in mehreren Wochen angesammelt hatten. Dann hob die alte Frau das unhandliche Bündel hoch, lud es sich auf die schmalen Schultern und schleppte es den weiten Weg nach Hause. Sie wohnte auch in der Krochmalna, aber am anderen Ende, schon fast in Wola. Sie muß für den Weg eineinhalb Stunden gebraucht haben.

Nach etwa zwei Wochen brachte sie die Wäsche zurück. Mit keiner anderen Waschfrau war meine Mutter je so zufrieden gewesen. Die Weißwäsche schimmerte wie poliertes Silber. Jedes Stück war sorgfältig gebügelt. Und doch verlangte sie nicht mehr als andere. Sie war ein Juwel. Mutter hatte das Geld für sie immer bereitliegen, weil man von der alten Frau nicht erwarten konnte, daß sie den weiten Weg noch einmal machte. Waschen war damals nicht leicht. Unsere alte Waschfrau hatte zu Hause kein fließendes Wasser. Sie mußte es von

einer Pumpe holen. Wenn die Leinenwäsche richtig sauber werden
sollte, mußte sie in einem Bottich mit einer Bürste abgeschrubbt,
gespült und mit Bleichsoda eingeweicht, in einem großen Kessel
gekocht, dann gestärkt und schließlich gebügelt werden. Jedes Stück
wurde zehnmal und öfter in die Hand genommen. Und das Trocknen!
Man konnte die Wäsche nicht draußen aufhängen, weil sie gestohlen
worden wäre. Die ausgewrungene Wäsche mußte auf den Dachboden
getragen und dort auf Leinen gehängt werden. Im Winter fror sie
und wurde so zerbrechlich wie Glas, so daß man sie kaum berühren
konnte. Und es gab immer Streitereien mit den übrigen Hausbewoh-
nerinnen und den anderen Waschfrauen, die ihre Wäsche auch auf dem
Dachboden aufhängen wollten. Gott allein weiß, was die alte Frau bei
jedem Wäschewaschen zu ertragen hatte!

Sie hätte vor der Kirche betteln oder in ein Altersheim für die
Armen gehen können. Aber sie war stolz, und sie liebte ihre Arbeit,
wie viele Christen. Die alte Frau wollte niemandem zur Last fallen,
und so trug sie ihre Last allein.

Meine Mutter sprach etwas Polnisch, und die alte Frau redete mit
ihr über alles mögliche. Mich mochte sie besonders gern, und sie sagte
immer, ich sähe aus wie Jesus. Sie sagte das jedesmal, wenn sie kam,
und meine Mutter runzelte jedesmal die Stirn und flüsterte vor sich
hin, wobei sie die Lippen kaum bewegte: „Mögen ihre Worte in alle
Winde zerstreut werden." Unsere Waschfrau hatte einen Sohn, der
viel Geld hatte. Ich weiß nicht mehr, was er von Beruf war. Er
schämte sich seiner Mutter, weil sie eine Waschfrau war. Er besuchte
sie nie und hatte ihr auch noch nie einen Groschen gegeben. Die alte
Frau erzählte das ohne Verbitterung. Eines Tages heiratete der Sohn,
anscheinend war es eine gute Partie. Die Trauung fand in einer Kirche
statt. Der Sohn hatte seine alte Mutter nicht zur Hochzeit eingeladen,
aber sie ging zur Kirche und wartete an der Treppe, um zu sehen, wie
ihr Sohn die „junge Dame" zum Traualtar führte.

Die Geschichte vom treulosen Sohn beeindruckte meine Mutter so
sehr, daß sie monatelang immer wieder davon sprach. Für sie war es
eine Beleidigung nicht nur dieser alten Frau, sondern aller Mütter. Sie
sagte: „Nu, zahlt es sich aus, daß man für seine Kinder Opfer bringt?
Die Mutter arbeitet bis an die Grenze ihrer Kraft, und der Sohn weiß
nicht einmal, was Treue überhaupt ist."

Und dann machte sie versteckte Andeutungen, daß sie sich bei ihren eigenen Kindern auch nicht so ganz sicher sei: Wer könne schon wissen, was sie eines Tages tun würden? Das hielt sie jedoch nicht davon ab, jede Minute für uns zu sorgen. Wenn es einmal einen besonderen Leckerbissen gab, legte sie ihn für uns Kinder beiseite und erfand alle möglichen Ausreden und Gründe, warum sie selbst nichts davon wollte. Sie kannte Zaubersprüche aus uralten Zeiten, und sie gebrauchte Ausdrücke, die sie von Generationen liebevoller Mütter und Großmütter übernommen hatte. Wenn eines der Kinder über Schmerzen klagte, sagte sie: „Möge ich dein Lösegeld sein, und mögest du meine Gebeine überleben!" Oder sie sagte: „Möge ich das Sühneopfer für den geringsten deiner Fingernägel sein." Wenn wir aßen, sagte sie: „Gesundheit und Mark für eure Knochen!" Am Tag vor Neumond gab sie uns eine besondere Sorte von Bonbons, die angeblich vor Würmern schützen sollten. Wenn einer von uns etwas im Auge hatte, leckte sie es mit der Zunge weg. Wenn wir Husten hatten, gab sie uns Kandiszucker, und von Zeit zu Zeit ließ sie uns segnen, damit der böse Blick uns nichts anhaben konnte. All das hielt sie nicht davon ab, „Die Herzenspflichten", „Das Buch des Aufrechten" und andere bedeutende ethische Werke zu studieren.

Aber kehren wir wieder zur Waschfrau zurück. In jenem Jahr war der Winter besonders hart. Draußen herrschte bittere Kälte. Wie sehr wir auch einheizten – die Fenster blieben mit Eisblumen bedeckt, und an den Rahmen hingen Eiszapfen. Die Zeitungen berichteten, daß Menschen erfroren seien. Kohle wurde teuer. Es war so kalt geworden, daß Eltern ihre Kinder nicht mehr in den Cheder schickten. Auch die polnischen Schulen wurden geschlossen.

An einem dieser Tage kam die Waschfrau, jetzt fast achtzig Jahre alt, zu uns. In den vergangenen Wochen hatte sich ein großer Berg schmutziger Wäsche angesammelt. Mutter machte ihr zum Aufwärmen Tee und gab ihr ein Stück Brot. Vor Kälte zitternd, saß die alte Frau auf dem Küchenstuhl und wärmte sich die Hände an der Teekanne. Ihre Finger waren gekrümmt vom Arbeiten, vielleicht hatte sie auch Arthritis. Ihre Fingernägel waren merkwürdig weiß. Diese Hände sprachen vom Eigensinn des Menschen, von seiner Entschlossenheit zu arbeiten, noch über die Grenzen der eigenen Kräfte hinaus. Mutter zählte die Wäschestücke und schrieb eine Liste: Männerunterhemden, Frauenunterjacken, lange und kurze Unterhosen, Unterröcke, Frauenhemden, Bettbezüge, Kopfkissenbezüge,

Laken und die Gebetsmäntel der Männer. Ja, auch diese heiligen Gewänder wusch die Christin.

Das Bündel war groß, größer als sonst. Als die alte Frau es sich auf die Schultern hob, verschwand sie darunter. Zuerst schwankte sie, als ob sie unter der Last zusammenbrechen würde. Aber irgend etwas in ihr schien voller Hartnäckigkeit zu rufen: Nein, du darfst nicht fallen. Ein Esel mag es sich gestatten, unter seiner Last zusammenzubrechen, nicht aber der Mensch, die Krone der Schöpfung.

Es war erschütternd anzusehen, wie die alte Frau mit dem Riesenbündel hinauswankte, hinaus in die eisige Kälte, hinaus in den trockenen Pulverschnee, der, hochgewirbelt als weißer Staub, wie tanzende Kobolde um die Ecken fegte. Würde die alte Frau Wola je erreichen?

Sie war fort, und Mutter seufzte. Dann betete sie für sie.

Normalerweise brachte die alte Frau die Wäsche nach zwei, spätestens drei Wochen zurück. Diesmal vergingen drei Wochen, dann vier und fünf – die alte Frau ließ nichts von sich hören. Wir mußten ohne unsere Wäsche auskommen. Die Kälte war noch schlimmer geworden. Die Telefonleitungen waren dick wie Taue. Die Zweige der Bäume schienen aus Glas zu sein. Es war so viel Schnee gefallen, daß sich auf den Straßen Schneewehen gebildet hatten und man an vielen Stellen Schlitten fahren konnte wie an einem Berghang. Barmherzige Menschen zündeten in den Straßen kleine Feuer an, damit die Obdachlosen sich aufwärmen und ein paar Kartoffeln rösten konnten – wenn sie welche hatten.

Daß die Waschfrau nicht wiederkam, war eine Katastrophe für uns. Wir brauchten die Wäsche. Aber wir wußten nicht einmal die Adresse der Frau. Bestimmt war sie zusammengebrochen, vielleicht sogar gestorben. Mutter behauptete, sie hätte geahnt, als die Frau uns das letzte Mal verlassen habe, daß wir unsere Sachen nie wiedersehen würden. Sie suchte ein paar alte, zerschlissene Hemden heraus und wusch und flickte sie. Wir trauerten um die Wäsche und um die alte, abgearbeitete Frau, die wir liebgewonnen hatten in all den Jahren, in denen sie uns so treu gedient hatte.

Mehr als zwei Monate vergingen. Der Frost hatte nachgelassen, aber dann waren die Temperaturen wieder gesunken, eine neue Kältewelle war hereingebrochen. Eines Abends, als Mutter neben der Petroleumlampe saß und ein Hemd ausbesserte, ging die Tür auf, und eine kleine Dampfwolke wehte ins Zimmer, gefolgt von einem Riesenbündel Wäsche. Unter dem Bündel kam schwankend die alte Frau herein. Ihr Gesicht war weiß wie ein Leintuch. Ein paar Strähnen ihres weißen Haares waren unter dem Kopftuch hervorgerutscht. Mutter stieß einen halberstickten Schrei aus. Es war, als ob eine Tote das Zimmer betreten hätte. Ich lief zu der alten Frau und half ihr, das Bündel abzuladen. Sie war noch dünner als früher. Ihr Gesicht war noch hagerer, und ihr Kopf wackelte hin und her, als ob sie ständig nein sage. Sie konnte kein klares Wort herausbringen, sondern murmelte mit eingesunkenem Mund und blassen Lippen irgend etwas vor sich hin.

Nachdem sich die alte Frau etwas erholt hatte, erzählte sie uns, daß sie krank gewesen sei, sehr krank. Ich weiß nicht mehr, was ihr eigentlich gefehlt hat. Sie war so krank gewesen, daß jemand einen Arzt gerufen hatte, und der Arzt ließ einen Geistlichen kommen. Man hatte den Sohn benachrichtigt, und der gab Geld für den Sarg und für die Beerdigung. Aber der Allmächtige hatte diese von Leid geplagte Seele noch nicht zu sich nehmen wollen. Sie fühlte sich wieder besser, sie wurde gesund, und sobald sie auf den Füßen stehen konnte, fing sie wieder an zu arbeiten. Sie wusch nicht nur für uns, sondern auch noch für andere Familien.

„Die Wäsche hat mich nicht ruhig schlafen lassen", erklärte die alte Frau. „Wegen der Wäsche konnte ich nicht sterben."

„Mit Gottes Hilfe werden Sie leben und hundertzwanzig Jahre alt werden", sagte meine Mutter.

„Das möge Gott verhüten! Wozu sollte ein so langes Leben gut sein? Die Arbeit wird immer schwerer ... Meine Kräfte verlassen mich ... Ich möchte niemandem zur Last fallen!" Die alte Frau murmelte vor sich hin, bekreuzigte sich und hob die Augen zum Himmel.

Glücklicherweise war etwas Geld im Haus, und Mutter zählte zusammen, was sie der Waschfrau schuldig war. Ich hatte ein merkwürdiges Gefühl: Die Münzen in den ausgelaugten Händen der alten Frau schienen plötzlich genauso abgenutzt und sauber und fromm wie sie selbst zu sein. Sie hauchte die Münzen an und knotete sie in ein Tuch. Dann versprach sie, in ein paar Wochen wiederzukommen, um neue Wäsche zu holen, und ging.

Aber sie kam nie wieder. Die Wäsche zurückzubringen war ihre letzte Anstrengung auf dieser Erde gewesen, getrieben von einem unbeugsamen Willen, den rechtmäßigen Besitzern ihr Eigentum zurückzubringen, eine einmal übernommene Aufgabe zu erfüllen.

Nun endlich war ihr Körper, seit langem nicht mehr als eine brüchige Schale, zusammengehalten allein durch Ehrlichkeit und Pflichtbewußtsein, auseinandergebrochen. Ihre Seele wanderte dorthin, wo alle heiligen Seelen sich versammeln, gleich welche Rolle sie auf Erden gespielt, welche Sprache sie gesprochen und welchen Glauben sie gehabt haben. Ich kann mir das Paradies ohne diese Waschfrau nicht vorstellen. Ich kann mir auch eine Welt nicht vorstellen, in der solche Mühen nicht belohnt werden.

Ich werde Einsammler

EIN Rabbi wie mein Vater war finanziell auf die Leute in der Nachbarschaft angewiesen. Da sie in religionsgesetzlichen Fragen seinen Rat brauchten und wußten, daß auch ein Rabbi irgendwie leben mußte, gaben sie seinem Einsammler wöchentlich das, was sie erübrigen konnten. Der Einsammler stellte zwar darüber eine Quittung aus, aber es war nicht weiter schwierig für ihn, mehr als die ihm zustehenden zwanzig Prozent Provision für sich zu behalten.

Unser erster Einsammler war ein ehrlicher Mann, aber er heiratete und wurde Schächter. Die Nachfolger waren Betrüger, einer schlimmer als der andere. Als ich neun Jahre alt war, hatten wir einen Einsammler, der fast alles Geld für sich behielt. Von Woche zu Woche lieferte er weniger ab und jammerte dabei: „Die Leute wollen einfach nicht zahlen!" oder „Es sind schlechte Zeiten, keiner hat Geld!" Es war unter der Würde meines Vaters, einen anderen Juden zu verdächtigen.

Schließlich hatten wir kein Stück Brot mehr im Haus, und kein Ladenbesitzer wollte uns noch Kredit geben. Meine Eltern konnten mir auch das tägliche Zweigroschenstück für Bonbons oder Schokolade nicht mehr geben. Wir konnten die Miete nicht zahlen, und der Hausbesitzer drohte, er würde uns verklagen und unsere Möbel versteigern. Wenn Vater das Tischgebet sprach: „Und laß uns nicht entbehren die Geschenke von Fleisch und Blut", blickte er zum

Himmel und seufzte tiefer als gewöhnlich. Konnte man die Thora studieren und Jude sein, wenn es am Sabbat nichts zu essen gab?

Als Vater mir eines Tages seine Sorgen schilderte, sagte ich: „Laß mich einsammeln!" Vater sah mich überrascht an. „Aber du bist doch noch ein Kind. Du mußt lernen."

„Das kann ich trotzdem."

„Was, meinst du, würde Mutter dazu sagen?"

„Wir brauchen es ihr ja nicht zu erzählen."

Vater dachte eine Weile nach. Dann sagte er: „Na ja, versuchen wir's."

Ich ging mit den Sammelkarten zu den angegebenen Adressen, und trotz aller Jammergeschichten meines korrupten Vorgängers wurde großzügig gegeben. Da wir den Einsammler schon vor Wochen entlassen hatten, waren viele Leute mit der Zahlung im Rückstand, und innerhalb einer Stunde waren die beiden Taschen meines Kaftans voller Kupfer- und Silbermünzen. Nach zwei Stunden ging nichts mehr hinein, und ich mußte das Geld in die Brusttasche und die Hosentasche stopfen.

Zuerst hatte ich mich geschämt, aber das ging bald vorüber. Alle waren sehr freundlich zu mir. Die Männer kniffen mir in die Wangen, die Frauen segneten mich und steckten mir Plätzchen, Obst und Bonbons zu. Mein Vater, sagten sie, sei ein frommer Mann, ein Heiliger. Ich stieg Treppen hinauf und klopfte an Türen. Ich hatte bisher gedacht, ich kenne die Krochmalna. Jetzt zeigte sie sich von einer ganz anderen Seite. Ich lernte Schneider, Schuster, Kürschner, Bürstenbinder und andere Handwerker kennen. In einer Wohnung zogen Mädchen Korallen auf Schnüre, und auf Tischen, Stühlen und Betten glitzerten Häufchen von bunten Glasperlen. Ich kam mir vor wie in einem verzauberten Schloß.

Als ich die Tür zu einer anderen Wohnung öffnete, schrie ich erschrocken auf. Auf dem Fußboden lagen tote Tiere. Der Mann, der dort wohnte, kaufte von einem Jäger Hasen und verkaufte sie an Restaurants weiter. In einer anderen Wohnung wickelten Mädchen Garn von Spindeln auf Spulen und sangen jiddische Lieder dazu. In ihrem zerzausten Haar blieben Garnflusen hängen.

In einer Wohnung spielten Leute Karten, in einer anderen hobelte ein alter, weißbärtiger Mann an einem Brett. Hobelspäne und Holzstückchen flogen durch die Luft, während eine alte Frau mit einem Häubchen Gebete in einem heiligen Buch las. In der Wohnung eines Buchbinders mußte ich entsetzt mit ansehen, wie seine Gehilfen über den Pentateuch und andere heilige Bücher trampelten. In wieder einer anderen Wohnung traf ich eine verwachsene Frau, eine Mißgeburt, mit einem fast spitzen Kopf. Sie hatte große Kalbsaugen und einen plumpen Körper, und sie lallte wie eine Taubstumme und gab schreckliche Laute von sich. Zu meiner Verwunderung erfuhr ich, daß sie verheiratet war.

Woanders sah ich einen gelähmten Mann mit bleichem Gesicht auf einer Art Brett liegen. Eine Frau fütterte ihn, und das Essen tropfte auf seinen schütteren Bart. Er hatte einen merkwürdig schielenden Blick. Ich machte die Tür sofort wieder zu.

Dann stieg ich eine unglaublich schmutzige Treppe hinauf bis unters Dach. Im Treppenhaus spielten rachitische Kinder mit Scherben und Lehm. Alle hatten nackte Füße. Einer der Jungen war kahlgeschoren. Er war blaß, seine Ohren waren geschwollen, seine Schläfenlocken lang und verfilzt. Ein Mädchen spuckte ihn an, und er stieß irgendeinen Fluch aus. Ich zog eine von den Karten hervor und fragte: „Wo wohnt Jenta Flederbaum?"

„In der *Schtchunka* . . . "

So nannte man in Warschau einen dunklen Flur.

Ich war an sich ziemlich ängstlich, aber an diesem Tag hatte ich solchen Mut, als ob irgend etwas mich verwandelt hätte. Ich stolperte durch den dunklen Korridor und stieß gegen Körbe und Kisten. Es raschelte, als ob dort Mäuse wären. Ich zündete ein Streichholz an und sah, daß die Türen keine Nummern, nicht einmal Klinken hatten. Ich stieß eine Tür auf, und was ich sah, ließ mich erstarren. Auf dem Boden lag ein Leichnam, in ein Laken gehüllt. Am Kopfende standen zwei Kerzen, und eine Frau hockte auf einem Schemel daneben und rang laut weinend die Hände. Der Spiegel an der Wand gegenüber war verhängt. Zitternd vor Angst, warf ich die Tür zu und wich in den Flur zurück. Feurige Punkte tanzten mir vor den Augen. In meinen Ohren hämmerte es. Ich fing an zu laufen, stolperte aber über einen Korb oder eine Kiste. Es war, als ob mich jemand an den Rockschößen gepackt hätte und zurückzöge. Knochige Finger umklammerten mich. Ich hörte einen entsetzlichen Schrei. In kalten Schweiß gebadet, lief ich weiter. Mein Kaftan zerriß. Nie wieder würde ich einsammeln. Ich mußte mich übergeben. Ich zitterte am ganzen Körper. Die

Münzen in meinen Taschen wurden immer schwerer. Mir war, als sei ich an diesem Tag alt geworden.

Ich hatte keinen Hunger, obwohl ich seit dem frühen Morgen nichts gegessen hatte. Etwas drückte auf meinen Magen. Ich ging zum Radzyminer Lehrhaus, wo die Männer unserer Familie immer beteten, aber es war niemand da, weil Mittagszeit war. Wie ein alter Mann setzte ich mich hin und ruhte mich aus. Meine Füße schmerzten, in meinem Kopf pochte es. Ich sah die heiligen Bücher dort stehen, aber es kam mir so vor, als hätte ich nichts mehr mit ihnen zu tun: Ich schien alles vergessen zu haben.

Plötzlich wurde mir klar, daß das, was ich getan hatte, nicht richtig war, und ich verachtete mich selbst. In diesem Augenblick faßte ich einen Entschluß, an den ich mich noch heute halte: Nie etwas für Geld zu tun, das mir gegen den Strich geht, und keine Geschenke anzunehmen. Ich wollte diesen miserablen Job so schnell wie möglich loswerden.

Als ich nach Hause kam, war Mutter gerade nicht da. Vater saß in seinem Arbeitszimmer, sah mich besorgt an und fragte: „Wo bist du den ganzen Tag gewesen?" Dann sagte er rasch: „Die ganze Sache tut mir leid. Du mußt wieder lernen . . ."

Als ich meine Taschen leerte, stellte sich heraus, daß ich an einem Tag mehr eingenommen hatte, als der Einsammler uns in einem ganzen Monat abgeliefert hatte. Vater schob das Geld in eine Schublade, ohne es zu zählen. Mir fiel ein Stein vom Herzen.

„Ich kann es nicht weitermachen", sagte ich.

„Gott bewahre!"

Aber der neue Einsammler war auch nicht ehrlich. Schließlich hängte Vater eine Mitteilung aus, daß man dem Einsammler kein Geld mehr geben solle. Er versuchte, mit seinen Einnahmen aus Gerichtsverhandlungen, Hochzeiten und Ehescheidungen auszukommen. Doch unsere Lage wurde immer schlimmer, da auch die Schüler, die er jetzt unterrichtete, nie lange dablieben. Mutter reiste nach Bilgoraj, um ihren Vater um Hilfe zu bitten. Sie blieb mehrere Wochen dort.

Zu Hause herrschte ein wildes Chaos. Es gab keine warmen Mahlzeiten mehr, und niemand paßte auf mich auf. Meine Schwester, Hinde Esther, hatte den Sohn eines Warschauer Chassiden geheiratet und war mit ihm nach Antwerpen gezogen. Ich aber lernte plötzlich wie besessen. Auf einmal konnte ich ohne jede Hilfe eine Seite des

Talmud „lesen" und sogar einen Kommentar dazu verstehen. Ich beschäftigte mich mit Maimonides' „Die starke Hand" *(jüdischer Philosoph, 1135–1204)* und anderen Büchern, die ich bis dahin nicht verstanden hatte. Eines Tages fand ich im Bücherschrank meines Vaters ein kabbalistisches Werk *(jüdische Mystik)* des Reb Baruch ben Abraham aus Kosow *(jüdischer Prediger in der 2. Hälfte des 18. Jahrhunderts)*. Obwohl mir vieles darin unbegreiflich blieb, verstand ich doch ein wenig. Ein Teil meines Gehirns, der bisher verschlossen gewesen war, schien sich plötzlich zu öffnen. Zum erstenmal erfuhr ich, wie beglückend Lernen sein kann . . .

Die Starken

DER Cheder wird oft als ein Ort beschrieben, an dem unschuldige Kinder unter einem schlampigen und schlechtgelaunten Lehrer zu leiden hatten. Das stimmte nicht. Der Cheder krankte an dem, woran auch die Gesellschaft krankte.

Bei uns gab es einen Jungen, der ständig mit geballten Fäusten herumlief und nur auf die Gelegenheit wartete, andere Jungen zu verprügeln. Er war immer von Helfern und Helfershelfern umgeben.

Ein anderer Junge, der lieber keine Gewalt anwenden wollte, spielte den kleinen Heiligen. Er lächelte jeden an, war stets bereit, anderen einen Gefallen zu tun, und das alles mit einer Miene, die von grenzenloser Liebe zeugte. Auf diese sanfte Tour versuchte er, sich Vorteile zu verschaffen, für nichts die schönsten Dinge genießen zu können. Obwohl er doch so fromm war, verhielt er sich gegenüber dem Prügelnden wie ein Freund und täuschte gleichzeitig Mitleid mit dessen Opfern vor. Wenn sein Freund jemandem die Nase blutig geschlagen hatte, lief er mit einem Taschentuch in der Hand zu dem Opfer, während er den anderen sanft tadelte: „Das hättest du nicht tun sollen . . . "

Dann gab es einen Jungen, der sich nur fürs Geschäftemachen interessierte. Er tauschte einen Knopf gegen einen Nagel, Glaserkitt gegen einen Bleistift, einen Bonbon gegen ein Brötchen. Angeblich setzte er bei seinen Tauschgeschäften immer zu, aber am Ende blieb er stets der Gewinner. Da er Geld gegen Zinsen lieh, hatte der halbe Cheder Schulden bei ihm. Er und der Rowdy hatten ein Übereinkommen: Jedem, der seine Zinsen nicht zahlte, wurde der Hut vom Kopf gerissen.

Wir hatten auch einen Aufschneider, der behauptete, seine Familie sei reich und berühmt und die vornehme Warschauer Gesellschaft verkehre bei ihnen. Er versprach, uns Datteln, Feigen, Johannisbrot und Orangen von erfundenen Hochzeiten, Beschneidungsfesten und von einer Sommerreise mitzubringen, und verlangte als Gegenleistung im voraus Geschenke von uns.

Dann war da das Opfer. An einem Tag wurde er so verprügelt, daß er sogar blutete, am nächsten machte er demjenigen, der ihn geschlagen hatte, ein Geschenk und wies dabei schlau und voller Unterwürfigkeit auf einen anderen Jungen hin, dem eine Tracht Prügel guttäte.

Von meinem Platz im Cheder sah ich das alles. Und obwohl auch ich Faustschläge hatte einstecken müssen, machte ich dem, der sie ausgeteilt hatte, keine Geschenke, lächelte ihn nicht an. Ich nannte ihn einen Esau und prophezeite ihm, daß er im Jenseits seine Tage auf einem Nagelbrett werde zubringen müssen. Dafür schlug er mich wieder, aber ich gab nicht nach. Ich wollte weder mit ihm noch mit dem selbstgefälligen Heiligen, noch mit dem Geldverleiher oder dem Aufschneider etwas zu tun haben, und ich wollte mir ihre Gunst auch nicht kaufen. Ich schnitt dabei nicht sehr gut ab. Ich hatte viele Feinde unter den Jungen im Cheder. Sie schwärzten mich bei dem Lehrer und dem Hilfslehrer an. Wenn sie mich auf der Straße erwischten, würden sie mich zusammenschlagen, sagten sie. Mir wurde klar, in welcher Gefahr ich schwebte. Ich war noch zu klein, um es mit dem ganzen Cheder aufzunehmen.

Der Weg zum Cheder wurde jeden Morgen zur Qual. Ich konnte meinen Eltern nichts sagen. Sie hatten ihre eigenen Sorgen. Außerdem würden sie wahrscheinlich sagen: „Das hast du nun davon, wenn du anders sein willst als die anderen ..."

Es blieb mir nichts anderes übrig, als abzuwarten. Sogar dem Teufel wird es irgendwann langweilig. Wenn Gott Wahrheit und Gerechtigkeit wollte, mußte Er doch auf meiner Seite sein. Es kam der Tag, an dem ich dachte, es gehe nicht mehr so weiter. Sogar der Lehrer war in dieser vergifteten Atmosphäre gegen mich, obwohl ich meinen Pentateuch kannte. Die Rebezen *(Frau des Rabbi)* redete schlecht über mich. Es war, als hätte man mich für immer aus der Gemeinschaft der Glaubensgenossen ausgeschlossen.

Dann änderte sich mit einemmal alles schlagartig. Der Rowdy unterschätzte einen Neuen, der einfach zurückschlug. Der Lehrer selbst knöpfte sich ihn vor. Er, der ohnehin schon eine Beule am Kopf hatte, wurde zur Prügelbank gezerrt, man zog ihm die Hosen herunter, und er bekam vor unser aller Augen eine Tracht Prügel. Wie Haman *(persischer Wesir)* wurde er bestraft. Als er versuchte, seine Schreckensherrschaft wieder aufzunehmen, ließ man ihn zugunsten des Neuen fallen.

Auch der Geldverleiher erlitt eine Niederlage. Der Vater eines Jungen, der zuviel Zinsen hatte zahlen müssen, erschien im Cheder, um sich zu beschweren. Man untersuchte die Taschen des Jungen – mit Erfolg, so daß auch er öffentlich eine Tracht Prügel bekam.

Schließlich durchschaute man auch den kleinen Scheinheiligen – trotz seiner Duckmäuserei und Anbiederei.

Die Jungen begannen wieder, mit mir zu sprechen – als ob meine Gebete erhört worden seien. Alle, die sich ringsum nur anbiederten oder nur Geschäfte machen wollten, boten mir ihre Freundschaft und gute Geschäfte an – ich weiß nicht, warum. Ich hätte sogar einen eigenen Freundeskreis gründen können, aber dazu hatte ich keine Lust. Es gab nur einen Jungen, der mich interessierte, und mit ihm freundete ich mich auch an. Mendel war ein feiner, anständiger Junge ohne gesellschaftlichen Ehrgeiz. Wir saßen zusammen über demselben Pentateuch und gingen, jeder den Arm auf der Schulter des anderen, miteinander spazieren. Alle waren eifersüchtig und intrigierten gegen uns, aber das konnte unserer Freundschaft nichts anhaben. Wir waren wie David und Jonathan ...

Auch als ich den Cheder verließ, dauerte unsere Freundschaft weiter. Ich habe mehrere Cheder besucht, und von jedem blieb mir ein Freund. Manchmal trafen wir uns abends in der Nähe der Märkte, gingen auf und ab, redeten miteinander und machten Pläne. Meine Freunde hießen Mendel Besser, Mottel Horowitz, Abraham (seinen Nachnamen weiß ich nicht mehr), Baruch-David und andere. Ich war mehr oder weniger ihr Anführer und erzählte ihnen Dinge, die mein älterer Bruder meiner Mutter erzählt hatte. Wir alle vertrauten einander, aber eines Tages spürte ich, daß sie etwas gegen mich hatten. Sie nörgelten an mir herum: Ich sei zu herrisch, ich müsse herunter von meinem hohen Roß. Ich sah es ihnen an, daß sie gegen mich rebellieren wollten. Und obwohl ich sie fragte, wodurch ich sie verletzt hätte, waren sie, wie Josefs Brüder, nicht bereit, mir wie Freunde zu antworten. Sie sahen mir nicht einmal gerade in die Augen. Worum beneideten sie mich? Um meine Träume ...? Wenn ich auf sie zuging, hörte ich sie sogar sagen: „Vorsicht, da kommt der Träumer ... Wir wollen ihn erschlagen und in eine Grube werfen ... Wir wollen ihn an die Ismaeliten verkaufen ..."

Es tut weh, wenn Brüder plötzlich eifersüchtig auf einen sind. Sie waren gut zu mir gewesen, sie hatten mich bestätigt, und dann wurden sie plötzlich gemein. Aus heiterem Himmel wurden sie böse, wandten sich ab, wenn ich zu ihnen trat, flüsterten miteinander ...

Für mich ist eine Freundschaft nichts Zufälliges. Ich finde nicht leicht neue Freunde. Ich fragte mich, ob ich sie hintergangen, sie ungerecht behandelt hätte. Aber wenn dem so war, warum sagten sie mir nicht, was ich falsch gemacht hatte?

Ich konnte mich nicht daran erinnern, sie irgendwie verletzt oder schlecht über sie geredet zu haben. Und wenn jemand mich verleumdet hatte – warum sollten meine Freunde ihm glauben? Sie waren doch meine Freunde.

Ich konnte nichts tun, ich mußte abwarten. Ich mußte mich an die Einsamkeit gewöhnen. Und wenn man allein ist, kann man nichts anderes tun als lernen. Ich wurde ein fleißiger Schüler. Ganze Tage verbrachte ich im Radzyminer Lehrhaus und brütete auch zu Hause noch über religiösen Werken. Ich lieh mir Bücher, kaufte mir welche von Hausierern und las ununterbrochen. Es war Sommer, und die Tage waren lang. Einmal las ich eine Geschichte von drei Brüdern, und plötzlich bildete ich mir ein, ich könne auch so etwas schreiben. Ich begann, die beiden Seiten eines Blattes vollzuschreiben. „Es war einmal ein König, der hatte drei Söhne. Einer war klug, einer war dumm und einer fröhlich ..." Aber aus irgendeinem Grund wurde nichts Rechtes aus der Geschichte.

Auf ein anderes Blatt zeichnete ich verkrüppelte Menschen und phantastische Tiere. Aber auch dazu hatte ich bald keine Lust mehr. Ich trat auf den Balkon und blickte hinunter auf die Straße. Nur ich war allein. Andere Jungen liefen zusammen durch die Straßen,

spielten und redeten miteinander. Ich dachte, ich würde wahnsinnig –
so viele Dinge gingen mir zur gleichen Zeit im Kopf herum. Sollte ich
vom Balkon springen? Oder hinunterspucken, dem Hausmeister auf
die Mütze?

An diesem Abend sprach mich im Radzyminer Lehrhaus ein Junge
an. Er kam als Vermittler zu mir. Vorsichtig erklärte er, daß meine
Freunde sich gern mit mir versöhnen würden, ich aber den ersten
Schritt tun müsse, da ich in der Minderheit sei. Mit anderen Worten,
ich sollte ein Friedensangebot machen. Ich war wütend. „Ich habe
nicht damit angefangen", sagte ich. „Warum soll ich jetzt den ersten
Schritt tun?"

„Du wirst es bedauern", sagte er.

„Laßt mich in Ruhe!" erwiderte ich.

Ärgerlich verließ er mich. Er hatte als Friedensstifter versagt, aber
er merkte, daß es mir ernst war.

Nun wußte ich zwar, daß meine Freunde ein schlechtes Gewissen
hatten. Trotzdem war ich nicht bereit nachzugeben.

Ich gewöhnte mich an das Alleinsein, und die Tage kamen mir nicht
mehr so endlos vor. Ich lernte, schrieb und las Geschichten. Mein
Bruder hatte ein zweibändiges Werk mit nach Hause gebracht, das
„Schuld und Sühne" hieß. Obwohl ich es nicht richtig verstand, war
ich von dem Buch gefesselt. In der Abgeschlossenheit des Schlafzim-
mers las ich viele Stunden. Ein Student, der eine alte Frau getötet hat,
leidet, hungert, denkt nach. Er steht vor Gericht, wird vom Staats-
anwalt verhört ... Das las sich ähnlich wie in den Märchenbüchern,
und doch war es anders. Das Fremde daran, das beinah Erhabene
erinnerte mich an die Kabbala. Wer schrieb solche Bücher, und wer
konnte sie verstehen? Hier und da leuchtete mir eine Stelle ein, ich
verstand eine Episode, oder eine neue, schöne Vorstellung nahm mich
völlig gefangen.

Ich lebte in einer anderen Welt. Ich vergaß meine Freunde.

Beim Abendgottesdienst im Radzyminer Lehrhaus nahm ich die
Männer um mich herum gar nicht wahr. Ich war mit meinen
Gedanken ganz woanders. Plötzlich trat der Vermittler auf mich zu.

„Was du auch sagst, es interessiert mich nicht", sagte ich.

„Ich habe einen Brief für dich", erklärte er mir.

Es war wie in einem Roman. Meine Freunde schrieben, daß sie mich
vermißten. „Wir gehen wie benommen umher ..." Ich kann mich

noch genau an die Worte erinnern. Aber ich lebte so in meinem Buch, daß mir trotz dieses großen Triumphs ihre versöhnliche Geste kaum noch wichtig erschien. Ich ging hinaus auf den Hof, und sie waren alle da. Wieder dachte ich an Josef und seine Brüder. Sie waren zu Josef gekommen, um Korn zu kaufen, aber warum kamen meine Freunde zu mir?

Jedenfalls waren sie gekommen, verlegen und ein wenig ängstlich – Simon, Levi, Juda ... Da ich nicht Herrscher Ägyptens geworden war, brauchten sie sich vor mir nicht bis auf die Erde zu verneigen. Außer neuen Träumen hatte ich nichts zu verkaufen.

Wir redeten bis in die Nacht hinein, und ich erzählte ihnen von meinem Buch. „Das ist kein Märchenbuch, das ist Literatur ...", sagte ich. Ich lieferte ihnen eine phantastische Mischung aus Szenen, die in dem Buch vorkamen, und Gedanken, die von mir stammten, und steckte sie so mit meiner Begeisterung an. Stunden vergingen. Sie baten mich um Verzeihung, gaben zu, daß sie im Unrecht gewesen seien, und versprachen, nie wieder böse zu mir zu sein.

Sie hielten Wort.

Nur die Zeit konnte uns trennen. Alles übrige besorgten die deutschen Mörder.

Reb Itschele und Schprintza

WIE kam ein frommer Jude am Sabbat, an dem es verboten ist zu kochen, zu einem heißen Tee? In kleinen Orten stellte man eine Schüssel mit heißem Wasser zusammen mit dem Sabbatmahl in den Backofen, und in der Stadt hielt man in Teestuben Wasser in einem großen Kessel auf dem Herd heiß. Der Herd wurde freitags vor Sonnenuntergang angezündet. So blieb das Wasser den ganzen Sabbat über heiß.

Junge Männer und junge Mädchen lächelten einander zu und unterhielten sich, während sie in den Teestuben ihren Tee tranken. Kinder kamen mit Teekesseln, um heißes Wasser auf Kredit zu kaufen, weil es verboten ist, am Sabbat Geld bei sich zu tragen.

Ein Talmud-Gelehrter

Am Sabbat schickte mich mein Vater nach dem Mittagsmahl immer zum Heißwasserkaufen in Itscheles Lebensmittelgeschäft. Itscheles Laden war Laden, Wohnung und Teestube in einem und lag in der Krochmalna Nr. 15. Seine Frau, Schprintza, eine große, ruhelose und unordentliche Frau, die sich ständig über irgend etwas aufregte, war bekannt für ihr gutes Herz. Sie mußte hart arbeiten, um ihre große Familie ernähren zu können. Einer ihrer Söhne, Noah, hatte mit mir zusammen den Cheder besucht.

Schprintza machte alles: Sie ging schwanger, brachte Kinder zur Welt, arbeitete im Laden, füllte das Lager auf, legte saure Gurken ein, machte Sauerkraut, kümmerte sich um den Sabbatkessel und fand sogar noch Zeit, Gutes zu tun.

Sie war dauernd in Betrieb. Während sie eine Kundin im Auge behielt, die mit der Hand in der Salzlake herumpanschte und versuchte, einen Hering vom Boden des Fasses herauszufischen, paßte sie gleichzeitig auf die Jungen auf, die nur zu gern mit den in Säcken aufbewahrten Bohnen spielten.

Ständig mußte Schprintza besonders wählerische Kunden zurechtweisen, die so taten, als ob die Waren in dem Laden ihnen gehörten. Sie hatte eine zerrissene, fleckige Schürze umgebunden und schlurfte in abgetragenen Schuhen herum. Ihre Hände waren groß und kräftig wie Männerhände, ihre Matronenperücke immer zerzaust.

Ein Fremder, der in einen Laden mit einer solchen Inhaberin kam, hätte sie sicher für eine primitive Person gehalten. Aber Schprintza war gebildet und tugendhaft. Sie stellte ihr Leben in den Dienst der höchsten aller Aufgaben: für ihre Familie zu sorgen und – soweit die Umstände das gestatteten – sich jüdischem Brauchtum und dem Studium der Thora zu widmen.

Ihr Mann, Reb Itschele, war angeblich Kaufmann, aber er verbrachte seine Tage mit Beten und damit, an bestimmten Tagen das Mahl für die Chassidim auszurichten, mit Diskussionen über Heilige und dem Studium der Mischna. Er war ebenso klein, wie seine Frau groß war. Er kümmerte sich um chassidische Dinge, wie sie sich um den Laden kümmerte. Itschele war ein Mann, der möglichst viel zur gleichen Zeit tun wollte: Er zitierte aus dem Sohar *(Hauptwerk der jüdischen Mystik),* lauschte den Geschichten des Eunuchen Reb Meir und dachte über die Interpretation eines schwierigen Verses nach, während er für irgendeinen Armen ein paar Gulden sammelte.

Schprintza kam nie los von ihren Fässern mit sauren Gurken, ihren Säcken mit Vorräten, ihren Holzbündeln und ihren Kunden. Reb Itschele, als junger Mann rothaarig, hatte schon einen gelbgrauen Bart, als ich ihn kennenlernte. Er bewegte sich mit kurzen, raschen Schritten. Wenn er im Lehrhaus betete, verschluckte er viele Wörter, andere wiederholte er immer wieder, während er auf und ab schritt, in die Hände klatschte und die Fransen seines Gebetsmantels rasch an die Stirn hob. Seinem scharfen Ohr entging es nie, wann er an der Reihe war, amen zu sagen. In Gottes Haus hatte er – wie zu Hause – alles im Auge, um nie zu versäumen, an irgendwelchen frommen Handlungen teilzunehmen.

Während der Woche waren diese beiden Menschen so beschäftigt, daß es unmöglich war, mit ihm oder ihr zu sprechen. Wenn ich aber am Sabbat mit meinem Teekessel zu ihnen kam, sah alles ganz anders aus.

Die Familie lebte in einer kleinen Wohnung hinter dem Laden. Wenn ich mich recht erinnere, hatten sie nur ein einziges Zimmer, in dem auch der Herd mit dem Kessel darauf stand. Dennoch herrschte hier eine wirkliche Sabbatruhe. Sie lag über dem mit einem Tischtuch bedeckten Tisch, dem Kiddusch-Becher *(darüber wird an Feiertagen ein Gebet gesprochen)* und dem Brotmesser mit Perlmuttgriff.

Schprintza trug eine ordentlich gekämmte Perücke und ein Sabbat-kleid, das mit Ornamenten bestickt war. Reb Itschele hatte einen Satinmantel an und trug einen mit Pelz verbrämten Hut.

Die beiden hatten zwei Töchter, fromme Mädchen, fast gleichaltrig. Als ich noch ein sehr kleiner Junge war, stellten die Mädchen mir jeden Sabbat dieselbe Frage: „Wen von uns würdest du lieber zur Braut haben?"

Verlegen zeigte ich dann immer auf die Kleinere von den beiden.

„Warum sie?" fragte die Größere dann, und ich erwiderte: „Du bist zu groß."

Meine Antwort rief jedesmal Gelächter hervor.

Aber je älter ich wurde, desto seltener wurde mir die Frage gestellt, bis man mich schließlich zu alt dafür hielt. Trotzdem vergaßen die Mädchen und ich nie unser kleines Spiel, und wenn wir uns begegneten, sahen wir uns verlegen und gleichzeitig verschmitzt an.

Wie in meiner Familie vertrug sich auch in dieser Familie Jüdisches nicht mit Weltlichem.

Reb Itscheles ältester Sohn weigerte sich, den Talmud zu studieren, wurde Handwerker und rasierte sich den Bart ab. Freitag abends, wenn die Sabbatkerzen schon angezündet waren, sah ich, wie er im Laden des Barbiers Zeitag saß, eingeseift und rasiert wurde. Er bereitete Reb Itschele und Schprintza unsagbaren Kummer.

Am Sabbat saß er nachmittags an ihrem Tisch, mit einer modischen Mütze auf dem mit Pomade eingeriebenen Haar, in einer modischen Jacke, einem Papierkragen und einem Vorhemd aus Papier. Er hatte es eilig, das Mahl und die Tischgebete hinter sich zu bringen, damit er seine Freundin zu der neuesten Sensation, dem Kinematographen, ausführen konnte. Reb Itschele vermied es, den jungen Rebellen anzusehen, wagte es aber nicht, ihn aus dem Haus zu jagen, weil er fürchtete, die nächste Aktion seines Sohnes würde ihn und seine Frau in die Hölle bringen. Und auch an ihrem jüngeren Sohn, Noah, meinem ehemaligen Klassenkameraden aus dem Cheder, hatten Reb Itschele und Schprintza nicht viel Freude. Noah war zwar noch ein Junge, aber auch er wollte nicht den Talmud studieren, so daß sie ihn aus der Schule nehmen mußten. Er lehnte es auch ab, Schläfenlocken zu tragen.

An einen Sabbatnachmittag kann ich mich besonders gut erinnern. Ich betrat Reb Itscheles Hinterzimmer und sagte: „Alles Gute zum Sabbat. Kann ich etwas heißes Wasser haben?"

„Warum mußt du uns erklären, daß du heißes Wasser möchtest?" fragte Reb Itschele in seinem Singsang-Tonfall. „Glaubst du, wir wüßten das nicht?"

Schprintza beeilte sich, mir beizustehen. „Was soll er denn sonst sagen?"

„Alles Gute zum Sabbat genügt."

„Alles Gute zum Sabbat also."

„Alles Gute zum Sabbat und ein gutes Jahr", erwiderte Reb Itschele. „Es steht geschrieben, wenn der Messias kommt, werden alle Tage der Woche ein fortwährender Sabbat sein."

„Wann sollen dann die Leute kochen?" fragte eine seiner Töchter.

„Wer wird schon kochen wollen? Diese Welt wird ein Paradies sein. Die Heiligen werden an Gottes Tisch sitzen und sich am Leviathan gütlich tun, während sie Engeln lauschen, die die Geheimnisse der Thora enthüllen."

„Eva, fülle ihm etwas Wasser ab", befahl Schprintza.

„Warum so eilig?" fragte Reb Itschele. „Wie geht es deinem Vater?"
„Ganz gut."

„Ein wunderbarer Mann. Ein Weiser. Hast du vor, in seine Fußstapfen zu treten?"

„Ja."

„Was tust du nach dem Abendessen?"

„Nichts."

„Warum studierst du nicht mit Noah zusammen den Talmud? Allein zu studieren ist gut, aber es ist noch besser, wenn man es zu zweit tut."

„Heute nicht, Papa", sagte Noah.

„Warum nicht?"

„Ich habe mich mit einem Freund verabredet."

„Mit wem? Wo wollt ihr euch treffen? Es steht geschrieben, daß Gott den Juden die Thora und die Gebote gab, weil er ihnen seine Gnade erweisen wollte. Warum nimmst du Sein Geschenk nicht an? Wenn dir jemand einen Sack voller Perlen und Goldmünzen anböte, würdest du auch zu ihm sagen, er solle sie behalten, bis du von deiner Verabredung mit irgendeinem Jungen zurückkämst? Gold und Diamanten sind nur auf dieser Welt etwas wert. Wenn man stirbt, kann man nichts mitnehmen. Die Thora aber und die Gebote begleiten den Menschen über das Grab hinaus."

„Ja, Papa, aber er wartet auf mich."

„Was will er? Wer ist es? Was tut ihr zusammen?"

Ich wußte genau, was Noah tat. Er hatte eine Handvoll Knöpfe, die mit Kronen und Adlern verziert waren, und mit diesen Knöpfen spielte er den ganzen Sabbat über. Er strich auch um die Burschen herum, die mit Mädchen ins Kino gingen.

Er gab damit an, daß er am Sabbat schon auf dem Rücksitz von Droschken mitgenommen worden sei. Welche Gesetze hatte Noah noch nicht verletzt? Und hier saß Reb Itschele und starrte ihn unter seinen gelben Brauen hervor mißbilligend an.

„Nu, sagtest du etwas?"

„Ein anderes Mal."

„Gut, wenn du nicht willst ... Eva, gib dem Jungen sein heißes Wasser."

Eva nahm mir den Teekessel ab und füllte ihn.

„Sage deinem Vater, daß am nächsten Dienstag der Todestag

unseres alten Rabbi ist und daß, so Gott will, ein Gedächtnismahl stattfinden wird", sagte Reb Itschele.

„Ich werde es ihm sagen."

„Gehst du noch in den Cheder?"

„Nein, ich lese den Talmud jetzt allein."

„Hast du das gehört, Noah? Welchen Teil des Talmud studierst du?"

„Die Stelle, wo es um ein an einem Feiertag gelegtes Ei geht."

„Verstehst du das, was du liest?"

„Ja, meistens verstehe ich es. Wenn eine Stelle mir Mühe macht, schlage ich sie in Raschis Kommentar nach."

„Und wenn du Raschis Kommentar auch nicht verstehst?"

„Dann frage ich meinen Vater."

„Natürlich. ,Frage deinen Vater, und er wird dir antworten.' Aber es ist eine Generation herangewachsen, die sich weigert, den Vater zu fragen. Heutzutage wissen Väter gar nichts, nur Faulenzer sind schlau. Was wird aus einem Juden, der seine Religion aufgibt? Für die Christen bleibt er ein Fremder. Weder das Diesseits noch das Jenseits gehört ihm. Aber beeil dich – dein Wasser wird kalt."

„Grüß deine Mutter von mir", rief Schprintza mir nach.

Durch die halbverhängte Tür konnte ich einen Blick in den Laden werfen, wo es im Schein des Gaslichts die ganze Woche über von Kunden wimmelte, wo jetzt aber die Schatten des Sabbats und eine geheimnisvolle Stille herrschten. Alle Gegenstände schienen in ein dem Sabbat gemäßes Nachsinnen versunken, besonders jene, die man an diesem Feiertag nicht berühren durfte. Alles strahlte Frieden aus: die Zichorie- und Hefepackungen, die Säcke mit Erbsen, die Bündel mit Anmachholz. Gott ruhte am siebenten Tag, und all diese Dinge ruhten auch ... Ob wirklich eine Zeit kommen würde, wo es nur einen einzigen Sabbat gäbe?

Draußen sah ich Reb Meir, den Eunuchen. Dieser Mann war ein großes Rätsel für mich: Ein Mann, der keinen Bart hatte. Was konnte seltsamer sein als ein bartloser Jude? Außerdem war er jeden Monat zwei Wochen lang nicht bei Sinnen. In diesem verwirrten Zustand murmelte er vor sich hin, lächelte und rieb sich die Hände. Wenn er bei Verstand war, gab er Weisheiten von sich, zitierte er aus der Thora, erzählte er chassidische Witze und Geschichten von Wunderrabbis.

Es war offensichtlich einer seiner gesunden Tage. Er trug einen

Satinmantel und eine mit Pelz verbrämte Mütze. Bis spät am Nachmittag pflegte er im Lehrhaus zu beten. Danach ging er nach Hause.

Aber wo war er zu Hause? Wohin ging er? Er hatte keine Frau und
ganz gewiß auch keine Kinder. Wer bereitete das Sabbatmahl für ihn?
Wer nahm schon einen Eunuchen bei sich auf, überdies einen, der
verrückt war? Irgend jemand ließ ihn bei sich wohnen, kümmerte sich
um ihn, wusch seine Wäsche, machte ihm sein Bett. Irgendwo hatte
eine barmherzige Frau diese Aufgaben übernommen.

„Alles Gute zum Sabbat, Reb Meir."

„Alles Gute zum Sabbat. Habt ihr schon gegessen? Erinnere deinen
Vater daran, daß in der nächsten Woche der Todestag des alten Rabbi
ist und ein Gedächtnismahl stattfinden wird." Und Reb Meir, der
Eunuch, eilte nach Hause, um den Segen über den Wein zu sprechen
und die Sabbathymnen zu singen. Eunuch oder kein Eunuch, bei
klarem Verstand oder nicht, ein Jude ist ein Jude.

Die Geheimnisse der Kabbala

JEDER kannte uns in der Krochmalna. Mein Freund Mendel und ich
gingen dort jeden Tag stundenlang auf und ab, meine Hand auf seiner
Schulter, seine Hand auf meiner. Wir waren so damit beschäftigt, uns
Geschichten zu erzählen, daß wir über die Obst- und Gemüsekörbe
der Marktfrauen stolperten, die uns nachriefen: „Seid ihr denn ganz
und gar blind, ihr Trottel?" Ich war etwa zehn, Mendel schon elf. Ich
war dünn und blaß, hatte einen knochigen Hals, blaue Augen und
feuerrotes Haar. Meine Schläfenlocken tanzten immer, als ob ein
Wind wehte, mein Kaftan war nie zugeknöpft, und meine Taschen
waren vollgestopft mit ausgeliehenen Märchenbüchern. Ich konnte
allein eine Seite des Talmuds lesen und versuchte mich immer wieder
an einem Band der Kabbala *(jüdische Mystik)* aus dem Bücherschrank
meines Vaters, ohne allerdings allzuviel zu verstehen. Auf die letzten
Seiten dieser Bücher zeichnete ich mit Buntstiften Engel mit sechs
Flügeln, Tiere mit zwei Köpfen und Augen in den Schwänzen,
Dämonen mit Hörnern und Schnauzen, dem Körper von Schlangen

und den Füßen von Kälbern. Abends, wenn ich auf unserem Balkon stand, starrte ich hinauf zu dem sternenübersäten Himmel und dachte darüber nach, was da gewesen sein mochte, bevor die Welt erschaffen wurde. Zu Hause sagten alle, aus mir würde ein verrückter Philosoph werden, wie jener Professor in Deutschland, der jahrelang gegrübelt und philosophiert habe, bis er zu dem Schluß gekommen sei, daß der Mensch sich mit dem Kopf nach unten und den Füßen nach oben bewegen müßte.

Mein Freund Mendel war der Sohn eines Kohlenträgers. Alle paar Wochen brachte sein Vater uns einen riesigen Korb Kohlen für unsere Öfen, und meine Mutter gab ihm eine Kopeke. Mendel war größer als ich, dunkelhäutig wie ein Zigeuner. Sein Haar war so schwarz, daß es einen bläulichen Schimmer hatte. Er hatte eine kurze Nase, ein Grübchen im Kinn und Schlitzaugen wie ein Tatar. Er trug einen abgerissenen Kaftan und zerschlissene Stiefel. Seine Familie lebte in einem einzigen Zimmer in der Krochmalna Nr. 13. Seine Mutter, die auf einem Auge blind war, handelte auf einem Stand am Rande des Marktes mit Töpferware.

Wir hatten beide die gleiche Leidenschaft: Geschichten zu erfinden. Wir wurden nie müde, einander zuzuhören. Als wir an einem Spätnachmittag im Sommer an Janaschs Basar vorbeikamen, blieb Mendel stehen. Er müsse mir ein Geheimnis verraten: Sein Vater sei gar kein Kohlenträger. Das sei nur eine Verkleidung. In Wirklichkeit sei er reicher als irgendein Rothschild. Seine Familie habe einen Palast im Wald und auch noch ein Schloß am Meer, voller Gold, Silber und Diamanten. Ich fragte Mendel, wie sie so reich geworden seien, und er sagte: „Schwöre bei deinem Tallith, daß du es niemals erzählen wirst."

Ich schwor es.

„Laß uns einen Strohhalm zerreißen."

Wir nahmen einen Strohhalm von der Straße auf, faßten ihn jeder an einem Ende und zerrissen ihn gemeinsam zum Zeichen unseres Bündnisses. In Mendels Tatarenaugen erschien ein verträumtes Lächeln. Er öffnete den Mund, und seine ungewöhnlich weißen Zähne schimmerten genau wie die eines Zigeuners.

Er sagte: „Mein Vater ist ein Räuber."

Ein Schauder lief mir über den Rücken. „Wen beraubt er?"

„Er gräbt Tunnel zu Banken und schleppt ihnen ihr Gold weg. Er versteckt sich im Wald und lauert Kaufleuten auf. Er trägt eine Pistole und einen Säbel. Er ist auch ein Zauberer: Er kann in Baumstämme eindringen, auch wenn niemand eine Öffnung sieht."

„Warum muß er dann Kohlen tragen?" fragte ich.

„Damit die Polizei ihm nicht auf die Schliche kommt ..."

Mendel erklärte mir, daß sein Vater nicht allein arbeite. Er sei der Anführer von zwölfhundert Dieben, die er in die ganze Welt schicke, um Leute zu berauben und die Beute zurückzubringen. Einige kaperten auf hoher See Schiffe, andere überfielen Karawanen in der Wüste. Mendel sagte, daß sein Vater neben seiner Mutter noch zwölf Konkubinen habe, gefangene Prinzessinnen. Und wenn er, Mendel, erst Bar-Mizwa sei, würde er auch ein Räuber werden. Er würde eine Prinzessin von der anderen Seite des Flusses Sambation *(mythischer Fluß im Orient)* heiraten. Sie warte schon darauf, daß Mendel zu ihr in den Palast komme und mit ihr Hochzeit halte. Sie habe goldenes Haar, das ihr bis zu den Fußknöcheln reiche, und trage an den Füßen goldene Pantoffeln. Damit sie nicht weglaufe, habe Mendels Vater sie mit einer Kette an eine Säule gefesselt.

„Warum will sie weglaufen?" fragte ich.

„Weil sie sich so nach ihrer Mutter sehnt."

Ich wußte, daß das alles Lügen waren. Ich erkannte sogar die Märchen wieder, aus denen einzelne Dinge stammten, aber trotzdem bezauberte mich Mendels Geschichte. Wir standen in der Nähe des Fischmarktes, wo Karpfen, Hechte und Döbel in Bottichen herumschwammen, die mit Wasser gefüllt waren. Es war Donnerstag, und Frauen kauften Fisch für den Sabbat. Ein blinder Bettler, der eine dunkle Brille trug und einen watteartigen grauen Bart hatte, griff in die Saiten einer Mandoline und sang dazu ein herzzerreißendes Lied vom Untergang der *Titanic.* Auf seiner Schulter hockte ein Papagei, der sich mit dem Schnabel die Federn putzte. Die Frau des Bettlers, jung und so gelenkig wie eine Tänzerin, sammelte in einem Tamburin Spenden. Über dem Stadtteil Wola ging die Sonne unter, größer als gewöhnlich und goldgelb. Über ihr hing eine riesige, schwefelgelbe Wolke, die wie ein feuriger Strom in einem Bett von glühenden Kohlen leuchtete. Ich mußte an das Höllenfeuer denken, wo die Gottlosen bestraft werden.

Obwohl wir gute Freunde waren, führten Mendel und ich ständig einen stummen Kampf. Er beneidete mich, weil mein Vater ein Rabbi war und weil wir in einer Wohnung mit zwei Zimmern, einer Küche und einem Balkon lebten. Er versuchte immer zu beweisen, daß er stärker und klüger sei und mehr wisse als ich. Jetzt versuchte ich, mir eine Geschichte auszudenken, die genauso wunderbar war wie seine oder sie sogar übertraf. Unvermittelt sagte ich: „Ich habe auch ein Geheimnis, das ich dir noch nie verraten habe."

Mendels Tatarenaugen waren voller Spott. „Und was ist dein Geheimnis?"

„Schwöre, daß du es niemandem verraten wirst."

Mendel schwor mit einem falschen Lächeln und mit einem Ausdruck, als blinzele er jemand Unsichtbarem zu.

Ich sagte: „Ich verstehe die Kabbala!"

Mendels Augen verengten sich zu Schlitzen. „Du? Wie könntest du die Kabbala verstehen?"

„Mein Vater hat mich unterrichtet."

„Ist das erlaubt – einen Jungen in der Kabbala zu unterrichten?"

„Ich bin anders als andere Jungen."

„Soso . . .! Und was hast du gelernt?"

„Ich kann Tauben erschaffen. Ich kann aus der Mauer Wein fließen lassen. Ich kann ein Zauberwort sprechen und mich in die Lüfte schwingen."

„Was noch?"

„Ich kann mit Siebenmeilenschritten gehen."

„Was noch?"

„Ich kann mich unsichtbar machen. Und ich kann Kieselsteine in Perlen verwandeln."

Mendel begann, an einer seiner Schläfenlocken zu drehen. Während meine Schläfenlocken zerzaust waren, sahen seine aus wie zwei zusammengezwirbelte kleine Hörner. „Wenn das stimmt, könntest du mehr Geld haben als der reichste Mann der Welt."

„Ja. Könnte ich auch."

„Und warum hast du es nicht?"

„Es ist nicht erlaubt, Gebrauch von der Kabbala zu machen. Das wäre zu gefährlich. Es gibt einen Zauberspruch. Wenn man den ausspricht, wird der Himmel rot wie Feuer, das Meer beginnt zu wogen, und die Wellen werden immer höher, bis sie die Wolken berühren. Alle Tiere ertrinken, alle Gebäude stürzen ein, ein Abgrund tut sich auf, und die ganze Welt wird so schwarz wie die tiefste Nacht."

„Wie lautet der Zauberspruch?"

„Willst du, daß ich die Welt untergehen lasse?"

„Nnn ... nein."

„Wenn ich älter bin, wird mir der Prophet Elias erlauben, ins Heilige Land zu fliegen. Dort werde ich in einer Ruine leben und den Messias bringen."

Mendel senkte den Kopf. Er hob ein Stück Papier vom Gehweg auf und begann, es zu einem Vogel zusammenzufalten. Ich wartete darauf, daß er mir noch viele Fragen stellte, aber er schwieg beharrlich. Auf einmal begriff ich, daß ich zu weit gegangen war. Es war Mendels Schuld. Er hatte mich dazu getrieben, mich selber zu groß zu machen. Meine eigenen Worte hatten mich erschreckt. Man darf mit der Kabbala keine Scherze treiben. Schreckliche Träume können einen im Schlaf heimsuchen. Ich sagte: „Mendel, ich möchte nach Hause gehen."

„Gut, gehen wir."

Wir gingen auf das Tor zu, das zur Mirowski führte, aber wir hatten einander nicht mehr die Arme auf die Schultern gelegt, sondern zwischen uns war ein kleiner Abstand. Unser Gespräch hatte uns nicht nähergebracht. Es hatte uns vielmehr getrennt. Aber warum? Ich sah plötzlich, wie zerlumpt Mendels Kleidung war. Sein linker Stiefel klaffte vorn wie ein Maul, und die Nägel ragten wie Zähne daraus hervor. Wir traten hinaus auf die Mirowski. Überall Pferdemist, Stroh, das aus den Fuhrwerken der Bauern gefallen war, und verfaultes Obst, das die Händler fortgeworfen hatten. Zwischen den beiden städtischen Märkten stand ein Gebäude, in dem Eis hergestellt wurde. Obwohl es draußen noch hell war, brannten drinnen die elektrischen Lampen. Räder drehten sich mit rasender Geschwindigkeit, lederne Förderbänder liefen, Signale leuchteten auf und erloschen wieder. Es war kein einziger Mensch zu sehen. Unheimliche Geräusche drangen von dort drinnen zu uns. Unter unseren Füßen konnten wir durch Gitter in Keller sehen, in denen sich in großen Behältern Wasser zu Eis verwandelte. Eine ganze Weile standen Mendel und ich da und gafften, dann gingen wir weiter. Ich fragte plötzlich: „Wer bringt ihr etwas zu essen?"

Mendel schien wie aus tiefem Schlaf zu erwachen. „Wovon redest du?"

„Ich meine das Mädchen mit den goldenen Pantoffeln."

„Es gibt dort Dienerinnen."

Nicht weit vom zweiten Markt entfernt, sah ich zwei Münzen, zwei kupferne Sechsgroschenstücke, nebeneinander auf dem Gehweg liegen, als ob sie jemand dort hingelegt hätte. Ich bückte mich und hob sie auf. Mendel, der sie auch sah, rief: „Partner!"

Ich gab ihm sofort eine der Münzen, obwohl ich gleichzeitig dachte, wenn er sie aufgehoben hätte, gäbe er mir keine ab. Mendel betrachtete die Münze von allen Seiten und sagte dann: „Was willst du mit sechs Groschen, wenn du Kieselsteine in Perlen verwandeln kannst?"

Ich hätte ihn gern gefragt: Und wenn dein Vater ein so reicher Räuber ist, was willst *du* dann mit sechs Groschen? Aber irgend etwas hielt mich zurück. Ich sah plötzlich, wie fahl seine Haut war und wie weit seine Backenknochen vorstanden. Etwas in diesem Gesicht sprach zu mir, aber ich konnte es nicht greifen. Seine Ohrläppchen waren angewachsen, und seine Nasenflügel hoben und senkten sich wie bei einem Pferd. Er verzog neidisch die Mundwinkel, und seine dunklen Augen verachteten mich. Er fragte: „Was willst du dir für dein Geld kaufen? Süßigkeiten?"

„Ich werde es für einen wohltätigen Zweck spenden", antwortete ich.

„Dort – dort ist ein armer Mann."

Mitten auf dem Gehweg saß auf einem Brett mit Rädern ein halber Mann. Er sah aus, als ob er in der Mitte durchgesägt worden wäre. Mit beiden Händen hielt er mit Stoff gepolsterte Holzstücke, auf die er sich stützte. Er trug einen Augenschirm und hatte eine zerrissene Jacke an. Um seinen Hals hing ein Becher für Almosen. Ich wußte sehr genau, was man für sechs Groschen kaufen konnte – Buntstifte, Märchenbücher, türkischen Honig –, aber ein innerer Stolz befahl mir, nicht zu zögern. Ich streckte den Arm aus und warf die Münze in den Becher. Als ob der Krüppel befürchtete, ich könne meine Meinung ändern und die Münze zurückhaben wollen, rollte er rasch fort, wobei er beinahe jemanden umwarf.

Mendel zog die Augenbrauen zusammen. „Wann studierst du die Kabbala? Nachts?"

„Nach Mitternacht."

„Was geschieht also im Himmelreich?"

Ich hob die Augen zum Himmel. Er war rot. Schwarze und blaue

Streifen liefen quer darüber hin, als ob ein Sturm aufkomme. Zwei Vögel flatterten hoch, kreischend und einander rufend. Der Mond war aufgegangen. Noch vor einer Minute war es Tag gewesen. Nun war es Nacht geworden. Die Frauen an den Ständen räumten ihre Ware zusammen. Ein Mann mit einem langen Stock ging von Laternenpfahl zu Laternenpfahl und zündete die Gasflammen an. Ich hätte Mendels Frage gern beantwortet, aber mir fiel nichts ein. Ich schämte mich dessen, was ich alles behauptet hatte, als sei ich plötzlich ein Erwachsener. Ich sagte: „Mendel, genug mit diesen Lügen."

„Was hast du denn plötzlich?"

„Ich studiere die Kabbala nicht, und dein Vater ist kein Räuber."

Mendel blieb stehen. „Warum bist du so wütend? Weil du deine sechs Groschen verschenkt hast?"

„Ich bin nicht wütend. Wenn man einen Palast im Wald hat, schleppt man nicht den ganzen Tag lang Kohlen für Chajm Lejb. Und du hast auch kein Mädchen mit goldenen Pantoffeln. Es ist alles ein Märchen."

„Du willst also mit mir streiten? Denk bloß nicht, ich rede dir nach dem Mund, nur weil dein Vater ein Rabbi ist. Vielleicht habe ich gelogen, aber du wirst die Wahrheit nie erfahren."

„Was gibt es da zu erfahren? Du hast das alles erfunden."

„Eines Tages werde ich ein Bandit, ein richtiger Bandit."

„Dann wirst du in der Hölle braten."

„Sollen sie mich braten. Ich bin verliebt!"

Ich sah ihn bestürzt an. „Du lügst schon wieder."

„Nein, es ist die Wahrheit. Gott soll mich auf der Stelle tot umfallen lassen, wenn es nicht wahr ist."

Ich wußte, daß Mendel einen solchen Schwur nicht für nichts und wieder nichts ablegen würde. Mir war kalt, als ob mich jemand mit eisigen Fingern berührt hätte. „In ein Mädchen?"

„Was sonst? In einen Jungen vielleicht? Sie wohnt bei uns im Haus. Wir werden uns verloben. Wir werden zu meinem Bruder nach Amerika fahren."

„Schämst du dich nicht . . .?"

„Jakob war auch verliebt. Er hat Rahel geküßt. Es steht in der Bibel."

„Schürzenjäger!"

Ich rannte davon. Mendel schrie mir etwas nach, und ich bildete mir sogar ein, er verfolge mich. Ich rannte, bis ich beim Radzyminer Lehrhaus war. In der Nähe der Tür betete Mendels Vater, ein großer, magerer Mann mit einem ausgeprägten Adamsapfel, einem gebeugten Rücken und einem Gesicht, das kohlschwarz war wie bei einem Schornsteinfeger, um seine Lenden war ein Seil geknotet. Er schwankte, beugte sich vor und schlug sich auf die Brust. Ich dachte mir, er bitte Gott wohl um Vergebung für die Lästerungen seines Sohnes.

An der Ostwand stand mein Vater. Er trug einen Kaftan aus Samt, einen breitrandigen Hut und um die Taille eine weiße Schärpe. Er wiegte sich vor und zurück und berührte dabei mit dem Kopf die Wand. Eine einzige Kerze brannte in der Menora *(siebenarmiger Leuchter)*. Nein, ich verstand die Kabbala noch nicht. Aber ich wußte, daß alles, was heute abend mit mir geschah, von ihren Geheimnissen durchdrungen war. Ich spürte eine tiefe Traurigkeit, wie ich sie noch nie zuvor verspürt hatte. Als mein Vater aufhörte zu beten, ging ich zu ihm hinüber und sagte: „Papa, ich muß mit dir reden."

Vater hörte, wie ernst es mir war. Er sah mich mit seinen blauen Augen an. „Was ist?"

„Papa, ich möchte, daß du mich in der Kabbala unterrichtest."

„Das ist es also? Es ist nicht erlaubt, in deinem Alter die Kabbala zu studieren. Es steht geschrieben, daß diese Geheimnisse einem Mann nicht enthüllt werden sollen, bevor er dreißig Jahre alt ist."

„Papa, ich möchte, daß du mich schon jetzt unterrichtest."

Mein Vater zupfte an seinem roten Bart. „Warum hast du es so eilig? Du kannst auch ohne Kabbala ein anständiger Mann sein."

„Papa, kann man die Welt mit einem Zauberspruch zerstören?"

„Die alten Heiligen konnten alles. Wir können nichts. Komm, laß uns nach Hause gehen."

Wir gingen auf das Tor zu, wo Rebekka stand, die Tochter des Bäckers, mit Körben voll frischer Brötchen, Brote und Bejgel, alles noch warm vom Ofen. Frauen wühlten in den Backwaren, und man hörte die Krusten knacken. Mein Vater und ich gingen hinaus auf die Straße, auf die die Gaslaternen einen gelben Schein warfen. Ein großer, blutroter Mond hing zwischen zwei Schornsteinen, die Rauch und Funken spien.

„Stimmt es, daß dort Menschen leben?" fragte ich.

Mein Vater schwieg eine Weile. „Wie kommst du auf solche

Gedanken? Man weiß nichts darüber. Die Kabbala ist nur für starke Köpfe. Wenn schwache kleine Köpfe sich in die Kabbala versenken, können sie leicht dem Wahnsinn verfallen.«

Die Worte meines Vaters machten mir angst. Mir war, als sei ich kurz vorm Verrücktwerden.

Er sagte: »Du bist doch noch ein Junge. Wenn du, so Gott will, heranwächst, dich verheiratest, mehr begreifen kannst, dann wirst du schon herausfinden, was du tun mußt.«

»Ich werde nicht heiraten.«

»Sondern? Ein Junggeselle bleiben? Es steht geschrieben: ,Er schuf die Erde nicht vergebens. Er formte sie, damit sie bewohnt werde.' Du wirst heranwachsen, man wird ein passendes Mädchen für dich finden, und ihr werdet euch verloben.«

»Was für ein Mädchen?«

»Wer kann das vorher wissen?«

In diesem Augenblick wurde mir klar, warum ich so traurig war. Die Straße war voller Mädchen, aber ich wußte nicht, welches meine Braut sein würde. Und sie, die für mich bestimmt war, wußte es auch nicht. Es war möglich, daß wir beide im selben Laden Süßigkeiten kauften, daß wir aneinander vorbeigingen, einander ansahen und doch nicht wußten, daß wir Mann und Frau sein würden. Ich sah mich um. Die Straße war voller Mädchen, die so alt waren wie ich, einige jünger, einige älter. Ein Mädchen leckte im Gehen an einer Eiswaffel. Ein anderes knabberte vor Esthers Süßwarengeschäft an einem Stück Käsekuchen, das sie zwischen Daumen und Mittelfinger hielt, wobei sie den kleinen Finger elegant wegspreizte. Ein Mädchen, mit Büchern und Heften unter dem Arm, roten Schleifen an den Zöpfen, einem Faltenrock und einer schwarzen Schürze, hatte schwarzbestrumpfte Beine, die aussahen wie die einer Puppe. In den Straßen duftete es nach frischen Brötchen und nach dem Wind, der von der Weichsel und dem Praga-Wald herüberwehte. Um die Straßenlaternen wirbelten Myriaden von geflügelten kleinen Kreaturen – Motten, Schmetterlinge, Mücken – und hielten, vom Lampenlicht irregeführt, die Nacht für den Tag. Ich sah an den Häusern hinauf, wo Mädchen auf Balkonen standen, aus Fenstern schauten. Sie redeten, sangen, lachten. Ich hörte die Geräusche von Nähmaschinen, eines laufenden Grammophons. Hinter einem Fenster sah ich den dunklen Schatten eines Mädchens. Ich bildete mir ein, daß sie mich durch die Gardinen anstarrte. Ich sagte zu meinem Vater: „Papa, kann man mit Hilfe der Kabbala herausfinden, mit wem man sich verloben wird?"

Mein Vater blieb stehen. „Warum willst du das wissen? Im Himmel wissen sie es, und das genügt." Eine Weile gingen wir stumm nebeneinander her. Dann fragte mein Vater: „Was ist mit dir geschehen, Sohn?"

Die Laternenpfähle bogen sich, und die Lichter verschwammen, während meine Augen sich mit Tränen füllten. „Papa, ich weiß es nicht."

„Du wirst erwachsen, mein Sohn. Das ist es, was mit dir geschieht."

Und plötzlich tat mein Vater etwas, was er noch nie zuvor getan hatte: Er beugte sich herunter und küßte mich auf die Stirn.

Der Kaftan aus Satin

AN UNSEREN Kleidern konnte man unsere Armut ablesen. Lebensmittel waren billig, zumal wir keine großen Esser waren. Mutter kochte Suppe aus Kartoffeln, einer Mehlschwitze und angebratenen Zwiebeln. Eier aßen wir nur an Pessach. Ein Pfund Fleisch kostete zwar zwanzig Kopeken, dafür reichte es aber für einen großen Topf Brühe. Mehl, Buchweizen, Kichererbsen und Bohnen waren nicht teuer.

Aber Kleider waren teuer.

Meine Mutter trug jahrelang ein und dasselbe Kleid und schonte es so, daß es trotzdem noch wie neu aussah. Ein Paar Schuhe hielt bei ihr drei Jahre. Vaters Kaftan aus Satin war ziemlich abgetragen, aber so sahen die Kaftane und Käppchen der meisten Gemeindemitglieder des Radzyminer Lehrhauses aus. Für uns Kinder war es schlimmer. Alle drei Monate brauchte ich ein Paar neue Stiefel. Mutter warf mir vor, daß andere Kinder besser mit ihren Sachen umgingen und daß nur ich immer alles kaputtmache.

Im Radzyminer Lehrhaus trugen die Jungen am Sabbat Satin- oder Seidenkaftane, Samthüte, auf Hochglanz polierte Stiefel und Schärpen. Ich hatte einen Kaftan an, der mir zu klein war. Hin und wieder erhielt ich ein neues Kleidungsstück, doch erst wenn ich nur noch in Fetzen herumlief.

Aber einmal, kurz vor Pessach, hatten wir unerwartetes Glück. Die Zeit vor Pessach war immer eine gute Zeit für uns, weil Vater in diesen Tagen den Chamez an einen Christen – um es genau zu sagen, an unseren Hausmeister – verkaufte und dafür Provision erhielt. Zum Chamez gehören all die Dinge, die während der Pessach-Zeit nicht in einem jüdischen Haushalt sein dürfen, wie Sauerteigbrot, Mehl, Backbretter und Nudelhölzer. Eigentlich wurde alles nur zum Schein verkauft, denn unmittelbar nach Pessach kehrten die Dinge wieder zu ihren ursprünglichen Besitzern zurück.

Ich merkte erst, wie wenig wir besaßen, als ich hörte, was andere hatten und als Chamez verkaufen wollten. Sie mußten Whisky, Kirschlikör, Eingemachtes fortschaffen, wir dagegen nur ein paar Töpfe und Pfannen. Es kam manchmal vor, daß jemand einen Stall mit Pferden angab, obwohl mir nicht ganz klar ist, wie man ein Pferd als Chamez betrachten kann. Vielleicht, weil Pferde Hafer fressen. Einmal kam ein Mann zu uns, dessen Sohn mit einem Zirkus reiste. Er hielt es für notwendig, alle Tiere aus dem Zirkus als Chamez anzugeben.

Aber warum brachte gerade dieses Pessachfest uns Glück? Einmal, weil wir schon zum Purimfest, das nur vier Wochen vor Pessach liegt, viele schöne Geschenke erhalten hatten. Sehr viel wichtiger aber war, daß Jonathan, ein Schneider aus Leoncin – mein Vater war dort einmal Rabbi gewesen –, nach Warschau gezogen war. Jonathan, ein großer, schmaler Mann mit pockennarbigem Gesicht, dünnem Bart und glänzenden Augen, kleidete sich wie ein Chassid, nicht wie ein Schneider. Am Sabbat trug er einen Kaftan aus Satin. Er nahm Schnupftabak, und an Feiertagen besuchte er den Radzyminer Rabbi. Er war ein gebildeter Mann. Jetzt, da er in Warschau lebte, besuchte er meinen Vater, um mit ihm über gelehrte Dinge zu diskutieren. Als Jonathan bemerkte, wie meine Kleider aussahen, bot er an, mich auf Kredit einzukleiden. Den Stoff sollten wir bezahlen, wann es uns paßte.

Was für ein Glücksfall! Während er Maß nahm, strahlte er vor Stolz und behandelte mich, als ob ich zu seiner eigenen Familie gehörte. Er war, erfuhr ich, auch bei meiner Beschneidung dabeigewesen. Während er sich meine Maße mit Kreide notierte, sagte er zu meiner Mutter: „Wie schnell die Jahre vergehen, Rebezen."

Jonathan hatte im Augenblick offenbar nichts anderes zu tun, denn kaum hatte er Maß genommen, bestellte er mich schon zur Anprobe zu sich. Dabei prüfte er meine Hebräischkenntnisse und nutzte die Gelegenheit, mit seinen eigenen zu glänzen und mir einen gelehrten Vortrag zu halten. Obwohl er nur Schneider war, verehrte er die jüdischen Überlieferungen von ganzem Herzen und kostete jedes hebräische Wort aus. Als er geheiratet hatte, kannte er nur die erforderlichen Gebete, aber später begann er die Schriften auf jiddisch zu studieren, las mit einem Lehrer die Mischna und ließ sich von anderen dabei helfen. Obwohl man ihn deswegen in Leoncin belächelte, bewies er, daß es nie zu spät ist zum Lernen. Vater hatte zu jenen gehört, die Jonathan dabei unterstützten, ein Gelehrter zu werden, und jetzt war der Schneider Jonathan froh darüber, seine Dankbarkeit zeigen zu können.

Sein Haus war voller Leben, voller Geräusche, voller Gerüche aus der Küche. Seine drei Töchter, die mich schon als kleines Kind gekannt hatten und jetzt erlebten, daß ich wie ein Mann mit einem Kaftan aus Satin eingekleidet wurde, ließen es sich nicht nehmen, darüber ihre Bemerkungen zu machen, und stritten zusammen mit ihrer Mutter über die richtige Länge meines Kaftans. Meine Mutter hatte in einem Anflug von Verschwendungssucht bei Michael, dem Schuhmacher, auch neue Stiefel für mich bestellt. Wenn ich an Pessach das Lehrhaus betrat, sollte ich von Kopf bis Fuß neu eingekleidet sein.

Bis dahin hatte ich mich nicht besonders um meine Kleidung gekümmert, doch jetzt erwachte mein Interesse, und mit jedem neuen Stück in meiner Garderobe wuchs es. Eine Näherin nähte neue Hemden für mich, und mein neuer Samthut lag in einer Schachtel im Schrank bereit. Im Geiste sah ich mich schon am Abend vor Pessach triumphierend das Lehrhaus betreten, sah die erstaunten Blicke der anderen Jungen. Bisher hatte ich wegen meiner Kleidung ihnen gegenüber immer Minderwertigkeitskomplexe gehabt, wenn ich auch besser als sie über den Zionismus und den Sozialismus Bescheid wußte, das Gewicht von Luft und den Ursprung von Kohle kannte – das alles hatte ich von meinem Bruder Joshua und aus einem Almanach gelernt. Aber jetzt würden sie sehen, daß auch ich für den Feiertag neu eingekleidet sein konnte. Die meisten Schneider hielten nicht Wort, wenn sie etwas bis zu einem Feiertag fertigmachen sollten, aber Jonathan war anders.

Trotzdem hatte ich ein ungutes Gefühl, denn wie konnte etwas so

reibungslos ablaufen, wie ich es mir vorstellte? Aber was sollte
andererseits schon passieren? Warum war ich so ängstlich? Natürlich
konnte Jonathan beim Bügeln den Stoff versengen, oder der Kaftan
könnte sogar gestohlen werden. Aus dem Buch „Die Zuchtrute
Judas" wie auch aus meiner eigenen Erfahrung wußte ich, daß die Welt
der materiellen Dinge voller Tücken ist. Ich war schon zu sehr in ihre
schönen Seiten verstrickt. Aber es ging alles weiter wie geplant.
Michael, der Schuhmacher, lieferte wie versprochen ein Paar Stiefel
ab, die wie Lack glänzten. Der Kaftan aus Satin hing schon in unserem
Schrank. Kurz vor Pessach kamen die Leute, um ihren Chamez bei uns
zu verkaufen, und ich stand hinter Vaters Stuhl und sah zu. Es ging
alles ohne große Umstände vor sich. Wer etwas zu verkaufen hatte,
wurde aufgefordert, den Zipfel eines Taschentuchs zu berühren, was
bedeutete, daß er sich bereit erklärte, seine Sachen einem Christen zu
verkaufen. Ein Kaufvertrag wurde aufgesetzt, der so begann: „Der
Chamez von Reb Soundso . . .", und dann wurden in einer Mischung
aus Jiddisch und Hebräisch alle Gegenstände aufgeführt. Ich war
davon überzeugt, daß ich das auch hätte machen können, wenn man es
mir erlaubt hätte.

Die Männer schwatzten, unterschrieben und sprachen von früheren
Pessachfesten. Mein Vater fragte einen Schwerhörigen, ob er Alkohol
anzugeben hätte.

„Ja. Ein wenig Weizenmehl."

Die anderen schrien ihm ins Ohr: „Alkohol! Schnaps!"

„Ach so. Warum habt ihr das nicht gleich gesagt! Natürlich habe ich
Alkohol."

Eine Witwe konnte nicht schreiben, und Vater forderte sie auf,
einfach die Feder zu berühren, aber sie wußte nicht, was er meinte.
Vater wiederholte: „Nur den Federhalter berühren, eine Sekunde."

Sie wußte nicht, was „Federhalter" bedeutete. So tüchtig sie auch an
ihrem Stand auf dem Markt war – Vaters Arbeitszimmer und die
vielen Männer verwirrten sie. Mutter kam herein und erklärte ihr, was
sie tun mußte. Sie war erleichtert und sagte: „*Sie* zu verstehen, fällt mir
nicht schwer, Rebezen . . ."

Und sie berührte die Feder.

Dann knotete sie ein Tuch auf und zählte mehrere Kupfermünzen
auf den Tisch. „Alles Gute zum Pessachfest", sagte sie zu Vater.

„Mögen Sie auch das nächste erleben", sagte er.

Plötzlich liefen Tränen über ihr von Wind und Sonne gegerbtes Gesicht, und alle wurden still. Nachdem sie gegangen war, sagte Vater: „Wer weiß, wen Gott am meisten liebt? Vielleicht ist sie eine Heilige ..."

Mutter kam wieder herein. Sie hatte das Feuer geschürt, um alle Reste vom Chamez zu beseitigen. Ihr Gesicht war erhitzt und schmutzig. Im Schlafzimmer hing die einfache Matze *(ungesäuertes Brot)* in Leintüchern an der Decke. Zwei Portionen Matze, die besonders sorgfältig gebacken worden waren und nur von den ganz Frommen gegessen werden durften, waren für Vater und Mutter beiseite gelegt. Auch Mutter genoß als Tochter eines Rabbi dieses Vorrecht, das normalerweise Männern vorbehalten war. Alles lief nach dem üblichen Ritual ab. In der Nacht vor Pessach durchsuchte Vater, wie es traditionell üblich war, die Wohnung nach Chamez, damit er am nächsten Tag verbrannt werden konnte. Bis um neun Uhr am nächsten Morgen durfte man Chamez essen – von da an bis zum Sonnenaufgang weder Chamez noch Matze. Mutter bereitete für uns Kinder aus Kartoffelbrei, Eiern und Zucker einen unbeschreiblich köstlichen Pfannkuchen.

Bei Sonnenuntergang begann Pessach. Bis dahin war alles gutgegangen. Ich wusch mich und zog mich an: ein neues Hemd, neue Hosen, die neuen Stiefel und den festlich schimmernden Kaftan aus Satin. Dann setzte ich den neuen Samthut auf. Ich sah wie ein Junge aus einer wohlhabenden Familie aus, als ich mit meinem Vater die Treppe hinunterging. Die Nachbarn öffneten ihre Wohnungstüren, um mich anzuschauen. Sie spuckten aus, um den bösen Blick abzuwehren, und die Mädchen, die auf den Türschwellen saßen, rieben den traditionellen bittersüßen Meerrettich und lächelten, als ich vorüberging, während ihre Augen vom Meerrettich tränten. Mädchen, so alt wie ich, mit denen ich bis vor kurzem noch Spielzeug und Murmeln geteilt hatte, musterten mich anerkennend. Wir wurden jetzt erwachsen, und sie scheuten sich, mir etwas zu sagen, aber ich sah ihnen an, daß sie sich an alles Frühere erinnerten.

Mein Vater und ich gingen zum Radzyminer Lehrhaus, stiegen die Treppen hinauf und wollten die Tür öffnen. Sie war verschlossen. Auf einem Zettel stand: „Gasleitung nicht in Ordnung. Geschlossen bis nach den Feiertagen."

Am Pessachabend geschlossen? Das Radzyminer Lehrhaus? Das

war unglaublich! Wir wußten nicht, was wir machen sollten, und standen verwirrt da. „Die Zuchtrute Judas" hatte recht behalten. Man sollte nicht abhängig werden von der Welt der materiellen Dinge. Das brachte nichts als Enttäuschungen. Nur der Dienst an Gott war wichtig und das Studium der Thora. Alles andere zerfiel irgendwann ..

Im Minsker Lehrhaus, wohin wir dann gingen, um zu beten, kannte mich niemand, und keiner kümmerte sich um meine neuen Kleider. Ich sah schließlich ein paar Jungen, die ich kannte, aber wir waren hier Fremde und standen alle dicht aneinandergedrängt in der Nähe des Ausgangs.

Es war ein harter Schlag, der mich lehrte, weltlicher Eitelkeit lieber aus dem Weg zu gehen.

Ein junger Philosoph

FÜR meinen Bruder Israel Joshua, der sehr fortschrittliche Ansichten vertrat, war es schwierig, mit meinem Vater zu sprechen, denn Vaters einzige Antwort war: „Ungläubiger! Feind des Judentums!" Mit meiner Mutter führte mein Bruder lange Gespräche, und oft redeten sie über mich, wenn ich dabei war. „Was soll aus ihm werden?" fragte mein Bruder. „Soll er heiraten und einen Laden aufmachen oder Lehrer in einem Cheder werden? Es gibt schon viel zu viele Läden und viel zu viele Lehrer. Wenn du einen Blick aus dem Fenster wirfst, Mutter, kannst du sehen, wie Juden aussehen – gebeugt, mutlos, verdreckt. Sieh, wie sie beim Gehen die Füße nachziehen ... Hör, wie sie sprechen. Es ist kein Wunder, daß man sie überall für Asiaten hält. Und wie lange, glaubst du, wird Europa diesen Ableger von Asien in seiner Mitte dulden?"

„Die Christen haben die Juden immer gehaßt", sagte Mutter. „Selbst wenn ein Jude einen Zylinder trüge, würde man ihn hassen, weil er für die Wahrheit eintritt."

„Welche Wahrheit? Kennt irgend jemand die Wahrheit? Jede Religion hat ihre eigenen Propheten und ihre eigenen heiligen

Israel Joshua Singer mit etwa 20 Jahren

Schriften. Hast du vom Buddhismus gehört? Buddha war wie Moses, auch er vollbrachte Wunder."

Mutter verzog das Gesicht, als hätte sie einen bitteren Geschmack im Mund. „Wie kannst du es wagen, die beiden miteinander zu vergleichen – einen Götzendiener und den heiligen Moses? Wehe mir! Und das sagt mein eigen Fleisch und Blut!"

„Hör zu, Mutter. Buddha war kein Götzendiener, er war ein großer Denker. Er dachte wie unsere eigenen Propheten. Und was Konfuzius angeht . . ."

„Schluß jetzt! Nenne diese Heiden nicht in einem Atemzug mit unseren Heiligen. Buddha kam aus Indien . . . Ich habe das gelesen. Dort verbrennen sie Witwen und töten alte Leute, während sie Feste feiern."

„Du meinst nicht Indien, Mutter."

„Das ist doch egal. Sie sind alle Götzendiener. Eine Kuh ist für sie heilig. Und wenn die Chinesen zu viele Töchter haben, setzen sie sie aus. Nur wir Juden glauben an einen Gott, alle anderen beten Bäume an, Schlangen, Krokodile und was es sonst noch gibt . . . Sie sind alle verdorben. Noch während sie sagen: . . . dem biete auch die andere Backe, ermorden sie einander und sündigen weiter. Und sie willst du mit uns vergleichen?"

„Wenn wir ein eigenes Land hätten, gäbe es auch bei uns Kriege. König David kannte auch nicht allzuviel Mitleid . . ."

„Sei still! Überlege, was du sagst! Möge Gott dir gnädig sein! Laß unsere Gesalbten aus dem Spiel. König David und König Salomo waren Propheten. Der Talmud sagt, man dürfe David nicht als einen Sünder betrachten . . ."

„Ich weiß, was der Talmud sagt. Aber was ist mit Bathseba?" Da das der Name meiner Mutter war, hatte ich jedesmal, wenn von Bathseba die Rede war, das Gefühl, Mutter sei irgendwie auch betroffen. Mutter errötete.

„Also wirklich! Du liest zu viele dumme Bücher und redest alles nach, was in ihnen steht! König David wird ewig leben, und dieser Schund ist das Papier nicht wert, auf dem er gedruckt steht. Wer sind die Verfasser? Schwätzer!"

Solche Gespräche begeisterten mich. Ich hatte über diese Dinge schon mit meinem Bruder gesprochen. Ich wollte nicht in einem Laden stehen oder Talmud-Lehrer werden oder, wie mein Bruder sich ausdrückte, „eine schlampige Frau und einen Haufen Gören" haben. Einmal sagte er: „Er sollte Arbeiter werden."

„Mit Gottes Hilfe wird er nicht Arbeiter, sondern Rabbi werden. Er schlägt seinem Großvater nach", sagte Mutter.

„Ein Rabbi? Wo? Es gibt mehr als genug Rabbis. Wozu brauchen wir so viele?"

„Und wozu brauchen wir so viele Arbeiter? Einem Rabbi, wie arm er auch sein mag, geht es immer noch besser als einem Schuster."

„Warte nur, bis die Arbeiter sich vereinigen."

„Sie werden sich nie vereinigen. Jeder will nur dem anderen das Brot wegnehmen. Warum vereinigen die Soldaten sich nicht und weigern sich, in den Krieg zu ziehen?"

„Oh, das wird auch noch kommen."

„Wann? Es wird so oft sinnlos getötet. Jeden Montag und jeden Donnerstag gibt es eine Krise in der Türkei. Die Welt ist voller Schlechtigkeit, das ist es. Wir werden hier nie Frieden finden – erst in der anderen Welt."

„Du bist zu pessimistisch, Mutter."

„Warte, meine Suppe brennt an."

Wie oft hörte ich solche Gespräche, bei denen jeder eindrucksvoll die Argumente des anderen widerlegte! Doch wenn sie ihren Standpunkt begründen sollten, stützten sie sich auf Zitate, die leicht anzufechten waren. Ich saß dabei, sagte nichts und behielt das, was ich dachte, für mich.

Die Christen waren Götzendiener, das stimmte, aber König David hatte sich wirklich versündigt. Und als Juden in ihrem eigenen Land lebten, hatten auch sie getötet. Und es stimmte, daß jede Religion ihre eigenen Propheten hatte, aber wer konnte sagen, welcher mit Gott gesprochen hatte? Diese Frage schien auch Mutter nicht beantworten zu können.

„Was möchtest du später tun?" fragte mein Bruder mich. „Was hieltest du davon, Kupferstecher zu werden und Buchstaben in Messing und Kupfer zu gravieren?"

„Das fände ich gut."

„Oder Uhrmacher?"

„Das ist mir zu schwierig."

„Man kann es lernen. Und Arzt?"

„Laß ihn in Ruhe. Was wissen Ärzte schon? Sie nehmen Geld und tun nichts dafür. Juden werden immer Juden sein, und sie werden immer Rabbis brauchen."

„In Deutschland studieren die Rabbis an den Universitäten!" verkündete mein Bruder stolz. „Ich kenne diese Reformrabbis", sagte meine Mutter. „Sie tüfteln eine Möglichkeit aus, wie man Fleisch zusammen mit Milchgerichten essen kann, aber wie wollen sie das Rasieren rechtfertigen, wenn es gegen das Mosaische Gesetz ist? Was sind das für Rabbis, die sich über die Thora hinwegsetzen?"

„Sie benutzen zum Rasieren keine Messer, sondern eine Art Pulver."

„Schämen sie sich, daß sie Bärte haben? Wollen sie deshalb wie Christen aussehen? Wenn ihre Rabbis schon so sind, kann ich mir vorstellen, wie ihre Glaubensgenossen sind."

Plötzlich erschien Vater aus seinem Arbeitszimmer. „Ein für allemal Schluß mit diesen Diskussionen!" rief er. „Sagt mir – wer hat die Welt erschaffen? Das einzige, was sie sehen, ist der Körper, und sie denken, das sei wirklich alles. Der Körper ist weiter nichts als ein Werkzeug. Ohne Seele ist der Körper ein Stück Holz. Die Seelen derer, die sich vollfressen und vollsaufen, sind böse und irren in der Wüste umher, von Teufeln und Kobolden gepeinigt. Sie haben die Wahrheit zu spät erkannt. Sogar die Hölle ist ihnen verschlossen. Die Welt ist voller ruhelos umherwandernder Seelen ... Wenn eine Seele einen Körper verläßt, muß sie zur Erde zurückkehren und weiter umherwandern als Wurm oder als Kriechtier, und das ist schrecklich ..."

„Dann, Vater, ist Gott also böse."

„Feind Israels! Gott liebt den Menschen, aber wenn der Mensch sich selbst entweiht, muß er geläutert werden."

„Kann man von Chinesen erwarten, daß sie die Thora kennen?"

„Warum machst du dir Gedanken über die Chinesen? Denke einfach an Gott und an Seine Wunder. Wenn ich ein heiliges Buch aufschlage, sehe ich manchmal eine Milbe, kleiner als eine Nadelspitze, über die Seiten laufen. Auch sie ist ein Wunder Gottes. Können alle Professoren der Welt zusammen auch nur eine einzige Milbe erschaffen?"

„Ja, aber was beweist das?" Nachdem Vater uns verlassen hatte und Mutter zum Einkaufen gegangen war, fragte ich meinen Bruder: „Wer hat die Milbe erschaffen?"

„Die Natur."

„Und wer schuf die Natur?"

„Und wer schuf Gott?" gab mein Bruder zurück. „Etwas mußte aus sich selbst heraus entstehen, und aus diesem Urstoff ging später alles hervor. Aus Sonnenenergie entstanden die ersten Bakterien an den Ufern der Meere. Die Lebensbedingungen waren günstig. Diese ersten Lebewesen bekämpften einander, und nur die Stärksten überlebten. Die Bakterien bildeten Kolonien, und dann begann die Teilung der Funktionen."

„Aber wie fing alles an?"

„So war es schon immer. Keiner weiß es. Jedes Volk hat seine eigenen Riten entwickelt. Es gab zum Beispiel einmal einen Rabbi, der sagte, man dürfe am Sabbat nicht in den Schnee pinkeln, weil es aussehe, wie wenn man pflügen würde ..."

Obwohl ich später viele philosophische Werke gelesen habe, fand ich nie überzeugendere Argumente als jene, die in unserer Küche vorgebracht wurden. Dort hörte ich sogar schon merkwürdige Tatsachen, die in das Gebiet der Psychologie gehören. Nach solchen Gesprächen ging ich nach draußen, um zu spielen, aber während wir Fangen oder Verstecken spielten, ließ ich meiner Phantasie freien Lauf. Was wäre, wenn ich das Wasser fände, das weise und allwissend macht, oder wenn der Prophet Elias erschiene, um mich die sieben Weisheiten der Welt zu lehren? Oder wenn ich ein Fernrohr fände, mit dem man direkt in den Himmel sehen könnte? Meine Gedanken, die anders waren als die Gedanken der anderen Jungen, machten mich stolz und zugleich einsam. Und immer blieben die Fragen: Was ist richtig? Was soll ich tun? Warum bleibt Gott im siebenten Himmel so stumm? Einmal sprach mich ein Mann an. Er fragte: „Was ist eigentlich los mit dir? Warum denkst du ständig nach? Hast du Angst, der Himmel könnte über dir einstürzen?"

Die Schüsse von Sarajevo

LANGE war bei uns darüber gesprochen worden, ob wir aus unserer Wohnung in der Krochmalna 10 ausziehen sollten. Wir benutzten dort Petroleumlampen, weil wir kein Gas hatten, und das Klosetthäuschen im Hof teilten wir mit allen anderen im Haus. Das Klosetthäuschen war der Schrecken meiner Kindheit. Es war dort immer dunkel, und alles starrte vor Dreck. Überall liefen Mäuse und Ratten herum, über den Boden und oben auf dem Dach. Viele Kinder litten aus Angst vor dem Klosetthäuschen an Verstopfung und nervösen Störungen.

Im Treppenhaus war es fast ebenso schlimm, weil einige Kinder es dem Klosetthäuschen vorzogen. Zu allem Überfluß luden Frauen aus dem Haus auch noch ihren Abfall dort ab. Der Hausmeister, dessen Aufgabe es war, die Lampen im Treppenhaus anzuzünden, tat dies nur selten, und wenn er es einmal tat, wurden sie um halb elf wieder gelöscht. Die winzigen, verrußten Lampen gaben ohnehin so wenig Licht, daß die Dunkelheit um sie herum noch tiefer erschien. Wenn ich dieses düstere Treppenhaus hinaufstieg, verfolgten mich alle Teufel, bösen Geister, Dämonen und Kobolde, von denen meine Eltern immer erzählten, um zu beweisen, daß es einen Gott und ein Leben nach dem Tode gibt. Katzen rannten neben mir über die Stufen. Hinter den geschlossenen Türen hörte man oft Wehklagen um Tote. Es konnte gut sein, daß am Hoftor ein Leichenzug wartete. Wenn ich vor unserer Wohnungstür ankam, war ich völlig außer Atem. Ich begann, Angstträume zu haben, so schrecklich, daß ich schweiß-durchnäßt aufwachte.

Es fiel uns schon schwer genug, die 24 Rubel Monatsmiete für eine Wohnung zur Straße und mit Balkon zu zahlen. Wie sollten wir dann erst 27 Rubel für eine Wohnung in der Krochmalna 12 aufbringen können, einem neuen Gebäude mit Gaslicht und Toiletten? Wir beschlossen jedoch, daß eine bessere Wohnung auch unser Leben verbessern könnte ...

Das war im Frühjahr 1914.

Seit Jahren war in den Zeitungen die Rede von der angespannten Lage in den Balkanstaaten und der Rivalität zwischen England und Deutschland. Bei uns zu Hause aber gab es keine Zeitungen mehr. Mein Bruder Israel Joshua hatte sie immer mitgebracht, und der war nach einer Auseinandersetzung mit meinem Vater ausgezogen.

Alle rieten uns, die Wohnung zu mieten. Der Besitzer des Hauses Nr. 12, Lejser Przepiorko, Millionär und orthodoxer Jude, war zwar als Geizhals bekannt, aber er hatte noch nie einen Juden auf die Straße gesetzt. Der Hausverwalter, Reb Jesaja, war ein alter Chassid aus Kotzk, ein Freund meines Vaters. Da Nr. 12 auch ein Tor zur

Mirowski hatte, wo die Märkte waren, würde Vater für beide Straßen Rabbi sein, für die Krochmalna und für die Mirowski. Es waren zu dieser Zeit viele Gerichtsverhandlungen, Eheschließungen und Scheidungen angesetzt, was einen zusätzlichen Verdienst für meinen Vater bedeutete. Wir beschlossen umzuziehen.

Unsere neue Wohnung lag im Erdgeschoß und war frisch gestrichen. Gegenüber war eine Bäckerei, durch das Küchenfenster blickte man auf eine Mauer. Es gab noch fünf oder sechs Stockwerke über uns.

Das Haus Nr. 12 war wie eine Stadt für sich. Es hatte drei riesige Höfe. Im dunklen Eingang roch es nach frischem Brot, Brötchen und Bejgel, Kümmel und Rauch. Koppel, der Bäcker, stellte immer den Hefeteig auf großen Backbrettern zum Aufgehen auf den Hof. In Nr. 12 waren auch zwei chassidische Lehrhäuser, das Radzyminer und das Minsker, und eine Synagoge für die Gegner des Chassidismus. Dann gab es einen Stall, in dem das ganze Jahr über Kühe angekettet waren. In einigen Kellerräumen hatten Händler aus der Mirowski Obst gelagert, in anderen wurden Eier in Kalk aufbewahrt. Bauernwagen aus den umliegenden Dörfern fuhren vor. In Nr. 12 studierte man die Thora, betete man, handelte man, plagte man sich ab. Petroleumlampen kannte man hier nicht. Einige Wohnungen hatten sogar Telefon.

Der Umzug war nicht leicht gewesen, obwohl Nr. 10 und Nr. 12 aneinanderstießen. Wir mußten unsere Sachen auf ein Fuhrwerk laden, und einiges ging dabei kaputt. Unser Kleiderschrank war unglaublich schwer – er wog wohl eine Tonne –, eine wahre Festung aus Eiche mit Löwenköpfen an den Türen und einem geschnitzten Aufsatz. Wie er jemals von Radzymin nach Warschau geschafft worden war, ist mir noch heute ein Rätsel.

Ich werde nie vergessen, wie wir die zweiflammige Gaslampe zum erstenmal anzündeten. Der merkwürdig strahlende Glanz, der plötzlich unsere Wohnung erfüllte, blendete mich und machte mir angst. Er schien sogar meinen Schädel zu durchdringen. Hier würden sich so leicht keine Dämonen verstecken können.

Die Toilette war eine wahre Wonne für mich, ebenso der Gasherd in der Küche. Jetzt brauchte man nicht mehr Brennholz zu spalten oder Kohlen heraufzuholen, wenn man Tee machen wollte. Man steckte ein Streichholz an und konnte zusehen, wie die blaue Flamme sich entzündete. Ich brauchte auch keine Kanister mit Petroleum mehr aus dem Laden heraufzuschleppen, denn es gab eine Gasuhr, in die man ein Vierziggroschenstück warf, wenn man Gas haben wollte. Ich kannte viele Leute im Haus, weil das Radzyminer Lehrhaus, in dem ich immer gebetet hatte, hier im Hof war.

Eine Zeitlang ging es uns tatsächlich besser. Vater hatte zahlreiche Gerichtsverhandlungen, und er beschloß sogar, mich wieder im Cheder anzumelden. An sich war ich zu alt für den Cheder, aber in der Twarda 22 gab es für ältere Jungen einen Cheder, in dem der Lehrer nicht mit seinen Schülern lernte, sondern Vorlesungen hielt. Einige meiner Freunde von früher gingen auch dorthin.

In jener Zeit las ich schon weltliche Bücher und hatte angefangen, mich vom Glauben abzuwenden. Deshalb war es für mich eigentlich lächerlich, wieder in den Cheder zu gehen. Meine Freunde und ich machten uns lustig über den Lehrer, der einen gelben Bart und vorstehende Augen hatte, wie jemand vom Dorf sprach, rohe Zwiebeln aß und stinkenden Tabak aus einer langen Pfeife rauchte. Er war geschieden, und Ehevermittler kamen und flüsterten irgendwas in seine behaarten Ohren.

Plötzlich hieß es, es gäbe Krieg. Der österreichische Thronfolger sei in Serbien erschossen worden. Extrablätter, einseitig bedruckt und mit riesigen Schlagzeilen, erschienen. Wir Jungen beschlossen in unseren politischen Diskussionen, daß es besser sei, die Deutschen würden gewinnen, denn was hätten wir schon von einer Herrschaft der Russen zu erwarten?

Eine deutsche Besatzung würde alle Juden in kurze Jacken stecken, und der Besuch eines Gymnasiums wäre Pflicht. Was könnte für uns schöner sein, als weltliche Schulen zu besuchen, in Uniform und mit verzierter Mütze? Gleichzeitig waren wir allerdings überzeugt davon (im Gegensatz zum deutschen Generalstab), daß es Deutschland nie mit den vereinigten Streitkräften von Rußland, Frankreich und England aufnehmen könnte. Ein Junge äußerte die Vermutung, daß es nur natürlich wäre, wenn wegen der gemeinsamen Sprache Amerika England unterstützen würde ...

Mein Vater begann, Zeitung zu lesen. Neue Wörter kamen auf: Mobilmachung, Ultimatum, Neutralität. Die beteiligten Regierungen tauschten Noten aus. Der Kaiser und der Zar schrieben einander Briefe und nannten sich Nicky und Willy. Auf der Krochmalna standen die einfachen Leute, Arbeiter und Dienstmänner, in Gruppen zusammen und unterhielten sich über Politik.

Plötzlich war schon der Neunte Aw *(Trauer- und Fasttag zur Erinnerung an die Zerstörung des Tempels von Jerusalem durch die Römer)*. Am selben Tag brach der Erste Weltkrieg aus.

Die Frauen gingen auf Hamsterkauf. Obwohl sie eigentlich gar nicht so viel tragen konnten, schleppten sie riesengroße Körbe, gefüllt mit Mehl, Hafergrütze, Bohnen und was man sonst noch kaufen konnte in den Läden, die die Hälfte der Zeit geschlossen waren. Zuerst weigerten sich die Ladenbesitzer, abgegriffene Geldscheine anzunehmen, dann verlangten sie Silber- und Goldmünzen anstatt des Papiergeldes. Sie fingen an, Ware zu horten, um die Preise in die Höhe zu treiben.

Die Menschen waren in Feiertagsstimmung wie beim Purimfest. Weinende Frauen liefen hinter ihren Männern her, bärtigen Juden, die im Rockaufschlag winzige weiße Nadeln trugen, das Zeichen ihrer Einberufung. Verärgert und belustigt zugleich, stolzierten diese Männer dahin, während hinter ihnen Kinder Stöcke geschultert hatten und sich militärische Kommandos zuriefen.

Mein Vater kam aus dem Radzyminer Lehrhaus nach Hause gelaufen und verkündete, er habe gehört, daß der Krieg in zwei Wochen zu Ende sein werde. „Sie haben Kanonen, mit denen sie tausend Kosaken auf einmal töten können."

„Wehe ...", rief meine Mutter. „Was soll aus der Welt nur werden?" Vater tröstete sie: „Jedenfalls brauchen wir keine Miete mehr zu zahlen. Die Regierung hat ein Moratorium erlassen ..."

Mutter aber klagte weiter: „Wer wird denn noch kommen und deinen Rat in Streitfällen haben wollen? Wovon sollen wir leben?"

Wir hatten große Sorgen. Es kam keine Post mehr von meiner Schwester, die geheiratet hatte und in Antwerpen lebte. Mein einundzwanzigjähriger Bruder, Israel Joshua, sollte sich in Tomaszów, der Heimatstadt meines Vaters, zum Militärdienst in der russischen Armee melden. Er zog es jedoch vor, unterzutauchen. Wir hatten kein Geld, um wie unsere Nachbarn Lebensmittelvorräte anzulegen. Da ich wußte, wie hungrig ich noch werden würde, hatte ich dauernd Appetit. Ich war unersättlich. Mutter jammerte jedesmal, wenn sie hochrot im Gesicht nach Hause kam, über die Lebensmittelknappheit.

Zum erstenmal hörte ich wenig Schmeichelhaftes über die anderen Juden in unserer Straße. Jüdische Ladenbesitzer versteckten ihre Waren genauso wie die Christen, erhöhten wie sie die Preise und versuchten, am Krieg zu verdienen. Der Papierwarenhändler Mojsche, der in unserem Haus wohnte, prahlte im Lehrhaus damit, daß seine Frau für fünfhundert Rubel Lebensmittel eingekauft habe. „Gott sei Dank", sagte er und strich sich lächelnd über den silbernen Bart, „ich habe Vorräte für ein Jahr. Ich glaube kaum, daß der Krieg länger dauern wird."

Überall herrschte Verwirrung. Junge Männer mit blauen Karten durften weiter den Talmud studieren, die mit grünen Karten aber sahen blaß und betroffen aus und versuchten abzunehmen, um nicht eingezogen zu werden. Die Händler, die Mehl und Hafergrütze verkauften, brauchten sich nicht zu beklagen, im Gegensatz zu Buchbindern, Lehrern und Schreibern, die arbeitslos geworden waren. Die Deutschen eroberten Kalisz, Bedzin und Czestochowa. Ich spürte die Last des Erwachsenwerdens und rechnete mit einer geheimnisvollen Katastrophe. Wenn wir nur weiter auf Toiletten und Gas verzichtet hätten und in Nr. 10 geblieben wären, dachte ich, wäre uns dies alles vielleicht erspart geblieben . . .

Vater sagte, dies sei der Krieg zwischen Gog und Magog *(Doppelname für den Feind des Volkes Israel in der jüdischen Mythologie)*. Und jeden Tag entdeckte er neue Zeichen dafür, daß der Messias bald kommen werde . . .

Hunger

NACH der Besetzung Warschaus durch die Deutschen, das stellte sich bald heraus, trugen die Juden keineswegs moderne Kleidung, wurden ihre Söhne keineswegs ins Gymnasium geschickt. Juden trugen weiter ihre Kaftane, und ihre Söhne gingen weiter in den Cheder. Neu waren nur die deutschen Polizisten in ihren blauen Umhängen, und polnische und jüdische Milizsoldaten trugen jetzt Gummiknüppel, wenn sie durch die Straßen patrouillierten. Lebensmittel wurden

Unterricht im Cheder

immer knapper, die Läden immer leerer, und die Frauen, die auf Janaschs Basar und auf den Märkten mit Obst und anderen Waren handelten, hatten kaum noch etwas zu verkaufen. Jeder hatte Hunger. Neben dem russischen Geld gab es jetzt auch deutsches, und der Leitartikelschreiber der jiddischen Zeitung *Der Moment* sang nicht länger Loblieder auf die Alliierten, sondern begann sie anzugreifen. Er prophezeite, daß die Deutschen Petersburg besetzen würden.

An hohen Feiertagen kamen die Leute wie bisher zum Gottesdienst in unsere Wohnung, aber die meisten Frauen konnten ihre Plätze nicht bezahlen. Wenn Ascher, der Milchmann, sich erhob, um zu rezitieren, begannen Männer und Frauen zu wehklagen. Die Worte „Einige werden umkommen durchs Schwert und einige durch den Hungertod, einige durch Feuer und einige durch Wasser und Fluten" waren zu einer schrecklichen Wirklichkeit geworden. Alle hatten das Gefühl, daß die Vorsehung etwas Furchtbares plane. Unser Rosch-Ha-Schana-Mahl *(jüdisches Neujahrsfest)* war dürftig, obwohl es heißt, daß man an einem Feiertag und besonders zu Beginn des neuen Jahres gut essen solle. Vater hatte nur selten mit Streitfällen, Eheschließungen oder Scheidungen zu tun. Andererseits bat man ihn oft um Rat in Fragen der rituellen Speisevorschriften, aber dafür erhielt er keine Bezahlung.

In einem Punkt brachten die Deutschen uns allerdings doch Glück: Mein Bruder Joshua brauchte sich nicht mehr unter falschem Namen vor den Russen zu verstecken. Er konnte uns offen besuchen, aber jedesmal gab es Streit zwischen ihm und Vater.

Mein Bruder und seine weltlichen Bücher hatten ketzerische Gedanken in mir geweckt. Wir Juden mit unserem Glauben an einen Gott, dessen Existenz nicht zu beweisen ist, hatten weder ein Vaterland noch eigenen Grund und Boden, noch einen Beruf erlernt. Ladenbesitzer, die nichts mehr zu verkaufen hatten, streiften jetzt auf den Straßen umher.

In der Krochmalna 10 hatten wir während des Laubhüttenfestes im Hof eine Hütte mit armen Nachbarn geteilt, aber in Nr. 12, wo es allen besserging als uns, war der Unterschied zwischen unseren und ihren Speisen sehr deutlich. Ich erinnere mich noch genau, wie Mutter mir eine Suppe reichte, in der nichts, wie es heißt, „unter der Brühe" war. Reb Jesaja, der Hausverwalter, hatte zugesehen und warf eine Brezel in die Suppe. Ich war bestürzt und gleichzeitig dankbar.

Der Krieg zeigte mir, wie überflüssig Rabbis waren, auch mein

Vater. Aus allen Städten und Dörfern kamen Rabbis und andere Geistliche nach Warschau. In ihren seidenen Kaftanen wanderten sie mutlos durch die Straßen, stets auf der Suche nach einem Stückchen Brot. Tausende von Ehevermittlern, Maklern und kleinen Geschäftsleuten wußten nicht, wovon sie leben sollten. In den Lehr- und Bethäusern dösten halbverhungerte Männer über ihren Talmud-Bänden. Der Winter war kalt, und es gab kein Brennmaterial.

Im Bethaus erklärten einige Juden, daß Jakob immer irgendwo einen kleinen Knochen finden könne, wenn Esau sich vollstopfe, daß es aber Jakobs Ende bedeute, wenn Esau in den Krieg ziehe und leiden müsse. Wenn Gott sich nur Israels erbarmen und Hilfe schicken würde! Aber offensichtlich dachte der Himmel zu jener Zeit nicht an die Juden.

Ich möchte von Josef Mattes erzählen, der sich religiösen Fragen widmete, während seine Frau Gänse verkaufte. Schon vor der Besetzung durch die Deutschen war der Preis für eine Gans auf fünfundzwanzig Rubel angestiegen. Wer in der Krochmalna konnte sich solch einen Luxus schon leisten? Josef Mattes, seine Frau, seine Töchter und deren Ehemänner waren völlig verarmt. Während andere Gänsehändler Geld gespart hatten, spendete Josef Mattes alles, was er verdiente, für wohltätige Zwecke oder gab es dem Radzyminer Rabbi.

Keiner im Lehrhaus wußte, wie arm er und seine Familie wirklich waren, zumal der Krieg den Egoismus des einzelnen wachsen ließ. Männer, deren Speisekammern gefüllt waren, beteten neben jenen, die nichts hatten, aber nur selten kam es ihnen in den Sinn, diesen zu helfen. Zudem gab es gar nicht so viele Lebensmittel, daß man großzügig hätte teilen können. Die Furcht vor der Zukunft saß jedem im Nacken. Niemand glaubte mehr, daß der Krieg bald zu Ende sein werde.

Auch ich erfuhr, was es heißt, Hunger zu haben. Ich sah, wie blaß und abgemagert Josef Mattes war. Aber sein Schwiegersohn, der auch Israel Joshua hieß, war noch blasser und noch dünner. Er saß über die heiligen Bücher gebeugt, zupfte an seinem kümmerlichen Bart, seufzte und warf von Zeit zu Zeit scheue Blicke um sich. Dieser sensible junge Mann litt Qualen. Er sehnte sich danach, dem Allmächtigen zu dienen, aber Hunger peinigte ihn. Vertieft in chassidische Bücher, drehte er pausenlos an seinen Schläfenlocken. Was konnte er schon tun, fragte ich mich, dieser Schwiegersohn, der von seinem Schwiegervater lebte und jetzt am Verhungern war? Scheu und schwach, mit zu früh gebeugtem Rücken, konnte er nur studieren und beten und im „Wohllaut des Elimelech" oder in der „Heiligung des Leviten" blättern . . .

An einem Freitag abend schlug Josef Mattes, der mit seinem Geld chassidische Mahle ausgerichtet und den Radzyminer Rabbi unterstützt hatte, mit der Faust auf den Tisch und brüllte: „Männer, ich habe nicht das Brot, um den Sabbat einzuleiten!"

Seine Worte zeigten, wie sich die Zeiten geändert hatten: Brot mußte beim Segensspruch den Sabbatwein ersetzen.

Einen Augenblick lang herrschte Schweigen, danach Lärm und Verwirrung. Reb Josefs Söhne verzogen sich in die Ecken, sie schämten sich. Israel Joshua wurde kreideweiß. Auch wenn an diesem Abend Brot, Fisch und Sabbatlaibe gesammelt wurden, änderte sich in Wirklichkeit nichts. Die Armen blieben arm, und es gab nur wenige, die großzügig spendeten. Ich hatte schreckliche Angst, daß es meinem Vater genauso ergehen könnte.

Wie die meisten Rabbis war auch der Radzyminer Rabbi nach Warschau gezogen, wo er Grundbesitz hatte. Man sagte, daß er wohlhabend sei, aber da Grundbesitz nichts mehr einbrachte, war das nicht sicher. Ich weiß nicht, ob er den Chassidim half oder nicht. Jedenfalls war unsere Not so groß, daß Vater die Frau des Radzyminer Rabbi aufsuchte, die sogenannte „junge Rebezen". Sie konnte Vater kein Geld leihen, bat ihn aber, ihren Brillantring anzunehmen und ihn zu versetzen. Vater protestierte, doch die Rebezen beschwor ihn: „Bei meinem Leben und meiner Gesundheit, nehmen Sie ihn!" Gleichzeitig wies sie ihn auf eine Stelle im Talmud hin, nach der es verboten ist, Schmuck zu tragen, wenn andere am Verhungern sind.

Als Vater beschämt nach Hause kam, den Ring in einer Schachtel bei sich, verzog Mutter das Gesicht, vielleicht aus Eifersucht. Aber nachdem Vater den Ring versetzt hatte, konnten wir Mehl, Brot und Hafergrütze kaufen. Fleisch war zu teuer. Wir benutzten nun Kakaobutter, die man mit Fleisch- wie auch mit Milchspeisen zusammen essen konnte.

Am schlimmsten war damals die Kälte. Wir konnten es uns nicht leisten, die Wohnung zu heizen. Die Wasserleitung fror ein, und wir konnten die Toilette nicht benutzen. Wochenlang schmückten Eisblumen unsere Fenster, und an den Rahmen hingen Eiszapfen. Wenn ich durstig war, brach ich mir einen Eiszapfen ab und lutschte an ihm. Nachts war die Kälte unerträglich. Auch wenn wir uns noch so dick zudeckten, wurden wir einfach nicht warm. Der Wind pfiff durch die Wohnung und ließ mich an Kobolde denken. Ich lag zusammengekauert im Bett und träumte von Schätzen, Schwarzer Kunst und Zaubersprüchen, die meinen Eltern, Josef Mattes und allen anderen, die Not litten, helfen würden. Ich stellte mir vor, ich sei Elias, der Messias und wer weiß wer noch ... Wie Josef in der Bibel füllte ich die Kornhäuser mit Getreide und öffnete sie in den sieben Jahren des Hungers. Ein Wort von mir ließ ganze Armeen zittern, und nicht nur sie, sondern auch Generale und Kaiser. Ich schenkte der Radzyminer Rebezen einen ganzen Korb voll Diamanten.

Morgens war es zu kalt zum Aufstehen, Mutter, mein Bruder Mojsche und ich standen immer erst spät am Tag auf. Nur Vater zwang sich dazu, sich anzukleiden. Das Wasser für seine Waschungen war gefroren. Er rieb die Hände an den Fensterscheiben und stellte einen Topf mit Eis auf den Herd. Er hatte gelernt, mit der Gasflamme umzugehen. Für die Gasuhr brauchten wir noch immer ein Vierziggroschenstück, aber Tee – wenn er auch nur aus heißem Wasser mit ein paar Teeblättern bestand – war der einzige Luxus, den Vater sich gönnte. Zucker gab es nicht, Süßstoff verabscheute er. In einen wattierten Kaftan gehüllt, trank er seinen Tee, las in seinen Büchern und schrieb mit vor Kälte steifen Fingern. In den heiligen Büchern war alles, wie es immer gewesen war. In ihnen stellten sich die uralten Fragen: Stützt sich das Leben des Schma (das tägliche Morgen- und Abendgebet) beim Morgengottesdienst auf Mosaisches oder Rabbinisches Gesetz? Muß man das ganze Gebet sprechen, wie das Mosaische Gesetz es vorschreibt, oder nur den ersten Vers? Oder den ersten Abschnitt? Nur bei seinen Büchern fühlte Vater sich wohl. Vor dem Krieg hatte ich jeden Tag mehrere kleine Schachteln Zigaretten für ihn besorgt, und er rauchte auch Pfeife. Jetzt, wo die Zigaretten so teuer waren, stopfte er seine Pfeife mit einem billigen Tabak, der Machorka hieß. Rauchend und dünnen Tee trinkend, saß er von früh bis spät über seinen Büchern. Was gab es denn noch außer der Thora?

Mein Bruder Israel Joshua wohnte wieder bei uns. Er schlief auf einem Tisch in Vaters Arbeitszimmer, in dem es noch kälter war als draußen. Mutter suchte an Decken für ihn zusammen, was sie nur finden konnte.

Trotz der bitteren Kälte hatten wir Mäuse in der Wohnung. Sie nagten Bücher und Kleider an und sprangen nachts mit selbstmörderischem Eifer über die Möbel. Mutter besorgte eine Katze, die jedoch dem regen Treiben der Mäuse gegenüber völlig gleichgültig blieb. Ihre gelben Augen schienen zu sagen: Laßt sie doch laufen. Wen interessiert das schon?

Sie schien mit ihren Gedanken weit weg zu sein, ständig schlief sie, träumte. „Wer weiß?" sagte Vater. „Vielleicht war sie früher schon einmal in einer anderen Gestalt auf der Erde ..."

Vater behandelte die Katze sehr höflich. War es nicht möglich, daß sie die Seele eines Heiligen hatte? Schließlich mußte ein Heiliger, der gesündigt hat, für eine Weile auf die Erde zurückkehren. Die Erde war voller wandernder Seelen, die zurückgeschickt worden waren, damit sie eine einzige Verfehlung wiedergutmachten. Wenn Vater beim Essen war, rief er die Katze zu sich. Würdevoll ließ sie es zu, daß er sie umschmeichelte, und während sie langsam und wählerisch aß, schien sie zu sagen: Wenn ihr wüßtet, wer ich bin, würdet ihr es als Ehre betrachten, mich hier zu haben ...

Wie konnte diese Katze Mäuse fangen?

Die Reise

1917 wurde unsere Lage so schlimm, daß wir nicht länger in Warschau bleiben konnten. Wir hungerten. Eine Typhusepidemie war ausgebrochen. Mein Bruder Israel Joshua fand Arbeit bei der Jugendorganisation Hazamir, aber von dem, was er verdiente, konnte er selber kaum leben. Er wurde zu einem „Deutschen". Er legte die Kleidung der orthodoxen Juden ab und trug statt dessen einen steifen Hut und ein kurzes Jackett. Mein Vater, der doch ein so frommer Mann war, wurde schrecklich wütend.

Und Vater selbst wurde beim Radzyminer Rabbi Herausgeber religiöser Artikel. Aber der Rabbi zahlte nicht gern.

Es gab noch eine Hoffnung für uns: Bilgoraj, wo der Vater meiner Mutter Rabbi war. Aber Bilgoraj war unter österreichischer Besetzung, und obwohl Österreich und Deutschland Verbündete waren, kam die Post sehr unregelmäßig. Außerdem gehörte auch in Friedenszeiten das Briefeschreiben nicht gerade zu den Lieblingsbeschäftigungen unserer Verwandten in Bilgoraj. Mutter träumte, Großvater sei tot.

Man wußte, daß es in den von Österreich besetzten Dörfern mehr zu essen gab als im von den Deutschen besetzten Gebiet. Daher warteten vor dem österreichischen Konsulat in Warschau Tausende auf ein Visum. Die Schlange der Wartenden war länger als der Häuserblock selbst. Die Angehörigen einer Familie wechselten sich beim Schlangestehen ab. Unsere Familie wartete mehrere Tage, manchmal meine Mutter, manchmal mein Bruder Israel Joshua. Endlich, im Juli 1917, erhielten wir unsere Visa. Meine Mutter, mein Bruder Mojsche und ich sollten nach Bilgoraj fahren, mein Vater würde später nachkommen. Israel Joshua hatte andere Pläne. Er war mit einem Mädchen aus Warschau befreundet und wohnte oft tagelang bei ihrer Familie. Er hatte angefangen, Artikel und Geschichten in den jiddischen Zeitungen von Warschau zu veröffentlichen. Bilgoraj, ein abgelegenes, von Wäldern umgebenes Dorf, war nichts für ihn.

Jetzt ging es uns besser. Ich verabschiedete mich von meinen Freunden und war reisefertig, aber meine Schuhe waren in so schlechtem Zustand, daß ich sie noch bei dem Schuster in unserem Hof besohlen lassen mußte.

Es war ein schöner Tag, aber auf der Treppe, die in den Kellerraum führte, war es dunkel, im Flur feucht und moderig. Ich betrat einen winzigen Raum. Überall lagen Schuhe und Flicken herum. Die Zimmerdecke war rissig, das schmutzige kleine Fenster mit Pappe ausgebessert. Ich hatte gedacht, daß es bei uns zu Hause schon schlimm sei, aber wir hatten wenigstens Platz, hatten Möbel und Bücher. Hier standen zwei Betten mit schmutzigem Bettzeug, und in einem lag ein Neugeborenes, schmutzig und ungewaschen, runzelig, kahl und zahnlos wie ein winziges, häßliches altes Weib. Die Mutter hantierte an einem qualmenden Herd. Ein junger Mann mit rotem Bart, eingefallenen Wangen und einer hohen Stirn, die so gelb war wie einige der Lederflicken ringsum, arbeitete an der Werkbank. Während ich auf meine Schuhe wartete, mußte ich in dem Staub und der schlechten Luft husten, und ich erinnerte mich an das, was mein

Bruder gesagt hatte: Daß manche sich durch ihre Arbeit zugrunde richteten, während andere, die nichts taten, es zu Erfolg und Reichtum brachten. Plötzlich wurde mir bewußt, wie ungerecht es auf dieser Welt zugeht, in der junge Männer in den Krieg zogen, um getötet oder verwundet zu werden, und in der es Menschen gab, die von morgens bis abends arbeiteten und sich trotzdem nicht ein Stück Brot, ein Hemd oder eine Wiege kaufen konnten. Der Schuster, das wußte ich, konnte nicht ewig weiterkämpfen. Früher oder später würde er an Typhus oder Tuberkulose sterben. Und wie sollte das Kind groß werden inmitten von Rauch, Staub und Gestank?

Mein Bruder war der Meinung, es solle gar keine Herrscher mehr geben, nicht nur Nikolaus, auch Wilhelm, Karl und der englische König wie auch alle anderen Monarchen müßten gestürzt werden. Republiken sollten die Monarchien ersetzen. Es sollte keine Kriege mehr geben, und das Volk sollte die Herrschaft übernehmen. Warum war das bisher noch nicht geschehen, und warum waren alle Monarchen Despoten?

Als meine Schuhe fertig waren und ich wieder draußen im Sonnenschein stand, fühlte ich mich schuldig. Warum sollte ich verreisen dürfen, während der Schuster in seinem Keller eingesperrt blieb? Noch heute verkörpert dieser Schuster für mich alle Mißstände unserer Gesellschaft. Obwohl ich noch ein Junge war, galt meine Sympathie den russischen Revolutionären. Trotzdem tat mir der Zar leid, der jetzt Holz hacken mußte.

Mein Bruder Joshua brachte uns in einer Droschke zum Danziger Bahnhof, der damals noch Weichsel-Bahnhof hieß. Er besorgte Fahrkarten für uns, und wir gingen auf den Bahnsteig, um auf den Zug zu warten. Es war ein seltsames Gefühl, die vertraute Umgebung und alle Freunde zu verlassen. Aber schon nach kurzer Zeit kam die riesige Lokomotive hustend und zischend angedampft. Von den furchteinflößenden Rädern tropfte Öl, und in ihrem Innern brannte ein Feuer. Es waren nur wenig Reisende im Zug, und wir hatten einen ganzen Wagen für uns. Die deutsch-österreichische Grenze verlief bei Iwangorod oder Deblin, wie es später hieß, nur vier Stunden von Warschau entfernt.

Pfeifen ertönten, und dann setzte der Zug sich ächzend in Bewegung. Mein Bruder Joshua auf dem Bahnsteig schien immer kleiner zu werden.

Es war aufregend zuzusehen, wie die Welt an uns vorüberglitt. Häuser, Bäume, Fuhrwerke, ganze Straßen huschten vorbei und verschwanden, als ob die Erde ein riesiges Karussell sei. Gebäude bebten, Schornsteine wuchsen plötzlich aus dem Boden, mit Hüten aus Rauch. Die Türme der Sobol, der berühmten russisch-orthodoxen Kirche, überragten alle anderen Gebäude, ihre Kreuze glitzerten in der Sonne wie Gold.

Schwärme von Tauben, bald schwarz, bald golden, kreisten hoch über der vibrierenden Stadt.

Ich fuhr durch die Welt wie ein König oder wie ein großer Zauberer und hatte keine Angst mehr vor Soldaten, Polizisten, Christenjungen und Landstreichern.

Als wir über eine Brücke kamen, entdeckte ich auf einer anderen Brücke winzige Straßenbahnen und Menschen so groß wie Heuschrecken. So mußten zu Moses' Zeiten die Kundschafter für die Riesen ausgesehen haben. Unter uns, auf der Weichsel, fuhr ein Schiff, und am Sommerhimmel standen Wolken, die auch wie Schiffe aussahen und wie Tiere und Berge aus Daunen. Der Zug pfiff und pfiff. Mutter nahm Plätzchen und eine Flasche Milch aus ihrer Reisetasche.

„Sprich den Segen . . .“

Ich aß Plätzchen und trank Milch und vergaß Krieg, Hunger und Krankheit. Ich war in einem Paradies auf Rädern. Wenn es doch immer so weiterginge!

Sogar mein Freund Baruch-David würde die Teile Warschaus und seiner Umgebung, die ich jetzt sah, nicht kennen. Es wunderte mich, daß es hier Straßenbahnen gab. Wenn sie so weit fuhren, hätte ich schon längst einmal herkommen können. Aber jetzt war es zu spät. Wir fuhren an einem Friedhof vorbei, einer riesigen Stadt aus Grabsteinen. Ich würde vor Angst in Ohnmacht fallen, dachte ich, wenn ich dort nachts hindurch müßte – sogar auch tagsüber. Aber warum sollte man sich vor den Toten fürchten, wenn man in einem Zug fuhr?

In Warschau hatten alle Hunger, aber die Welt, durch die wir kamen, war grün und wunderschön. Mutter zeigte immer wieder auf Weizen, Gerste, Buchweizen, Kartoffeln, auf Apfel- und Birnbäume, an denen die Früchte noch nicht reif waren. Sie war in einer Kleinstadt aufgewachsen. Bauern wendeten das Heu. Frauen und Mädchen hockten zwischen Ackerfurchen und zogen Unkraut. Die Wurzeln schadeten dem Korn, sagte Mutter.

Plötzlich sah ich ein seltsames Wesen mit ausgestreckten Armen, das kein Gesicht hatte und wie ein Gespenst aussah.

„Was ist das?" fragte ich.

„Eine Vogelscheuche. Sie soll die Vögel erschrecken."

Mein Bruder Mojsche wollte wissen, ob die Vogelscheuche lebendig sei.

„Nein, Dummerchen." Ich sah, daß sie nicht lebendig war, trotzdem schien sie zu lachen. Sie stand dort mitten auf dem Feld wie ein Götzenbild. Vögel umkreisten sie krächzend.

Als es zu dämmern begann, kam ein Schaffner. Er lochte unsere Fahrkarten, wechselte ein paar Worte mit Mutter und musterte fasziniert unsere für einen Christen seltsamen Kleider. Sie schienen ihn zu verwirren, obwohl schon Generationen vor ihm neben Juden gelebt hatten.

Im schwindenden Licht des Tages wurden die Dinge draußen noch schöner. Die Blüten erschienen deutlicher vor dem Hintergrund, alles war grün und voller Saft und Düfte und strahlte im Schein der untergehenden Sonne. Ich mußte an einen Vers im Pentateuch denken: „Der Geruch meines Sohnes ist wie der eines Feldes, das der Herr gesegnet hat."

Es schien mir, als glichen diese Felder, Weiden und Wiesen dem Land Israel. Jakobs Söhne hüteten in der Nähe die Schafe. Vor Josefs Getreidegarben neigten sich die anderen Garben. Bald würden die Ismaeliten auftauchen, auf Kamelen reitend, und ihre Esel und Maultiere würden beladen sein mit Mandeln, Gewürznelken, Feigen und Datteln. Hinter den Bäumen sah man die Ebenen von Mamre *(kultischer Hain nördlich von Hebron)*. „Da sprach der Herr zu Abraham: ‚Warum lacht Sara? Sollte dem Herrn etwas unmöglich sein? Um diese Zeit will ich wieder zu dir kommen über ein Jahr, und Sara soll einen Sohn haben ...'" Plötzlich sah ich etwas Merkwürdiges und fragte Mutter, was das sei.

„Eine Windmühle."

Bevor wir sie uns richtig ansehen konnten, verschwand sie wieder, wie durch Zauberei. Aber dann tauchte sie hinter uns noch einmal auf. Ihre Flügel drehten sich, um das Korn zu mahlen ... Wir sahen einen Fluß, aber Mutter sagte, es sei nicht die Weichsel. Kühe weideten, rote, schwarze und gefleckte. Wir sahen Schafe. Die Welt war wie ein aufgeschlagener Pentateuch. Der Mond und die elf Sterne gingen auf und verneigten sich vor Josef, dem zukünftigen Herrscher Ägyptens.

Es wurde Abend. Im Bahnhof von Iwangorod brannten die Lichter, als wir ankamen. Wir hatten die Grenze erreicht. Sie verlief neben einer Art Straße. Mutter sagte: „Wir sind in Österreich. " Der Bahnhof war voller Soldaten, kleiner als die Deutschen, weniger aufrecht und korrekt. Viele hatten einen Bart und sahen aus wie Juden. Sie trugen Schuhe und Wickelgamaschen. Das Durcheinander erinnerte mich an den zweiten Abend eines Feiertages im Radzyminer Lehrhaus. Die Männer standen in Gruppen, redend, rauchend und gestikulierend, zusammen, um ihren Frauen Zeit zu geben, das Festmahl zu kochen. Ich fühlte mich wie zu Hause. „Laß uns Schach spielen", schlug ich meinem Bruder vor. Wir wußten nicht, wie lange wir dort bleiben mußten.

Kaum hatten wir das Schachbrett ausgepackt und uns an einen Tisch gesetzt, waren wir schon von Soldaten und Unteroffizieren umringt. Jüdische Soldaten fragten uns: „Woher kommt ihr?"

„Aus Warschau. "

„Und wohin geht ihr?"

„Nach Bilgoraj. Großvater ist der Rabbi von Bilgoraj. "

Ein bärtiger Soldat sagte, er sei in Bilgoraj gewesen und kenne den Rabbi.

Ein anderer Soldat stand neben mir und sagte mir, welche Züge ich machen sollte, während wieder ein anderer Mojsche half. Schließlich waren es die Soldaten, die spielten. Wir bewegten nur die Figuren. Mutter sah uns zu, besorgt, aber auch stolz. Die Soldaten waren galizische Juden, die am Sabbat wahrscheinlich Pelzhüte und Kaftane aus Mohair trugen. Ihr Jiddisch klang etwas breiter als das Jiddisch, das in Warschau gesprochen wurde.

Mein Bruder durfte die Mütze eines Soldaten aufprobieren und seinen Säbel in die Hand nehmen.

Ich kann mich nicht mehr daran erinnern, wie wir die Nacht verbrachten, aber am nächsten Tag fuhren wir nach Rejowiec, wieder in einem halbleeren Eisenbahnwagen.

In Rejowiec war ein russisches Kriegsgefangenenlager. Ich sah unbewaffnete Russen mit ungepflegten Haaren und in abgetragenen Uniformen beim Graben, bewacht von Österreichern. Österreicher und Russen drängten sich an der Verpflegungsausgabe im Bahnhof, die von einem Juden mit gestutztem Bart verwaltet wurde.

Wenn die Russen versuchten, deutsch zu sprechen, hörte es sich an, als sprächen sie ein gebrochenes Jiddisch. Einige Soldaten waren Juden: Sie sprachen jiddisch.

Die russischen Kriegsgefangenen hatten zwischen Rejowiec und Zwierzyniec eine neue Bahnstrecke verlegt und waren noch dabei, als wir am nächsten Tag weiterfuhren. Während Zar Nikolaus Holz hackte, lernten Kosaken Jiddisch. Vielleicht würde der Messias wirklich bald kommen.

Bilgoraj

Das Gebiet, durch das wir fuhren, zeigte deutlich die Spuren des russischen Rückzugs – verkohlte Wälder, in denen hin und wieder ein nur halb verbrannter Baum stand mit noch grünen Blättern an den Zweigen. Trotz der dreitägigen Bahnfahrt war meine Neugier noch immer nicht erloschen, und ich betrachtete alles liebevoll: Felder, Wälder, Gärten, Obstgärten und Dörfer ... Ein Baum mit emporgestreckten Zweigen schien den Himmel um ein Geschenk zu bitten, ein anderer verneigte sich tief, als hoffe er, von der Erde alles Gute zu bekommen. Ein dritter Baum, völlig schwarz, war ein Opfer des Krieges: Nur seine Wurzeln waren unzerstört geblieben. Ob er noch etwas erwartete oder nur mit dem Sterben beschäftigt war – ich wußte es nicht. Meine Gedanken rasten mit den Rädern dahin, jeder Baum, jeder Busch, jede Wolke gaben mir neue Nahrung. Ich sah Hasen und Eichhörnchen. Der Duft von Kiefernnadeln mischte sich mit anderen Gerüchen, fremdartigen und zugleich vertrauten, wenn ich auch nicht mehr wußte, woher vertraut. Ich wünschte mir, wie der Held in einem Märchenbuch aus dem fahrenden Zug springen und mich in all dem Grün verlieren zu können.

Vor kurzem hatte man zwischen den Dörfern Zwierzyniec und Bilgoraj Gleise verlegt, und obwohl die Arbeit noch nicht beendet war, wurde die Strecke schon befahren. Unser Zug hatte eine kleine

Der Rabbi von Bilgoraj, Großvater von Isaac Bashevis Singer

Spielzeuglokomotive mit winzigen Rädern und niedrige, offene Güterwagen mit Bänken für die Reisenden nach Bilgoraj.

Jeder sah sonnenverbrannt aus, die Kleider schienen von der Sonne gebleicht zu sein. Die meisten Männer hatten rote Bärte und trugen Kaftane, und ich hatte das Gefühl, als sei ich mit ihnen allen verwandt.

„Bathseba . . .", rief jemand. „Bathseba, die Tochter des Rabbi . . ." Obwohl ich wußte, daß das der Name meiner Mutter war, hatte ich noch nie gehört, daß jemand etwas anderes zu ihr sagte als „Hör mal". Mein Vater redete sie so an, da es bei den Chassidim nicht üblich war, eine Frau bei ihrem Namen zu nennen. Für mich war Bathseba nur ein biblischer Name, den niemand mehr benutzte.

Hier riefen alle Bathseba, und die Frauen umarmten und küßten Mutter. Obwohl sie seit ihrem Traum fest davon überzeugt war, daß ihr Vater tot sei, hatte es noch niemand bestätigt. Trotzdem fragte sie jetzt: „Wann ist es geschehen?"

Nach kurzem, betretenem Schweigen berichteten sie nicht nur von ihrem Vater, sondern auch von ihrer Mutter und von ihrer Schwägerin Sara, Onkel Josefs Frau. Großvater war in Lublin gestorben, Großmutter einige Monate später in Bilgoraj. Sara und eine ihrer Töchter, Ittele, waren an Cholera gestorben. Auch Vetter Ezechiel, der Sohn von Onkel Itsche, und Cousine Itta Deborah, Tante Taubes Tochter, waren gestorben.

An diesem sonnendurchtränkten Tag, inmitten von Kiefernwäldern, in diesem grünen Paradies, mußte Mutter diese schrecklichen Nachrichten anhören. Sie begann zu weinen. Ich versuchte, auch zu weinen, weil es mir angemessen erschien, aber es kamen keine Tränen. Ich mogelte: Ich feuchtete meine Augen mit Spucke an. Aber es sah mich niemand an, und es war völlig gleichgültig, ob ich weinte oder nicht.

Plötzlich begannen alle zu schreien: Die hinteren Wagen waren aus den Gleisen gesprungen. Wir mußten lange warten, bis die Wagen mit Stangen wieder auf die Schienen gehoben worden waren. Am kommenden Sabbat, darin stimmten alle überein, mußte ein Dankgebet gesprochen werden. Es war schon geschehen, daß Reisende, die nicht soviel Glück hatten wie wir, auf dieser Behelfsstrecke ums Leben gekommen waren.

Die Landschaft zwischen Zwierzyniec und Bilgoraj war wunderschön. Wir fuhren durch Wälder und Wiesen, und hin und wieder sahen wir eine strohgedeckte Hütte oder ein weißgetünchtes Haus mit einem Schindeldach. Der Zug hielt immer wieder an – damit ein Fahrgast einen Schluck Wasser trinken oder ein anderer hinter den Büschen verschwinden konnte. Manchmal hielt er auch, weil der Lokomotivführer Pakete abliefern oder einen kurzen Schwatz mit einem Bauern, der an der Strecke wohnte, halten wollte. Die Juden sprachen ganz unbefangen mit dem Lokomotivführer, als wäre er der christliche Hausmeister, der am Sabbat in jüdischen Haushalten die Öfen anheizte, und sie baten ihn mehrere Male anzuhalten. Bei einem längeren Aufenthalt kam eine Jüdin mit einem Kopftuch barfuß aus einer Hütte gelaufen, um meiner Mutter ganz frische Brombeeren zu bringen. Sie hatte gehört, daß die Tochter des Rabbi im Zug wäre, und wollte ihr die Beeren zum Geschenk machen. Mutter hatte keinen Appetit, aber mein Bruder Mojsche und ich aßen alle auf. Unsere Lippen, Zungen und Hände waren schließlich blauschwarz. Die Jahre des Hungers hatten ihre Spuren bei uns hinterlassen.

Mutter hatte immer von Bilgoraj geschwärmt, aber es war noch hübscher als in ihren Beschreibungen. Aus der Ferne glichen die Kiefernwälder, die Bilgoraj umgaben, einer blauen Schärpe. Zwischen den Häusern lagen Gärten mit Blumen, Gemüse und Obstbäumen, und davor standen mächtige Walnußbäume, wie ich sie in Warschau nie gesehen hatte, auch im Sächsischen Garten nicht. Eine für mich ganz ungewohnte Heiterkeit lag über diesem Ort. Es roch nach frischer Milch und warmem Brot. Krieg und Armut schienen weit weg zu sein.

Großvaters Haus, ein altes, weißgestrichenes Holzhaus mit moosbewachsenem Dach und einer Bank vor den Fenstern, stand in der Nähe der Synagoge, des rituellen Bades und des Armenhauses. Die Familie kam heraus, um uns zu begrüßen, allen voran Onkel Josef, der Großvaters Nachfolger war. Onkel Josef lief immer hastig herum, obwohl er mager und gebeugt war. Er hatte einen schneeweißen Bart, eine Hakennase und glänzende Vogelaugen, er trug den Kaftan eines Rabbis, einen breitrandigen Hut, flache Schuhe und weiße Strümpfe. Ohne Mutter zu küssen, rief er: „Bathseba!"

Eine beleibte Frau, Tante Jentel, seine dritte Ehefrau, kam hinter ihm hergewatschelt. Seine zweite Frau, Tante Sara, war vor einein- halb Jahren gestorben, seine erste Frau, als er sechzehn war. Tante Jentel war genauso beleibt und gelassen, wie Onkel Josef schlank und

beweglich war. Sie schien mehr von einer Rebezen an sich zu haben als
er von einem Rabbi. Eine Horde rothaariger Kinder folgte ihnen. Ich
hatte zwar selbst feuerrotes Haar, aber ich hatte noch nie so viele
Rotschöpfe auf einmal gesehen. Bisher war ich mit meinem roten
Haar immer aufgefallen, im Cheder, im Lehrhaus und bei uns auf dem
Hof. Es war genauso ungewöhnlich wie der Name meiner Mutter, der
Beruf meines Vaters und die Schriftstellerei meines Bruders. Aber hier
gab es eine ganze Herde von Rotschöpfen, und am rötesten von allen
war Brocha, die Tochter meines Onkels.

Wir wurden in die große Küche meines Onkels geführt, wo alles
anders war als bei uns zu Hause. Der Herd war so groß wie bei einem
Bäcker, und Tante Jentel war gerade beim Brotbacken. Über dem
Herd war ein Rauchabzug, und auf dem Herd stand ein Dreifuß, auf
dem in einem Topf etwas kochte. Auf dem Tisch lag ein großer
Klumpen Zucker, über den Fliegen krabbelten. Es roch nach Sauerteig
und Kümmel. Meine Tante bot uns Pflaumenkuchen an, der
schmeckte, als ob er aus dem Paradies komme. Meine Vettern
Avromele und Samson gingen mit auf den Hof, der in Wirklichkeit ein
Garten mit Bäumen, hohen Brennesseln, Unkraut und wilden
Blumen war. Das Haus hatte auch eine Veranda, auf der man schlafen
konnte. Ich setzte mich auf das Strohsackbett, und es kam mir vor, als
hätte ich noch nie solchen Luxus gesehen. Vögel sangen. Ich hörte das
Zirpen und Summen von Grillen und anderen Insekten. Hühner liefen
durch das Gras, und wenn ich den Kopf hob, konnte ich die Synagoge
von Bilgoraj sehen, und hinter ihr erstreckten sich bis zum Rand des
Waldes die Felder. Felder in allen Formen und Farben, quadratisch und
rechteckig, dunkelgrün, gelb ... Ich wünschte mir, ich könnte ewig
hier bleiben.

Neue Zeiten

AUCH Bilgoraj, das mein Großvater so lange mit Erfolg gegen die
Welt abgeschirmt hatte, stand im Zeichen des Umbruchs. Seine
Stetigkeit wurde jetzt von vielen Seiten bedroht. Ein paar Monate

Ein Wasserträger in einer jüdischen Stadt

nach unserer Ankunft gründeten junge Leute eine zionistische Gesellschaft. Junge Männer sympathisierten mit den Bolschewiki. Im Bethaus spalteten sich die jungen Mitglieder der Gemeinde in zwei Parteien: die Misrachi und die Traditionalisten. Mein Freund Notte Schwerdscharf rief eine Vereinigung junger Pioniere ins Leben, die Hachalutz oder Haschomer, und hatte immer Horden von Kindern um sich, die sich Zebim, Wölfe, nannten. Ich weiß nicht, ob es in größeren Städten die gleichen Tendenzen wie in Bilgoraj gab. Wenn Jungen sich auf der Straße begegneten, nahmen sie Haltung an, schlugen die Hacken zusammen wie die Österreicher und riefen: „Chazak!" (Sei stark!)

Während bis vor einem Jahr Bilgoraj noch eine verschlafene jüdische Gemeinde gewesen war, fanden jetzt jeden Abend Diskussionen und Veranstaltungen statt. Eine Theatertruppe aus Warschau führte im Feuerwehrhaus das Stück „Schulamit" (von Abraham Goldfaden, 1840–1908) auf. Die Österreicher, die in Bilgoraj eine Schule eingerichtet hatten, bauten am Marktplatz ein Theater. Die Chassidim nahmen es meinen Onkeln übel, daß sie sich das alles gefallen ließen und die Ketzer nicht vertrieben, wie mein Großvater es getan hätte. Aber seine Söhne hatten nicht das Durchsetzungsvermögen wie er.

Jona Ackerman, ein drittklassiger Rechtsanwalt, eröffnete in seinem Haus eine Bücherei mit weltlichen Büchern. Sein Vater, ein aufgeklärter Mann, war ein scharfzüngiger Gegner des Chassidismus. Als der Rabbi aus Gorlice nach Bilgoraj kam und mit Musik und Glockengeläut begrüßt wurde, stand der alte Ackerman in seiner Haustür und zischte: „Götzendiener!"

Jona Ackerman bemühte sich sein ganzes Leben um Kompromisse. Ein Rechtsanwalt, sagte er, dürfe seine Klienten nicht vor den Kopf stoßen. Er hatte einen gelben Spitzbart, und am Sabbat trug er einen dreiviertellangen Mantel und einen Chassidim-Hut und betete im selben Gorlicer Lehrhaus, das sein Vater so angegriffen hatte. Er war mit russischer Literatur aufgewachsen – nicht mit Tolstoi und Dostojewski, sondern mit älteren Autoren wie Lomonossow und Verfassern von Sittenromanen –, und er war ein Mann mit Grundsätzen, der gern Diskussionen über Fragen der Moral führte. Er war ein Pedant. Seine Handschrift war wie gestochen, und er achtete mit peinlicher Sorgfalt auf Grammatik und Satzbau.

Und er war ein Büchermensch. Er hatte ein erstaunliches Gedächt-

nis, besaß zahlreiche Wörterbücher und Nachschlagewerke, und man
sagte ihm nach, daß er bestimmte Gesetzestexte auswendig kenne.
Eines Tages beschloß er, eine Bücherei zu eröffnen, und bestellte
jiddische und hebräische Bücher. Im Grunde war er ein durch und
durch anständiger alter Junggeselle, altmodisch und ein wenig
exzentrisch.

Zu den jiddischen Schriftstellern, die ich zu dieser Zeit kannte,
gehörten Mendele Mocher Sforim, Scholem Alejchem, Perez, Asch
und Bergelson, aber ich hatte sie nicht sehr gründlich gelesen. Jetzt
stürzte ich mich voller Begeisterung auf die Dichtung von Bialik,
Tschernichowski, Jacob Cohen und Schne'ur. Ich konnte gar nicht
genug kriegen. Ich hatte die beiden Bände „Schuld und Sühne", die
mich so gefesselt hatten, noch nicht vergessen, obwohl ich damals
kaum etwas verstanden hatte.

Wenn ich jetzt unter dem Apfelbaum im Garten ein neues Buch
anfing, hatte ich es bereits am nächsten Tag durchgelesen. Oft saß ich
auch auf einem umgekippten Bücherregal in der Dachkammer und las
zwischen alten Töpfen, kaputten Fässern und Stapeln von Seiten, die
aus heiligen Büchern herausgerissen worden waren. Ich las alles:
Erzählungen, Romane, Theaterstücke, Essays, Bücher in Jiddisch und
Übersetzungen. Beim Lesen bestimmte ich für mich, was gut und was
mittelmäßig war, was echt klang und was falsch. Zu dieser Zeit
schickte Amerika uns Säcke mit Weizenmehl und Werke europäischer
Schriftsteller in jiddischer Übersetzung. Diese Bücher faszinierten
mich. Ich las Rejsen, Strindberg, Don Kaplanowitsch, Turgenjew,
Tolstoi, Maupassant und Tschechow. Eines Tages verschlang ich ein
Buch von Hillel Zeitlin: „Dus Problem fyn Gits yn Schlechts ba Jiden
yn andere Völker" (Das Problem von Gut und Böse bei den Juden und
bei anderen Völkern). Zeitlin gibt darin einen Überblick über die
Geschichte der Philosophie insgesamt und der Philosophie der Juden
im besonderen. Etwas später entdeckte ich Stupnickis Buch über
Spinoza.

Ich erinnerte mich daran, daß Vater immer gesagt hatte, Spinozas
Name müsse ausgelöscht werden, und ich wußte, daß Spinoza
behauptete, Gott sei die Welt, und die Welt sei Gott. Mein Vater sagte
auch, daß Spinoza nichts Neues beigetragen habe. Es gab eine
Auslegung von dem berühmten Baal Schem (Begründer des Chassidismus, um 1700–1760), in der dieser auch die Welt mit der Gottheit

gleichsetzte. Baal Schem hatte zwar später gelebt als Spinoza, aber mein Vater meinte, Spinoza habe aus alten Quellen geschöpft – was kein Spinoza-Schüler bestreiten würde.

Das Spinoza-Buch brachte mich völlig durcheinander. Seine Theorie, daß Gott eine unteilbare Substanz sei mit unendlich vielen Attributen, daß Gott selbst seinen eigenen Gesetzen gehorchen müsse, daß es keinen freien Willen gäbe, keine absolute Moral und keinen höheren Zweck, faszinierte und verwirrte mich. Als ich das Buch las, fühlte ich mich wie berauscht, angeregt wie nie zuvor. Es kam mir so vor, als ob sich mir die Wahrheiten, nach denen ich seit meiner Kindheit gesucht hatte, endlich offenbart hätten. Alles war Gott – Warschau, Bilgoraj, die Spinne in der Dachkammer, das Wasser im Brunnen, die Wolken am Himmel, das Buch auf meinen Knien. Alles war göttlich, alles war Denken und Ausdehnung. Ein Stein dachte seine Steingedanken. Das körperliche Sein eines Sterns und seine Gedanken waren zwei Aspekte der gleichen Sache. Neben körperlichen und geistigen Attributen wurde Gott durch zahllose andere Merkmale bestimmt. Gott war ewig, zeitlos. Die Zeit oder die Dauer beherrschte nur die Modi, die Daseinsweisen, Luftblasen im göttlichen Kochtopf, die sich ständig neu formten und zerplatzten. Auch ich war ein Modus, was meine Unentschlossenheit, meine Ruhelosigkeit, mein leidenschaftliches Wesen, meine Zweifel und Ängste erklärte. Aber auch die Modi waren aus dieser einen göttlichen Substanz geschaffen und konnten nur durch Ihn erklärt werden ...

Wenn ich heute diese Zeilen schreibe, lese ich sie mit kritischen Augen, da ich inzwischen mit allen Mängeln und Fehlern der Lehre Spinozas vertraut bin.

Aber damals stand ich ganz in ihrem Bann, und er wich viele Jahre lang nicht von mir.

Ich war in Hochstimmung. Alles schien plötzlich gut zu sein. Es gab keinen Unterschied zwischen Himmel und Erde, zwischen dem entferntesten Stern und meinem roten Haar. Meine verworrenen Gedanken waren göttlich. Die Fliege, die sich auf meinem Buch niederließ, konnte gar nicht woanders sein, genauso wie eine Meereswelle oder ein Planet dort sein mußten, wo sie zu einer bestimmten Zeit waren. Die dümmsten Gedanken, die mir durch den Kopf gingen, hatte Gott für mich gedacht ... Himmel und Erde wurden ein und dasselbe. Die Naturgesetze waren göttlich. Die wahren Wissenschaften Gottes waren Mathematik, Physik und Chemie ... Mein Wunsch zu lernen wurde immer größer.

Zu meinem Erstaunen interessierten sich andere Jungen, Notte Schwerdscharf und Meir Hadas, nicht im geringsten für meine Entdeckungen. Daß ich mich so darin vertiefte, verblüffte sie genauso, wie mich ihre Gleichgültigkeit erschütterte.

Eines Tages kam Notte zu mir und fragte mich, ob ich Lust hätte, Hebräischunterricht zu geben.

„Wem?" fragte ich.

„Anfängern. Jungen und Mädchen."

„Aber was ist mit Mottel Schur?" fragte ich. „Er ist doch der Hebräischlehrer."

„Den wollen sie nicht."

Ich weiß heute noch nicht, warum sie Mottel Schur ablehnten, es sei denn, weil er Streit mit den Gründern der Abendschule hatte, die jetzt mich einstellen wollten. Mottel hatte eine Schwäche: Er sagte den Leuten, was er von ihnen hielt. Außerdem prahlte er gern ein bißchen, und vielleicht hatte er auch nur zuviel Geld verlangt. Ich wagte kaum, das Angebot anzunehmen, denn ich wußte, daß es meiner Mutter peinlich sein und in der Stadt Befremden hervorrufen würde. Aber aus irgendeinem Grund sagte ich zu.

Als ich meine erste Unterrichtsstunde in dem Privathaus gab, stellte ich fest, daß meine Schüler keine Kinder waren, wie ich angenommen hatte, sondern junge Männer und junge Mädchen, und daß die jungen Mädchen in der Überzahl waren. Die Mädchen waren etwa in meinem Alter, einige sogar älter. Sie kamen in ihren besten Kleidern. Ich stand in einem langen Kaftan, mit Samthut und herunterhängenden Schläfenlocken vor ihnen. Wie ich es bei meiner angeborenen Schüchternheit überhaupt fertiggebracht habe, diese Aufgabe zu übernehmen, weiß ich nicht mehr. Aber ich habe die Erfahrung gemacht, daß schüchterne Menschen manchmal besonders mutig sind. Ich erzählte ihnen alles, was ich über Hebräisch wußte. Mein Unterricht erregte Aufsehen in Bilgoraj. Man muß sich vorstellen: Der Enkel des Rabbi gab Nichtjuden Unterricht in Hebräisch! Nach der ersten Stunde war ich von Mädchen umringt. Sie stellten Fragen, lächelten. Plötzlich sah ich ein besonders schmales Gesicht, ein dunkles Mädchen mit pechschwarzen Augen und einem Lächeln, das ich nicht beschreiben kann. Ich war verwirrt, und als sie mir eine Frage stellte, verstand ich nicht, was sie sagte. Ich hatte inzwischen Romane und viele Gedichte gelesen: Ich war vorbereitet auf jene Unruhe, die die Schriftsteller „Liebe" nennen ...

Schoscha

IN DEN Jahren, in denen wir in der Krochmalna 10 wohnten, blieb ich abends meistens zu Hause. Es war dunkel in unserem Hof, und die kleinen Petroleumlampen im Treppenhaus gaben mehr Rauch als Licht. Die Geschichten von Teufeln, Dämonen und Werwölfen, die meine Eltern erzählten, machten mir angst vor der Dunkelheit. Darum blieb ich zu Hause und las.

Damals hatten wir einen Nachbarn, der Bascha hieß und drei Töchter hatte: Schoscha, die neun war, Ippa, fünf Jahre alt, und die zweijährige Teibele. Bascha war der Besitzer eines Ladens, der bis spätabends geöffnet war.

Im Sommer sind die Abende kurz, im Winter aber sind sie sehr lang. Der einzige Ort, an den ich abends gehen konnte, war Schoschas Wohnung. Um aber dorthin zu gelangen, mußte ich durch einen dunklen Korridor gehen. Ich brauchte dazu nur eine Minute, doch diese Minute war voller Schrecken. Glücklicherweise hörte Schoscha mich beinahe jedesmal kommen – laufend und schwer atmend – und öffnete mir dann rasch die Tür.

Sobald ich sie sah, verlor ich alle Angst. Schoscha wirkte kindlicher als ich, obwohl sie ein Jahr älter war. Sie hatte eine helle Haut, blonde Zöpfe und blaue Augen. Wir fühlten uns zueinander hingezogen, weil wir uns gern Geschichten erzählten und auch gern zusammen spielten.

In dem Augenblick, wo ich die Wohnung betrat, holte Schoscha die „Sachen" hervor. Ihr Spielzeug bestand aus Dingen, die die Erwachsenen ausrangiert hatten: Knöpfe von alten Mänteln, der Griff eines Teekessels, eine hölzerne Spule ohne Garn, Stanniolpapier von einem Teepäckchen und ähnliches. Ich malte mit Buntstift oft Menschen und Tiere für Schoscha, was diese und ihre Schwester Ippa sehr bewunderten.

Isaac Bashevis Singer mit 22 Jahren.
Damals begann er zu schreiben.

In Schoschas Wohnung stand ein Kachelofen, hinter dem ein Heimchen wohnte. Den ganzen Winter über zirpte es Nacht für Nacht. Ich stellte mir vor, daß das Heimchen eine Geschichte erzählte, die nie aufhören würde. Aber wer versteht schon die Sprache der Heimchen? Schoscha glaubte, daß hinter dem Ofen auch ein Hauskobold lebe. Ein Hauskobold tut niemandem etwas zuleide, er hilft sogar manchmal im Haushalt. Trotzdem fürchtet man sich vor ihm.

Schoschas Hauskobold spielte gern kleine Streiche. Wenn Schoscha vor dem Schlafengehen Schuhe und Strümpfe auszog und in die Nähe ihres Bettes legte, fand sie beides am nächsten Morgen auf dem Tisch wieder. Der Hauskobold hatte sie dort hingelegt. Mehrere Male ging Schoscha mit geöffnetem Haar zu Bett, und der Hauskobold flocht es zu Zöpfen, während sie schlief. Einmal, als Schoscha mit den Fingern Schattenspiele machte und an der Wand das Bild einer Ziege entstehen ließ, sprang die Schattenziege von der Wand herunter und stieß Schoscha vor die Stirn. Auch das war ein Trick des Hauskobolds. Ein anderes Mal schickte die Mutter Schoscha zum Bäcker, um frische Brötchen zu holen, und gab ihr einen Silbergulden mit. Schoscha verlor den Gulden auf der Straße und kam verängstigt und weinend nach Hause. Plötzlich fühlte sie eine Münze in der Hand. Der Hauskobold zupfte an ihrem linken Zopf und flüsterte ihr ins Ohr: „Schlemihl."

Ich hatte diese Geschichten schon viele Male gehört, aber sie ließen mich jedesmal von neuem vor Aufregung zittern. Ich dagegen dachte mir gern Sachen aus. So erzählte ich den Mädchen, daß mein Vater einen Schatz besitze, der in einer Höhle im Wald versteckt sei. Ich prahlte damit, daß mein Großvater der König von Bilgoraj sei. Ich behauptete Schoscha gegenüber, daß ich ein Zauberwort kenne, das die Welt zerstöre, wenn man es ausspreche. „Bitte, Itschele, bitte sag es nicht", flehte sie mich an.

Der Weg zurück in unsere Wohnung war noch schrecklicher als der Weg hin zu Schoscha. Meine Furcht wuchs mit den Geschichten, die wir einander erzählten. Es kam mir so vor, als ob der dunkle Flur voll böser Geister sei. Ich hatte einmal eine Geschichte gelesen über einen Jungen, der von Dämonen gezwungen wurde, einen weiblichen Dämon zu heiraten. Ich hatte Angst, daß das auch mir passieren könnte. In der Geschichte lebte das Paar irgendwo in der Wüste, in der

Nähe des Berges Seir. Ihre Kinder waren halb Mensch, halb Dämon. Während ich durch den dunklen Korridor rannte, sagte ich immer wieder Worte auf, die mich vor den Wesen der Finsternis beschützen sollten:

> „Du sollst einer Hexe nicht gestatten zu leben –
> Zu leben sollst du einer Hexe nicht gestatten. "

Als wir in die Krochmalna 12 umzogen, konnte ich Schoscha abends nicht mehr besuchen. Zudem war es unpassend für einen chassidischen Jungen, der den Talmud studierte, mit Mädchen zu spielen. Doch Schoscha fehlte mir. Ich hoffte, daß wir uns einmal auf der Straße begegnen würden, aber Monate und Jahre vergingen, ohne daß wir einander wiedersahen.

Schließlich wurde Schoscha für mich zu einem Bild der Vergangenheit. Tagsüber dachte ich oft über sie nach, und nachts träumte ich von ihr. In meinen Träumen war Schoscha schön wie eine Prinzessin. Mehrere Male träumte ich, daß sie den Hauskobold geheiratet habe und mit ihm in einem dunklen Keller lebe. Er brachte ihr Essen, aber sie durfte den Keller nie verlassen. Ich sah sie auf einem Stuhl sitzen, mit einem Tau daran gefesselt, während der Hauskobold sie mit einem winzigen Löffel mit Marmelade fütterte. Er hatte den Kopf eines Hundes und die Flügel einer Fledermaus.

Nach dem Ersten Weltkrieg verließ ich meine Familie in Bilgoraj und kehrte nach Warschau zurück. Ich begann zu schreiben, und meine Geschichten erschienen in Zeitungen und Zeitschriften. Ich schrieb auch einen Roman, dem ich den Titel „Satan in Goraj" gab und in dem ich von den Teufeln und Dämonen früherer Zeiten berichtete. Ich heiratete und wurde Vater eines Sohnes. Ich beantragte Reisepaß und Visum, um in die Vereinigten Staaten auszuwandern, und eines Tages traf beides ein. Nun konnte ich Warschau für immer verlassen.

Ein paar Tage vor meiner Abreise führte mich mein Weg in die Krochmalna. Ich war seit Jahren nicht mehr dort gewesen und wollte noch einmal die Straße sehen, in der ich aufgewachsen war.

Es hatte sich nur wenig geändert, wenn auch die Häuser älter und noch ärmlicher aussahen. Ich warf hier und da einen Blick in die Hinterhöfe: riesige Abfalleimer, halbnackte Kinder mit bloßen Füßen. Die Jungen spielten Fangen, Verstecken, Räuber und Gendarm –

genauso wie wir vor fünfundzwanzig Jahren. Die Mädchen spielten Himmel und Hölle. Plötzlich kam mir der Gedanke, daß ich Schoscha vielleicht ausfindig machen könnte. Ich steuerte auf das Haus zu, in dem wir gewohnt hatten. Großer Gott, es war alles völlig unverändert: die abblätternden Wände, der Abfall. Ich kam zu dem Flur, der zu Schoschas Wohnung führte, und es war dort ebenso dunkel wie früher. Ich zündete ein Streichholz an und tastete mich zur Wohnungstür vor. Dabei wurde mir klar, wie unsinnig das alles war. Schoscha mußte über dreißig sein. Es war mehr als unwahrscheinlich, daß die Familie noch immer im selben Haus wohnte. Und selbst wenn ihre Eltern noch lebten und hier wohnten – Schoscha hatte sicher geheiratet und war fortgezogen.

Aber irgend etwas, was ich nicht erklären konnte, zwang mich, an die Tür zu klopfen.

Niemand machte auf. Ich zog am Schnappriegel (wie ich es früher manchmal getan hatte), und die Tür öffnete sich. Ich betrat eine Küche, die genauso aussah wie Baschas Küche vor fünfundzwanzig Jahren. Ich erkannte den Mörser und den Stößel wieder, den Tisch, die Stühle. Träumte ich? Konnte das wahr sein?

Dann sah ich ein Mädchen von etwa acht oder neun Jahren. Du lieber Gott, es war Schoscha! Die gleiche helle Haut, das gleiche blonde, zu Zöpfen geflochtene Haar mit roten Schleifen, der gleiche, etwas zu lange Hals. Das Mädchen blickte mich erstaunt an, schien aber keine Angst zu haben.

„Wen suchen Sie?" fragte es, und es war Schoschas Stimme.

„Wie heißt du?" fragte ich.

„Ich? Bascha."

„Und wie heißt deine Mutter?"

„Schoscha", erwiderte das Mädchen.

„Wo ist deine Mutter?"

„Im Laden."

„Ich habe mal hier gewohnt", erklärte ich. „Ich habe mit deiner Mutter gespielt, als sie ein kleines Mädchen war."

Bascha musterte mich mit großen Augen und fragte dann: „Sind Sie Itschele?"

„Woher weißt du von Itschele?" fragte ich. Ich hatte einen Kloß im Hals. Ich konnte kaum sprechen.

„Meine Mutter hat mir von ihm erzählt."

„Ja, ich bin Itschele."

„Meine Mutter hat mir alles erzählt. Von Ihrem Vater, der im Wald eine Höhle voll Gold und Diamanten hatte, und von einem Wort, mit dem man die ganze Welt in Brand stecken konnte. Wissen Sie es noch?"

„Nein, ich weiß es nicht mehr."

„Was ist mit dem Gold in der Höhle passiert?"

„Jemand hat es gestohlen", sagte ich.

„Und ist Ihr Großvater noch immer König?"

„Nein, Bascha, er ist nicht mehr König."

Eine Weile schwiegen wir beide. Dann fragte ich: „Hat deine Mutter dir vom Hauskobold erzählt?"

„Ja, wir hatten einen Hauskobold, aber er ist nicht mehr da."

„Was ist mit ihm geschehen?"

„Ich weiß es nicht."

„Und das Heimchen?"

„Das Heimchen ist noch da, aber es zirpt vor allem nachts."

Ich ging hinunter in das Süßwarengeschäft, in den Laden, in dem Schoscha und ich uns immer Bonbons geholt hatten, und kaufte Kekse, Schokolade und türkischen Honig. Dann ging ich wieder hinauf und gab Bascha die Süßigkeiten.

„Willst du eine Geschichte hören?" fragte ich sie.

„O ja."

Ich erzählte Bascha eine Geschichte von einem wunderschönen blonden Mädchen, das ein Dämon in die Wüste, zum Berg Seir, entführt und gezwungen hatte, ihn zu heiraten, und von den Kindern aus dieser Ehe, die halb Mensch, halb Dämon waren. Bascha wurde nachdenklich. „Ist sie dort geblieben?"

„Nein, Bascha. Ein frommer Mann, Rabbi Lejb, hörte von ihrem Unglück. Er reiste in die Wüste und befreite sie."

„Wie?"

„Ein Engel half ihm dabei."

„Und was geschah mit ihren Kindern?"

„Die Kinder wurden richtige Menschen und blieben bei ihrer Mutter. Der Engel brachte sie auf seinen Flügeln in Sicherheit."

„Und der Dämon?"

„Er blieb in der Wüste."

„Hat er nie wieder geheiratet?"

„Doch, Bascha, das hat er. Er heiratete jemanden, die wie er war, einen weiblichen Dämon.“

Wir schwiegen wieder, und plötzlich hörte ich das vertraute Zirpen eines Heimchens. Konnte es das Heimchen meiner Kindheit sein? Gewiß nicht. Vielleicht sein Urururenkel. Aber es erzählte die gleiche Geschichte, so alt wie die Zeit, so rätselhaft wie die Welt und so lang wie die dunklen Winternächte in Warschau.

Isaac B. Singer

Pressens Bild

Beim Bankett zu Ehren der Nobelpreisträger begann I. B. Singer seine Antwortrede auf den Toast des Königs folgendermaßen: „Majestät, meine Damen und Herren. Ich werde oft gefragt, warum ich in einer nahezu toten Sprache schreibe. Ich möchte es mit einigen Worten erklären. Vor allem schreibe ich gern Geistergeschichten, und nichts eignet sich besser zur Beschreibung eines Geistes als eine tote Sprache. Je toter die Sprache, desto lebendiger der Geist. Geister lieben Jiddisch..."

Diese Sätze genügen, um das Wesentliche von Singers schriftstellerischer Tätigkeit zu umreißen. Seine Sprache ist die Sprache seines Heimatvolkes, der polnischen Juden. Was darin lebendig wird, ist eine Welt biblischer Lebensformen, die die Vitalität jahrtausendealter frommer Übungen und das tiefe Erinnerungsvermögen einzelner Menschen miteinander verbindet.

Der Phantasiereichtum und die Gefühlsstärke, die Singers Figuren kennzeichnen, zählen viel mehr als ihre manchmal dürftigen äußeren Lebensumstände. Beides wird oft genug in einen ironischen Gegensatz gebracht, was gerade in den Kindheitserinnerungen meisterhaft gelingt. Durch dieses Buch erhält man auch eine anschauliche Beschreibung des Lebens im Warschauer Getto selbst, eines Winkels uralter humaner Tradition, die gestern erst in der Vernichtungsmaschinerie eines barbarischen Regimes untergegangen ist.

Singer selbst hat den Überfall von Nazideutschland auf seine Heimat nicht mehr miterlebt. Nach dem Zwischenaufenthalt in Bilgoraj lebte er während der zwanziger Jahre wieder in Warschau, begann seine schriftstellerische Tätigkeit und war Mitarbeiter verschiedener jiddischer Zeitungen. 1935 folgte Isaac B. Singer dem Vorschlag seines älteren Bruders Joshua, der bereits ein Jahr vorher in die Vereinigten Staaten emigriert war, und zog ebenfalls nach Amerika.

Von nun an lebt er in New York, wo er 1937 Alma Wassermann kennenlernt, die er 1940 heiratet. Er arbeitet wieder als Journalist, vor allem für den *Jewish Daily Forward*. Auch in New York hat Singer nicht aufgehört, die mannigfachen Erscheinungsformen jüdischen Lebens zu beobachten und diese Eindrücke in unzähligen meisterhaften Kurzgeschichten wiederzugeben. Seine Hauptwerke allerdings sind Romane, deren Handlung weit in die polnische Geschichte zurückgreift. Außerdem hat er sehr viel Anerkennung als Kinderbuchautor gefunden; davon zeugen Literaturpreise wie der Newbery Honor Award und der National Book Award, mit dem er zweimal geehrt wurde, unter anderem für *Eine Kindheit in Warschau*. 1978 schließlich wurde Singer für sein Gesamtwerk der Nobelpreis verliehen.

CONTROL TOWER

EINE KURZFASSUNG DES BUCHES VON

Robert P. Davis

INS DEUTSCHE ÜBERTRAGEN VON
OTTO BAYER

ILLUSTRATIONEN VON ALAN REINGOLD

Lou Griffis, Flugkapitän der Concorde, hätte seinem sechsten Sinn trauen sollen! Sein feines Gespür für Schwierigkeiten hatte ihn vor diesem Flug gewarnt, der doch nur Routine zu sein schien: London – Miami in knapp vier Stunden.

Doch niemand schenkt den Befürchtungen des Piloten Glauben. So startet die Concorde plangemäß und nimmt Kurs auf Florida.

Auf dem Internationalen Flughafen Miami läuft in diesem Augenblick trotz ungünstigster Witterung ein Experiment an: die Erprobung des Radarsystems CORAD.

Der Pilot eines Privatflugzeuges gehört zu den ersten, die CORAD sicher herunterlotsen soll. Schon registriert das Radar den Anflug des Kleinflugzeuges, als die Concorde seine Einflugbahn kreuzt.

Im Kontrollturm gerät plötzlich alles außer Kontrolle – die Menschen und die Maschinen. Es kommt zu einem Zwischenfall, der bislang im Bereich des Unmöglichen lag, der aber nun schreckliche Wirklichkeit wird.

SOGAR für einen Tag im Februar war es in Miami heute zu kühl und zu trüb. Der Produzent einer Live-Interview-Sendung im lokalen Fernsehsender freute sich über das Wetter, denn wenn die Leute sonntags nachmittags zu Hause blieben, schnellten die Einschaltquoten in die Höhe.

„Noch fünf Minuten bis Sendebeginn", sagte der Regisseur.

„Wo ist der Gast?" fragte der Produzent die gelangweilten Männer im Regieraum.

„Unterwegs", antwortete ein Produktionsassistent.

„Der läßt sich aber Zeit", knurrte der Produzent.

Der Interviewer, ein gewiefter Reporter aus Miami, ging im Studio auf und ab und rekapitulierte leise die Fragen, die man ihm auf kleine Zettel gekritzelt hatte.

Die Tür ging auf, und ein hochgewachsener, schlanker Mann Anfang Vierzig trat ein. Er trug Bluejeans, eine alte Tweedjacke und eine Krawatte der Universität Miami.

„Ist das Sutton?" fragte der Produzent.

„Das ist er", antwortete jemand.

Der Produzent schoß aus dem Regieraum und sprang über die Kabel auf dem Studioboden.

„Ich bin der Produzent", begrüßte er den Gast. „Warum kommen Sie so spät?"

„Tut mir leid", sagte Jeff Sutton in einem gemächlichen Kansas-Akzent, „aber ich bin Leiter eines Kontrollturms. Früher konnte ich nicht weg."

„Noch drei Minuten bis zur Sendung", verkündete der Regisseur.

„Wir haben nicht mehr viel Zeit zur Vorbereitung", sagte der Produzent. „Live-Sendungen sind schon schlimm genug . . ., und jetzt müssen wir auch noch improvisieren."

„Ich weiß durchaus, was ich sagen werde", beruhigte ihn Jeff.

Der Toningenieur hängte Jeff ein Mikrofon um, und der Produzent ging in den Regieraum zurück. Dort setzte er sich neben den Regisseur.

„Achtung", rief dieser, „Vorspann ab ... Umschalten auf Kamera zwei. Und jetzt ... Programmansage."

„Wir begrüßen Sie wieder zu unserer Sendung *Miami Weekend*. Unser Gast ist heute Jeffrey Sutton, Leitender Fluglotse im Kontrollturm des Internationalen Flughafens Miami, und unser Thema ist – die Sicherheit des Luftverkehrs über der Sonnenstadt." Der Interviewer wurde angekündigt und gab seine einleitende Erklärung ab, die er in unheilschwangerem Tonfall beendete. „Mr. Sutton, seit dem Zusammenstoß zweier Maschinen vor einigen Jahren über San Diego sind Hunderte von Amerikanern bei ähnlichen Tragödien umgekommen. Der Kongreß und das Volk verlieren das Vertrauen in unsere Fähigkeit, den Luftverkehr in geordneten Bahnen zu halten. Ist die Luftverkehrskontrolle selbst außer Kontrolle geraten?"

Jeff Suttons sympathisches Gesicht erschien auf dem Monitor. „Die Luftverkehrskontrolle ist in meinen Augen das reinste Tohuwabohu", begann er. „Wenn die Leute wüßten, was in meinem Tower los ist, würde nur noch die Hälfte von ihnen in ein Flugzeug steigen."

Im Regieraum war der Produzent aufgesprungen und starrte fassungslos auf den Monitor. „Habe ich ihn richtig verstanden?"

„Sie haben", antwortete der Regisseur.

„Könnten Sie diese Aussage vielleicht näher erläutern?" fragte der Interviewer, der ebenfalls aus der Fassung geraten war.

„Zunächst, ich habe auf diesem Tower einundneunzig Fluglotsen, auf den ersten Blick also eine zahlenmäßig ausreichende Mannschaft. Aber einige von ihnen sind noch sehr jung – Anwärter, wie wir sagen; sie lernen diesen Beruf erst noch. Und sie haben Angst. Der Luftverkehr wird von Leuten geregelt, die dem Alkohol verfallen sind und Magengeschwüre haben. Und diese Leute müssen zu viele Flugzeuge auf einmal abfertigen. Sehen Sie, in unserm Gewerbe ist für Fehler denkbar wenig Spielraum."

Im Regieraum klingelte das Telefon.

„Hier Warren, Pressesprecher der Pan Am. Was redet dieser Kerl da für ein Zeug? Bei uns laufen die Telefone heiß. Sagen Sie ihm, er soll sich mal etwas zurückhalten."

„Was soll ich machen? Das ist eine Live-Sendung", gab der Produzent zurück.

Jeff Sutton ahnte wohl, welch große Unruhe er auslöste, aber er sprach weiter. „Zuerst haben wir von der Zunahme des Luftverkehrs nicht viel gespürt. Obwohl mehr Menschen flogen als je zuvor, waren die Großraumflugzeuge aufnahmefähiger – es starteten und landeten also weniger Maschinen. Aber nach und nach flogen uns sämtliche Billigfluggesellschaften der Welt an, bis das Verkehrsaufkommen unserer Kapazität entwuchs und wir nicht mehr damit fertig wurden."

„Wollen Sie damit sagen, daß Starts und Landungen in Miami gefährlich sind?"

„Während der Spitzenzeiten sind sie riskant. Allein letzte Woche hatten wir zwei Beinahezusammenstöße."

„Bei wem liegt die Schuld, Mr. Sutton?"

„Beim Luftfahrtbundesamt, der Federal Aviation Administration. Die FAA hat kein Geld, ist zu bürokratisch organisiert ... und handelt stets erst, wenn es passiert ist."

„Wenn *was* passiert ist?" hakte der Interviewer nach.

„Nun, hier ist ein Beispiel. Nach der Katastrophe von San Diego hat die FAA neue Regelungen für Kontrollbereiche mit hohem Verkehrsaufkommen in die Wege geleitet, aber sie hätte die Probleme sehen müssen, *bevor* Hunderte von Menschen ums Leben gekommen sind."

„Das kostet diesen Sutton seine Stellung", sagte der Produzent. „Der Mann muß von allen guten Geistern verlassen sein."

„Es ist die beste Sendung, die Sie je hatten", antwortete der Regisseur lächelnd. „Sie sollten sich über Ihren Gast freuen."

Die Telefone klingelten weiter. „Pressestelle Delta Airlines. Wir bekommen eine Stornierung nach der andern."

„Mr. Sutton ist Leiter des Towers von Miami. Wir sind für das, was er sagt, nicht verantwortlich."

Ein anderer Apparat summte. Es war der Intendant. „Wußten Sie, daß dieser Sutton so auf die Pauke hauen würde?"

„Nein, Sir. Er ist sehr spät gekommen", sagte der Produzent. „Wir konnten nichts mehr besprechen. Außerdem pflegen wir die Aussagen unserer Studiogäste nicht zu zensieren."

„Aber wir liegen unter Beschuß der Fluggesellschaften. Es könnten sich sogar Schadenersatzansprüche ergeben. Gehen Sie mal in der Pause zu ihm raus, und sagen Sie ihm, er soll sich etwas zurückhalten."

„Und wenn er recht hat?"

„Ob recht oder nicht, wissen Sie nicht, daß die Fluggesellschaften eine unserer größten Einnahmequellen sind? Unsere Gehälter werden von der Werbung bezahlt. Dieser Kerl hätte durchleuchtet werden müssen."

Aber Jeff Sutton hatte gesagt, was ihm auf der Seele lag. Seit seinem Dienstantritt im Kontrollturm von Miami hatte er Sand ins Behördengetriebe gestreut. Während die meisten Fluglotsen nämlich schwiegen, um ihren Arbeitsplatz nicht zu gefährden, nahm Jeff Sutton kein Blatt vor den Mund, als er sah, daß die Zustände im Tower lebensgefährlich wurden.

Die Nachrichtenagentur AP griff Jeffs dramatische Äußerungen vor der Fernsehkamera auf, und Zitate daraus erschienen in der Weltpresse. Die Fluggesellschaften, die Miami anflogen, beschwerten sich unverzüglich bei der Dienststelle der FAA in Atlanta.

„Suttons Behauptungen sind unwahr und unverantwortlich", antwortete ein FAA-Sprecher. „Der Tower von Miami ist der modernste im ganzen Land. Keine Sorge, wir werden Mr. Sutton gebührend zurechtweisen."

Aber die FAA brauchte sich gar nicht mit Jeff Sutton anzulegen. Kurz nach der Fernsehsendung schrieb er einen Brief an die FAA in Atlanta, in dem es unter anderem hieß: „Die FAA sieht ihr Heil für die Luftverkehrskontrolle in Computersystemen, aber das menschliche Element wurde weitgehend außer acht gelassen. Darum reiche ich hiermit meine Kündigung ein und bitte, zum frühestmöglichen Zeitpunkt aus dem Dienst der FAA entlassen zu werden."

Die Kündigung wurde mit Freuden angenommen.

Jeff hatte sein Verdammungsurteil über den eigenen Tower am 9. Februar gesprochen; sein Brief traf am nächsten Tag in Atlanta ein. Am Spätnachmittag des 12. Februar erschien die Betriebspsychologin Dr. Laura Montours aus Chicago in der Washingtoner FAA-Zentrale, um den Leiter des Luftfahrtbundesamtes, Edward Morrison, in seinem Büro aufzusuchen.

Die FAA war mit über zweiundsechzigtausend Mitarbeitern eines der größten staatlichen Unternehmen und hatte den höchsten Personalanteil im Verkehrsministerium. Ihr Leiter hatte früher einem Fernverkehrsunternehmen vorgestanden und war über sein Engagement in verschiedenen politischen Kampagnen in den Staatsdienst gerutscht. Er war ein freundlicher, rundlicher und allseits beliebter Mann, aber von der Luftfahrt verstand er nicht gerade viel.

Als Laura Montours in sein Büro gebeten wurde, erhob sich Morrison und streckte ihr seine rundliche Hand entgegen. „Guten Tag", begrüßte er sie und grinste von einem Ohr zum anderen. Seine Besucherin glich den Damen, über die sich seine Freundin gern in den Gesellschaftsspalten der Illustrierten informierte, mehr als einer Betriebspsychologin. „Schön, daß Sie so rasch gekommen sind, Frau Dr. Montours." Nachdem er ihr einen Stuhl angeboten hatte, setzte auch er sich und kam unverzüglich zur Sache. „Hat Ihr Büro Ihnen den Auftrag erklärt?"

„Wir hatten nur noch Zeit, die wesentlichsten Punkte durchzusprechen. Um ganz ehrlich zu sein, unsere Firma ist eigentlich in der psychologischen Führung des mittleren Managements und dem Bekanntmachen neuer Produkte tätig. Von der Flugsicherung haben wir keine Ahnung."

Ein Anruf aus dem Verkehrsministerium unterbrach ihre Erklärung. Während Morrison seinem Gesprächspartner zuhörte, betrachtete er die schöne Frau, die ihm gegenübersaß. Sie mochte etwa fünfunddreißig sein, vielleicht ein wenig älter. Sie war unverheiratet, wie man ihm gesagt hatte, und gab, wie man sah, einiges für Kleidung aus. Ihr Haar war pechschwarz, ihr Teint leicht olivfarben. Französin vielleicht? Als das Gespräch beendet war, konnte er seine Neugier nicht länger zügeln. „Frau Dr. Montours, dürfte ich Ihnen vielleicht eine persönliche Frage stellen?"

„Kommt darauf an, wie persönlich sie ist", antwortete sie lächelnd.

„Sind Sie Französin?"

„Das fragt mich jeder. Ja, zum Teil. Und zum Teil indianischer Abstammung. Ich komme aus New Orleans, wo meine Familie in der Krabbenfischerei tätig war. Ich war auf einem Mädcheninternat und habe dann an der Universität von Chicago mein Staatsexamen und meinen Doktor gemacht. Ich bin ledig ... und habe einen Privatpilotenschein. Darum hat mich meine Firma geschickt. So, nun wissen Sie alles – oder fast alles. Aber ich wiederhole, ich habe keinerlei Erfahrungen mit Fluglotsen."

„Das ist von Vorteil. Dann sind Sie wenigstens unvoreingenommen."

„Oh, das bin ich nicht!"

Morrison horchte auf. „Wie meinen Sie das?"

„Ich weiß, was Mr. Sutton im Fernsehen gesagt hat. Seine

Ansichten wurden in der *Chicago Tribune* wiedergegeben. Ziemlich beängstigend, Mr. Morrison.“

Der Beamte kam hinter dem großen Schreibtisch hervor und ging in seinem Büro auf und ab. „An Suttons Vorwürfen ist kein wahres Wort dran. Unser Flugsicherungssystem ist das beste der Welt. Unsere Statistiken sprechen für sich.“

Laura beobachtete ihn. „Aber Unfälle hat es doch schon gegeben.“

„Ja, und wir sind der Meinung, daß die Piloten in diesen Fällen fahrlässig gehandelt haben. Unsere Ermittlungen beweisen das.“

„Die Piloten sagen, die Unfälle kamen durch widersprüchliche Anweisungen verschiedener Lotsen zustande.“

„Das ist ihre Darstellung“, sagte der Beamte, während sein Gesicht dunkelrot anlief. „Frau Dr. Montours, wir haben Ihre Firma nicht engagiert, um unser Flugsicherungssystem zu beurteilen.“

„Wie lautet denn mein Auftrag?“ fragte sie.

„Die FAA hat mit Unterstützung privater Firmen ein neues Computerradar entwickelt, das wir CORAD nennen – Computer Overall Radar, also total computergesteuertes Radar. Das System ist jetzt versuchsweise im Tower von Miami installiert. Wir sind überzeugt, daß es für die Flugsicherung die Methode der Zukunft ist. Es sagt nicht nur drohende Kollisionen zwischen Flugzeugen voraus, sondern warnt auch mit elektronischer Stimme die Piloten. CORAD wird Mißverständnisse zwischen Fluglotsen und Piloten unmöglich machen.“

„Ein sprechendes Radargerät?“ fragte Laura.

„Ja“, antwortete der Beamte und kehrte hinter seinen Schreibtisch zurück. „Es kann nicht nur sprechen, sondern es denkt auch. Es überlegt. Der Fluglotse kann einen Fehler machen, der Computer nicht.“

„Klingt phantastisch, aber ich kann dazu kein Urteil abgeben.“

„Natürlich nicht. Aber lassen Sie es sich von mir erklären. Der Verkehrsminister und ich besichtigen übermorgen den Tower Miami, um CORAD in Betrieb zu sehen. Der Minister ist ein einflußreicher Mann. Wenn er von diesem Radar so überzeugt ist wie ich, bekommen wir die Mittel, um CORAD auch in anderen Kontrolltürmen zu installieren. Aber er sorgt sich gerade um diesen Kontrollturm; manche Leute halten seine Kapazität für überlastet.“

„*Ist* sie überlastet?“

„Nein. Jeff Sutton, der Leiter des Towers, hat sich gegen das neue Radar ausgesprochen. Aber unser freimütiger Mr. Sutton steht auf der Seite der örtlichen Fluglotsengewerkschaft. Er sieht in CORAD nur eine Konkurrenz für seine Leute."

„Was habe ich im Tower Miami genau zu tun?"

„Sie sollen sich vergewissern, daß der Laden in Ordnung ist. Nehmen Sie sich Sutton vor."

„Soll ich ihn besänftigen?" fragte sie ironisch.

„Ja. Und Sie sollen feststellen, ob die Fluglotsen dort wirklich vor dem psychischen Zusammenbruch stehen, wie Sutton behauptet."

„Warum entfernen Sie Mr. Sutton nicht einfach aus dem Dienst?"

„Er hat schon selbst gekündigt. Aber wir halten es für besser, ihn beim Besuch des Ministers noch dort zu haben. Er kennt den Betrieb. Außerdem können wir ihn so schnell nicht ersetzen."

„Haben Sie keine Angst, daß er Sie vor dem Minister in eine peinliche Lage bringt? Zum Abschied noch einmal scharf schießt?"

„Das könnte er wohl, aber ich zähle darauf, daß Sie ihm gewissermaßen den Wind aus den Segeln nehmen. Ich bin sicher, daß eine so attraktive Frau wie Sie es fertigbringt – äh –, einen Mann zu einer vernünftigeren Haltung zu bekehren."

„Das ist nicht sauber, Mr. Morrison. Ganz gegen meine Berufsehre."

„Nun, darauf könnte ich antworten, daß es auch gegen die Berufsehre war, wie Sutton uns behandelt hat." Er schwieg kurz, dann fuhr er ernst fort: „Frau Dr. Montours, glauben Sie mir, Ihr Beitrag wäre lebenswichtig für die Flugsicherung."

Nach dem Gespräch mit Morrison nahm Laura ein Taxi zu ihrem Hotel, von wo sie sofort ihr Büro in Chicago anrief.

„Dr. Barnes, ich hatte eben eine Unterredung mit dem Leiter der FAA, und ich muß Ihnen ehrlich sagen, Sir, daß mir der Auftrag nicht gefällt. Wir sollen gar nicht den psychischen Druck im Kontrollturm feststellen. Man schickt mich hin, damit ich diesen Mr. Sutton beruhige, der ihnen die Hölle heiß macht."

„Ja, das Gefühl habe ich auch. Aber Senator Marlin, der unserer Firma seit Jahren freundschaftlich verbunden ist, hat uns gebeten, die Sache ihm zuliebe zu übernehmen. Offenbar kennt er Morrison noch von früher, als er in der Privatwirtschaft war. Tun Sie mir den Gefallen, Frau Montours." Laura seufzte tief. „Also gut, ich mach's."

LAURA MONTOURS saß am nächsten Morgen in der ersten Maschine nach Miami. Sie besuchte diese Stadt zum erstenmal, und als der Jet auf dem Internationalen Flughafen zur Landung ansetzte, sah sie zum Fenster hinaus auf den Kontrollturm.

Tower Miami International Airport (MIA) war einer der modernsten in den ganzen USA. Der 40-Millionen-Dollar-Bau, von der FAA als Reaktion auf die lautgewordene Kritik an ihrer Sicherheitsstatistik hingestellt, ragte zwischen den beiden viereinhalb Kilometer langen Landebahnen empor wie eine einsame Blume auf einer großen Wiese. Sein Äußeres aus hellem Betonwerkstein gleißte in der grellen Sonne Floridas.

Die Einheimischen hatten ihm wegen seiner Form den Namen „Tulpe" gegeben: ein schlanker Stengel mit einer Blüte in Gestalt des achteckigen, verglasten Kontrollraums. Aber die in dem sechzig Meter hohen Bau arbeiteten, hatten andere Namen dafür: „Dürre Klapsmühle" oder „Brabbelturm".

Beim Verlassen des Flugzeugs schaute Laura wieder zu diesem Turm hinüber und begann, sich Gedanken über den Mann namens Sutton zu machen: ein wirrköpfiger Gewerkschaftler, vielleicht in den Fünfzigern, der sich durch billiges Aufsehen in den Mittelpunkt zu spielen versuchte.

Laura stieg im Hotel Ramada unweit des Flughafens ab, dann rief sie Jeff Sutton an, um ihm ihre Ankunft mitzuteilen.

„Willkommen in Miami, Dr. Montours", sagte Sutton. „Wie Sie vielleicht gesehen haben, befindet sich der Tower in der Mitte des Flughafengeländes. Fahren Sie mit einem Taxi die 36. Straße entlang bis zum Eingangstor. Dort befindet sich ein Telefon; nehmen Sie einfach den Hörer ab, und verständigen Sie den Sicherheitsdienst. Man wird Sie erwarten."

Laura folgte dieser Anweisung, nahm ein Taxi zum Tor und meldete ihre Ankunft. Eine Sekunde später glitt das Tor auf geölten Schienen zur Seite und gab dem Taxi den Weg in einen glitzernden Tunnel aus weißen Klinkern frei, der in eine Tiefgarage führte. Laura bezahlte den Fahrer, dann stand sie vor einer grauen Stahltür mit der Aufschrift: KEIN ZUTRITT FÜR UNBEFUGTE. Darüber war eine Fernsehkamera installiert. Sie sah, daß die Tür keine Klinke hatte und nur von innen geöffnet werden konnte. Langsam und knarrend drehte sich die Tür in den Angeln. Ein kleingewachsener, etwa sechzigjähriger Mann schaute heraus. „Dr. Montours? Ich bin Ted vom Sicherheitsdienst. Willkommen im Tower."

Sie betrat die Wachstube, einen öden kleinen Raum mit einem Metalltisch und zwei grünen Plastikstühlen. Ted ging zu einer zweiten Tür und schloß sie auf. Laura sah den Revolver an seinem Gürtel. „Werden alle Kontrolltürme so bewacht?"

„O nein, aber der hier gilt als Tower von morgen. Die Regierung hält die Sicherung der Kontrolltürme in Zukunft für wichtig. Aber", flüsterte der alte Wachmann, „sehen Sie sich mal meine Hände an. Ich mußte bei der Polizei von Toledo den Dienst quittieren, weil ich die Gicht in den Pfoten habe. Ich hätte größte Schwierigkeiten, mit dem Ding da zu schießen."

„Na, dann hoffe ich, daß Sie nie in so eine Situation kommen."

„Da besteht keine große Gefahr. Es hat sowieso noch niemand versucht, hier einzubrechen. Ich sitze hier bloß und zähle die Tage bis zur Pensionierung."

Sie dankte Ted, daß er sie eingelassen hatte, und folgte einem deprimierenden unterirdischen Gang, dessen Wände typisch „behördengrün" gestrichen waren. Auf halbem Wege kam sie an einer Glaswand vorbei, hinter der sie ein Sekretärinnengeschwader arbeiten sah. Dahinter kamen ein paar verglaste Kabinen für das Verwaltungspersonal des Towers.

„Mr. Sutton ist im letzten Büro", sagte eine kaugummikauende Sekretärin und wies in die Richtung. Als Laura sich der Tür näherte, kam Jeff Sutton ihr bereits entgegen.

Er war ganz anders, als sie ihn sich vorgestellt hatte: viel jünger, und die rötlichen Locken, die ihm in die Stirn fielen, ließen ihn jungenhaft und sympathisch aussehen. Er war sehr salopp gekleidet und hatte ein gewinnendes Lächeln.

„Ich bin Dr. Montours ..., aber sagen Sie Laura zu mir", verbesserte sie sich gleich. Ein Gefühl sagte ihr, daß dieser Mann sich über Förmlichkeiten nur amüsieren würde.

„Ich heiße Jeff", sagte er und führte sie in sein Büro.

Im Laufe ihrer Arbeit hatte Laura gelernt, daß Ausstattung und Ordnung eines Dienstzimmers etwas über den darin arbeitenden Menschen aussagten. Die Requisiten verrieten viel von seiner Lebensgeschichte. Aber sie war sprachlos, als sie sah, in welcher Atmosphäre Jeff Sutton arbeitete.

Die andern Büros waren schlicht und streng eingerichtet: graue, metallene Schreibtische, grüne Plastikstühle, Fotos des Präsidenten.

Suttons Dienstzimmer stand dazu in einem krassen Gegensatz. In der Mitte stand ein altmodischer Schreibtisch mit Rolltüren, der nach Möbelpolitur roch; in den Fächern steckten säuberlich gestapelte Papiere, und dahinter stand ein alter hölzerner Drehstuhl auf Rollen, wie ihn früher die Eisenbahntelegrafisten hatten. An den Wänden hingen kleine, hübsch gerahmte Ölbilder von alten Dampflokomotiven, liebevoll mit allen Details gemalt. Laura fand es eigenartig, daß ein Mann, der in der Luftfahrt arbeitete, sein Zimmer wie das Büro eines Bahnhofsvorstehers aus einer vergangenen Zeit einrichtete.

„Gefällt Ihnen mein Zimmer?" fragte Sutton mit einem Anflug von Stolz.

Laura Montours behielt ihre Antwort für sich. Ihr gefiel nicht nur das Zimmer, ihr gefiel auch sein Bewohner auf Anhieb.

„Na ja, ich weiß schon, was Sie denken", sagte er, als sie nicht antwortete. „Sie sind Psychologin und fragen sich: Wie kommt der Mann in einer staatlichen Einrichtung an ein solches Büro?"

Sie lachte. „Stimmt, genau das habe ich gedacht."

„Nehmen Sie Platz, dann erzähle ich es Ihnen", sagte Jeff und setzte sich selbst. „Wissen Sie, ich habe nämlich früher in der Kanzel gearbeitet."

„In der Kanzel?" fragte sie verwirrt.

„Die Kanzel ist der obere verglaste Teil des Turms", erklärte er. „Na ja, und als ich dann hier unten zum Abteilungsleiter gemacht wurde, konnte ich diese Kellerräume nicht ertragen. Keine Fenster, und ein Zimmer wie das andere. Da habe ich an den Bezirksleiter der FAA in Atlanta geschrieben und gefragt, ob ich mir meine eigene Büroeinrichtung mitbringen darf. Dieser Schreibtisch ist schon seit 1854 im Besitz meiner Familie. Mein Urgroßvater hat ihn benutzt, als er in Fort Scott in Kansas als Artilleriehauptmann stationiert war."

Sympathie für Jeff Sutton durchströmte Laura Montours.

„Und die Bilder?" fragte sie.

„Die habe ich selbst gemalt. Ölmalerei ist mein Hobby. Das hier sind ein paar von den Lokomotiven, die früher an unserer Farm in Kansas vorbeigedampft sind. Ein alter Fluglotse hat mir einmal gesagt: ‚Wenn du kein Hobby hast, das dich von deinem Beruf ablenkt, wirst du verrückt.'"

Plötzlich veränderte sich Jeff Suttons Miene. Seine Augen verengten sich, waren fast verkniffen. „Wozu sind Sie hier? Nein ... antworten Sie nicht. Ich weiß es. Ed Morrison möchte sicherstellen, daß beim Besuch des Ministers morgen alles glattgeht. Und da man mich hier nicht kurzfristig rausschmeißen kann, sollen Sie mich ein bißchen bearbeiten.“

Laura antwortete: „Es ist ein wenig drastisch ausgedrückt, aber Sie haben recht. Das ist ein Teil meiner Aufgabe. Wir möchten aber auch den psychischen Druck unter die Lupe nehmen, unter dem die Fluglotsen stehen. Ich hoffe da auf Ihre Mitarbeit – obwohl Sie ja schon gekündigt haben, wie ich höre.“

„Ja, morgen ist mein letzter Tag in dieser Irrenanstalt. Dann ziehe ich mit meiner Tochter in den Westen.“ Sein Blick nagelte sie fest. „Ich habe keinen Grund, Ihnen diesbezüglich Informationen vorzuenthalten.“

Eine kurze Pause trat ein, dann sagte Laura: „Sie haben ja neulich im Fernsehen kräftig vom Leder gezogen.“

Er hob die Schultern. „Ich wollte der FAA nur mal einen Schrecken einjagen, damit endlich etwas geschieht. Wenn Sie die Situation hier begreifen, können Sie vielleicht die Bürokraten überzeugen, daß wir auf einer Zeitbombe sitzen. Wieviel verstehen Sie von der Flugsicherung?“

„Ich habe einen Privatpilotenschein und dreihundert Flugstunden, und natürlich habe ich mich schon mit Fluglotsen unterhalten, aber ich war bis heute noch nie in einem Tower.“

„Schön, dann begeben wir uns mal nach oben.“

„Wie viele Mitarbeiter haben Sie hier insgesamt?“ fragte Laura, als sie den Flur entlanggingen.

„Hundertsiebzig. Wir haben einundneunzig Fluglotsen und eine Menge Hilfs- und Verwaltungspersonal. Dazu noch die Radartechniker und die Datenverarbeitungsspezialisten, die unsere Computer programmieren.“

Sie stiegen in den Aufzug zum oberen Bereich, von wo aus der Luftverkehr geregelt wurde. „Und was macht einen guten Fluglotsen aus?“ fragte Laura auf dem Weg nach oben.

Jeff lächelte. „Nun, einer der Leute, die mich ausgebildet haben, hat mal gesagt: ‚Zeig mir einen guten Koch, der in Windeseile komplizierte Bestellungen erledigt, und ich zeige dir einen guten Fluglotsen.‘

Er muß die Ruhe in Person sein, schnell reagieren und eine Menge Anweisungen im Kopf behalten können. In unserem Falle sind das Flugzeuge und Zahlen."

Sekunden später traten sie aus dem Expreßlift in den Radarbereich mit seinem gebohnerten grünen Linoleumboden und den Betonwänden. Jeff führte sie in einen Raum, in dem die drei obligatorischen Feldliegen, ein Fernsehapparat, eine Kochplatte und ein Kühlschrank standen. An einer Wand hingen Automaten, von denen einer nur Medikamente enthielt: Natrontabletten, Kopfwehmittel, Nasen- und Augentropfen.

„Die Augentropfen sind der große Renner", sagte Jeff.

Laura fühlte sich an den Erfrischungsraum einer Fabrik erinnert, nur daß die anwesenden Männer besser gekleidet waren. Und sie waren alle verhältnismäßig jung. „Welches Durchschnittsalter haben die Fluglotsen hier?" fragte sie.

„Etwa neunundzwanzig."

Das verriet Laura einiges über diesen Beruf. Sie hatte hier im Tower noch keinen alten Mann gesehen, abgesehen von dem Wachmann und ein paar Leuten unten im Verwaltungstrakt. „Gehen die Leute zum Mittagessen fort?" fragte sie.

„Theoretisch gibt es hier gar keine Mittagspause. Die meisten verziehen sich für vierzig Minuten und essen hier rasch ein Sandwich. Aber an Tagen, an denen wir voll ausgelastet sind, fällt das Mittagessen meist ganz aus."

„Das ist ungesund für Kopf *und* Körper", sagte Laura.

Sie gingen durch den Raum zu einer grauen Stahltür mit der Aufschrift: FS-Anflugkontroll-Radar. Jeff schloß sie auf. „Die meisten Kontrolltürme haben nur einen Radarraum", erklärte er. „Wir haben zwei, einen für den Abflugverkehr und diesen hier für den Anflugverkehr."

Der Raum war fensterlos, düster, von einer Reihe Radarschirme nur bläßlichgrün erhellt und von Stimmengewirr erfüllt. Die Radarschirme waren mit weißlichen Pünktchen übersät, und neben jedem Pünktchen leuchtete ein Schildchen, das dem Fluglotsen die Flugnummer, Höhe und Geschwindigkeit der Maschine angab. Lauras Augen gewöhnten sich an das Dämmerlicht, und jetzt sah sie die über die Schirme gebeugten Fluglotsen. Ein jeder von ihnen schien eine auf Dauer verbogene Wirbelsäule zu besitzen. Sie sahen aus wie Gespenster mit ihren ausdruckslosen Gesichtern, und aus ihren Mündern ratterten die Befehle wie aus Maschinengewehren.

„Was Sie da auf den Schirmen sehen, sind Flugzeuge in unserer Kontrollzone", erklärte Jeff. „Einige davon fliegen nur durch. Andere werden von der FS-Kontrollzentrale Miami an uns übergeben; das ist die Streckenradar- und Funkstation, die den ganzen Kontrollbezirk erfaßt. Wir legen für alle ankommenden Maschinen eine Reihenfolge fest, und wenn sie noch etwa acht Kilometer vom Flughafen entfernt sind, übergeben wir sie einem der Lotsen in der Landeanflugkontrolle über uns, von dem sie die Landeanweisungen bekommen. Der Unterschied zwischen diesem Raum hier und dem oberen besteht darin, daß wir hier die Flugzeuge als Radarzeichen sehen. Oben in der Kanzel – dem gläsernen Teil des Towers – sehen wir die Flugzeuge selbst. Das heißt bei gutem Wetter."

Laura hatte zwar schon aus dem Cockpit ihrer Beechcraft Bonanza mit Fluglotsen gesprochen, aber sie hatte sich nie vorgestellt, daß sie unter so kläglichen Bedingungen arbeiteten. Wie konnte ein Mensch in diesem Tempo durcharbeiten, oft acht Stunden hintereinander, ohne etwas gegessen zu haben, und das noch unter der Belastung, keinen einzigen Fehler machen zu dürfen?

Sie wollte nur noch fort aus diesem gespenstischen Raum. Draußen lehnte sie sich an die Wand und fragte: „Was kann da drinnen schiefgehen?"

Jeff zählte wie aus der Pistole geschossen auf: „Ein Übungsflugzeug kann in unsere Zone geraten, ohne uns durch eine entsprechende Ausrüstung im Cockpit seine Höhe auf dem Radarschirm anzuzeigen. Bei schlechtem Wetter kommen Flugzeuge, die Rauschgift schmuggeln, hierher und fliegen direkt durch unsere Kontrollzone. Dann gibt es natürlich noch Radarausfälle: Plötzlich sehen wir ein Flugzeug an vier Stellen gleichzeitig. Oder ein Computer spielt verrückt – da kann man wirklich einen Herzinfarkt bekommen. Aber vor allem haben wir hier einfach zuviel Verkehr."

Sie stiegen die schwarze Eisentreppe zur Kanzel hinauf, und Laura spürte sofort den Unterschied zu dem höllischen Raum darunter. Morgenlicht flutete durch die acht getönten Fenster. Die Männer, die den Flugplatzverkehr kontrollierten, wirkten weniger hohlwangig und verschwitzt. Aus ihrer luftigen Höhe konnten sie den ganzen Flughafen überblicken.

Die Flugzeuge auf den Rollbahnen bildeten mit ihren hoch aufragenden Leitwerken eine ununterbrochene Kette, geduldigen Vögeln vergleichbar, die auf das Zeichen zum Abflug warten. Über ihnen verwandelten schwarze Kerosinstreifen den azurblauen Himmel in einen rauchigen Gitterrost von kreuz und quer durcheinanderfliegenden Flugzeugen. Während Laura am Fenster stand und wie gebannt nach draußen blickte, ging Jeff zu einem jungen Mann hinüber, der für die nördliche Landebahn verantwortlich war. Sein Name war Nick Cozzoli. Er war fünfundzwanzig Jahre alt und besaß einen schwarz schimmernden Haarschopf.

„Sehen Sie sich diesen Idioten an!" schrie Cozzoli plötzlich durch das Stimmengewirr in der Kanzel. Laura lief zu ihm.

Eine alte DC-4-Frachtmaschine – ein „Kakerlak" im Jargon der Fluglotsen – wackelte zur Landung heran. Der Pilot, dessen Stimme im Funkgerät nach Südamerikaner klang, versuchte seine Maschine zu landen, als sie noch viel zu hoch war; sie krachte auf die Piste und sprang wieder hoch.

Statt aber durchzustarten und eine Platzrunde zu drehen, bearbeitete der Pilot den Steuerknüppel und versuchte, seinen Klapperkasten auf die Bahn hinunterzuzwingen. Er rollte aus und kam unmittelbar vor der Rollbahnabzweigung zum Stehen.

Plötzlich dröhnte es aus dem Lautsprecher in der Kanzel: „Tower ... hier Eastern acht-neun. Ich sehe da einen direkt vor mir auf der Landebahn. Habe ich Landeerlaubnis oder nicht?"

„Sie sind frei zur Landung", brüllte Nick in sein Mikrofon.

„Nick, das können Sie nicht machen!" fuhr Jeff hoch. „Lassen Sie ihn eine Schleife drehen."

„Ich muß doch meine Maschinen runterkriegen, Mr. Sutton."

„Nein! Geben Sie diesem Komiker in der DC 4 Bescheid, und sagen Sie der Eastern, sie soll machen, daß sie hier wegkommt!"

„Schaffen Sie die Kiste von der Bahn!" fauchte Nick durchs Mikrofon den Piloten der DC 4 an.

„Äh, meine Bugradsteuerung macht Ärger, Sir", antwortete die Stimme mit dem spanischen Akzent.

„Das ist mir egal! Rollen Sie weg von der Bahn, aufs Gras meinetwegen ... aber sofort!"

Träge rollte die schwerfällige DC 4 aufs grasbewachsene Innenfeld.

„Eastern acht-neun, klar zur Landung", rief Nick.

„Das war mir aber ein bißchen knapp, Mister", sagte der Linienpilot, nachdem er unten war.

„Hätte ich Sie lieber wieder ans hintere Ende der Wartereihe schicken sollen?"

„Nein, danke", antwortete der Kapitän und machte in einem langen Seufzer seinem Ärger Luft.

„Nick, der Pilot hatte recht!" sagte Jeff. „Ich habe Ihnen gesagt, Sie sollen ihn warten lassen."

„Hätte ich ja auch getan. Aber wenn wir hier nach Vorschrift arbeiteten, würden sich die Maschinen bis nach Orlando stauen. Diese Linienmaschine noch mal rundzuschicken hätte für sie vierzig Minuten Verspätung bedeutet. Das weiß er auch."

Jeff warf einen Blick auf Laura, die blaß geworden war. Er zuckte die Achseln. „Das ist der Alltag in diesem Tollhaus", sagte er. Dann stellte er sie der Kontrollturmbesatzung vor und erklärte den Fluglotsen, sie arbeite als Beraterin für die FAA.

Während Jeff sprach, betrat ein älterer Mann den Raum. Er war korrekt gekleidet, etwas korpulent und fiel durch vollkommene Farblosigkeit auf. Seine Augen, sein Haar und seine Haut schienen eintönig grau zu sein.

„Das ist Harry Boyle", sagte Jeff zu Laura, und Harry reichte ihr seine schlaffe, feuchte Hand.

„Harry ist der Mann, der dem Minister morgen CORAD vorführen soll, die neue Radaranlage", erklärte Jeff und zeigte auf drei große Radarschirme, die auf einem Podium in der Mitte der Kanzel aufgebaut waren.

„So", sagte er dann mit einem Blick auf die Uhr. „Sie können hierbleiben und sich noch weiter umsehen. Harry und ich müssen an die Arbeit. Stellen Sie ruhig Fragen, wenn Sie zufällig jemanden finden, der zwischen zwei Flugzeugen gerade ein bißchen Zeit hat."

Jeff und Harry Boyle gingen hinunter in den Abflugradarraum. In den meisten Kontrolltürmen bedient der Dienstleiter nicht selbst das Radar, aber Jeffs Grundsatz war es, daß sich auch die Vorgesetzten auf allen Positionen des Towers auskennen mußten.

Jeff und Harry schlossen den Abflugradarraum auf. Drinnen saßen vier Fluglotsen, die den nach Norden und Süden abgehenden Flugverkehr leiteten. Zwischen ihnen saßen ein Angestellter am Datensichtgerät und ein Mann, der die Flugzeuge an die Kontrollzen-

trale Miami weitergab, die sie dann bis zur Kontrollbezirksgrenze
südlich von Jacksonville dirigierte.

Nachdem die Fluglotsen Jeff und Harry in die Verkehrssituation
eingewiesen hatten, schickte Jeff sie alle bis auf den Übergabelotsen
fort. Dieser war Hoagy Washington, ein alter Schwarzer mit weißem
Kraushaar. Er war der dienstälteste Lotse im Tower – er arbeitete
schon vierzig Jahre in der Flugsicherung.

Etwa zehn Minuten lang fertigten Jeff und Harry den Flugverkehr
ab. Jeff wickelte gerade den Start einer Lufthansa-Maschine ab, als er
merkte, daß Harry mit weit offenem Mund und glasigem Blick auf
seinen Radarschirm starrte. Der Mann war wie versteinert.

„Harry!" schrie Jeff. „Harry!"

„Mr. Boyle!" rief Hoagy und schüttelte den reglosen Lotsen.

Jeff wußte, daß mindestens vier Maschinen nicht abgefertigt waren,
und er konnte unmöglich beide Radarschirme gleichzeitig bedienen.
„Harry!" schrie er wieder. „Was ist los?"

Boyle starrte weiter wie gelähmt auf den Radarschirm.

Jeff griff zum Mikrofon und betätigte gleichzeitig einen Knopf
unter seinem Radarschirm. Sie nannten ihn den Brüller. Er warnte die
Kanzelbesatzung und die Wachstation unten, daß ein Notstand ersten
Grades eingetreten war. „Wir haben eine Panne", informierte er die
Kanzel über Mikrofon. „Alle Abflüge zurückhalten."

Obwohl darüber nie gesprochen wurde, waren Pannen in der
Flugsicherung der FAA nichts Neues. Man hatte ein Verfahren
ausgetüftelt, um damit fertigzuwerden, und versuchsweise einen
Alarmplan für diesen Tower aufgestellt, der jetzt in Kraft trat. In der
Kanzel nahm Nick Cozzoli sein Mikrofon. „Flugsicherungsalarm.
Alle Abflüge müssen mit Verzögerung rechnen. Gestartete Maschi-
nen melden sich auf Frequenz 118,75 bei Miami Center."

Wenn in diesem Tower eine Panne passierte, wurde der Flughafen
vorsichtshalber zum Teil geschlossen, manchmal auch ganz. Die
Piloten der betroffenen Maschinen nahmen immer an, daß es sich um
einen technischen Defekt handelte, nie um menschliches Versagen:
entweder spielte ein Radarschirm verrückt, oder es hatte einen
Kurzschluß gegeben, oder Feuer war ausgebrochen. Aller Flugverkehr wurde unverzüglich an Miami Center übergeben, denn vor allem
kam es jetzt darauf an, Zusammenstöße in der Luft zu vermeiden.
Zum Glück waren heute alle Abflüge bereits erledigt.

Als nächstes wurden die Notstromaggregate für die Radaranlagen eingeschaltet. Nick drückte auf einen automatischen Startknopf unter seinem Arbeitstisch: Beide Generatoren begannen zu laufen. Wenn sie nicht funktioniert hätten, wäre eine andere Anlage in Aktion getreten. Die Energieversorgung des Kontrollturms war sechsfach gesichert.

Nachdem somit die Stromversorgung sichergestellt war, wandten die Männer ihre Aufmerksamkeit den Radaranlagen zu. Zwei Lotsen aus der Kanzel sprangen die Treppe hinunter, gerade als Ted, der alte Wachmann, mit gezogenem Revolver aus dem Fahrstuhl stürzte. Es war schon vorgekommen, daß Fluglotsen am Arbeitsplatz durchdrehten und gewalttätig wurden.

Im Radarraum rief Harry Boyle, der wieder zu sich gekommen war: „Jeff! Warum haben Sie auf den Brüller gedrückt?"

„Aber Harry, Sie waren *weggetreten*."

„Was ist da drinnen los?" schrie Ted und hämmerte an die verschlossene Türe.

„Alles klar hier", rief Harry zurück. „Nur das Radar ... ich komme gleich raus."

„Harry, verlassen Sie den Tower", sagte Jeff. „Jetzt sofort."

„Ich ... ich hatte nur kurz eine Mattscheibe."

„Das ist eine zuviel."

„Jeff ... bitte, sagen Sie den andern nichts. Hoagy, Sie halten den Mund, verstanden?"

„Ich sage kein Wort", antwortete der Schwarze.

„Melden Sie sich im Personalbüro krank", sagte Jeff.

„Ich kann trotzdem morgen CORAD vorführen."

„Nein, Harry, das können Sie nicht. Jetzt machen Sie keine Schwierigkeiten und gehen Sie."

Plötzlich stürzte sich Harry mit einem Satz auf die Feueraxt an der Wand. Er riß sie herunter und richtete die Schneide auf Jeff. „Ich könnte Sie umbringen ... Sie wissen, daß ich Sie umbringen könnte."

Jeff war nicht der Mann, der sich leicht einschüchtern ließ. Er ging auf Harry zu, nahm ihm die Axt aus der Hand und hängte sie langsam wieder in ihre Halterung. „Bedrohen Sie mich nicht noch einmal", sagte er. „Und jetzt raus!"

Minuten vergingen, und Harry stand noch immer da. „Ist da drinnen alles in Ordnung?" rief der Wachmann vor der Tür.

„Alles klar, nur eine kleine Panne", antwortete Jeff.

Das Pochen an der Eisentür hallte durch den verdunkelten Radarraum. Draußen im Flur waren Schritte zu hören.

Harry war jetzt völlig in sich zusammengesunken. „Bitte, Jeff, hauen Sie mich nicht in die Pfanne", bat er verzweifelt. Nichts war schlimmer für einen Fluglotsen, als vor seinen Kollegen gefeuert zu werden.

Jeff warf einen Blick auf Hoagy, dann seufzte er. „Also gut, es war eine Radarpanne. Ungewöhnlicher Störfall."

„Danke", sagte Harry und legte seinen Arm um Jeffs Schulter. „Aber ich kann wirklich CORAD bedienen. Ich fühle mich vollkommen in Ordnung."

„Hören Sie mir auf damit!" sagte Jeff. Er ging zur Tür und schob den schweren Eisenriegel zurück.

Nick Cozzoli steckte vorsichtig den Kopf zur Tür herein und fragte: „Was war denn los?"

„Die Radaranlage fing an zu spinnen. Ein Flugzeug nach dem andern verschwand."

„Ganz plötzlich ging alles durcheinander", sagte Harry ruhig und steckte sich eine Zigarette an. Hoagy nickte bestätigend.

Joe Redmond, der Radartechniker, fragte: „Haben Sie auf Notstromversorgung geschaltet, Mr. Sutton?"

„Ja", antwortete Jeff. „Kein Unterschied."

„Genau", stimmte Harry zu.

Der Techniker besah sich den Elektronenstrahl, einen leuchtenden grünen Strich, der radial den Bildschirm abtastete; er sah ganz normal aus. Seine Leute testeten rasch die beiden Geräte durch. Als sie damit fertig waren, wandte Joe Redmond sich an Jeff. „Denen scheint nichts zu fehlen, aber ich werde sie mir noch genauer ansehen."

„Danke", sagte Jeff. „Also, Leute, sehen wir zu, daß wir die Anlage wieder in Betrieb nehmen."

EINE halbe Stunde später fuhr Jeff mit Laura Montours über die 36. Straße zurück, vorbei an den riesigen Hangars von Pan Am und Eastern Airlines. Laura schwirrte der Kopf. Wenn das der optimale Tower war, wie mochte es dann in einem normalen Tower zugehen?

„He, leben Sie noch?" fragte Jeff.

„Kaum. Jeff, wollen wir ganz ehrlich miteinander sein?"

„Warum nicht?"

„Was war in diesem Radarraum mit Mr. Boyle los?"

„Der Radarschirm spielte plötzlich verrückt."

„Wirklich? In der Kanzel schwirrten allerlei Gerüchte."

„Auf Kontrolltürmen gibt es immer Gerüchte. Wollen Sie nicht heute abend bei mir zu Hause essen? Vielleicht kann ich Ihnen dann eine andere Geschichte erzählen."

Sie warf einen Blick zu dem schlaksigen, rothaarigen Mann hinüber, und sie wechselten ein kurzes Lächeln. „Gut", sagte sie. „Aus rein dienstlichem Anlaß."

„In Ordnung", sagte Jeff und drückte ihr kurz die Hand, und sie wünschte sich eine Sekunde lang, er möge die seine nicht wieder zurückziehen. Dann schalt sie sich, daß sie sich von dem Mann zum Abendessen einladen ließ, über den sie ein Gutachten erstellen sollte.

Als Laura vor dem Hotel ausstieg, sagte Jeff plötzlich: „Ich habe eine Idee ... Wie wär's, wenn Sie heute nachmittag mit mir eine Runde durch unsere Kontrollzone drehten? Ich habe eine umgebaute Waco, einen Doppeldecker mit offenem Cockpit. Dann können Sie das Wespennest MIA mal von oben betrachten."

„Wie alt ist das Flugzeug?" fragte sie.

„Baujahr 1928. Mein Vater und ich haben es vor Jahren zusammen wieder hergerichtet. Das sicherste Flugzeug der Welt."

„Klingt ja aufregend."

„Dann hole ich Sie um drei Uhr ab. Ziehen Sie sich einen Pullover an. Es könnte ein bißchen kühl werden da oben."

2

ALS Laura Montours ihr Hotelzimmer betrat, blinkte das rote Lämpchen an ihrem Telefon. Der Leiter des Luftfahrtbundesamtes, Ed Morrison, hatte angerufen und die Nachricht hinterlassen, sie möge unverzüglich sein Büro zurückrufen.

„Danke, daß Sie sich so rasch melden", sagte Morrison. „Ich höre, Sie waren heute morgen im Tower. Was war im Radarraum mit Mr. Boyle los?"

„Wie haben Sie denn davon erfahren?"

„Unser Mann von der Luftverkehrskontrolle in Atlanta hat irgendwie etwas davon mitbekommen. Er sagt, Sutton habe Boyle rausgeworfen und behauptet, Boyle sei ohnmächtig gewesen. Boyle ist ein altgedienter Lotse, und er befürwortet CORAD stark, unser neues Radarsystem – im Gegensatz zu Sutton. Vielleicht läßt Sutton seine Wut jetzt an diesem Mann aus."

„Sutton behauptet, es sei eine technische Panne gewesen."

„Dr. Montours", fuhr Morrison in einem amtlichen Ton fort, „ich möchte nicht, daß uns irgend jemandes persönliche Gefühle die geplante CORAD-Vorführung in Gegenwart des Ministers vermasseln. Offenbar hat Sutton zu Boyle gesagt, er dürfe CORAD nicht bedienen ... er sei ausgebrannt. Ich möchte, daß Sie herausbekommen, was passiert ist."

„Ich kann natürlich mit Mr. Boyle reden, aber wie soll ich herausbekommen, was sich in dem Radarraum wirklich abgespielt hat?"

„War sonst noch jemand während des Vorfalls darin?"

„Ja, ein Mann namens Washington. Er sagt dasselbe wie Sutton: ein technischer Defekt am Radargerät."

„Mr. Washington soll Sie sofort in Ihrem Hotel aufsuchen. Stellen Sie die Wahrheit fest. Aber lassen Sie Sutton nichts von dieser Unterredung erfahren."

„Verstehe."

„Noch etwas. Dr. Striker, unser Amtsarzt in Miami, kommt morgen in den Tower, um sich mit Sutton und Boyle zu unterhalten. Ich möchte, daß Sie bei diesem Gespräch dabei sind und mir über den Verlauf Bericht erstatten. Und denken Sie daran: Boyle muß das Radargerät bedienen. Sutton wird CORAD nie eine faire Chance geben."

„Ehrlich gesagt, Mr. Morrison, es gefällt mir gar nicht, daß ich in diese Sache hineingezogen werde. Das ist Betriebspolitik und hat mit der Frage nach dem psychischen Druck nichts mehr zu tun. Außerdem haben wir nicht mehr viel Zeit."

„Deshalb müssen wir schnell handeln, Doktor."

Laura legte auf. Sie war schon von dem einen Besuch in dem Tower völlig erschöpft. Sie ließ sich ihr Mittagessen kommen, und um halb zwei legte sie sich schlafen. Zwanzig Minuten später weckte sie das Telefon.

„Dr. Montours, hier unten wartet ein Mr. Washington."

„Schicken Sie ihn bitte herauf."

Laura bürstete sich rasch das Haar und legte ihren Notizblock zurecht. Wenig später klopfte es. „Kommen Sie herein, Mr. Washington", rief sie munter.

Der alte Mann wirkte ein wenig schüchtern und mißtrauisch, als er ins Zimmer trat und am Fenster Platz nahm. „Das FAA-Büro sagte, es geht um etwas Wichtiges", meinte er.

„Ja. Ich bin im Auftrag von Mr. Morrison hier, um den psychischen Druck im Tower zu untersuchen", antwortete sie und blickte den Mann prüfend an.

„Wie kann ich Ihnen dabei helfen?" fragte Hoagy leise. Offenbar nahm er an, *er* sei das Untersuchungsobjekt.

„Mr. Washington, was ist heute morgen im Radarraum vorgefallen?" fragte Laura unverblümt, die sich entschlossen hatte, gleich zur Sache zu kommen.

„Eine der Radaranlagen ist ausgefallen." Er sprach sehr schnell, und sie wußte sofort, daß er log.

Laura ging im Zimmer auf und ab und versuchte zu ergründen, auf wessen Seite dieser Mann stand: auf der Jeff Suttons oder der Harry Boyles? Sie beschloß, der Frage im Moment nicht weiter nachzugehen. „Sie arbeiten schon lange in der Flugsicherung, nicht wahr, Mr. Washington?"

„Ich war schon Fluglotse, als wir noch mit Anzeigetafel und Telefon arbeiteten", antwortete Hoagy stolz. „Wir mußten aus dem Fenster schauen, um zu sehen, wo die Flugzeuge waren."

„Funktioniert Ihrer Meinung nach das jetzige System?"

„Ja, aber die Flughafeneinrichtungen hinken hinter der Verkehrsentwicklung her. Wir müssen zu viele Flugzeuge auf einmal abfertigen."

„Was ist an dem Gerede von den total erschöpften Fluglotsen dran? Empfinden Sie den Druck als zu stark?"

„Ich bin seit vierzig Jahren im Dienst, kann jeden Abend ohne Schlaftabletten einschlafen und brauche auch keine Pillen für den Magen. Kommt ganz auf den Menschen an. Manche halten die Belastung nicht aus."

Laura bekam einfach nicht die Antworten, die sie brauchte. Sie überlegte kurz, dann fragte sie ruhig: „Wie stehen Sie zu Mr. Sutton?"

„Er ist einer der besten Chefs, unter denen ich je gearbeitet habe", sagte Hoagy, ohne zu zögern. „Steht zu seinen Leuten. Er kennt unsere Geburtstage ... sogar die Namen unserer Hunde und Katzen. Und an Feiertagen bringt er seinen Mikrowellenherd mit in den Tower und kocht uns ein Festessen. Er behandelt uns, als wären wir seine Familie. "

„Hat er keine eigene Familie?"

„Seine Frau hat ihn vor ein paar Jahren verlassen – hat einen Engländer geheiratet – und ihre einzige Tochter, Honey, mitgenommen. Mr. Sutton lebt allein. Ich glaube, er ist einsam. Er lebt jetzt nur noch für den Tower. "

„Aber nun läßt er Sie im Stich, nicht wahr?"

Der alte Mann schüttelte den Kopf. „Mr. Sutton muß tun, was er für richtig hält. Er sagt, er kann mit all diesen Konflikten nicht leben ... uns und die Passagiere gleichzeitig zu schützen. "

„Und Mr. Boyle?" fragte sie.

„Er ist ein sehr guter Mann. Ist 1953 hierhergekommen. Kennt den Luftraum in- und auswendig. "

Laura beschloß, es noch einmal zu versuchen. „Mr. Washington, Sie versuchen, jemanden zu decken. Was ist heute in diesem Radarraum passiert? Hatte Harry Boyle eine Bewußtseinsstörung?"

Hoagy Washington stand auf, ging zum Fenster und sah eine Weile den Düsenmaschinen zu, die von der Piste abhoben. Als er sich wieder zu Laura umwandte, hatte er Tränen in den Augen. „Jahrelang war Harry der beste Mann im Tower", stieß er wie unter Zwang hervor.

„Aber heute morgen ist er zusammengebrochen?" fragte sie.

„Ja." Hoagy seufzte. „Er stand vor dem Radarschirm und klappte plötzlich zusammen, und dann hat er die Feueraxt genommen und ist auf Mr. Sutton losgegangen. "

Laura fühlte, wie ihr die Luft wegblieb. Als sie die Fassung wiedererlangt hatte, fragte sie: „Und warum deckt Mr. Sutton ihn?"

„Er wollte Harry nicht vor den andern bloßstellen. "

„Aber Mr. Sutton hat zu ihm gesagt, daß er das CORAD dem Minister nicht vorführen kann. Wird sich da nicht jeder seinen Reim drauf machen können?"

„Vielleicht. Aber nicht alle wissen über Harry Bescheid. Es ist sozusagen geheimgehalten worden. Vor zwei Jahren fing es an. Mr. Sutton wollte ihn nicht einfach auf die Straße setzen. Aber der Mann ist nicht mehr in der Lage, den Flugverkehr zu regeln. Das macht Mr. Sutton so fertig. Er hat versucht, Harry zu helfen. Er hat ihn zu

Psychiatern geschickt, und ich glaube, manche von den Konsultatio-
nen hat er aus eigener Tasche bezahlt." Hoagy schien wieder den
Tränen nah zu sein. „Leider gibt es noch mehr Harry Boyles in diesem
Tower. Darum geht Mr. Sutton, Dr. Montours."

Der alte Mann wischte sich über die Augen. Es war offensichtlich,
daß er nicht weitersprechen wollte. Laura dankte ihm für sein
Kommen, geleitete ihn zur Tür und rief dann den Leiter des
Luftfahrtbundesamtes an. „Mr. Morrison, ich habe soeben mit Mr.
Washington gesprochen. Harry Boyle hatte einen Schwächeanfall vor
dem Radarschirm. Dann hat er eine Feueraxt genommen und Jeff
Sutton bedroht."

Morrison schien es die Sprache verschlagen zu haben. „Auf welcher
Seite steht dieser Washington?" fragte er schließlich.

„Ich glaube, auf seiten der Sicherheit."

„Ich hatte eben ein Konferenzgespräch mit Boyle und dem Chef der
Flugverkehrskontrolle in Atlanta. Boyle hat uns die Sache mit der
Feueraxt erzählt, aber er behauptet, das sei nur Spaß gewesen. Er sagt
auch, ihm sei nicht schwarz vor Augen geworden, sondern er habe nur
eine kurze Pause eingelegt."

„Das deckt sich nicht mit Mr. Washingtons Aussage."

„Na schön", sagte Morrison. „Reden Sie morgen früh mit Dr.
Striker, Sutton und Boyle, und rufen Sie mich an, bevor ich um neun
vom Militärflugplatz Andrews starte. Wir können einen Ersatzmann
mitbringen, falls Boyle verrückt spielt. Ich will nicht, daß im Tower
etwas schiefgeht."

EINE halbe Stunde später holte Jeff Sutton Laura zu ihrem Rundflug
über Miami ab, und sie fragte ihn sofort: „Jeff, wollen Sie mir nun
sagen, was sich in dem Radarraum abgespielt hat?"

„Sie wissen es doch schon. Hoagy war bei Ihnen."

„Ihnen entgeht aber auch nichts, wie?"

„Ich bin hier der Chef. Ich muß immer wissen, was sich tut."

„Schön. Dann will ich jetzt ehrlich sein und Ihnen sagen, daß Harry
Boyle morgen von Ihrem Dr. Striker begutachtet werden soll. Der
Leiter des Luftfahrtbundesamtes regt sich über die Sache mit Boyle
sehr auf. Morrison glaubt nicht, daß Sie dem neuen Radar eine faire
Chance geben werden."

„Gut, treffen wir eine Abmachung", sagte Jeff. „Wenn wir mit meinem Vogel in der Luft sind, können Sie sich die Verkehrssituation einmal von oben ansehen. Wenn Sie mir zustimmen, daß wir in Miami überlastet sind, sagen Sie dem FAA-Mann, daß Sie mich besänftigt haben. Wenn nicht, sagen Sie ihm, er soll mich schleunigst aus dem Tower jagen."

„Ich soll also Morrison bewußt irreführen?" fragte sie, während sie versuchte, alle Konsequenzen dieses Vorschlags zu durchdenken.

„Ich muß eine Gelegenheit bekommen, mit dem Minister zu sprechen. Das ist lebenswichtig."

Laura dachte an die Szene, die sie heute morgen miterlebt hatte, als die Eastern-Maschine beinahe mit der alten DC 4 zusammengestoßen wäre ... an Boyles Zusammenbruch ... die erschöpften Fluglotsen. Wenn Jeff Suttons Beurteilung der Verkehrslage richtig war, konnte eines Tages auch ihr eigenes Leben auf dem Spiel stehen.

„Gut", sagte sie. „Abgemacht."

Ein paar Minuten später trafen sie bei dem Hangar ein, wo Jeff Suttons dunkelblauer Waco-Doppeldecker abgestellt war. Jeff warf den Motor an.

Fünf Minuten später hatte der Tower sie auf eine Startbahn gelotst, und die uralte Mühle hob ab.

Die Luft wurde kühler. In dem offenen Cockpit, wo man die Luft um die Verstrebungen pfeifen hörte, begriff Laura, daß dies Fliegen in seiner reinsten Form war, die tiefste Beziehung zwischen Mensch und Luft – wie alles angefangen hatte. Aber über und unter der Waco war der Himmel mit großen und kleinen Flugzeugen übersät, die alle durcheinanderflogen, Rechts- und Linkskurven drehten, je nachdem, wie ihre Anweisungen vom Tower MIA lauteten. Jeff hat recht, dachte sie. Der Luftraum ist gefährlich überfüllt.

Sie kehrten zum Flughafen zurück und flogen im Tiefflug über die 36. Straße. Jeff wies sie auf die unzähligen Privatflugzeuge hin, die alle in den Flughafenverkehr eingefädelt werden mußten. Dann setzte er zum Landeanflug an. Sie waren noch keine Minute auf der Rollbahn, als Jeff plötzlich Gas gab und zur weit draußen liegenden Nordwestecke des Flugplatzes rollte.

Das war die „Kakerlakenecke", ein Flugzeugfriedhof. Auf einer aufgeplatzten, ölfleckigen Betonrampe verrosteten einstmals stolze Luftschiffe in der salzigen, feuchten Luft von Miami, ihre Reifen waren platt, ihre Aluminiumhäute blätterten ab.

„Warum duldet ein moderner Flughafen so einen Schandfleck auf seinem Gelände?" fragte Laura, als sie aus dem Cockpit kletterte.

„Ursprünglich wurden diese Maschinen hierhergeschleppt, um ausgeschlachtet und verschrottet zu werden", erklärte Jeff. „Dann schossen plötzlich die Luftfrachtraten nach Südamerika in die Höhe, und ein paar Glücksritter beschlossen, diese ausrangierten Vögel wieder in Dienst zu stellen. Und so fliegen sie nun herum, überladen, fehlbeladen, oft von Piloten gesteuert, die entweder zu jung oder zu alt oder zu betrunken sind, um zu wissen, was sie tun. Immerzu fallen ein paar dieser Kisten vom Himmel, auf die Landebahnen, auf das Gelände um den Flugplatz. Und sie vergrößern für uns das Durcheinander. Kleine Privatflugzeuge landen mit neunzig Stundenkilometern, diese Wracks mit hundertachtzig. Dann kommen die großen Düsenmaschinen mit zweihundertsechzig, und die Concorde setzt mit zweihundertneunzig auf. Stellen Sie sich mal vor, was auf einer Autobahn los wäre, wenn einige Wagen mit dreißig Stundenkilometern, andere mit hundert führen, und alle auf derselben Spur."

„Das gäbe schließlich eine Menge Auffahrunfälle."

„Eben. Und darum brauchen wir einen neuen Flughafen. Wir müssen diese Kakerlaken und die Kleinflugzeuge loswerden."

Zehn Minuten später waren Jeff und Laura wieder in der Luft und flogen nach Südwesten, der Sonne entgegen. Bald machten die weißen Flecken der Häuser weiten grünen Flächen mit strauchartigen Kiefern und dann einer Palmetto-Prärie Platz. Fünfzig Kilometer weiter westlich kamen sie an den Rand der Everglades, einer Urlandschaft mit Moorteichen und Bauminseln, umgürtet von einem Meer wogenden Schilfs.

Laura wunderte sich, warum sie in dieses Niemandsland flogen, als Jeff die Maschine plötzlich in die Kurve legte und eine 180-Grad-Kehre machte, zurück zur Zivilisation. Sekunden später schoß die Waco hinunter auf einen grasbewachsenen Landestreifen. An dessen Ende stand ein altmodisches weißes Holzhaus. Jeff setzte das Flugzeug federleicht auf, und Laura erblickte eine ältere Frau, die wie eine Statue am Ende der Landebahn stand. Jeff, der die Frau zu kennen schien, verriet keine Überraschung. Er rollte zu ihr heran und stellte den Motor ab.

„Da können Sie beide sich gleich mal kennenlernen", rief er Laura zu, als sie aus der Maschine stieg.

„Das ist Harry Boyles Frau."

Jeff machte sie mit der Frau bekannt, die ebenso verschlissen und leblos aussah wie ihr Mann. „Kommen Sie mit ins Haus, Clara?" fragte er.

„Nein. Ich muß zurück. Harry wird sich schon fragen, wo ich bin."

„Wieder Probleme?"

„Ja. Harry hat mir erzählt, was heute morgen passiert ist. Er meint, Sie hätten etwas gegen ihn", sagte sie niedergeschlagen.

„Das stimmt doch nicht. Ich bin immer sein Freund gewesen."

„Ich weiß." Sie nickte. „Mit dieser Radarvorführung morgen – das können Sie vergessen. Harry ist nicht in der Verfassung, die Anlage zu bedienen."

Sie seufzte wieder. „Heute morgen kam ich dazu, wie er gerade einen Haufen Grapefruits in den Mülleimer warf. Er ist im Schlaf-anzug nach draußen gegangen, noch ehe ich auf war, und hat unsern Baum leer gepflückt."

„Haben Sie ihn gefragt, warum?" wollte Laura wissen.

„Ja. Er sagte, er müsse alles vernichten, weil wir Ungeziefer hätten. Aber wir hatten noch nie Schädlinge an den Bäumen. Harry ist krank, Mr. Sutton. Ich hielt es für meine Pflicht, Ihnen das zu sagen."

„Danke, Clara", sagte Jeff und drückte die Hand der Frau. „Das weiß ich schon einige Zeit."

Clara Boyle entgegnete nichts mehr. Sie machte kehrt und ging mit raschen Schritten auf ihren alten Nova zu, der neben dem Landestrei-fen stand. Jeff schaute ihr nach. „Traurig, nicht wahr?" sagte er zu Laura.

„Ja. Aber warum hat sie nicht einfach bei Ihnen angerufen, statt hier herauszufahren?"

„Ich habe kein Telefon ... und erzeuge meinen eigenen Strom."

„Meine Güte", sagte Laura.

Während sie aufs Haus zugingen, rundete sich das Bild von Jeff Sutton für Laura immer mehr ab. Sie erkannte schon jetzt, daß sie nie in der Lage sein würde, diesen Mann in ein Schema zu pressen oder in einer bestimmten Kategorie unterzubringen. Er war in einer anderen Ära verwurzelt, einer unberührten Zeit, als es noch weniger, aber vielleicht grundlegendere Probleme gab. Sein Schreibtisch war ein Schlüssel zu seiner Persönlichkeit gewesen; sein Haus war ein wei-terer. Es war untypisch für Florida: zweigeschossig, mit Schindeln gedeckt, weißen Verzierungen am Windbrett und einer überdachten Veranda auf Fertigteilsäulen. Ein Haus im Stil der Präriegotik. Die Sattelschrecken und Sumpfgrillen zirpten ihre Lieder, aber sonst war nichts zu hören, nicht einmal eine ferne Autohupe.

„Es muß einsam sein hier draußen", sagte sie.

„Aber es erinnert mich ein wenig an Kansas", antwortete er rasch.

„Wie ist es zu Ihrem Stromboykott gekommen?"

„Ich mußte feststellen, daß das Elektrizitätswerk bei mir zu kräftig zulangte. Da habe ich denen gesagt, sie sollen mit ihren Leitungen verschwinden."

„Und woher bekommen Sie jetzt Strom?"

Er zeigte zur anderen Seite des Landestreifens. „Diese beiden Windmühlen liefern mir den Strom fürs Licht, und außerdem habe ich einen Dieselgenerator."

„Brauchen Sie dafür keinen Treibstoff?"

„Doch, aber den bekomme ich umsonst. Ich klappere die Tankstellen ab und hole mir das Altöl. Brennt prima, wenn man erst den Dreck herausgefiltert hat."

„Aber wie kommen Sie ohne Telefon aus?"

„Ich habe ein gutes Funkgerät. Damit kann ich die Funkstation in Miami rufen – auf diesem Wege erreicht mich auch der Tower. Auf die Dauer ist Funken billiger als Telefonieren. Die Benutzung des Äthers ist kostenlos."

Laura lachte. „Ein Schotte ist gegen Sie ein Verschwender."

„Ich bin nicht eigentlich knauserig", ereiferte sich Jeff. „Ich bin nur nicht gern von öffentlichen Dienstleistungsbetrieben abhängig."

Das Haus war hübsch und einfach eingerichtet. Ventilatoren hingen von der Decke, und das Mobiliar sah aus, als ob es aus Kansas stammte. In der Küche befanden sich eine Wasserpumpe und ein großer schwarzer Holzofen zum Kochen. Das einzige Zugeständnis an die moderne Zeit war ein Kühlschrank, Baujahr etwa 1937, mit den Kühlschlangen obendrauf.

„Es ist ziemlich kühl hier drin", sagte Laura.

„Das bringe ich gleich in Ordnung." Jeff schichtete Zypressenholzscheite in den Ofen und entzündete eine Handvoll Späne. Auch im Wohnzimmer machte er Feuer. Binnen Minuten war das Haus warm und erfüllt vom angenehmen Duft gutgetrockneten Zypressenholzes.

„Wie wär's mit einem Drink?"

„Sprechen Sie tatsächlich von Alkohol?“ versuchte sie ihn auf den Arm zu nehmen.

„Aber sicher.“ Während er die Cocktails mixte, saß Laura am Küchentisch und musterte den interessantesten Mann, der ihr je begegnet war. Er verwirrte sie, weil er so vielem widersprach, wovon sie bisher fest überzeugt gewesen war. Die Frage war nicht so sehr, wie Jeff Sutton im öffentlichen Dienst zurechtkam, sondern wie er das Leben im ausgehenden zwanzigsten Jahrhundert meisterte.

„Warum sind Sie eigentlich nicht Lokomotivführer geworden?“ fragte sie.

„Wäre ich beinahe. In Logan County in Kansas, wo ich aufgewachsen bin, war das große Ereignis jeden Nachmittag die Durchfahrt des Zweiundsechzigers auf dem Weg nach Denver. Die große alte Lok dampfte vorbei, ganz in Königsblau, und der Lokführer winkte mir immer zu. Wir kannten uns sozusagen. Für mich war er ein Held, weil er dieses große alte Ungetüm befehligte. Ich wollte so sein wie er, wenn ich groß war, aber eines Tages, als ich vierzehn war, klang plötzlich die Signalpfeife anders. Ich sauste nach draußen, und wissen Sie, was ich sah?“

Laura schüttelte den Kopf.

„Meine Dampflok war nicht mehr da. Sie hatten eine neue Diesellok eingesetzt und neue Leute darauf. Der Lokführer winkte mir nicht einmal zu. Aber ich habe mich gerächt. Ich habe mein Herz für die Luftfahrt entdeckt. Kommen Sie, wir gehen ins Wohnzimmer.“

Nachdem sie auf dem Sofa vor dem Feuer Platz genommen hatten, fragte Laura: „Wie sind Sie zur Flugsicherung gekommen?“

„Na ja, nach ein paar Jahren beim Militär bin ich mit dem Familiendoppeldecker nach Tulsa hinuntergeflogen, um mich bei American Airlines zu bewerben. Die hatten aber nicht gerade auf mich gewartet“, sagte er gespielt kläglich. „Vor mir hatten sich schon dreitausend andere beworben. Aber jemand erzählte mir etwas über die Flugsicherung. ‚Junge‘, sagte er, ‚die Flugzeuge auseinander zu halten wird mal wichtiger sein, als sie zu fliegen.‘ Und ich wollte etwas Wichtiges tun, wie es alle in meiner Familie getan haben. Das waren Kämpfer ... Helden.“

Laura lehnte sich zurück. „Richtige Helden?“

„Ja. Sie haben alle Arten von Kriegen geführt. Kriege gegen die Natur – gegen Dürren, Schneestürme, Tornados, Überschwemmungen. Und Weltkriege. Mein Vater hat im Zweiten Weltkrieg eine Ladung Granatsplitter in den Rücken bekommen." Jeff trank einen Schluck. „‚Wir haben unsere Aufgabe erfüllt‘, sagte er immer. ‚Es mußte getan werden.‘ So bin ich erzogen worden. Ich fand, die Flugsicherung war auch etwas, was getan werden mußte, und ich glaube, ich wollte auch ein Held sein."

Er rückte näher an sie heran. Sie schauten lange ins Holzfeuer und sagten gar nichts, und dann umklammerten sich ihre Hände. Laura wandte sich zu Jeff um und sah ihn an, und nach einem kaum merklichen Zögern lagen sie sich in den Armen.

„Ich habe noch nie ein Untersuchungsobjekt geküßt", flüsterte sie.

„Bin ich das?"

„Theoretisch, ja." Laura lächelte. „Das ist gegen die Berufsehre", sagte sie, „und weißt du was? Ich glaube, ich werde noch einmal gegen die Berufsehre handeln und ... lügen."

Zehn Minuten später sprach sie über eine Funk- und Telefonverbindung mit Ed Morrison auf seinem Privatanschluß.

„Sir, ich rufe an, um Ihnen zu sagen, daß Mr. Sutton meiner Ansicht nach gar nicht daran denkt, morgen Ihnen oder dem Minister Schwierigkeiten zu machen."

„Da fällt mir ja ein Stein vom Herzen. Übrigens habe ich mit Dr. Striker gesprochen. Er sagt, aller Wahrscheinlichkeit nach ist Boyle nur müde, sonst aber gesund. Ich bin sicher, Sie werden das morgen bestätigen. Immerhin ist Dr. Striker der Fachmann."

„Ja, natürlich. Ich werde seine Meinung respektieren."

„Gut, da bin ich sehr erleichtert. Danke, Dr. Montours."

„Das war aber eine prachtvolle Lüge", sagte Jeff, als er das Funkgerät abschaltete.

Jeff überraschte Laura mit einer Mahlzeit aus Roastbeef, selbstgezogenem Gemüse und selbstgebackenem Brot. Nach dem Kaffee aus frisch gemahlenen Bohnen starteten sie um elf Uhr nach Miami. Im Norden war der dunkle Nachthimmel von sich bewegenden Lichtpünktchen übersät, und Laura fühlte sich wieder an diese gehetzten jungen Männer im Radarraum erinnert, die sich bemühten, die Flugzeuge auf Abstand zu halten. Die ganze Nacht, den ganzen Tag, vierzig Stunden in der Woche.

Plötzlich fürchtete sie sich davor, in dieser Dunkelheit zu fliegen, durch die alle Flugzeuge ihren Weg finden mußten. Sie waren noch nicht einmal fünf Minuten in der Luft, da beschloß sie, Jeff zu bitten umzukehren. Aber die Peinlichkeit, ihre Angst zeigen zu müssen, wurde ihr durch einen kalten Regenschauer erspart.

„Ich werde hier ziemlich naß, und mir ist kalt", sagte sie über ihr Mikrofon. „Hast du daheim ein Gästezimmer?"

„Klar. Aber ich kann dich auch mit dem Wagen nach Miami bringen."

„Das wäre für dich eine Fahrt von hundert Kilometern, Jeff, und morgen ist ein großer Tag."

Er legte die Waco in die Kurve und steuerte wieder den Grasstreifen an.

3

JEFF SUTTON hatte eine ehrgeizige Frau geheiratet, die mehr vom Leben haben wollte als einen Mann mit Beamtengehalt und ein bescheidenes Häuschen am Rande eines Sumpfes. Nach einiger Zeit hatte Gloria Sutton sich einen wohlhabenden englischen Geschäftsmann geangelt, der ihr ein süßeres Leben in London versprach. Vor drei Jahren hatte sie Jeff also gesagt, daß sie ihn verlassen werde. Jeff war bestürzt. Vielleicht hatte er den immerwährenden Fortbestand seiner Ehe für zu selbstverständlich gehalten. Was ihn aber noch mehr schmerzte, war der Verlust seiner Tochter Honey, eines fröhlichen, hübschen vierzehnjährigen Mädchens, dem er beigebracht hatte, zu fliegen und Motoren zu reparieren.

Aber Honey war, nachdem ihre Mutter sie nach England mitgenommen hatte, ganz ihres Vaters Tochter geblieben. Sie verabscheute das englische Essen und das englische Wetter, und sie fand keine Freunde in London, die etwas von dem verstanden, was ihr Vater sie gelehrt hatte. Nachdem Jeff sie drei Jahre lang immer nur für einen kurzen Sommerurlaub zu sehen bekommen hatte, war nun ein Brief von Honey gekommen, in dem sie ihn bat, für immer zu ihm zurückkommen zu dürfen. Gloria war einverstanden; sie war es leid, ständig um die Zuneigung ihrer Tochter kämpfen zu müssen.

Honey sollte am 14. Februar mit einer Concorde der Celtic Airlines nach Miami fliegen. Jeff hatte diesen Tag aus mehreren Gründen gewählt. Es war der Valentinstag, und das Wiedersehen war für ihn

wirklich eine Herzensangelegenheit. Außerdem begann an diesem
Tag Jeffs Urlaub. Er und Honey würden in die Waco steigen und im
offenen Cockpit über die USA fliegen, die Nationalparks sehen und
die Getreidefelder seiner Jugend. Am Ende dieser Reise würde Jeff
nicht mehr in seinen Tower zurückkehren.

Für den 14. Februar hatte Jeff sich auch deshalb entschieden, weil
der Flugkapitän, der Honey herüberbringen würde, sein alter Freund
Lou Griffis war, ein großer, stämmiger Australier. Jeff hatte ihn in
Miami kennengelernt, als die Celtic Airlines den Concorde-Linienflug
auf der Strecke London–Miami noch planten.

Die Celtic Airlines waren von einem Engländer names Roger Smith
gegründet worden, einem gewandten Streckennetzanalytiker, für den
die Concorde sein ein und alles war. Bevor er die Fluglinie ins Leben
rief, hatte er Monate in Miami zugebracht und das Verkehrsaufkommen und die Auslastung der Maschinen auf der Strecke London–Buenos Aires studiert. Als die Ergebnisse vorlagen, war Smith sicher, eine
Marktlücke entdeckt zu haben. Wenn eine Concorde morgens von
London nach Miami startete, dort auftankte und nachmittags nach
Buenos Aires weiterflog, garantierte die Nachfrage ein gewinnbrin-
gendes Unternehmen, und die Passagiere würden nach nur vier
Stunden Flugzeit auf jedem Abschnitt gut gelaunt und ausgeruht an
ihrem jeweiligen Ziel ankommen.

Smith kehrte nach London zurück und konferierte mit einer Gruppe
von Finanziers. „Mr. Smith", sagte ein Bankier, „wir halten die
Concorde schon seit Jahren für ein mögliches Investitionsobjekt. Aber
ohne eine Zwischenlandung zum Auftanken kommt die Maschine
nicht von London nach Miami, und das erhöht die Flugzeit."

Smith lächelte. „Ich beabsichtige auch keine Zwischenlandung. Die
Konstrukteure der Maschine haben mir versichert, daß sie Zusatz-
tanks einbauen können, wenn ich ein paar Sitze opfere – außerdem
wollen sie die Triebwerke noch verbessern."

Und so nahmen drei umgebaute Überschall-Passagierflugzeuge
den überaus gefragten Liniendienst zwischen London und Miami mit
Weiterflug nach Buenos Aires auf. Während Smith und die Geldgeber
jubelten, hatten die Piloten, darunter Lou Griffis, weniger Grund zur
Freude. Laut internationaler Vorschrift mußte ein Flugzeug mit einer
Treibstoffreserve am Zielflughafen ankommen, die ihm eine zehnpro-
zentige Verlängerung der Flugzeit gestattete. Außerdem mußte es

noch genug Treibstoff haben, um einen Ausweichflughafen anzufliegen und dreißig Minuten zu kreisen. Theoretisch kamen die Concordes zwar mit dieser erforderlichen Treibstoffmenge in Miami an, doch sollte sich einmal eine Schlechtwetterfront über ganz Florida und die Bahamas hinziehen und dort die Schließung sämtlicher Flughäfen erzwingen, würden die Concordes mit dem letzten Tropfen fliegen.

Lou Griffis und andere Piloten unterbreiteten das Problem George Hornsby, dem Flugeinsatzleiter der Celtic Airlines.

„In diesem Falle landen wir zum Auftanken auf den Bermudas", lautete die Antwort. „Außerdem hat Florida an fünfundneunzig von hundert Tagen gutes Wetter. Die Vorteile sind also auf unserer Seite."

Aber am Abend des 13. Februar verschlechterte sich die Wetterlage. Den ganzen Nachmittag über hatte eine Kaltfront zwischen Kuba und den Key-Islands über der Florida-Straße gelegen. Das war für Südflorida während des Februar kein ungewöhnliches Wetter, mit einer Ausnahme: Während der Nacht bildete sich entlang dieser Front ein Tiefdruckgebiet. Laut Funkwetterbericht eines Frachters, der den Golf von Mexiko nach Norden durchpflügte, herrschte im Kern des Tiefs ein Druck von 950 Millibar. Und der Druck sank weiter ab.

ALS Lou Griffis am Morgen des vierzehnten Februar am Londoner Flughafen Heathrow seinen Wagen abstellte, schimmerte blauer Himmel durch das Taubengrau des britischen Winters. Es war elf Uhr, drei Stunden vor Abflugzeit, und die Temperatur lag acht Grad über Null. Als Griffis sich mit seinen Einsachtundachtzig aus dem Wagen zwängte, war das Wetter so recht dazu angetan, seine Laune zu heben.

Doch als er den überfüllten Raum der Celtic-Flugbetriebsleitung betrat, erkannte er mit einem Blick auf die Wetterkarte, daß sich die Lage über Miami rapide verschlechterte. Während er die Tiefdruckzone über der Florida-Straße studierte, trat sein Kopilot, Charles Moran, zu ihm.

Moran war ein freundlicher, dunkelhaariger ehemaliger RAF-Pilot, der von Anfang an bei der Celtic war. Äußerlich waren die beiden Männer sehr verschieden. Lou war ein vierschrötiger australischer „Hinterwäldler" mit nicht mehr vorhandener Taille. Moran dagegen war schlank und fast aristokratisch; er sah aus und benahm sich wie ein junger Lord.

Aber innerlich, und darauf kam es an, waren die beiden Piloten gleich. Beide waren in der Luft zu Hause, und beide kannten die Stärken und die Schwächen der Concorde.

„Was halten Sie von diesem Wetter, Charles?" fragte Lou.

„Gefällt mir nicht, Sir", antwortete Moran.

Lou nickte. „Kennen Sie eigentlich Jeff Sutton?" fragte er.

„Nein, Sir."

„Pfundskerl. Er ist Chef im Tower von Miami. Wir nehmen heute seine Tochter Honey mit. Ich glaube, ich werde Jeff mal anrufen. Er ist selbst Flieger ... hat Erfahrung mit dem Wetter von Südflorida."

Lou kannte Jeffs private Funkanlage. Er rief den Tower Miami und bat, mit dem Chef verbunden zu werden. Zehn Minuten später hatte er Jeff am Apparat. „Wie geht's denn, Lou?" fragte dieser mit dröhnender Stimme.

„Gut. Ich freue mich schon darauf, dich heute wiederzusehen. Sag mal, was hältst du von dem Wetter bei euch?"

„Miami meldet aufgelockerte Bewölkung in dreitausend Meter Höhe. Nach der Vorhersage soll es sich im Laufe des Vormittags verschlechtern. Normalerweise ziehen diese Tiefdruckgebiete aufs Meer hinaus, und im Westen beginnt es dann aufzuklaren."

„Was kann schlimmstenfalls passieren, Jeff? Du weißt, daß ich nicht mit allzuviel Treibstoff im Tank ankomme."

„Schlimmstenfalls? Das Tiefdruckgebiet könnte entlang der Kaltfront in die Florida-Straße geraten. Dann hätten wir Nebel, eine geschlossene Wolkendecke und heftigen Regen von hier bis Jacksonville."

„So massiv könnte die Schlechtwetterfront werden?" fragte Lou.

„Ja, unter der geschilderten Voraussetzung. Aber die Chance, daß es sich *nicht* verlagert, beträgt nur fünf Prozent."

„Aber wenn das einträte und ganz Florida im Nebel läge, wäre für mich die Landung wegen des knappen Treibstoffs fast unmöglich ..., der würde nicht reichen, um mich zu einem Flugplatz zu bringen, der offen ist."

„Du wärst tatsächlich in der Klemme, Lou."

„Ich werde also eine Zwischenlandung auf den Bermudas beantragen. Wenn dann das Wetter bei euch schlechter wird, habe ich wenigstens genug Sprit, um bis Atlanta zu kommen. Bist du heute morgen im Tower?"

„Ja. Wir bekommen heute Besuch vom Leiter des Luftfahrtbundes-amtes und dem Verkehrsminister."

„Ich melde mich wieder bei dir." Lou legte auf und rief sofort seinen Chef an.

Jede Abweichung von der üblichen Routine mußte mit George Hornsby besprochen werden, und dieser würde sich mit Roger Smith, dem Präsidenten der Celtic, absprechen.

„George, ich brauche eine Genehmigung für eine Zwischenlandung auf den Bermudas zum Auftanken", sagte Lou. „Die Wettervorher-sage für den Südosten der USA sieht böse aus."

„Wir hatten auf der Strecke noch nie unpassierbares Wetter."

„Aber heute haben wir es. Kommen Sie her, und sehen Sie es sich an."

„Ich rufe Mr. Smith an. Wir kommen gleich."

Minuten später studierte Hornsby, ein robuster, einsachtzig großer Endfünfziger, zusammen mit Griffis und Roger Smith die Karte.

„Ich bin kein Pilot und kein Wetterexperte", sagte Smith. „Aber der heutige Flug ist wichtig. Margaret Corbett fliegt mit."

„Es vergeht kaum ein Flug, auf dem wir nicht irgendein hohes Tier an Bord haben", sagte Lou.

„Natürlich. Aber Sie wissen, daß Margaret Corbett Englands bekannteste Schauspielerin ist. Sie ist einundachtzig Jahre alt und gesund wie ein wohlgenährter Tiger. Sie muß so schnell wie möglich in die Herzklinik nach Miami, denn ihr Bruder ist lebensgefährlich erkrankt. Die Sache ist nur die, daß sie noch nie in einem Flugzeug gesessen hat. Sie fürchtet sich vorm Fliegen – und vor allem vor den Landungen. Wir wollen also heute nicht unnötig auf den Bermudas zwischenlanden. Ein Start, eine Landung, so habe ich es der Dame versprochen."

„Mr. Smith", sagte Griffis vorsichtig, „ich frage nicht danach, wer im Passagierraum meiner Concorde sitzt. Kein Leben ist mehr wert als das andere. Mich interessiert nur, was vor mir los ist. Sie wissen, daß unsere Treibstoffreserven nur unter günstigen Bedingungen ausrei-chen. Heute haben wir einen Wettersturz. Die Situation könnte kritisch werden. Ich möchte auf Nummer Sicher gehen. Eine Zwischenlandung auf den Bermudas würde mich aller Sorgen entheben."

„Nun ja, Lou", sagte Hornsby, „wenn es Ihnen so ernst damit ist, können Sie den Flug natürlich ablehnen. Sie haben jederzeit das Recht dazu, und niemand würde etwas Böses dabei denken.“

Lou mußte lächeln. Und ob man sich etwas dabei denken würde. Wenn dieser Flug ohne Zwischenfälle verlief, würde niemand bei der Celtic den Piloten mehr ernst nehmen. Ein Flugkapitän wurde nicht danach beurteilt, wie er flog, sondern wie sicher er eine Situation beurteilte, und dafür bekam er vierzigtausend Pfund im Jahr.

Als Lou die Flugdienstleitung verließ, waren seine Gedanken bei Honey Sutton. Wenn er diesen Flug ablehnte, mußte er sie fremden Händen anvertrauen. Lou Griffis hatte sich nie gescheut, Verantwortung zu tragen, aber dieses Mal gab es weder Regeln noch Erfahrungen, aus denen er hätte schließen können, wo seine Verantwortung wirklich lag.

DER Regen trommelte auf das Schindeldach von Jeffs Präriehaus, als er am nächsten Morgen in der Küche vor dem Holzofen stand und das Frühstück zubereitete. Laura half ihm dabei, aber ein merkwürdig bedrückendes Gefühl plagte sie. Sie hatte inzwischen Zeit gehabt, sich Gedanken über ihre eigene Verwirrung zu machen: Als Psychologin hatte sie die Aufgabe, andere von dem Druck zu befreien, unter dem sie lebten, aber jetzt hatte sie selbst eine unangenehme Situation geschaffen.

„Schlägt dir das Wetter aufs Gemüt?“ fragte Jeff, der ihre Stimmung spürte.

„Nein. Das tue ich selbst.“

Er lächelte sie an. „Was ist los? Ich fand, das war doch eine herrliche Odyssee gestern nacht.“

„Phantastisch“, sagte sie fast spöttisch.

Sie sah sich in der Küche um. Die glimmenden Hickoryklötze in dem dickbauchigen Herd sprühten, und Funken knisterten – anheimelnde Geräusche, die einen Kontrast zu dem eigenartigen Aufruhr in ihr selbst bildeten. Sie konnte die Angst nicht erklären, die sie gestern abend in dem offenen Cockpit ergriffen hatte. In ihrem Logbuch standen dreihundert Stunden. Dennoch hatte sie die Nerven verloren. Warum?

Dann ihr weiteres sonderbares Verhalten. Sie hatte Morrison angelogen, denn sie wußte sehr wohl, daß Jeff Sutton die Absicht hatte, dem Minister zu sagen, was er von der Flugsicherung am

Internationalen Flughafen Miami hielt. Und sie hatte nicht nur einen Kunden hintergangen, sie hatte sich auch emotional mit ihrem Untersuchungsobjekt eingelassen. Es war das erstemal in ihrem Leben, daß sie so etwas tat. Sie fragte sich, was da so schnell mit ihr passiert war.

Laura sah zum Fenster hinaus in den strömenden Regen, dann wandte sie sich an Jeff. „Wird dieser Regen irgendwie die Radarvorführung beeinflussen?"

„Das ist der beste Test, den man sich wünschen kann. Bei solchem Wetter sehen wir die Flugzeuge überhaupt nur auf dem Radarschirm." Jeff betrachtete Lauras trübsinniges Gesicht. „Das mit gestern abend tut mir leid", sagte er langsam. „Es war meine Schuld."

„Nein. Ich überlege nur gerade, warum ich es getan habe."

„Vielleicht liebst du mich?"

Sie lächelte zum erstenmal. „Ganz schön eingebildet!"

„Wahrscheinlich."

„Du bist mir ein Rätsel. Dieses alte Haus, dein Flugzeug, dein Schreibtisch. In deinen Augen war die Vergangenheit besser. Die Gegenwart ist häßlich. Wahrscheinlich ist an dem neuen Radar gar nichts verkehrt. Du verabscheust es nur, weil es neu ist."

„Nein, das stimmt nicht. Aber ich sehe keinen Sinn darin, Menschen durch die falschen Maschinen zu ersetzen. Heute will ich dem Minister zeigen, wie das Radar der Zukunft aussehen müßte. Ich habe ein Modell gebaut."

„Du hast ein Radargerät gebaut?"

„Nur eine Attrappe. Sie funktioniert nicht. Du wirst sie heute sehen."

Sie ging in der Küche umher, während Jeff Eier in eine Pfanne schlug, die aussah, als ob sie bei einem Treck unter einem Planwagen gebaumelt hätte. „Was mir wirklich Kopfzerbrechen macht, das bist du", fuhr sie fort. „Du erinnerst mich an das, was ich selbst einmal war. Ich bin im Mississippi-Delta aufgewachsen und hatte, wie du, diese Träume. Ich wollte die Garnelenpacker gewerkschaftlich organisieren, weil sie für zehn Dollar pro Tag arbeiten mußten. Ich wollte als Gewerkschaftlerin kämpfen. Ende der sechziger Jahre bin ich für alles und jedes marschiert. Ich hatte schon Blasen an den Füßen."

„Und dann?"

„Die Blasen verschwanden. Ich habe meinen Doktor in Psychologie

gemacht und die Garnelenpacker darüber vergessen. Plötzlich verdiente ich als Beraterin in der Industrie dreißigtausend Dollar pro Jahr,
dann vierzigtausend. Und ich habe eine Lüge nach der andern
aufgetischt."

„Warum mußtest du das tun?"

„Jeff, die Seelenwäsche ist ein Bombengeschäft. Ich war eine
Jasagerin. Ich sah nur noch neue Herstellungsmethoden, die die
Menschen ihrer letzten Würde beraubten. Sie wurden fett und tranken
zuviel und starben, ohne je gewußt zu haben, wofür sie gelebt hatten.
Aber die Unternehmer wollten noch mehr aus ihnen herausholen, und
ich habe den Unternehmern gesagt, was sie hören wollten. Ich hatte
kein Rückgrat mehr. Ich habe ihnen nicht gesagt, wie gefährlich
demoralisierend ihre Produktionsmethoden waren. Jetzt komme ich
nach Miami und begegne einem Mann, der große Risiken auf sich
nimmt; ich sehe in dir etwas von dem, was ich selbst einmal war. Und
ich muß fragen, warum du das tust."

„Weil es in der Flugsicherung um Menschenleben geht."

„Und was aus dir wird, ist dir egal?"

„Ich weiß es nicht. Ich weiß nur, daß ich mir keinen Maulkorb
umbinden lasse."

Der Wind raste ums Haus, und Jeff mußte seine Waco im Hangar
stehenlassen und Laura mit dem Auto zum Hotel fahren, wo sie sich
umzog. Um zehn vor acht waren sie im Tower, und Jeff meldete
sogleich ein Gespräch mit Lou Griffis an.

„Lou", sagte er, „hier ist die augenblickliche Wetterlage: Wolkendecke viertausend Fuß, aufgelockert, leichter Regen. Das Tiefdruckgebiet verstärkt sich. Die Front wandert rasch nach Nordosten."

„Ich habe eine Zwischenlandung auf den Bermudas beantragt, aber
die Direktion hat es abgelehnt."

„Übernimmst du den Flug?" fragte Jeff mit wachsender Besorgnis.

„Ich weiß es noch nicht."

„Versprich mir eins", sagte Jeff beschwörend. „Wenn du den Flug
ablehnst, hol meine Tochter aus der Maschine und komm morgen. Ich
will sie nicht ohne dich da oben wissen. Das ist ein Befehl!"

LAURA hatte ihr dezentestes Kleid aus dunkelblauem Samt angezogen und ihr schimmerndes schwarzes Haar hinten zu einem Knoten
zusammengesteckt. Trotzdem sah sie noch nicht allzu amtlich aus, bis

sie ihre Hornbrille aus der Tasche zog und in Jeffs Büro die Akte Harry Boyle zu studieren begann.

„Harry kommt mir vor, als sei er reif zur Kur", sagte sie. „Er hat reichlich oft gefehlt. Wie alt ist er?"

„Einundfünfzig."

„Er sieht aus wie einundsiebzig."

Die Tür ging auf, und ein Mann, den Laura für Dr. Striker hielt, kam mit einem Bündel Akten unterm Arm herein. Er war eine melancholische dicke Gestalt, offensichtlich kurz vor der Pensionierung.

Im Laufe des Morgens hatte Dr. Striker schon mit Boyle gesprochen, der jetzt draußen am Empfang wartete.

Jeff stellte Laura vor, dann setzten sie sich alle drei. „Ich kann nicht behaupten, Dr. Montours", begann Striker, „daß wir mit Harry Boyle keine Probleme hätten. Vielleicht sollte er aus diesem Betrieb raus, aber er klammert sich so verzweifelt daran."

Laura schüttelte den Kopf. „Dr. Striker, wir sind nicht hier, um Harry Boyle unser Mitgefühl auszusprechen. Ich soll Mr. Morrison nur zu einem Punkt Bericht erstatten: Kann Harry Boyle heute das Radargerät bedienen?"

„Er könnte wohl."

„Wenn er nur ‚könnte', sollten wir es gleich vergessen."

„Dr. Striker", mischte Jeff sich ein, „Sie und ich streiten uns seit Jahren, aber noch bin ich, und zwar bis heute nachmittag fünf Uhr, Chef in diesem Tower, und ich sage, Boyle bedient das Radargerät nicht."

„Sie widersprechen sich, Mr. Sutton", sagte der Arzt. „Einerseits erklären Sie, daß Sie voll hinter Ihren Leuten stehen. Aber andererseits wollen Sie Boyle sagen, daß er erledigt ist."

„Harry war einmal ein sehr guter Mann", sagte Jeff. „Die Ruhe selbst, und er wußte jederzeit genau, was sich um diesen Flughafen herum abspielte, besser als jeder andere. Aber er ist nicht mehr derselbe." Jeff erzählte dann dem Amtsarzt den Vorfall mit den Grapefruits, von dem ihm Clara Boyle gestern abend berichtet hatte.

Ein paar Minuten später wurde Harry Boyle hereingerufen. Laura fragte ihn, wie es ihm gehe.

„Gut", sagte Boyle schnell. Aber er schwitzte, während er sprach, und er sah aus wie ein gebrochener Mann.

„Ich wüßte nicht, warum Harry das Radargerät nicht bedienen sollte", sagte Dr. Striker, „solange Sie dabei sind, Mr. Sutton. Stimmen Sie zu, Dr. Montours?"

„Nein. Der Mann ist zu krank."

„Das stimmt nicht!" brach es aus Harry heraus. „Was wissen Sie überhaupt, nachdem Sie erst einen Tag hier sind? Hören Sie", sagte er, als bettele er um sein Leben, „ich freue mich seit einem halben Jahr auf diese Vorführung. Ich wollte sagen können, daß ich derjenige war, der das neue System dem Mann von der Regierung vorgeführt hat. Ja, ich hatte in letzter Zeit ein paar Schwierigkeiten, aber das war doch nur vorübergehend. Warum fragen Sie nicht nach den guten Jahren, die ich hier im Tower hatte … nach all den Flugzeugen, die ich sicher heruntergelotst habe?"

„Harry", sagte Jeff und legte den Arm um Boyles Schultern, „ich will Sie ja im Tower haben, wenn der Minister kommt."

„Damit ich aus dem Hintergrund zusehen darf? Ist das alles, wofür ich noch tauge?"

„Nein, Sie können das CORAD-System erklären, während ich es bediene."

„Dr. Striker sagt, ich kann es selbst bedienen."

„Aber als Dienststellenleiter kann ich Dr. Striker überstimmen."

„Ja", sagte der Arzt. „Und der Leiter des Luftfahrtbundesamtes kann Sie überstimmen. Ich schlage vor, wir rufen Mr. Morrison an. Harry, könnten Sie bitte draußen warten, während wir das regeln?"

IN SEINEM Haus in Washington war Ed Morrison heute morgen schon früh aufgestanden, hatte sich sorgfältig rasiert und für die Reise nach Miami seinen neuen, modischen Maßanzug angezogen. Er wußte, daß von der Zustimmung des Ministers zu CORAD sein finanzielles Wohlergehen abhing, und deshalb brachte ihn der Anruf vom Tower Miami völlig aus der Fassung.

Laura Montours erklärte ihm, was sich zugetragen hatte. Nach einer Pause sagte Morrison: „Natürlich möchte ich dem Minister keinen kranken Mann vorzeigen. Andererseits ist das die beste Demonstration, die wir uns wünschen können."

„Würden Sie das bitte erklären, Sir?" fragte Laura.

„Der Witz an CORAD und unsern anderen Antikollisions-Computersystemen ist ja nicht nur ihre Genauigkeit, sondern der

Umstand, daß ein Elektronengehirn nicht versagt. Ein Computer kann nicht zu einem Harry Boyle werden."

„Dazu kann ich nichts sagen, Mr. Morrison."

„Also, ich werde selbst mit Boyle reden, wenn wir angekommen sind. Sind Sie noch immer überzeugt, daß Sutton bei der Vorführung fair bleibt und den Mund hält, wenn wir ihm hier seinen Willen lassen?"

„Ich weiß natürlich nicht, was er dem Minister sagen wird, aber ich kann Ihnen versichern, daß er die Demonstration nicht manipulieren wird."

„Das ist immerhin ein Trost. Bis später." Morrison legte den Hörer auf und schluckte zwei Beruhigungspillen. Dann rief er Al Cummings an, den Chef der Computerfirma, die CORAD gebaut hatte. Er mußte Cummings vorwarnen, was sich in Miami tat.

„Ed", sagte Cummings, „Sie hätten diesen Sutton gleich nach seiner Schimpfkanonade im Fernsehen feuern sollen. Und jemand muß doch über diesen Boyle Bescheid gewußt haben. Was kriegt er überhaupt dafür, wenn alles bei der Vorführung glattgeht?"

„Ich habe ihm einen guten Posten in der Luftverkehrskontrolle in Washington versprochen. Schreibtischarbeit."

„Nun, wozu brauchen wir Boyle überhaupt? Kann nicht jemand anders den Apparat vorführen?"

„Wenn wir ihn jetzt noch austauschen, weiß niemand, wie er reagiert. Er könnte wütend werden und vor dem Minister einiges ausquatschen."

„Verdammt!" sagte Cummings. „Auf Ihr Wort hin haben wir einen schönen Packen Geld in dieses Entwicklungsprogramm gesteckt. Wenn der Minister von dem Ding nicht angetan ist, gucken wir in die Röhre. Aus dem Defizit kommen wir nie mehr raus. Sie sollten lieber dafür sorgen, daß heute alles klappt." Er warf den Hörer auf die Gabel.

Plötzlich wünschte Morrison, er hätte nie etwas von CORAD, Boyle oder Sutton gehört; Ed Morrison wünschte sich sogar sehnlichst, er wäre wieder im Omnibusreisegeschäft.

FÜR einen einundvierzigjährigen Wirtschaftsprüfer aus Nordflorida namens Sean McCafferty bedeutete der 14. Februar die Erfüllung eines langersehnten Traums. Um acht Uhr morgens schritt er stolz zu seinem Wasserflugzeug, das auf der Rampe des Flughafens von

Tallahassee stand, und kletterte mit seiner Frau Connie und ihren beiden Töchtern, der siebenjährigen Katie und der zwölfjährigen Hillary, in die Maschine.

Als Sean den Wetterbericht für Miami International Airport studierte, bemerkte er zwar, daß es schlecht aussah, aber er sah auch, daß die Tiefdruckzone aller Voraussicht nach auf das Meer hinausziehen und das Wetter wieder aufklaren würde. Seans Flug würde viereinhalb Stunden dauern. Bis er Miami erreicht hatte, war dort wohl wieder freie Sicht. Und wenn Schlechtwetter tatsächlich eine Landung in Miami unmöglich machte, konnte Sean immer noch auf einem See oder einer Wiese landen. Schließlich flog er keine Concorde.

Sean war in Hochstimmung, als sein Flugzeug in die schnell ziehenden, vereinzelten Wolken emporstieg.

Selbst wenn es gestürmt hätte, wäre er gestartet. Er mußte heute nach Miami fliegen.

Als Junge schon hatte Sean sein Herz an Flugzeuge und die Freiheit der Lüfte gehängt. Aber als Mann hatte er schon früh die Bürde eines Familienvaters auf sich genommen. Sein Gehalt als vereidigter Wirtschaftsprüfer in einem kleinen Achtmannbetrieb in Tallahassee reichte nicht für eine Eintrittskarte in die herrliche Welt der Fliegerei.

Aber dann war Sean auf die Idee gekommen, daß er sich seinen Traum doch noch erfüllen könnte, wenn er das Fliegen mit seinem Beruf verband. Er wußte, daß der Klub Fliegender Wirtschaftsprüfer sich jedes Jahr im Hotel Eden Roc von Miami Beach zu einer Mitgliederversammlung mit anschließendem Bankett traf. Sean beschloß also, Pilot zu werden; er würde dem Klub beitreten und eines Tages zu dieser Mitgliederversammlung nach Miami fliegen. Er war ein guter Wirtschaftsprüfer und glaubte, wenn er erst einmal Kontakt mit seinen Kollegen aus den großen, überregionalen Firmen bekäme, hätte er schon bald ein günstiges Angebot in Aussicht.

Schließlich würde er einer von ihnen sein – ein fliegender Wirtschaftsprüfer.

Aber Seans Start an diesem Morgen bedeutete mehr für ihn als die Aussicht auf eine bessere Stelle; er war zugleich sein Triumph über ein Gebrechen. Als er nämlich mit den Flugstunden anfing, mußte er feststellen, daß er bei aller Auffassungsgabe und Intelligenz, die er mitbrachte, aus irgendeinem unerklärlichen Grunde nicht imstande war, ein Flugzeug zu landen. Starten, ja. Landen, nein. Rings um den Flugplatz Tallahassee, wo er übte, war Sean bald als „blindes Huhn" bekannt, weil er die Entfernung zur Landebahn nicht abschätzen konnte. Das Bodenpersonal hielt den Atem an, wenn es Seans Flugzeug zum Landeanflug herangewackelt kommen sah. In den Hangars ertönte der Ruf: „Er kommt!" Mechaniker ließen ihr Werkzeug fallen, Tankwarte zogen die Einfüllstutzen aus den Tanks, und die Sekretärinnen in den Büros eilten ans Fenster, um zuzusehen.

Sean war oft nahe daran, sein Flugzeug zu Bruch zu fliegen, aber er baute nie wirklich einen Unfall. Die meisten Leute sagten, das spreche nur für die Unverwüstlichkeit kleiner Flugzeuge. Sein Fluglehrer hatte schon oft mit Schülern gearbeitet, die Koordinationsschwierigkeiten hatten, aber als er anfing, Sean zu unterrichten, wußte er gleich, daß er Ärger bekommen würde.

Um richtig zu landen, mußte ein Flugschüler ein Gefühl dafür bekommen, wie nah seine Maschine der Landebahn war, damit das Flugzeug ungefähr zum gleichen Zeitpunkt zu fliegen aufhörte, in dem es die Landebahn berührte. Aber bei Sean kamen diese beiden Bedingungen nicht zusammen. Er war entweder zu hoch oder zu niedrig, zu langsam oder zu schnell.

Sean erzählte seiner Frau nie, daß er kein Flugzeug landen konnte. Er nahm nur immer weiter Flugstunden. Wenn Connie ihn fragte, wann er denn nun die Prüfung ablegen werde, antwortete er nur: „Demnächst" und wechselte das Thema.

Dann bat ihn eines Tages der Leiter der Schule zu sich. „Mr. McCafferty, ich sehe in Ihrem Logbuch, daß Sie schon siebenundvierzig Stunden haben, und wir können Sie noch immer nicht zum ersten Alleinflug starten lassen."

„Ich habe gewisse Schwierigkeiten beim Landen."

„Das sind mehr als gewisse Schwierigkeiten. Sie können es einfach nicht."

„Als ich den Vertrag unterschrieb, hat mir der Mann gesagt, daß jeder fliegen lernen kann. Ich bin halbwegs intelligent. Mit meinen Augen ist alles in Ordnung. Es muß an Ihrer Ausbildungsmethode liegen."

„Nein, Sir. Wir haben hier schon siebenhundert Flugschüler ausgebildet, und unsere Erfolgsstatistik ist makellos. Aber Sie sind unserm Geschäft abträglich. Zuerst haben wir Ihnen den Pilotenschein zum Pauschalpreis von zwölfhundertfünfzig Dollar garantiert, aber jetzt haben Sie schon siebzehnhundert ausgegeben, und Ihr erster Soloflug steht immer noch aus. Dann stellt sich die Versicherungsfrage. Wenn wir Sie solo fliegen lassen und Sie fliegen uns den Vogel zu Bruch, ist es für uns billiger, die Maschine zu verschrotten, als uns von der Versicherung die Prämie heraufsetzen zu lassen. Wissen Sie was? Ich gebe Ihnen die Hälfte Ihrer Anzahlung zurück, und die Sache ist erledigt. Deswegen brauchen Sie sich nicht zu schämen. So was kommt eben vor.“

„Ich höre nicht auf“, sagte Sean entschlossen.

„Es ist Ihr Geld. Aber ich glaube nicht, daß wir Sie je allein fliegen lassen werden.“

„Und wenn ich mir selbst ein Flugzeug kaufe?“

„Mr. McCafferty, ich kann Ihnen nicht guten Gewissens ein Flugzeug verkaufen. Gewiß würde ich ein paar Dollar verdienen, aber wie käme ich mir vor, wenn wir anschließend die Einzelteile der Maschine von der Landebahn zusammenklauben müßten!“

Als Sean fortging, war er todunglücklich. Sein größter Wunsch, der Traum seines Lebens, hatte sich in Nichts aufgelöst. Tagelang ließ er den Kopf hängen.

Dann kam ein Anruf vom Leiter der Flugschule.

„Mr. McCafferty, ich habe vielleicht die Lösung Ihres Problems. Könnten Sie mal zu mir kommen?“

Als Sean das kleine Büro betrat, saß der Mann hinter seinem mit Papieren bedeckten Schreibtisch. „Mr. McCafferty, die meisten Leute, die hier Flugunterricht nehmen, sind für mich nur Nummern. Um ehrlich zu sein, uns kann außer einem Scheck selten etwas rühren.“

„Das ist mir klar“, sagte Sean. „Ich bin Wirtschaftsprüfer.“

„Aber ich habe mir gesagt, das hier ist ein besonderer Fall. In welchem Flugzeug könnten Sie die Pilotenprüfung überstehen und weder sich noch jemand anderen in Lebensgefahr bringen? Ich habe ein paar Leute aus der Branche angerufen, und alle haben mir gesagt: ‚Der Mann braucht eine Helio Courier.‘“

„Ist das ein Hubschrauber?“

„Nein, nein. Es ist ein Festflügelflugzeug, gebaut für Starts und Landungen auf kurzen Strecken. Es hat breite Tragflächen mit Schlitzen, so daß es nicht abrutschen und nicht trudeln kann. Es kann bei etwa sechzig Stundenkilometern landen und ist dabei noch voll steuerbar. Sehen Sie, diese Helios wurden ursprünglich für schwierige Aufgaben wie Dschungeleinsätze gebaut.“

„Ich habe nicht die Absicht, Dschungeleinsätze zu fliegen.“

„Ich weiß, aber dieses Flugzeug ist überaus stabil. Es hat eine sehr starre Röhrenkonstruktion. Man kann praktisch nicht darin ums Leben kommen. Der Pilot ist wie in einen Kokon eingesponnen. Und bei den geringen Landegeschwindigkeiten können Sie auch das Flugzeug selbst nicht allzu schwer beschädigen.“

Ein Siegerlächeln breitete sich langsam auf Seans Gesicht aus.

„Ich habe herumtelefoniert“, fuhr der Mann fort, „und erfahren, daß so eine Helio rund fünfundsiebzigtausend kostet.“

„Fünfundsiebzigtausend! Das kann ich mir nicht leisten.“

„Ich hab's mir schon gedacht, darum habe ich weiter herumtelefoniert und schließlich eine für sechsundvierzigtausend gefunden, auf Schwimmern.“

„Ich will kein Wasserflugzeug. Ich kann nicht schwimmen.“

„Nun, die Maschine hat außer den Schwimmern auch noch Räder, die man darunter ausfahren kann. Vier Stück, und schön weit auseinander. Sie können sie also auch als Landflugzeug verwenden. Mr. McCafferty, ich glaube, das ist für Sie die einzige Lösung.“

Sean ging zu seiner Bank und nahm eine zweite Hypothek auf sein Haus auf; zusammen mit seinen Ersparnissen bekam er die sechsundvierzigtausend Dollar zusammen. Danach charterte er das Flugzeug erst einmal für einen Monat, denn er sah keinen Sinn darin, es zu kaufen, wenn er es nicht landen konnte. Es folgten zwei weitere Wochen Ausbildung.

Und eines Tages, als das Wetter klar war und kein Lüftchen sich regte, sagte Seans Fluglehrer: „Mr. McCafferty, ich weiß nicht, ob die Zeit schon reif ist oder nicht, aber wenn Sie diese Maschine zu Bruch fliegen müssen, können Sie's ebensogut heute tun.“

Sean lächelte. Er hatte keine Angst, denn im Geiste hatte er den Soloflug schon hundertmal absolviert. Der Fluglehrer nahm, nachdem er Sean zum Abschied – dem letzten, wie er annahm – zugewinkt hatte, sein Sprechfunkgerät und rief das Büro der Flugschule.

„Charlie, der Fliegende Holländer dreht jetzt eine Solorunde.“

Charlie rannte zum Hangar und schrie: „Mr. McCafferty macht seinen Alleinflug!“

Ein Juchzen erhob sich. Die Leute kamen aus den Hangars gerannt und stellten sich in Zweierreihen zum Zuschauen auf. Ein kurzes Telefongespräch, und die Büroangestellten eilten in die Kanzel des Towers, um von oben zuzusehen. So schaute der ganze Flughafen zu, als Sean langsam zur Startbahn rollte und geschickt in den Wind drehte. „Helio fünf vier Echo", sagte er, „fertig zum Start."

„Sie sind freigegeben zum Start", kam es vom Tower zurück. „Und ... viel Glück, Sir." Sean glaubte, ein lautes Wiehern im Hintergrund zu hören. Aber er schob gelassen den Gashebel vor und begann, ein Liedchen zu pfeifen. Jetzt war er auf sich gestellt, frei von aufdringlichen Belehrern und Ermahnern.

Das Flugzeug hob ab und drehte die Nase in die Morgensonne. Vorsichtig schaute Sean sich um, ob er nicht von anderem Verkehr behindert wurde, dann legte er sich in die Kurve, nahm die Nase ein wenig herunter und betätigte sanft das Seitenruder. Das Flugzeug beschrieb eine perfekte Kurve. In achthundert Fuß Höhe ging er erneut in die Kurve, um mit dem Wind zu landen. Dann rief er den Tower und bat um Landeerlaubnis.

Jetzt ging's ums Ganze.

„Sie haben Landeerlaubnis", sagte der Lotse, die Hand am Alarmknopf. Der Flughafenrettungsdienst stand schon am Hangar bereit.

Es war eine perfekte Landung, ohne einen Hüpfer. Beim Abbremsen öffnete Sean die Tür, damit ihn jeder sehen konnte, und verbeugte sich nach links und rechts, während er zur Rampe rollte. „Tut mir leid, euch enttäuscht zu haben", sang er im Vorbeirollen. Aber das „Bruchpublikum" klatschte und jubelte ihm zu. Er hatte es geschafft!

Seans kleiner Triumph dauerte nicht lange. Am nächsten Tag flog er sein Flugzeug bei einer Reihe von Übungslandungen beinahe zu Schrott. Aber er machte weiter. Schließlich, nach achtundvierzig Übungsstunden, sagte sein Fluglehrer: „Nun, ich glaube, es wird Zeit für Ihre Prüfung."

Der Prüfer vom Luftfahrtbundesamt hatte schon von Sean gehört, dennoch war die Landung nach dem Prüfungsflug für ihn ein böser Schock. „Mr. McCafferty", sagte er, „wir erwarten von niemandem, daß er vollkommen ist. Aber ich kann Ihnen nach so einer Landung den Schein nicht unterschreiben. Lassen Sie sich's mal von mir zeigen."

Der Prüfer opferte Sean drei Stunden seiner Freizeit, und nachdem Sean schließlich drei gerade noch annehmbare Landungen hingekriegt hatte, sagte der Prüfer: „Herzlichen Glückwunsch. Sie sind Pilot."

An diesem Abend führte Sean, sonst ein solider Mann, seine Frau ins teuerste Restaurant von Tallahassee aus. Er hatte seine vorläufige Pilotenlizenz säuberlich zusammengefaltet in der Brieftasche und holte sie mehrere Male heraus, um sich dieses Stück Papier anzusehen, das ihn seine sämtlichen Ersparnisse gekostet hatte. Es war der größte Tag seines Lebens.

Kurz nach der bestandenen Prüfung begannen wieder Seans harte Landungen. Er blieb hartnäckig, aber es kostete ihn weitere zweitausend Dollar, seine Instrumentenfluglizenz zu bekommen. Eine Instrumentenlandung erforderte nichts weiter als ein buchstabengetreues Vorgehen nach dem Lehrbuch, und diesen Teil begriff Sean sehr schnell. Aber unausweichlich brach er nach einem perfekten Instrumentenanflug durch die Wolkendecke und ließ sein kleines Flugzeug über die ganze Landebahn hüpfen.

Eines Tages nahm er seine Familie mit zu einem Flug. „Sean, muß das Flugzeug so hart aufsetzen beim Landen?" fragte Connie.

„Ja", sagte er, „das ist ganz natürlich." Er log nicht einmal bewußt; er war einfach an seine komischen Landungen gewöhnt.

Zu gegebener Zeit war Sean dann dem Klub Fliegender Wirtschaftsprüfer beigetreten und hatte sich zur Mitgliederversammlung am 14. Februar in Florida angemeldet. Die ganze Familie McCafferty freute sich auf den Flug und den Valentinsball im Hotel Eden Roc. Am Ende der Tagung gedachte Sean eine neue, aussichtsreichere Stelle zu haben, und dann hätten sich alle seine Mühen und Opfer gelohnt.

4

Es WAREN jetzt noch fünfzig Minuten bis zum Start vom Flughafen Heathrow. Lou Griffis ging zu seiner Concorde und sah dem Bodenpersonal bei den Flugvorbereitungen zu. Er blickte zum Cockpit hinauf und fragte sich, ob er heute wohl dort sitzen würde. Dann ging er zur Flugbetriebsleitung der Celtic zurück und rief Jeff Sutton in Miami an.

„Übernimmst du den Flug?" fragte Jeff.

„Ich weiß es noch nicht, aber ich muß mich jetzt bald entscheiden. Wie sieht es drüben aus?"

„Das Tiefdruckgebiet ist noch in Bewegung und wird sich wahrscheinlich aufs Meer hinaus verlagern, wie vorhergesagt."

„Sagst du immer noch, es besteht nur eine fünfprozentige Wahrscheinlichkeit, daß es sich stabilisiert?"

„Ich würde sagen, die Wahrscheinlichkeit ist jetzt noch geringer als fünf Prozent."

„Gut. Ich rufe dich in ein paar Minuten wieder an."

Lou Griffis' Zögern an diesem Morgen kam zum Teil daher, daß er zuviel über die Concorde wußte. Er war auch Flugzeugingenieur, nicht nur Pilot. Es war ihm unmöglich, einfach nach dem Handbuch zu verfahren, in blindem Vertrauen auf die Garantien des Herstellerwerks.

Nach seinem Examen an Australiens bester Technischen Hochschule war Lou nach England gegangen, um für die Bristol Aeroplane Company zu arbeiten, eine der vielen Zulieferfirmen für das britisch-französische Team, das später die Concorde entwickelte. Lous Spezialgebiet waren Tragflächenkonstruktionen, und in Bristol war er der Assistent eines genialen Flugzeugkonstrukteurs namens Ralph Caldwell.

Bei Beginn des Koreakrieges verließ Lou die Bristol Aeroplane Company und trat in die australische Luftwaffe ein; danach wurde er Kopilot bei der australischen Fluggesellschaft Qantas und später Flugkapitän. In den 60er Jahren bat Caldwell ihn, wieder nach Bristol zurückzukommen. Die Bristol Aeroplane Company war inzwischen in die British Aircraft Corporation eingegliedert worden und hatte soeben mit einer französischen Firmengruppe einen Vertrag zum Bau des ersten Überschallverkehrsflugzeugs der westlichen Welt abgeschlossen.

Für Ralph Caldwell besaß Lou Griffis gerade jene Kombination von Talenten, die für diese wichtige Aufgabe benötigt wurde: Kenntnisse im Flugzeugbau und Erfahrung als Pilot.

Lou wurde von Qantas beurlaubt und fing wieder da an, wo er bei Caldwells Konstruktionsgruppe aufgehört hatte.

Die Concorde war eine der teuersten und am sorgfältigsten konstruierten Flugmaschinen in der Geschichte der Luftfahrt. Tausende Fragen waren gestellt und beantwortet, die richtigen Materia-

lien ausgesucht, die richtige Form berechnet worden. Aber es steckten
soviel Arbeitszeit und Steuergelder darin, daß die Concorde schließlich jeden Engländer und Franzosen, ob Mann, Frau oder Kind,
dreißig Dollar kostete. Und als sie endlich fertig war, traten die
betrüblichen ökonomischen Fakten zutage: Die Concorde war ein
Verlustgeschäft. Die Ökonomen sagten, sie befördere zu wenige
Passagiere und verbrauche zuviel Treibstoff. Alle Fluggesellschaften
außer British Airways und Air France widerriefen ihre Kaufoptionen,
und Lou Griffis' Hoffnungen, einmal bei einer großen Fluggesellschaft ein Überschall-Passagierflugzeug zu fliegen, zerstoben. Er
kehrte zu Qantas zurück und flog wieder die üblichen Kisten, aber
sein Herz blieb bei dem großen Vogel, den er mitgebaut hatte. Dann
gaben die Celtic Airlines bekannt, daß sie einen Liniendienst
London–Miami–Buenos Aires einrichten wollten. Lou Griffis war der
erste Pilot, der sich bewarb, und Roger Smith nahm ihn gern in seine
Mannschaft auf.

Aber jetzt, am Morgen des 14. Februar, rang Griffis um einen
Entschluß. Wenn er in Miami eine Landung bei Nebel versuchte, es
aber nicht gleich beim ersten Versuch schaffte, würde er eine
ungeheure Menge Kerosin brauchen, um genug Schub zum Durch-
starten zu bekommen. Würde er ohne Zwischenlandung auf den
Bermudas noch genug Treibstoff in den Tanks haben? Immerhin
glaubte Jeff, daß sich das Tiefdruckgebiet seewärts verlagern werde.
Die Chance für eine sichere Landung in Miami schien sich ständig zu
vergrößern.

Und so übernahm Lou Griffis trotz erheblicher Bedenken den Flug.
Er wollte Honey nicht enttäuschen.

Inzwischen hatten sich einige Leute auf dem Flughafen Heathrow
eingefunden, um Margaret Corbett zu verabschieden. Lou gesellte
sich zu ihnen und überreichte der weißhaarigen Schauspielerin mit den
klaren blauen Augen einen Strauß gelber Rosen. Ein Fernsehteam der
BBC machte ein Interview mit ihr, und Roger Smith verlieh dem
illustren Fluggast eine Medaille.

„Ist das ein Tapferkeitsorden?" fragte der BBC-Interviewer etwas
dümmlich.

„Nein", antwortete Smith, „das ist eine Anerkennung für Margaret
Corbetts große Verdienste und ein Dank dafür, daß sie sich für den
ersten Flug ihres Lebens den Celtic Airlines anvertraut."

Als die Feierlichkeiten gerade zu Ende gingen, fuhr ein großer Bentley vor, und ein schlankes junges Mädchen mit rötlichem Haar stieg aus. Sie wechselte ein paar Worte mit einem Mann vom Bodenpersonal der Celtic, und dieser wies in Lous Richtung.

„Guten Tag, Captain Griffis. Ich bin Honey Sutton", sagte sie lächelnd.

„Guten Tag und herzlich willkommen."

Dem Wagen war auch eine hochgewachsene, angespannt aussehende Frau entstiegen. Sie war elegant gekleidet und wirkte sehr weltgewandt, und als sie auf Lou zukam, fragte der sich nur, wie Jeff je eine solche Frau hatte heiraten können. Sie schienen vollkommene Gegensätze zu sein. Jeff war ein einfacher Mann, weder vornehm noch weltmännisch und schon gar nicht auf sein Äußeres bedacht.

„Captain Griffis, ich bin Gloria Fowles, Honeys Mutter", sagte sie und streckte ihm ihre beringte Hand entgegen. „Meine Tochter sagt, Sie seien ein Freund von Jeff."

„Guten Tag, Mrs. Fowles. Ja, Jeff und ich haben uns in Miami kennengelernt."

„Es war jedenfalls sehr aufmerksam von Ihnen, Honey dieses ganze Material über die Concorde zu schicken. Sie hat es Tag und Nacht studiert."

„Wir freuen uns über jede Gelegenheit, unsere Waren anpreisen zu können", antwortete Lou mit einem Lächeln. „Möchten Sie sich uns zu einer Besichtigung der Maschine anschließen?"

„Hm ... ich bin eigentlich zum Mittagessen verabredet."

„Ach, komm doch mit, Mama", rief Honey.

Gloria Fowles zuckte die Achseln und schloß sich Margaret Corbett und dem Celtic-Präsidenten an, als diese Lou Griffis zu der Concorde folgten. In dem großen Flugzeug zeigte Lou ihnen, von wo die Olympus-Triebwerke bedient wurden, und erklärte die neuartigen Kontrollinstrumente. Margaret Corbett konnte nur staunen, und Honey war begeistert von all der komplizierten Technik, die sie da sah.

Als sie das Cockpit wieder verließen, wandte Gloria sich unvermittelt an Lou. „Ich danke Ihnen, Captain Griffis. Das war sehr interessant. Eines Tages werden mein Mann und ich einmal mit Ihnen fliegen. Wie geht es übrigens Jeff? Wie ich höre, haben Sie ihn vor kurzem erst getroffen."

„Ja, stimmt. Es geht ihm gut."

„Er war ein guter Mann."

„Das ist er noch immer, Mrs. Fowles", sagte Lou.

„Natürlich", stimmte sie ihm eilig zu. Dann umarmte sie ihre Tochter flüchtig und verließ rasch die Concorde. Honey blieb etwas verlegen im Gang stehen. Sie sah sich nach der Schauspielerin um, die an einem Fenster Platz genommen hatte. Margaret Corbett hatte genau mitbekommen, was sich zwischen Mutter und Tochter abgespielt hatte.

„Möchten Sie auf dem Flug vielleicht neben mir sitzen, Miß Sutton?"

Honeys Augen leuchteten auf.

„O ja, gern!"

Ohne Schwierigkeiten erhielt Honey eine neue Platznummer, und sie setzte sich mit einem Stapel Prospekte über die Concorde neben die Schauspielerin.

„Interessieren Sie sich für die Luftfahrt?" fragte Margaret Corbett.

„Ich will einmal Verkehrspilotin werden. Ich habe schon Flugunterricht. Demnächst mache ich meinen ersten Alleinflug."

„Haben Sie denn keine Angst?"

„Nein, das ist ganz ungefährlich. Und das Fliegen hat soviel von Freiheit und Schönheit an sich. Man ist da oben ganz auf sich selbst gestellt."

„Das Gefühl kenne ich, meine Liebe", sagte die alte Schauspielerin. „Ich war ungefähr in Ihrem Alter, als ich zum erstenmal auf der Bühne stand. Mein Lebtag habe ich mich nicht so einsam gefühlt. Ich hätte mich am liebsten in den Kulissen verkrochen."

„Aber Sie haben durchgehalten?"

„Ja, mir blieb ja nichts anderes übrig. Man kann die Kollegen doch nicht im Stich lassen und das Publikum enttäuschen."

„Mit dem Fliegen ist es genauso. Wenn man am Steuerknüppel sitzt, kann man nicht einfach weglaufen oder den Vorhang herunterlassen. Man muß einen klaren Kopf behalten."

Margaret Corbett lächelte das junge Mädchen an. Sie unterhielten sich noch ein bißchen, und Honey versuchte der Schauspielerin die Angst zu nehmen.

„Sie reden nicht wie eine Engländerin", sagte die Künstlerin.

„Bin ich auch nicht. Meine Mutter hat mich nach England

mitgenommen, als sie sich von meinem Vater scheiden ließ. Er leitet die Flugverkehrskontrolle im Tower des Flughafens Miami", sagte Honey stolz. „Dort, wo wir landen werden."

„Das muß ein interessanter Beruf sein", sagte Miß Corbett, ohne die geringste Ahnung zu haben, was ein Fluglotse zu tun hatte. „Wollen Sie länger drüben bleiben?"

„Ich will jetzt für immer bei Papa leben. Wir haben viel gemeinsam."

Miß Corbett lächelte. „Wirklich? Gleichen junge Mädchen nicht eher ihren Müttern?"

Honey schüttelte den Kopf. „In unserm Falle nicht. Meine Mutter zieht sich gern schön an und geht aus und macht sich die Finger nicht schmutzig. Mein Vater faßt lieber selbst an und hält nicht viel von Bequemlichkeit. Er kommt von einer Farm in Kansas und kann alles reparieren."

„Und das hat er auch alles Ihnen beigebracht?"

„Es war ja sonst niemand da, dem er etwas hätte beibringen können", sagte Honey schlicht. „Ich repariere gern Sachen, zum Beispiel Motoren. Ich habe mich immerzu bei diesem Bentley-Händler in Mayfair herumgetrieben – da wohnten wir. Schließlich habe ich mir Werkzeug gekauft und angefangen, den Wagen meines Stiefvaters in der Garage zu überholen. Eines Tages hat er mich dabei erwischt und einen furchtbaren Krach geschlagen. Ich habe noch nie einen Menschen so wütend gesehen."

Margaret Corbett lächelte wieder. „Was hat Ihre Mutter denn dazu gesagt?"

„Sie hat nur gemeint, es schickt sich nicht für ein Mädchen, sich mit Öl zu beschmieren. Ich glaube, von da an stand für sie fest, daß ich ihr genauso fremd bin wie mein Vater."

„Wollen Sie studieren?" fragte Miß Corbett.

„Unbedingt. Ich habe schon an die Harvard-Universität geschrieben und zur Antwort bekommen, daß ich gute Chancen habe, angenommen zu werden, wenn ich meinen Leistungsstand in der Schule beibehalte."

„Sie sind ein sehr erfrischendes junges Mädchen. Ich kann mir zwar schwerlich eine Harvard-Absolventin als Pilotin einer Linienmaschine vorstellen, aber ich glaube, Sie sind auf dem richtigen Weg. Und auf jeden Fall haben Sie mich jetzt sehr beruhigt."

Die alte Schauspielerin ergriff Honeys Hand. Dabei fiel ihr der schmale Schmutzrand unter dem Nagel des linken Zeigefingers auf. Öl, sagte sich Margaret Corbett und lächelte in sich hinein.

Lou Griffis ging die Checkliste für die Startvorbereitungen durch, dann verließ er die Maschine, um zum Telefon zu eilen. Jeff Sutton nahm das Gespräch entgegen.

„Jeff, ich habe mich jetzt doch für den Flug entschieden."

Es war lange still, dann meinte Jeff: „Bist du dir ganz sicher?"

„Ja. Ich kann ja immer noch auf den Bermudas zwischenlanden, wenn es sein muß. Wie sieht's gegenwärtig in Miami aus?"

„Ziemlich schlecht. Wir haben eine geschlossene Wolkendecke, leichten Regen und Nebel. Die Schlechtwetterzone hat sich ausgebreitet und reicht bis auf den Atlantik hinaus."

„Ich fliege also geradewegs in die Hölle, ja?"

„Nein, nicht unbedingt. Wenn das hier nach dem üblichen Schema abläuft, verschlechtert sich das Wetter noch eine Weile und verbessert sich dann rapide. Ich würde also sagen, komm ruhig."

Als Lou wieder in seine Concorde geklettert war, lächelte er Honey und Miß Corbett zu, die beide stumm gewartet hatten, daß sich die Türen schließen würden. Jetzt, da alle Passagiere an Bord waren, konnte die alte Dame nur noch an den bevorstehenden Start denken. Um sie abzulenken, fragte Honey, warum sie ihren ersten Flug gerade nach Miami mache.

„Mein Bruder ist schwer erkrankt und liegt dort im Krankenhaus. Ich habe ihn seit achtundzwanzig Jahren nicht mehr gesehen – oder sind es schon neunundzwanzig?"

Sie blickte nachdenklich vor sich hin. „Ich erinnere mich noch, daß ich gerade im Westend in einem Stück von Agatha Christie spielte, als er des Klimas wegen nach Florida auswanderte. Jetzt hat er es am Herzen und liegt im Sterben, und man hat mir telegrafiert, ich soll sofort kommen. Amory hat nie geheiratet und immer ganz allein gelebt."

Im Passagierraum nahm die Unruhe zu, etwa wie auf einem großen Schiff kurz vor dem Ablegen. Reden und Gelächter wurden immer lauter. Der Start mit einer normalen Maschine ist nichts Besonderes. Kein Ereignis. Aber der Abflug an Bord einer Concorde ist ein Abenteuer: die meisten Passagiere werden ganz neue Höhen und

Geschwindigkeiten erleben. Schließlich wird die Gangway weggezogen, und keiner kann mehr zurück.

„O Gott, ich habe solche Angst, Honey", flüsterte Miß Corbett.

„Lassen Sie mich Ihnen sagen, warum Sie Angst haben. Dafür gibt es nämlich vier Gründe."

„Nur vier?"

„Hauptsächlich vier. Der erste ist, daß jeder Mensch, auch ein Pilot, sich in der Luft am falschen Platz fühlt. Der Mensch lebt seit Millionen von Jahren auf der Erde, aber erst vor gut zwei Jahrhunderten fing er an, seine Umwelt zu verlassen und durch die Luft zu reisen."

„So ist es. Vielleicht ist uns das nicht bestimmt."

„O doch. Aber wir müssen uns dem erst noch anpassen. Der zweite Grund ist das Gefühl, eingesperrt zu sein. Man kann hier nicht heraus. Auch nicht weglaufen. Angst hat man außerdem, weil man sich hilflos ausgeliefert fühlt. Der Passagier hat sein Leben nicht mehr in der Hand. Und der vierte Grund ist Angst vor einem Absturz. Wenn ein Flugzeug abstürzt, kommen gewöhnlich alle Insassen um. Bei Autounfällen oder Zugunglücken überleben viele Passagiere. Bei einem Flugzeugunglück ist die Bilanz sehr viel negativer."

Die alte Schauspielerin war tief beeindruckt. „Ihre Ausführungen sind unwiderlegbar, Honey", sagte sie schließlich mit einem langen Seufzer. „Man hat wahrhaftig allen Grund zur Sorge."

„Aber sehen wir es doch einmal so: Die Piloten wissen mehr über das Flugzeug als wir. Sie möchten bestimmt nicht sterben und würden nicht damit fliegen, wenn sie annehmen müßten, daß etwas schiefgehen könnte und ..."

„Was ist das für ein Rauschen?" unterbrach Miß Corbett sie.

„Das ist die Luft, die angesaugt wird. Sie wird verdichtet, und dann wird in sie Treibstoff eingespritzt, und die heißen Gase, die dabei entstehen, beaufschlagen die Turbine. Sehen Sie, hier steht's ... in diesem Buch." Honey zeigte ihr eine Abbildung des Startvorgangs bei der Concorde. „Ich werde Ihnen immer sagen, was gerade passiert."

„Sie beruhigen mich sehr, Honey. Wirklich sehr."

Lous Stimme ertönte aus dem Lautsprecher. Er hieß die Passagiere an Bord willkommen, aber er wußte, daß seine Ansprache nicht den gewohnten fröhlichen Schwung hatte. Ihm würde sehr viel wohler sein, wenn dieser Flug erst vorbei war.

Fünf Minuten später richtete die Concorde ihre spitze Nase auf die lange, von Reifenspuren geschwärzte Startbahn. Lou schob die Gashebel vor.

„Jetzt wird es gleich sehr laut werden, Miß Corbett. Wir beschleunigen zum Abheben", sagte Honey und hielt die Hand der Schauspielerin fest. „Wenn wir etwa zweihundertneunzig Stundenkilometer haben, zieht Captain Griffis den Steuerknüppel zurück, und das Flugzeug steigt in die Luft."

„Ich kann nicht hinsehen ... ich will nicht sehen, wie die Erde unter mir zurückbleibt", flüsterte Miß Corbett.

„Es ist beim erstenmal immer ein komisches Gefühl. Aber man gewöhnt sich daran."

Miß Corbett öffnete vorsichtig ein Auge und spähte tapfer hinaus auf die vorbeirasende Piste.

Die Concorde röhrte auf. Lou wünschte, etwas möge schiefgehen, damit er den Start noch abbrechen könne. Sie erreichten die Entscheidungsgeschwindigkeit. Verdammt! dachte Lou. Alles in bester Ordnung. Er zog den Steuerknüppel zurück, und der große Vogel schwang sich in den klaren blauen Himmel über Heathrow. Höher und immer höher stieg er und ließ die Täler des ländlichen England weit unter sich.

Miß Corbett hatte die Augen fest geschlossen, und ihre Lippen bewegten sich im stummen Gebet.

Dann kam die Stewardeß. „Darf ich Ihnen vielleicht etwas aus der Bar bringen?"

„Ja, danke. Am besten von allem etwas." Sie sagte es mit einem tapferen Lächeln, und Honey wußte, daß die alte Dame einen großen Augenblick in ihrem ereignisreichen Leben hinter sich gebracht hatte. Sie hatte ihre Angst überwunden und einen klaren Kopf behalten.

HARRY BOYLE fuhr mit seinem Nova die 36. Straße entlang. Die Reifen durchfurchten das Regenwasser, das sich in der Straßenmitte staute. Der Wolkenbruch, den das Tiefdruckgebiet in der Florida-Straße mit sich gebracht hatte, war den verschlissenen Wischerblättern des Wagens fast zuviel. Er bog nach links in die Zufahrt zum Tower ein, hielt vor dem Tor und warf einen Blick hinüber zur „Tulpe": sie war nur ein verschwommener Fleck; die Kanzel war in der niedrigen grauen Wolkendecke verschwunden, und die blinkenden roten Warnlichter verschmolzen zu rötlichem Dunst.

Harry streckte die Hand aus und streichelte seinen Hund, einen großen schwarzen Labrador. „Nun, Jimmy", sagte er, „heute werden wir also den Verkehrsminister kennenlernen. Er ist ein großer Mann, der direkt dem Präsidenten der Vereinigten Staaten untersteht."

Der Hund sah ihn mit traurigen Augen an.

Harry steckte seine Kennkarte in den Automatenschlitz, und das Tor glitt auf.

Heute früh war er nach dem Gespräch mit Dr. Striker nach Hause gefahren und hatte zu Jeff gesagt, er wolle dem hohen Besuch zuliebe seinen besten Anzug anziehen. In seinem Schlafzimmer hatte er die unterste Kommodenschublade aufgezogen, in der er seine Erinnerungen an den Koreakrieg aufbewahrte: ein Foto von ihm in Luftwaffenuniform, eine Ordensschnalle mit sechs Auszeichnungen darauf, das kleine Mikrofon, mit dem er zu den amerikanischen Kampffliegern während ihrer Einsätze gesprochen hatte. Harry griff tiefer in die Schublade und zog eine Handgranate heraus. Aus einem schmutzigen Stoffbeutel nahm er einen bläulichschwarzen, frisch geölten Revolver, Kaliber 9,6 Millimeter Magnum. Er steckte sich die Granate an den Hosengürtel und schob den Revolver mitsamt einer Schachtel Munition in die Hosentasche. Dann stellte er sich vor den großen Spiegel des Wandschranks und betrachtete sich.

Zwei Minuten später ging er nach unten, gab seiner Frau einen Kuß und sagte: „Ich fahre jetzt."

„Viel Glück, Harry." Clara fand, daß er heute besser aussah. Er hatte wieder Farbe im Gesicht und lächelte. Sie warf ihm eine Kußhand zu, als er nach Jimmy pfiff.

Zwanzig Minuten später betrat Harry Boyle den unterirdischen Sicherheitsbereich des Kontrollturms. „Wieder da, Mr. Boyle?" meinte Ted, der Wachmann.

„Ja. Ich soll doch die hohen Tiere begrüßen."

Gleich hinter dem Tisch des Wachpostens befand sich eine Sicherheitsschleuse, wie sie in Flughafengebäuden üblich sind. Harry wußte, daß die Warnanlage mit Sicherheit seine Handgranate und den Revolver orten und Alarm auslösen würde.

„Ach, Ted, könnten Sie mir einen Gefallen tun und Mr. Sutton fragen, ob er etwas dagegen hat, wenn ich Jimmy mitbringe? Normalerweise stört es ihn nicht, aber ich weiß nicht, ob es heute angebracht ist – wenn der Minister kommt und so."

„Hier ist das Telefon. Fragen Sie ihn doch selbst. Er ist in seinem Büro."

Harry griff nach dem Hörer, dann zögerte er. „Ted, Mr. Sutton und ich hatten eine Meinungsverschiedenheit. Könnten Sie nicht mal rasch hingehen und ihn fragen – als mein Fürsprecher?"

Der alte Wachmann sah Harry einen Augenblick erstaunt an, dann lächelte er. „Gewiß, Mr. Boyle. Wenn das Telefon klingelt, nehmen Sie ab, ja?"

Ted schloß die Tür auf und verschwand im Flur. Augenblicklich schwang sich Harry über Teds Schreibtisch. Als dieser ein paar Minuten später wiederkam, saß Harry auf der andern Seite der Sicherheitsschleuse und blätterte in einer Illustrierten. „Mr. Sutton sagt, Sie dürfen den Hund ruhig mitbringen", sagte Ted.

„Nett von ihm. Danke, Ted." Harry ging den Flur hinunter in Richtung Verwaltungstrakt; sein Hund lief hinter ihm her. Jeff trat soeben mit Laura aus seinem Büro, als Harry dort ankam.

„Hallo, Jimmy", sagte Jeff, bückte sich und strich über das glänzende schwarze Fell des Hundes. Dann wandte er sich an Boyle. „Noch ein Wort, Harry: Nehmen Sie bitte nichts von dem, was ich gestern oder heute gesagt habe, persönlich. Es tut mir leid, daß ich so deutlich werden mußte, aber ich hatte Sorgen wegen dieses Sauwetters."

„Sie müssen Ihre Pflicht tun, das respektiere ich", antwortete Harry freundlich.

Jeff und Laura fuhren mit dem Aufzug in den Radarbereich hinauf. Dort ließ Jeff sich den neuesten Wetterbericht geben. Dann gingen sie in den Aufenthaltsraum, wo die bequemsten Sessel des Towers standen. Als dort das Telefon klingelte, ahnte Jeff schon, wer anrief.

„Ja, Lou", sagte er. „Wo bist du?"

„Wir sind seit vierzig Minuten in der Luft. Vor einer Viertelstunde haben wir die Schallmauer durchbrochen. Wie sieht jetzt das Wetter aus?"

„Die Wolkendecke hängt bis auf die Kanzel herunter. Aber wir halten den Betrieb noch aufrecht. Die Radarstation von Key West meldet eine Tendenz zum Aufklaren."

„Gib mir Bescheid, wenn sich was ändert. Ich entscheide mich wegen der Zwischenlandung, wenn wir uns den Bermudas nähern."

„Ich halte dich auf dem laufenden", sagte Jeff.

„Eins verstehe ich nicht", sagte Laura, nachdem Jeff aufgelegt hatte. „Wozu diese ganzen Telefongespräche zwischen dir und der Concorde?"

Jeff erklärte ihr das Problem. „Die Concordes kommen hier immer mit ziemlich wenig Treibstoff an. Wenn das Wetter sich nicht bessert, bin ich mir nicht sicher, ob wir für Captain Griffis einen erreichbaren Ausweichflughafen finden."

„Ist das nicht riskant?"

„Man nennt es ein vertretbares Risiko."

Sie sah ihn nachdenklich an, fand aber dann, er müsse wohl wissen, was er tat, und so wechselte sie rasch das Thema. „Ich habe nachgedacht, Jeff. Ist Harry Boyle nicht das beste Argument für das Computerradar? Was Harry zur Zeit durchmacht, kann einem Computer nicht passieren."

„Nein, aber ein Computer kann ausfallen, und dann haben die Lotsen überhaupt nichts mehr in der Hand. Darum bin ich dagegen. Hier muß irgendwie eine Lösung gefunden werden, die Mensch und Maschine miteinbezieht. Wir sind zu sehr abhängig von Computern. Die Hälfte meiner Lotsen traut ihnen nicht. Sie haben schon zu oft erlebt, daß Computer Fehler machen – schon bei Kassenbons in Warenhäusern. Wenn hier einmal die Temperatur oder Feuchtigkeit nicht genau den richtigen Wert hat, spielen die Computer verrückt. Letzte Woche gab einer die Höhe einer United-Airlines-Maschine mit fünftausend Fuß an. Wir haben beim Piloten nachgefragt, und der las auf seinem Höhenmesser nur zweitausendfünfhundert Fuß ab."

„Wie kam das?"

„Wissen wir nicht. Das System ist so kompliziert, daß es einen Monat gedauert hätte, den Fehler zu finden."

„Sind dir nur die Apparate in diesem Tower so unheimlich?"

„Nein. Ich finde, daß wir auf allen Gebieten zu viele Entscheidungen der Technik überlassen. Kein Arzt kann dir heute noch etwas ohne elektronische Diagnose verschreiben. Die Kinder gehen mit Taschenrechnern zur Schule. Und Verkehrspiloten verlassen sich zu sehr auf ihre Autopiloten und Fluginstrumente. Diese Abhängigkeit macht mir angst."

„Aber die Welt kann doch nicht einfach stillstehen und sich nicht mehr verändern."

„Nein, das nicht", sagte Jeff. „Aber ich finde, der Fortschritt sollte

Schritt für Schritt kommen. Die Wissenschaft ist zu wichtig, um sie den Wissenschaftlern zu überlassen. Darum habe ich im Fernsehen ausgepackt. Und darum bekommt auch der Verkehrsminister heute etwas von mir zu hören! Ich habe zu viele Flugzeuge, die einander nur knapp verfehlen, und zu viele Harry Boyles, die mich nachts nicht schlafen lassen. "

Laura sah diesen desillusionierten Mann an und fragte sich, ob er wohl recht hatte. Und würde jemand auf seine Warnungen hören? Oder würden sie nur für alle Ewigkeit von den Mauern der Bürokratie abprallen? Sie wandte sich rasch ab.

AUF dem Luftwaffenflugplatz Andrews bei Washington stand der FAA-Jet, eine Lear 25, auf dem Vorfeld, bereit für den Start um neun Uhr. Die Piloten im Cockpit unterhielten sich über Belangloses, während sie auf ihre wichtigen Passagiere warteten.

Verkehrsminister Mark Cranston kam als erster, eine halbe Stunde zu früh. Als sein schwarzer Wagen aufs Vorfeld rollte, rückten die Piloten ihre Krawatten zurecht und verließen die Maschine, um dem fünfundfünfzigjährigen Minister den Koffer ins Flugzeug zu tragen. Aber Cranston, ein hochgewachsener, weißhaariger ehemaliger Computerkonstrukteur und leitender Angestellter der Honeywell Corporation, brauchte keine Hilfe; er wirkte jugendlich und sportlich, denn seine Freizeit verbrachte er in der Squash-Halle.

„Meine Herren", sagte er, als er ins Flugzeug stieg, „ich erwarte einen Mr. Rollins, der mir Papiere hierherbringt. Sagen Sie in der Einsatzzentrale Bescheid, daß er unverzüglich zu mir geführt wird."

Zehn Minuten später hielt ein Maserati neben dem Düsenflugzeug, und Bryce Rollins stieg mit einer alten ledernen Aktentasche aus. Er betrat das Flugzeug und nahm neben Mark Cranston Platz. Rollins' Unternehmensberatung war vom Verkehrsministerium beauftragt worden, die Effektivität der FAA zu durchleuchten. Auf diese vertrauliche Untersuchung der Behörde, deren Leiter Ed Morrison war, hatte Lewis McKim aus Indiana, der einflußreiche Verkehrsausschußvorsitzende im Senat gedrängt, nachdem sich in seinem Staat ein Zusammenstoß zweier Flugzeuge in der Luft ereignet hatte, der einem Versagen der Flugsicherung zugeschrieben wurde. Cranston, der selbst Zweifel an der Aufgabenerfüllung der FAA gehabt hatte, war dazu gern bereit gewesen.

„Guten Morgen, Bryce", sagte Cranston. „Haben Sie den Bericht?"

„Nein, Sir. Unsere Analytiker möchten sich mit bestimmten Bereichen noch näher befassen. Ich habe aber die ganze Nacht an einer Kurzfassung gearbeitet." Er öffnete seine Aktentasche und übergab dem Minister einen schmalen Ordner. „Ich fürchte, was Sie da lesen werden, wird Ihnen nicht gefallen, Sir."

„Ist es so schlimm?"

„Leider ja."

Mark Cranston nahm den Bericht und stellte noch eine Frage. „Was ist mit diesem Sutton, der alle so aufgescheucht hat?"

„Er ist der Meinung, daß die FAA ihren Pflichten nicht nachkommt. Wir stimmen ihm zu. Er hat an der Universität Miami studiert und einen Abschluß in Computerwissenschaften, und obwohl er in fiskalischen Fragen äußerst idealistisch und unrealistisch ist, hat er doch einige beachtenswerte Theorien aufgestellt, die Sie heute zweifellos zu hören bekommen werden."

„Ich freue mich darauf, ihn kennenzulernen."

„Wir haben versucht, in dieser Übersicht ein paar Lösungsvorschläge zu machen, Sir, obwohl der Bericht noch alles andere als vollständig ist und nur die wichtigsten Punkte berührt. Aber ich glaube, Sie werden unsere Schlußfolgerungen sehr interessant finden. Und beängstigend."

Nachdem der Unternehmensberater sich verabschiedet hatte, klappte der Minister den Ordner auf und begann zu lesen.

Zusammenfassender Bericht über die FAA
Verkehrsministerium
Nur für den Minister persönlich!

Dieser Bericht wurde im Auftrag des Verkehrsministeriums angefertigt und befaßt sich mit der Situation der Luftfahrt, der Luftverkehrskontrolle und anderen Fragen, die für die Sicherheit des Flugreiseverkehrs von Bedeutung sind.

Allgemeines:
Das beschleunigte Wachstum aller Bereiche der Luftfahrt in den Vereinigten Staaten von Amerika hat die Kapazität der Flugsicherungseinrichtungen und des Flughafenpersonals zur Bewältigung der Verkehrsspitzen überrundet.

In der Zivilluftfahrt umfaßt die Luftflotte Amerikas etwas über 300 000 Flugzeuge, Firmenflugzeuge mitgerechnet. (Die kommerziellen Fluggesellschaften verfügen derzeit über 3120 Flugzeuge.) Die Zunahme der Privatfliegerei mit 21 Prozent jährlich ist weitgehend auf die Energiekrise zurückzuführen, da ein einmotoriges Flugzeug sowohl schneller als auch verbrauchsgünstiger als ein Personenkraftwagen ist. Für Geschäftsleute, die regelmäßig Strecken unter 600 Kilometer zurücklegen, ist das Fliegen vorteilhaft.

Andererseits nimmt auch die Unfallquote gerade bei Privatflugzeugen in erschreckendem Maße zu. An den meisten Zusammenstößen in der Luft sind Privatflugzeuge beteiligt, und vorläufige Erkenntnisse lassen Verständigungsschwierigkeiten zwischen Privatpiloten und Flugsicherungsbeamten als Ursache vermuten. Die Hauptursache der hohen Unfallquote dürfte jedoch auf die mangelhafte Ausbildung der Privatpiloten zurückzuführen sein.

Nachforschungen haben ergeben, daß über 80 Prozent aller Unfälle mit Leichtflugzeugen auf Fehlverhalten der Piloten zurückzuführen sind.

Empfehlung:

Es erscheint unabdingbar, alle Privatpiloten von qualifizierten FAA-Fluglehrern ausbilden zu lassen und die Anforderungen für die Erteilung einer Privatfluglizenz *unverzüglich* heraufzusetzen.

Luftverkehrskontrolle:

Es konnte bis zu diesem Zeitpunkt nicht festgestellt werden, ob der Luftverkehr zu dicht ist oder ob die Verkehrslenkung falsch organisiert ist. Weitere Untersuchungen werden wahrscheinlich ergeben, daß beides zutrifft. Nachfolgend die vorläufigen Ergebnisse aus 340 Gesprächen mit Flugsicherungsbeamten:

1. 61 Prozent empfinden ihre Arbeit als zu anstrengend bei der ihnen abverlangten Stundenzahl; sie wollen eine Verkürzung der Arbeitszeit am Radarschirm.
2. 81 Prozent beklagen sich, daß sie zu sehr beaufsichtigt und unzureichend geschult wurden. Oft werden Fluglotsen wegen Benutzung falscher Ausdrücke entlassen oder gemaßregelt. Viele sind der Meinung, die zu strenge Kontrolle mache sie über Gebühr nervös.
3. 40 Prozent halten sich für unterbezahlt. Das Höchstgehalt eines Fluglotsen liegt bei 46 000 Dollar pro Jahr, während das Jahresgehalt des Piloten, den er herunterlotst, bis zu 100 000 Dollar beträgt.
4. 90 Prozent halten die Ausbildungseinrichtungen für unzulänglich.

5. 72 Prozent finden, die meisten Flugsicherungseinrichtungen seien unterbesetzt, und neue Fluglotsen dürften nicht erst am Arbeitsplatz ausgebildet werden.

Empfehlung:
Mehr Fluglotsen bei weniger Arbeitsstunden und höherer Bezahlung würden diesem Beruf wahrscheinlich qualifiziertere Bewerber zuführen. Eine längere und gründlichere Ausbildung ist ratsam.

Innere Organisation der FAA:
Es wurde festgestellt, daß die Behörde sehr langsam und umständlich arbeitet. Kontrolltürme müssen auf angefordertes Material oft Monate warten, und häufig werden falsche Geräte geliefert. Viele der zur Zeit in Gebrauch befindlichen Radargeräte sind nicht gründlich genug getestet worden, und oft haben Fluglotsen nicht genug Erfahrung im Umgang mit dem hochkomplizierten Computerradar.

Empfehlung:
Die Dienstwege innerhalb der FAA sollten gründlich überprüft werden.

CORAD:
Dieses computerunterstützte Radarsystem, das derzeit versuchsweise auf dem Internationalen Flughafen Miami installiert wird, ist zu kompliziert, um zum jetzigen Zeitpunkt schon abschließend beurteilt werden zu können. Es wurde jedoch festgestellt, daß der Leiter des Luftfahrtbundesamtes, Edward Morrison, 27000 Stammaktien und 19000 Vorzugsaktien der Firma besitzt, die CORAD entwickelt hat und herstellt.

Empfehlung:
Das CORAD-System sollte weiter unabhängig getestet werden, und das Justizministerium sollte überprüfen lassen, ob Mr. Morrisons Beteiligung an dem betreffenden Unternehmen einen Interessenkonflikt darstellt.

Mit vorzüglicher Hochachtung überreicht
von
Harrison, Rollins und Smith

Der Minister holte tief Luft. Als er Ed Morrisons Wagen auf dem Vorfeld halten sah, steckte er den Bericht in seinen Aktenkoffer. Mark

Cranston war von dem, was er soeben gelesen hatte, zutiefst erschüttert. Aber er wollte den Beamten nicht sofort zur Rede stellen. Zehn Minuten später startete der FAA-Jet nach Miami.

5

AUF dem Meer südlich von Key Largo fegte ein heulender Südweststurm schäumende Brecher vor sich her. Der tobende Orkan riß Schaumkronen von den Wellen, und die Regenwolken jagten so tief dahin, daß sie fast die schäumende See berührten.

Das Tiefdruckgebiet verlagerte sich erwartungsgemäß, wie Jeff durch eine Erkundigung beim Wetterdienst Miami um halb zwölf feststellte. Er hatte gerade den Hörer aufgelegt, als ein Anruf von Lou kam. „Wie sieht's jetzt aus, Jeff?" fragte der Flugkapitän gespannt.

„Sehr schlecht, geschlossene Wolkendecke. Wir haben den Betrieb eingeschränkt. Aber das Tiefdruckgebiet zieht allmählich ab, wie vorhergesagt. Key West meldet aufgelockerte Bewölkung in zweitausend Fuß . . . das Ding ist auf der Wanderschaft."

„Na schön, dann streiche ich die Zwischenlandung auf den Bermudas."

„Wie sieht's mit deinem Treibstoff aus?"

„Besser als erwartet. Wir hatten ein bißchen Rückenwind."

SEAN MCCAFFERTYS langsam fliegende Helio Courier tuckerte ungehindert am grauen Himmel. Um halb zwölf war Sean schon drei Stunden in der Luft. Seine Fluggeschwindigkeit betrug 120 Knoten, sein Höhenmesser zeigte 6500 Fuß an, und Sean fühlte sich unbeschwert. Sie waren bisher nur in leichte Turbulenzen geraten, und Hillary und Katie spielten auf den hinteren Sitzen Scrabble. Ringsherum ballten sich die Vorboten des Wetters zusammen, das bereits jetzt auf Miami drückte: graue Kumuluswolken unter ihm und eine Stratuswolkenschicht mit scharfen, dunklen Rändern hoch über ihm. Aber Seans Flugplan hatte ihn genau in die Luftschicht dazwischen geschoben, wo der Himmel blaß und klar war und die Sonne – soweit man sie zu sehen bekam – einen Dunstring hatte. Je näher Miami rückte, desto besser wurde Seans Laune. Er pfiff vor sich hin und erzählte seinen Kindern lustige Geschichten.

Einundneunzig Meilen nördlich von Miami International meldete Sean sich beim Tower und erfuhr, daß dort die Sichtweite minimal sei. Da Hillary und Katie auf die Toilette mußten, änderte er seinen Flugplan und steuerte den nächstgelegenen Flugplatz an, den von Okeechobee. Er nahm das Gas nicht ganz zurück, um gegen den Seitenwind anzukommen. Aber im letzten Moment packte eine Windbö seine linke Tragfläche und hob sie hoch, so daß die Maschine in der Luft stand und dann unter lautem Scheppern der großen, hohlen Schwimmer auf die Piste krachte. Bei einer Landegeschwindigkeit von sechzig Stundenkilometern klang die Landung zwar schlimm, aber beschädigt wurde nichts.

„Warum macht unser Flugzeug solchen Krach, Daddy?" fragte Katie.

„Ich glaube, dein Vater sollte seinem Flugzeug zum Landen einen Fallschirm umhängen", scherzte Connie. Mit finsterer Miene ließ Sean die Maschine ausrollen, und die Familie McCafferty stieg aus und ging ins Abfertigungsgebäude.

Sean rief von dort den Flugwetterdienst in Vero Beach an.

„Wie sieht es in Miami aus?" fragte er.

„Starker Gegenwind. Sie müssen mit einigen Turbulenzen, leicht bis mittel, und vereinzelten Gewittern rechnen."

Sean legte auf und reichte seinen Flugplan ein. Er hatte keine Zweifel, daß er es bis Miami schaffen würde. Wenn auch seine Landungen ein bißchen hart waren, beherrschte er seine Helio doch im Instrumentenflug sehr gut. Fünf Minuten später bestieg die Familie wieder das Flugzeug.

MARK CRANSTON hatte auf dem Flug bisher meist geschwiegen. Schließlich begann Ed Morrison ein Gespräch, um den Minister auf die eventuell bevorstehende Auseinandersetzung mit Jeff Sutton vorzubereiten.

„Sie haben doch sicher schon von diesem Sutton gehört? Dem Kerl, der im Fernsehen der FAA so übel mitgespielt hat?"

„Ja, ich habe von der Geschichte gehört", sagte Cranston.

„Mr. Sutton wird Ihnen heute vielleicht unser neues CORAD-System vorführen, aber er glaubt nicht, daß die Zukunft der Luftverkehrskontrolle beim Computer liegt."

„Was ist denn Ihre Meinung, Ed?"

„Für mich gibt es keinen Zweifel, daß wir uns neuer Technologien bedienen müssen, um Zusammenstöße zu vermeiden."

„Welche Pläne verfolgt die FAA mit dem Computerradar?"

„Wir arbeiten mit voller Kraft an einem neuen automatisierten Verkehrsberatungssystem." Eds große Begabung bestand im Nachplappern, und so wiederholte er jetzt, was ihm von der technischen Abteilung der FAA gesagt worden war. „Der am Boden installierte Teil des Systems arbeitet so: Wenn zwei Flugzeuge sich auf Kollisionskurs befinden, sendet der Computer eine gesprochene Warnung an die Piloten aus und weist sie an, zu steigen, zu sinken oder nach rechts oder links abzudrehen."

„Und was hat der Fluglotse dabei noch zu tun?"

„Er überwacht das sprechende Radargerät", erklärte Morrison. „Ein anderer Teil dieses Antikollisionssystems ist im Cockpit installiert. Zum Beispiel sendet ein Flugzeug ein Signal aus, das von den Funksignalen eines zweiten Flugzeugs mit Cockpit-Transponder zurückgeworfen wird. Der Cockpit-Computer verfolgt die Flugbahnen beider Flugzeuge. Droht ein Zusammenstoß, geht den Piloten eine Warnung zu. Das Schöne an diesen beiden Systemen ist, daß sie unabhängig voneinander arbeiten. Sollte die Bodenanlage einmal eine drohende Kollision nicht erkennen, dann übernimmt das der Computer im Cockpit."

„Warum sollte eine Anlage versagen?" fragte der Minister. „Eigentlich behaupten Sie doch, die Boden-Antikollisionsanlage sei narrensicher."

„Ist sie auch. Aber wir haben lieber noch ein Sicherheitssystem in Reserve. Alle Verkehrsflugzeuge haben heutzutage doppelte Ausrüstung."

„Und CORAD ist die Bodenanlage des neuen Systems?"

„Ja. Wenn ein Zusammenstoß droht, erscheint auf dem Bildschirm ein vergrößerter Ausschnitt, der auch Details erkennen läßt, und die Piloten werden gewarnt. Man kann das System auch auf Start- und Landeanweisungen programmieren."

„Wollen Sie damit sagen, daß dieser Computer denken kann?"

„So ist es. Und er vergißt nichts und dreht nicht durch wie das menschliche Gehirn. Hören Sie, ich weiß, daß uns das CORAD-System vielleicht eine Milliarde kostet, aber dieses Geld holen wir wieder herein. Zur Zeit beschäftigen wir in der Flugsicherung

siebzehntausend Lotsen. Wir zahlen ihnen ein durchschnittliches
Jahresgehalt von achtunddreißigtausend Dollar. Wenn das automati-
sierte Radar installiert ist, können wir den Personalbestand auf etwa
fünftausend Lotsen reduzieren und damit rund vierhundertfünfzig
Millionen Dollar pro Jahr sparen. Aber der größte Vorteil liegt in der
Sicherheit. CORAD kann keine Fehler machen."

Während Cranston dieser euphorischen Darstellung lauschte,
mußte er an den Rollins-Bericht denken. Darin wurde die Einstellung
von mehr Fluglotsen empfohlen, keine Entlassungen. Er dachte auch
an die Anteile, die Ed Morrison an der Firma besaß, die CORAD
baute.

Für Mark Cranston, der wie Jeff Sutton etwas von Computern
verstand und ihre Grenzen kannte, befand sich der Luftverkehr an
einem gefährlichen Scheideweg. Wieviel Verantwortung sollte man
den Maschinen übertragen? Und wo paßte das menschliche Element
in dieses komplizierte Netz wirbelnder Bänder und elektronischer
Zauberei hinein?

FÜNF Wetterstationen verfolgten an diesem Tag die Bewegungen
des Tiefdruckgebiets: Yucatán, Key West, Miami, Nassau und West
Palm Beach, das hundertzehn Kilometer nördlich vom Tower MIA
lag.

Sowohl Yucatán wie Key West meldeten eine Wetterbesserung.
Aber der Meteorologe in der Wetterstation Miami sah etwas, was ihm
nicht gefiel. Nach einem Blick auf den Barographen, der den
Luftdruck registrierte, sah er, daß der Schreiber eine abgeflachte
Kurve aufzeichnete. Normalerweise sank die Kurve, wenn ein
schnellwanderndes Tief durchzog, auf einen Tiefpunkt und stieg von
dort wieder an, was bedeutete, daß der Kern des Tiefs vorbei war und
der Druck wieder stieg.

Aber in Miami war die Linie abgefallen und unten geblieben. Der
Meteorologe ließ sich den örtlichen Luftdruckwert vom Tower MIA
bestätigen, dann setzte er sich mit einem Öltanker in Verbindung,
dessen Route an den oberen Florida-Keys vorbeiführte.

„Hier Funkwetterdienst Miami", sagte er. „Könnten Sie uns den
neuesten Luftdruckwert in Ihrem Bereich melden?"

Nach einer Pause antwortete der Dritte Offizier: „Der Druck ist
gefallen, eine Weile stabil geblieben, dann weiter abgesunken. Da

braut sich was zusammen. Es gießt wie aus Eimern, und die
Windgeschwindigkeit ist auf fünfunddreißig Knoten gestiegen."

Das Tief war zum Stillstand gekommen. Das Wetter war umge-
schlagen, und mit ihm hatten sich die Chancen gegen Lou Griffis
gekehrt.

JEFF und Laura beobachteten das schlechte Wetter aus der Kanzel des
Kontrollturms. Wegen der durch starken Regen minimalen Sicht-
weite landeten alle ankommenden Flugzeuge jetzt nach Instrumenten.
Die meisten wurden zuerst in eine Warteschleife geschickt, aus der
Nick Cozzoli sie nacheinander herunterrief, wobei er auf einen acht
Kilometer großen Abstand achtete. Jeff schaute immer wieder aufs
Barometer und dann nach Westen, wo sich die ersten Vorboten eines
Aufklarens zeigen würden.

Aber das Barometer blieb auf seinem tiefen Stand, und es erschien
kein Loch in der stahlgrauen Wolkendecke.

„Wie schlimm ist es, Jeff?" fragte Laura.

„Das Tief ist stehengeblieben. Das heißt, wir bekommen noch
schlechteres Wetter. Wenn die Wolkendecke noch tiefer sinkt, müssen
wir den Flughafen schließen. Ich habe Lou einen falschen Rat
gegeben."

Schnell rief Jeff sämtliche Flughäfen zwischen Nassau und Jacksonville an, die in Reichweite der Concorde lagen. Alle meldeten
Wetterverschlechterung. Jeff wußte, daß er Lou unverzüglich davon
unterrichten mußte. Zwei Minuten später erreichte er die Maschine
über die Funkstation Miami.

„Lou, ich habe schlechte Nachrichten. Das Tief ist in der Florida-
Straße südlich von Miami stehengeblieben. Mein Gott, wie mir das
leid tut!"

Nach einer ziemlich langen Pause sagte Lou endlich: „Es ist nicht
deine Schuld. Du hast mich gewarnt. Welches ist der nächste offene
Flugplatz?"

„Ich würde sagen Pensacola. Könntest du zu den Bermudas
umkehren?"

Lou erkundigte sich bei Cecil Holloway, seinem Flugingenieur.
„Nein, Jeff", meldete er sich wieder, „wir haben nicht mehr genug
Treibstoff, um jetzt noch umzukehren. Ich habe keine Wahl. Ich muß
weiterfliegen."

„Ich halte dich auf dem laufenden", sagte Jeff. Aus der Kanzel sah er, daß der Regen einen aschgrauen Schleier über den Flughafen gelegt hatte.

„Mr. Sutton", rief Cozzoli, „ich habe hier so gut wie keine Sicht mehr. Wir werden schließen müssen."

Jeff gab ihm recht. „Wir schließen MIA", ging die entsprechende Anweisung heraus.

In diesem Augenblick erschien ein Flugzeug auf dem nördlichen Feinführungsanflug-Gerät im Radarraum unter der Kanzel, wo Hoagy Washington Dienst tat.

„Miami, hier FAA eins sieben Viktor", sagte der Pilot. Es war die Lear mit Ed Morrison und Mark Cranston.

„Miami ist geschlossen", antwortete Hoagy. „Setzen Sie sich auf 118,75 mit Miami Center in Verbindung."

„Hören Sie, Miami, wir haben den Verkehrsminister und den Leiter des Luftfahrtbundesamtes an Bord. Ich bitte um einen Präzisionsanflug."

„Die Sichtweite auf unserer Landebahn liegt unter neunzig Meter."

„Besorgen Sie uns Landeerlaubnis", forderte die Stimme.

Hoagy rief Jeff in der Kanzel an. Widerstrebend genehmigte er der Lear eine fast vollständige Blindlandung.

„In Ordnung, wir kommen", sagte der FAA-Pilot.

Jeff sah das einzelne Lichtpünktchen aus Nordwesten näher kommen. Alle andern Maschinen waren zu Ausweichflughäfen umgeleitet worden, und der Himmel über Miami war verkehrsfrei, bis auf ein paar Flugzeuge mit großen Treibstoffreserven, die noch in der Wartezone kreisten und auf ein Loch in der Wolkendecke hofften, durch das sie hindurchschlüpfen könnten.

„Wenden Sie nach zwei-sieben-null", sagte Jeff ins Mikrofon.

„Wende nach zwei-sieben-null", bestätigte die Stimme gelassen.

„Sie sind noch zwölf Kilometer entfernt und klar zur Landung auf Bahn zwei-sieben rechts." Jeff nannte dem Piloten Wolken- und Windverhältnisse und fuhr fort: „Sie sind über dem Gleitweg, überfliegen das äußere Markierungsfunkfeuer."

„Über dem Gleitweg, überfliege das äußere Markierungsfunkfeuer, Ende." Während Jeff jeweils die Position nannte, nahm der Pilot seine Kurskorrekturen vor.

„Noch drei Kilometer bis zum Aufsetzpunkt . . . auf Gleitweg . . .
eineinhalb Kilometer vor Aufsetzpunkt . . . über der Schwelle. Weiter
sinken."

„Ich sehe überhaupt nichts", kam die rasche Antwort.

„Kommen Sie weiter, kommen Sie", sagte Jeff.

„Wo bin ich?"

„Über der Landebahnmitte. Wir können Sie nicht sehen. Fehlan-
flug!" rief Jeff.

„Ich sehe die Lichter. Ich hab's!" rief der Pilot zurück. Er setzte die
Maschine auf die Landebahn, auf der er kaum noch zwölfhundert
Meter Beton vor sich hatte. Der Pilot trat mit aller Kraft auf die
Bremse, und der FAA-Jet kam sechzig Meter vor dem Ende der
Landebahn zum Stehen.

Einen Augenblick freute Jeff sich darüber, aber fast im selben
Moment kehrten seine Gedanken zu der Concorde zurück, die jetzt
nur noch Miami ansteuern konnte. Er warf einen Blick auf das
Barometer. Es fiel noch immer.

SEAN MCCAFFERTY befand sich etwa dreißig Kilometer südlich von
West Palm Beach, wo der Flughafen noch offen war. Von der
Schließung des Flughafens Miami war noch keine Nachricht über
Funk gekommen. Sean flog also weiter, ohne zu ahnen, daß sein
Flugziel unter Nebel versteckt lag.

Aber die Ausläufer des gefährlichen Tiefs begann er bereits zu
spüren. Tückische Böen schüttelten sein kleines Flugzeug und
schleuderten es hin und her.

„Sean", bemerkte Connie, „es wird ungemütlich."

„Das ist nur eine kleine Turbulenz", antwortete er und warf einen
Blick nach hinten zu den Kindern. Sie sahen blaß und verängstigt aus.
„Wir sind bald da", tröstete er sie. Fünf Minuten später meldete sich
die Anflugkontrolle Miami über Funk.

„Helio fünf vier Echo", antwortete er in sein Mikrofon.

„Miami ist für allen Flugverkehr gesperrt", sagte der Lotse.

„Wie sieht es mit West Palm Beach aus?" fragte Sean rasch.

„West Palm wird gleich schließen. Nennen Sie Ihre Treibstoffreserve."

„Sechs Stunden", antwortete Sean.

Der Fluglotse traute seinen Ohren nicht. Kaum eine anfliegende

Maschine erreichte Miami mit einem derartigen Treibstoffvorrat. Mit ihren für Langstreckenflüge konstruierten Tanks konnte die Helio ein Abziehen des Tiefs ruhig abwarten.

„Sechs Stunden! Habe ich richtig verstanden?" fragte der Fluglotse.

„Richtig . . . sechs Stunden", antwortete Sean stolz.

Der Anfluglotse leitete Sean in eine Wartezone fünfzig Kilometer westlich von Miami und wies ihn an, dort in sechstausend Fuß zu kreisen, bis die Sichtverhältnisse über der Landebahn sich besserten. Sean steuerte sein Wasserflugzeug nach Süden. Er pfiff eine muntere Weise, und die Kinder wurden bald von der guten Laune ihres Vaters angesteckt. Sie begannen mitzusummen, und bald sang die ganze Familie McCafferty das „Do-Re-Mi" aus dem Film „The Sound of Music". Ihre Ängste waren verflogen.

EIN Dienstwagen wartete auf Ed Morrison und Mark Cranston am Flughafengebäude, und sie fuhren hinaus zur 36. Straße, wo sie infolge von Überflutungen in einem Verkehrsstau steckenblieben. Als Morrison den sauren Gesichtsausdruck des Ministers sah, entschloß er sich, ihm die Situation um Harry Boyle zu erklären, damit Cranston unliebsame Überraschungen im Tower erspart blieben.

„Mark, es gibt da etwas, worüber Sie Bescheid wissen sollten."

„Wirklich?" entgegnete Cranston, der glaubte, Morrison wolle ihm jetzt sein beträchtliches Interesse an CORAD enthüllen.

„Ich habe eine Betriebspsychologin namens Dr. Laura Montours beauftragt, ein Gutachten über Jeff Sutton zu erstellen. Dieser Tower ist, wie Sie wissen, unser Musterbeispiel, und doch hat sein Chef, dieser Sutton, ihn im Fernsehen heruntergemacht. Ich habe Dr. Montours gebeten, seine Behauptungen zu prüfen."

„Und was hat die Dame entdeckt? Daß Sutton recht hat?"

„Natürlich nicht!" antwortete Ed Morrison. „Sutton übertreibt maßlos. Aber jetzt ist auf dem Tower noch etwas anderes passiert. Einer der besten Lotsen, ein Mann namens Harry Boyle, sollte uns das CORAD-System heute vorführen, aber gestern hat Sutton ihm vorgeworfen, vor dem Radarschirm einen Schwächeanfall gehabt zu haben."

Stille. Dann fragte der Minister: „Und, hatte Boyle einen Schwächeanfall?"

„Nicht direkt. Der Vorfall beruht auf Suttons Abneigung gegen unser neues Radarsystem. Er ist ein Gewerkschaftler und sieht in dem Gerät eine Gefährdung der Arbeitsplätze. Da kann er natürlich nicht unparteiisch sein."

„Ist Boyle krank?"

„Er ist wohl ein wenig erschöpft. Der hiesige Amtsarzt sagt aber, Boyle könne das Radargerät bedienen. Sutton ist anderer Meinung, und nun haben sie die Entscheidung mir überlassen."

„Sie sind doch kein Arzt, Ed."

„Wenn ich mit einem Menschen rede, sehe ich, ob ihm etwas fehlt oder nicht."

Der Minister blickte sein Gegenüber erstaunt an. Wie kann ein Mensch die Unverfrorenheit haben, so etwas zu behaupten? fragte er sich. „Ich möchte mit dieser Frau Dr. Montours unter vier Augen sprechen, Ed. Auf diesem Tower gehen Dinge vor, die mir nicht gefallen."

Die Autoschlange setzte sich in Bewegung, und sie fuhren langsam weiter.

In der Kanzel des Kontrollturms rief Jeff wieder einmal Lou an und sagte ihm, das Barometer falle weiter und das Tief habe sich demnach südlich von Miami festgesetzt. Der Concorde-Pilot bestätigte ruhig diesen Bericht.

„Hol's der Teufel!" sagte Jeff, als er den Hörer auflegte. „Wie kann der Kerl so ruhig bleiben? Hier sieht man kaum noch dreißig Meter weit, und er hat weder genug Treibstoff, um in der Wartezone zu bleiben, noch kann er sonst irgendwo landen."

Laura fühlte die Angst, die Jeff erfaßt hatte. „Jeff", sagte sie, „die Leute aus Washington sind gleich hier. Weißt du, was du ihnen sagen wirst?"

„Die sollen sich zum Teufel scheren! Wohin schicke ich die Concorde?"

Das Telefon läutete, und als Jeff den Hörer abnahm, meldete Ted, daß der Minister und der Leiter des Luftfahrtbundesamtes soeben eingetroffen seien.

„Bin gleich unten", sagte Jeff mürrisch.

Laura und Jeff begrüßten die hohen Gäste in Teds Sicherheitsbereich und führten sie durch den unteren Teil des Towers. Als sie in den Verwaltungstrakt zurückkamen, fragte Minister Cranston, ob er mit

Laura Montours unter vier Augen sprechen könne. Die Anwesenheit einer so bemerkenswerten Frau im Dienste der FAA hob seine Stimmung nicht gerade. Morrison war in Washington ein berüchtigter Junggeselle, über dessen Affären in den Behörden getratscht wurde. Diese Laura Montours war sicher nur eine seiner Freundinnen, die sich automatisch auf seine Seite stellen würde.

„Haben Sie schon öfter für Mr. Morrison gearbeitet?" fragte er Laura, als sie in einem kleinen Büro Platz nahmen.

„Nein, Sir. Ich habe ihn erst vor zwei Tagen kennengelernt."

„Und welche Aufgabe haben Sie hier?"

„Festzustellen, was auf diesem Tower los ist."

„Hat Mr. Morrison Ihnen gegenüber etwas von CORAD erwähnt?"

„Nur daß es sehr wichtig für die FAA und die Zukunft der Flugsicherung sei."

„Was ist mit Mr. Sutton? Inwieweit haben Sie sich schon ein Bild von ihm machen können?"

Laura antwortete ruhig: „Wir haben schon einige nützliche Gespräche geführt. Er hat mir die Arbeit des Towers und das Verkehrschaos hier gezeigt. Es ist ziemlich beängstigend."

Cranston verlor allmählich seine Vorbehalte gegen Dr. Montours. „Und was ist Mr. Sutton für ein Mensch? Er wirkt ganz friedlich."

Sie lächelte. „Er ist ein Kämpfer, Herr Minister. Er verabscheut die Bürokratie, besonders wenn sie ihn beim Schutz von Menschenleben behindert. Ich muß sagen, er ist ein sehr interessantes Studienobjekt. Die Emotionen, mit denen ich es in meinem Beruf zu tun bekomme, liegen normalerweise tief vergraben. Aber Mr. Suttons Grundeinstellung ist sehr deutlich sichtbar. Er besitzt eine unerschütterliche Ehrlichkeit und weiß sehr genau, daß jeder Mensch sein Schicksal Tag für Tag neu bestimmt, Tat für Tat."

„Er ist ein Moralist. Wollten Sie das sagen?"

„Ja, und er erwartet von der Regierung und von den Menschen mehr, als sie ihm gewöhnlich geben können. Mr. Sutton ist offenbar in die Flugsicherung gegangen, weil er das für den wichtigsten Beruf der Welt hielt. Aber die Untätigkeit der Behörden hat ihn sehr desillusioniert."

Der Minister nickte. „Und dafür hat er sich im Fernsehen an uns gerächt."

„Er ist verbittert, Herr Minister", sagte Laura. „Die Regierung, der Beamtenapparat – diese Institutionen haben ihn im Stich gelassen. Jeff Sutton ist ein Dickschädel, aber ich muß ehrlich sagen, ich bewundere den Mann – obwohl ich nicht sagen kann, ob es für Menschen wie ihn noch Platz auf der Welt gibt."

„Nun, das will ich herausfinden", sagte Cranston. „Wenn er recht hat, muß man auf ihn hören. Man muß entweder an schlichte Anständigkeit glauben oder – das eigene Gefühl ist mit einer dicken Hornhaut überzogen." Der Minister hatte nach Worten suchen müssen. Er fragte sich, ob schlichte Anständigkeit noch häufig anzutreffen war oder immer seltener wurde.

Sie verließen das kleine Büro und kehrten in den Verwaltungstrakt zurück, wo Morrison, Sutton und ein weiterer Mann sich unterhielten.

„Herr Minister", sagte Jeff, als Laura und Cranston dazukamen, „das ist Harry Boyle, der schon viele Jahre auf dem Tower Miami Dienst tut. Er kennt unsere Luftwege in- und auswendig. Und das ist Jimmy, Harrys Hund."

Der Minister gab Harry die Hand, dann bückte er sich und streichelte den Labrador.

Schließlich gingen alle in Jeffs Büro, und Mark Cranston kam gleich zur Sache.

„Mr. Sutton", sagte er, „ich höre, Sie haben einige Ideen, wie man unser Flugsicherungssystem verbessern könnte. Ich möchte sie gerne hören."

Morrison warf Laura Montours einen Blick zu. Er war sichtlich nervös. „Mark – äh – solche Dinge gehen normalerweise den Dienstweg. Heute haben wir vor, CORAD in Betrieb zu sehen, und wir haben einen ausgesprochen günstigen Tag dafür erwischt, nicht wahr, Mr. Sutton?"

Jeff nickte. „Das schlechteste Wetter seit Jahren. Aber der Flughafen ist im Moment für allen Verkehr gesperrt, und dadurch wird sich unsere Demonstration verzögern. Ich schlage vor, wir gehen in die Radaretage und unterhalten uns dort über die Probleme dieses Towers."

Als sie Jeffs Büro verließen, begann Jimmy zu bellen.

„Er möchte wohl mitkommen, wie?" meinte der Minister.

„Er folgt mir überallhin", antwortete Harry Boyle.

„Nun, dann nehmen Sie ihn doch mit. Ich hatte auch mal einen Labrador, der war genau wie du, Jimmy", sagte er und tätschelte den Hund, und Jimmy folgte ihnen in den Konferenzraum im Radargeschoß.

Dort angekommen, setzte Mark Cranston die Befragung Jeff Suttons unverzüglich fort.

„Sind Sie der Meinung, daß der Luftraum überfüllt ist?" fragte er.

„In der Nähe der Flughäfen, ja", antwortete Jeff gelassen.

„Diese Behauptung bedarf wohl einiger Einschränkungen", unterbrach ihn Morrison.

„Sie bedarf keiner Einschränkungen, Mr. Morrison", entgegnete Jeff. „Wir hatten im letzten Jahr allein in Miami einundzwanzig Beinahezusammenstöße."

„Wurden diese Vorfälle gemeldet?" fragte der Minister.

„Sie wurden an die FAA-Verwaltung in Atlanta weitergeleitet."

„Merkwürdig", sagte Cranston. „Als wir in Washington die Akten durchgesehen haben, waren nur wenige solche Berichte darin."

„Das kann ich erklären", sagte Ed Morrison. „Bei der Untersuchung haben wir schon in Atlanta einige davon ausgesondert, die gar nicht erst als Beinahezusammenstöße hätten eingestuft werden dürfen."

„Woher wissen Sie, daß die Berichte nicht stimmen?" fragte Cranston.

„Natürlich aufgrund der ermittelten Fakten."

„Die Fakten, Sir", sagte Jeff, „sind aber, daß wir einundzwanzig Beinahezusammenstöße hatten. Ich habe einige davon persönlich auf dem Radarschirm beobachtet."

„Also, wem glauben Sie nun, Mark?" fauchte Morrison.

„Lassen wir das Thema ‚Beinahezusammenstöße' für den Augenblick", sagte der Minister. „Mr. Sutton, kommen auf diesem Tower auch Radarausfälle vor?"

„Ja, Sir. Wir geben diese Berichte auch weiter, aber gewöhnlich geschieht daraufhin nichts. Manchmal wird ein Gerät ausgewechselt, meist aber nicht."

„Wenn, wie Sie sagen, die Luftverkehrssituation um Miami herum schwierig ist, haben Sie doch sicher einen Lösungsvorschlag?"

„Ja. Einen weiteren Flughafen, mehr Lotsen und kürzere Arbeitszeiten."

„Also, Mr. Sutton", warf Morrison ein, „warum sagen Sie nicht gleich dazu, daß Sie Gewerkschaftler sind?"

„Mr. Morrison", begann Jeff ruhig, „die Gewerkschaft bestimmt nicht über die Personalpolitik. Sie tritt nur als kollektiver Verhandlungspartner auf und sorgt dafür, daß die Arbeitsbestimmungen so, wie sie sind, eingehalten werden. Wenn ich sage, wir brauchen mehr Leute, dann spreche ich als Chef dieses Towers. Ich habe hier Leute krank werden sehen, habe Nervenzusammenbrüche erlebt."

„Ich bin anderer Meinung!" sprach Harry Boyle plötzlich dazwischen. „Es bestehen Personalengpässe, das ist richtig, aber das neue Radarsystem, das ich heute vorführen werde, wird dieses Problem weitgehend lösen."

Jeff warf Laura einen Blick zu. Einen Augenblick überlegte er, ob er Harry wirklich das CORAD-System bedienen lassen sollte, um eine peinliche Konfrontation zu vermeiden; aber dann machte er sich klar, daß daran gar nicht zu denken war. Er konnte einem Mann, der mit den Nerven am Ende war, nicht erlauben, an einem Tag, an dem die Sichtweite nahezu Null war, ein noch unerprobtes Radarsystem zu bedienen.

Cranston sah Harry an, dann wieder den Chef des Towers. „Mr. Sutton, soviel ich weiß, sind Sie anderer Ansicht über CORAD?"

„Ja. Ich habe einen sechzigseitigen Bericht an Mr. Morrison geschickt und ihm meine Empfehlungen dargelegt."

„Warum habe ich diesen Bericht nicht zu sehen bekommen, Ed?"

Der Beamte fuhr auf: „Niemand hatte ihn angefordert. Außerdem hält unsere technische Abteilung ihn für wertlos."

„Vielleicht stimmte Mr. Suttons Theorie nicht mit Ihren Interessen überein, Ed", sagte Cranston mit unschuldiger Miene.

Dann wandte er sich wieder an Jeff. „Kurz gesagt: Was enthält dieser Bericht?"

„Im Grunde besagt er, daß CORAD nur eine noch kompliziertere Weiterentwicklung eines Radarsystems ist, das unsere Probleme nicht löst."

„Darf ich einmal einen Augenblick unterbrechen?" fragte Harry Boyle. Er rückte seine Krawatte zurecht. Sein Gesicht war ruhig, und in seinen Augen war nichts von dem Irrsinn zu lesen, den Jeff am Tag zuvor darin gesehen hatte. „Ich glaube, auch Jeff wird bestätigen, daß ich der erfahrenste Fluglotse in diesem Tower bin."

„Ja, Harry ist seit 1953 hier", sagte Jeff, dem daran lag, ihn zu besänftigen. „Er hat einen großen Beitrag zur Luftverkehrssicherheit über Miami geleistet."

„Sehen Sie dieses Abzeichen, Herr Minister?" fuhr Harry fort. Er zeigte Mark Cranston eine kleine blaue Anstecknadel an seinem Revers. „Das ist eine Medaille für zwanzigjährige Dienste."

„Wir haben viele Männer wie Harry, die sich ganz der Flugsicherung verschrieben haben", ergänzte Ed Morrison.

„Zum nächsten Punkt", sagte Harry, „ich bin der Meinung, daß CORAD sehr wohl die Lösung unserer Probleme bedeutet. Und heute werde ich Ihnen vorführen, wie ich den ganzen Luftraum über diesem Flughafen mit einem einzigen Radargerät kontrollieren kann. Sehen heißt glauben, Herr Minister, lassen Sie sich das von mir sagen."

„Dann handeln wir doch danach", sagte Morrison. „Zeigen Sie es uns, Mr. Boyle."

Jeff Sutton stand auf. „Bedaure, meine Herren, aber Mr. Boyle wird CORAD nicht bedienen, falls der Flughafen heute wieder geöffnet wird. Er ist krank."

„Das ist eine Lüge, Jeff!" schrie Harry. „Sie wollen sich nur an mir rächen. Sie sind gegen CORAD, und Sie wissen, daß ich dafür bin."

„Einen Augenblick", sagte der Minister. „Dr. Montours, was wissen Sie darüber?"

„Offenbar erlitt Mr. Boyle gestern so etwas wie einen Schwächeanfall. Ich habe einen dritten Fluglotsen befragt, der dabei war."

„Ich habe Ihnen gesagt, daß unser Amtsarzt Harry für einsatzfähig hält", sagte Morrison.

Der Minister stand auf und sah zuerst Harry, dann Morrison fest an. Schließlich sagte er: „Ich möchte mit Mr. Sutton und Dr. Montours allein sprechen. Was ich hier höre, gefällt mir nicht."

„Warum soll ich nicht dabeisein?" rief Morrison. „Ich bin der Leiter des Amtes."

„Trotzdem." Der Minister blieb hart. „Ich möchte mit Mr. Sutton und Dr. Montours sprechen. Können wir jetzt hinausgehen?"

Sie gingen auf den Flur, und Cranston fragte ohne weitere Einleitung: „Also, was war nun gestern mit Mr. Boyle?"

„Er ist mit einer Feueraxt auf Mr. Sutton losgegangen, Herr Minister", sagte Laura.

„Das wußte ich nicht!"

„Sie können gern mit dem anderen Lotsen sprechen, der dabei war. Der Flugplatz mußte geschlossen werden, während man Harry beruhigte. Er ist ein sehr bedauerlicher Fall. Seine Akte ist voller psychiatrischer Probleme, und er hat sehr oft wegen Krankheit gefehlt. Ich habe sie mir heute morgen angesehen."

„Nun, dann kann ich jedenfalls verstehen, daß Sie dem Mann nicht trauen, Mr. Sutton. Eine bedauerliche Geschichte."

Jeff nickte. „Ja, Sir. Ich werde Ihnen zeigen, was CORAD zu leisten vermag, aber ich lasse Harry nicht heran. Vielleicht kommt es nicht einmal zu einer Vorführung, wenn das Wetter so schlecht bleibt."

„Ich stimme Ihnen zu. Als Minister kann ich Ed Morrison überstimmen."

Sie kehrten in den Konferenzraum zurück, und der Minister kam sofort zur Sache. „Ich halte es für besser, wenn der Chef dieses Towers, Mr. Sutton, uns CORAD vorführt."

Harry sprang auf, und Jimmy erhob sich ebenfalls. Zu Jeffs Überraschung ergriff er die Hand des Ministers und schüttelte sie kräftig. „Wenn Sie alle der Meinung sind, daß ich das Gerät nicht bedienen kann, soll es an mir nicht scheitern."

Plötzlich klingelte das Telefon, und Jeff nahm ab.

„Ich komme sofort", sagte er in den Hörer. Dann wandte er sich an die anderen. „Entschuldigen Sie, aber ich muß mich mal eben um das Wetter kümmern. In der Zwischenzeit kann Mr. Boyle Sie vielleicht durch die Radarräume führen."

Harry war einverstanden. „Ich werde den Herren gern alles zeigen."

Laura Montours folgte Jeff auf den Flur. „Was ist los, Jeff? Du siehst auf einmal aus wie umgewandelt."

„Das Barometer steigt langsam! Hoagy hat mich aus der Kanzel angerufen."

„Gott sei Dank!" sagte sie. Sie rannten die Eisentreppe zur Kanzel hinauf. Oben drängten sich alle ums Barometer. Der Regen klatschte gegen die getönten Scheiben und lief in Bächen herab. Wenn das Tief sich in Bewegung gesetzt hatte, sah man hier jedenfalls noch nichts davon. Aber alle Anwesenden wußten von Jeffs Sorge um seine Tochter und hatten eine graphische Darstellung angefertigt, aus der die kleinsten Bewegungen des Barometers ersichtlich wurden.

„Sehen Sie hier die kleine Aufwärtsbewegung, Mr. Sutton?" fragte Hoagy aufgeregt.

„Ich sehe sie!" Jeff riß den Hörer vom Telefon und rief den Wetterdienst Miami an. „Wir sehen hier eine kleine Aufwärtsbewegung auf dem Barometer", sagte er. „Würden Sie sagen, daß sich das Tief fortbewegt?"

„Ja, Sir. Kein Zweifel. Wahrscheinlich werden Sie in einer Stunde schon die ersten Löcher in der Wolkendecke sehen."

Jeff legte den Hörer auf und schlang die Arme um Hoagy und Laura. „Das Tief zieht ab! Achtet auf die Windrichtung, und ruft mich unten im Konferenzraum an, sobald ihr eine Änderung sehen könnt." Dann stellte er eine Funkverbindung zu Lou Griffis her und teilte ihm die Neuigkeit mit.

„Mann! Da haben wir ja gerade noch mal die Kurve gekriegt, Jeff. Wann könnte ich wohl ein Loch in der Wolkendecke erwischen?"

„Wahrscheinlich in einer Stunde. Wo bist du jetzt?"

„Etwa siebenhundert Kilometer vor Miami . . . Höhe einundfünfzigtausend Fuß."

„Wieviel Treibstoff hast du noch?"

„Für etwa anderthalb Stunden Flugzeit."

„Gut, wir werden ein Schlupfloch für dich finden. Geh bis dahin sparsam mit deinem Treibstoff um."

Lou beendete das Gespräch, und Jeff umarmte Laura. „Die beste Nachricht, die ich je gehört habe", sagte er.

„Ich dachte, Flugzeuge könnten heutzutage ohne Sicht landen."

„Nicht ganz. Sie brauchen immer noch etwa hundertdreißig Meter Sicht nach vorn. Vor dem Aufsetzen muß der Pilot einen Zielpunkt auf der Landebahn ausmachen."

6

ALS Jeff und Laura wieder im Konferenzraum waren, ging Jeff zu einem Wandschrank und kam mit einem riesengroßen Karton zurück. Den stellte er auf den Tisch. „Hier ist meine Lösung für das Verkehrslenkungsproblem", sagte er grinsend zu Laura.

„Das Radargerät der Zukunft?" Sie lächelte.

„Ich hoffe es", sagte er.

Kurz darauf kamen Harry Boyle, der Minister und Ed Morrison von ihrem Rundgang zurück.

Mark Cranston nahm Platz und beäugte den Karton. „Was ist denn das?" fragte er.

„Eine Idee von mir, Sir – für ein neues Radarsystem. Ach ja, das Wetter bessert sich übrigens."

„Gut!" sagte Ed Morrison, der endlich an die CORAD-Vorführung gehen wollte.

„Ein neues Radarsystem, Mr. Sutton? Lassen Sie mal sehen", sagte Cranston.

Jeff öffnete den Karton. „Die Radarsysteme, die wir jetzt benutzen, Herr Minister, zeigen uns den Himmel nicht, wie er ist. Es ist alles zweidimensional. Der Luftraum aber ist keine Fläche. Die dritte Dimension wird darum auf dem Radarschirm durch eine Kennung neben dem Flugobjekt ersetzt, die uns seine Höhe angibt. Die fehlende Dimension muß der Lotse sich also vorstellen. Mit anderen Worten, das wichtigste Element fehlt in unseren gegenwärtigen Abbildungen – eine Darstellung des Luftraums, wie er wirklich ist."

Alle nickten zustimmend, während Jeff die Seitenwände des Kartons herunterklappte.

Sie sahen jetzt einen hohlen Würfel aus Plastik, etwa einszwanzig Kantenlänge. Drinnen überkreuzten sich Tausende feinster Drähtchen. Auf den Boden des Würfels war eine Start- und Landebahn aufgemalt.

„Hier haben wir einen Ausschnitt aus unserem Luftraum", sagte Jeff. „Nun habe ich hier zur Demonstration ein paar Lämpchen eingebaut."

Er betätigte eine Reihe von Schaltern, und ein paar batteriegespeiste Lämpchen leuchteten auf, die Flugzeuge darstellten. Er drückte auf eine Reihe Knöpfe, und die Lichter bewegten sich abwärts zur Landebahn.

„Faszinierend", sagte der Minister. „Läßt sich so ein Gerät bauen?"

„So etwas Ähnliches gibt es bereits auf Kriegsschiffen."

„Dreidimensionales Radar würde ein Vermögen kosten", sagte Morrison.

„Das Budget lassen Sie meine Sorge sein", antwortete Cranston.

„So sehe ich die Zukunft des Fluglotsen", fuhr Jeff fort. „Er wird zwischen lauter solchen Würfeln sitzen. Zum erstenmal wird er den

Luftraum dreidimensional sehen und die wirkliche Position der Flugzeuge zueinander erkennen können."

„Sie empfehlen also die Kombination eines neuen Sichtgeräts mit einem Computer?" fragte der Minister.

„Ja. Zwar wird uns das Antikollisionssystem des Computers immer noch eine Höhenkennung geben, aber ich glaube, daß der Lotse wesentlich entspannter sein wird, wenn er ein maßstabsgerechtes Gesamtbild vor Augen hat. Wenn zwei Flugzeuge sich zu nahe kommen, kann der Lotse es sofort sehen."

Cranston wandte den Blick von dem Plastikwürfel. „Was halten Sie davon, Mr. Boyle? Wäre mit so einem System leichter zu arbeiten?"

„Schon, wir würden eine getreue Abbildung des Luftraums sehen, aber ein geübter Fluglotse stellt ihn sich jetzt schon genauso vor."

„Er sieht aber die Flugzeuge nicht in ihrer wahren Position zueinander", sagte der Minister. „Danke für Ihre Bemühungen, Mr. Sutton. Wir werden das sehr genau prüfen. Die Idee ist einleuchtend."

Während der Minister das sagte, trat Hoagy Washington mit einem breiten Grinsen in den Konferenzraum und übergab Jeff einen Zettel: „Wind dreht auf Nordwest. Sicht nach vorn hundertsiebzig Meter. Wolkendecke hebt sich. Schlage vor, wir nehmen den Betrieb wieder auf."

Es WAR zwanzig nach zwölf, als Jeff die Besucher zur CORAD-Vorführung in die Kanzel führte. Lou Griffis war von der Wetterbesserung unterrichtet worden und wurde in Kürze in Miami erwartet. Draußen prallten die Regentropfen noch immer von den schrägen Scheiben ab, doch die Landebahnbefeuerung war jetzt durch den Regenvorhang schwach zu sehen.

„Also los, holen wir die Vögel runter", rief Jeff zu Nick Cozzoli hinüber. „Warten Sie mit den Starts noch, bis alle aus der Wartezone unten sind. Benutzen Sie Landebahn zwei-sieben rechts."

Nick begann sofort, die Maschinen nacheinander abzurufen.

„Du hast den Minister schwer beeindruckt, Jeff", flüsterte Laura.

Ed Morrison hörte es und warf ihr einen wütenden Blick zu. „Ich werde über Sie einmal mit Ihrem Chef reden", sagte er. „Sie haben wohl die Seiten gewechselt, wie?"

„Ich habe die Situation beschrieben, wie ich sie vorgefunden habe", antwortete Laura.

„Dann hoffe ich, daß Ihr Bericht bereits geschrieben ist", flüsterte Morrison und versuchte, seine Wut vor dem Minister zu verbergen.

Jeff warf einen Blick zu Harry, der lächelnd seinen Hund streichelte.

„Meine Herren", sagte Jeff, „Mr. Boyle wird Ihnen jetzt den Betrieb der Kanzel erklären, bevor wir zur Vorführung schreiten. Ich muß unten im Radarraum nach dem Rechten sehen. Dr. Montours, könnten Sie bitte mitkommen?"

Jeff und Laura verließen die Kanzel.

Aber als sie unten waren, blieb Jeff vor der Tür zum Anflugradarraum stehen. „Was ist los?" fragte Laura, als sie sein verkniffenes Gesicht sah.

„Ich traue Harry nicht. Wenn er nun wieder durchdreht? Ich möchte mir nicht zu allem andern auch noch Sorgen um ihn machen müssen."

„Dann ruf doch den Sicherheitsdienst an, und bitte den Wachmann, sich auf dem Flur bereit zu halten. Harry wird zu beschäftigt sein, um es zu merken."

„Das sollte ich vielleicht tun." Jeff rief im Sicherheitsbereich an und bat Ted heraufzukommen. Dann schloß er die Tür zum Radarraum auf, und er und Laura traten ein. „Hoagy", sagte Jeff zu dem alten Fluglotsen, „wir werden gleich CORAD testen. Ich möchte, daß Sie mich von hier aus überwachen. Kontrollieren Sie mich. Wenn Sie einen Fehler bemerken, schalten Sie sich einfach in meinen Funkverkehr ein."

„Sie trauen dem Ding nicht, wie?" meinte Hoagy ruhig.

„Nicht bei diesem Wetter. Überhaupt, bei keinem Wetter."

Laura und Jeff verließen den Radarraum und trafen Ted vor dem Aufzug. „Ted, wir beginnen gleich mit der Vorführung. Ich möchte, daß Sie sich hinter der Verbindungstür zur Kanzel aufhalten."

„Warum, Mr. Sutton?"

„Nur eine Vorsichtsmaßnahme. Wir hatten eine kleine Auseinandersetzung mit Mr. Boyle darüber, wer CORAD vorführen wird. Ich werde das Gerät bedienen, aber wenn es weiteren Streit geben sollte, komme ich an die Treppe und gebe Ihnen ein Zeichen."

Doch als sie wieder in die Kanzel kamen, schienen Jeffs Sorgen unbegründet. Harry hatte Mark Cranston und Ed Morrison ruhig jeden einzelnen Schritt der Luftverkehrskontrolle, wie sie in der Kanzel gehandhabt wurde, erläutert, und sein Gesicht strahlte, wie Jeff es bei dem Lotsen von ehedem in Erinnerung hatte. „Und nun, meine Herren", schloß Harry, „wird Mr. Sutton Ihnen erklären, wie CORAD dieses System verbessern wird."

„Danke, Harry", sagte Jeff, als er auf das Podium mit dem CORAD-Gerät trat. „Der Hauptvorteil von CORAD, meine Herren, ist, daß es einen Überblick über das gesamte Kontrollsystem gibt und gleichzeitig Computer-Kommandozentrale ist. Diese drei Bildschirme entsprechen den beiden im unteren Radarraum und dem einen hier in der Kanzel. Durch Veränderung des Bildausschnitts kann ich mir alle Luftwege ins Bild holen, die an den Kontrollbereich Südflorida grenzen."

Minister Cranston und Ed Morrison beugten sich über die 46-Zentimeter-Schirme, während Jeff die Bildausschnitte wechselte und verschiedene Bereiche der Verkehrslage von Miami sichtbar machte.

„Der Computer", fuhr Jeff fort, „nimmt die Flugnummer bereits am Flugsteig auf, wie wir gleich demonstrieren werden." Er übernahm von einem der Fluglotsen eine Startmeldung und tippte die Nummer in das Computer-Terminal gleich unterhalb der CORAD-Schirme ein.

„Die Datenbank hat jetzt die Fluginformationen. Wenn der Pilot die Bodenkontrolle ruft, wird seine Stimme in einen Digitalkode übersetzt. Ich drücke auf den Kommandoknopf, und in der Anzeige erscheinen die Rollanweisungen für Delta sechs-acht-neun."

Schon erschien die Anweisung auf dem Computerausdruck.

„Wir haben auch einen sprechenden Computer", sagte Jeff, „aber der ist heute noch nicht betriebsbereit, darum wird Mr. Boyle sich neben mich setzen und die Anweisungen ablesen, die der Computer ausspuckt."

„Ist das nicht faszinierend, Mark?" tönte Morrison stolz.

„Doch, das ist es. Wie viele Arbeitsplätze ersetzt die Maschine?" fragte der Minister Jeff.

„Zwei unten im Radarraum und zwei hier oben", antwortete Harry für ihn.

Die Männer im Tower fuhren herum und starrten die Besucher an. Sie sahen ihre Arbeitsplätze in Gefahr, und Jeff ahnte ihr Entsetzen.

„CORAD verändert nur die Aufgabe des Fluglotsen", fügte Harry rasch hinzu. „Ein Mann wird das System die ganze Zeit überwachen. Sowie der Computer einen Konflikt nahen sieht, leuchtet eine rote Lampe mit der entsprechenden Flugnummer auf. Der Lotse drückt daraufhin zwei Knöpfe: einen für den richtigen Bildausschnitt und den andern zum Anzeigen der bevorstehenden Konfliktsituation. An diesem Punkt gibt der Computer dann Anweisungen wie: ‚Clipper neun-null-acht, wenden Sie augenblicklich um neunzig Grad nach links! Kollisionskurs! Kollisionskurs!' Nachdem der Pilot die Kurskorrektur vorgenommen hat, wird diese rote Alarmleuchte gelb. Und wenn die beiden auf Kollisionskurs befindlichen Flugzeuge in neue Höhen und neue Richtungen geleitet worden sind, leuchtet dieses Lämpchen, das untere, grün auf."

„Sie sehen, Mark, das sind unsere Sicherheiten", sagte Morrison. „Computertechnik kombiniert mit dem menschlichen Gehirn."

„Nun, theoretisch ist mir das klar", sagte der Minister und wandte sich an Jeff. „Dann wollen wir jetzt mal sehen, wie das in der Praxis funktioniert, Mr. Sutton."

„Gut. Harry, würden Sie sich vor den Radarschirm setzen?"

„Aber Jeff", sagte Harry, „ich finde, wir sollten CORAD eine faire Chance geben. Lassen Sie alle Kontrollpositionen raus."

„Das tun wir ja. Sobald Sie und ich übernommen haben, werden Mr. Cozzoli und die andern in der Kanzel kein Flugzeug mehr leiten."

„Und die Radarleute unten?"

„Nun", sagte Jeff langsam, „die werden einfach vor ihren Schirmen sitzen und zusehen. Alle Kontrolle liegt bei uns hier oben."

„Die Radarleute sollten auch hier oben sein. Ich meine, um dem Herrn Minister zu beweisen, daß die vollständige Kontrolle bei CORAD liegt."

„Das halte ich für vernünftig", meinte Morrison nickend.

„Ich bin dagegen", sagte Jeff. „Ich möchte die Radarpositionen vorsichtshalber besetzt lassen. CORAD ist noch im Versuchsstadium."

„Meine Herren", ließ Morrison sich vernehmen. „Wenn CORAD auf Herz und Nieren geprüft werden soll, müssen wir es unter den ungünstigsten Bedingungen testen. Ich sage, alle Mann nach oben."

Jeff schüttelte den Kopf.

„Bedaure", sagte er lächelnd.

Harry sprang von der CORAD-Plattform hinunter. „Ich will diese Leute hier oben haben!"

Vielleicht war es Harrys scharfer Ton, der Jimmy veranlaßte zu bellen. Der Labrador stand vor der Treppe, die in den Vorraum der

Kanzel führte, mit erhobenem buschigem Schwanz. Harry ging zu ihm und sah Ted unten an der Wand lehnen, die Hand am Revolver. „Sie haben den Wachmann heraufgerufen! Ted, kommen Sie hierher! Was soll das?"

„Ich habe Anweisung, unten im Vorraum zu bleiben, Mr. Boyle."

„Wer hat Ihnen das gesagt? Mr. Sutton? Sie bewachen mich!" Harry fuhr herum. „Ich lasse mich nicht von bewaffneten Wächtern kontrollieren. Ich habe auch meinen Stolz", schrie er mit zornrotem Gesicht. Er tastete nach der Handgranate und dem Revolver.

„Natürlich. Man darf Sie nicht so schikanieren, Mr. Boyle", sagte Ed Morrison. „Mr. Sutton, als Leiter der Luftfahrtbundesbehörde befehle ich Ihnen, den Wachmann fortzuschicken und die An- und Abflugradarstationen räumen zu lassen."

„Ich werde weder das eine noch das andere tun", sagte Jeff bedächtig.

„Jetzt hören Sie mal", sagte Harry, „dieser Test wird durchgeführt wie geplant."

„Nein. Ich bin hier immer noch der Chef, und ich befehle Ihnen, die Kanzel zu verlassen, Harry."

Harry richtete sich ganz auf und sah Jeff an; sein Blick war plötzlich irre, die Zeichen seines Wahnsinns waren wieder da.

Die sechs Fluglotsen in der Kanzel blickten zu Jeff, dann zu Harry. Das Stimmengewirr aus den Lautsprechern war plötzlich verstummt.

„Behaltet eure Stationen im Auge!" fuhr Jeff sie an, und die Männer wandten sich ab und beobachteten den Luftverkehr. Aber die gespannte Stille blieb. Man hörte nur das schwere Atmen und den prasselnden Regen an den Fensterscheiben.

Endlich ließ Harry den Kopf auf seine eingefallene Brust sinken, und als er sich wieder aufrichtete, lag ein häßliches Grinsen auf seinem Gesicht.

„Ich will ja mitspielen", sagte er. „Ich möchte nur, daß dieser Test ehrlich zeigt, was CORAD kann – nicht meinetwegen, sondern wegen der Passagiere da draußen. Also, fangen wir an." Harry gab Jeff einen gutmütigen Klaps auf den Arm.

Jeff, der die Gefahr vorüber glaubte, setzte sich vor die drei Bildschirme des CORAD und schaltete den Computer ein. Harry trat aufs Podium hinter Jeff, als wollte er die Bildschirme beobachten.

Aber seine Hand fuhr unter sein Jackett und riß den Revolver heraus, dessen Mündung er direkt auf Jeffs Hinterkopf richtete.

„Jeff! Gib acht!" schrie Laura.

„Immer mit der Ruhe, alle miteinander!" brüllte Harry und fuchtelte mit dem Revolver herum. „Es passiert nichts."

„Stecken Sie das weg!" donnerte Jeff, als er sich zu Boyle umdrehte.

„Harry, sind Sie wahnsinnig?" schrie Cozzoli.

„Kümmern Sie sich um den Verkehr!" rief Jeff. „Das hier erledige ich. Harry, jetzt ist es genug! Das ist ein schlechter Witz. Ich gebe Ihnen fünf Sekunden, den Revolver da auf den Tisch zu legen."

„Mr. Boyle", begann Ed Morrison mit stockender Stimme, „ist Ihnen klar, daß Sie eine Waffe auf einen Minister der amerikanischen Regierung gerichtet halten?"

„Ich tue es nur für CORAD. Sie wollten doch, daß ich CORAD unter Beweis stelle!"

Laura ging mit ausgestreckter Hand auf ihn zu. „Harry", sagte sie sanft, „geben Sie mir bitte den Revolver. So erreichen Sie nichts. Sie können uns nicht alle damit erschießen. Es sind gar nicht genug Patronen darin."

Harry wich zurück.

„Bleib weg, Laura!" befahl Jeff. „Der Kerl ist nicht bei Sinnen!"

Harry begann zu lachen. Zuerst klang das Lachen normal; dann hörten sie den Irrsinn heraus. „Dr. Montours hat recht", sagte er. „Ich kann euch nicht alle mit dieser Waffe umlegen. Meint ihr, daran hätte ich nicht gedacht? Nein, der Revolver ist nicht das einzige, was ich habe! Seht euch das mal an."

Er zog die Handgranate vom Gürtel, und Laura stieß einen erstickten Schrei aus.

„Das ist eine Splitterhandgranate. Schon mal gesehen, wenn so ein Ding losgeht? Es ist entsetzlich! Die Menschen werden zerfetzt wie Papiertaschentücher."

„Warum nur, Harry, warum?" schrie Ed Morrison.

„Wir werden CORAD *richtig* vorführen", sagte Harry. „Und nun sehen Sie mir mal schön zu, Jeff. Ich ziehe jetzt den Sicherungsstift heraus, und wenn Sie mir noch einmal in die Quere kommen, brauche ich nur den Bügel loszulassen, und alles ist aus. Wenn das Ding hochgeht, ist es Ihre Schuld."

„Harry", sagte Jeff, während er beobachtete, wie der Sicherungs-

stift langsam aus der Hülse genommen wurde, „Sie würden damit die
ganze Kanzel zerstören. Uns können Sie töten, aber was ist mit den
ganzen Flugzeugen da draußen? Das gibt ein Dutzend Zusammenstöße, Harry! Denken Sie mal an die vielen Passagiere."

„An die denke ich ja. Und darum werden Sie tun, was ich sage."

„Was wollen Sie denn von mir, Harry?" fragte Jeff, ohne die
Granate aus den Augen zu lassen.

„Befehlen Sie Hoagy, den Anflugverkehr wieder in eine Wartezone
zu schicken, bis hier alles klar ist. Dann sollen er und seine Leute
heraufkommen. Alle!"

ZU DIESEM Zeitpunkt befanden sich sechzehn Maschinen im
Anflugbereich, darunter fünf Auslandsflüge. Das Wetter hatte ein
wenig aufgeklart, aber die riesigen Kumuluswolken waren immer
noch nicht abgezogen und türmten sich wie gewaltige Kathedralen
über den Everglades.

Neben Hoagys Radarschirm klingelte das Telefon. „Hoagy, hier
Jeff. Äh – wir haben eine Änderung vorgenommen."

„Was für eine? Moment. Delta sechs-zwo-null, gehen Sie sofort auf
null-vier-null Grad. Ja, Mr. Sutton?"

„Also – äh – Mr. Morrison entschied, daß die Radarstationen
geschlossen und die ganze Verkehrsleitung über CORAD allein
abgewickelt werden soll."

Hoagy war wie vor den Kopf geschlagen. „Ist das nicht ein bißchen
riskant?"

„Es wird schon gutgehen. Schicken Sie allen Anflugverkehr in eine
Wartezone. Wenn wir hier oben einsatzbereit sind, werden wir sie zur
Landung herunterholen. Allen abgehenden Verkehr halten wir auf,
bis wir eingespielt sind. Und sagen Sie den Leuten, sie sollen
raufkommen und zusehen."

„Na gut. Aber es wird ein Weilchen dauern, bis hier alles geregelt
ist."

Harry hatte Jeffs Anruf über einen zweiten Hörer mitgehört, und
nachdem beide aufgelegt hatten, wandte Jeff sich an ihn. „So, und
würden Sie jetzt wieder den Sicherungsstift einstecken? Die Granate
könnte Ihnen ja mal aus der Hand fallen."

„Gut, Jeff. Ist schon drin."

Ein paar Stufen unterhalb der Kanzel stand Ted noch immer an der

Wand des Vorraums und hörte das Gespräch über ihm mit. Er spielte mit dem Gedanken, sich auf Harry zu stürzen, aber der Labrador stand wie angenagelt am oberen Treppenabsatz; jedesmal, wenn Ted sich bewegte, knurrte der Hund und machte Harry auf Ted aufmerksam. Ted wußte, daß Hoagy und die Radarmannschaft bald dasein würden; er wollte versuchen, sie zu warnen, und hoffte, daß wenigstens einer entkommen und Hilfe herbeiholen könnte. Vorsichtig bewegte er sich auf die Stahltür zu und wartete. Er zog seinen Revolver heraus und beugte und streckte die Finger, versuchte den arthritischen Zeigefinger um den Abzug zu legen.

„Harry" – zum erstenmal sprach der Minister von der anderen Seite der Kanzel, wo er und Morrison Zuflucht gesucht hatten –, „kennen Sie eigentlich die Konsequenzen dieser Geiselnahme?"

„Und kennen Sie, Herr Minister, die Konsequenzen, wenn Sie weiter an diesem veralteten Flugsicherungssystem kleben? Sehen Sie mal, ich habe nichts mehr zu verlieren. Ich sollte vorzeitig pensioniert werden, das wissen Sie, und dabei ist diese Kanzel mein Leben. Sie ist das einzige, was ich je im Leben hatte, außer meiner Familie. Sie waren immer ein großer Mann, Sir . . . Sie sind immer in einem Wagen mit Sonderkennzeichen herumgefahren. Ich habe so was nicht. Ich bin ein gewöhnlicher Mensch. Aber ab heute wird mein Name bekannter sein als der Ihre, Herr Minister."

„Harry", flehte Ed Morrison, „seien Sie doch vernünftig. Sie können Ihr Ziel auf anderem Wege erreichen."

„Und Sie müssen vielleicht gar nicht von hier fort", fügte Laura hinzu. „Angenommen, Sie bekommen einen guten, verantwortungsvollen Posten angeboten?"

Ed Morrison, der den Anflug eines Lächelns auf Harrys Gesicht sah, trat vor. „Natürlich. Ich werde dafür sorgen, daß Sie einen guten Posten bekommen. Mit viel höherem Gehalt. Aber das kann ich nicht, wenn Sie weiter mit einem Revolver auf uns zielen."

„Ich glaube Ihnen nicht. Sie haben mir schon einmal eine Stelle versprochen."

Bei der Erwähnung eines früheren Angebots warf Mark Cranston einen raschen Blick zu Morrison.

Zu Harry sagte er: „Ich werde dieses Versprechen unterstützen. Haben Sie Vertrauen zu uns."

„Meine Herren . . .", sagte Jeff und erhob sich.

„Setzen Sie sich, Jeff! Ich ziele mit dem Revolver auf Ihren Rük-ken."

„Na schön. Ich sitze ja schon. Darf ich jetzt etwas sagen?"

„Was Sie wollen", sagte Harry. Er sah zu seinem Hund, der noch immer auf Ted hinunterstarrte. Harry ging zur Treppe und richtete seinen Revolver auf den Wachmann. „Werfen Sie die Waffe weg, Ted!"

Ted sah auf, geradewegs in die Mündung von Harrys Magnum. Er ließ seinen Revolver auf den Boden fallen.

„So ist es brav, Ted. Also, Jeff, was wollten Sie sagen?"

„Meine Herren, die Demonstration ist vorüber. Sie haben gesehen, was hier nicht stimmt. Harry Boyle hat den Verstand verloren. Er hätte schon längst aus diesem Tower verschwinden müssen. Aber wenn ich alle Leute in Pension schickte, die Harry Boyles Symptome aufweisen, jeden mit Magengeschwüren und Kopf- und Rücken-schmerzen, säßen hier bald nur noch ein paar unerfahrene Anwärter. Was in der Flugsicherung nicht stimmt, ist nicht nur das Radarsystem; die Belastung für die Leute ist zu groß. Harry Boyle hat meine Behauptung soeben bewiesen."

Ein irres Lachen kam aus Harrys Mund. „Jeff Sutton ist hier derjenige, der verrückt ist", krächzte er. „Darum haut er ja auch ab. Er verkraftet die Belastung nicht mehr. Ich bin völlig in Ordnung. Sie werden heute sehen, daß ich sämtliche Stationen dieses Towers allein bedienen kann."

Unten im Vorraum hörte Ted Schritte vor der Stahltür. Er zog sie vorsichtig für Hoagy und die anderen Fluglotsen auf.

„Mr. Washington", flüsterte Ted, „Harry Boyle ist da oben mit einem Revolver und einer Handgranate. Der Mann ist verrückt."

Hoagy wollte schon durch die halb geöffnete Tür zurückweichen, als Harry plötzlich auf dem oberen Treppenabsatz erschien und seine Waffe schwenkte.

„Hier herein, Hoagy!"

Hoagy blieb stehen und überlegte kurz, ob er es nicht schaffen könnte, durch die kugelsichere Tür zu schlüpfen, ehe Harry ab-drückte.

„Kommen Sie her, und machen Sie die Tür zu!" schrie Harry. „Aber schnell!"

In dem Moment, als die Männer sich im Vorraum drängten und die

Tür hinter ihnen zuschwang, ließ Ted sich zu Boden fallen. Er packte seinen Revolver, richtete ihn nach oben und drückte ab. Der Schuß ging fehl.

Das Echo war noch nicht verhallt, da schoß Harry zurück. Die Kugel traf Ted ins Gesicht. Ted bäumte sich auf und kippte nach hinten.

Der Mann war tot.

Nur der prasselnde Regen und der Wind waren noch zu hören. Die Fluglotsen in der Kanzel gingen an die Treppe und starrten auf das Blut, das sich aus Teds Mund ergoß.

Hoagy sah zu Harry Boyle auf. „Mein Gott, was haben Sie getan?" schrie er.

„Ich wollte es nicht!" kreischte Harry. „Er hat zuerst geschossen!" Er wandte sich an die hinter ihm Stehenden. „Ihr habt's gesehen. Ich meine es ernst. Zurück mit euch! Alle." Er ging die Treppe hinunter und verlangte von den Männern den Schlüssel. Dann schloß er die Tür ab und stieg wieder hinauf in die Kanzel.

„Mr. Boyle, Sie haben immer noch Zeit, den Revolver herzugeben. Wenn nicht, werde ich persönlich dafür sorgen, daß Sie wegen Mordes vor Gericht gestellt werden", sagte Mark Cranston.

„Wissen Sie was, Herr Minister? Das ist mir egal." In dem Moment klingelte das Telefon, und Harry nahm ab. „Tower."

„Hier ist Joe Redmond. Ich bin im Kabelschacht und untersuche den Radarausfall von gestern. Ist Mr. Sutton da?"

Redmond, der Radartechniker, und sein Assistent, ein Schwarzer namens Leroy Tillis, hatten den ganzen Morgen die Radarkabel im Innern des Towers durchgecheckt. Der Stiel der „Tulpe", äußerlich eine simple Konstruktion, war in Wirklichkeit eine sechzig Meter hohe Hülse für ein kompliziertes Gebilde lebenswichtiger Systeme. In der Mitte befand sich der Expreßlift. Rings um diesen herum führte eine Treppe, und an den Seiten befanden sich zwei riesengroße Kabelschächte für die Elektrizitäts-, Telefon- und Radarleitungen von der Kanzel in den unteren Trakt.

Der Tower hing an hundertfünfzigtausend Kilometern elektrischer Leitungen.

Um den sogenannten Radarausfall vom Vortag zu untersuchen, wie versprochen, hatten die beiden Männer sich langsam in dieser Röhre über Eisensprossen emporgearbeitet und die verschiedenfarbigen

Radarleitungen überprüft. Sie waren noch knapp fünf Meter unterhalb der Kanzel.

Harry hörte über den zweiten Apparat mit und machte Jeff ein Zeichen. „Sagen Sie denen, daß hier alles in bester Ordnung ist", befahl Harry.

Jeff nahm den Hörer. „Ja, Joe?"

„Ich meine, ich hätte Schüsse gehört. Ist da oben alles in Ordnung?"

„Das waren nur Fehlzündungen von den Wartungsfahrzeugen draußen."

„Hörte sich aber nicht nach Fehlzündungen an, Mr. Sutton. Zu nah."

„Sie wissen doch, wie der Regen den Schall trägt."

„Na ja, so wird's wohl sein. Übrigens haben wir die Leitungen geprüft. Sie sind tot. Ist der Tower in Betrieb?"

„Wir haben vorübergehend zugemacht, um auf CORAD umzuschalten. Aller Anflugverkehr ist in der Wartezone."

„Aha. Also, wir sind hier bald durch, und ich habe noch immer keinen Fehler gefunden."

„Schon gut. Machen Sie – äh – nur weiter." Jeff hätte Joe so gern ein Zeichen gegeben, daß ein Verrückter die Leitung des Towers übernommen hatte, aber das konnte er nicht am Telefon. Und so machte sich der Radartechniker eben wieder an die Arbeit.

„So, und jetzt fangen wir an", verkündete Harry. „Jeff, Sie und Dr. Montours gehen da drüben auf die andere Seite der Kanzel. Mr. Morrison, Herr Minister, Sie stellen sich hier ans Podium. Nick, Sie lesen die Computerdaten ab."

Harry sprach ganz kühl und sachlich. Nichts erinnerte daran, daß er soeben einen Mann getötet hatte.

„Nun seien Sie doch einmal vernünftig", sagte Jeff in einem letzten Versuch, Harry wieder zu sich zu bringen.

„Ich war immer vernünftig. Es hat mir nichts genützt."

Der CORAD-Test lief an. Weder Jeff noch sonstjemand im Tower dachte daran, einmal einen Blick auf das Wetterradar über dem CORAD-Stand zu werfen. Keiner sah die riesigen, hohen Kumuluswolken, die sich langsam auf den Flughafen zu bewegten. Hitzewellen und heftige Auf- und Abwinde näherten sich unaufhaltsam den Landebahnen.

Zwölf Uhr zweiundvierzig. Die Concorde stieg aus ihrer einsamen, eisigen Höhe herab, ihre nadelförmige Nase durchstieß die grauen Wolken. Lou war bester Dinge. Das Ende des Fluges rückte näher.

Er lächelte, als er das Mikrofon für eine Lautsprecherdurchsage an die Passagiere einschaltete.

„Meine Damen und Herren, hier spricht Flugkapitän Griffis. Wir befinden uns jetzt östlich von Nassau auf den Bahamas und sinken zum Landeanflug auf Miami. In etwa fünfzehn Minuten werden wir über dem Flughafen sein. Die Temperatur in Miami beträgt zweiundzwanzig Grad, und leider regnet es. Wir rechnen nicht mit einer Landeverzögerung, aber um Miami herum ist das Wetter ein bißchen rauh, darum bitte ich Sie jetzt zu Ihrer eigenen Sicherheit, die Sitzgurte anzulegen."

Honey Sutton beugte sich über Margaret Corbett und berührte ihren Arm.

Die alte Dame blinzelte, schloß die Augen wieder und wendete ihr Gesicht Honey zu. „Wie? Was?"

„Wir gehen jetzt runter."

„Schon? Mir kommt es vor, als wenn ich gerade erst die Augen zugemacht hätte."

„Sie haben fast eine Stunde geschlafen."

„Das habe ich Ihnen zu verdanken, mein Kind. Ich muß sagen, das Fliegen gefällt mir. Es ist, als ob man in einem Theater ohne Bühne säße."

Honey verstand den Vergleich nicht, lächelte aber.

Um zwölf Uhr sechsundvierzig kreiste Sean McCaffertys Helio Courier noch immer in der Wartezone westlich des Internationalen Flughafens Miami.

Sean flog in sechstausend Fuß Höhe durch stahlgraue Wolken, die ihm nahezu jede Sicht nahmen. Aber das Motorgeräusch klang normal, und er wußte, daß Miami eine Wetterbesserung erwartete.

„Sean, es wird wieder so holprig", sagte Connie.

„Kein Grund zur Sorge. Wie geht's euch Mädchen da hinten?" fragte er und wandte den Kopf.

„Uns gefällt es", riefen seine Töchter.

Als Sean sich wieder seinen Instrumenten zuwandte, sah er, daß es ein Fehler gewesen war, die Skalen aus den Augen zu lassen: Ein Flügel der Helio neigte sich, und die instabile Luft verursachte einen steilen Sturzflug.

„Sean!" schrie Connie. „Da passiert was!"

„Ich weiß, ich weiß", gab er zurück.

Sean richtete vorsichtig die Nase der Maschine auf, und Sekunden später war das Flugzeug wieder im Gleichgewicht. Im nächsten Moment aber machte es einen besonders heftigen Satz. „Sean, wir sollten lieber landen", rief Connie.

„Nicht nötig. Es ist doch alles in Ordnung. Wir werden etwas langsamer fliegen, dann wirst du sehen, wieviel ruhiger es wird."

Er fuhr die Klappen zu einem Viertel aus und trimmte die Maschine auf hundert Stundenkilometer. Das Stoßen und Rütteln hörte fast auf.

Fünfzig Kilometer entfernt im Tower MIA roch es wie in einer Umkleidekabine bei Halbzeit. Harry Boyle hatte den Betrieb wieder aufnehmen lassen, und der CORAD-Test begann. Aber Morrison und der Minister interessierten sich nicht mehr für CORAD. Ihre Gedanken kreisten nur um ein Ziel: lebend aus dieser Kanzel herauszukommen.

Unter ihnen im Stiel des Towers hatte Joe Redmond seine Arbeit beendet, ohne einen Fehler in den Radarkabeln aufgespürt zu haben. Er stieg die lange, feuchtkalte Eisenleiter hinunter und gelangte in die Schaltzentrale. Leroy Tillis war schon dort.

„Haben Sie was gefunden, Leroy?"

„Nein, Sir", antwortete der Schwarze. „Absolut nichts."

„Leroy, haben Sie vorhin zwei Fehlzündungen gehört?"

„Klang mir mehr nach Schüssen. Ich habe früher Truthähne gejagt, und das klang mir nicht nach Fehlzündungen."

„Das fand ich auch, und ich habe deswegen oben angerufen. Aber Mr. Sutton sagt, es wären Wartungsfahrzeuge gewesen."

„Sind doch gar keine in der Nähe. Um den Tower herum ist nur Gras. Der Beton fängt erst fünfhundert Meter weiter an."

„Das hab ich mir auch gedacht, und wissen Sie was? Mr. Sutton sprach so komisch. Fragen wir mal Ted, ob er was gehört hat."

Die beiden Männer gingen hinauf in den Sicherheitsbereich, wo Vic Sloan, ein dicker ehemaliger Verkehrspolizist aus New York, gähnend am Tisch saß. „Wo ist Ted?" fragte Joe.

„In der Kanzel. Mr. Sutton hat gesagt, daß Boyle im Auge behalten werden sollte. Da hat man mich gerufen, um Ted hier abzulösen."

„Haben Sie vorhin Schüsse gehört?"

„Nein."

„Wir aber", sagte Joe.

Vic richtete sich auf. „Sehen wir mal, ob Ted was weiß." Der Wachmann rief in der Kanzel an. Harry Boyle meldete sich.

„Hier ist Vic vom Sicherheitsdienst. Kann ich mit Ted sprechen?"

„Er hat zu tun", schrie Harry ins Telefon.

„Äh – seine Frau ist krank. Ich muß ihn sprechen."

„Das geht aber nicht!" schnauzte Harry und knallte den Hörer auf.

Vic sah die beiden Radartechniker überrascht an. Dann sagte Joe: „Gehen wir mal da rauf."

Minuten später traten die drei Männer im obersten Geschoß aus dem Aufzug.

Sie gingen durch die Radarräume, den Aufenthaltsraum, den Konferenzraum.

„Wieso ist es hier so leer?" fragte Joe.

Niemand konnte diese Frage beantworten. Sie gingen den Flur entlang und wandten sich zum Vorraum, der in die Kanzel führte. Plötzlich blieb Joe Redmond stehen. Im grellen Licht der Neonröhren sah er ein rotes Rinnsal unter der Tür durchsickern, Joe kniete nieder, fuhr mit dem Finger durch die rote Flüssigkeit und sah sie sich näher an.

„Blut."

Vic hielt das Ohr an die graue Eisentür. „Ich höre nichts."

„Probieren wir mal, ob die Tür offen ist", sagte Joe.

Vorsichtig drehte Vic am Knauf. „Zugeschlossen. Wir sollten wieder runtergehen und die Flughafenpolizei rufen."

Zwei Minuten später läutete im Hauptgebäude des Flughafens das Telefon im Büro des Sicherheitsdienstes. Clint Adkins, der fünfzigjährige Sergeant vom Dienst, nahm ab und ließ sich von Joe Redmond schildern, was sie gesehen und gehört hatten. „Sagt mal, wollt ihr mich auf den Arm nehmen?" fragte er.

„Nein, Sir", sagte Redmond. „Ich weiß, wie Blut aussieht, und ich weiß, wie Schüsse klingen. Das waren keine Fehlzündungen. In der Nähe des Towers fahren sowieso keine Wartungsfahrzeuge herum."

Clint Adkins wies ihn an zu bleiben, wo er war. Er würde jetzt die

Sache in die Hand nehmen. Er ging nebenan ins FAA-Büro und erklärte dem diensthabenden Beamten, was er eben erfahren hatte. „Das sehen wir uns lieber mal an", sagte Adkins.

„Wir könnten uns ein starkes Fernglas besorgen und zum alten Tower hinübergehen . . . von dort haben wir gute Sicht."

Sie machten sich auf die Suche nach einem Fernglas.

In der Kanzel flüsterte Jeff Laura zu: „Ich muß etwas tun. Die Concorde kommt, und das Wetter sieht böse aus."

„Wir können Harry nicht den Revolver entreißen. Er würde nur wieder die Granate entsichern. Laß es mich noch einmal auf die weibliche Tour versuchen."

Obwohl niemand mehr die CORAD-Vorführung beachtete, lief alles ganz gut. Der Computer spuckte Start- und Landeerlaubnis aus; Nick Cozzoli sprach sie in sein Mikrofon. Die siebenundfünfzig Flugzeuge im Kontrollbereich Miami wurden von nur zwei Mann und einem emsigen Computer abgefertigt.

„Sehen Sie, wie gut wir das machen, Herr Minister?" fragte Harry strahlend. „Ich habe alles vollkommen unter Kontrolle."

Laura trat vor. „Harry, ich muß Ihnen recht geben. Sie haben bewiesen, daß Sie den Tower ganz allein in Betrieb halten können, und CORAD macht seine Sache gut. Und jetzt geben Sie mir bitte den Revolver."

„Ja, Harry, geben Sie die Waffen heraus", sagte Ed Morrison. „In dieser Situation können wir die Radaranlage nicht richtig beurteilen."

Von der anderen Seite der Kanzel sah Jeff die weißen Flecken des nahenden Unwetters auf dem Wetterradarschirm. Mit seinem geübten Blick erkannte er sofort, daß die größte Gefahr nicht die einer Kollision war – damit wurde der Computer wahrscheinlich fertig. Auch war es nicht Harry, denn Jeff war ziemlich sicher, daß der Mann genug Verstand besaß, um weder seinen Revolver noch einmal abzufeuern noch die Handgranate detonieren zu lassen. Der Gegner war jetzt das tobende Gewitter – die starken Abwinde im Verbund mit den in große Höhen reichenden Sturmwirbeln, die sich der Anflugschneise von MIA näherten.

„Harry", sagte Jeff, „sehen Sie mal bitte aufs Wetterradar. Da bauen sich Gewitter auf."

„Das sehe ich, und ich werde den Verkehr um sie herumleiten.

Rufen Sie mal Dr. Montours von hier weg. Lassen Sie mich nur machen.“

„Haben Sie etwas dagegen, wenn ich Ihnen über die Schulter sehe? Vier Augen erkennen mehr als zwei.“

„In Ordnung. Aber eine falsche Bewegung, und die ganze Bude fliegt in die Luft.“

AUF der gegenüberliegenden Seite des Flugfeldes betraten Clint Adkins und der diensthabende Beamte den verlassenen alten Tower und richteten das Fernglas auf die Tulpe.

„Sehen Sie was?“ fragte Adkins.

„Bei dem Regen erkennt man nichts deutlich. Aber es scheint, als ob sie nur alle vor dem Radargerät ständen. Nichts Besonderes. Schauen Sie mal durch.“

Clint blickte durch das Fernglas und beobachtete die verschwommenen Konturen gegenüber.

„Kommt mir nicht ungewöhnlich vor.“

„Blut ... Schüsse ..., ich glaube, Ihre Leute spinnen“, sagte der diensthabende Beamte lachend.

7

„HARRY, ich würde diese anfliegende Air France weiter um den Gewitterherd herumleiten“, sagte Jeff und zeigte auf einen weißen Fleck auf dem Wetterradar.

„Der hat selbst Radar im Cockpit“, antwortete Harry rasch. „Na gut, Nick, halten Sie alle Maschinen auf Abstand dazu.“

„Hab ich schon gemacht, Harry“, sagte Nick.

„Aber sehen Sie die Delta acht-sieben-sechs! Die ist zu dicht dran“, rief Jeff.

„Das mache ich schon“, sagte Harry. „Nick, holen Sie von dem Delta-Piloten einen Bericht ein. Jeff, gehen Sie endlich mit Dr. Montours da drüben hin.“

Einen Augenblick überlegte Jeff, ob er Harry nicht mit der einen Hand die Granate und mit der andern die Pistole entreißen könnte. Aber er gab den Gedanken wieder auf und setzte sich neben Laura auf den Arbeitstisch. „Wenn Honey etwas passiert, werde ich es mir nie verzeihen", flüsterte er ihr zu. „Die Concorde ist nur noch etwa fünfzig Kilometer entfernt. Schon fast im Anflugsektor."

„Paß mal auf, ich habe eine Idee", sagte Laura. „Ich frage ihn, ob ich etwas Wasser heiß machen darf, um eine Suppe zu kochen. Wenn du ihn dann ablenkst, überschütte ich ihn mit dem kochenden Wasser. Dann schnappst du dir die Waffen."

„Er wird dich kommen sehen."

„Ich bin ganz schön flink, mein Lieber."

„Was flüstert ihr beide da drüben?" fragte Harry.

„Wir haben nur gerade gemeint, daß wir etwas zur Beruhigung der Nerven brauchen könnten", sagte Laura. „Haben Sie etwas dagegen, wenn ich uns eine Fertigsuppe aufbrühe?"

Harry zuckte mit den Schultern. „Meinetwegen."

Laura ging zu der elektrischen Kochplatte auf der gegenüberliegenden Seite, füllte einen Kessel mit Wasser aus der Leitung daneben und schaltete die Platte ein.

Das Telefon klingelte wieder, und Harry nahm ab.

„Es ist die Concorde, Jeff. Nehmen Sie an. Ich höre aber zu."

„Hallo, Jeff", sagte Lou. „Wir haben den Leitstrahl für Bahn zwei-sieben rechts empfangen. Was macht das Gewitter bei euch?"

„Das ist nördlich von euerm Gleitweg. Wie sieht's bei dir mit dem Treibstoff aus?"

„Nicht schlecht. Noch knapp zwanzig Tonnen."

„Gib mal deine Höhe an."

„Ich bin gerade unter sechstausend Fuß."

„Zeigt das Ihr Radar auch an, Harry?" fragte Jeff.

„Genau."

„Alles klar, Lou."

Lou Griffis war beruhigt. Das Flugzeug hinunterzubringen war jetzt fast ein automatischer Vorgang.

Die Concorde landet mit hochgezogener Rumpfnase, so daß der ganze Deltaflügel im Grunde zu einer einzigen großen Bremsklappe wird. Die Luft trifft bei der Landung auf die Unterseite der aufgerichteten Tragfläche und verlangsamt das Flugzeug auf ungefähr zweihundertneunzig Stundenkilometer, die richtige Geschwindigkeit zum Aufsetzen. Das schon auf dem Reißbrett erkennbare Problem solch einer „hochnäsigen" Landung war, daß der Pilot die Bahn nicht sehen konnte. Die Konstrukteure lösten es, indem sie der Maschine

eine sogenannte absenkbare Rumpfnase gaben. Wenn die Concorde
sich zur Landung anschickt, wird die Nase mittels einer Hydraulik
nach unten abgekippt, so daß der Pilot Sichtverbindung mit der
Landebahn behält.

Lou bereitete den Landeanflug vor und ging die Checkliste durch.
Er ließ das Fahrwerk ausfahren, und Charles Moran, der rechts von
ihm saß, zog den Fahrwerksgriff. Die Lämpchen vor ihm wechselten
von Gelb auf Grün und zeigten an, daß Haupt- und Bugfahrwerk
ausgefahren waren.

HELLES Licht durchbrach die dichten Wolken, die Sean McCaffertys
Wasserflugzeug einhüllten, aber der schneidende Wind hatte nicht
nachgelassen, und die Helio wurde heftig geschüttelt.

„Sean, ich glaube, mir wird schlecht", stöhnte Connie.

„Na gut. Ich rufe Miami." Sean rief über Funk die Anflugkontrolle.
Nick Cozzolis Stimme meldete sich knisternd. „Helio, kommen."

„Wir haben hier schwere Turbulenzen. Kann ich nicht bald
landen?"

„Wir nehmen Sie rein. Gehen Sie auf Kurs drei-null-null. Sinken Sie
auf tausendfünfhundert Fuß."

Sean drehte in den Wind und fuhr die Klappen weiter aus. Seine
Fluggeschwindigkeit verringerte sich.

„So ist es besser, Sean", sagte Connie. „Danke."

„Wir sind in ein paar Minuten unten."

Inzwischen war die Concorde auf ihrem Sinkflug fünfunddreißig
Kilometer östlich von Miami auf fünftausend Fuß heruntergegangen.
Die Nase war heruntergeklappt. Geschwindigkeit und Sinkflugwin-
kel waren Routinesache.

Laut dem CORAD-Computer war Sean McCaffertys Wasserflugzeug vor der Concorde mit der Landung dran. Drei Kilometer vor der
Landebahn sollte es deren Anflugbahn schneiden, aber so weit davor,
daß die Concorde es unmöglich überholen konnte. Theoretisch war
alles in bester Ordnung. Nick Cozzoli tippte die Anflugdaten ein, und
in der fieberhaft arbeitenden Datenbank war ein neuer Konfliktpunkt
gespeichert.

Doch Harry Boyle und CORAD nahmen eine Unstimmigkeit
nicht wahr. Der Computer war darauf programmiert, daß Leichtflugzeuge mit einer Geschwindigkeit zwischen fünfundneunzig und

hundertfünfzig Stundenkilometer zur Landung anflogen, schwere Flugzeuge mit zweihundertdreißig bis dreihundert. Der Computer hatte keine Ahnung, daß es ein Flugzeug auf der Welt gab, das voll manövrierfähig mit sechzig Stundenkilometern zur Landung ansetzen konnte: die Helio Courier.

Der Weg der Helio blinkte auf Harrys Bildschirm, aber er hatte noch viele andere Objekte auf dem Schirm und bemerkte die veränderte Geschwindigkeit des Kleinflugzeugs nicht.

Die Concorde setzte ihren Sinkflug fort. Sean scherte in ihre Bahn ein, als sein Geschwindigkeitsmesser fünfzig Stundenkilometer anzeigte. Genau in diesem Moment, um zwölf Uhr siebenundfünfzig, war die Concorde noch zweitausend Fuß hoch. Die Helio flog fünfhundert Fuß tiefer unmittelbar darunter. Aber da die beiden Maschinen auf verschiedenen Höhen flogen, schlug das Konfliktwarnsystem des CORAD keinen Alarm. Hätte ein aufmerksamer Lotse wie Nick Cozzoli den Bildschirm beobachtet, so hätte er sofort erkannt, daß die Helio in der falschen Position war.

In der Concorde schrie Lou plötzlich auf: „O nein!" Als Pilot, der die Fliegerei im Blut hatte, brauchte er weder Geschwindigkeits- noch Höhenmesser, um zu merken, daß sein Flugzeug fiel. Sein Magen wurde nach oben gedrückt, als die Concorde plötzlich von einer schweren Fallbö erfaßt wurde, einem Abwind von orkanartiger Stärke, der alles mit dreihundert Stundenkilometern zur Erde hinunterriß.

„Schub! Mehr Schub!" brüllte er und stieß die Hebel vor. Die Triebwerke der Concorde heulten auf. Fünf Sekunden würden sie zum Reagieren brauchen; bis dahin war die Concorde hilflos diesem gnadenlosen Windtrichter ausgeliefert. Wenn Lou nicht genug Schub entwickeln konnte, würde der Jet am Boden zerschellen.

Lou schickte ein Stoßgebet zum Himmel, seine Triebwerke möchten reagieren. Warum waren diese Winde nicht vorhergesagt worden? Man hätte ihn darauf aufmerksam machen müssen. Aber es war sinnlos, sich noch darüber aufzuregen. Jetzt ging es ums Überleben.

AUF der CORAD-Anzeige wimmelte es so von Objekten und Wetterstörungen, daß Harry nicht bemerkte, wie die Höhenanzeige der Concorde verrückt zu spielen begann und den heimtückischen

Sturz des Flugzeugs signalisierte. Aber auch das automatische Alarmsystem reagierte nicht. Theoretisch gab es noch immer keine Konfliktsituation zwischen der Concorde und einem anderen Flugzeug. Der Computer nahm den Sturzflug nicht zur Kenntnis und konnte auch die Fallbö nicht registrieren, die den Jet im Griff hatte.

Fünfhundert Fuß tiefer hatte Sean ebenso wie Lou an seinem Magen gemerkt, daß seine Maschine stürzte. Er schob hastig den Gashebel vor und zog die Nase der Helio hoch. Es regnete so stark, daß er durch seine Windschutzscheibe kaum etwas erkennen konnte.

„Da stimmt doch was nicht, Sean!" schrie Connie.

„Das kommt alles in Ordnung. Hab Vertrauen zu mir! Es besteht überhaupt keine Gefahr, wirklich nicht . . ."

Das waren für einige Zeit seine letzten Worte. Sein Flugzeug raste dem Boden entgegen. Über ihm sackte auch die hundertzehn Tonnen schwere Concorde ab – stürzte herunter wie eine Diesellok von einer Klippe.

Sean hörte nur einen eigenartigen gurgelnden Ton. Dann schob sich eine schwarze Masse vor seine Windschutzscheibe. In dem ohrenbetäubenden Brausen gab es plötzlich einen dumpfen Knall. Schwarze Trümmerstücke prasselten gegen die Scheibe der Helio, aber Sean hatte keine Zeit festzustellen, was das war, denn plötzlich brach ein Metallzylinder durch Windschutzscheibe und Instrumentenbrett, ziemlich genau in der Flugzeugmitte.

Die scharfen Propellerspitzen der Helio hatten die Reifen am Bugfahrwerk der Concorde zerfetzt. Der Überschalljet war mit solcher Wucht auf das Kleinflugzeug herabgestoßen, daß sein Bugfahrwerksbein in das Cockpit der Helio drang und, ohne zu stocken, zum Boden wieder hinausfuhr. Nachdem das Bein das Instrumentenbrett demoliert hatte, arbeitete es sich ein Stück weiter durch die Kabine der Helio nach hinten, bis die Radnaben in den unteren Verstrebungen des Buschflugzeugs hängenblieben.

Nur eine Helio Courier hatte einen solchen Zusammenprall überstehen können. Die meisten anderen Leichtflugzeuge wären in tausend Stücke auseinandergebrochen. Aber die Helio war dafür gebaut, Bruchlandungen in Gebirgen und Dschungeln zu überstehen. Sie war ein außerordentlich zähes kleines Flugzeug.

Technisch gesehen hatte kein Zusammenstoß stattgefunden. Es war mehr ein Aufspießen, vielleicht das erste in der Geschichte der

Luftfahrt. Danach steckte die Helio am Bugfahrwerk der Concorde fest wie eine Hammelkeule am Bratspieß. Das Gewicht des Überschalljets, seine Geschwindigkeit und der bösartige Fallwind hatten einen Unfall herbeigeführt, der so selten war, daß sich noch nie jemand Gedanken darüber gemacht hatte. Aber spätere Computeranalysen bewiesen, daß er durchaus möglich war. Alle, die den Unfall danach untersuchten, fühlten sich darin bestärkt, daß Fliegen eben doch eine Kunst und noch keine exakte Wissenschaft war.

Connie schrie auf. Sie hatte keine Ahnung, was passiert war. Sean wurde von seinem Sitz gerissen. Er hatte eine klaffende Wunde seitlich am Kopf und war bewußtlos. Connie war bei dem Zusammenprall zur Seite geschleudert worden und unverletzt geblieben. Die Kinder wurden gegen die Rückwand der Kabine gedrückt, und ihre Beine wurden zwischen den unnachgiebigen Streben eingequetscht.

Lou wußte, daß etwas nicht stimmte. Sein Flugzeug war aus der Trimmung, und er nahm an, daß es etwas mit der Fallbö zu tun haben mußte. Das Heulen des Windes und das Kreischen der Triebwerke, die ihre Kräfte sammelten, um sich gegen den Sturz zu stemmen, hatten den Zusammenstoß verschluckt.

„Ich krieg sie wieder hoch!" schrie Lou seiner Besatzung zu.

Die Triebwerke hatten Tritt gefaßt. Sie saugten ungeheure Mengen nasser Luft ein, komprimierten und erhitzten sie und jagten den lebenswichtigen Schub aus den Nachbrennern. Die Concorde fing sich vierhundert Fuß über dem Boden und begann wieder zu steigen, nachdem der wütende Wind sie fünfzehnhundert Fuß tief hinuntergerissen hatte. Die Folge aber war, daß jetzt Unmengen kostbaren Treibstoffs verbrannt wurden.

„Fahrgestell rein", befahl Lou.

Charles drückte den Griff in die Einfahrposition. Zwei grüne Lämpchen wurden gelb, als die Hauptfahrwerke in die Schächte gezogen und die großen Klappen geschlossen wurden. Aber das Bugfahrwerkslicht blinkte nur. Das Fahrwerk war nur so weit eingefahren, bis die aufgespießte Helio gegen die Klappen der Concorde stieß. Das Anzeigelämpchen blinkte.

„Muß die Birne sein", sagte Lou.

„Ich fahre das Ding noch mal aus", sagte der Kopilot.

Das Bugfahrwerk drückte die Helio drei Meter tief hinunter. Metall knirschte auf Metall. Aber die Helio blieb in den Bugfahrwerksstreben verkeilt, und das kleine Flugzeug bildete weiter mit dem Bugfahrwerk der Concorde eine Einheit.

„Das wär's. Das Fahrwerk ist in Ordnung. Wahrscheinlich hat es in der Turbulenz einen Kurzschluß gegeben", meinte der Kopilot.

Die Concorde stieg weiter durch den dichten Regen. Sie kam nur träge auf Touren, und an der Steuersäule war Widerstand spürbar, aber niemand im Cockpit konnte die Ursache ahnen.

DREI Sekunden bevor das CORAD-Alarmsystem in Aktion trat, ging die rote Warnleuchte an. Jeff sprang zum Radargerät.

„Finger weg, Jeff!" rief Harry.

„Was ist los?" fragte Nick.

„Wir haben eben ein Flugzeug verloren", antwortete Harry. „Ein Leichtflugzeug."

„Verloren? Wo?"

Harry sah auf den Computerausdruck: CELTIC 202, RECHTS WENDEN AUF DREI-ZWEI-NULL. KOLLISIONSGEFAHR! KOLLISIONSGEFAHR!

Nick Cozzoli gab der Concorde rasch die Kurskorrektur durch. Im selben Moment ging der Alarm los.

„Nehmen Sie Verbindung mit der Concorde auf!" befahl Jeff. „Wir haben einen Zusammenstoß! Dieses verdammte CORAD!"

Jeff sah im Geiste die schrecklichsten Bilder vor sich. Er hörte, wie Schreie durch den Passagierraum der Concorde hallten. Er sah die entsetzt aufgerissenen Augen seiner Tochter. Er stellte sich vor, wie Flammen aus der Tragfläche der Concorde schossen und das Flugzeug abstürzte, während Lou sich verzweifelt bemühte, sein und das Leben seiner Passagiere zu retten. Jeff sprang auf die CORAD-Plattform.

„Weg hier, Jeff!" brüllte Harry. „Das mache ich."

„Hören Sie, meine Tochter sitzt in dieser Maschine!"

Nick Cozzoli beachtete die beiden wütenden Männer nicht, sondern schrie in sein Mikrofon: „Helio Courier fünf-vier Echo, hier Tower Miami." Er wiederholte den Ruf.

Stille.

„Wir haben sie verloren, Jeff", sagte Nick. „Keine Antwort."

„Celtic zwo-null-zwo, Celtic zwo-null-zwo", sprach Harry seelenruhig in sein Mikrofon.

Jeff riß Harry das Mikrofon aus der Hand. „Lou", rief er. „Bei uns

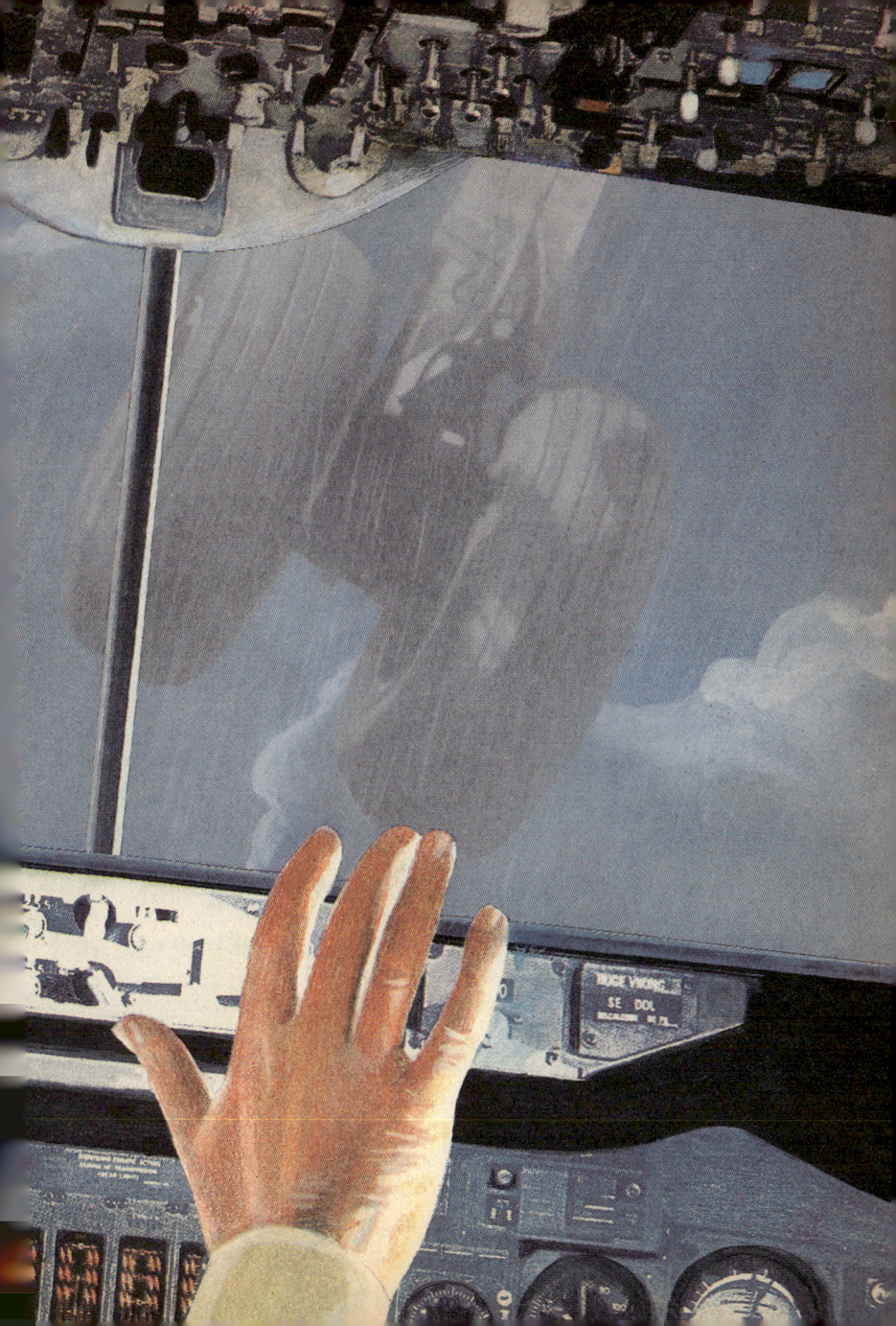

ist ein Leichtflugzeug vom Radar verschwunden. Wir glauben, daß ihr einen Zusammenstoß hattet. "

Die Stimme des Australiers kam erstaunlich ruhig zurück. „Zusammenstoß? Nein. Aber wir sind ein bißchen herumgeschüttelt worden und über tausend Fuß gefallen. "

„Nick, nehmen Sie allen übrigen Verkehr hier raus", befahl Jeff. „Alles in die Wartezone. "

„*Ich* mache das", sagte Harry.

„Einen Dreck machen Sie!" schnauzte Jeff zurück. „Lou, bist du sicher, daß ihr keinen Zusammenstoß hattet?" fragte er ins Mikrofon.

„Ganz sicher. Hier fehlt nichts, außer daß ein Fahrwerkslämpchen blinkt und die Trimmung ein bißchen in Unordnung ist. Aber bei der Geschwindigkeit hätten wir einen Zusammenstoß auch mit dem kleinsten Flugzeug gemerkt, und hier wäre einiges kaputt. "

„Anzunehmen", sagte Jeff langsam. „Wie sieht's mit Treibstoff aus?"

„Wir haben noch für neunundfünfzig Minuten. Reichlich", antwortete Lou.

„Gut, dann warten wir, bis die Gewitter abgezogen sind, und holen euch dann herein. Wir haben allen andern Verkehr umgeleitet. Der Himmel gehört euch ganz allein. " Jeff wandte sich an Cozzoli. „Also, wo ist das Kleinflugzeug?"

„Einfach verschwunden, Mr. Sutton. "

„CORAD sagt, daß die Concorde auf Kollisionskurs mit einem Kleinflugzeug war", warf Harry ein. „Sie müssen zusammengestoßen sein. "

„Vergessen Sie CORAD. Es gibt bei hoher Geschwindigkeit keinen Zusammenstoß ohne Schaden. " Jeff markierte einen mutmaßlichen Kollisionspunkt auf der Karte und rief die Polizei von Dade City an. Wenn das Kleinflugzeug in der Luft zerbrochen war, mußten seine Trümmer über dem dichtbesiedelten Gebiet östlich des Flughafens niedergegangen sein.

„Hier Sutton vom Kontrollturm Miami", sagte Jeff zu dem Sergeanten, der sich meldete. „Wir haben eben auf dem Radarschirm ein Flugzeug verloren. Meiner Ansicht nach muß es östlich des Flughafens runtergekommen sein, etwa nordwestlich der dreißigsten und zwölften Avenue. Haben Sie schon Anrufe bekommen?"

„Nein, Sir. "

„Bestimmt nicht?"

„Es regnet ziemlich stark, und wir hatten eine Reihe Autounfälle, aber sonst nichts."

„Wir vermuten, daß Sie auch ein Flugzeugunglück hatten."

„Gut, ich gebe mal einen Funkruf durch, Mr. Sutton. Ich glaube, wir haben im Augenblick vier Streifenwagen in dieser Gegend. Die Antwort werden wir gleich bekommen. Bleiben Sie dran."

Jeff sah Laura an, die drüben an der Kochplatte stand.

Mark Cranston war zu ihr hingegangen. „Alles in Ordnung, Dr. Montours?" fragte er.

„Diesen Idioten kriege ich", sagte Laura mit kalter Entschlossenheit in der Stimme, die sie selbst nicht als ihre eigene wiedererkannte.

„Wie?" Mark sah ihren Blick auf dem Kessel mit heißem Wasser ruhen. „Er bringt Sie um!" stieß er hervor.

„Darauf lasse ich es ankommen", sagte sie. „Ich muß es tun." Laura dachte an das erste Gespräch, das sie mit Jeff Sutton geführt hatte. Sie war ein vorsichtiger, auf Selbsterhaltung bedachter Mensch und gar nicht risikofreudig. Aber Jeffs unerschütterliche Entschlossenheit zu tun, was notwendig war, hatte sie tief beeindruckt. Harry mußte das Handwerk gelegt werden, sonst würden sie alle sterben.

Der Sergeant meldete sich wieder am Telefon. „Mr. Sutton, uns liegen keine Meldungen über einen Flugzeugabsturz vor."

„Hören Sie mal", schrie Jeff los. „Ein Flugzeug ist verschwunden. Es muß irgendwo runtergekommen sein. Wie kann es über einem dichtbesiedelten Gebiet abstürzen, ohne daß jemand etwas davon erfährt?"

„Was soll ich tun? Wir haben keine Absturzmeldung."

„Gut. Rufen Sie mich zurück, wenn Sie etwas hören." Jeff knallte den Hörer auf. „Wo ist dieses Flugzeug?" brüllte er.

Mark Cranston ging zur CORAD-Plattform hinüber. „Sind Sie sicher, daß es einen Zusammenstoß gegeben hat?"

„Ich glaube, ja; aber irgend etwas stimmt hier nicht."

„Ich dachte, bei CORAD käme so etwas nie vor", meinte Cranston.

„CORAD hat auch richtig reagiert", sagte Harry.

„Aber das Flugzeug ist doch verschwunden", fügte Cranston rasch hinzu.

Harry sprach ganz ruhig. „Ich sehe das so", sagte er. „Eine Konfliktsituation bahnte sich an. Der Computer hat sie gesehen, aber in der Zwischenzeit ist das Leichtflugzeug auseinandergebrochen. Der Computer sagt nur, daß eine Konfliktsituation bevorsteht . . . nicht, daß sie eingetreten ist."

„Ich halte Mr. Boyles Beurteilung für plausibel", mischte Ed Morrison sich ein. „Aber, Mr. Boyle, wir hatten jetzt Aufregung genug hier. Würden Sie mir bitte den Revolver und die Handgranate geben? Wir wollen uns darauf einigen, daß die Demonstration abgeschlossen ist."

Harrys Augen weiteten sich, Irrsinn stand wieder in seinem Gesicht geschrieben. Laura mußte ein Schaudern unterdrücken, als das Wasser in dem Kessel zu kochen begann.

„Streiten wir uns doch nicht", meinte sie in besänftigendem Ton. „Jetzt trinken wir alle erst eine Tasse Suppe." Sie reichte Mark Cranston und Ed Morrison ihre Tassen. Nach kurzem Zögern nahm auch Harry eine. Er hielt die Tasse in der einen Hand, den Revolver in der andern. Die Granate mit eingestecktem Sicherungsstift lag auf dem Radarpult.

„Ich habe hier noch immer alle Fäden in der Hand", sagte Harry, „immer noch alle Fäden in der Hand. Dieses Leichtflugzeug haben wir nicht wegen CORAD verloren."

Laura füllte die Tasse des Ministers mit kochendem Wasser. Harry ließ keinen Blick vom Radarschirm. Sie machte Jeff ein Zeichen. Er nickte, daß er bereit sei, den Revolver an sich zu reißen.

Laura biß sich auf die Lippen und schleuderte plötzlich Harry das kochende Wasser ins Gesicht.

Brüllend vor Schmerz und Wut feuerte Harry in einer Reflexbewegung einen Schuß ab. Die Kugel schlug in die Decke. Er ließ seine Tasse fallen, tastete nach der Granate und riß den Sicherungsstift heraus. „Ihr Schweine!" schrie er, mit dem Revolver wild um sich feuernd.

Eine Kugel streifte Lauras Unterarm und riß eine glatte Fleischwunde, bevor sie Ed Morrison in den Bauch traf. Morrison brach stöhnend vor Schmerzen zusammen.

Hoagy stürzte die Treppe herauf.

„Bleib unten!" schrie Jeff.

Harry sah nichts mehr; seine restlichen Schüsse gingen ins Leere. Jeff entwand die Granate seiner zusammengekrampften Faust und schleuderte sie durchs Kanzelfenster hinaus. Als sie durch das Glas schlug, explodierte sie mit einem orangefarbenen Blitz und ließ die Scherben nach drinnen spritzen.

Glas und rasiermesserscharfe Granatsplitter schossen durch die Kanzel. Etwas traf Nick Cozzoli am Hals. Er fiel auf die Knie, sein Kopf sank auf das Computerterminal. Eine andere Glasscherbe fuhr Harry Boyle in den Bauch. Das Blut schoß heraus, und er brach über dem CORAD-Pult zusammen. Jeff wurde von drei dolchartigen Splittern in den Unterarm getroffen, und ein kleiner Granatsplitter drang Mark Cranston in die Schulter, aber diese Wunden waren nur oberflächlich.

Zum zweitenmal in zwei Tagen betätigte Jeff Sutton den Brüller. Von unten kamen Vic Sloan, Joe Redmond und Leroy Tillis zur Kanzel emporgeeilt.

IN DER achteckigen Kanzel des Kontrollturms war es totenstill. Nur aus den Lautsprechern knisterte weiter der Funkverkehr der Flugzeuge, und der Wind pfiff durch die geborstenen Scheiben und wirbelte Papiere durch die Luft. Jeff besah sich das Blutbad. Ted war tot, und wahrscheinlich auch der Verrückte, der sie alle in diesen Alptraum gestürzt hatte; die Kanzel des „Towers der Zukunft" war verwüstet; ein Minister war verletzt, und der Leiter des Luftfahrtbundesamtes lag schwer verletzt auf dem Boden; in einer Ecke rang Nick Cozzoli mit dem Tod.

Jeff legte Laura sanft den Arm um die Taille und sah ihr ins Gesicht. „Es tut mir so leid", sagte er. „Ist dir etwas passiert?"

„Nein, es tut nur ein bißchen weh. Aber nicht sehr."

Er küßte sie auf die Stirn und wandte sich an Hoagy und die andern. „Es ist Hilfe unterwegs. Wir müssen jetzt dafür sorgen, daß der Betrieb wieder läuft. Hoagy, schaltet unten die Radarstationen ein."

Jeff kniete sich neben Mark Cranston. „Alles in Ordnung?"

Mark hatte sein Jackett ausgezogen und strich über die Splitterwunde. „Ich hatte Glück." Er starrte in das weiße Gesicht Ed Morrisons, der mit geschlossenen Augen nach Luft rang und etwas zu sagen versuchte, doch er hatte keine Kraft mehr.

Jeff ging zu Harry Boyle. Der Mann war tot, und Jeff hielt das insgeheim für einen Segen.

„Leb wohl, Harry", flüsterte er. „Ich glaube immer noch, daß es Schuld des Systems war, nicht deine."

472   *CONTROL TOWER*

Der Labrador kam angetrottet und bettete seinen Kopf auf Harrys Füße.

Jeff trat zu Cozzoli. Der übermütige schwarzhaarige Italiener lächelte zu ihm auf. „Ich schaff's nicht mehr, Chef. Ich fühl's." Er hustete, und irgend etwas gurgelte in seiner Kehle.

„Reden Sie jetzt nicht", sagte Jeff und legte seine Hand auf Cozzolis Schulter. „Bleiben Sie nur ganz ruhig." Jeffs Augen füllten sich mit Tränen, er wandte sich ab; Laura kam zu ihm und legte den Arm um ihn. Er griff nach ihrer Hand und umklammerte sie.

In diesem Augenblick drang eine Funkmeldung durch das Heulen des Windes. „Tower MIA. Jeff! Jeff!" Es war Lou Griffis.

Jeff rannte zum Mikrofon. „Ja, Lou?"

„Ich höre gerade von Miami Center, daß euer Flughafen zu ist. Was ist los?"

„Wir hatten eine Explosion hier drinnen."

„Eine Explosion? Funktionieren eure Geräte noch?"

Jeff warf einen raschen Blick auf die Radarschirme. Die Elektronenstrahlen wanderten weiter rundum; das Feinführungs-Anflug-Radar hatte einen kleinen Sprung im Glas, aber der Schaden schien nicht weiter ins Gewicht zu fallen. „Die Geräte sind in Ordnung."

„Ich glaube, wir haben Probleme hier oben", sagte Lou. „Vielleicht war's doch ein Zusammenstoß. Die Steuerung funktioniert, aber wir kriegen den Vogel nicht mehr getrimmt und brauchen zusätzlichen Schub, nur um die Höhe zu halten."

„Lou, wir haben keine Meldung über ein abgestürztes Flugzeug erhalten. Es ist nur einfach verschwunden. Paß mal auf, die schweren Gewitter ziehen jetzt seewärts. Ich leite dich am Tower vorbei und sehe mir euern Vogel mal an."

„In Ordnung. Aber egal was du tust, tu's schnell. Ich verbrenne Unmengen Treibstoff."

8

ALS Sean McCafferty das Bewußtsein wiedererlangte, wußte er weder, wo er war, noch, was mit ihm geschah. Während er allmählich wieder klarer denken konnte, blickte er nach oben und sah die zerschmetterte Windschutzscheibe seines geliebten Flugzeugs. Das

Instrumentenbrett vor ihm war ein einziges Gewirr von verschlungenen Drähten und Röhren. Wiederzuerkennen war nichts.

Eine Sekunde lang glaubte er, abgestürzt zu sein. Aber wie denn das, aus achthundert Fuß Höhe? Da waren sie nämlich gewesen, als plötzlich ein massives zylindrisches Objekt durch die Scheibe gestoßen war. Nach und nach merkte er, daß Regen in die aufgerissene Kabine prasselte. Der Luftdruck, der dadurch entstand, daß sie mit nahezu dreihundertsechzig Stundenkilometern durch die Wolken gerissen wurden, nahm ihm den Atem und ließ seine Augen tränen. Das hohe Kreischen der Concorde-Triebwerke hörte er nicht; sie waren weit hinter ihm. Als Sean den Kopf wandte, sah er das eingefettete Fahrwerksbein der Concorde mitten in seiner Kabine stecken. Aber er hatte noch immer keine Ahnung, was er da sah.

Seine Sinne schärften sich. Er hörte durch den Wind die Schreie seiner Frau und seiner Töchter. Dann sah er die Arme der Mädchen. Er löste seinen Sicherheitsgurt und zwängte sich zu ihnen durch. Er wußte, daß die Helio noch flog – aber wie ging das an? Da rissen die Wolken ein wenig auf, und er erkannte, daß er auf die Unterseite eines Flugzeugrumpfs blickte und daß das zylindrische Objekt, das in seiner Helio steckte, ein Stück Fahrwerk war. Sie wurden von einem anderen Flugzeug mitgeschleppt – einem, das viel größer war als die Helio.

„Sean!" schrie Connie. Ihr Gesicht war zerkratzt, und ihr nasses Haar flatterte. „Sean, was ist passiert?"

„Ich glaube, wir sind mit einem anderen Flugzeug zusammengestoßen. Sind Katie und Hillary wohlauf?"

„Nein. Beide verletzt . . . die Beine."

Sean blickte nach unten und sah zerfetzte Sitze und Blut. Seine Töchter bluteten an Schienbeinen und Knien. Arme und Beine standen in grotesken Winkeln ab. Katie war bewußtlos, ihre Schwester wimmerte vor sich hin.

„Meine armen Kleinen! Vielleicht kann ich sie herausziehen."

„Nein!" schrie Connie. „Vielleicht sind ihre Beine gebrochen. Bei Katie steht ein Knochen heraus. Ich habe solche Angst! Stürzen wir jetzt ab?"

„Ich weiß es nicht. Wir hängen am Fahrwerk eines großen Flugzeugs. Das muß in der Fallbö passiert sein."

„Wir müssen etwas tun! Die Mädchen verbluten."

„Ich kann nichts tun", schrie Sean gegen das Heulen des Windes an. „Aber die da oben müssen wissen, was los ist!" sagte er und zeigte auf den riesigen Flugzeugleib.

Doch hoch über der Helio hatten Lou und seine Mannschaft keine Ahnung, was sich zugetragen hatte. Als Lou den Tower zum Vorbeiflug ansteuerte, fühlte er nur den zunehmenden Druck gegen den Steuerknüppel, als ob die nadelförmige Nase seines Flugzeugs nach unten wegtauchen wollte.

„Jeff, wir haben hier rechte Schwierigkeiten mit Luftwiderstand und Trimmung", sagte Lou in sein Mikrofon.

„In Ordnung. Bleib dran. Lou. Du bist jetzt auf tausend Fuß ... noch einen knappen Kilometer bis Sichtkontakt. Du kommst gut herein", sagte Jeff, den Blick auf dem Präzisionsradar. „Sichtkontakt!"

Jeff und die andern in der Kanzel standen an dem zerborstenen Fenster und sahen den Schnabel des weißen Überschalljets aus den Wolken brechen.

„Mein Gott, seht euch das an!" schrie Jeff.

„Sehe ich Gespenster, Mr. Sutton?" rief Hoagy.

„Es war also doch eine Kollision!" sagte Jeff. „Da hängt ein Wasserflugzeug am Bugfahrwerk der Concorde."

Die Concorde und ihr Anhängsel wurden schnell wieder von den tiefziehenden Wolken verschluckt. „Lou!" rief Jeff ins Mikrofon. „Du wirst es nicht glauben, aber dein Bugfahrwerk steckt mitten in einem kleinen Wasserflugzeug. Das zieht deine Nase runter."

„Machst du Witze?"

In diesem Augenblick betrat ein Captain der Polizei von Dade City, der von Vic Sloan alarmiert worden war, mit noch ein paar Beamten und Feuerwehrleuten die Kanzel.

„Du lieber Himmel, Mr. Sutton, was ist denn hier passiert?" fragte er. „Ich brauche Sie für einen Bericht."

„Raus aus der Kanzel!" schrie Jeff. „Wir haben hier eine Concorde in Schwierigkeiten. Die Kanzel räumen! Alle bis auf Hoagy, den Minister und Dr. Montours – raus! Und Redmond und Tillis bleiben hier für den Fall, daß wir Ärger mit dem Radar bekommen."

„Mr. Sutton, ich habe die Presse am Hals, und der Polizeichef ist am Telefon", beharrte der Captain.

„Das ist mir egal!" donnerte Jeff. „Wo sind die Sanitäter? Ich brauche Ärzte. Und der Presse sagen Sie gefälligst nichts!"

„Ich bin der Verkehrsminister, Captain", sagte Cranston. „Bitte tun Sie, was Mr. Sutton sagt."

Der Polizist und die andern gingen über den Scherbenteppich zurück und verließen die Kanzel.

Jeff rannte wieder ans Funkgerät. „Lou, wir werden euch sicher runterholen", sagte er.

„Es wäre ein Wunder, wenn wir dieses Flugzeug von unserm Fahrwerk losbekämen."

„Und wenn wir einen Schaumteppich auf die Landebahn legen? Halt, Moment, da gibt's eine Schwierigkeit", sagte Jeff. „Das Leichtflugzeug hängt in einem Winkel von etwa zwanzig Grad herunter. Die Schwimmer würden auf den Beton knallen und die Maschine von unten gegen deinen Rumpf schleudern. Dann explodiert der Treibstoff, den sie in den Tragflächen hat."

„Und dadurch würden meine Treibstofftanks explodieren. Wir würden hochgehen wie eine Rakete. Jeff, kannst du uns aufs Meer hinaus leiten? Ich steige auf zehntausend, da kann ich ein bißchen Treibstoff sparen, bis uns etwas einfällt."

„Ich weise dich in eine Warteschleife außerhalb von Miami Beach ein."

„Gut. Ich gehe jetzt nach unten und öffne die Inspektionsluke. Das muß ich mit eigenen Augen sehen. Wenn wir dieses Flugzeug loskriegen, haben wir vielleicht eine Chance. Glaubst du, daß da unten noch jemand lebt?"

„Du bist so schnell vorbeigeflogen, daß ich nichts sehen konnte. Eines ist günstig für uns: Die Gewitterfront zieht ab. Wir dürften bald klare Sicht haben."

„Jeff, ich wäre dir dankbar, wenn du mir eine Direktverbindung zu George Hornsby, dem Chefpiloten der Celtic, herstellen könntest. Sag ihm, er soll sich mit Ralph Caldwell in Verbindung setzen. Der versteht von der Konstruktion dieser Concorde mehr als jeder andere. Wir werden eine vier- oder fünffache Konferenzschaltung herstellen müssen. Und, Jeff . . . beeil dich, ja?"

Kopilot Charles Moran hatte das Funkgespräch mit dem Tower mitgehört, und obwohl er im Koreakrieg Einsätze geflogen hatte, wurde er jetzt blaß. „Captain", sagte er, „diesmal schaffen wir's nicht, das wissen Sie auch."

Lou klinkte seinen Gurt aus, lehnte sich hinüber und packte den

Kopiloten bei der Krawatte. „Sag das nie, mein Junge! Ich brauche deine Hilfe! Du darfst nicht aufgeben!"

„Er hat doch recht, Captain", sagte Cecil Holloway, der Flugingenieur. „Wie wollen Sie denn die Maschine landen?"

„Wir wassern. Vielleicht können wir aber auch dieses Kleinflugzeug irgendwie abstoßen."

Lou setzte sich wieder und drückte auf den Knopf der Bordsprechanlage. „Meine Damen und Herren, hier spricht Flugkapitän Griffis. Wir befinden uns gegenwärtig über Miami Beach und gehen jetzt in eine Warteschleife. Vor etwa acht Minuten haben wir mit unserm Bugfahrwerk ein Kleinflugzeug gerammt. Der Kontrollturm Miami sagt, daß dieses Kleinflugzeug noch am Fahrwerksbein hängt. Wir werden versuchen, es loszubekommen und dann zu landen. Unsere Triebwerke und Steuersysteme sind nicht in Mitleidenschaft gezogen worden. Trotzdem muß ich Sie um Ihre Mitarbeit bitten. Wenn ein Arzt an Bord ist oder jemand, der mit Werkzeug umzugehen versteht, bitte ich diese Personen, nach vorn zu kommen. Ich werde mir gleich den Schaden an unserm Fahrwerk ansehen. Bewahren Sie bitte Ruhe, und folgen Sie den Anweisungen des Flugpersonals."

Als Lou die Sprechanlage ausgeschaltet hatte und seinen Sitz verließ, sah der Kopilot zu ihm auf. „Warum haben Sie ihnen nicht die Wahrheit gesagt?" fragte er. „Sie wissen doch, daß wir ohne Bugfahrwerk gar nicht landen können."

„Ich habe Sie um Hilfe gebeten, nicht um Kritik", sagte Lou. „Halten Sie die Maschine jetzt in der Wartezone." Lou ging zu einem Geräteschrank und holte ein Seil und einen Sicherheitsgurt heraus, dann betrat er den Passagierraum.

„Wie schlimm ist es?" fragte die Chefstewardeß.

„Sehr schlimm", flüsterte Lou.

„Es haben sich ein paar Freiwillige gemeldet."

Im Gang standen eine junge Frau und fünf Männer im Alter zwischen achtzehn und etwa sechzig Jahren. Ein weißhaariger Mann trat vor.

„Ich bin Arzt, Sir", sagte er. „Dr. Hugh Collins, praktischer Arzt. Ich sehe aber niemanden, der verletzt ist."

„Ich dachte an die Leute in dem Kleinflugzeug", sagte Lou. „Die könnten verletzt sein."

„Captain", rief ein anderer Mann, „ich habe als Schweißer einmal Lehrlinge ausgebildet."

Die andern nannten ihre Qualifikationen: ein Bauingenieur, ein Mechaniker. Die Frau hatte einmal ihrem Bruder beim Überholen eines Motors geholfen.

„Fein. Dann helfen Sie mir jetzt, die Inspektionsluke zu öffnen", sagte Lou. Er ging mit ihnen nach hinten und zeigte ihnen, wo sie zwischen den Sitzen 14 A und B den Teppichboden wegziehen mußten. „Alle Passagiere von den vorderen Reihen begeben sich jetzt ins Flugzeugheck. Hier wird gleich ein kräftiger Wind wehen."

Im vorderen Teil des Flugzeugs umklammerte Margaret Corbett Honey Suttons Arm. „Honey", rief die alte Dame, „ich wünschte, das wäre vorbei!" Honey strich über ihre Hand und blickte auf, als sie Lou näher kommen sah.

„Alles in Ordnung, Honey", sagte er. „Nehmen Sie Miß Corbett mit nach hinten, und tun Sie, was die Stewardessen Ihnen sagen."

Sie sah ihn einen Moment fragend an, dann nickte sie.

Die Helfer rollten rasch den Teppichboden zurück und legten den Aluminiumdeckel der Inspektionsluke frei. Lou schraubte die Druckventile auf, und Luft schoß herein, als der Innendruck sich dem Außendruck anglich. Dann schnallte Lou sich den Sicherheitsgurt um und warf das Seilende einem Passagier zu, der es um die Lehne seines Sitzes schlang.

„Vorsichtig jetzt! Wenn ich die Luke öffne, wird's hier stürmisch. Schnallen Sie sich an."

Als die Passagiere gesichert waren, öffnete Lou die Luke. Er fühlte, wie Luftwirbel in den Fahrwerksschächten ihn nach unten ziehen wollten, aber er hielt sein Sicherungsseil kurz und steckte den Kopf in die Öffnung. Fast im selben Augenblick kam die Concorde in einen Streifen leichter Bewölkung.

Plötzlich blickte Lou auf den zerfetzten Rumpf eines Flugzeugs und sah Leute darin knien.

Aus der Helio schaute Sean mit geweiteten, erwartungsvollen Augen zu ihm herauf. Er winkte Lou zu und begann, wie wild um Hilfe zu gestikulieren.

„Wie viele seid ihr da unten?"

Lous Worte wurden vom Wind verschluckt. Er schlang die Hände ineinander wie ein siegreicher Preisboxer und versuchte, dem Mann da unten klarzumachen, daß sie gerettet würden. Dann schlug er die Luke wieder zu und rief das Cockpit durch die Sprechanlage.

„Charles, da hängt wirklich ein Flugzeug am Bugfahrwerk. Und darin ist ein Mann, der noch lebt. Er kann mich nicht hören. Ziehen Sie das Fahrwerk hoch, bis seine Tragflächen an die Klappen stoßen. Dann kann ich vielleicht mit ihm reden."

„Wenn die Tragflächen an die Klappen stoßen, kann es eine Explosion geben. Er muß Treibstoff in seinen Tragflächentanks haben, Captain."

„Ich glaube, die Tanks liegen außerhalb der Fahrwerksklappen. Als wir sie das letztemal hochgezogen haben, ist auch nichts passiert. Ziehen Sie das Fahrwerk hoch."

Der Kopilot drückte den Hebel in die Einziehposition. Wie zuvor schon, stockte der Vorgang in der Mitte, und die Aluminiumhaut der Tragflächenoberseite der Helio drückte sich knirschend gegen die Fahrwerksluken. Lou hatte recht gehabt: Die Treibstofftanks lagen etwa dreißig Zentimeter außerhalb des Berührungspunktes.

Lou vergewisserte sich, daß sein Sicherungsgurt fest saß, dann öffnete er die Inspektionsluke von neuem. Sean McCafferty war ihm jetzt zwei Meter näher. „Hören Sie mich?" schrie Lou.

„Ja, Sir", schrie Sean zurück, die Hände trichterförmig vor dem Mund.

„Was ist das für ein Flugzeug?"

„Eine Helio Courier."

„Wie viele Leute haben Sie da drin?"

„Drei außer mir. Meine beiden Töchter sind eingeklemmt. Sie bluten stark. Könnten Sie bitte etwas tun?"

„Wir wollen es versuchen. Sagen Sie mir, wie meine Räder aussehen. Unter Ihnen!"

Sean spähte durch die Löcher in seinem Rumpf. „Die Reifen sind hin, und eine der Radnaben ist verbogen."

„Gut. Wir müssen Sie hier hereinziehen und dann irgendwie Ihr Flugzeug losschneiden. An Bord ist ein Arzt, und ich werde Schneidbrenner anfordern. Sagen Sie Ihrer Familie, sie soll durchhalten."

„Ihr bleibt ja keine Wahl."

„Uns auch nicht."

Lou Griffis gab Jeff Sutton gerade einen Lagebericht durch, als Sanitäter in die Kanzel stürmten. Zwei von ihnen knieten neben Harry Boyle nieder. Zwei andere kümmerten sich um Nick Cozzoli, während weitere sich mit Ed Morrison befaßten. „Der ist hinüber", sagte eine Minute später einer von ihnen und zeigte auf Harry.

Sie trugen Harry, Nick und Morrison aus der Kanzel. „Sie sollten auch mitkommen", sagte einer der Sanitäter mit einem Blick auf Lauras blutenden Arm und die verletzte Schulter des Ministers.

„Wir möchten bleiben", sagte Cranston. „Nicht wahr, Dr. Montours?" Laura lächelte und nickte.

„Na schön, aber lassen Sie uns wenigstens Ihre Wunden säubern."

Während die Sanitäter in ihren Taschen wühlten, nahm Jeff den Hörer vom Telefon und wählte die Schaltzentrale des Towers.

„Hier Sutton", sagte er. „Verbinden Sie mich mit dem Kommandanten des Luftwaffenstützpunktes Homestead. Sagen Sie ihm, es handelt sich um einen Notfall!"

Die beispiellose Verkeilung der Concorde mit der Helio hatte sich um zwölf Uhr neunundfünfzig Ortszeit ereignet. In London war es siebzehn Uhr neunundfünfzig. Minuten später klingelte im Londoner Haus des Chefpiloten der Celtic das Telefon. „George Hornsby", meldete er sich.

„Captain Hornsby, mein Name ist Jeff Sutton. Ich bin Chef des Towers Miami in Florida und ein Freund von Lou Griffis. Ihre Concorde hatte hier eben einen Zusammenstoß mit einem Leichtflugzeug." Jeff sprach ruhig und sachlich, bemüht, seine eigene Angst zu unterdrücken.

„Mein Gott, wie ist das passiert? Ist jemand umgekommen?"

„Bisher wissen wir von keinem Todesfall", sagte Jeff, dann erklärte er ihm die Einzelheiten.

„Ich kann's nicht glauben!" sagte Hornsby, als Jeff geendet hatte.

„Aber es ist so passiert. Und nun möchte Lou mit einem gewissen Ralph Caldwell von der British Aircraft Corporation verbunden werden."

„Ausgezeichneter Vorschlag. Ralph ist ein genialer Konstrukteur. Welche Notfallmaßnahmen haben Sie schon eingeleitet, Mr. Sutton?"

„Ich versuche zur Zeit zum Luftwaffenstützpunkt Homestead durchzukommen. Wir wollen einen Werkzeugtransfer in der Luft versuchen. Offensichtlich müssen wir das Leichtflugzeug abschneiden, falls das überhaupt möglich ist."

„Bleiben Sie dran. Ich rufe Caldwell auf einer anderen Leitung an."

Als in Ralph Caldwells Reihenhaus in einem Vorort von Bristol das Telefon klingelte, war der bejahrte Konstrukteur gerade in ein Buch vertieft. George Hornsby gab die Nachricht rasch durch. Dann fragte er: „Ralph, kann so was überhaupt passieren?"

„Ja, unter bestimmten Umständen. Ich kenne diese Helio. Ein zäher kleiner Vogel. Jetzt passen Sie mal auf. Ich fahre in die Konstruktionsabteilung. Sagen Sie Lou Griffis, er soll nichts tun, bevor er nicht mit mir gesprochen hat. Ich brauche etwa sechs Minuten bis zur Fabrik. Wir stellen eine Konferenzschaltung direkt mit Miami her."

Nachdem der verblüffte Caldwell aufgelegt hatte, rief er die Konstruktionsabteilung der British Aircraft Corporation an und veranlaßte, daß eine Verbindung zwischen der Concorde-Datenbank und dem Computer in Bristol hergestellt wurde. Dann zog er seinen Regenmantel über und lief hinaus in den winterlichen Schneematsch. Der alte Konstrukteur stieg in seinen Austin und trat aufs Gaspedal, und da erst merkte er, daß er in Pantoffeln aus dem Haus gelaufen war.

In Miami vergingen kostbare Minuten. Jeff stand in der Kanzel, sah mit dem Fernglas nach draußen und umklammerte mit einer Hand den Telefonhörer. „Mr. Hornsby, warum erfahren wir nichts von Caldwell?" fragte er.

„Er braucht ein paar Minuten, bis er in der Fabrik ist. Ah, Moment! Da klingelt das andere Telefon. Bleiben Sie bitte dran."

Laura, die neben Jeff stand, sah den grimmigen Ausdruck in seinem Gesicht. „Jeff, mach dir nicht solche Sorgen. Wir werden sie herunterbekommen. Es arbeiten jetzt so viele Menschen daran. Denen wird schon etwas einfallen."

„Es müßte ein Wunder geschehen. Warum? Warum ausgerechnet dieser Flug . . .?" Plötzlich klingelte das andere Telefon, und Jeff riß den Hörer an sich.

„Wir haben Colonel Brady am Apparat", sagte die Vermittlung.

Jeff erklärte dem Kommandanten des Luftwaffenstützpunkts Homestead die Situation. Dieser brauchte eine ganze Weile, bis er begriffen hatte, was geschehen war.

„Können Sie uns helfen?" fragte Jeff schließlich.

„Hm . . . äh . . . ich weiß nicht." Der Mann schien skeptisch.

„Sie wissen es nicht!"

„Geben Sie mir mal den Hörer", rief Cranston und eilte zum Telefon. „Hier Mark Cranston, Verkehrsminister. Werden Sie den Stützpunkt mobilisieren, oder muß ich mich zuerst mit dem Pentagon in Verbindung setzen?"

Der Colonel schlug sofort einen andern Ton an.

„Herr Minister, der ganze Stützpunkt steht zu Ihrer Verfügung. Ich gebe sofort Alarm. Ich konnte nur nicht glauben, was Mr. Sutton mir da erzählte."

„Es ist auch unglaublich, aber ich habe es mit eigenen Augen gesehen. Ich gebe Ihnen wieder Jeff Sutton." Damit reichte er den Hörer zurück.

„Colonel Brady", sagte Jeff, „wir lassen soeben eine Konferenzleitung zur British Aircraft Corporation schalten, die das Flugzeug mitgebaut hat. Dort ist ein Ingenieur, der die Concorde besser kennt als jeder andere. Wir hoffen, daß er uns eine Lösung anbieten kann. Vorläufig habe ich selbst ein paar Ideen. Haben Sie Kampfhubschrauber im Stützpunkt?"

„Ja. Vierzehn Stück."

„Wie ist deren Höchstgeschwindigkeit?"

„Hm, wenn sie Vollgas geben, kommen sie auf dreihundert Stundenkilometer."

„Könnten Sie einen Transfer zu der Concorde bewerkstelligen? Schneidwerkzeug und anderes Gerät?"

„Wenn die Concorde auf etwa zweihundertneunzig Stundenkilometer runtergehen kann, halten wir mit ihr Schritt. Aber da habe ich eine bessere Idee. Wir haben hier eine Frachtmaschine vom Typ Hercules Turboprop. Sie ist sehr wendig und kann mit der Concorde mithalten. Und sie hat richtige Winden an Bord."

„Großartig!" sagte Jeff. „Colonel, lassen Sie Schneidwerkzeug und Sauerstoffflaschen zu dieser Maschine bringen, außerdem Seile und Karabinerhaken. Noch etwas. Haben Sie Tieflader da? Diese großen Sattelschlepper?"

„Klar. Im Fahrzeugpark stehen etwa zwanzig Stück."

„Wie schnell sind die?"

„Na ja, wenn die Strecke lang genug ist, um sie auf Touren zu bringen, kommen sie unbeladen auf hundertachtzig bis hundertneunzig Stundenkilometer."

„Und haben Sie auch diese großen Luftsäcke, die man unter ein Flugzeug schiebt, das Bruch gemacht hat?"

„Natürlich. Man bläst sie auf und hebt das Wrack an, damit wir die Wagen drunterschieben und es abschleppen können."

„Schicken Sie bitte zehn von diesen Tiefladern hierher, Colonel, mit sämtlichen Luftsäcken, die Sie auftreiben können. Dazu die Kompressoren, um sie aufzublasen. Außerdem Ketten und Haken, um sie an die Tieflader zu hängen. Und auf jedem Wagen ein paar Leute mit Schaumspritzen und jede Menge Kohlendioxydflaschen."

„Darf ich fragen, wozu das gut ist, Mr. Sutton?"

„Ich habe einen Plan", sagte Jeff. „Bleiben Sie in der Leitung, Colonel. Wir unterhalten uns weiter, wenn die Verbindung mit England da ist."

ZEHNTAUSEND Fuß über dem Ozean zog die Concorde in großen Schleifen dahin.

Die Gewitterfront hatte sich nach Osten verzogen, und im Westen glomm ein rötliches Licht. Ein Schwarm von Kleinflugzeugen begleitete jetzt den Überschalljet, näherte sich ihm von oben und unten, während Pressefotografen Aufnahmen von der darunter hängenden Helio schossen.

„Jeff", sagte Lou in sein Mikrofon, „wir haben hier zuviel Publikum. Könntest du die verjagen? Ich brauche den Himmel für mich allein. Und, Jeff – viel Treibstoff bleibt uns nicht mehr. Was ist mit dem Anruf nach England? Ist Caldwell erreichbar?"

„Ja, wir sind soeben von drüben verständigt worden." Jeff erklärte dem Flugkapitän seinen Plan, die Helio von der Concorde abzuschneiden.

„Die sollen auch gleich Blutplasma mitbringen", sagte Lou. „In dem Kleinflugzeug sind zwei Mädchen eingeklemmt. Sie sind im Schock und verlieren viel Blut."

„Verstanden."

„Und verständige die Küstenwache von einer bevorstehenden Wasserung. Ich glaube nämlich, darauf wird es hinauslaufen."

„Dann würdest du die Leute, die in der Helio eingeklemmt sind, ertränken."

Es wurde still. Dann sagte Lou: „Wir werden versuchen, sie zu retten, aber ich weiß nicht . . ., ich komme mir so hilflos vor."

„Captain", meldete sich der Kopilot. „Unser Treibstoffverbrauch steigt."

„Aha", sagte Lou. „Dann bereiten wir jetzt alles zur Wasserung vor." Er sprach wieder ins Mikrofon. „Jeff, ich weiß keinen anderen Ausweg mehr, als aufs Wasser zu gehen."

„Lou, das schaffst du nicht! Der Vogel unter dir würde explodieren, bevor du die Nase im Wasser hättest. Das ist zu gefährlich. Wie wär's mit einem Auftanken in der Luft?"

„Nicht drin. Dafür sind wir nicht ausgerüstet. Wir hätten den Passagierraum voll Kerosin, wenn der Schlauch kaputtginge."

„Stimmt. Dann würdet ihr innen explodieren."

Eine Stewardeß erschien auf Lous Signal hin. Lou wandte sich an sie. „Maggie, es sieht nach einer Wasserung vor der Küste aus. Bereiten Sie bitte die Passagiere darauf vor."

„Gut, Captain", sagte sie ruhig. Sie verriet keine Regung, als sie sich umdrehte und das Cockpit verließ. Griffis hätte sie ebensogut um eine Tasse Kaffee und einen Keks bitten können.

9

DIE Konstruktionsdaten der Concorde liefen im Terminal des Konstruktionsbüros im dritten Stock der BAC ein. Ralph Caldwell saß mit einem Stapel Gewichts- und Leistungsdaten vor der Computertastatur. Das Telefon klingelte, und die Auslandsvermittlung meldete, daß die Konferenzschaltung stehe.

„Hallo, hier Ralph Caldwell in Bristol."

„Jeff Sutton, Tower Miami."

„Lou Griffis."

„George Hornsby hier", meldete sich der Chefpilot der Celtic Airlines.

„Also los", begann Ralph Caldwell. „Lassen Sie mich die Situation zusammenfassen. Lou, konntest du herausfinden, wie fest das Kleinflugzeug an deinem Fahrwerksbein steckt?"

„Sehr fest", antwortete Lou. „Sonst hätte der Luftwiderstand das Ding längst weggerissen."

Ralphs Finger huschten über die Tastatur des Computers. Er errechnete den Luftwiderstand, dem die Helio ausgesetzt war. „Sie hat etwa fünfzig Kilo pro Quadratzentimeter aufzunehmen. Ist das ein zäher Vogel! Also gut. Wieviel Treibstoff ist noch da?"

Lou warf einen Blick zu seinem Flugingenieur, der das Gespräch über Kopfhörer mithörte. Die Zahl wurde durchgegeben. „Neuntausendachthundertdreiundachtzig Kilo."

„Und wieviel Schub gebt ihr?"

„Etwa achtzig Prozent."

„Damit hättet ihr noch einunddreißig Minuten Flugzeit und zwei Minuten Reserve", sagte Ralph und drückte auf Tasten. „Jetzt müssen wir Zeit gewinnen. Aber hier zunächst einmal, was ihr nicht tun könnt: Die Concorde auf dem Wasser bauchlanden zu lassen ist ausgeschlossen. Der Rumpf würde wahrscheinlich in tausend Fetzen reißen, als ob du gegen eine Ziegelmauer donnertest. Und du kannst mit diesem Vogel unter dir nicht auf einer Bahn landen. Er würde hochgeschleudert und explodieren. Verstanden, Lou?"

„Na schön, das können wir also nicht tun. Und wie kriege ich das Ding nun runter?"

„Wir müssen dieses Leichtflugzeug entfernen, und ihr müßt versuchen, auf den Radfelgen zu landen, wobei wir hoffen wollen, daß ihr über eine gut eingeschäumte Landebahn rutschen könnt."

„Aber wie sollen wir denn das Ding vom Fahrwerk loskriegen, Ralph?" schrie Lou ins Mikrofon. „Das ist ein fester Verhau."

„Wir müssen einen Werkzeugtransfer in der Luft versuchen", sagte Ralph. „Die Aluminiumröhren der Helio müßten mit einem Schneidbrenner leicht wegzubekommen sein, aber wahrscheinlich ist der Benzinhahn des Leichtflugzeugs offen, und dann würden die Funken das auslaufende Benzin entzünden. Statt dessen – Mr. Sutton, haben Sie noch eine Leitung zum Luftwaffenstützpunkt?"

„Ja, Mr. Caldwell", sagte Jeff. Er drückte einen Knopf am Telefon, und sofort antwortete eine Stimme: „Colonel Brady."

„Colonel, wir haben jetzt einen Ingenieur aus England in der Leitung", sagte Jeff. „Ist Ihr Instandsetzungsoffizier da?"

„Ja, Sir . . . Captain Betzig."

„Meine Herren", sagte Ralph, „wir wollen einen Werkzeugtransfer in der Luft von einem Ihrer Flugzeuge zu der Concorde versuchen. Hörst du zu, Lou?"

„Ich höre."

„Wir öffnen die hintere Versorgungstür links von der Bordküche.

Die Tür liegt genau vor der Hinterkante des Deltaflügels. Das heißt, Colonel Brady, daß Ihre Leute das Paket auf der Tragfläche entlanggleiten lassen können, und Captain Griffis und seine Leute ziehen es rein, während die Concorde in einem Aufwärtswinkel von fünfzehn Grad fliegt. Fünfzehn Grad, Lou, nicht mehr!"

„Verstanden", antwortete Lou.

„Aber, Sir", sagte Captain Betzig, „was sollen wir denn rüberschicken?"

„Hier ist meine Order", sagte Ralph. „Keine Schneidbrenner, aber drei preßluftgetriebene Metallsägen, solche, deren Sägeblatt beidseitig arbeitet. Die Kompressoren müssen einen Druck von etwa sechseinhalb Atmosphären erzeugen. Haben Sie so was auf Lager?"

„Ja, Sir", sagte Captain Betzig. „Aber warum drei?"

„Weil wir nicht nur das Kleinflugzeug abschneiden, meine Herren, sondern auch das Gewicht der Concorde verringern müssen. Wir schlachten sie aus. So, und außer den Sägen brauchen wir noch fünf Verlängerungskabel, die in die Stromanschlüsse der Concorde passen, eine Winde und Sicherheitsgurte. Ferner Sprechfunkgeräte und zwei Kabel für das Bordfunkgerät. Haben Sie diese Sachen, Homestead?"

„Ja, Sir, das gehört bei uns zur Standardausrüstung. Ich gehe jetzt und hole die Sachen zusammen."

„Ralph", unterbrach Lou rasch, „wozu willst du hier eine Werkstatt aufmachen? Wir haben für das alles gar keine Zeit."

„Wir wollen ja gerade ein bißchen Zeit gewinnen, Lou. Gib mir als erstes mal deine Nutzlast durch."

Der Flugingenieur reichte Lou die Liste.

„Wir haben zweiundvierzig Passagiere. Wenn wir ein Durchschnittsgewicht von siebenundsiebzig Kilo annehmen, sind das dreitausendzweihundertvierunddreißig Kilo. Das Gepäck macht ungefähr eintausend Kilo, und der Rest ist Luftfracht, genau achttausendvierhundertsiebzig Kilo."

„Gut, und nun werden wir folgendes tun", sagte Caldwell. „Du hast zwei Frachträume, einen unten im Vorderteil des Rumpfes und einen hinter der Bordküche. Zieh den Teppichboden hoch, und schick jemanden runter in diese Räume. Laß alles rausschmeißen, während du fünfzehn Grad Querneigung einnimmst. Dadurch fliegt die Ladung fast automatisch raus. Es wird einen mächtigen Luftstrom geben, darum müssen alle angeseilt sein.

Und jetzt warte mal einen Augenblick." Ralph blätterte die Gewichtsdaten durch und tippte rasend schnell auf seinem Tischrechner.

„Du hast vierzig leere Sitze", fuhr er fort. „Jeder wiegt dreißig Kilo. Nimm sie aus ihren Halterungen, und schmeiß sie zur Hecktür hinaus. Das spart zwölfhundert Kilo. Dann wirf das Handgepäck hinaus und alles, was in der Bordküche nicht niet- und nagelfest ist. Wenn ihr das Werkzeug habt, werden wir noch die Kücheneinrichtung und die Toiletten und das meiste Navigationsgerät über Bord werfen. Das dürfte weitere viereinhalbtausend Kilo ergeben."

„Verstehe", sagte Lou.

„Mit so einer Gewichtsabnahme", sagte Ralph, „kannst du den Turbinenschub um zwanzig Prozent verringern und bekommst dadurch zusätzliche zwanzig Minuten Flugzeit. Kannst du das bestätigen?"

Der Flugingenieur rechnete auf seinem Bordcomputer nach und nickte.

„Wird bestätigt", sagte Lou. „Damit hätten wir von jetzt an noch einundfünfzig Minuten Flugzeit. Das ist nicht viel, um das Leichtflugzeug abzustoßen und vorher noch die Kinder rauszuholen – wenn das überhaupt geht."

„Ich weiß", sagte Ralph. „Aber eine andere Wahl bleibt uns nicht."

Als das Gespräch beendet war, ging Lou nach hinten und teilte die Passagiere in Arbeitsgruppen ein. Sieben Mann gingen in den Frachtraum und reichten das Gepäck durch die geöffnete Luke hoch. Es wurde dann von Hand zu Hand den Gang hinunter weitergegeben, bis zur Versorgungstür hinter der Bordküche.

Manche Passagiere zitterten, andere weinten, aber da stand Margaret Corbett auf und sagte mit klarer, tragender Bühnenstimme: „Wir müssen alle mitanfassen. Für Angst oder Selbstmitleid ist keine Zeit." Während sie das sagte, begann sie selbst, Koffer weiterzureichen, von denen einer ihr gehörte. „Leb wohl, Dior-Kleid. Du hast mir sowieso nie gefallen."

Honey stand neben ihr, und je schneller jetzt gearbeitet wurde, desto weniger wurde geweint und gejammert.

Indessen ging es tief unter ihnen auf dem Luftwaffenstützpunkt Homestead so emsig zu wie in einem Ameisenhaufen. Die Frachtmaschine wurde beladen, und ihre Turbopropeller drehten sich blitzend in der Nachmittagssonne. Die Motoren der großen blauen Tieflader heulten auf. Männer mit Schutzhelmen bereiteten sich auf die Dreißigkilometerfahrt zum Flughafen Miami vor. Captain Betzig, ein Berufsoffizier mit schroffer, humorloser Miene, griff im Führerhaus eines der Sattelschlepper zum Telefon und rief den Tower.

„Mr. Sutton, wir rollen mit unsern Tiefladern jetzt los, und die Hercules ist auch startklar. Die Hauptstraße ist gesperrt worden, so daß wir mit Höchstgeschwindigkeit fahren können. Aber wofür sind die Tieflader eigentlich vorgesehen, Sir?"

„Als letzte Möglichkeit."

„Na schön. Wir haben jede Menge Kohlendioxyd an Bord und über hundert Leute."

„Gut. Noch eines, Captain. Besorgen Sie Seile für Ihre Leute. Es kann sein, daß sie den Schaum vom fahrenden Tieflader auf die Landebahn spritzen müssen. Fahren Sie zum Tor an der 36. Straße. Bringen Sie die Wagen direkt an die Schwelle von Bahn zwei-sieben links."

„Gut. Wir fahren jetzt los."

Lou ging sofort an die Arbeit. Er schnallte sich an einer Rücken-lehne fest und öffnete die Versorgungstür der hinteren Bordküche. Beim Druckausgleich entwich die Luft aus dem Passagierraum; dann jagte der Wind herein. Gepäck und Kisten mit Luftfracht wurden schnell hinausbefördert.

Als nächstes zeigte Lou seinen Helfern, wie man die Ledersitze aus ihren Halterungen löste. Nacheinander wurden die teuren Sitze der Concorde nach hinten befördert und abgeworfen.

Die Maschine gewann allmählich an Höhe, und Moran nahm die Schubleistung zurück, um die Concorde zu stabilisieren. „Es klappt! Ich habe den Schub schon um sechs Prozent reduziert!" schrie er ins Mikrofon.

Plötzlich erhellten sich im Tower Miami die Gesichter. Nur Jeff blickte regungslos durch das Fernglas und wartete, ob nicht endlich die Hercules am Horizont erschien und mit dem Transfer begann. Er hatte seine Stoppuhr eingeschaltet. Schon vierzehn Minuten Flugzeit der Concorde waren verbraucht.

„Der Mann in England weiß gewiß, was er tut", sagte Mark Cranston.

Laura, die neben Jeff stand, sah seine zusammengepreßten Lippen. „Bist du anderer Meinung, Jeff?"

„Gehen wir mal kurz nach unten", sagte er. „Ich brauche was zu trinken."

Er überließ Hoagy die Leitung in der Kanzel und ging mit Laura und Cranston hinunter in den Konferenzraum. Jeff ging gleich an die Bar und schenkte sich einen Drink ein. „Es hat mich wohl mehr mitgenommen, als ich dachte", sagte er.

„Jeff, du bist nicht davon überzeugt, daß Caldwells Vorschläge etwas nützen, nicht wahr?" fragte Laura.

Er setzte sich an den Konferenztisch. „Theoretisch mag Caldwell recht haben, und wenn wir drei Stunden hätten, um die Concorde auseinanderzunehmen, würde ich sagen, gut, prima. Aber die haben wir nicht."

„Welche andere Möglichkeit bleibt uns denn noch?" begehrte Cranston auf.

Jeff nahm einen gelben Notizblock und malte einen Hubschrauber, darunter eine Concorde. „Ich habe eine Idee. Ich weiß, daß es verrückt klingt, aber mal angenommen, ein Hubschrauber ließe ein Drahtseil mit einer großen Schlinge von seiner Winde herunter, ein Lasso, und Lou könnte seine Nase in diese Schlinge manövrieren. Was dann passiert, ist folgendes: Die Schlinge wird während des ganzen Abstiegs locker gelassen, bis die Concorde aufsetzt. Der Hubschrauber fliegt die ganze Zeit über ihr mit. Wenn dann die Concorde die Landebahn berührt, wird das Seil straff angezogen, so daß der Hubschrauber die Nase der Concorde vom Boden abhält." Jeff ließ sich in seinem Sessel nach hinten sinken und atmete seufzend aus. „Ich weiß, daß es verrückt ist. Ich weiß es. Ich weiß aber auch, daß für Caldwells Plan die Zeit zu knapp wird."

Stille.

Schließlich stand Laura auf und legte ihre Hand auf Jeffs Schulter. „Dann komm. Tun wir etwas."

JEFF stieg mit frischen Kräften die Eisentreppe hinauf und erläuterte den Teilnehmern der Konferenzschaltung seinen Plan.

„Na ja", nuschelte Colonel Brady, „wir haben schnelle Turbohelikopter mit Winden und genügend Drahtseil. Unsere Piloten könnten die Schlinge schon so halten, daß die Concorde hineinfliegen kann."

Ein zufriedenes Lächeln huschte über Jeffs Gesicht. Er glaubte, die Lösung gefunden zu haben.

„Hier Caldwell. Mr. Sutton, Ihre Überlegung ist bestechend, aber lassen Sie mich Ihnen sagen, was daran falsch ist. Der Bugteil unserer Concorde wird dem Druck eines angespannten Drahtseils nicht standhalten. Der einzige Rumpfabschnitt, der diese Belastung aufnehmen könnte, ist Rumpfteil einunddreißig – gleich hinter der vorderen Einstiegstür. Wie wollen Sie die Schlinge genau an die Stelle bekommen, wo die Biegefestigkeit der Concorde ausreicht, um die Zugspannung aufzunehmen? Und wenn das Kabel zu weit nach hinten schwingt, kommt es mit den Tragflächen der Helio in Berührung und löst eine elektrostatische Aufladung aus, die zu einem Treibstoffbrand oder einer Explosion führen könnte. Bedaure, Mr. Sutton, aber das kann ich nicht gutheißen. "

„Schön, Mr. Caldwell, meine Idee mag ingenieurtechnisch gesehen nicht durchführbar sein, aber Ihre Lösung ist auch nur Wunschdenken. Wir haben keine Zeit dafür! Das Werkzeug ist noch nicht einmal an Bord. "

„Versuchen Sie ruhig zu bleiben, Mr. Sutton. "

„Ich bin ruhig. Aber wenn das nicht klappt, Mr. Caldwell – was wäre dann schlimmer, eine Wasserung oder eine Landung auf einem Schaumteppich?"

„Eine Wasserung wäre weitaus gefährlicher. "

„Was kann schlimmstenfalls passieren, wenn die Concorde mit dem Kleinflugzeug am Fahrwerk auf der Piste aufsetzt?"

„Dann erleben Sie mit Sicherheit eine teuflische Explosion – was wir eine Gemischexplosion nennen. Alle Insassen des Kleinflugzeugs wären auf der Stelle tot. Es ist unwahrscheinlich, daß die Cockpitbesatzung überleben würde. Darüber hinaus . . . kann man schwer etwas sagen. "

Jeff Sutton war nicht der Mann, der so schnell aufgab. „Dann hören Sie sich noch einen andern Vorschlag an, Mr. Caldwell", sagte er. „Ich habe von Homestead bereits zehn große Tieflader angefordert. Sie sind hierher unterwegs. Diese Fahrzeuge haben enorm starke Motoren. Sie schaffen, wie man mir gesagt hat, über hundertachtzig Stundenkilometer. Nehmen wir an, die Concorde macht ihren Endanflug und hat die Helio noch immer am Bug. Wir bringen vorher die Tieflader auf Tempo und lassen sie diese großen Luftsäcke hinter sich herziehen, solche, die man benutzt, wenn ein Flugzeug von der Piste abkommt. Hoffen wir, daß die Concorde ihre Nase auf diese Kissen setzt. Das würde den Aufschlag dämpfen und die Explosion verhindern. "

„Wie sind Sie darauf gekommen?" fragte Caldwell.

„Das erste Modell des Spionageflugzeugs U 2 war dazu ausersehen, auf diese Weise zu landen. Lastwagen mit solchen Kissen fuhren unter beiden Tragflächen mit, damit sie weich aufsetzte. "

„Eines stimmt daran nicht", sagte Caldwell. „Die Luftsäcke würden platzen, wenn sie über die Piste geschleift würden. Reibungshitze. Und Sie können die Piste nicht einschäumen, weil die Räder der Tieflader sonst nicht greifen. "

„Daran habe ich schon gedacht. Auf den Tiefladern werden Soldaten mit Kohlendioxydflaschen stehen und den Schaum von der Hinterkante der Fahrzeuge aus vor den Kissen auf die Landebahn spritzen. Wir werden einen Probelauf auf Bahn zwei-sieben links machen, um die benötigte Zeit zu stoppen. Nachdem wir diese Landebahn dann mit dem Schaum unbrauchbar gemacht haben, gehen wir für die wirkliche Landung auf Bahn zwei-sieben rechts. "

„Von so etwas habe ich noch nie gehört." Caldwell seufzte. „Klingt sehr unwahrscheinlich. "

„Es ist nur eine Hoffnung, aber mehr bleibt uns im Moment nicht!"

Es trat eine längere Pause ein. „Hm", machte der alte Ingenieur, „Ihr Vorschlag enthält kein besonderes Gefahrenmoment, falls wir darauf zurückkommen müssen. Aber es wird sehr schwer sein, in dieser Situation die Concorde unter Kontrolle zu halten. Ihre Geschwindigkeit muß für den Augenblick, in dem ihr Bugfahrwerk aufsetzt, genau mit dem Tempo der Tieflader abgestimmt werden. "

„Mr. Caldwell, hier spricht der Kopilot", mischte Charles Moran sich ein. „Wir werden leichter. Die Steuerung reagiert besser. Wir könnten es mit der Hercules schaffen. "

„Na schön", unterbrach Jeff. „Aber ich werde trotzdem die Piste für die Luftsäcke vorbereiten. "

Während er das sagte, waren die Tieflader unterwegs zum Flughafen. Ihnen folgten Kastenwagen voller Ketten, Luftsäcke und Kompressoren. Die vierspurige Autobahn, die von Homestead zum Miami International Airport führte, war gesperrt worden, und die Fahrer der zwanzig Tonnen schweren Fahrzeuge traten das Gaspedal

durch. Die Tachometernadeln zitterten um die hundertvierzig, aber
noch immer liefen die Motoren nicht auf vollen Touren.

„Das wird das Rennen des Jahrhunderts!" rief Lonnie Wooten, ein
schwarzer Sergeant, der den ersten Tieflader steuerte. „Seht mal, wie
die Karre abzischt!"

Über ihnen, zehn Kilometer draußen über dem Meer, stand Lou
Griffis an der offenen Versorgungstür, einen Sicherheitsgurt um den
Leib geschlungen. Bei ihm waren noch drei Mann, ebenfalls
angegurtet, und warteten darauf, den ersten Sack mit Schneidwerkzeug in Empfang zu nehmen.

In der Bordküche summte die Sprechanlage. „Lou", sagte Charles
Moran, „die Hercules ist hundert Fuß über uns. Der Pilot will die
Winde runterlassen."

„Wir sind bereit hier unten."

Aus der Tür der Hercules wurde der erste von sechs Säcken mit
Werkzeug, Seilen und Verbandsmaterial zu der Concorde hinuntergelassen. Der Sack glitt die Tragfläche entlang und wurde von den
Angeln der offenen Versorgungstür gebremst. Lou griff danach und
legte ein Seil um das flatternde Segeltuchbündel. Er reichte das Seil
nach hinten, und drei Männer zogen die Ladung herein.

„Wir haben ihn! Wir haben ihn!" schrie Lou.

Binnen neun Minuten wurden dreihundert Kilogramm Gerät ohne
Zwischenfall von der Hercules in die Concorde umgeladen. Fast alle
Passagiere, einschließlich Miß Corbett, beteiligten sich am Auspak-
ken. Die Elektroanschlüsse wurden gelegt, die preßluftgetriebene
Säge trat in Aktion und zerschnitt Trennwände leicht wie Butter.
Minuten später waren die hintere Bordküche und die Toiletten nur
noch Metallteile, die leicht über Bord geworfen werden konnten.

Lou legte sich einen anderen Gurt um den Leib, so einen, wie ihn die
Fernmeldetechniker benutzen, und machte sich fertig, am Bugfahrwerksbein der Concorde in die Helio hinunterzuklettern. Er hängte
sich ein Sprechfunkgerät und eine Motorsäge um und stieg in den
Radschacht, während fünf Männer sein Sicherungsseil hielten und
langsam über einen Flaschenzug laufen ließen. Lou ließ sich durch den
Schacht auf das verbogene Dach der Helio hinunter, dann packte er,
während der Wind wütend an ihm zerrte, die Säge mit beiden Händen
und schaltete sie ein. Die kleinen Zähne fraßen sich durch die
Metallröhren der Helio, als ob es Bratwürste wären. Als drei Röhren

weggeschnitten waren, ließ Lou sich in den kläglichen Überrest der Helio hinunter.

Connie kroch auf ihn zu und klammerte sich an ihn. „Gott sei Dank, daß Sie da sind", schrie sie durch das Heulen des Windes.

„Sind hier alle wohlauf?" brüllte Lou.

Sean packte ihn am Arm und zeigte auf seine Töchter, die im hinteren Teil der Kabine eingeklemmt waren. „Holen Sie sie bitte raus!" rief er.

Entsetzt sah Lou ihre verletzten Beine und die schmerzverzerrten kleinen Gesichter. Dann bemerkte er die blanken Radnaben der Concorde. Sie schienen beim Durchstoßen des Rohrrahmengeflechts nicht verformt worden zu sein. Wieso nicht? Lou drückte den Knopf seines Sprechfunkgeräts.

„Charles, ich bin hier in der Helio und sehe unsere Räder. Bewegen Sie mal die Bugradsteuerung." Nach einer Sekunde drehten sich die blanken Felgen jeweils um dreißig Grad nach rechts und links.

„Die Steuerung arbeitet wieder!" schrie Lou zurück. „Ich weiß nicht, wieso, aber sie arbeitet. Ich glaube, wir können die Leute hier schnell herausholen und dann das Flugzeug abstoßen."

Lou gab den Männern über ihm ein Zeichen, und sie zogen ihn wieder aus der Helio heraus. „He, warten Sie, wo wollen Sie hin?" schrie Sean.

„Ich schicke Ihnen einen Arzt."

KOPILOT CHARLES MORAN, der seit Beginn dieses Alptraums völlig mutlos gewesen war, strahlte plötzlich wieder. „Das klappt ja alles prima! Captain Griffis ist in dem Leichtflugzeug", teilte er gut gelaunt über Funk mit. „Und wir haben sogar noch ein wenig Bugradsteuerung."

„Großartig", sagte Ralph Caldwell. „Nehmen Sie noch etwas Schub weg, Mr. Moran. Sinken Sie in 10-Grad-Wendungen um zweihundert Fuß pro Minute. Das hilft Ihnen, eine hübsche Landung hinzulegen."

„Jeff, es klappt alles wie am Schnürchen!" rief Laura und wies in den klaren Himmel über Miami.

Jeff lächelte sie an, zum erstenmal seit fast einer Stunde. Er warf einen Blick zur Rollbahn, wo der Lastwagenkonvoi soeben aufs Vorfeld rollte.

„Ich bereite trotzdem alles für die Tieflader vor. Man kann nie wissen. "

Das Telefon klingelte. Jeff nahm ab und hörte kurz zu, dann legte er wieder auf und wandte sich an Mark Cranston. „Ed Morrison ist soeben gestorben. Nick Cozzolis Zustand ist kritisch, aber es sieht so aus, als ob er es schaffen könnte. "

„Welch eine Tragödie", sagte Cranston. Die Stimme des Ministers hatte den der Situation angemessenen Ernst, aber insgeheim war er doch auch ein wenig erleichtert. Jetzt konnte man den Umstand, daß Morrison an der Computerfirma beteiligt war, vergessen und eine Untersuchung vermeiden.

Jeff setzte sich über Funk mit den Luftwaffensoldaten auf dem Vorfeld in Verbindung, und Captain Betzig sagte: „Na, was halten Sie von dem Tempo, Mr. Sutton? In vierzehn Minuten war ich mit meinen Leuten und Fahrzeugen hier. "

„Orden gibt's später, Captain Betzig, wenn alles vorbei ist. Wir brauchen vielleicht nicht alle zehn Wagen, aber fürs erste nehmen Sie mal zwei und lassen sie auf Landebahn zwei-sieben links an der Schwelle starten. Blasen Sie die Luftsäcke auf, hängen Sie sie an die Wagen, und legen Sie den Schaumteppich. "

„Generalprobe, Mr. Sutton?" fragte der Offizier.

„Ich möchte wissen, ob Ihre Kisten auf hundertachtzig kommen und an welchem Punkt der Landebahn sie die Höchstgeschwindigkeit erreichen. Und ob die Luftsäcke mitgezogen werden können, ohne zu platzen. "

„Verstanden, Sir. "

Auf Bahn zwei-sieben links erschollen Kommandos, Leute rannten und holten Material von den Kastenwagen. Die Kompressoren wurden angeworfen, und die großen Kohlendioxydflaschen wurden auf die Tieflader gewuchtet. Die Luftsäcke, inzwischen halb aufgeblasen, wurden mit Ketten an die Hecks der großen Schlepper gehängt. Dann sprangen Männer auf die Ladefläche und befestigten die Haken ihrer Sicherheitsgurte an den zweieinhalb Zentimeter dicken Seilen, die sich kreuz und quer über die Ladeflächen der zwölf Meter langen Lastwagen spannten wie das Netz einer Riesenspinne.

In jedem Fahrerhaus saßen zwei Luftwaffensoldaten: einer fuhr, der andere gab die Geschwindigkeit über das auf die Frequenz des Towers eingestellte Funkgerät durch. Nach einer letzten Kontrolle stieg

Captain Betzig in einen der Wagen und schaltete sein Sprechfunkgerät ein. „Wir sind bereit, Mr. Sutton."

„Wenn ich ‚Los!' sage, drücke ich auf meine Stoppuhr", sagte Jeff, und nach einer kleinen Pause gab er das Kommando: „Los!"

Die starken Motoren heulten auf. Zwölf Mann auf jeder Ladefläche begannen Schaum zu sprühen, während andere hinter ihnen die leeren Behälter wegrissen. Die Ketten spannten sich, und die Luftsäcke glitten über die Asphaltbahn, die jetzt im strahlenden Licht der Nachmittagssonne von Schaum glänzte.

Die Wagen hatten sich wie betrunkene Schildkröten in Bewegung gesetzt. Es wurde vom ersten Gang in den zweiten geschaltet. Getriebe knirschten, die Auspuffanlagen husteten schwarze Abgase.

„Was ist los?" rief Jeff, als er die beiden Tieflader auf den ersten hundertfünfzig Metern Landebahn kaum vorankommen sah.

„Abwarten, Mr. Sutton. Sie müssen erst auf Touren kommen."

Allmählich wurden die Tieflader schneller. Nach dreihundert Metern hatten sie fünfzig Stundenkilometer drauf. Zwanzig Sekunden hatten sie dafür gebraucht.

„Das schaffen die nicht", meinte Hoagy. „Lahm wie Maulesel."

Aber die röhrenden Wagen beschleunigten, als die Fahrer in den nächsten Gang schalteten. Bei Tempo hundertsechzig waren zwei Minuten und neun Sekunden vergangen. Zwei Kilometer Landebahn lagen hinter ihnen. Aber jetzt, als Massenkräfte die Motoren unterstützten, wurden die rüttelnden, hin und her schwankenden und kaum noch lenkbaren Ungetüme immer schneller.

„Hundertfünfundachtzig!" jubelte Captain Betzig. „Na, was habe ich Ihnen gesagt?"

„Aber Sie haben elend lange gebraucht, um auf dieses Tempo zu kommen."

„Mr. Sutton, diese Wagen sind dazu da, Raketen zu transportieren, und nicht, Rennen zu fahren."

„Ich weiß, ich weiß. Wir müssen sie eben schon ganz hinten anfahren lassen, wenn die Concorde noch weit draußen ist."

„Wir haben noch dreizehn Minuten Flugzeit und zwei Minuten Reserve", sagte Kopilot Charles Moran ins Mikrofon. „Soeben lassen wir den Arzt in die Helio hinunter. Wir werden das Ding bald losgeschnitten und alle Insassen zu uns an Bord geholt haben."

Oberhalb des Bugfahrwerksschachts wurde Dr. Collins, ein dicklicher Mittfünfziger, soeben angegurtet und mit seiner Medikamententasche langsam in die Helio hinuntergelassen. Ein Sprechfunkgerät hing an seinem Sicherheitsgurt. In der Helio angelangt, sah er, daß die Gesichter der beiden Mädchen grau und leblos waren. Er fühlte ihren Puls und stammelte in sein Sprechfunkgerät: „Captain Griffis, die beiden Mädchen befinden sich in einem tiefen Schock. Kaum noch Puls. Ich gebe ihnen eine Infusion."

„Können wir sie da rausschneiden?" fragte Lou.

„Kann ich nicht beurteilen."

Mit Connies und Seans Hilfe gab der Arzt den beiden Mädchen eine Infusion. Dann zog er die zerfetzten Sitze und Kabinenteile auseinander. Er sah, daß ein Metallrohr sich durch Katies Oberschenkel gespießt hatte und die Beine ihrer Schwester in einem Gewirr verbogener Aluminiumrohre eingeklemmt waren. „Es sieht übel aus!" rief er in sein Funkgerät. „Man erkennt nicht, wo das eine Rohr anfängt und das andere aufhört. Dem einen Mädchen haben sich verbogene Metallteile ums Bein gewickelt. Wenn wir da hineinzuschneiden versuchen, schneiden wir ihr gleich das Bein mit ab."

„Ich komme runter", sagte Lou.

„Das würde ich nicht empfehlen. Hier ist nicht genug Platz."

„Sagen Sie den Eltern, sie sollen raufkommen. Ich schicke ein paar Gurte hinunter."

Dr. Collins wandte sich an die McCaffertys. „Der Captain sagt, Sie sollen nach oben kommen. Wir brauchen Platz, um die Mädchen zu befreien."

„Nein!" schrie Sean auf.

Connie schüttelte den Kopf. „Ich lasse meine Kinder nicht allein."

„Aber hier ist nicht genug Platz zum Arbeiten. Wollen Sie Ihre Töchter nicht retten?"

„Gut, ich gehe nach oben", sagte Sean, „aber lassen Sie meine Frau hierbleiben. Die Kinder sollen wissen, daß ihre Mutter bei ihnen ist."

„Captain Griffis", gab Dr. Collins durch, „die Frau will hierbleiben."

„Na schön. Ich lasse ein Seil mit Gurt hinunter. Hängen Sie den Vater daran, und dann komme ich mit einer Säge runter."

„Noch zehn Minuten Flugzeit", meldete Charles Moran. „Ich bin unter sechstausend Fuß und sinke weiter."

Sean wurde hochgezogen, und Lou seilte sich dann in die Helio ab. „Sehen Sie dieses Rohr?" fragte der Arzt Lou. „Ich kann es in dieser Lage nicht aus ihrem Bein herausbekommen." Er winkte Lou in den vorderen Teil der Kabine und brüllte ihm ins Ohr: „Wir denken dasselbe, nicht wahr? Es gibt keine Möglichkeit, diese Kinder herauszubekommen. Wir werden das Flugzeug runtersägen und sie sterben lassen müssen. Entweder diese drei oder wir alle."

Lou antwortete nicht. Er schaltete die Säge ein und begann, die unteren Rohre durchzuschneiden, die das Kleinflugzeug am Bugradbein der Concorde festhielten. Er hoffte, wenn diese Rohre erst freigelegt wären, würde die Gewichtsverteilung sich vielleicht so verändern, daß man die Kinder aus ihrer Falle befreien konnte.

„Sie machen besser, daß Sie hier fortkommen, und nehmen die Frau mit", schrie Lou. „Das Ding kann sich jeden Moment lösen."

Der Arzt zögerte, dann rief er nach einem weiteren Gurt. Als dieser da war, bat er Connie, ihn anzulegen. „Der Captain sagt, hier drinnen ist zuviel Gewicht. Das könnte Ihr Flugzeug zum Absturz bringen."

„Ich gehe nicht!"

„Doch, Sie gehen!" bestimmte der Arzt. Er versuchte, Connie den Sicherheitsgurt anzulegen, aber sie verpaßte ihm mit der geballten Faust einen Kinnhaken, so daß Dr. Collins das Gleichgewicht verlor und rückwärts auf Lou stürzte.

„Los, machen Sie schon, daß Sie hier rauskommen!" brüllte Lou gegen den Wind an, während er sich mühsam aufrichtete; sie kämpften beide mit Connie.

Die Concorde war jetzt unter viertausend Fuß, und der Kopilot mußte immer mehr Schub geben, um die geringe Sinkgeschwindigkeit beizubehalten. „Die Triebwerke saufen jetzt viel mehr Kerosin", rief er in sein Mikrofon.

„Natürlich, der Treibstoffverbrauch steigt in niedrigeren Höhen immer merklich an", antwortete Ralph Caldwell. „Wieviel Zeit bleibt noch?"

„Meine Uhr zeigt sechs Minuten."

„Was für Probleme gibt's mit den Schneidarbeiten?" fragte Caldwell. Zum erstenmal klang Zweifel in der optimistischen Stimme des Konstrukteurs an.

„Die Kinder da unten sind in den Rohren eingeklemmt. Lou", sagte Charles in sein Sprechfunkgerät, „wir haben noch sechs Minuten. Wir sind jetzt unter zweitausend, und ich muß die ganze Zeit den Schub erhöhen. Können wir sie nun abschneiden oder nicht?"

„Das Problem ist, daß ich mit der Säge an eines der Rohre nicht herankomme. Wenn ich sie hinaushalte, reißt der Wind sie mir weg."

In diesem Augenblick ließ Sean McCafferty, noch in seinem Sicherheitsgurt, sich wieder in die Helio zurückfallen.

„Sie Idiot!" schrie Lou. „Ich habe Ihnen gesagt, Sie sollen hier verschwinden!"

„Ich verlasse meine Familie nicht", antwortete der Wirtschaftsprüfer störrisch.

„Nur noch vier Minuten", sagte Caldwell zu Charles Moran. „Könnt ihr noch mehr abwerfen?"

„Wir haben keine Zeit mehr, Sir", rief der Kopilot außer sich. „Ich fliege auf dem letzten Tropfen. Wir müssen sofort auf die Landebahn. Unsere Treibstoffrechnung stimmt in der niedrigeren Höhe nicht mehr."

Ralph sah die Männer in seinem Konstruktionsbüro an. „Es ist doch alles genau berechnet. Was ist da schiefgegangen? Ich habe mich um drei Minuten geirrt!"

„Jetzt müssen die Luftsäcke ran!" sagte Hornsby.

„Das fürchte ich auch", pflichtete Caldwell ihm bei.

IM TOWER empfand Jeff Sutton keine Genugtuung über die plötzliche Planänderung, denn trotz des Probelaufs hatte er keine Ahnung, ob es klappen würde. Es gab zu viele Unwägbarkeiten. Er hatte ausgerechnet, wie lange die Tieflader brauchen würden, um auf hundertachtzig Stundenkilometer zu kommen, und an welcher Stelle der Landebahn sie sich befinden mußten, wenn die Concorde schließlich ihr Bugfahrwerk auf die Luftsäcke setzte. Wenn er Zeit und Geschwindigkeiten sowohl der Concorde als auch der Tieflader in Rechnung stellte, kam er zu dem Ergebnis, daß fünf von ihnen genau in dem Moment losfahren mußten, wenn das Flugzeug den Anflug- und Gleitwegleitstrahl zehn Kilometer westlich der Landebahnschwelle passierte. Das größte Problem würde sein, die Tieflader rechtzeitig auf Touren zu bringen. Verlangsamen konnte er sie jederzeit, wenn sie zu weit vor der Concorde waren, aber sie in kurzer Zeit zu beschleunigen würde unmöglich sein.

„Sind Ihre Wagen bereit, Captain Betzig?" rief er.

„Ja, Sir. Männer, Schaum, Motoren, alles startklar. Und Stoßgebete in aller Munde."

„Davon werden wir etliche brauchen, wenn das klappen soll. Also, ich gebe das Kommando von hier aus, und Ihre Leute sollen es über Kopfhörer mithören."

Unfallrettungswagen waren entlang der Landebahn aufgefahren, die Besatzungen hatten ihre Asbestanzüge an. Jeff warf einen Blick auf die Feuerwehrgerätschaften und sagte zu Laura: „Auch wenn das schiefgeht, das Feuer werden sie schnell gelöscht haben."

10

Die Concorde war jetzt knapp unter zweitausend Fuß und flog in gerader Linie auf die Landebahn zu, die von fern als ein gleißendes Band in Sicht kam.

„Lou, kommen Sie lieber da raus", sagte Charles Moran in sein Sprechfunkgerät. „Die Räder müssen jetzt ausgefahren werden."

„Bin gleich oben." Dr. Collins war bereits in den Passagierraum der Concorde gezogen worden. Lou wandte sich an Sean und Connie McCafferty. „Bitte gehen Sie jetzt hier raus. Bitte!"

„Die Kinder brauchen uns", sagte Sean mit Tränen in den Augen.

„Wir haben keine Garantie, daß wir es ohne Explosion oder Feuer schaffen. Wir landen auf Luftsäcken, die über die Landebahn gezogen werden. Das ist noch nie versucht worden. Wenn wir die Säcke verfehlen, sind alle, die sich hier unten aufhalten, auf der Stelle tot."

„Wir lassen unsere Kinder nicht im Stich!" schrie Connie.

„Lou!" brüllte der Kopilot über Sprechfunk. „Wir sind gleich da. Ich muß das Fahrwerk in Position bringen."

„Gott sei mit Ihnen", sagte Lou zu den McCaffertys, während er den Männern oben das Zeichen gab, ihn heraufzuziehen.

Im Passagierraum waren alle Gegenstände nach hinten gebracht worden, um den Schwerpunkt weiter zum Heck zu verlagern; die Nase mußte so lange wie möglich hochgehalten werden. Der vordere Teil der einst so eleganten Kabine glich einem leeren Frachtraum.

„Alle mal herhören", sagte Lou zu den Passagieren, die auf den hinteren Sitzen angeschnallt saßen. „Ich weiß nicht, was gleich passieren wird. Wir haben versucht, die Insassen des Kleinflugzeugs zu bergen, aber es war nicht möglich. Wir gehen jetzt gleich auf die Landebahn hinunter und versuchen, auf Luftsäcken zu landen, die von Lastwagen gezogen werden. Damit dürfte die Brand- und Explosionsgefahr gebannt sein. Haben Sie jedenfalls vielen Dank für Ihre Mithilfe."

Als Lou nach vorn zum Cockpit ging, kam Honey ihm nachgelaufen. „Captain, sagen Sie uns auch die Wahrheit?"

„Nach bestem Wissen, Honey", sagte er.

„Wird es klappen?" bohrte sie weiter.

„Wir haben eine Chance. Es ist die Idee Ihres Vaters, und wir können von Glück sagen, daß ihm etwas eingefallen ist, denn ehrlich gesagt, eine andere Lösung haben wir nicht. Es ist trotzdem riskant. Sehr riskant."

Sie legte ihre Hand auf seinen Arm. „Darf ich bei Ihnen im Cockpit sitzen?"

„Nein. Weiter von den Treibstofftanks entfernt sind Sie sicherer."

Honey drehte sich um und kehrte zu den übrigen Passagieren zurück. Als sie sich setzte, ergriff Margaret Corbett ihre Hand. „Ich weiß, daß wir es schaffen werden", sagte sie. „Wenn ein Stück durchfällt, weiß man es schon im ersten Akt. Aber ich habe das Gefühl, daß hier alles gut ausgeht."

Miß Corbett lächelte Honey zu, und eine sonderbare Stille legte sich über den Raum. Menschen bewegten die Lippen im Gebet und hielten einander bei den Händen, als die Concorde sich anschickte, auf der Landebahn niederzugehen.

In der Helio umklammerte Sean mit einer Hand seine Frau und mit der andern ein Rahmengestänge.

„Ich liebe dich, Sean", sagte Connie.

Sean lehnte sich zu ihr hinüber und küßte sie. „Das Fliegenlernen war etwas, was ich tun zu müssen glaubte, Schatz. Es tut mir so leid", sagte er. Dann wandte er sich ab.

Durch die Löcher im Boden seines Flugzeugs sah er die Flughafengebäude auftauchen.

Im Cockpit der Concorde ließ Lou sich auf seinen Sitz fallen. „Los geht's. Jetzt benimm dich, du Klapperkiste", sagte er leise. Tief unten sah er die fünf Tieflader an der Landebahnschwelle warten, und es ermutigte ihn zu sehen, daß inzwischen ein paar Faktoren zu seinen Gunsten gab: Das Wetter hatte aufgeklart, und sie hatten einen

Gegenwind von fünfundzwanzig Knoten, der ihre Landegeschwindigkeit herabsetzen würde.

„Fangen wir an!" sagte er entschlossen zu seinem Kopiloten. „Fahrwerk ausfahren. Nase nach unten. Treibstoff umlenken zur Landung."

„Lou", rief Jeff, „ich schicke die Lastwagen los, sobald du die äußeren Markierungsfunkfeuer passierst. Sag mir Bescheid, wenn sich bei dir die Zeiger einpendeln."

„In Ordnung", antwortete Lou. „Drück uns die Daumen."

DIE erste Nachricht über diesen ungewöhnlichen Unfall war kurz nach ein Uhr über die Fernschreiber der Associated Press hinausgegangen. Redakteure englischer und französischer Zeitungen, die ein besonderes Interesse am Schicksal der Concorde hatten, kabelten zurück und baten um nähere Informationen. Kollisionen in der Luft waren nichts Neues, aber von einer Verkeilung zweier Flugzeuge hatte man noch nie etwas gehört.

Ursprünglich hatte Jeff die Presse vom Flugfeld verbannt, weil sie die Rettungsarbeiten stören könnte, aber dieser Erlaß wurde schnell wieder aufgehoben, nachdem der Verleger des *Miami News Herald* bei der Flughafenleitung angerufen hatte. Man wies der Presse bestimmte Bereiche zu, und es wurden Kameras mit Teleobjektiven aufgebaut. Hundertfünfzehn Fotografen und Reporter säumten die Rollbahn zur Landebahn zwei-sieben rechts, als die Concorde zur Landung ansetzte.

Tod Wakefield, Miamis Starreporter, der für die lokale Fernsehgesellschaft arbeitete, wußte so eine Story anzupacken. Über das kleine Schwarzweißgerät in der Kanzel des Towers kam sein Kommentar, der über die ganze Welt ausgestrahlt wurde: „. . . Und so brechen nun die letzten Augenblicke dieser tragischen Folge von Ereignissen hier in Miami an. Die Concorde ist in Sicht, sie schwebt mit hochgezogener Nase zur Landung herein, und an ihrem Bugfahrwerk sehen wir das kleine Wasserflugzeug hängen. Ihr Besitzer, ein Wirtschaftsprüfer aus Tallahassee, der nach Miami fliegen wollte, um heute abend einer Veranstaltung im Hotel Eden Roc beizuwohnen, ist mit seiner Frau und zwei Töchtern hilflos darin gefangen. Sean McCafferty und seine Familie werden diese Veranstaltung vielleicht nie besuchen."

„Stellt das Ding ab", befahl Jeff. „Betzig, alles klar?"

„Alles klar, Sir. Motoren laufen. Sagen Sie mir, wann."

„Wie geht's da oben, Lou?"

„Alles in Ordnung. Wir nähern uns dem äußeren Markierungs-funkfeuer. Jetzt ... der Zeiger ist in der Mitte!"

„Alles klar, Betzig. Los!"

Die fünf Tieflader setzten sich in Bewegung, die Fahrer schalteten, kitzelten aus den Dieselmotoren jedes PS heraus. Die großen Luftsäcke holperten über die Rollbahn. Die Luftwaffensoldaten auf den Ladeflächen begannen den trüben Schaumteppich zu legen.

„Gib mir eine neue Flasche. Schnell, meine ist leer!" brüllte ein Sergeant.

„Meine ist mir fast runtergefallen", schrie ein anderer, als die donnernden Ungetüme auf und nieder hüpften und schlingerten.

Die Luftsäcke im Schlepp der Fahrzeuge bildeten ein bewegliches Polster von solcher Breite, daß kaum die Gefahr bestand, die Concorde könne es verfehlen. Die Schwierigkeit bestand darin, die Ausrollgeschwindigkeit der Concorde mit dem Tempo der Lastwagen zu koordinieren.

„Hast du Sichtverbindung zu den Schleppern, Lou?" fragte Jeff, bemüht, mit ruhiger Stimme zu sprechen.

„Wir sehen sie, aber sehr schnell bewegen die sich nicht."

„Sie werden schon noch schneller. Es dauert nur etwas."

„Ich werde sie überfliegen!"

„Nein, das wirst du nicht. Du hast noch fünf Kilometer bis zum Aufsetzpunkt; Sinkgeschwindigkeit in Ordnung. Überlaß die Sorge um die Schlepper uns."

„Geschwindigkeit in Ordnung", sagte Lou. „Ich habe hier nur Ärger mit der Trimmung."

„Du hältst den Kurs gut, Lou. Betzig, wie schnell sind Sie jetzt?"

„Wir kommen gerade auf über fünfundneunzig, Mr. Sutton."

„Jeff, ich bin kurz vorm Überziehen, die Maschine fällt vor Schütteln fast auseinander", schrie Lou. „Das geht nicht gut!"

„Ruhig bleiben und Zeit lassen, Lou. Ganz normale Landung. Ganz normal."

„Ich muß etwas Schub zulegen. Kann das Ding nicht mehr als zwanzig Grad aufrichten. Möchte nicht überziehen ... muß mehr Schub geben."

„Betzig, was ist los?" schrie Jeff.

„Wir geben volle Pulle, aber eine Karre ist ein Stück voraus."

„Zusammenbleiben! Der da an der Außenseite soll langsamer fahren."

„Verstanden", antwortete Betzig. „Wir erreichen jetzt hundertfünfundvierzig. Und die Nadel klettert weiter."

In der Helio hatten Connie und Sean sich im hinteren Teil der Kabine zusammengedrängt und versuchten, ihre Kinder festzuhalten. Während dieser schrecklichen Augenblicke wurde ihnen bewußt, daß sie ihre Töchter vielleicht zum letztenmal sahen. Die brüllend vorbeirauschende Luft und der näher kommende Erdboden gaben beiden das Gefühl, daß die letzten Sekunden ihres Lebens gekommen waren.

Im hinteren Teil der ausgeschlachteten Concorde hielt Margaret Corbett nicht mehr Honey Suttons Hand. Ihr brauchte kein Mut mehr gemacht zu werden. Beide lächelten einander an, dann hakten sie sich unter, nicht um einander Trost zu geben, sondern um die Tapferkeit der Engländerin zu feiern.

Auf der Piste rasten die Tieflader der Luftwaffe jetzt mit hundertsechzig dahin. Betzig schrie seinen Fahrern zu: „Gegensteuern! Seitenwind!"

Der Wind fuhr unter einen der Luftsäcke. Er schnellte hoch, überschlug sich und verdrehte die Schlepptaue. Die Reibungswärme ließ Säcke aufplatzen. Die Luft entwich aus ihnen, und heiße Gummifetzen flogen durch die Gegend.

„Die Luftsäcke spritzen über die ganze Piste!" schrie Jeff. „Welche Geschwindigkeit haben Sie jetzt?"

„Knapp hundertsiebzig. Ich habe Angst, noch mehr zuzulegen."

„Lou", rief Jeff. „Die Tieflader können nicht mehr schneller."

„Dann muß ich den Umkehrschub sehr früh einsetzen. Aber dabei könnte ich ins Schleudern geraten."

In diesem Moment setzte das Hauptfahrwerk der Concorde mit hohem Kreischen auf der Landebahn auf, die Reifen pflügten sich spritzend einen Weg durch den Schaum. Zu Lous Überraschung war das Flugzeug trotz der zusätzlichen Last am Bug noch einigermaßen stabil. Er bremste leicht, aber wegen der Schaumschicht reagierte die Concorde kaum. „Wir überrollen die Lastwagen", schrie er in sein Mikrofon. „Sag ihnen, sie sollen etwas schneller werden."

„Geschwindigkeit erhöhen!" rief Jeff in das andere Mikrofon.

„Dann platzen noch mehr Säcke."

„Die Concorde sitzt Ihnen im Nacken, Captain! Wollen Sie Ihre Leute in Kerosin grillen?"

Die Fahrer, die mitgehört hatten, traten die Gaspedale durch. Die Luftsäcke hüpften höher, bis sie fast segelten. Die Tieflader hatten jetzt die 2700-Meter-Marke der 4300 Meter langen Piste erreicht und fraßen das Betonband so schnell, daß Jeff fürchtete, sie könnten über die Bahn hinausschießen.

„Wenn Lou nicht stärker bremst, sind sie geliefert", sagte er zu den andern in der Kanzel.

Das Heckrad der Concorde begann zu flattern und platzte, und das Heckfahrwerk schnitt eine gerade Furche in den Schaum. Funken stoben. Lou riß den Steuerknüppel hart zu sich hin. Aber selbst das reichte noch nicht, um die Nase der Concorde von der Bahn fortzuhalten.

„Charles, verstell meinen Sitz!" brüllte er.

Der Kopilot griff nach unten und riß an dem Hebel. Lou schob seinen Sitz nach hinten und zog den Steuerknüppel mit. Die Nase blieb oben. So hoch oben, daß Lou die Lastwagen vor ihm nicht mehr sah, trotz der abgesenkten Rumpfnase.

Mit nachschleifendem Heck und kreischendem Umkehrschub bremste der Überschalljet jetzt abrupt – zu abrupt. Die Lastwagen fuhren ihm davon. Jeff sah das, aber Lou konnte es nicht sehen. „Betzig, langsamer! Der Abstand vergrößert sich!"

„Wir versuchen zu bremsen."

Die Fahrer nahmen die Füße von den Gaspedalen, während die Concorde ihrerseits etwas beschleunigte. Da senkte sich die Nase unter dem Einfluß der Schwerkraft!

„Ich bin in Position, Jeff", schrie Lou. „Ich kann nichts unter mir sehen, verdammt noch mal. Aber es ist auch schon egal . . . jetzt geht die Nase runter."

„Halten Sie diese Geschwindigkeit, Betzig. Die Nase ist fast über Ihnen!"

Die Helio plumpste auf die Luftsäcke. Mit einem dumpfen Schlag und unter lautem Zischen der entweichenden Luft gruben sich die Schwimmer des Wasserflugzeugs in die Gummisäcke, und einer explodierte in unzählige Fetzen. Aber im selben Moment füllten die Säcke rechts und links den freigewordenen Raum aus, und die Schwimmer wurden von den weichen Polstern fast verschluckt.

„Die Nase ist unten, Lou", rief Jeff. „Sie ist auf den Säcken. Betzig, langsamer werden! Aber bremsen Sie nicht zu stark."

Die Helio wurde ein wenig zur Seite gedreht, aber sie löste sich nicht während des wilden Ritts über die Piste, obwohl der linke Schwimmer jetzt von dem Sack abgerutscht war und einen Funkenregen hochjagte.

Die Concorde verlangsamte ihre Fahrt jetzt sehr rasch. „Wir sind runter auf hundertfünfzig . . . hundertvierzig . . . hundertdreißig . . .", las der Kopilot laut vor.

Aber die großen Tieflader konnten nicht so schnell bremsen wie die Concorde. Sie hatten zuviel Tempo drauf. Sie zogen davon und rissen die Luftsäcke hinter sich her, die dabei zerfetzten.

Als die Concorde langsamer wurde, nahte die Feuerwehr, und die Besatzungen richteten ihre Strahlrohre auf die Helio. Plötzlich war das kleine Flugzeug von schmutziggrauem Schaum eingehüllt, unter dem Sean und seine Familie kaum noch Luft bekamen. Aber sie waren auf der Landebahn! Sean und Connie wurden von der Freude überwältigt.

„Ich komme zum Stehen", sagte Lou.

„Ich kann nicht bremsen!" schrie Captain Betzig. „Und ich sehe schon die Masten am Ende der Bahn!"

„Treten Sie stärker auf die Bremsen", befahl Jeff.

„Tun wir ja!" brüllte Betzig zurück.

Die Concorde kam achtzig Meter vor dem Ende der viertausenddreihundert Meter langen Bahn zum Stehen. Die Schaumdecke war jetzt so dick, daß die Explosionsgefahr gebannt war. Aber die Tieflader kamen nun in Schwierigkeiten. Sie jagten weiter, Gummifetzen hinter sich zurücklassend.

„Wir brechen durch! Wir brechen durch!" schrie Betzig.

Die fünf Tieflader schossen von der Bahn. Drei krachten an die Masten mit den Landelichtern; zwei streiften einander und überschlugen sich. Menschen flogen durch die Luft, Flammen schossen empor, und die Rettungswagen jagten an die Unfallstelle.

„Komm!" rief Jeff und nahm Laura bei der Hand. Sie fuhren mit dem Aufzug nach unten, wo ein Wagen der Flughafenleitung stand. Als sie die Landebahn erreichten, waren die Rettungsmannschaften schon dabei, die Familie McCafferty aus der Helio zu befreien. Die Passagiertür der Concorde war offen, und Lou stand im Türrahmen. Sein Hemd klebte ihm schweißnaß am Körper.

„Da hast du dir ja wieder was geleistet, Captain!" rief Jeff hinauf. „Wann lernst du endlich fliegen?"

„Altes Miststück!" Lous Grinsen wurde noch breiter.

Honey erschien in der offenen Tür. Sie winkte und sagte etwas, aber das Heulen der Sirenen übertönte ihre Stimme.

Jeff und Laura blieben bei der zertrümmerten Helio stehen, wo soeben die Töchter der McCaffertys von Sanitätern fortgetragen wurden. Dann liefen sie ans Ende der Landebahn. Dort loderten noch immer die Flammen über den Tiefladern. Ein Mann mit angesengter Uniform tauchte aus den Rauchschwaden auf. „Sind Sie Captain Betzig?" fragte Jeff ihn.

„Ich war's."

Jeff legte einen Arm um ihn. „Was soll ich sagen? Danke."

„Ich fürchte, wir haben es ziemlich vermasselt."

„Wie viele Leute haben Sie verloren?"

„Fünf haben schwere Verbrennungen. Über ein paar andere weiß ich nichts; sie sind noch in den Trümmern eingeklemmt."

Als Jeff und Laura zu der Concorde zurückkamen, war die Gangway schon an den Einstieg geschoben worden. Jeff und Honey begegneten sich in der Mitte der Treppe, und sie flog in seine Arme. Minuten später stiegen alle drei in den Wagen der Flughafenleitung und ließen sich quer übers Flugfeld zum Tor an der 36. Straße fahren, demselben Tor, durch das Jeff heute morgen in den Flughafen gekommen war und dabei an seinen letzten Tag auf dem Tower gedacht hatte.

„Viel Glück zum Valentinstag", sagte er und drückte Lauras Hand.

„War doch ziemlich langweilig, nicht wahr?" Sie lachte und hielt seine Hand noch fester.

ALS Jeff zu Nick Cozzoli in der Intensivstation des Jackson-Memorial-Krankenhauses kam, hing dieser an einem Gewirr von Plastikschläuchen. Nick schlug die Augen auf, und sogleich stand dieses unverwüstliche Grinsen wieder in seinem Gesicht. „Haben wir den Vogel runtergekriegt, Mr. Sutton?" flüsterte er.

Jeff nickte. „Keine Toten. Aber die Lastwagenfahrer der Luftwaffe hat es erwischt. Fünf haben lebensgefährliche Verbrennungen."

„Was für Lastwagenfahrer?" fragte er schwach.

„Ganz ruhig bleiben. Ich erzähl's Ihnen später."

„In Ordnung."

„Harry ist tot, und Morrison auch", sagte Jeff nach einer Pause.

„Hm . . . Schade um Harry. Er war zu lange im Tower."

„Ja." Jeff seufzte. „Und ich hab's zugelassen. Aber ich wußte nicht, wie schlimm es wirklich um ihn stand. Na ja, ich komme morgen wieder. Ruhen Sie sich schön aus."

Als Jeff in die Halle kam, warteten Lou Griffis, Laura, Honey und Mark Cranston auf ihn. „Cozzoli kommt durch", sagte Jeff. Er fühlte sich uralt. „Und wie geht's Ihnen allen?"

„Ach, man hat uns zusammengeflickt", sagte Cranston. „Laura und ich hatten Glück. Übrigens ist ein Ferngespräch aus England für Sie da. Die Vermittlung hat es hierher durchgestellt."

Jeff ging müde zum Telefon.

„Mr. Sutton, hier Caldwell", sagte der alte Konstrukteur. „Mr. Hornsby ist auch in der Leitung. Wir wollen Ihnen danken, Sir."

„Ja, vielen Dank von uns allen", rief George Hornsby dazwischen. „Eine großartige Leistung, Mr. Sutton."

„Das waren ein paar bange Sekunden", fuhr Caldwell fort. „Übrigens, Mr. Sutton, Sie wollen sicher wissen, wo der Fehler in meinen Berechnungen steckte. Wir hatten die Luftfeuchtigkeit nicht in Betracht gezogen. Als die Concorde zu sinken begann, stieg ihr Treibstoffverbrauch fast um dreißig Prozent. Wußten Sie das? Ich meine, haben Sie darum Ihre Alternativvorschläge gemacht?"

„Nein. Ich hatte nur das Gefühl, daß uns die Zeit zu knapp würde."

„Jedenfalls sind Sie unserer Dankbarkeit gewiß", wiederholte Hornsby.

Jeff ging zu den andern zurück.

„Caldwell?" fragte Cranston.

„Ja. Er wollte mir danken. Hornsby auch. Es ist ein bißchen schwierig, soviel Dankbarkeit zu akzeptieren, wenn man derjenige ist, der das Ganze vielleicht verursacht hat. Ich hätte schon viel früher und lauter schreien müssen."

„Das hast du ja, Jeff. Dir hat nur keiner zugehört", sagte Laura.

„Jetzt wird man Ihnen zuhören", erklärte der Minister. „Ich verspreche Ihnen, daß wir darangehen werden, das Flugsicherungssystem umzuorganisieren."

Jeff lächelte abwesend. Das hatte er schon öfter gehört.

Der Minister sah den Zynismus auf Jeffs Zügen. „Ich bin sehr von Ihnen beeindruckt, Jeff", sagte er. „Sie haben heute Verstand bewiesen. Und Sie waren der einzige, der den Mut hatte, wegen der Mängel in der Luftverkehrskontrolle den Mund aufzumachen. Diese Idee von Ihnen – das kubische Radar – wäre es wert, sich näher damit zu befassen."

„Ich schicke meine Unterlagen an Ihr Büro. Ich möchte nicht, daß sie im Papierkrieg der FAA verlorengehen."

Der Minister dankte ihm mit einer leichten Kopfneigung. „Jeff, wenn Sie sich Ihre Kündigung noch einmal überlegen möchten, könnte ich Sie für das Amt des Leiters des Luftfahrtbundesamtes nominieren – wenn Sie mir versichern, daß Sie es annehmen würden. Der Posten ist eine Stufe unter Kabinettsrang – neunundfünfzigtausend Dollar Jahreseinkommen. Da hätten Sie Gelegenheit, einmal Dinge durchzusetzen."

Jeff hörte nur mit halbem Ohr zu. Nach den traumatischen Ereignissen dieses Tages wollte er fort aus diesem Krankenhaus und mit Honey, Laura und dem Mann, der die Concorde so bravourös auf die Erde gebracht hatte, zu Abend essen.

SEAN McCAFFERTY und seine Frau schafften es, beide zwar verbunden, später am Abend doch noch auf die Cocktailparty im Eden Roc zu gehen. Das Krankenhaus hatte ihnen Bescheid gegeben, daß Katie und Hillary wieder gesund würden, und so waren sie in froher Stimmung. Sean war schlagartig eine Berühmtheit geworden. Er und Connie waren kaum angekommen, als sich schon der Mitinhaber eines großen Wirtschaftsprüfungsbüros aus Miami auf sie stürzte und sie begrüßte. „Haben Sie je daran gedacht, sich zu verändern, Mr. McCafferty? Ich hätte vielleicht etwas Interessantes für Sie."

„Nein, Sir, daran gedacht habe ich noch nie. Aber lassen Sie hören."

Sean und Connie zwinkerten sich zu und gingen mit ihrem Begleiter zum Essen in den Saal.

Spätabends kehrte Jeff mit seiner Tochter und Laura zum Tower zurück. Der Flughafen war wieder voll in Betrieb. In der Kanzel waren neue Scheiben eingesetzt worden, und bis auf die Aufräumarbeiten am Ende von Landebahn zwei-sieben rechts war nur noch wenig von dem zu sehen, was sich hier erst vor ein paar Stunden abgespielt hatte. Jeff verabschiedete sich von allen im Tower. Dann ließ er Honey oben, weil sie noch ein paar Minuten bleiben wollte, um die Flugzeuge starten und landen zu sehen, ging mit Laura nach unten und trat mit ihr zu einer Tür hinaus, die auf den Rasen am Fuß der Tulpe führte.

Sie schlenderten über das Gras, und Jeff blickte hinauf zu dem „Tower der Zukunft", diesem Mikrokosmos, dem er seinen Erfolg und sein Versagen verdankte.

„Ich kann nicht glauben, daß ich erst gestern hier angekommen bin", sagte Laura. „Es kommt mir vor, als ob es Jahre wären."

„Es ist eben so vieles passiert."

„Und nun kommt der Teil, der noch nicht vorbei ist."

„Was meinst du damit?" fragte Jeff.

„Nun, ich war hierhergekommen, um dich einzuseifen, und dann hast du mich eingeseift."

„Wie?"

„Du hast bewirkt, daß ich mich in dich verliebte."

„Bewirkt?" Jeff mußte lachen.

„Ja, du weißt schon, was ich meine. Ich habe mich in dich verliebt. Und du hast mich dazu gebracht, zum erstenmal in meinem Leben etwas Mutiges zu tun – Harry das kochende Wasser ins Gesicht zu schütten."

Er umarmte Laura und küßte sie. „Und ich habe zwei Geschenke zum Valentinstag bekommen", sagte er. „Dich und meine Tochter. Aber weißt du, was das Schönste ist? Ich brauche nicht den Rest meines Lebens in diesem Turm zu verbringen. Das war nämlich langsamer Selbstmord."

„Jeff, hast du gehört, was der Minister heute nachmittag zu dir gesagt hat?"

„Über den Posten? Das war doch nur Gerede."

„Das glaube ich nicht. Kannst du nicht einsehen, daß nicht alle Regierungsbeamten solche Typen wie Ed Morrison sind? Es gibt da oben in Washington auch gute, aufrechte Menschen, und ich glaube,

Mark Cranston ist einer davon. Also begrab mal deine Skepsis. Soviel ich gesehen habe, braucht man dich, Jeff."

„Vielleicht", sagte er, und seine Miene hellte sich ein wenig auf.

Sie umarmten sich wieder, und Jeff starrte zur Tulpe hinauf und versuchte sich vorzustellen, welche Ironie es wäre, wenn er als hoher Beamter hierher zurückkehrte, nachdem er unter so skandalösen Umständen gekündigt hatte.

„Würde es dir Spaß machen, mit Honey und mir einen Flug in den Westen zu machen?"

„Dein Flugzeug hat nur zwei Sitze."

„Ich habe einen Freund in New Orleans, der ein größeres Flugzeug hat und es uns bestimmt leihen wird."

„Klingt verlockend . . ., denn ich bin mir nicht sicher, ob ich wieder in meinen früheren Beruf zurückgehen werde. Es hat sich zu vieles verändert."

Sie schwiegen eine Zeitlang, dann meinte Jeff: „Hast du dir schon einmal Gedanken darüber gemacht, wie es wäre, in Washington zu leben?"

Sie lachte. „Du weißt, daß mir das gefallen könnte."

Laura schob den Arm unter den seinen, und sie gingen langsam zum Tower zurück.

Foto: Peter Lamonica

Robert P. Davis

Wenn Robert P. Davis sich mit einem Thema befaßt, dann tut er es mit Leib und Seele. Wo immer sich seine Romane abspielen, da ist er zu Hause – meist also zwischen Himmel und Erde. Robert P. Davis ist Pilot aus Leidenschaft und selbst stolzer Besitzer einer Helio Courier. Für seinen Roman *Control Tower* nistete er sich wochenlang auf Kontrolltürmen ein und beobachtete die Fluglotsen bei ihrer nervenaufreibenden Arbeit. Viele der Romandialoge hat er wörtlich von den Männern der Flugsicherung übernommen.

Selbstverständlich stimmen in *Control Tower* auch die kleinsten Details mit der Wirklichkeit überein. „Ich gehe allen Fakten bis auf den Grund nach", versichert Davis. Ein Unglück, wie er es in seinem Roman schildert, hat sich tatsächlich schon einmal zugetragen. Eine Militärmaschine stieß auf ähnliche Weise mit einer Piper Cub zusammen, aber leider hatte die Besatzung weniger Glück als Sean McCafferty. Davis interessierte sich für den Vorfall und ließ einen fiktiven Zusammenstoß von einem Computer berechnen. Wäre ein Zusammenprall dieser Art überhaupt möglich? In Sekundenschnelle hatte der Computer das Ergebnis ausgespuckt: Dieser Unfall liegt durchaus im Bereich des Möglichen!

Die Schriftstellerkarriere von Robert P. Davis begann ganz unprosaisch in einem Werbebüro. Dabei ist der Autor wahrlich kein Mann großer Sprüche, wie sie die Werbeleute so lieben. „Ich möchte mich selbst als schlichten Worteschmied bezeichnen. Wenn man nämlich nicht für ein elitäres Publikum, sondern für den sogenannten Mann auf der Straße schreiben will, dann sollte man selbst kein überheblicher Typ sein."

Mit seinem Helden Jeff Sutton hat Davis außer der Begeisterung fürs Fliegen noch etwas gemein: Auch er hat keine Angst „anzuecken", und ein Blatt vor den Mund hat er noch nie genommen. „Ob meine Bücher eine Botschaft enthielten, wurde ich einmal im Rundfunk gefragt", berichtet Davis. „Aber sicher! Mein *Control Tower* beispielsweise soll der Öffentlichkeit die Augen für die Gefahren in der Luftverkehrskontrolle öffnen. Vielleicht kann ich mit dem Roman einen Beitrag zur Verbesserung des Systems liefern." Vor den Fluglotsen hat der Autor die größte Hochachtung. „Diese Männer und Frauen haben sich einem Beruf verschrieben, der fast übermenschliche Anforderungen an sie stellt, denn nur eine Sekunde der Unaufmerksamkeit – und schon ist die Katastrophe passiert!"